Die Tanzenden wurden für verrückt gehalten von jenen, welche die Musik nicht hören konnten.

Friedrich Nietzsche zugeschrieben

PROLOG

Diana

MÄRZ 2016

Wie der Schauplatz eines tödlichen Vorfalls sieht das hier nicht aus. Eher wie das Paradies. Holzhütten liegen verträumt im herbstlichen Sonnenschein, Ziegen weiden am Ufer eines plätschernden Sees. Sogar die mit einem üppigen grünen Pelz bedeckten Hügel wirken friedlich. Nicht ein einziger von Menschen gemachter Laut ist zu hören: nur das ferne Glucksen eines Flusses, das Trillern und Pfeifen von Vögeln. Der bläuliche Dunst idyllischen Friedens liegt über dem Tal.

Ein Paradies.

Oder auch nicht. Glänzendes buntes Plastik flattert sacht zwischen Büscheln von Neuseelandflachs. Absperrband der Polizei – das muntere, schrille Souvenir einer Tragödie. Wer genau hinsieht, entdeckt weitere Hinweise. Leere Gebäude, Markierungspflöcke am Strand. Sie weiß, dass die Polizei hier wochenlang campiert hat. Tauchereinheiten suchten den See ab, Hundestaffeln durchkämmten die schattigen, dicht bewachsenen Falten des Buschlandes. Sogar eine Drohne für Luftaufnahmen wurde eingesetzt. Sie stellt sich vor, wie die Beamten, völlig deplatziert in ihren schweren Stiefeln, herumstapfen und versuchen, Menschen, die nichts anderes als vergessen wollen, mit schmeichelnden Worten oder Drohungen zu Aussagen zu bewegen.

Bis vor ein paar Jahren hatte Diana noch nie von Justin Calvin gehört. Sie hätte nicht mal im Traum daran gedacht, dass Ereignisse in einem Tal am anderen Ende der Welt derart dramatische Auswirkungen auf ihre Familie haben könnten. Sie und Mike waren damals ein ganz normales Ehepaar, länger verheiratet als der landesweite Durchschnitt, nicht reich, aber auch nicht arm. Sie hatten seine Zeit bei der Armee unbeschadet hinter sich gebracht, und sie besaßen eine aus rotem Backstein erbaute, stuckverzierte Doppelhaushälfte in South London. Fast alle ihre Sorgen und Hoffnungen drehten sich um ihre beiden Töchter, den Mittelpunkt ihres Lebens. Aber keine von beiden bereitete ihnen ernsthaft Kummer. Taras Schulverweis wegen Rauchens hinter der Turnhalle war kaum als ernst zu nehmende Sorge zu bezeichnen.

Nichts, absolut nichts hatte auf die kommenden Ereignisse hingedeutet.

Von den Hütten dringen plötzlich Klänge herüber, klar und kraftvoll und gänzlich unerwartet. Jemand spielt Klavier, rieselnde komplizierte Triolen, in die eine eindringliche Melodie eingeflochten ist. Zwei Fächerschwänze flattern um Dianas Kopf herum, auf und nieder, als ließen sie sich von den Klängen tragen. Nach dem schweren Verlust scheint die Musik an diesem eigenartigen, wunderschönen Ort Ausdruck einer abgrundtiefen Traurigkeit zu sein. Sie rührt Diana zu Tränen.

Sie hat ein Foto von Cassy, das kurz vor ihrem Abflug von Heathrow aufgenommen wurde. Ein letztes Foto. Ein letztes Lächeln. Ein Schmetterling im Glaskasten. *Viel Spaß!*, haben sie alle geschrien, als auf den Auslöser gedrückt wurde. *Nimm dich vor den Killer-Kiwis in Acht!* Diana verwendet das Bild als Bildschirmschoner. Ihrer ältesten Tochter gilt ihr erster Gruß am Morgen und ihr letzter am Abend, und dazwischen sagt sie ihr noch hundert Mal Hallo.

Sie liebt die junge Frau, die ihr vom Computerbildschirm

entgegenlächelt, sie ist ihr vertraut und … na ja, sie ist eben Cassy. Sinnlich, langbeinig, schnell errötend. Ein dicker Zopf hängt ihr über die eine Schulter, der Riemen einer Flugtasche liegt über der anderen. Ihre Nase ist ein kleines bisschen krumm, seit sie ihr von einem verirrten Hockeyball gebrochen wurde. Aber die dunkelblauen Augen und die geschwungenen Wimpern haben etwas Faszinierendes. Ihre Augenwinkel zeigen leicht nach unten, ihr Gesichtsausdruck hatte immer schon etwas Wehmütiges, so, als wüsste sie etwas, was andere nicht wissen.

Mein Gott. Haben wir wirklich Witze über Killer-Kiwis gemacht?, denkt Diana. *Wenn ich gewusst hätte, was auf uns zukommt, hätte ich sie angefleht, nicht in dieses Flugzeug zu steigen!*

Der Vulkan auf der anderen Seite des Sees ist ein schlafender Riese. Die friedliche Atmosphäre übt eine geradezu hypnotische Wirkung aus. Die Seele kommt zur Ruhe, die Atmung verlangsamt sich unwillkürlich. Kein Wunder, dass die Medien regelrecht besessen sind von dieser grandiosen Wildnis. Kein Wunder, dass die Polizei sich schwertat mit ihren Ermittlungen. Kein Wunder, dass die Nation immer noch wie gelähmt ist und die Frage nach dem Schuldigen sie immer noch beschäftigt.

Diana hat sich die gleiche Frage oft selbst gestellt. Im Lauf der Jahre ertappte sie sich immer wieder dabei, wie sie innehielt. Einfach mittendrin innehielt. Sie ist auf dem Weg zur Arbeit oder will die Katze füttern. Stattdessen ist sie weit weg, ihre Arme hängen schlaff herunter, ihr Blick richtet sich in die Vergangenheit.

Als ob man dabei zusieht, wie eine Milchflasche herunterfällt. Sie rollt über die Tischplatte und über die Kante und fällt wie in einer albtraumhaften Zeitlupe, und dennoch kann man nur machtlos dabei zuschauen. Es gab einmal eine Zeit, da war die Familie heil, und dann kam der Absturz, der harte Aufprall. Milch und Glasscherben überall auf den Fliesen. Und dazwischen ein Augenblick, wo sie sie hätte auffangen können.

EINS

Diana

JULI 2010

Die letzten Minuten in Cassys Zimmer waren eine so kostbare Erinnerung. Nicht mehr lange, dann würden sie sie zum Flughafen fahren. Aber es herrschte keine gedrückte Stimmung, schließlich fuhr sie nur in die Ferien. Sie würde zurück sein, ehe sie es sich versahen.

Diana hörte Gelächter und steckte den Kopf durch die Tür. Da waren sie, ihre beiden Töchter, die eine einundzwanzig, die andere fünfzehn, beide größer als ihre Mutter. Cassy hatte alles, was sie mitnehmen wollte, auf den Fußboden geworfen und versuchte jetzt, das ganze Zeug in ihren Rucksack zu stopfen. Tara lag auf dem Bett, die dunklen Haare wie ein Fächer auf dem Kissen ausgebreitet, und hörte Musik aus ihrem Smartphone. Für Diana hörte es sich blechern und sinnfrei an, aber über Geschmack ließ sich bekanntlich nicht streiten.

»Mum«, rief Tara, »sag ihr um Himmels willen, dass sie *viel* zu viele Socken mitnimmt!«

Diana setzte sich auf die Bettkante und warf einen flüchtigen Blick auf ihr Spiegelbild, das ihr ein gerötetes Gesicht und einen grauen Haaransatz zeigte. *Ungepflegt*, dachte sie ohne Bedauern. *Man kann es nicht anders nennen*. Egal. Wenn es sein musste, konnte sie sich immer noch aufbrezeln.

Tara setzte sich auf und tat so, als hielte sie mit beiden Händen einen Kochlöffel und rühre in einem Kessel um. »Wann werden wir drei uns wiedersehen?«, krächzte sie mit Hexenstimme. »Bei Donner, Blitz …«

»Am 3. September«, fiel Cassy ihr ins Wort. Sie bückte sich und zog drei Paar Socken aus ihrem Rucksack. »Der Flieger landet vierundzwanzig Stunden vor Imogens Trauung.«

»Ich finde, das ist ganz schön knapp«, bemerkte Diana.

»Ja, das sagt Imogen auch. Sie ist ganz besessen von dieser Hochzeit. Von dem armen Jack redet sie überhaupt nicht. Als ob er bloß eine Randfigur wäre.«

»So schlimm ist es bestimmt nicht.«

Cassy zog eine Schnute. »Sie sagt, ich darf auf keinen Fall schön braun werden.«

»Das ist nicht dein Ernst!« Tara schnappte nach Luft. »Dieses Brautmonster!«

»Du sagst es. Sie will keine sonnengebräunte Göttin als Brautjungfer neben sich haben, weil sie sonst so käsig aussieht.«

»Sag ihr, sie soll so tun, als ob. Sich irgendwas ins Gesicht schmieren. Sie wird ihr ganzes Eheleben lang so tun als ob.« Tara zog vielsagend die Brauen hoch.

Diana gab sich schockiert, aber ihre Töchter machten sich über sie lustig. »Wir haben 2010, Mum, nicht 1810!« Wenn die beiden sich verbündeten, waren sie ein fantastisches Team.

»Hab ich dir die Kleider der Brautjungfern schon gezeigt?«, fragte Cassy. »Grauenvoll! Warte mal.« Sie griff zu ihrem Handy und wischte durch die Fotos, bis sie das richtige gefunden hatte: Das Kleid war ein grelllila Albtraum mit Puffärmeln.

»Nicht gut«, stöhnte Tara und schirmte ihre Augen ab. »Gar nicht gut! Oje, oje, oje!«

Cassy starrte bestürzt auf das Foto. »Becca ist blass und

klapperdürr, für sie sind das Kleid und die Farbe ideal. Ich werde darin aussehen wie Barney, der Dinosaurier.«

»Zahl es ihr doch heim«, schlug Diana vor. »Heirate Hamish, und lass Imogen einen orangeroten Overall tragen.«

»Eine geniale Idee! Aber ans Heiraten möchte ich noch nicht denken, Mum. Wir sind viel zu jung dafür.«

»Stimmt«, pflichtete Tara ihr bei. »Andererseits, ein Spatz in der Hand … Hamish sieht nicht übel aus, er hat Geld wie Heu, und – ganz großes Plus – Dad mag ihn.«

Diana lauschte aufmerksam. Sie traute sich nur selten, Cassy auf ihr Privatleben anzusprechen, aber Tara konnte sich das anscheinend erlauben.

Cassy ging in die Hocke und stopfte einen Waschbeutel mit beiden Händen in den Rucksack. »Ich glaube, manchmal geh ich ihm auf die Nerven. Unsere Interessen sind einfach zu unterschiedlich.«

»Du meinst, er ist kein Ökofreak wie du und Grandma Joyce«, spottete Tara. »Ich meine – Gott bewahre! –, am Ende trinkt er noch Kaffee, der nicht von einer Kooperative einbeiniger Frauen in Kolumbien angebaut wurde! Was für ein elender Mistkerl!« Sie gähnte und streckte ihre knochigen Arme. »Wir können nicht alle so gefühlsduselig sein wie du, Cass. Oh mein Gott, das ist richtig unheimlich! Deine Tür geht von ganz allein auf!«

Cassy und ihre Mutter drehten sich Richtung Tür, die sich gerade so weit öffnete, dass der Kater hindurchpasste.

»Pesky!« Cassy hob ihn hoch und gab ihm einen Kuss auf den Kopf. »Schleich dich doch nicht so an!«

»Er wird allmählich ganz schön pummelig«, sagte Diana.

Cassy hielt dem Kater die Ohren zu. »Mecker nicht dauernd an seinem Körper rum! Willst du, dass er eine Essstörung entwickelt?«

Als sie mit ihrer Freundin Becca in einer stürmischen Nacht von einer Party nach Hause gegangen war, hatte sie ein klägliches Miauen gehört, das aus einem Altkleidercontainer kam. Als sie den Deckel zurückschob, entdeckte sie ein schwarz-weißes Fellbündel, das jemand zwischen die Säcke mit gebrauchten Sachen geworfen hatte. Sie stemmte sich am Rand des Containers hoch. Becca hielt sie an den Beinen fest, während sie sich kopfüber hinuntergelassen hatte. Dann hatte sie das halb verhungerte Kätzchen in ihren Pullover gewickelt und mitgenommen. Drei Jahre später wäre niemand auf die Idee gekommen, dass der gepflegte König des Hauses nur mit knapper Not dem Hungertod entronnen war.

»Dad hält gar nichts von dieser Reise«, sagte sie, als Pesky sich aus ihrem Griff gewunden hatte. »Heute Morgen hat er wieder davon angefangen. Ich solle lieber ein Praktikum machen, anstatt in der Weltgeschichte herumzugondeln.«

Tara schnaubte. »So ein Spießer!«

Diana pflichtete ihr insgeheim bei, wenngleich sie das nie zugeben würde. Mikes im Vorjahr verstorbener Vater hatte alle seine Enkel in seinem Testament mit einer hübschen Summe bedacht. Cassy sparte das meiste, aber für diese Reise hatte sie keine Kosten gescheut – schließlich, so hatte sie traurig festgestellt, sei es ihr letztes Abenteuer, bevor sie in der gefürchteten Tretmühle der Arbeit landen würde. Sie und Hamish würden vierzehn Tage als Freiwillige in einer Wildtierstation in Thailand arbeiten, sich danach ein paar Tage am Strand entspannen und dann zu einer Tour durch Neuseeland aufbrechen.

»Ich bin startklar.« Cassy richtete sich auf und hüpfte ein paarmal auf und ab, um das Gewicht des geschulterten Rucksacks zu testen.

»Reisepass?«, fragte Diana.

»Hab ich.« Cassy stieß ihr Handgepäck mit dem Fuß an.

»Kreditkarte? Insektenschutzmittel? Handy?«

»Hab ich, hab ich, hab ich.«

»Kondome?«, fragte Tara.

Diana unterdrückte ein Schmunzeln. Cassy lief knallrot an und seufzte, ihre Schwester sei wirklich oberpeinlich.

Ungefähr zu diesem Zeitpunkt verspürte Diana ein leises Unbehagen – ein flüchtiges, undefinierbares, sofort unterdrücktes Gefühl. Es gab keinen Grund zur Sorge. Nicht den geringsten. Schließlich zog es Tausende Studenten, ihren Lonely-Planet-Reiseführer im Rucksack, jedes Jahr als Backpacker in die Ferne.

»Na dann.« Sie stand auf. »Noch eine schnelle Tasse Tee, bevor wir starten?«

Die ganze Familie einschließlich Dianas Mutter Joyce, die in einem nahe gelegenen Seniorenheim wohnte und immer für einen Ausflug zu haben war, brachte Cassy zum Flughafen London Heathrow. Alle waren gut gelaunt, als Mike auf die Autobahn einbog. Die Mädchen sangen die Songs im Radio mit. Joyce war eingenickt.

Cassy, die auf der Rückbank saß, flocht sich ihre kastanienbraunen Haare zu einem Zopf. Ein paar Strähnen ließen sich allerdings nicht bändigen. Sie trug Jeans und ein graues T-Shirt und hatte sich einen Pulli um die Taille gebunden.

Dann machte Tara, die zwischen ihrer Schwester und ihrer schlafenden Großmutter saß, den Mund auf, und der Ärger fing an. Sie hatte es nicht absichtlich getan. Es war reine Gedankenlosigkeit.

»Hey, Cass«, sagte sie, »ich hab gehört, du willst dein Jurastudium an den Nagel hängen.«

»Blödsinn!«, entgegnete Cassy schnell und scharf, aber Tara verstand den Wink nicht.

»Komisch, Tillys Bruder hat nämlich erzählt, du hättest schon mit deinen Studienleitern gesprochen und so.«

Mike schaltete das Radio aus. Schluss mit der Musik und dem Gesinge. Diana wappnete sich innerlich.

»Was sagst du da?«, fragte er.

»Hör nicht auf sie«, erwiderte Cassy. »Das ist dummes Zeug. Ehrlich. Tillys Bruder ist ein Idiot.«

»So? Hört sich aber nicht so an.«

»Sch«, murmelte Diana und drückte seinen Arm. »Komm schon, Mike. Nicht jetzt. Nicht heute.«

Aber er ließ nicht locker. »Cassy?« Seine Stimme war zu laut.

Diana drehte leicht den Kopf nach hinten. Cassy kaute an ihrem Daumennagel wie eine Sechsjährige. Tara verzog gequält das Gesicht und formte mit den Lippen lautlos *sorry!*

»Ich habe nur über Alternativen nachgedacht«, sagte Cassy.

»Und warum, zum Teufel?« Mike hob beide Hände und ließ sie aufs Lenkrad heruntersausen, dass es knallte. »Ich glaub das einfach nicht! Du hast nur noch ein Jahr, bis du fertig bist. Erzähl mir jetzt bloß nicht, dass du alles hinschmeißen willst!«

»Ich hab nur gedacht, dass es vielleicht ein Fehler war, Jura zu studieren. Dass ich mir vielleicht etwas anderes hätte aussuchen sollen. Ich bin mir nicht sicher, dass ich wirklich Anwältin werden will.«

»Das ist doch nicht zu fassen!« Mike schnaubte und schüttelte den Kopf. »Eine hervorragende Studentin wie du!«

»Lass es gut sein«, sagte Diana warnend. Wieder drückte sie seinen Arm, fester dieses Mal, aber es nützte nichts.

»Welche Kurse hast du dir für September noch mal ausgesucht? Unternehmensrecht, Immaterialgüterrecht …«

Cassy seufzte. »Arbeitsrecht. Wettbewerbsrecht.«

»Richtig.« Mike sah seine Tochter im Innenspiegel an. »Nächstes Jahr um diese Zeit könntest du den Vertrag für ein

Praktikum bei einem großen Unternehmen in der Tasche haben. Du könntest für den Rest deines Lebens ausgesorgt haben.«

»Genau das ist es, was mir Sorge macht«, erwiderte Cassy trocken. »Dieses Lebenslängliche.«

»Was sagt denn Hamish dazu?«

»Er hält mich für verrückt.«

»Dann hat er mehr Verstand als du. Wir sind keine Millionäre, deine Mutter und ich.«

»Das weiß ich.«

»Wir können dich nicht ewig unterstützen, so gern wir das auch täten. Aber das geht einfach nicht.«

»Das erwarte ich auch nicht.«

Mike nörgelte den ganzen Weg bis nach Heathrow. Diana bemühte sich vergeblich, ihn zu besänftigen. »Es gibt so viele Unsicherheiten … Man kann nicht von Luft leben … Ich bin nicht Soldat geworden, weil ich die Army so liebe, sondern weil es ein sicherer Beruf mit einer anständigen Pension war …« So ging es in einem fort.

»Willst du als Hamburger-und-Fritten-Verkäuferin enden?«, herrschte er seine Tochter an.

»Nein.«

»Na also! Das Leben ist ein Kampf. Fressen oder gefressen werden! Du wirst nicht weit kommen, wenn du deine Ellenbogen nicht gebrauchst. Millionen Uni-Absolventen stehen ohne Job auf der Straße.«

»Lass sie doch in Ruhe, Himmel noch mal!«, mischte sich Tara ein. »Es ist *ihr* Leben. Wen interessiert es, ob sie bei McDonald's Hamburger verkauft?«

»Du hältst dich da raus, Tara!«

»Ich hab mich nur wegen eines Studienwechsels erkundigt«, sagte Cassy weinerlich. »Ich hab mich nur erkundigt. Aber es geht nicht. Ausgeschlossen, haben sie gemeint. Ich müsste mich exmatrikulieren und dann neu einschreiben, das Studiendarlehen neu beantragen, alles. Und das werde ich ganz bestimmt nicht tun, du brauchst dir also keine Sorgen zu machen.«

Sie näherten sich dem Flughafenzubringer und bogen schließlich ab. Mike fuhr sich mit einer Hand durchs Haar und sah Cassy im Innenspiegel an.

»Das heißt also, du bleibst bei Jura?«

Ja, das heiße es, erwiderte Cassy, woraufhin Mike sagte, wunderbar, er habe auch nicht erwartet, dass sie alles hinwerfe. Manche Leute würden sich wegen nichts und wieder nichts ins Hemd machen, bemerkte Tara, was Diana, die sich dazu verpflichtet fühlte, zu dem Tadel veranlasste, sie solle nicht so frech zu ihrem Vater sein. Glücklicherweise wachte Joyce genau in diesem Moment auf.

»Hab ich was verpasst?«

»Nein, Mum«, antwortete Diana.

»Hm, merkwürdig. Hier herrscht so dicke Luft, dass man sie mit dem Buttermesser schneiden könnte.«

Sie hatte recht. Der Tag, der so fröhlich begonnen hatte, war ruiniert, und Diana hätte Mike erwürgen können. Sie versuchte, zu retten, was zu retten war, und eine belanglose Unterhaltung über das Wetter, den Flug, den Verkehr in Gang zu bringen. Keiner kam ihr zu Hilfe. Als Mike den Wagen parkte, traf eine SMS auf Cassys Handy ein.

»Hamish. Er verspätet sich. Der Zug hatte eine Panne.«

»Könnte das problematisch werden?«, fragte Diana.

»Nein. Der Zug fährt schon wieder. Hamish hat online eingecheckt. Wir werden uns an der Sicherheitsschleuse treffen.«

Die nächste halbe Stunde brachten sie in der Schlange vor

dem Check-in-Schalter zu, sodass keine Gelegenheit für Familienstreitigkeiten war. Nachdem Cassy ihr Gepäck aufgegeben hatte, bot Mike an, dazubleiben und nach Hamish Ausschau zu halten, während die anderen schon zur Sicherheitskontrolle gingen. Diana und die beiden Mädchen steuerten Joyce mit ihrem Rollator durch das Gedränge zum Lift und fuhren nach oben.

»Nimm es dir nicht zu Herzen, was Dad gesagt hat«, flüsterte Diana, kaum dass sie außer Hörweite waren. »Er macht sich manchmal zu viele Gedanken.«

Cassy zuckte mit den Schultern.

»Er liebt dich eben«, fuhr Diana fort. »Er will nur dein Bestes, deshalb wünscht er sich eine sichere Zukunft für dich.«

»Wenn er doch nur …« Cassy brach achselzuckend ab. »Vergiss es.«

Als sie an der Sicherheitskontrollstelle angelangt waren, kam eine junge Frau in zerrissenen Jeans und Strohhut angerannt, so schnell, dass sie Mühe hatte abzubremsen. Sie schlang Cassy einen Arm um die Taille, noch bevor sie richtig zum Stehen kam.

»Becca! Du hast gar nicht gesagt, dass du zum Flughafen kommst!«

»Bin früher von der Arbeit weggekommen. Ich hatte schon Angst, ich würde es nicht rechtzeitig schaffen. Auf der Piccadilly Line war die Hölle los.« Sie strahlte, als ihr Blick auf Joyce fiel, die sich auf ihren Rollator gesetzt hatte. »Hi, Joyce! Das ist aber schön, dass ich Sie mal wiedersehe!«

»Ja, freut mich auch, Kindchen!« Von der zierlichen alten Dame war nichts mehr zu sehen, als die junge Frau sie umarmte.

Diana lächelte dankbar. Nach der spannungsgeladenen Atmosphäre im Auto tat die Gegenwart der fröhlichen Becca richtig gut. Sie war die zweite Brautjungfer, die blasse Klapperdürre, die alles tragen konnte und dabei auch noch gut aussah. Ihr Leben und das von Cassy verliefen mehr oder weniger parallel, außer dass Becca Psychologie studierte.

»Sei bloß rechtzeitig wieder da für die Hochzeit des Jahrhunderts«, sagte sie, während sie den Arm ausstreckte und ein Selfie von sich, Cassy und Tara machte. »Ich hab keine Lust, der einzige Trottel in einem lila Baiser zu sein.«

»Keine Bange, ich werde da sein. Versprochen.«

»Möchte bloß wissen, was Imogen sich dabei denkt! Sich mit einundzwanzig lebenslänglich zu binden!«

Joyce lachte in sich hinein. »Ich habe genau das Gleiche gemacht. Und bin mit einundfünfzig ausgebrochen. Nicht einmal für Mord bekommt man dreißig Jahre.«

Die drei Mädchen fanden das komisch. Diana nicht.

Kurz darauf gesellten Mike und Hamish sich zu ihnen. Der junge Mann mit dem modischen Dreitagebart trug eine sportliche Fleecejacke. Cassy schimpfte mit ihm, weil er sich verspätet hatte, und zog ihn zum Spaß am Ohr. Hamish hatte es eilig, die Sicherheitskontrollen waren anscheinend verschärft worden und dauerten doppelt so lange wie sonst.

Mike schüttelte missbilligend den Kopf. »Wieder eine Terrorwarnung.«

Becca ernannte sich zur Teamfotografin.

Ihr Handy in der einen Hand, gab sie mit der anderen Anweisungen zur Aufstellung. »Okay, Leute, ein letztes Foto fürs Verbrecheralbum! Nun macht schon! Rückt näher zusammen! Sie auch, Mike.«

»Dass das Bild aber nicht in den sozialen Medien auftaucht!«, sagte Hamish warnend.

Becca achtete nicht auf ihn. »Okay, alle mal lächeln – ja, Sie auch, Mike!«

Alle sechs rückten zusammen, grinsten – sogar Mike – und wurden für die Ewigkeit festgehalten.

Hamish trieb zur Eile an. Er schüttelte Mike die Hand, verabschiedete sich hastig von den anderen und eilte dann hinter den Wandschirm. Cassy zögerte. Sie hatte jedem einen Abschiedskuss gegeben, ihre Großmutter zärtlich umarmt und ihren Vater sehr kurz. »Tut mir leid, Dad.« Mike hatte ihr übers Haar gestrichen und gemurmelt: »Pass auf dich auf.« Ihr Flugzeug wartete nicht. Dennoch drehte sie sich noch einmal um.

In diesem Moment machte Becca noch ein Foto. »Viel Spaß!«, hatten alle gerufen. »Nimm dich vor den Killer-Kiwis in Acht!«

Cassy lächelte, warf ihnen eine Kusshand zu.

»Dann bis September«, sagte sie und winkte ein letztes Mal.

Achtlos dahingeworfene Worte einer jungen Frau, die ihr Flugzeug erwischen musste.

Und dann war sie fort.

Das Handbuch des Sektenführers: In acht Schritten zur Bewusstseinskontrolle

Cameron Allsop

Schritt 1: Erkenne dein potenzielles neues Mitglied

Er oder sie muss nicht besonders jung, labil oder naiv sein. Im Gegenteil, es ist sinnvoller, reife Menschen mit nützlichen Fähigkeiten anzuwerben. Die Aussichten auf Erfolg sind größer, wenn sie sich in einer schwierigen Lage befinden: Trauer, eine Beziehungskrise, Sucht, Einsamkeit, Depressionen und Arbeitslosigkeit – all das kann zu einer zeitweiligen psychisch instabilen Verfassung führen.

Sieh dich nach jemandem um, der seine Wohlfühlzone verlassen hat, und biete ihm das, was er braucht.

ZWEI

Cassy
AUGUST 2010

Ein Auto. Und noch eins. Und noch ein verdammtes Auto. Sie knipste ihr Lächeln an und wieder aus. Und unterdessen wirbelte ihr Leben herum, ziellos, planlos, auf den Kopf gestellt.

In der letzten Stunde hatten sie kaum ein Wort miteinander gewechselt. Sie standen an einer Tankstelle am Stadtrand von Auckland und wollten per Anhalter weiter. Cassy hielt das Stück Pappe mit den ungelenk darauf gemalten Buchstaben *TAUPO* hoch und strahlte übers ganze Gesicht, sooft sich ein Auto näherte. Sie hatte sich extra Jeansshorts und ein eng anliegendes T-Shirt angezogen – das, was beängstigend war, mit jedem Tag knapper saß –, aber bisher hatten ihre langen Beine keinen Autofahrer zum Anhalten bewogen.

Es spielte keine Rolle, ob sie nach Taupo kamen. Egal, wie weit sie rannte – es gab kein Entkommen. Sie waren noch in Thailand, als die Probleme anfingen. Zuerst war es nur ein leiser Verdacht gewesen, der sich zu nagender Furcht entwickelte und jetzt in eine ausgewachsene Panik umgeschlagen war. Heute Morgen hatte sie sich schon wieder übergeben müssen. Schweißgebadet war sie aus dem Schlaf hochgefahren und von ihrem Bett im Hostel nach unten in den Gemeinschaftswaschraum getorkelt. Als sie aus der Kabine kam, hatte eine Australierin aus ihrem Schlafsaal (Kylie? Keren?) an einem der Waschbecken gestanden und sich die Zähne geputzt.

»Magen-Darm-Infekt«, murmelte Cassy.

»Kriegst du scheinbar jeden Morgen«, nuschelte Kylie oder Keren mit der Zahnbürste im Mund.

»Ich komm gerade aus Thailand. Muss was im Wasser gewesen sein.«

Kylie/Keren spuckte aus.

»Ja … Ich hatte so was auch mal. Das lässt sich beheben, keine Bange. Aber schieb's nicht auf die lange Bank.«

Cassy lehnte sich mit zitternden Knien an die geflieste Wand. Sie brauchte unbedingt eine Freundin, jemanden, dem sie sich anvertrauen konnte. »Hast du es beheben lassen?«

»Ja, hab ich.«

»Ist es sehr schlimm?«

»Es geht. Jedenfalls immer noch besser als die Alternative.«

Cassy mochte sich die Alternative gar nicht vorstellen. »Ich hätte nie gedacht, dass mir das passieren würde.«

»Das denken alle.«

»Ich war nicht unvorsichtig. Ich nehme die Pille.«

Kylie/Keren zog den Reißverschluss ihres Waschbeutels zu. »Hast du's ihm gesagt?«

»Ich hoffe immer noch, dass es … ich meine, es könnte ja tatsächlich ein Magen-Darm-Infekt sein.« Cassy machte die Augen zu. »Oh Gott, ich kann nicht glauben, dass das wirklich passiert!«

»Ich finde, du solltest es ihm sagen«, meinte Kylie/Keren, bevor sie den Waschraum verließ. »Er hat ein Recht darauf, es zu erfahren.«

Hamish war nicht aufgefallen, dass etwas nicht stimmte, aber vielleicht war er mit seinen Gedanken ganz woanders. Auf der Wildtierstation in Thailand hatte es ihm überhaupt nicht gefallen. Also waren sie früher abgereist als geplant und hatten sich einen Platz am Strand gesucht. Jetzt saß Hamish an seinen Rucksack gelehnt auf dem Grasstreifen an der Straße und pflegte seinen Kater. Er hatte die halbe Nacht mit ein paar englischen Backpackerinnen, die aus einer Comedyserie hätten stammen können, Billard gespielt, wilde Geschichten über die Londoner Immobilienpreise erzählt und damit geprahlt, dass er spätestens mit dreißig seine erste Million verdient haben würde.

»Ich dachte, in diesem Land würde anständiges Wetter herrschen«, nörgelte er und schirmte die Zigarette, die er sich anzünden wollte, mit beiden Händen gegen den Wind ab.

»Es ist Winter.«

Ihr wurde schlecht, als sie den Zigarettenrauch roch. Hamish faltete die Zeitung, die er am Morgen in einem Café mitgenommen hatte, auseinander und strich sie auf seinen Knien glatt, damit sie nicht davongeweht wurde. Auf der Titelseite war ein Held mit kantigem Kinn im Trikot der All Blacks abgebildet – als ob es nichts Wichtigeres auf der Welt gäbe als die Oberschenkelverletzung eines Rugbyspielers.

Cassy wusste es besser. Sie war zwölf gewesen, als das World Trade Center einstürzte. Der Unterricht war ausgefallen, alle drängten sich um den nächstbesten Fernseher und kreischten entsetzt, als das zweite Flugzeug wie aus dem Nichts auftauchte. Sie würde niemals vergessen, wie die beiden Wolkenkratzer in sich zusammenfielen wie Türme aus Spielzeugklötzen. Sie würde niemals vergessen, wie Menschen – richtige, reale Menschen – in den Tod gesprungen waren.

Ihre Lehrerin hatte schockiert die Hand vor den Mund geschlagen und gemurmelt: »Die Welt wird nie wieder so sein, wie sie war.« Die Mädchen begriffen damals nicht, was sie damit meinte, aber heute war es Cassy klar. Von dem Tag an traf eine schlechte Nachricht nach der anderen ein. Afghanistan. Irak. Völkermord im Sudan. Ein mörderischer Tsunami an Weihnachten, Wirbelstürme, Terrorangriffe. Anfang dieses Jahres hatte ein schweres Erdbeben Haiti erschüttert und zweihundertfünfzigtausend Menschen das Leben gekostet. *Zweihundertfünfzigtausend!* Das bloße Ausmaß einer solchen Katastrophe sprengte jedes Vorstellungsvermögen. Und jetzt gerade rissen Überschwemmungen in Pakistan ganze Familien in den Tod.

»Ich könnte noch einen Kaffee vertragen«, sagte Hamish gähnend. Er blätterte zum Sportteil, wo das Neueste von der Fußball-WM stand. Fußball war ein harmloses, ungefährliches Thema. *Das Leben ist zum Leben da*, lautete sein neues Motto. *Nimm's leicht, Cass.*

Ein Auto. Nur der Fahrer saß drin. Cassy schwenkte fröhlich ihr Schild und versuchte, glücklich und gesund dreinzublicken – wie ein Mädchen eben, das jeder Mann gern neben sich auf dem Beifahrersitz hätte. Er raste vorbei.

Mistkerl! Ihre Hände färbten sich schon bläulich vor Kälte.

»Vielleicht sehen wir wie Serienmörder aus«, sagte sie. »Oder sie wollen uns nicht im Auto haben, weil sie uns für langweilig halten.«

»Das gibt's«, grunzte Hamish und blätterte um.

»Was, dass die Leute langweilig sind?«

»Nein, mordende Anhalter. War auf Facebook. Irgend so ein Typ hat Leute, die ihn mitgenommen haben, gekocht und gegessen.«

»Das ist doch bloß ein modernes Märchen. Kursiert schon seit Urzeiten.«

Es begann so plötzlich und so heftig zu regnen, als ob jemand im Himmel die Schleusen aufgedreht hätte. Hamish hielt sich seine Zeitung schützend über den Kopf.

»Ich schlage vor, wir geben auf und steigen morgen in den Bus«, meinte Cassy.

»Geht nicht. Wir müssen heute noch nach Taupo.«

»Ist doch egal, ob wir heute hinkommen oder morgen.«

»Nein, es ist verdammt noch mal nicht egal. Ich hab für morgen früh meinen Fallschirmsprung gebucht.«

Sie kramte ihre Regenjacke aus ihrem Rucksack und zog sie über den Kopf. Fallschirmsprung? Wen interessierte das? Sie jedenfalls nicht – und er würde in wenigen Augenblicken garantiert auch nicht mehr daran denken.

Sie holte tief Luft und atmete erst nach ein paar Sekunden wieder aus. *Er hat ein Recht darauf, es zu erfahren.*

»Hör mal, ich mach mir Sorgen.«

Er sah sie ganz gelassen an. Er ahnte nicht, was auf ihn zukam.

»Weißt du noch, als ich diese Lebensmittelvergiftung hatte und fast eine Woche lang nichts bei mir behalten konnte? Das war nach den Prüfungen, so Ende Mai, Anfang Juni.«

»Ich hab dir gleich gesagt, dass dieser Kebab nicht astrein war.«

»Jaja, ich weiß. Du erinnerst dich also.« Sie rieb sich nervös die Hände. »Äh … tja, also, wie gesagt, da konnte ich auch absolut nichts bei mir behalten. Jetzt geht es mir ganz ähnlich. Aber diesmal stecken wir in ernsthaften Schwierigkeiten, fürchte ich.«

Es dauerte ungefähr fünf Sekunden, dann begriff er. Sie konnte es ihm ansehen. Es traf ihn wie eine Gewehrkugel genau zwischen die Augen.

»Hast du einen Test gemacht?«

»Noch nicht. Ich schieb's die ganze Zeit vor mir her.«

»Dann mach einen Test, Himmel noch mal! Das ist bestimmt falscher Alarm.«

»Ich muss mich seit Tagen morgens übergeben. Ich bin so müde, dass ich mich kaum auf den Beinen halten kann – ich will nur noch schlafen. Und … da sind noch ein paar andere Dinge.«

»Mach einen Test, okay? Ich wette mit dir, dass er negativ ausfällt.« Er nagte an seiner Oberlippe. »Und wenn nicht, musst du schnell handeln. Ich werde dir helfen.«

»Helfen? Heißt das, du willst dich aktiv als Vater einbringen?«

Er machte ein Gesicht, als hätte sie ihm einen Skorpion in seine Boxershorts gesteckt. Sie hätte über seinen Gesichtsausdruck gelacht, wenn die Situation nicht so todernst gewesen wäre.

»Ich bitte dich, Cass! Wir sind noch viel zu jung für so was. Wir haben unser ganzes Leben noch vor uns! Es gibt nur eine logische Lösung, und das weißt du auch.« Er zog sein Blackberry hervor. »Mal sehen, ob ich hier ins Internet kann … Scheiße, geht nicht. Aber ich bin sicher, dass du das hier machen lassen kannst. Wir schauen im nächsten Internetcafé nach. Wir finden bestimmt eine Adresse.«

Cassy wusste bereits, was bei seinen Recherchen herauskommen würde. Sie hatte sich am Computer im Hostel in Auckland selbst schon schlaugemacht. *Gutes altes Google,* dachte sie bitter. *Buch deinen Fallschirmsprung, bestell deine Peperonipizza und organisiere den Mord an deinem kleinen Problem. Und das alles ganz bequem vom Sessel aus.*

»Das wird keine große Sache sein«, sagte Hamish.

»Für mich schon.«

»Selbst wenn es kein falscher Alarm ist – und ich wette, es ist einer –, ist das bis jetzt doch nur ein Zellklumpen. Wahrscheinlich musst du nur eine Pille schlucken. Im Grunde ist es Empfängnisverhütung.«

Sie rieb sich das Gesicht mit beiden Händen. »Ich weiß einfach nicht, was ich machen soll.«

»Du hast gar keine Wahl.« Er blickte die Straße hinunter. »Ich darf gar nicht daran denken, verdammte Scheiße. Stell dir bloß mal Mikes Reaktion vor!«

Das war allerdings ein Argument. Ihr Vater durfte niemals, *unter gar keinen Umständen*, davon erfahren. Er würde die Wände hochgehen. Er wäre über alle Maßen enttäuscht von ihr, er würde sie für unfähig und leichtsinnig und dumm halten, und das würde sie nicht ertragen. Sie hatte einen Fehler gemacht, der so alt war wie die Menschheit: Sie hatte Mist gebaut, und jetzt war sie möglicherweise schwanger.

Hamish schien ihr Schweigen als Zustimmung zu werten.

»Dann sind wir uns also einig? Wir können es uns nicht leisten, einen auf glückliche Familie zu machen, du nicht und ich auch nicht. Ich jedenfalls habe nicht die geringste Lust dazu, selbst wenn ich es mir leisten könnte.«

Es wurde bereits dunkel, obwohl es noch früher Nachmittag war. Die Autos hatten die Scheinwerfer eingeschaltet. Ein Pferdetransporter. Ein Lastwagen. Ein herzloses Auto nach dem anderen raste vorbei und spritzte ihre nackten Beine nass. Obwohl sie mittlerweile vor Kälte zitterte, knipste sie tapfer ihr Lächeln an. Kein Mensch würde eine heulende Anhalterin mit roter Nase mitnehmen.

»Außerdem hast du mir gestern Abend nicht den Eindruck gemacht, als ob es dir so furchtbar schlecht ginge«, fuhr Hamish fort. »So, wie du geflirtet hast.«

»Ich? Geflirtet?«

»Ja, mit diesem Schweden.«

Sie überlegte stirnrunzelnd. »Du meinst diesen Finnen? Der Typ, der mir einen Tee gemacht hat, während du Charlotte und Topsy zugetextet hast?«

»Finne, Schwede. Ist doch alles das Gleiche.«

»Keineswegs. Finnland liegt …«

»Wen interessiert das«, entgegnete er genervt.

»Wenn hier einer geflirtet hat, dann ja wohl du. Ich hab gesehen, wie ihr eure Telefonnummern ausgetauscht habt, du und diese stinkvornehme Charlotte.«

»Charlottes Vater ist zufällig einer der Vollpartner bei Bannermans.« Hamish hatte eine Miene gekränkter Würde aufgesetzt. »Vielleicht kann sie mir zu einer Praktikantenstelle verhelfen. Ich würde alles tun, um dort einen Fuß in die Tür zu kriegen. Und ich *meine,* alles.«

Cassy blieb buchstäblich die Spucke weg. Diese Bemerkung war sogar für seine Verhältnisse unglaublich niveaulos.

»Du bist echt ein Arsch«, stellte sie fest.

Falls er es gehört hatte, ließ er sich nichts anmerken. Eine Gruppe Radler sauste vorbei, große, in Lycra gekleidete Insekten mit sehnigen Schenkeln und bebrillten Augen. Cassy dachte an ihren Vater, einen leidenschaftlichen Radsportler, der genauso aussah wie diese hier. Die Reifen zischten auf dem nassen Asphalt. Der Tag verwandelte sich allmählich in einen Albtraum. Vielleicht würden sie nie nach Taupo kommen. Vielleicht waren sie dazu verdammt, bis in alle Ewigkeit auf diesem Grasstreifen auszuharren und sich mit jeder Stunde, die verging, mehr zu hassen.

»Sollen wir uns trennen?«

»Was?« Hamish klappte der Unterkiefer herunter. »Wo kommt das denn jetzt her?«

Sie breitete ihre Arme aus. »Sieh uns doch an, Hamish! Sehen wir etwa aus wie ein glückliches Paar? Ich hasse es, wenn eine Beziehung in den letzten Zügen liegt. Es wäre vielleicht barmherziger, ihr eins über den Schädel zu hauen und sie zu erlösen.«

Sie hoffte, dass er immer noch etwas für sie empfand, dass er ihr energisch widersprechen, aufspringen und sie in seine

Arme nehmen würde. Immerhin waren sie seit fast zwei Jahren zusammen und einmal bis über beide Ohren ineinander verliebt gewesen.

Aber er rührte sich nicht. Er widersprach ihr auch nicht. Er machte sogar einen erleichterten Eindruck, auch wenn er es zu verbergen versuchte. Sie kannte ihn zu gut und sah es an seiner Körpersprache – hängende Schultern, ausdruckslose Miene, schräg gelegter Kopf.

»Das musst *du* wissen«, sagte er bloß.

Sie werde sich in der Tankstelle einen Kaffee holen, murmelte sie, drückte ihm das *TAUPO*-Pappschild in die Hand und ging schnell weg, damit er sie nicht weinen sah. Es war alles zu viel. Sie fror und war müde und hatte Angst. Sie hatte sich noch nie im Leben so einsam gefühlt.

Als sie mit schleppenden Schritten am Straßenrand entlangging und sich dabei die Tränen mit den Handflächen wegwischte, fuhr ein weißer Kleinbus an eine der Tanksäulen. In der klapprigen Rostlaube saßen eine Menge Leute, die lauthals sangen. Die Fahrertür schwang auf. Ein etwa dreißigjähriger Mann stieg aus. Breite Schultern, volles helles Haar, das seitlich und hinten kürzer geschnitten war. Ein heißer Typ, wenn man auf das Raue, Herbe stand – so wie sie, wie sie gerade feststellte. Er grinste sie an.

»Alles in Ordnung mit dir?« Es klang ernsthaft besorgt.

»Ja, alles bestens. Aber – *brrr* – ganz schön kalt.«

Er schraubte den Tankdeckel ab. »Wollt ihr nach Süden?«

»Ja, nach Taupo.«

»Wir fahren bis Rotorua. Von da wär's nicht mehr ganz so weit.«

Die Seitentür wurde aufgeschoben, Köpfe herausgestreckt.

»Die beiden da wollen nach Taupo«, rief der Fahrer über die Schulter. »Haben wir da hinten noch Platz für zwei mehr?«

»Aber immer doch!«, kam es von drinnen. »Jede Menge Platz sogar!« Zwei Mädchen sprangen heraus, das eine hatte einen kleinen Jungen auf dem Arm. Beide trugen dunkelblaue Kleider und blaue Strickjacken und Schnürstiefel und hatten kurz geschnittene Haare. Sie lächelten Cassy zu. *Schulmädchen?* Nein, dafür waren sie eine Spur zu alt. Vielleicht gehörten sie einem Chor an, waren irgendwo aufgetreten und befanden sich jetzt auf dem Nachhauseweg.

»Dir ist doch bestimmt kalt«, sagte die mit dem Kleinkind. Die beiden mussten verwandt sein: Beide hatten olivfarbene Haut und dunkle, fast schwarze Haare. »Wir können dich doch nicht da draußen im Regen lassen.«

Das andere Mädchen, ein gertenschlanker Rotschopf, winkte mit einer Thermosflasche. »Wir haben Tee!«

Cassy empfand eine geradezu mitleiderregende Dankbarkeit. »Ich kann euch gar nicht sagen, wie wundervoll sich das anhört! Einen Moment, ich bin gleich wieder da, ich will nur meinem Begleiter Bescheid sagen.«

Sie lief zu Hamish zurück, der sich nicht vom Fleck gerührt hatte.

»Stell dir vor, sie nehmen uns mit!«, sagte sie aufgeregt und schnappte ihren Rucksack. »Wir können bis nach Rotorua mitfahren!«

»In dieser Kiste? Auf keinen Fall! Die Karre ist doch nicht verkehrssicher.«

»Ich glaube nicht, dass wir große Ansprüche stellen können.«

»Ich hab keine Lust, in Rotorua festzusitzen.«

Cassy schaute zu dem Van. Sein attraktiver Fahrer hatte getankt und ging weg, um zu bezahlen, wobei er zu ihr hinsah und gut gelaunt seinen Daumen hochreckte. Die beiden Mädchen kamen auf sie zu.

»Hi!«, rief die Rothaarige. »Ich bin Paris. Das ist Bali und das hier« – sie gab dem kleinen Jungen einen sanften Klaps auf den Kopf – »ist Monty. Sollen wir euch beim Tragen helfen?«, fragte sie. Sie hatte einen schottischen Akzent und einen Kurzhaarschnitt, wie nur rassige Rothaarige ihn tragen können, und sie strahlte Hamish an, was ihn jedoch völlig kaltzulassen schien.

»Nein, danke«, erwiderte er knapp.

»Du benimmst dich wie ein echtes Arschloch«, zischte Cassy. »Wir müssen froh sein um jeden, der uns in die richtige Richtung mitnimmt!«

»Nicht, wenn das Fahrzeug ein Schrotthaufen ist.«

Das war der Augenblick. Der entscheidende Moment. In dieser Sekunde traf sie die Entscheidung, die ihr Leben für immer verändern sollte.

»Wie du meinst«, fauchte sie. »Mach's gut. Vielleicht sehen wir uns ja in Taupo.«

Sie folgte den Mädchen zu dem Bus, wo sie mit fröhlichen Jubelrufen empfangen wurde. »Hi!« und »Willkommen an Bord!« tönte es von allen Seiten. Sie behandelten sie wie einen Promi. Ein Junge nahm ihr eilfertig ihren Rucksack ab, ein anderer bot ihr seinen Platz an. Die Tür schloss sich mit einem ächzenden Rums.

»Ahh«, seufzte Cassy und rieb sich ihre nackten Beine, um die Blutzirkulation anzuregen. »Herrlich warm habt ihr's hier drin.«

»Wir werden die Heizung noch ein bisschen höherdrehen, bis du trocken bist«, sagte Bali, die den kleinen Monty im Kindersitz festschnallte.

Der Fahrer kletterte hinters Lenkrad, schlug die Tür zu und ließ den Motor an, der dröhnend und rumpelnd zum Leben erwachte.

Endlich hatte Hamish sich hochgerappelt. Cassy sah, wie er halbherzig einen Schritt auf den Van zu machte. Es wäre ein Leichtes für ihn gewesen, angelaufen zukommen und die Tür aufzureißen, wenn er es wirklich gewollt hätte.

Der Wagen rollte weg von den Zapfsäulen. Als sie an Hamish vorbeifuhren, trafen sich ihre Blicke. Er breitete die Hände aus, und Cassy konnte ihm von den Lippen ablesen, was er sagte: »Was soll denn das, verdammte Scheiße?«

Der Kleinbus beschleunigte. Zwanzig Sekunden später waren Hamish und die Tankstelle hinter einer Kurve verschwunden.

Das Handbuch des Sektenführers: In acht Schritten zur Bewusstseinskontrolle

Cameron Allsop

Schritt 2: Überzeuge die neu Angeworbenen davon, ins Netzwerk einzutreten

Stell es als etwas Harmloses dar: ein Einführungswochenende, einen Kurs, eine Party, ein Bett für die Nacht, Freundschaft, Eheberatung, eine Kirchenversammlung oder sogar eine Geschäftsidee. Es ist egal, wie du es nennst, aber sorge dafür, dass die Leute mitkommen.

DREI

Cassy

»Schade, dass dein Freund nicht mitkommen wollte«, sagte Paris.

»Sein Pech«, entgegnete Cassy. Es hatte leichthin klingen sollen, aber der Schock saß so tief, dass ihre Stimme brüchig war.

Es war aus. Das war eine Tatsache. Heute Morgen beim Aufwachen waren sie noch ein Paar gewesen und an den Tagen davor auch. Zweimal dreihundertfünfundsechzig Tage lang. Aber jetzt war es aus und vorbei. Da – endlich gestand sie es sich ein. Fünf Tage hintereinander hatte sie sich morgens übergeben, und jetzt war sie ganz auf sich allein gestellt.

Die Leute in dem Van kümmerten sich rührend um ihre Anhalterin. Jemand drückte ihr einen Apfel in die Hand. Der Fahrer drehte die Heizung hoch. Ein anderer gab ihr ein Handtuch, damit sie sich ihre tropfnassen Haare trocken rubbeln konnte. Paris schenkte ihr einen Becher Schwarztee aus der Thermosflasche ein.

»Da ist Honig drin«, sagte sie, als Cassy einen Schluck probierte.

»Das tut gut«, seufzte Cassy. »Ich war total durchgefroren.«

Ihre Retter stellten sich vor. In den hinteren beiden Reihen saßen ein etwa siebzigjähriges Paar aus der Schweiz, Otto und Monika, und ihre beiden Enkel im Teenageralter. Otto hatte buschige Brauen und Hängebacken und lächelte oft. Monika war eine winzige Frau mit schütterem grauem Haar. Anscheinend war sie Ärztin und praktizierte noch immer. Hießen ihre Enkel tatsächlich Washington und Riad, oder hatte sie das bei dem Motorenlärm nicht richtig verstanden? Jedenfalls spielten die beiden friedlich eine Partie I Spy miteinander.

Cassy staunte über die beiden Jugendlichen. *Wieso zanken sie sich nicht?*, dachte sie. *Tara und ich haben uns bei jeder längeren Autofahrt so in die Wolle gekriegt, dass alles zu spät war.*

Unmittelbar hinter ihr saß Balis Partner Sydney, ein stiller junger Mann, dessen Augen hinter den runden Brillengläsern Cassy freundlich anblinzelten. Er sei in Kapstadt aufgewachsen, erzählte er, habe aber in Südafrika keine Zukunft für sich gesehen und sei deshalb nach dem Studium nach Neuseeland gegangen.

»Da habe ich Bali kennengelernt … und dann kam dieser kleine Bursche da.« Er strich Monty über den Kopf. »Und so bin ich immer noch hier.«

Monty starrte ganz fasziniert auf Cassys Haare. Sie beugte den Oberkörper zurück, damit er mit den schweren, langen Strähnen spielen konnte.

»Nicht dran ziehen!«, ermahnte Bali ihn überflüssigerweise. Er war ganz vorsichtig.

»Und du?« Cassy wandte sich dem Jungen zu, der ihr seinen Platz angeboten hatte und jetzt auf dem Boden neben einer Apfelkiste hockte. Er war ein Schlaks in der Pubertät und schien nur aus langen, sehnigen Armen und Beinen zu bestehen. Er grinste. Seine Zähne standen ein wenig schief. Kein Handy, kein Tablet, keine Kapuzenjacke, kein mürrisches Schweigen. Er reichte Cassy die Hand.

»Ich bin Rom. Freut mich sehr, dich kennenzulernen.«

Cassy war verwirrt. »Ich möchte nicht unhöflich sein, aber … ist das Zufall, dass ihr alle geografische Namen habt?

Sydney, Rom, Paris, Bali ... und ihr zwei heißt Washington und Riad, oder? Sind das Spitznamen?«

Alle lachten. »Nein, das sind unsere richtigen Namen – ein ganzer Planet in einem einzigen Fahrzeug!«, rief Rom.

Auf dem Beifahrersitz saß ein Mädchen. Als die Kleine sich umdrehte, sah Cassy, dass sie ein sommersprossiges Gesicht hatte. Sie trug eine ziemlich hässliche Strickmütze.

»Das ist Suva«, sagte Bali. »Nächste Woche wird sie elf. Und unser Fahrer ist ihr Dad. Aden.«

Seltsam, dachte Cassy. *Ich hätte ihn nicht für einen verheirateten Mann gehalten.*

Er wirkte belustigt, als sich ihre Blicke im Rückspiegel trafen. »Zu viele bescheuerte Namen, hm? Macht nichts, wenn du sie dir nicht merken kannst.«

Cassy war auf der knapp dreistündigen Fahrt nach Rotorua so entspannt wie seit Tagen nicht mehr. Sie fand, dass sie ein richtiger Glückspilz war, weil sie so nette Leute kennengelernt hatte. Während der ganzen Fahrt fiel nicht ein einziges böses Wort. Es herrschte keinerlei Spannung, keiner verdrehte genervt die Augen. Alle machten einen rundherum glücklichen, zufriedenen Eindruck und schienen sich aufrichtig für sie zu interessieren. Für Cassy war das eine völlig neue Erfahrung: Die meisten ihrer Freunde hörten ungefähr drei Sekunden lang zu und lenkten die Unterhaltung dann geschickt auf sich selbst zurück. Die Leute hier stellten ihr dagegen Fragen und hörten ihren Antworten aufmerksam zu, sie lachten über ihre Scherze und staunten, als sie erwähnte, dass sie Jura im letzten Jahr studierte.

»Du bist bestimmt sehr klug«, bemerkte Suva.

»Ach was. Jurastudenten gibt's heutzutage wie Sand am Meer. Manchmal wünschte ich, ich hätte mich für etwas anderes entschieden.«

»Zum Beispiel?« Otto, der Schweizer, hatte sich interessiert vorgebeugt.

»Na ja … wenn ich die Zeit zurückdrehen könnte, würde ich vermutlich Lehrerin werden. Mir gefällt es, wie Kinder denken.«

Otto breitete die Hände aus. »Was hält dich davon ab? Es ist noch nicht zu spät! Es ist nie zu spät!«

»Das stimmt allerdings.«

»Warum studierst du gerade Jura?«

Sie verzog das Gesicht. »Schien mir damals eine gute Idee zu sein. Mein Dad hat mir dazu geraten.«

»Ist er Anwalt?«

»Nein, nein. Er war über zwanzig Jahre bei der Army. Er ist pensionierter Major und arbeitet jetzt für eine Sicherheitsfirma. Die prüfen das Risiko vor Ort und stellen speziell ausgebildete frühere Armeeangehörige als Leibwächter zur Verfügung, wenn jemand ein Geschäft in einer unsicheren Region abwickeln will. Und bei einer politischen Krise bringen sie dich schnell außer Landes.«

»Wow! Das ist ja ein cooler Beruf!«

»Na ja, so cool auch wieder nicht. Meistens eher langweilig. Bin mir außerdem nicht sicher, ob das ethisch ist, diesen Großunternehmen bei der Ausbeutung von Menschen zu helfen. Aber jetzt genug von mir! Erzählt mir von euch. Wer seid ihr? Was macht ihr?«

»Okay.« Paris schlug die Hände zusammen und ließ sie einen Augenblick so. »Okay. Halt uns bitte nicht für verrückt, Cassy, aber wir leben alle auf einer Farm am Lake Tarawera. Wir bauen unter anderem unser eigenes Gemüse an.«

Cassy stellte sich Gewächshäuser und vielleicht einen Verkaufsstand an der Straße vor. »Das muss aber ein großes Haus sein, wenn ihr alle da wohnt!«

»Wir wohnen nicht alle im selben Haus. Nur im selben … Dorf. Es ist ein landwirtschaftliches Kollektiv, könnte man sagen.«

»Seid ihr Obstpflücker? Saisonarbeiter?«

»Nein, wir sind da zu Hause. Wir besitzen ungefähr fünfhundert Hektar, nicht nur landwirtschaftlich genutzte Fläche, sondern auch Wald und Brachland. Wir betreiben eine nachhaltige Landwirtschaft, wir geben dem Boden mehr zurück, als wir ihm entnehmen. Wir haben unsere eigene Wasser- und Stromversorgung, unser eigenes Klärwerk. Wir führen ein autarkes Leben, und wir leben wirklich gut.«

Die Stimmung im Kleinbus hatte sich beinah unmerklich verändert. Cassys neue Freunde schienen auf der Hut, als warteten sie darauf, dass sie sie auslachen würde.

»Ja, du hast richtig geraten: Wir sind ein Haufen Hippies«, sagte Otto mit seinem starken Schweizer Akzent todernst und zwinkerte ihr dann zu. Cassy lächelte. Wie Hippies kamen sie ihr nicht vor, dafür schienen sie zu adrett, gesund und aufgeweckt.

»Aber ihr braucht doch Benzin für dieses Auto«, wandte sie ein.

»Es fährt mit Ethanol aus eigener Herstellung. Wir konnten bloß nicht so viel mitnehmen, wie wir für den Weg nach Auckland und zurück brauchen, deshalb mussten wir tanken.«

»Und warum wart ihr in Auckland?«

»Wir mussten ein paar Dinge erledigen. Besorgungen machen.«

»Ich bin jedes Mal heilfroh, wenn wir wieder zu Hause sind«, seufzte Bali. »Gethsemane ist der schönste Ort, den du dir vorstellen kannst. Der See, die Hügel, die Wildnis – so etwas findest du sonst nirgendwo auf der Welt.«

»Klingt traumhaft. Scheint ein Paradies zu sein.«

»Es *ist* ein Paradies. Ich wünschte, du könntest es mit eigenen Augen sehen.«

Als sie hinter einem Schulbus halten mussten, drehte Aden sich um.

»Hey, Cassy, warum kommst du nicht einfach mit zu uns und schaust dir an, was wir machen?«

»Das würde ich wahnsinnig gern.« Cassy dachte kurz nach, schüttelte dann aber den Kopf. »Geht nicht. Ich werde lieber in Rotorua aussteigen. Und gleich morgen früh nach Taupo weiterfahren. Und Hamish suchen.«

»Ist das der Bursche, mit dem du unterwegs warst?«

»Ja.«

»Dein Freund?«

»Weiß nicht so genau.«

Aden lächelte. Er hatte Grübchen in beiden Wangen.

»In letzter Zeit verstehen wir uns nicht mehr so gut«, fuhr Cassy fort. »Gut möglich, dass es aus ist.«

Die anderen machten ein mitfühlendes Gesicht, und jemand drückte ihr sanft die Schulter. Der Regen hatte sich inzwischen zu einem Wolkenbruch entwickelt. Große Tropfen zerplatzten hüpfend auf dem Asphalt; die Scheibenwischer hatten Mühe, die Wassermassen zu bewältigen. Durch die beschlagenen Scheiben und den strömenden Regen konnte man einen Wegweiser erkennen: *Rotorua 5 km.*

»Jetzt sind wir bald da, nicht wahr?«

»Ja, dauert nicht mehr lange«, erwiderte Aden. Der Blick seiner lächelnden Augen und Cassys trafen sich im Rückspiegel.

Sie ertappte sich dabei, wie sie unwillkürlich zurücklächelte. *Hör auf damit!*, schimpfte sie im Geist mit sich. *Reiß dich gefälligst zusammen.*

»Falls du dich wunderst, was das für ein Geruch ist«, sagte

Bali naserümpfend, »das liegt an den geothermischen Aktivitäten hier in der Gegend. Rotorua ist bekannt für diesen Geruch!«

Cassy schnupperte. Es roch tatsächlich nach Schwefel. Der Geruch erinnerte sie an die Stinkbombe, die einmal jemand in der Aula ihrer Schule geworfen hatte.

»Nach ein paar Stunden hat man sich daran gewöhnt«, sagte Rom.

Als sie bald danach den Randbezirk der Stadt erreichten und an Läden und Imbissstuben vorbeikamen, kniete Suva sich auf ihren Sitz und flüsterte ihrem Vater etwas ins Ohr. Das Mädchen war klein und schmächtig und hatte dunkel umschattete Augen.

»Warum fragst du sie nicht selbst?«, flüsterte Aden hörbar zurück.

»Kannst du das nicht tun?«

Er stupste sie sanft in die Rippen. »Nein, mach du das.«

Suva drehte sich zu Cassy um. »Bleibst du heute Nacht bei uns? Bei Dad und mir? Bitte, bitte, bitte! Wir haben ein Gästezimmer. Es wird dir bestimmt gefallen bei uns. Morgen früh bringen wir dich hierher zurück.«

»Oh, das ist furchtbar lieb von dir, aber das geht nicht.«

»Warum denn nicht?«

Ja, warum eigentlich nicht?, fragte sich Cassy. *Ich kann mir nicht vorstellen, dass diese Leute gefährlich sind.* Laut sagte sie: »Das möchte ich deinem Dad nicht zumuten, weißt du.«

»Das macht ihm überhaupt nichts aus! Nicht wahr, Dad? Es macht dir doch nichts aus?«

»Nicht das Geringste.« Aden sah Cassy im Rückspiegel an. »Und ich weigere mich ganz entschieden, dich bei diesem Wetter hier abzusetzen.«

Suva hatte flehentlich die Hände gefaltet. Cassy kannte zwar nicht viele zehnjährige Mädchen, aber dieses hier schien etwas Besonderes zu sein. Wenn sie nur an Tara dachte, die in dem Alter eine fürchterliche Nervensäge gewesen war. Suva hatte so etwas In-sich-Gekehrtes, Wachsames, als hütete sie ihr Glück sorgfältig.

»Da vorn müssen wir abbiegen«, sagte Aden. »Also? Kommst du mit?«

Bali sah sie verschmitzt an. »Ich habe ein Wildragout auf dem Herd.«

»Ach, komm schon, sag Ja!« … »Du bist so herzerfrischend!« … »Bali ist berühmt für ihr Wildragout!«, ertönte es von allen Seiten.

In den folgenden Jahren würde sich die Szene immer und immer wieder vor Cassys innerem Auge abspielen, und sie würde sich fragen, was genau sie bewogen hatte, in diesem Van sitzen zu bleiben und mit unbekannten Menschen an einen ihr unbekannten Ort zu fahren.

Damals war ihr die Entscheidung nicht sonderlich schwergefallen. Sie konnte sich im strömenden Regen in einer fremden Stadt auf die Suche nach einem Hostel machen. Sie konnte in einer schmuddeligen Gemeinschaftsküche zum x-ten Mal ein Nudelfertiggericht hinunterwürgen. (Ein selbstgefälliges skandinavisches Paar in Designerpullis würde kochen, irgendetwas mit Gemüse und einem Wok. Das war in jedem Hostel so.) Sie konnte sich im Schlafsaal in ihr knarrendes Feldbett legen, kein Auge zutun und darauf warten, dass diese grauenvolle Morgenübelkeit wieder einsetzte. Sie konnte alles ganz allein durchstehen.

Oder aber sie konnte mit diesen freundlichen, liebenswürdigen Menschen gehen, die Nacht in einem warmen Haus verbringen, sich ein selbst gemachtes Ragout schmecken lassen. Sie konnte ein Gast sein, der willkommen war, der umsorgt, verwöhnt, gemocht wurde. Was für eine verlockende Aussicht!

»Na ja, wenn ihr meint«, sagte sie.

Jubel brandete auf. Aden setzte den Blinker und bog nach links ab.

Die Landschaft hatte sich verändert. Die Hügel waren steiler geworden, die Vegetation üppiger. Riesige Baumfarne streiften das Wagendach. Der Regen lief in Schlieren an den Scheiben herunter. Aden musste ab und zu einem Tierkadaver ausweichen. Das seien Possums, Beuteltiere, erklärte Rom. Cassy, die den Tag in Auckland mit seinem Sky Tower, seinen Cafés und seinem Verkehr begonnen hatte, kam sich vor wie auf einem anderen Planeten.

Allmählich klarte es auf. Aden schaltete herunter, damit der Kleinbus die Steigung bewältigen konnte. Dann, hinter einer lang gezogenen Kurve, erhob sich vor ihnen in der Ferne ein Berg, ein zerklüfteter Riese, vor einem strahlend sauberen Himmel.

»Tarawera«, rief Bali freudig aus. »Der Vulkan. Jetzt sind wir bald daheim.«

Unter ihnen erstreckte sich ein See im Dunst. Cassy musste bei seinem Anblick an flüssiges Quecksilber denken, das träge und glänzend die Narben der Erde füllte.

»Ich habe gar nicht gewusst, dass es hier einen See gibt«, sagte sie.

»Komisch, bei mir ist es genau andersrum«, erwiderte Paris. »Ich wundere mich jedes Mal wieder, dass es eine Welt jenseits dieses Fleckchens gibt.«

Die Straße führte bergab und dann am See entlang. Anfangs kamen sie noch an einigen Häusern vorbei, Ferienhäuser, wie sie erfuhr. Bald gab es ringsum nur noch Wildnis. Die Straße wurde schmaler, ihr Zustand schlechter. Dann hörte sie ganz auf.

Suva stieg aus, öffnete ein Gatter und schloss es hinter ihnen wieder. Ihr Vater steuerte den Wagen eine steile Böschung hinunter auf einen unbefestigten Weg voller Schlaglöcher. Der Van holperte durch dichten Wald. Cassy konnte nirgendwo eine menschliche Behausung oder irgendein anderes Anzeichen von Zivilisation entdecken. Sie war diesen fremden Menschen schutzlos ausgeliefert. Wenn sie nun – wie ihre Mutter sagen würde – eine Bande mordlüsterner Irrer waren?

Schließlich erreichten sie eine Lichtung. Aden schaltete den Motor aus.

»Endstation«, sagte er in die plötzliche Stille hinein.

Cassy schaute sich verwundert um und dachte: *Hier ist doch gar nichts.*

Nachdem sie nacheinander ausgestiegen waren, luden sie Kisten aus dem Wagen aus. Cassy sprang auf den weichen, morastigen Waldboden und spürte, wie die nach Farn und Moos riechende Feuchtigkeit ihre Kleidung durchdrang. Irgendwo im Unterholz plätscherte Wasser.

»Gut.« Aden schloss das Fahrzeug ab und drehte sich um. »Gib mir deinen Rucksack, Cassy, damit wir ihn verstauen können.«

»Verstauen? Wo denn?«

Aden nickte mit dem Kinn Richtung See. Da erst sah sie, dass die anderen über einen wackligen Steg gingen, an dem ein Holzschiff vertäut war.

»Das ist nicht dein Ernst!«, rief sie halb ängstlich, halb entzückt aus. »Ihr könnt euer Zuhause nur per Boot erreichen?«

Es sah aus wie eine Filmrequisite: sehr viel größer als ein normales Ruderboot, mit Brettern zum Daraufsitzen und sechs Rudern. Rom, Paris, Sydney und die Enkelsöhne der beiden Schweizer sprangen hinein und ergriffen die Ruder. Bali hatte bereits im Heck Platz genommen. Monty saß an sie geschmiegt auf ihrem Schoß und summte eine Melodie vor sich hin.

»Das war einmal ein Walfänger«, erklärte Aden. »Aber es fährt jetzt schon seit über hundert Jahren auf diesem See.«

Cassy bewunderte die Wölbung des Rumpfs, das dunkle Holz, das sich im Lauf vieler Jahre ausgedehnt und wieder zusammengezogen und jeder Witterung getrotzt hatte. Sie stellte sich vor, wie mit Harpunen bewaffnete Männer am Bug gestanden hatten.

»Setz dich doch mit Suva zu Bali«, schlug Aden vor, während er das Tau vom Steg löste. »Ich werde rudern. Deinen Rucksack stellen wir am besten in die Mitte. So … rein mit dir!«

Augenblicke später tauchten die Ruder ins Wasser ein, das Boot glitt über den See. Wasserhühner stoben empört kreischend nach allen Seiten davon. Cassy spürte den flutenden Druck des Wassers gegen den Rumpf. Sie beugte sich über den Bootsrand. Der See war klar und anscheinend jetzt schon sehr tief. Das Seegras, das sie sehen konnte, war beunruhigend weit unten. Sie blickte sich verstohlen um, konnte aber weder Schwimmwesten noch Rettungsringe entdecken.

»Wie tief ist der See eigentlich?«

»Stellenweise sehr tief«, antwortete Bali. »So still und harmlos, wie er sich heute zeigt, ist er nicht immer.«

Jenseits des Sees ragte der Mount Tarawera empor. Der Vulkan war nicht besonders hoch, aber sehr kompakt. Man konnte mehrere Krater erkennen. Die kahle, narbige Trostlosigkeit erinnerte Cassy an die letzte Episode der TV-Serie *Dinosaurier – Im Reich der Giganten*, als gegen Ende der Kreidezeit die enorme vulkanische Aktivität und ein gewaltiger

Meteoriteneinschlag praktisch alles Leben auf der Erde ausgelöscht hatten.

»Zu Lebzeiten meiner Ururgroßmutter ist der Tarawera mal ausgebrochen«, erzählte Bali. »Die Eruption war so stark, dass der Grund des Lake Rotomahana auf der anderen Seite des Bergsporns dort regelrecht weggesprengt wurde. Etliche Millionen Tonnen Asche regneten über der Gegend nieder und begruben sie unter sich. Es gab viele Todesopfer.«

Es war kalt auf dem Wasser, viel zu kalt, wenn man eine halbe Stunde nur bewegungslos dasaß. Cassy zitterte schon am ganzen Körper, als sie sich endlich einer kleinen Insel näherten. Alle Köpfe drehten sich zu ihr hin, so als würden sie von einer unsichtbaren Kraft gelenkt. Rauch kräuselte sich zwischen den Bäumen empor, und auf dem Strand lag ein blaues Ruderboot.

»Ist die Insel bewohnt?«, fragte Cassy.

Gemurmel erhob sich ringsum, fröhlicher noch als Gelächter.

»Allerdings. Von einem ganz besonderen Menschen«, erwiderte Rom.

Noch während sie diese Einsiedelei im Schatten eines Vulkans neugierig betrachtete, trat eine Gestalt zwischen den Bäumen hervor. Es war ein groß gewachsener, langgliedriger Mann. Er schlenderte zum Wasser hinunter. Er trug keine Schuhe, nur ein helles Hemd und eine helle Hose. Ein Hund begleitete ihn, ein wunderschönes, wolfsähnliches Tier mit einem dichten Fell und Stehohren.

Rom war aufgesprungen, er winkte und schrie: »Justin! Justin!« Die anderen Kinder und Jugendlichen taten es ihm nach, und das alte Boot schwankte.

»Vorsicht, Kinder!«, ermahnte Otto sie. »Wir sind noch nicht da. Wenn ihr so weitermacht, werden wir noch alle im Wasser landen!«

Bis auf Rom, der noch einmal winken musste, setzten sich alle sofort wieder hin und ergriffen die Ruder.

Der Mann stand jetzt direkt am Wasser. Er hatte hagere Züge, und der Wind spielte mit seinen hellen Haaren. Er sah Cassy direkt an. Dann lächelte er und hob die Hand.

Cassy konnte keinen Blick von ihm wenden. Selbst, als das Boot in eine geschützte, von einem grauen Strand gesäumte Bucht glitt, starrte sie immer noch an die Stelle, wo er gestanden hatte.

»Wer war das?«

»Das war Justin«, antwortete Bali.

»Wer ist Justin?«

»Er ist der wunderbarste Mensch, dem du jemals begegnen wirst.«

Ein merkwürdiges Gefühl erfasste Cassy. Obwohl sie nicht die Einzige auf diesem Boot war und mindestens die Hälfte der anderen diesem Mann zugewinkt hatte, hatte seine grüßende Geste ihr allein gegolten. Je länger sie darüber nachdachte, desto sicherer war sie sich.

Warum ich?, dachte sie. *Ich bin nur eine Anhalterin. Er hat nicht mal gewusst, dass ich kommen würde.*

Doch dann fiel ihr noch etwas auf. Er hatte sich nicht benommen, als ob sie eine Fremde wäre, sondern als ob er sie bereits kennen würde.

VIER

Cassy

Kinder rannten zu einem Bootssteg. Ihre freudigen Stimmen trugen weit in der Stille. »Sie sind wieder da! Juhu!«

Cassy hatte Mühe, alle Eindrücke in sich aufzunehmen. Hauchdünne Nebelschwaden krochen über den See und verliehen der Szenerie einen märchenhaften Zauber. Die bewaldeten Hügel öffneten sich zu einem gerodeten Tal. Zwischen den bestellten Feldern lag eine recht große Siedlung. Cassys Blick schweifte über Ziegen auf einer Weide und zwischen niedrigen Gebäuden aufgehangte Wäsche. Als sie den Steg erreichten, warf Aden einem stämmigen blonden Mädchen in einer blauen Hose ein Seil zu. Die Kleine fing es geschickt auf und schlang es um einen Holzpflock.

»Das ist meine Freundin Malindi«, sagte Suva.

»Und die anderen, sind das auch deine Freunde?«

»Ja, alle.«

»Hast du ein Glück! Dann ist dir also nie langweilig?«

»Langweilig?« Suvas helle Brauen schossen nach oben. »Nein, eigentlich nicht.«

Zum Ausladen wurde eine Kette gebildet. Die Kinder am Ufer nahmen die Fracht Stück für Stück entgegen und stiegen dann einen grasbewachsenen Hang hinauf. Als Cassy nach ihrem Rucksack greifen wollte, kam Aden ihr zuvor. Er schnappte ihn und warf ihn sich über die Schulter.

»Willkommen in Gethsemane«, sagte er.

Suva schlang die Arme um sich. »Ich freue mich so, dass du mitgekommen bist!«

Cassy folgte ihnen über die Wiese zu einem Holzhaus mit einer langen Veranda davor. Von allen Häusern stand dieses dem See am nächsten. Aden und Suva setzten sich auf die Verandastufen und zogen ihre Schuhe aus. Cassy tat es ihnen nach. Dann lehnte sie sich, auf die Ellenbogen gestützt, zurück und ließ den Frieden und die Ruhe auf sich wirken. Kein Verkehrslärm, kein Geschrei. Nichts als Vogelgezwitscher und das sanfte Plätschern der am Ufer auslaufenden Wellen. Die untergehende Sonne fiel auf den zerrissenen Gipfel des Tarawera und ließ ihn aufleuchten.

Ein Jammer, dass Hamish das nicht sehen kann, dachte sie. *Ob er wohl versucht hat, mich zu erreichen?*

»Kein Empfang, leider«, sagte Aden, als sie einen Blick auf ihr Handy warf. »Wolltest du jemanden anrufen?«

»Ach, nicht so wichtig.« Sie beschloss, an diesem Abend keinen Gedanken mehr an Hamish zu verschwenden.

»Ich muss noch ein paar Dinge erledigen, bevor es dunkel wird«, sagte Aden. »Suva wird sich um dich kümmern.«

»Komm rein, komm rein!« Suva hüpfte aufgeregt von einem Bein aufs andere und knetete ihre Hände. Sie hatte ihre Mütze abgenommen, und Cassy sah, dass sie kurzes, rötliches Haar hatte. »Komm und sieh dir unser Zuhause an!«

Von der Veranda gelangte man in eine Wohnküche mit einem gusseisernen Ofen. Während Suva das Feuer schürte, schaute Cassy sich um. Ein Kieferntisch nahm viel Platz in dem Raum ein. Er stand vor einer Sitzbank mit einer geblümten Polsterauflage am Fenster. Die Einrichtung erinnerte Cassy an die Jacht von Hamishs Eltern.

»So.« Suva klatschte sich die Holzasche von den Händen. »Das ist also unsere Küche.« Sie öffnete sämtliche Schränke.

»Becher hier, alles fürs Frühstück hier, du kannst dir Tee machen oder was du sonst so möchtest, der Wasserkessel steht neben dem Ofen, aber Vorsicht!«

Cassy sah sie fragend an.

»Dieses Zeug hier ist Brennnesseltee. Iiihhh!« Suva verzog angewidert das Gesicht, als sie einen Behälter schwenkte. »Dad sagt, das ist, wie wenn man einen Kuhfladen trinken würde. Monika hat ihm den Tee geschenkt, deshalb tut er so, als würde er ihm schmecken, wenn sie zu Besuch kommt. Tee und Kaffee und Schokolade und Sachen, die wir nicht selber machen können, kaufen wir, aber Monika sagt, wir müssen unabhängig sein und uns selbst versorgen. Sie erfindet ständig was Neues. Komm, ich zeig dir dein Zimmer.«

Da man von der Küche aus nicht in die anderen Räume gelangen konnte, traten sie wieder auf die Veranda, von der ein paar Türen abgingen.

»Dads Zimmer«, sagte Suva, als sie die erste öffnete.

Ein karger, schmuckloser Raum. Ein Doppelbett, eine gefaltete Decke. Auf den Holzdielen zwei Schaffelle als Teppiche. Über einem Holzstuhl hingen eine Drillichhose und ein dunkelblauer Strickpulli. Kein Hinweis auf eine Mrs. Aden.

Das nächste Zimmer war eine kleine Kammer, kaum größer als ein Schrank.

»Das ist meins«, sagte Suva.

Das ordentlich gemachte Bett stand unter einem von geblümten Vorhängen eingerahmten Fenster. Wie überall im Haus bestanden die Wände aus Nut- und Federbrettern. Sie waren kahl – keine Poster von Popstars, keine Fotos, kein Spiegel. Aber der Blick aus dem Fenster auf den See und den Vulkan dahinter, über den sich die Dämmerung senkte, war so überwältigend, dass es keine Dekorationen brauchte.

»Wahnsinn!«, hauchte Cassy. »Was für eine Aussicht!«

Das Zimmer nebenan war größer. Ein Etagenbett stand darin.

»Wer schläft normalerweise hier?«, fragte Cassy.

»Keiner.«

»Warum nimmst du es nicht? Es ist doch größer als deins.«

»Mir gefällt meins. Wo willst du schlafen – oben oder unten?«

»Äh … oben, bitte. Ich hab einen Schlafsack.«

Den brauche sie nicht, erklärte Suva und verschwand. Kurz darauf erschien sie wieder mit Decken und Bettzeug.

»Wo bist du zur Schule gegangen?«, fragte Cassy, als sie gemeinsam das Bett bezogen.

»Hier.«

»Es gibt hier eine Schule?«

»Klar.«

Suva schüttelte ein Kissen auf. Ihre flinken Bewegungen, ihre Handgriffe waren die einer Erwachsenen. Auf dem Kissenbezug entdeckte Cassy Flicken aus dem gleichen Blümchenstoff wie die Vorhänge. Sie fragte sich, wo die Mutter des Mädchens sein mochte.

»Hast du die aufgenäht?« Sie berührte einen der Flicken.

»Nein.« Suva warf ein Laken über das Bett, und sie zogen es gemeinsam glatt und steckten die Ränder unter die Matratze. »Meine … jemand anders.«

Als sie fertig waren und das Bett an die Wand zurückgeschoben hatten, schlug sich das Mädchen an die Stirn.

»Das Bad! Sorry, du hast dich bestimmt schon gefragt, ob wir überhaupt ein Klo haben. Demnächst vergesse ich noch meinen Kopf. Du wirst die Lampe brauchen.«

Cassy folgte ihr nach draußen. Suva zeigte auf eine kleine Holzhütte. Ein paar Stufen führten hinauf. »Es ist ein Trockenklo, du musst ein paar Handvoll Sägemehl reinwerfen, nachdem du es benutzt hast. Da drin ist auch unsere Dusche. Im Winter ist es herrlich, weil das Wasser vom Ofen erwärmt wird. Ich lass dich dann mal allein.«

Es war sauber und keineswegs primitiv in der kleinen, mit Holz ausgekleideten Hütte. Der einzige Spiegel war gerade groß genug, dass sich ein Mann davor rasieren konnte. Die selbst hergestellte Seife duftete nach Zitrone, und auf dem Waschbeckenrand stand ein Tiegel mit einer Creme, bei der es sich vermutlich um Zahnpasta handelte. Elektrisches Licht gab es allerdings nicht, und Cassy war froh, dass sie die solarbetriebene Lampe hatte.

Als sie zurück in die Küche kam, war Aden nach Hause gekommen. Er zündete eine Sturmlampe an.

»Das Essen ist fertig«, sagte er. »Balis Eltern sind auch da. Und Rom.«

Cassys Stimmung sank in den Keller. Sie dachte sehnsüchtig an ihr kleines Zimmer. Sie wollte nichts weiter, als unter die Decke kriechen, die Augen zumachen und ihre Sorgen für eine Weile vergessen. Sie hatte nicht die Kraft, einen Abend lang lockere Konversation mit fremden Leuten zu treiben.

Jemand berührte sie an der Hand. »Hast du Hunger?«, fragte Suva mit ihrem schwermütigen Lächeln.

»Und wie! Komm, gehen wir.«

Als sie sich Balis Haus näherten, wehte ihnen ein köstlicher Essensduft entgegen. Cassys Laune hob sich. Sie hatte kein Frühstück gehabt, weil ihr sterbenselend gewesen war, und auch kein Mittagessen, und jetzt fühlte sie sich seltsam hohl und schwach. Monty saß auf der Verandatreppe. Er konnte mit den Fußspitzen gerade so die Stufe unter ihm erreichen. Als er Aden sah, streckte er ihm seine Ärmchen entgegen.

»Hallo Sportsfreund, hast du schon auf uns gewartet?« Er ging in die Hocke und hob den kleinen Jungen hoch.

»Man könnte meinen, dass ihr alle eine große Familie seid«, bemerkte Cassy.

»Wir *sind* eine Familie.«

»Ist Monty die Kurzform von Montague?«

»Montague?« Aden lachte. »Nein, Montreal!«

»Im Ernst?«

»Die meisten von uns sind nach Orten benannt. Nicht alle, aber die meisten. Das ist so eine Art Tradition bei uns.«

Es stellte sich heraus, dass Balis Eltern Hana und Dean dem Volk der Maori angehörten. Hana war die einzige Lehrerin an der Schule. Auch sie hatte kurz geschnittene Haare und trug Dunkelblau. Wie alle Männer war Dean glatt rasiert und in Canvashose und Strickpulli gekleidet. Seine Brille hatte dicke Gläser, sein Lächeln war sanft und freundlich. Die beiden erzählten, dass sie seit Gründung der Gemeinschaft in Gethsemane lebten. Das Land hatte Hanas Familie gehört, die es in den 1950er-Jahren an einen Bauern aus Europa verkauft hatte. Dessen Enkel hatte es Justin dann geschenkt.

»So ist das Land in gewisser Weise meiner Familie zurückgegeben worden«, sagte Hana. »Vier Generationen von uns leben hier. Meine Mutter Netta – du wirst sie noch kennenlernen – und Bali und dieser kleine Bursche hier.«

Sie sah lächelnd zu Monty hinüber, der auf der Bank zwischen Rom und Suva saß. Die beiden schnitten ihm sein Essen zurecht, schenkten ihm zu trinken ein und ließen gutmütig zu, dass er auf ihnen herumkletterte.

Dean öffnete unterdessen eine Flasche Pfirsichwein aus eigener Herstellung. Er war sehr süffig, wie Cassy feststellte. Sie machten schon bald eine zweite Flasche auf. Das Ragout aus Wild, Möhren, Jamswurzeln, Süßkartoffeln und anderen Gemüsesorten, die Cassy nicht kannte, hatte seit sechs Uhr morgens auf dem Herd geköchelt.

»Habt ihr hier keine Elektrizität?«

Stolz erklärten sie ihr, wie ihr System funktionierte. Auf fast jedem Dach seien Solarkollektoren montiert. Außerdem gebe es kleine Wasserturbinen. Die Raketenöfen, die sie zum Kochen benutzten, würden mit Festbrennstoffen befeuert.

»Wir speichern Energie in speziellen Batterien«, erläuterte Bali. »In unserer großen Küche haben wir Kühlschränke und sogar eine Tiefkühltruhe. Mein Bruder Seoul ist für die Verpflegung verantwortlich. Er weiß alles, was man über die Aufbewahrung von Lebensmitteln wissen muss.«

»Und das Wild? Wo kommt das her?«

»Wir gehen auf die Jagd. Es gibt massenhaft Rotwild und Schweine in den Hügeln. Das Gebiet dahinter ist Kronland, also in öffentlichem Besitz, da können wir auch jagen. Von Zeit zu Zeit zieht eine Gruppe los, um die Vorratskammern aufzufüllen.«

»Das heißt, die Lebensmittel sind Gemeinschaftseigentum?«

»Ja, wir teilen alles. Und mindestens zweimal in der Woche treffen sich alle zu einer gemeinsamen Mahlzeit.«

Die Unterhaltung wandte sich anderen Themen zu. Hana wollte mehr über die Wildtierstation in Thailand wissen. Alle fanden das Projekt faszinierend und waren geschockt über Cassys Schilderungen von gequälten, verletzten Elefanten. Wohingegen alle schmunzelten über ihre stark zensierte Beschreibung dessen, was Touristen an thailändischen Stränden so alles anstellten. Cassy fühlte sich wie unter Freunden. Es wurde viel gelacht, aber diese Menschen versuchten nicht, sich gegenseitig zu übertrumpfen, weil jeder der Witzigste oder der Lauteste oder der Auffälligste sein wollte. Cassy kam es vor wie ein wunderbarer Traum.

Irgendwann fielen Monty, der sich an Rom schmiegte, die Augen zu.

»Jetzt ist er müde«, flüsterte Cassy.

Suva gab dem kleinen Jungen einen Kuss auf den Kopf. »Ist er nicht süß? Beim Nachtgeläut wacht er schon wieder auf.«

»Nachtgeläut? Ist das hier ein Kloster?«

»Oh nein, keineswegs«, antwortete Bali, die jedem einen Nachschlag auf den Teller füllte. »Wir sind keine christliche Gemeinschaft. Bei uns hat niemand ein Keuschheitsgelübde abgelegt. Da hast du den Beweis«, fügte sie kichernd und mit einem Kopfnicken Richtung Monty hinzu.

»Puh! Glück gehabt«, meinte Cassy halb im Scherz. »In meiner Familie sind wir nämlich alles andere als religiös. Meine Eltern sind strenggläubige Atheisten.«

»Strenggläubige Atheisten?«, wiederholte Bali stirnrunzelnd.

»Ich will damit sagen, dass sie eingefleischte Atheisten sind, keine Skeptiker, die sich nach allen Seiten absichern wollen. Meine Mutter war immer schon Atheistin. Mein Vater ist katholisch erzogen worden, aber als Soldat in Bosnien hat er seinen Glauben an Gott verloren. Meine Schwester und ich sind also nie mit märchenhaften Geschichten verwöhnt worden.« Cassy nippte nachdenklich an ihrem Wein. »Eigentlich … außer beim Weihnachtsmann. Ich weiß nicht, warum, aber da haben sie geschwindelt.«

Aden lehnte sich in seinem Stuhl zurück und streckte die Arme über dem Kopf aus.

»Das macht gar nichts«, sagte er leichthin. »Dass deine Eltern Atheisten sind, meine ich. Religionen stiften nur Unfrieden und Chaos. Keine Bange, du bist nicht in einem Kloster oder so gelandet.«

»Aber warum dann die Glocken?«

»Wir haben uns einfach entschieden, ein paar Dinge aus dem Rhythmus des Klosterlebens zu übernehmen. Es gefällt uns, wenn der Tag, die Woche, das Jahr eine Struktur haben. Deshalb wirst du die Glocke vom *wharenui* drüben immer mal wieder hören.«

Er sprach das Wort *fahrenui* aus. Cassy sprach es ihm nach.

»Das ist das Gemeinschaftshaus«, erklärte er. »Das Wort *whare* stammt aus der Sprache der Maori und bedeutet so viel wie *großes Haus*.«

»Und wie oft wird die Glocke geläutet?«

»Mindestens fünfmal am Tag: bei Sonnenaufgang, am Morgen, zur Mittagszeit, bei Sonnenuntergang und nachts, kurz vor der Schlafenszeit. Die Zeiten variieren je nach Jahreszeit. Aber es ist nur eine Aufforderung, kein Befehl. Nur wer möchte, folgt dem Ruf der Glocke.«

»Wir gehen eigentlich immer«, ergänzte Suva. »Weil es Spaß macht.«

»Sind Besucher erlaubt?«

Aden lächelte. »Sogar willkommen.«

Mit der Dunkelheit setzte sintflutartiger Regen ein. Wasser strömte über das Dach, in die Regenrinnen und Fallrohre und von dort in Fässer. Das Lampenlicht wirkte weicher, die Wärme des Ofens wie ein unerhörter Luxus.

»Wie geht es dir?«, fragte Bali beim Kaffee. »Müde?«

»Ja, aber ich bin so froh, dass ich hier bin und nicht allein in irgendeinem armseligen Hostel für Backpacker hocke.«

Grübchen gruben sich in Balis Wangen. »Du wirst gar nicht mehr wegwollen.«

Eine Glocke läutete. Ein einzelner tiefer Ton, der sich in gemächlichem Rhythmus wiederholte, die Dunkelheit durchdrang und das Prasseln des Regens übertönte. Für Cassy in ihrem erschöpften Zustand klang das Läuten fremdartig und tröstlich zugleich. Wie ein Ruf, der ihr galt. Alle erhoben sich. Sogar Monty wachte auf, rieb sich verschlafen die Augen.

»Bleib ruhig hier, Cassy«, sagte Aden. »Oder geh schlafen, wenn du magst.«

»Sie möchte lieber mitkommen!«, rief Bali und nahm ein Wollcape von einem Haken. »Komm mit mir und Suva unter den Umhang. Wir laufen zusammen rüber.«

Die frische Nachtluft vertrieb Cassys Müdigkeit. Sie und Bali hielten den Umhang über sich und rannten mit den anderen durch die Dunkelheit. Hin und wieder schrie jemand auf, weil er in eine Pfütze getreten war. Der gelbe Schein von Adens Laterne tanzte wild. Die Glocke läutete immer noch, als sie über eine Veranda liefen und durch eine Tür schlüpften.

Das Gemeinschaftshaus war ein großer Raum mit einem hohen Dach und in Reihen angeordneten Sitzpolstern. Am einen Ende befand sich ein etwa dreißig Zentimeter hohes rundes, von einem Kreis Kerzen umgebenes Podest. Auch sonst standen überall im Raum Kerzen. Schatten zuckten über die Wände; der Duft von Honig lag in der Luft. Das Ganze wirkte irgendwie unheimlich, hatte aber auch etwas Beruhigendes. Cassy fühlte sich wie in einem sicheren Versteck. Hier konnte ihr nichts zustoßen.

Der Raum war voller Menschen, viele von ihnen Kinder. Einige lächelten und winkten, als die kleine Gruppe hereinkam. Cassy schätzte, dass über hundert Menschen versammelt waren, aber außer dem Glockengeläut und dem Prasseln des Regens auf dem Blechdach war kein Laut zu hören.

»Setzt du dich zu mir?«, flüsterte Suva. Sie ließ sich auf eins der Bodenkissen fallen und zog Cassy an der Hand hinunter. Suvas Freundin Malindi gesellte sich zu ihnen. Die Glocke läutete. Der Regen trommelte. Die Kerzen warfen die Schatten der Versammelten an die Wand. Die Menschen zeichneten sich als stumme Silhouetten ab. Es herrschte eine unglaublich friedliche Atmosphäre.

In Cassys Innerem dagegen tobte ein Sturm, ihre Gedanken rasten.

Ob Hamish wohl nach Taupo gekommen ist? Ich würde ihn gern anrufen. Ob ich ein Netz habe, wenn ich auf einen Hügel raufklettere? Nein, lieber nicht, ich würde mich im Dunkeln bestimmt verlaufen … Was wohl aus Suvas Mutter geworden ist? Keine Frau, die bei Verstand ist, würde einen Mann wie Aden verlassen, er ist so freundlich und tüchtig und dann dieses sexy Lächeln … Ich glaube nicht, dass ich schwanger bin. Bloß nicht! Nein, nein, nein, das darf einfach nicht sein! Bitte, lieber Gott, lass mich nicht schwanger sein! Dad würde es das Herz brechen. Er würde mich verachten. Ich muss es wegmachen lassen. Es steht zu viel auf dem Spiel. Ob es wohl schon wie ein Baby aussieht? Wo Hamish jetzt ist? Hat er es bis nach Taupo geschafft? So ging es in einem fort. Ihre Gedanken drehten sich im Kreis wie ein Karussell des Grauens.

Die Glocke läutete nicht mehr.

Eine Tenorstimme erhob sich in der Stille. Die Melodie, die sie sang, ging ans Herz. Der Text war ganz kurz, er handelte vom See und den Bergen und dem Geist, der die Menschen und alle Dinge beseelte. Cassy sträubten sich die Nackenhaare.

Der Sänger war Rom, wie sie jetzt erst erkannte. Als er ein zweites Mal zu singen anfing, begleitete Otto ihn auf der Flöte in einer höheren Tonlage. Beim dritten Mal dann stimmten alle im Saal mit ein. Untermalt wurde das Ganze von Klavierspiel. Cassy sang mit, wenn auch leise, für den Fall, dass sie die Töne nicht richtig treffen sollte. Es war ein seltsam erregendes Gefühl. Als Nächstes setzten Trommeln ein, die dem mehrstimmigen Gesang einen neuen Rhythmus verliehen. Jetzt war sich Cassy so sicher, dass sie lauthals mitsang.

Bei der letzten Wiederholung mit Trompete und Becken platzte einem fast das Trommelfell. Alle waren aufgestanden, hatten sich untergehakt und wiegten sich im Takt. Suva zog Cassy auf die Füße, Malindi tanzte mit dem kleinen Monty. Die Musik brachte die sorgenvollen Gedanken in Cassys Kopf zum Schweigen. Es war ein beglückendes Gefühl.

»Das hat richtig Spaß gemacht!«, stieß sie atemlos hervor, als sie das Gemeinschaftshaus verließen.

Es hatte aufgehört zu regnen. Ein Blick auf ihre Armbanduhr zeigte, dass es weit nach Mitternacht war, aber anstatt nach Hause zu gehen, blieben die Leute auf der Veranda, plauderten, scharten sich um Cassy. Alle wollten sie kennenlernen. Sie erfuhr, dass es Bali gewesen war, die Klavier gespielt hatte, und Washington Trompete. Der Trommler war ein blasser junger Mann mit hängenden Schultern, der Dublin hieß und der Gemeinschaft noch nicht lange angehörte. Er machte einen nervösen Eindruck. Er sei drogensüchtig gewesen, erzählte er, und habe alles konsumiert, was er in die Hände bekommen habe, einschließlich Crystal Meth.

»Ich war völlig am Ende«, gestand er.

So, wie er aussah, glaubte Cassy das gern. Er schien nur aus Haut und Knochen zu bestehen, die Haare fielen ihm strähnig über ein Auge. »Ganze Monate sind aus meinem Gedächtnis ausgelöscht. Justin hat mich gerettet.«

Otto gab ihr einen Klaps auf die Schulter. »Ich habe dich singen gehört – solche Leute brauchen wir! Du musst bei uns bleiben, das ist beschlossene Sache!«

»Alles klar«, erwiderte Cassy lachend und breitete die Arme aus. »Warum nicht? Scheiß auf mein Juraexamen!«

Die Müdigkeit machte sich allmählich wieder bemerkbar. Aden schien es ihr anzusehen.

»Du bist bestimmt todmüde«, sagte er leise.

»Du nicht?«

»Nein, wir sind es gewohnt, dass es spät wird. Ich habe noch einiges hier zu erledigen.« Er wandte sich an Suva. »Bring Cassy bitte nach Hause, Suva«, bat er das Mädchen.

In der Küche herrschte eine behagliche Wärme. Suva machte Wärmflaschen für sie beide, die sie mit ins Bett nehmen konnten.

»Rom hat eine wunderbare Stimme«, bemerkte Cassy.

»Ja, nicht wahr?«

»Waren seine Eltern eigentlich auch da?«

»Er wohnt bei Hana und Dean. Aber er wird bald in eine eigene Hütte ziehen, zusammen mit Dublin und ein paar anderen alleinstehenden Männern.«

»Oh. Dann … hat er also keine Eltern?«

»Ich bin gleich nebenan, wenn was ist. Oder brauchst du noch etwas?«

»Nein, vielen Dank.«

»Wenn du willst, zeige ich dir morgen Gethsemane.«

Ich sollte gleich morgen früh abreisen, dachte Cassy. *Einen Schwangerschaftstest machen. Hamish suchen. Entscheidungen treffen.*

»Mal sehen«, sagte sie.

Cassy lag unter den schweren Decken und genoss die undurchdringliche Dunkelheit. Keine Straßenlampen, keine Autoscheinwerfer, keine elektronischen Geräte. Sogar auf der Wildtierstation in Thailand hatte es einen Generator gegeben, der Tag und Nacht gebrummt hatte. Sie hatte hier nicht den Eindruck, dass die Nacht als Feind galt.

Suvas Mutter. Roms Eltern. Was war aus diesen Menschen geworden?

Sie hörte Suva nebenan, hörte das leise Knarren des Bettgestells, als sie schließlich schlafen ging. Sie hörte auch, als Aden zurückkam. Sie fragte sich, was er wohl so lange gemacht hatte.

Die Erschöpfung breitete sich wie eine weiche Wolke in ihrem Gehirn aus. Sie trieb in ruhigem, warmem Wasser, wurde emporgehoben und fortgetragen.

Irgendwann in der Nacht wachte sie vom Ruf eines Wasservogels auf. Es klang, als spielte jemand Oboe, eine einzige Note nur. Im ersten Moment wusste sie nicht, wo sie war. Dann erinnerte sie sich und überließ sich aufs Neue dem Schlaf, eingelullt vom Plätschern der Wellen am Strand. Ein nie gekannter Frieden erfüllte sie.

Zwischen Hamish und mir ist es aus, dachte sie. *Komisch, dass es mir so wenig ausmacht. Er würde sowieso nicht verstehen, was mich an diesem Ort so fasziniert. Er würde nicht das Geringste verstehen.*

Zum allerersten Mal stellte sie sich vor, was möglicherweise in ihrem Körper passierte: Vielleicht teilten sich Zellen, vielleicht war Leben in der Entstehung begriffen. Ungewolltes Leben. Unbeabsichtigtes Leben. Aber nichtsdestoweniger Leben.

Das Handbuch des Sektenführers: In acht Schritten zur Bewusstseinskontrolle

Cameron Allsop

Schritt 3: Mit Liebe bombardieren

In dieser kaputten Welt ist bedingungslose Liebe ein unschätzbares Gut. Überschütte neue Mitglieder mit Zuneigung, Bewunderung und Aufmerksamkeit. Gib ihnen das Gefühl, einzigartig zu sein, gemocht und respektiert zu werden: einen Tag, eine Woche, ein paar Monate – so lange wie nötig. Viele Rekrutierte werden sich abwenden. Andere werden aufblühen.

Manche Organisationen setzen physische oder emotionale Attraktivität routinemäßig ein, um das neue Mitglied an die Gruppe zu binden. Unterschätze niemals die Macht von Sex, Romantik oder die Beziehung zu einem Kind.

FÜNF

Cassy

Die Glocke läutete.

Cassy drehte sich im Bett auf die andere Seite und warf einen Blick aus dem Fenster. Die Morgendämmerung kündigte sich als kaum wahrnehmbarer Schein am Horizont an. In Suvas Zimmer knarrte eine Holzdiele.

Nun mach schon, raus aus den Federn, ermahnte sich Cassy. *Du bist hier zu Gast. Sieh zu, dass du in die Gänge kommst!* Aber der Schlaf wollte sie nicht loslassen. Sie machte die Augen wieder zu. Nur ein paar Minuten noch …

Doch dann fuhr sie in Panik hoch.

Oh nein! *Nicht jetzt!* Die Übelkeit packte sie mit eiserner Faust. Sie kletterte aus dem Bett und stürzte nach draußen zur Toilette, wo sie sich heftig übergeben musste. Erschöpft und zitternd kauerte sie auf dem Holzboden. So konnte es nicht weitergehen. Sie durfte dic Dinge nicht länger schleifen lassen. Sie musste in die Zivilisation zurück, und zwar noch heute.

Das Glockengeläut verstummte. Stattdessen war Gesang zu hören. Cassy dachte an die im Gemeinschaftshaus versammelten Menschen. Der Gedanke hatte seltsamerweise etwas Tröstliches. Es wurde hell, als sie nach dem Zähneputzen und Waschen in das feuchte Gras hinaustrat. Ihre Panik hatte sich gelegt. Der Frieden von Gethsemane übertrug sich auf sie. Ein würziger Geruch lag in der Luft, von Farnkraut, dem Rauch eines Holzfeuers und … von Kaffee!

Sie ging in ihr Zimmer zurück, warf sich etwas über und flocht sich die Haare. Als sie die Küche betrat, stand Aden am Ofen. Einen Augenblick lang sahen sie sich schweigend an – sie wussten wohl beide, wohin das führen würde. *Das darf nirgendwohin führen,* dachte sie. *Wir kommen aus völlig unterschiedlichen Welten, und ich werde heute wieder abreisen.*

»Hi!«, rief er erfreut. »Gut geschlafen?«

»Wie ein Stein.«

»Du bist ein bisschen blass um die Nase. Alles in Ordnung?«

Nicht so ganz, nein. Sie hatte praktisch ihr komplettes Abendessen von gestern erbrochen und hoffte inständig, dass er sie nicht gehört hatte. Kein würdevolles Geräusch. Ganz und gar nicht sexy.

»Ja, alles bestens«, antwortete sie. »Bloß ein kleiner Magen-Darm-Infekt.«

Er erwiderte nichts darauf. Er hob eine Emaillekanne, die auf dem Herd gestanden hatte, hoch. »Magst du so früh am Tag schon einen Kaffee?«

»Ist der Papst katholisch?«

Er blickte verwirrt drein. »Ich glaube schon.«

»Entschuldige, das sagt man nur so. Hätte heißen sollen: Ja, eine Tasse Kaffee wäre ganz wunderbar. Wo ist Suva?«

»Sie hilft beim Frühstückmachen im *wharekai.*« Er reichte Cassy einen Becher. »Das ist die Gemeinschaftsküche. Hättest du Lust auf ein bisschen Bewegung? Wir könnten auf den Steg hinausgehen. Außerdem habe ich noch etwas für dich. Unsere Strickgemeinschaft hat mich gebeten, dir den hier zu geben.« Er legte ihr einen dunkelblauen Pullover mit Zopfmuster um die Schultern. Sie konnte das Wollfett riechen.

»Ein Geschenk von Gethsemane.«

»Das kann ich nicht annehmen.«

»Natürlich kannst du das. Jetzt zieh ihn einfach an!«

Zögernd streifte sie sich den Pulli über den Kopf. Dann folgte sie Aden auf die Veranda hinaus. Ein einzelner Vogel sang. Es hörte sich an wie die Rassel eines Fußballfans und endete mit einem Pfeifen. Ein zweiter Vogel antwortete, dann noch einer und noch einer. Ein Morgenkonzert begann, mit Tönen so rein und klar wie die einer Piccoloflöte. Aden erkannte jeden Vogel an seinem Gesang.

»Das ist ein Tui. Hörst du es, dieses Krächzen und Pfeifen? Und was sich anhört wie eine Flöte, das ist er auch. Und was man da hört, ist ein Korimako, er gehört zu den Glockenvögeln.«

Eine Schar kleiner, eifrig pickender Vögel trippelte ums Haus herum.

»Was sind das für welche?«, fragte Cassy entzückt. »Wie gefiederte Tennisbälle auf Beinen!«

»Wachteln. Sie kommen jeden Tag und suchen nach Futter.«

Sie schlenderten über das Seeufer. Ihre Schritte knirschten im Bimssand. Neben ein paar Kajaks lag auch ein rotes Motorboot am Ufer. *Ikaroa* stand am Rumpf. Das sei das schnellste Fortbewegungsmittel auf dem See, erklärte Aden und fügte hinzu: »Das Boot geht ab wie eine Rakete. Macht richtig Spaß.«

Cassy deutete auf ein langes weißes Schiff, das in der Bucht vor Anker lag. »Was für ein wunderschönes Boot! Das ist mir gestern Abend gar nicht aufgefallen.«

»Das ist die *Matariki*, der Stolz unserer Flotte. Die anmutige Lady war einmal ein Segelschiff. Sie wurde 1920 aus Kauriholz gebaut.«

Die elegante, altmodische *Matariki* hatte eine kastenförmige Kajüte und vier Bullaugen.

»Fährt sie auch mit Ethanol?«

Aden nickte. Sie hatten inzwischen den Steg erreicht und

schlenderten gemächlich hinaus. »Ja. Und da sie flachkielig ist, können wir praktisch überall anlegen. Zur Not passen ziemlich viele von uns an Bord, aber sie liegt dann eben tiefer im Wasser. An Suvas Geburtstag werden wir einen Ausflug mit ihr machen.«

»Wirklich? Wo soll's denn hingehen?«

»Suva möchte nach Kereru Cove. Da gibt es heiße Quellen, sogar einen heißen Strand! Touristen kriegen solche Orte nicht zu sehen.« Plötzlich schien ihm ein Gedanke zu kommen. »He, warum bleibst du nicht so lange da? Das ist nächsten Mittwoch. Nicht mal eine Woche.«

Carrys Augen wurden schmal, während sie überlegte. Sie wünschte, sie könnte bleiben. »Ich würde wirklich gern, aber …«

»Du musst nach Taupo?«

»Ja, eigentlich schon.«

»Hör mal, Cassy, ich fahre dich jederzeit zur Hauptstraße zurück – ein Wort von dir genügt. Aber du kommst bei allen hier so gut an, deshalb möchte ich dir ein Angebot machen: Unterkunft und Verpflegung als Gegenleistung für vier Stunden Arbeit am Tag. In der restlichen Zeit kannst du die Gegend erkunden, Kajak fahren, spazieren gehen.«

»Du ahnst nicht, wie verlockend das klingt!«

»Mein Angebot steht.«

Sie setzten sich ans Ende des Stegs und ließen die Füße in den gekräuselten Satin des Wassers baumeln. Von hier sah die Insel wie eine Schildkröte aus, die durch hauchfeine Nebelfäden schwamm.

»Wie lange lebst du schon hier?«, fragte Cassy unvermittelt.

»Seit meinem vierzehnten Lebensjahr. Meine Eltern sind mit mir und meiner Schwester hergekommen, um einen Kurs in Permakultur zu besuchen. Sie hatten einen kleinen Bauernhof, den sie nachhaltig und naturnah bewirtschaften wollten. Anstatt wie geplant nur für eine Woche, sind sie für immer geblieben.«

»Und ihr Bauernhof?«

»Den haben sie verkauft. Und das Geld in Gethsemane gesteckt.«

»Was hat sie zum Bleiben bewogen?«

Auf seine Hände gestützt, lehnte Aden sich zurück. »Sie haben hier alles gefunden, wonach sie gesucht hatten: Menschen, die sich umeinander kümmern, eine Gemeinschaft, eine saubere Art zu leben. Dad ist Automechaniker, so jemanden konnten sie gut gebrauchen. Und wie gut sie ihn gebrauchen konnten! Er hält das Sägewerk am Laufen, den Traktor, den Kleinbus, die Boote. Er liebt die Herausforderung.«

»Und deine Mutter?«

»Sie erledigt die Buchhaltung für die Gemeinschaft. Wir führen ein Geschäft hier, auch wenn wir uns wünschen würden, dass es nicht so wäre.«

»Aber du warst ein Teenager, als ihr hierhergezogen seid. Warst du nicht stinksauer?«

»Ich konnte mein Glück kaum fassen. Hier war viel mehr los als auf unserem kleinen Hof mitten im Nirgendwo. So viele Spielkameraden. Wir sind mit unserer Clique rumgerannt und haben eine Show abgezogen. Es gab die beste Schaukel, die ich je gesehen hatte. Wir sind im See geschwommen und Kajak gefahren, haben geangelt und im Buschland gejagt. Die perfekte Kindheit! Es gibt hier keine Fremden, von denen irgendeine Bedrohung ausgehen könnte. Keine Drogen, kein Mobbing, keinen Terrorismus. Völlige Freiheit.«

»Und deine Schwester? Lebt sie auch noch hier?«

Aden zögerte. Er schaute in die Schatten unter dem Steg hinunter. Kleine Wellen umspülten die Pfähle. »Julia hat es hier nicht so gut gefallen. Sie war siebzehn damals. Vielleicht ein schwierigeres Alter. Sie ist weggegangen.«

»Und wo ist sie jetzt?«

»In Australien. Sie ist Krankenschwester und hat inzwischen selbst Familie. Wir haben keinen Kontakt mehr.«

»Das ist aber schade.«

Er zuckte die Achseln. »Wir sind sehr verschieden.«

Auf der einen Seite der Bucht endete das Seeufer in einer grasbewachsenen Landzunge. Ein paar weiße Kreuze schimmerten dort in der Morgendämmerung. Sie sahen wie Strichmännchen aus, die durch die Grasbüschel marschierten.

»Sind da Menschen begraben?«, fragte Cassy.

»Nein, das verbietet uns das Gesetz. Wenn jemand stirbt, wird der Leichnam in der Stadt kremiert und die Asche auf dem See verstreut. Die Kreuze sind Gedenkkreuze.«

»Und so kehrt jeder nach Hause zurück.«

»Jeder kehrt nach Hause zurück, ja.«

Bald würde die Sonne aufgehen. Am östlichen Horizont färbte sich das klare Blau primelgelb. Ein gleißendes Licht sandte seine Strahlen hinter dem Vulkan himmelwärts.

Wenigstens hat es aufgehört zu regnen, damit Hamish seinen Fallschirmsprung absolvieren kann, dachte Cassy und registrierte eine Sekunde später, dass ihr das völlig gleichgültig war. Sie war hier in diesem märchenhaften Tal und beobachtete den Sonnenaufgang an der Seite eines Mannes, der sie faszinierte. Was hätte sie sich mehr wünschen können? Der Gedanke zu bleiben war so verlockend, und sei es nur für ein, zwei Tage, um sich ein wenig auszuruhen und Entscheidungen zu treffen. Kein Ort konnte heilsamer sein als dieser hier.

Dann schob sich die Sonne wie in Zeitlupe über den Vulkan. Sekunden später schien der See in Flammen zu stehen.

»Wow!«, flüsterte sie.

»Ich weiß.« Aden lächelte. »Wow.«

Sie saßen in geselligem Schweigen nebeneinander, schauten zu, wie der Tag erwachte, und lauschten dem Konzert der Vögel.

»Bekommt Suva eigentlich Geschenke?«, fragte Cassy.

»Mit so was befassen wir uns nicht. Besitz ist nicht wichtig. Das Picknick ist ihr Geschenk von der Gemeinschaft.«

Cassy lachte. »Ich möchte das Gesicht meiner Schwester sehen, wenn sie nichts zum Geburtstag bekommen würde! Da würden Köpfe rollen.«

»Was bekommt sie denn so?«

»Na ja, zu ihrem letzten Geburtstag …« Cassy brach ab, beschämt über den Überfluss im Leben ihrer Familie. »Sagen wir einfach, dass sie nicht auf Geschenke verzichten musste. Weißt du, wir wohnen praktisch in einem einzigen gigantischen Einkaufszentrum. Der Park in unserem Stadtteil ist mit Abfällen, zerbrochenen Flaschen und Schmierereien geschmückt. Es gibt einen schmuddeligen Abwasserkanal, den sie Fluss nennen, aber man würde dir den Magen auspumpen, wenn du daraus trinken würdest. Insofern hat es Suva sicherlich besser erwischt.«

Urplötzlich kam Wind auf, und der Spiegel des Sees zerbrach in unzählige Scherben. Ein Gong ertönte.

»Das gilt uns«, sagte Aden. Er schwang die Beine auf den Steg, stand auf und streckte Cassy seine Hand hin. »Wir frühstücken nicht immer zusammen, aber heute gibt es einen speziellen Anlass.«

»Und der wäre?«

»Deine Ankunft.«

»Ich glaube dir nicht!«

Er lachte und hielt ihre Hand länger, als nötig gewesen wäre. »Ich lüge nie.«

Das *wharekai* war Großküche und Speisesaal zugleich. Es herrschte geschäftige Betriebsamkeit. Lange Refektoriumstische waren aufgestellt. Draußen stand ein Steinofen, und es duftete herrlich nach frisch gebackenem Brot. Alle trugen Dunkelblau oder Beige. In einer Ecke des Saals spielten Kinder Blindekuh. Zwei ältere Jungen hatten Monty an den Händen gefasst und halfen ihm, dem Fänger auszuweichen.

Bali, die ein Schultertuch trug, wartete schon auf sie. »Cassy! Du bist eine Berühmtheit! Alle wollen dich kennenlernen.«

Schon kam ein Paar mittleren Alters auf sie zu, das sich als Berlin und Kasan vorstellte, Adens Eltern. Beide waren blond und von kräftiger Statur, genau wie ihr Sohn. Berlins Fingernägel hatten schwarze, ölige Ränder, und Cassy erinnerte sich, dass er Automechaniker war. Dann gesellte sich auch Seoul, Balis älterer Bruder, zu ihnen. Die Geschwister sahen sich sehr ähnlich, beide hatten dunkelbraune Augen unter kräftigen Brauen. Seouls Arme waren mit komplizierten Tattoos versehen, und er hatte die Statur eines Rugbyspielers.

»Der Ärmste ist in Paris verliebt«, flüsterte Bali. »Aber sie möchte im Moment mit niemandem zusammen sein.«

Andere kamen, um Cassys Bekanntschaft zu machen. Es waren zu viele, als dass sie sich später an jeden Namen erinnern konnte, aber alle hießen sie herzlich willkommen. Am Kopfende eines Tischs saß eine alte Frau. Ihr Gesicht erinnerte Cassy aufgrund seiner dunklen Farbe und seiner unzähligen Runzeln an eine Walnuss. Ein Stock lag quer über ihren Knien.

Bali beugte sich zu der alten Frau hinunter. »Netta, das ist Cassy. Cassy, das ist meine *kuia*, meine Großmutter.«

»Ich werde auch deine *kuia* sein«, sagte Netta, die auf beiden Seiten Hörgeräte trug, und lächelte in Cassys Richtung. »Komm, setz dich zu mir, gieß dir Tee ein. Meine Augen sind schlecht geworden«, fuhr sie fort und streckte ihre knorrigen Finger vorsichtig nach ihrem Becher aus. »Aber ich weiß, wie du aussiehst. Du bist hübsch, dein Lächeln erweicht jedes Herz. Man hat mir berichtet, wie gut du unserer Suva tust.«

Cassy blickte sich suchend nach dem Mädchen um. Suva war mit dem Stapeln von Tellern beschäftigt. Als sie Cassys Blick auffing, winkte sie fröhlich.

»Siehst du, wie sie strahlt?«, sagte Bali. »Das ist ein Durchbruch, ein richtiger Durchbruch. Das ist so schön! Sie ist sehr verletzt worden, weißt du.«

Aha, dachte Cassy, *es gibt also doch eine Geschichte.* Sie wollte gerade nachhaken, als sich Stille über den Saal senkte. Ein Mann war auf einen Stuhl geklettert. Er war um die fünfzig, ziemlich korpulent, mit schütterem Haar. Ein Doppelkinn, fröhliches Grinsen und ein schielendes Auge – oder war es ein Glasauge?

»Liam«, raunte Bali ihr zu. »Justins rechte Hand.«

»Für dieses Mahl danken wir dir!«, donnerte Liam mit der Begeisterung eines Aufrührers.

»Wir danken dir!«, echote die Gemeinschaft inbrünstig.

»Für diesen neuen Tag danken wir dir!«

»Wir danken dir!«

»Und für unsere wunderschöne Besucherin Cassy, die uns jetzt schon Freude bereitet hat, danken wir dir dreifach!«

»Wir danken dir! Wir danken dir! Wir danken dir!«, erscholl es ohrenbetäubend.

Und das war es. Applaus brandete auf. Liam zwinkerte Cassy zu und sprang dann von seinem Stuhl herunter. Die allgemeine Stimmung war ausgelassen.

Bali bot Cassy ofenfrisches Brot an. »Wir haben dich hoffentlich nicht in Verlegenheit gebracht.«

»Nein, das nicht, aber …« Cassy zögerte. »Das war doch ein

Gebet, oder? Ich meine, auch wenn das Wort Gott nicht darin vorkam, hat es sich für mich wie ein Gebet angehört.«

»Wirklich? Versuch mal den Honig, er ist noch in den Waben drin, da, siehst du? Skye ist unsere Imkerin.« Bali nickte zu einem dünnen, lachenden Mädchen am anderen Ende des Tischs hin. »Skye weiß alles über Bienen, absolut alles.«

»Toll.« Cassy gab einen Klacks Honig auf ihr Brot. »Was seid ihr eigentlich? Christen?«

»Nein.«

»Nein?«

»Ja und nein.« Bali verzog entschuldigend das Gesicht und berührte Cassy am Arm. »Entschuldige, ich wollte nicht in Rätseln sprechen. Es kommt wohl darauf an, was du unter einem Christen verstehst. Wir nehmen die Bibel nicht wörtlich. Wir lehnen all das Verabscheuenswerte am Christentum ab. Wir hassen Intoleranz. Unsere Lebenseinstellung basiert auf Mitgefühl und Vernunft. Wir urteilen über niemanden.«

»Im Ernst? Wirklich über niemanden?«

»Über niemanden«, bekräftigte Bali. »Wir sagen nie zu jemandem, er sei ein Sünder. Gott – oder was die Leute Gott nennen – hat Homosexuelle und Heterosexuelle geschaffen. Er schuf Menschen, die Drogen nehmen, Menschen, die die Berge durchstreifen, Menschen, die stehlen, Menschen mit psychischen Problemen und Menschen, die schwere Verbrechen begehen. Sie alle sind willkommen. Wir dulden keine negative Einstellung! Liebe – das ist die Grundlage unserer Lebensweise. So einfach ist das. Liebe. Wir sind eine Familie. Wir suchen nicht nach Fehlern.«

»Manche Familien tun das aber.«

»Deine auch?«

»Manchmal.«

»Nun, wir nicht. Wir machen das nicht.«

Cassy hatte das Gefühl, dass das nicht alles war, aber sie wollte Bali nicht weiter drängen. »Diskutiere mit deinen Gastgebern nie über Politik oder Religion!«, hatte Mike ihr eingebläut, als sie mit vierzehn als Austauschschülerin nach Frankreich gegangen war.

Noch mehr Speisen wurden aufgetischt: Schinkenspeck und Pilze und in Gläsern eingemachtes Obst. Cassy probierte eine Art Quark und auch Molke. Bali behauptete, das sei sehr gesund und helfe gegen alles Mögliche. Es schmeckte ziemlich merkwürdig, wie saure Milch, fand Cassy, aber ihre Übelkeit schien sich tatsächlich zu legen.

Sie schaute sich um. Ihr Blick fiel auf ein Anschlagbrett, an das Listen geheftet waren.

»Unsere Arbeitspläne für diese Woche«, erklärte Bali, als sie es bemerkte. »Das gehört zu Ottos Aufgaben. Er ist der Verwalter hier.«

Als das Frühstück fast vorbei war, ging Bali, um beim Abwasch zu helfen. Sie war kaum aufgestanden, als ihre Mutter sich zu Cassy setzte.

»Ich habe eine Bitte«, begann Hana. »Die Kinder würden sich freuen, wenn du die Schule besuchen würdest. Sie liegen mir schon den ganzen Morgen in den Ohren!«

Warum nicht, dachte Cassy. *Ich kann mich auch später auf den Weg nach Taupo machen.*

»Es wäre mir eine Ehre«, sagte sie.

Hana klatschte in die Hände. »Wunderbar! Danke! Nach dem Mittagsgeläut? Dann haben wir noch genug Zeit, um die Fähnchen hervorzuholen.«

Eine gebeugte Gestalt hatte sich genähert und wartete geduldig ein paar Schritte vom Tisch entfernt. Hana winkte den Mann heran.

»Entschuldige, Kyoto, dass ich Cassy mit Beschlag belegt

habe. Komm, setz dich auf meinen Platz. Cassy, das ist Kyoto, unser Schreiner. Unser Chefschreiner. Er hat fast alles hier gebaut. Er ist einer der *kaumatua*.«

»Der was?«

»*Kaumatua*. Die Dorfältesten. Wir nennen sie auch die Gefährten.«

Das drahtige graue Haar des Schreiners erinnerte Cassy an einen Topfschwamm aus Stahlwolle. Ein Bleistiftstummel steckte darin, wahrscheinlich, damit er ihn nicht verlor. Seine Finger waren gelb verfärbt, seine Zähne in schlechtem Zustand. Er knallte seinen Teebecher geräuschvoll auf den Tisch.

»Woher kommst du?«, wollte er wissen.

»Meine Eltern wohnen in London.«

»London!« Er schlug sich aufs Knie. »Da bin ich geboren. Ich war noch ein kleiner Junge, als meine Eltern hierherkamen. Mittlerweile sind sie beide tot und meine beiden Schwestern auch. Aber ich sag dir was ...« Er beugte sich näher zu ihr. »Diese Leute haben mir das Leben gerettet.«

»Wirklich?«

»Oh ja. Ich hab mein halbes Leben im Knast verbracht. Niemand wollte mehr etwas mit mir zu tun haben. Kann ich verstehen, weil ich Dinge getan habe, die meinen Ausschluss aus der menschlichen Gemeinschaft gerechtfertigt hätten. Dann, vor fünfzehn Jahren, kam Justin und holte mich aus dem Gefängnis in Mount Eden.«

»Und brachte dich hierher?«

Kyoto nickte. Seine Augen hatten sich gerötet.

»Entschuldige ... ich werde immer noch sentimental, wenn ich daran zurückdenke. ›Ich verspreche dir, Chris‹, hat er gesagt – so hieß ich damals –, ›ich verspreche dir, von jetzt an wird dein Leben wertvoll sein.‹ Er vertraute mir, als niemand sonst mir vertraute. Ich hatte Schreiner gelernt, und so richtete er eigens für mich eine Schreinerwerkstatt ein. Und sieh mich jetzt an: Ich habe mein Leben völlig umgekrempelt. Ich habe auch eine wunderschöne Frau gefunden, Athen, du wirst sie noch kennenlernen, sie betreibt die Spinnerei.« Kyoto pochte auf den Tisch, wobei seine wie Vogelaugen glänzenden Augen fest auf Cassy gerichtet waren. »Wenn Justin nicht gewesen wäre, wäre ich jetzt tot. Da beißt die Maus keinen Faden ab. Tot. Viele hier könnten ähnliche Geschichten erzählen.«

»Ich bin Justin noch nicht begegnet.«

»Das wirst du schon noch.« Er hob seine Tasse zum Mund und schlürfte geräuschvoll. »Und wenn du ihm erst mal begegnet bist, wirst du dir nie wieder über irgendetwas Sorgen machen.«

»Unser Telefon funktioniert im Moment leider nicht«, sagte Aden, als er die Tür zum Büro aufschloss. »Wir haben Satelliteninternet. Ich persönlich halte das für ein Wunder, aber Besucher klagen darüber, dass es so langsam ist und vieles nicht übertragen wird.«

Das Büro war eine kleine Hütte für sich. Es gab Aktenschränke und einen PC, braune Ringe von Kaffeebechern auf dem Schreibtisch und Berge von Büroklammern. Cassy rechnete fast damit, dass eine kecke Sekretärin auftauchte und anfing, sich ihre Nägel zu machen.

»Wer arbeitet hier?«, fragte sie, während sie darauf warteten, dass der Computer hochfuhr. »Wahrscheinlich deine Mutter, oder?«

»Auch ein paar andere Leute. Wir handeln mit unseren Erzeugnissen und kaufen Vorräte ein. Ich suche zum Beispiel Zuchtböcke übers Internet. Einige nutzen es für Fernlehrgänge: Paris bildet sich zur Hebamme aus, Rom macht einen Computerlehrgang. Wir bieten auch Kurse mit Unterkunft an, so wie den in Permakultur, für den meine Eltern damals hergekommen sind. Hinten gibt es Schlafmöglichkeiten.«

»Gibt es noch andere Lehrgänge?«

»In nachhaltiger Lebensweise – dazu gehören Dinge wie Imkerei und Weben. Und Besinnungstage für ehemalige Süchtige. Rom kümmert sich um unsere Website. Er macht das sehr gut.«

»Und seine Eltern? Wo sind die?«, fragte Cassy neugierig.

»Er wurde von der Gemeinschaft großgezogen. Seine Mutter starb nach seiner Geburt.«

»Das ist schlimm. Und sein Vater?« Aden zuckte mit den Schultern. »Justin ist sein Vater. Das ist kein Geheimnis.«

»Justin? Der, den wir gesehen haben, als wir hier ankamen? Ich habe schon viel von ihm gehört. Was ist das für ein Mann?«

»Ah, endlich! Die Verbindung steht.«

Er werde sie jetzt allein lassen, fügte Aden hinzu und ging.

Cassy hatte gerade ihr E-Mail-Konto geöffnet, als Suva den Kopf zur Tür hereinsteckte und sie fragte, ob sie ihr Gethsemane zeigen solle.

»Ilana hat mich extra früher aus dem Unterricht gehen lassen.«

»In fünf Minuten, okay?«

»Okay.« Das Mädchen lehnte sich an den Türstock und trat von einem Fuß auf den andern.

»Nun geh schon! Fünf Minuten, hab ich gesagt.«

Eigentlich hätte sie fünf Stunden gebraucht, um die richtigen Worte für Hamish zu finden. Es war nicht leicht, ihre Beziehung offiziell für tot zu erklären.

Hi Hamish,

ich hoffe, du bist gut nach Taupo gekommen und hast Spaß beim Fallschirmspringen. Ich konnte mich nicht früher melden, weil ich

hier kein Handynetz habe. Die Internetverbindung ist auch nicht besonders stabil.
Ich glaube, wir sollten einen Schlussstrich ziehen. In gegenseitigem Einvernehmen könnten wir sagen, findest du nicht auch?
Wir hatten eine wunderbare Zeit zusammen, aber deine Reaktion auf Du-weißt-schon-was hat mir gezeigt, was wir beide bereits wussten: dass wir keine gemeinsame Zukunft haben. Ich bin mir ziemlich sicher, dass du das genauso siehst.
Viel Glück mit der Million, die du bis zu deinem dreißigsten Lebensjahr gemacht haben willst! Ich verspreche dir, ich werde nicht kommen und meinen Anteil einfordern.
Danke für die vielen schönen, lustigen Stunden.
Ich bin auf einer Art Bauernhof, Gethsemane. Man hat mir Unterkunft und Verpflegung als Gegenleistung für Arbeit angeboten. Ich habe mich noch nicht entschieden, aber vielleicht bleibe ich ein paar Tage hier. Dadurch könnte ich eine Menge sparen.
Wir sehen uns spätestens in Christchurch für den Rückflug.
Hoffe, das Fallschirmspringen macht Spaß.
Pass auf dich auf!

Alles Liebe
Cassy xxx

Sie las die Nachricht dreimal durch.

Sie legte die Hand auf die Computermaus.

Senden.

Entscheidung getroffen. Erledigt.

Der Rest des Tags verging wie im Flug. Cassy besichtigte Gewächshäuser und Bienenstöcke, Wurmfarmen und Kompostieranlagen. Die Beete waren riesig, die Bepflanzung scheinbar chaotisch: Wintergemüse wuchs neben Kräutern,

Beerensträuchern und hundert anderen Gewächsen, die Cassy nicht kannte, und darüber breiteten Nuss- und Obstbäume ihr schützendes Dach aus, in dem es vor Vögeln und Insekten nur so wimmelte. Das Ganze glich eher einem Dschungel als einem Garten. Cassy musste lächeln, als sie an die militärisch ausgerichteten Reihen von Möhren im Garten ihres Vaters dachte.

Sie schaute sich braune Hennen an, die in ihrem versetzbaren Auslauf ein Sandbad nahmen. Sie streichelte Ziegen und Mutterschafe mit plüschigen Lämmern. Sie besichtigte die Werkstätten im Schnelldurchgang. Und sah den ganzen Tag nur zufriedene Menschen.

Gaza, die Fachfrau für Permakultur, lichtete die Obstbäume aus. Sie ließ die Arbeit einen Augenblick ruhen, um sich mit Cassy zu unterhalten. »Vom Boden hängt alles ab«, sagte sie, und Cassy nickte und suchte krampfhaft nach intelligenten Fragen. Die Gärtnerin war vielleicht vierzig oder fünfzig und Furcht einflößend kräftig. Sie erinnerte Cassy an einen weißen Falken, den sie einmal in einem Wildpark dabei beobachtet hatte, wie er einen blutigen Fleischbrocken zerrupfte. Die Frau war zweifellos bildschön, aber das Eisblau ihrer Augen hatte etwas Irritierendes. Ihre Nase war ein klein wenig krumm und das kurze weißblonde Haar zu einer Igelfrisur frisiert. Cassy kam es so vor, als überlegte sie, welchen Teil von ihr sie als Erstes verspeisen solle.

»Gaza ist Malindis Mutter«, erzählte Suva ihr später. »Sie gehört zu den Gefährten.«

»Malindis Mutter?«, wiederholte Cassy erstaunt. »Na ja, sie haben beide so einen nordischen Einschlag.«

»Ja, aber Malindi ist viel lustiger und dicker!« Suva kicherte. »Gaza ist sehr, *sehr* rein«, fuhr sie im Flüsterton fort. »Deshalb haben sie sie zu einer der Dorfältesten gemacht. Aber manchmal kann sie einem Angst machen. Malindi war noch ganz klein, als sie mit ihr hergekommen ist.«

»Und Malindis Vater? Lebt er auch hier?«

»Nein! Das war ein furchtbarer Mensch. Er hat Gaza geschlagen. Nicht nur einmal. Ein paar Leute von uns haben von einem Verkaufsstand aus beobachtet, wie sie blutüberströmt und mit gebrochenem Kiefer über die Straße taumelte. Da haben sie sie und Malindi hierhergebracht. Malindi sagt, das war der beste Tag ihres Lebens.«

Als Nächstes besuchten sie eine Näherei und schauten zu, wie Schafwolle in Kissenhüllen gestopft wurde. Ein rundliches Paar mit einem freundlichen Lächeln stellte sich Cassy als Breda und Tschernobyl vor.

»Ich habe gehört, du bist mit unseren Söhnen im Kleinbus hergefahren«, sagte Breda und klopfte mit der Handfläche auf einen Stuhl, damit Cassy sich setzte.

»Eure Söhne? Dann seid ihr …«

»Ich bin die Tochter von Otto und Monika. Washington und Riad sind unsere Söhne. Sie haben so von der bildschönen Anhalterin geschwärmt, als sie zurückkamen!«

»Nimm dich in Acht«, fügte Tschernobyl warnend hinzu, »Riad möchte dich unbedingt heiraten!«

Zum Schluss zeigte Suva ihr die Schule. Hana unterrichtete etwa dreißig Kinder im Alter zwischen vier und siebzehn Jahren. Sie empfingen Cassy Fähnchen schwenkend und mit einem Willkommenslied. *Als wäre ich ein Filmstar,* dachte sie. Aufgeregt überreichten die Kinder ihr Bilder, die sie für sie gemalt hatten. Es gab zwei Klassenzimmer, eine gut ausgestattete Bücherei und eine kleine Küche, die auch für den naturwissenschaftlichen Unterricht genutzt wurde. Einige Eltern unterstützten Hana bei ihren Aufgaben.

Nach der Besichtigungstour setzten Cassy und Hana sich

auf die Veranda und tranken Tee. Die Kinder bauten sich Höhlen im Gestrüpp, spielten mit einem Rugbyball oder schwangen an dem Seil hin und her, das an einem Ast befestigt war. Einige spielten auch eine abgewandelte Form von Verstecken.

»Erinnert dich das an deine Kindheit?«, fragte Hana.

»Nein, eigentlich nicht. Ich war auf dem Internat, und da war es ganz anders als hier.«

Hana war fassungslos. »Wie alt warst du da?«

»Neun.«

»Du meine Güte!«

»Schon in Ordnung.« Cassy zuckte die Achseln. »Wir sind andauernd umgezogen, weil mein Vater in der Army war, ich hätte also ständig die Schule wechseln müssen. Kinder von Armeeangehörigen gehen meistens aufs Internat. Es gibt sogar staatliche Zuschüsse dafür.«

»Hast du denn kein Heimweh gehabt?« Hana beugte sich vor und sah Cassy aufmerksam an. Es war ein milder Nachmittag und die Lehrerin so voller Anteilnahme.

»Oh doch. Ich habe das Internat gehasst, vom ersten bis zum letzten Tag«, gestand sie. »Wenn die Ferien zu Ende gingen, habe ich mir jedes Mal die Fingernägel abgekaut, bis es blutete.«

»Du armes Ding!«

»Als ich in die Oberstufe wechselte, durfte ich nach Hause. Dad war pensioniert worden, und meine Eltern kauften sich ein Haus. In gewisser Weise schieden wir alle aus der Armee aus und hatten endlich ein festes Zuhause. Danach habe ich eine Schule am Ort besucht. Das hat bedeutend mehr Spaß gemacht.«

»Und deine Schwester? Hat sie das Internat auch so gehasst?«

»Sie war nie auf dem Internat.« Als sie Hanas Verblüffung

sah, fügte sie hastig hinzu: »Tara ist sechs Jahre jünger als ich. Dads Pensionierung fiel ungefähr mit dem Zeitpunkt zusammen, wo sie auf einem Internat hätte eingeschult werden müssen. Er war fünfundvierzig, hatte Anspruch auf seine volle Pension und war immer noch jung genug, um etwas anderes zu machen. Es gab also keinen Grund, sie aufs Internat zu schicken. Sie hatte eine ganz andere Kindheit als ich.«

»Eine glücklichere?«

»Na ja, einfach eine andere. Entspannter vielleicht? Als sie aufwuchs, war Dad schon Zivilist.«

Hana schenkte Tee nach. Sie machte ein nachdenkliches Gesicht.

»Du kannst wunderbar mit Kindern umgehen«, sagte sie dann. »Das ist eine Gabe.«

»Das ist keine Gabe. Ich mag Kinder einfach.«

»Und sie mögen dich.« Hana schien ihre nächsten Worte sorgfältig abzuwägen. »Cassy, wir brauchen dringend eine weitere Lehrerin. Ich würde dich anlernen. Ich glaube, du wärst eine ausgesprochene Bereicherung für unsere Schule. Unsere letzte Lehrerin haben wir vor drei Jahren verloren, und ich merke, dass ich an meine Grenzen stoße.«

Cassy war rot geworden vor Verlegenheit, aber auch vor Freude. »Oh nein, tut mir leid, ich liebe diese Schule, aber ich bin definitiv keine Lehrerin!«

»Ah, na ja.« Hanas Lächeln war unverändert freundlich geblieben.

»Was ist denn mit der anderen Lehrerin passiert?«

»Kerala.« Hana stellte ihre Teetasse ab. »Eine Tragödie. Dabei schien sie ein zutiefst spiritueller Mensch zu sein.«

Dann war sie ums Leben gekommen? Cassy machte sich auf eine traurige Geschichte gefasst.

»Aber es stellte sich heraus, dass sie keineswegs spirituell war. Sie lernte einen Mann kennen, als sie zum Anwerben unterwegs war ...«

»Zum Anwerben?«

Hana blinzelte, fuhr aber ungerührt fort: »Teilnehmer. Für unsere Kurse. Wir haben Verkaufsstände auf landwirtschaftlichen Ausstellungen und all so was. Und da lernte sie diesen Mann kennen. Sie stahl sich mitten in der Nacht mit ihren beiden Jungs davon. Heimlich, still und leise, ohne sich von irgendjemandem zu verabschieden. Kannst du dir das vorstellen? Die arme Suva war völlig verzweifelt.«

»Warte, einen Augenblick.« Cassy war der Unterkiefer heruntergeklappt. »Redest du etwa von Suvas Mutter? Adens Frau?«

»Ganz recht. Kerala.«

»Suva hat zwei Brüder?«

»Ja. Perth und Medan. Wir haben sie nie wiedergesehen. Sie sollen drogensüchtig geworden sein.«

Cassy war entsetzt. »Was für eine Frau ist das, die ihrer Familie so etwas antut?«

Bevor Hana antworten konnte, begann das Haus, zu knarren und zu ächzen. Die Beine von Cassys Stuhl verwandelten sich in Wackelpudding. Ihre Tasse klirrte auf der Untertasse, der Tee kräuselte sich in konzentrischen Kreisen. Im ersten Moment dachte sie, ein Lastwagen rumple vorüber. In ihrer Studentenbude wackelte alles, wenn draußen ein Schwerlaster vorbeidonnerte.

Dann wurde ihr bewusst, dass es hier weder eine Straße noch Lastwagen gab.

Und dann war es auch schon wieder vorbei. Hana lächelte, als sie Cassys Verwirrung bemerkte.

»Hast du noch nie ein Erdbeben erlebt?«

»Äh ... nein. In Croydon kennt man so was eigentlich nicht.«

»Die Erdkruste ist hier ziemlich dünn. Wir bekommen die Kräfte, die darunter wirken, oft zu spüren. Der Planet hat Wutanfälle – wie ein Teenager.«

»Anscheinend kennst du meine Schwester«, erwiderte Cassy trocken.

Hana lachte und bückte sich dann, um einen Ball, der sich auf die Veranda verirrt hatte, zu den Kindern zurückzuwerfen.

Die Erde bewegte sich nicht mehr, aber Cassy hatte das Erlebnis tief beeindruckt. Es war eine unheimliche, geradezu gespenstische Erfahrung gewesen. Sie blickte auf den See hinaus und fragte sich, ob seine Oberfläche sich auch in konzentrischen Kreisen gekräuselt hatte wie der Tee in ihrer Tasse.

SECHS

Cassy

Oh Gott, nein! Nicht schon wieder!

Die Übelkeit hatte sich im Schlaf an sie herangeschlichen. Cassy kletterte aus dem Bett, schnappte ihren neuen Pullover – zum Anziehen blieb ihr keine Zeit – und rannte hinaus, rannte, bis sie ein paar Fettblattbäume erreicht hatte. Sie würgte und würgte und würgte. Es ging viel zu lange. Sie fühlte sich furchtbar schwach.

Wem wollte sie etwas vormachen? Das war kein falscher Alarm. Oh nein, sie war die stolze Besitzerin eines ungewollten Geschenks, eines Geschenks wie die schicken Schlipse und Fitnessvideos, die nach Weihnachten bei eBay landeten. *Ungeöffnet, in Originalverpackung.* Sie legte beide Hände auf ihren noch flachen Bauch und strich über den winzigen Fehler, der sich darin befand. Eine Sekunde lang fragte sie sich, wer dieses kleine Menschlein wohl sein mochte.

Der Himmel wurde heller, die Glocke fing an zu läuten. Sie hatte geweint, ihr lief die Nase, und der Geruch von Erbrochenem in ihren Haaren ekelte sie an. Sie hatte einen widerlichen Geschmack im Mund. Sie wollte nicht, dass jemand sie so sah. Sie zog den Pulli über T-Shirt und Slip und lief zum Strand hinunter. Sie musste sich waschen. Sie musste nachdenken. Sie musste allein sein.

Der See warf das Spiegelbild des Himmels so makellos zurück, als wären die beiden eineiige Zwillinge. Das Wasser umfing sie, es war so kalt, dass ihre Beine gefühllos wurden. Sie stand bis zu den Schenkeln darin, zitternd, mit klappernden Zähnen, und spritzte sich das eisige, klare Wasser ins Gesicht und in die Haare. Sie empfand die grausame Kälte als Buße.

Was soll ich bloß tun?

So, wie sie es sah, hatte sie zwei Optionen.

Option eins: Nach Hause fahren. Das Kind bekommen. Als alleinstehende Mutter von Sozialhilfe in einer schäbigen Wohnung leben. Von ihrem Vater verachtet, von ihrer Mutter gönnerhaft behandelt, von allen anderen bemitleidet werden.

Option zwei: Eine Klinik finden, ihre Kreditkarte zücken und versuchen, nicht zu denken, keine Gefühle zuzulassen, gleichgültig zu sein. Eine Stelle suchen, ein Haus kaufen, in einen Altersvorsorgefonds einzahlen. Ein erfolgreicher Bürger dieser lächerlichen Welt werden. Ihren Vater stolz machen.

»Oh Gott, oh Gott, oh Gott«, stöhnte sie laut, während ihre Tränen ins Wasser tropften. »Hilf mir!«

»Hallo, Cassy«, sagte eine Stimme in die Stille hinein.

Sie wirbelte zum Ufer herum. Es war eine Männerstimme mit hiesigem Akzent gewesen, doch das half ihr nicht wirklich weiter. Aden oder Liam konnte sie mit ziemlicher Sicherheit ausschließen. Kyoto vielleicht? Wieso hatte sie ihn nicht herankommen gehört?

»Hi!«, rief sie und lachte verlegen. »Das Wasser sah so einladend aus.«

»Das kenne ich. Ich mache das manchmal auch. Bestimmt ganz schön kalt, oder?«

Die große Gestalt am Ufer wirkte im ersten Morgenlicht wie eine Geistererscheinung. Cassy war es peinlich, dass er sie ertappt hatte. Sie begann, auf tauben Beinen zurück ans Ufer zu waten, stieß sich dabei den Zeh an einem großen Stein – und *das* spürte sie nun doch –, verzog schmerzlich das Gesicht und hüpfte verhalten fluchend auf einem Bein.

»Alles in Ordnung?«, fragte der Mann.

Sie ruderte mit den Armen, weil sie das Gleichgewicht zu verlieren drohte. Im nächsten Augenblick war er bei ihr im Wasser und streckte ihr seine Hand hin.

Da erkannte sie ihn: Es war der Mann, den sie bei ihrer Ankunft am Ufer gesehen hatte. Er wirkte irgendwie aristokratisch: eine lange Nase und eine breite, von schütterem, rötlich gelbem Haar eingerahmte Stirn, hellgrüne, von Lachfältchen umgebene Augen. Er trug wie sie einen Pulli mit Zopfmuster. Seine Hose war bis zu den Knien nass geworden. Er trug keine Schuhe.

Am Ufer bückte er sich, um sich ihren großen Zeh näher anzusehen. Sie hatte ihn sich an einer scharfen Kante aufgerissen. Blut sickerte aus der Wunde und tröpfelte auf den Sand.

»Autsch!« Er schnitt eine Grimasse. »Eine ganz schöne Kriegsverletzung.«

»Ich spüre rein gar nichts.« Sie zupfte an ihrem Pullover und zog ihn so weit es irgend ging, über ihre Schenkel. »Ich werde nachher ein Pflaster draufmachen. Ich danke Ihnen. Jetzt sind Sie ganz nass geworden! Tut mir leid.«

»Komm, setz dich.« Er deutete auf einen Gesteinsims, dort, wo die Wiese aufhörte und der Strand anfing.

Sie wollte nicht unhöflich sein, also setzte sie sich widerstrebend hin. »Ich glaube, ich habe Sie bei meiner Ankunft gesehen.«

»Stimmt.«

»Sind Sie Justin?«

»Ich fürchte ja«, scherzte er. Er hatte ein Taschentuch aus seiner Hosentasche gezogen und tauchte es ins Wasser. »Sag bitte du zu mir«, fügte er hinzu. Sein Hund trottete schwanzwedelnd über den Strand auf sie zu. »Peter, das ist Cassy. Leiste ihr Gesellschaft.«

Der graue wolfsähnliche Hund legte sich neben sie, den Kopf auf Cassys Schoß. Sie vergrub ihre klammen Hände in seinem Fell. Justin kniete sich vor sie hin und säuberte die Wunde an ihrem Fuß mit seinem Taschentuch.

»Das ist doch nicht nötig«, protestierte sie, »alles halb so schlimm, wirklich«, aber er achtete nicht auf sie.

»Würde es deinen Eltern hier gefallen?«, fragte er.

»Äh … mein Vater würde es fünf Minuten hier aushalten. Meine Mutter eventuell zehn.«

»Und warum nicht länger?«

»Weil sie es nicht ertragen würden, alles mit anderen zu teilen, nicht ihre eigenen Sachen zu besitzen. Sie bleiben gern für sich. Sie glauben nicht an Selbstlosigkeit.«

Ihr fiel eine lange weiße Narbe auf seiner rechten Handfläche auf. Sie hätte gern gewusst, was es damit auf sich hatte, wollte aber nicht fragen. Er riss einen Streifen von seinem Taschentuch und wickelte ihn um ihren Zeh. Es half. Die Wunde blutete nicht mehr, der Schmerz ließ nach.

»So gut wie neu«, meinte sie, stand auf und belastete den Fuß probehalber. »Vielen Dank. Aber schade um das Taschentuch.«

Er winkte ab. »Ich hab noch mehr davon.«

Er schlenderte ans Wasser, steckte die Hände in die Hosentaschen und blickte zum Vulkan hinüber. Cassy betrachtete diesen Mann, der aus dem Nichts aufgetaucht war, ihren Namen kannte und sie ziemlich leicht bekleidet angetroffen hatte. Dennoch war er ihr nicht unheimlich. Er hatte nichts Rücksichtsloses, sondern eher etwas Väterliches. Peter war ihm gefolgt und planschte im seichten Wasser. Sie stand auf und humpelte zu den beiden hinüber.

»Ich kann deine Gedanken hören«, sagte Justin.

»Meine Gedanken?«

»Mm. Laut plärrend wie ein Radio. Ein ständiger Lärm. Ständige Sorgen. Muss anstrengend sein. Kräftezehrend.« Er bückte sich nach einem flachen Stein, hielt ihn prüfend in der Hand. »Du kannst das plärrende Radio ausschalten. Das erfordert ein bisschen Übung, aber es geht. Und wenn das dröhnende Rauschen in deinem Kopf erst mal verstummt ist … *dann* wirst du die Musik hören.« Aus dem Handgelenk heraus schleuderte er den Stein auf den See hinaus. Er berührte die Wasseroberfläche, hüpfte ein-, zwei-, drei-, viermal weiter.

»Gut gemacht!«, lobte Cassy. »Ich hab fünfmal gezählt.«

»Suva kann das viel besser als ich.«

Cassy erinnerte sich, wie ihr Vater ihr einmal das Steinehüpfen hatte beibringen wollen und eine regelrechte Wissenschaft daraus gemacht hatte. »Den richtigen Stein aussuchen, Cass, *das* ist das ganze Geheimnis … stell dich in diesem Winkel hin … nein, nicht so … *so!* Halt den Stein in einem Winkel von 20 Grad … und jetzt wirf!«

Sie wusste noch, dass sie seine Anweisungen genauestens befolgt hatte. Sie erinnerte sich an jede Bewegung und an sein unvermeidliches enttäuschtes Zungenschnalzen, als ihr Stein mit einem ploppenden Geräusch in den Weiher gefallen war.

»Du bist dran.« Justin reichte ihr einen Stein. »Das Leben läuft nicht immer geordnet ab, nicht wahr? Manchmal entsteht ein Durcheinander. Und dann sind die Menschen, denen wir es eigentlich recht machen wollen, enttäuscht. Manchmal sind wir nicht das, was sie sich wünschen.«

Ihr kamen die Tränen. Schon wieder. Was war bloß los mit ihr? Seit wann war sie so eine Heulsuse? Sie schleuderte den Stein aufs Wasser hinaus. Es war hoffnungslos. Es machte *Plopp*, und weg war er.

»Mein Dad hält nichts davon, dass ich nach Neuseeland gegangen bin«, sagte sie. »Er hätte es lieber gesehen, wenn ich ein Praktikum gemacht hätte, weil sich das gut in meinem Lebenslauf machen würde. Er sagt, wenn ich meine Ellenbogen nicht gebrauche, könnte ich es vergessen. Fressen oder gefressen werden.«

Justins Gesicht spiegelte komisches Entsetzen wider. »Fressen oder gefressen werden?«

Cassy zuckte die Achseln. »Vielleicht sollte ich das Raubtier in mir ein bisschen mehr fördern …«

»Ich glaube nicht, dass ein Raubtier in dir steckt, Cassy.«

»Ich bin es meinen Eltern schuldig. Sie haben alles, was sie hatten, in unsere Ausbildung gesteckt. Das war ihnen wichtiger als Urlaub, wichtiger als alles andere. Ihr Mantra lautet: ›Es gibt keine sinnvollere Investition als die Ausbildung‹.«

»Damit du zu einem rücksichtsvollen, mitfühlenden Menschen heranwächst?«

»Damit ich Karriere mache. Und meinen eigenen Kindern eine Ausbildung bezahlen und ihnen Hilfestellung geben kann, damit sie in die gleiche Tretmühle klettern. Du musst dir unbedingt einen Platz im Hamsterrad sichern, und wenn du dich dafür auf den Kopf stellen musst. Und dann geht's immer rundherum und immer weiter, immer weiter, du kommst nicht mehr raus.« Sie kraulte Peter hinter den Ohren. »Das war gemein, ich weiß.«

»Das war ehrlich.«

»Sie wollen, dass ich Erfolg habe. Erfolg ist für sie gleichbedeutend mit steinreich. Ein anderes Lebensmodell können sie sich nicht vorstellen.«

»Ich verstehe.« Er nickte ruhig. »Was würden sie sagen, wenn sie wüssten, dass du schwanger bist?«

Sie starrte ihn ungläubig an. Sie fragte sich, ob sie sich verhört hatte. *Woher zum Teufel weiß er das?*, dachte sie. *Nicht einmal ich weiß es mit hundertprozentiger Sicherheit!*

»Ich habe keine Ahnung, was du meinst.« Sie bemühte sich um einen überheblichen Ton, merkte aber, dass sie rot wurde.

Er lächelte und legte ihr kurz die Hand auf die Schulter. Dann suchte er den Sand nach einem passenden Stein ab und gab ihn ihr.

»Lass dein Handgelenk hinten.« Er zeigte ihr, was er meinte. »Wirf nicht einfach geradeaus, sondern nach *unten*.«

Der Stein hüpfte ein einziges Mal. Justin stieß triumphierend seine Faust in die Luft.

»Ja! Genau so!« Er suchte den nächsten Stein. »Dreh dich ein bisschen mehr zur Seite und *schlenze* ihn weg!«

Es war wie Urlaub von allen ihren Sorgen. Eine halbe Stunde oder länger sprachen sie nicht mehr über ihre Probleme – sie sprachen überhaupt nicht viel. Sie suchten am Ufer nach Steinen, die sie übers Wasser hüpfen ließen. Cassy schaffte zwei Hüpfer, dann drei und einmal sogar unglaubliche acht. Sie spürte, wie ihr leicht ums Herz wurde.

»Bleib noch ein bisschen bei uns«, sagte Justin, als sie gemeinsam zum Dorf zurückgingen. »Du machst uns alle so glücklich.«

Sie zögerte. Etwas Schreckliches und Wundervolles zugleich bahnte sich an. Der Mensch, den ihre Eltern zu kennen glaubten, war aus Wachs geformt. Und jetzt begann er zu schmelzen. Seine Gestalt zu verändern. Eine neue Cassy kam zum Vorschein.

»Na ja, ich denke, ein paar Tage könnte ich noch bleiben«, antwortete sie schließlich.

SIEBEN

Diana

AUGUST 2010

Es war Tara, die zuerst Alarm schlug. Tara, die, einen Teebecher in der Hand, mit finsterem Gesicht in die Küche stapfte.

»Diese blöde Kuh von einer Schwester«, schimpfte sie. »Ich hab sie auf Facebook angestupst, ich hab sie über Messenger kontaktiert, ich hab ihr eine SMS geschickt. Keine Antwort. Nicht *ein* Wort!«

»Sie hat ein *richtiges* Leben«, sagte Mike, ohne von seiner Zeitung aufzublicken. »Sie kann nicht stundenlang auf irgendein Display starren.«

Tara zog einen Flunsch und wandte sich dann zu Diana um. »Hast du was von ihr gehört, Mum?«

»Seit Auckland nicht mehr, nein. Anscheinend hat sie Sendepause.«

»Sie sollte mir doch Fotos von Hamish beim Fallschirmspringen schicken.« Tara schüttete den Rest ihres Tees in den Spülstein. Obwohl sie keinen Tee mochte, brachte ihre Mutter ihr jeden Morgen fürsorglich einen Becher auf ihr Zimmer. »Egoistisches Miststück!«

»Tara! Pass auf, was du sagst«, ermahnte Mike seine Tochter.

Nicht zum ersten Mal wunderte sich Diana, wie verschieden ihre Töchter waren. Cassy war die Pflegeleichte, immer schon gewesen, diejenige, die es allen recht machen wollte. Tara hatte auf ihrem Weg in die Welt gebrüllt wie am Spieß. Es interessierte sie nicht, ob sie jemandem auf die Zehen trat. Ihre Züge waren schärfer als die ihrer Schwester. Ihre Zunge auch.

»Na schön, Dad«, entgegnete sie kühl. »Ich werde es anders formulieren. Selbstsüchtiges. Ichbezogenes. Stück.«

»Wenn du auch nur halb so viel in der Schule tun würdest wie Cassy seinerzeit, hättest du auch eine glänzende Zukunft vor dir.«

»Jetzt geht *das* wieder los! Kannst du nicht mal eine andere Platte auf…«

»Na, na«, fiel Diana ihr hastig ins Wort.

Tara kellnerte in den Ferien in einem Café. Sie musste Schwarz tragen, weitere Kleidervorschriften gab es anscheinend nicht. Ihr Rock endete zwei, drei Handbreit über dem Knie, und ihr Make-up konnte man nur als aufgedonnert bezeichnen. Vergangene Woche war sie mit weiteren Ohrpiercings nach Hause gekommen – jetzt waren es drei in jedem Ohr. Mike tat so, als bemerkte er es nicht.

»In einem Punkt hast du allerdings recht.« Er faltete seine Zeitung zusammen. »Cassy hat schon lange nichts mehr von sich hören lassen.«

Es klang verärgert. Die Dinge liefen nicht so, wie sie sollten, und das war er nicht gewohnt. Als Vater zweier Kinder hätte er eigentlich mit chaotischen Zuständen vertraut sein müssen, aber was menschliche Schwächen betraf, so lernte er nur langsam.

Diana griff zum Telefon. »Okay, rufen wir sie doch einfach an. Es ist dort … äh, neun Uhr abends.«

Sie schaltete auf Lautsprecher. Alle hörten Cassys Ansage.

»Hi, hier ist Cassy. Entweder ist mein Telefon ausgeschaltet oder mein Guthaben aufgebraucht. Hinterlassen Sie eine Nachricht. Danke.«

»Versteht ihr jetzt, was ich meine?«, sagte Tara.

»Wahrscheinlich hat sie kein Handynetz«, sagte Diana.

Mike warf einen Blick auf seine Uhr. »Verdammt noch mal, schon so spät?«

Zwei Minuten später waren Mann und Tochter fort, auf dem Weg zur Arbeit und zum Bahnhof. Die Stille summte laut. *So wird es sein, wenn Tara auch ausgezogen ist,* dachte Diana, als sie den Geschirrspüler einräumte. *Ein leeres Nest. Und ich? Was wird dann aus mir? Was habe ich bis dahin erreicht?*

Sie hatte einen Abschluss in Geschichte und bereitete sich auf eine Stelle als Museumskuratorin vor, als sie Mike kennenlernte. Ihre Karriere war von seiner aufgesogen worden, weil sie so oft umgezogen waren. Obwohl sie bei ihrer Heirat gewusst hatte, worauf sie sich einließ, empfand sie manchmal eine leichte Verbitterung. Nein, mehr als nur eine leichte. Sie wollte auf keinen Fall, dass es ihren Töchtern genauso erging.

Ich darf nicht aufhören, mein Leben mit oberflächlichen Aktivitäten vollzupacken, sonst fange ich irgendwann an, mein ganzes Leben infrage zu stellen, dachte sie.

Der Sommer war immer eine gute Zeit für oberflächliche Aktivitäten. Nachdem sie nach South London umgezogen waren, hatte sie eine Teilzeitstelle in einem Kulturzentrum gefunden. Heute hatte sie einen Termin mit dem Mann, der das mobile Fotostudio für die Spendenveranstaltung aufbauen würde. So eine Fotobox gehörte heutzutage anscheinend dazu. Es genügte nicht mehr, sich schick anzuziehen und zu tanzen, oh nein, das musste alles für die Nachwelt festgehalten werden.

Bevor sie das Haus verließ, schickte sie Cassy eine weitere Mail. *Bleib locker,* sagte sie sich. *Bleib ganz entspannt.*

Hallo, mein Schatz! Muss gleich los. Bei uns ist alles in Ordnung. Hoffe, du amüsierst dich gut. Was gibt's Neues?? Melde dich, wenn du einen Augenblick Zeit hast. Mum xx

Über Mittag besuchte Diana ihre Mutter. Joyce wohnte in einem winzigen Einzimmerapartment in einem Seniorenheim. Den One-Stop-Shop nannte sie es, weil hier der gesamte Bedarf an einem einzigen Ort abgedeckt wurde: Die Leute kamen, wenn sie noch gesund waren, und kauften sich eine Wohnung, dann ging es Station für Station abwärts: das betreute Wohnen, das Pflegeheim, das Krankenhaus und schließlich die Leichenhalle.

»Kein Arsch kommt lebend hier raus«, sagte sie fröhlich.

In ihrem Apartment roch es nach Körperpuder mit Rosenduft und nach Tee. Toaster waren in der Anlage nicht erlaubt, weil ständig jemand seinen Toast anbrennen ließ, was dazu führte, dass die Brandmelder Alarm auslösten und das ganze Gebäude evakuiert werden musste. Aber ein Wasserkessel war gestattet, und Joyce setzte ihren auf, sobald Besuch kam.

»Ich habe Kamille und Ingwer, Earl Grey und schwarzen Tee«, sagte sie, als sie mit arthritischen Händen eine Teedose öffnete.

»Schwarzen Tee, bitte. Das weißt du doch, Mum. Ich trinke seit ungefähr vierzig Jahren nichts anderes.«

»Es gibt immer ein erstes Mal.« Joyce nickte zur Keksdose hin. »Greif zu. Dann ist der Tee nicht so nass.«

Der Keks war weich. Diana nahm sich vor, mit ihrer Mutter einkaufen zu gehen.

»Und, was gibt's Neues von meiner Cassy?«, fragte Joyce.

»Nichts.«

»Dann scheint sie sich ja prächtig zu amüsieren.«

Diana hockte auf der Bettkante. Ihre Mutter weigerte sich, sich in den Gemeinschaftsraum zu setzen. Zu viele alte Leute, sagte sie, und wer nicht bereits taub sei, werde es von dem Fernseher dort.

»Sie wird doch hoffentlich nicht an Hamish hängen bleiben,

oder?«, bemerkte Joyce, als sie es sich in ihrem Sessel bequem machte.

»Magst du ihn denn nicht?«

»Er ist ein seelenloser Mensch.«

»Du bist ihm doch erst zweimal begegnet.«

»Das reicht.«

»Mike mag ihn.«

»Das glaube ich gern«, erwiderte Joyce spitz.

Diana zählte im Stillen bis zehn.

Sie war Studentin gewesen, als ihre Mutter losgezogen war, um die Welt zu retten. Fünf Jahre hatte sie in Greenham Common im Schlamm campiert, einem Friedenscamp, zu dem Männer keinen Zutritt hatten. Ihren Akt der Selbstlosigkeit hatten Mann und Tochter als krassen Egoismus empfunden. Joyce hatte sich mit geradezu unanständiger Begeisterung ihrer Sache, der nuklearen Abrüstung, gewidmet. Sie wurde viermal festgenommen, einmal vor laufenden Fernsehkameras. Die junge Diana hatte – wie fast die halbe Nation – zugeschaut, wie sie mit wild abstehenden Haaren, fanatisch, in selbst genähten abgerissenen Klamotten von zwei stämmigen Polizisten abgeführt wurde und dabei gebrüllt hatte: »Ich will eine sichere Welt für unsere Kinder!«

Diana hatte die Welt dadurch nicht als sicherer empfunden, im Gegenteil, sie hatte sich verlassen gefühlt. Sie war nicht stolz gewesen auf ihre kämpferische Mutter. In dunklen Momenten fragte sie sich zuweilen, ob sie aus einem tieferen Sicherheitsbedürfnis heraus einen Soldaten geheiratet hatte.

Jetzt sah Joyce nicht mehr wie eine Kriegerin aus. Sie war von kleiner Statur gewesen, hatte sich aber sehr gerade gehalten – auf trotzige, zornige Weise –, doch im Lauf der letzten zehn Jahre hatte Osteoporose sie schrumpfen und krumm werden lassen. Ihre Haare waren weiß und flaumig geworden, die Venen auf ihren Handrücken traten stark hervor. Sie sah wie der Inbegriff einer kleinen alten Dame aus, und viele Leute redeten mit ihr wie mit einem Kind. So auch eine der Heimleiterinnen. Daraufhin hatte Diana sie beiseitegenommen und ihr einen YouTube-Clip von Joyce' Festnahme in Greenham Common gezeigt.

»*Das* ist Joyce?«, staunte die Frau.

»Das ist Joyce. Behandeln Sie sie nicht so herablassend.«

»Cassy braucht jemanden mit Schwung, mit innerem Feuer«, sagte Joyce jetzt. »Jemanden, der etwas Rebellisches hat. Sonst wird sie eines Tages aufwachen und sich fragen, wo ihr Leben geblieben ist.«

»Sie muss nicht rebellieren, Mum. Die Welt ist eine Auster für sie.«

Joyce schnaubte. »Die Welt des Rechts und des Handels, meinst du.«

»Was soll sie deiner Meinung nach tun – sich in eine Menschenkette rings um einen Luftwaffenstützpunkt einreihen? Sich zum Gespött der Leute machen?«

»Ach herrje.« Joyce zog ein Papiertaschentuch aus dem Ärmel und betupfte sich behutsam den Mund. »Musst du wieder diese alten Geschichten aufwärmen? Das war kein Kinderspiel, weißt du, das war kein Picknick. Es gab Winter, da war es so bitterkalt, dass wir fast erfroren wären. Hast du überhaupt eine Ahnung, wie dicht die Menschheit davor war, den Planeten in die Luft zu jagen und alles Leben auszulöschen?« Joyce hielt Daumen und Zeigefinger, die Fingerspitzen aneinandergelegt, hoch. »So dicht! Es war drei Minuten vor zwölf für die Erde!«

Diana gab ein murrendes Geräusch von sich und wandte den Blick ab. Sie hatten schon viel zu oft darüber gestritten.

»Sollen wir morgen einkaufen gehen?«, fragte sie nach einer Weile. »Brauchst du etwas?«

»Ich würde gern mal wieder in die Bücherei gehen.«

»Gut.« Diana trank ihren Tee aus. Er war immer noch heiß und trieb ihr die Tränen in die Augen. »Schön. Halb fünf?«

»Fein. Danke, Liebes.«

Sie spülte ihre Tasse aus, als Joyce nach ihr rief.

»Sag mir Bescheid, wenn ihr etwas von Cassy hört, ja?«

Tara stand in der Küche und zeigte ihren Eltern ihr Smartphone mit einer Reihe unbeantworteter Nachrichten an Cassy. Dann zeigte sie ihnen Cassys Facebook-Seite. Der letzte Eintrag aus Auckland war fast eine Woche alt. Imogen hatte Cassy in nicht weniger als sieben Posts über ihre Hochzeit markiert. Das Ergebnis war jedes Mal das gleiche: Schweigen.

Taras Nachricht war die letzte auf der Seite.

WAS IST LOS, DU TUSSI, HAST DU DICH IN MORDOR VERIRRT??? IST DEINE FAMILIE AUF EINMAL SOOOO STINKLANGWEILIG???

CASSY? CASSY? CASSSIIIIIIIIEEEEE!!!!!

ACHT

Cassy

Sie alle waren Freunde, die zusammen arbeiteten und plauderten: Paris, Bali, Aden und ein paar andere. Sie bereiteten die Beete für die Frühjahrsbepflanzung vor, karrten Kompost in Schubkarren heran und brachten ihn auf der Erde aus. Die Sonne hatte den Morgenreif weggebrannt, nur ein Glitzern in der Luft war übrig geblieben. Cassy hatte ein paar Blasen mehr an den Händen, aber die Arbeit machte ihr Spaß. Sie liebte den Rhythmus, in dem ihre Spaten in den Boden stießen, den nährstoffreichen Kompost, der sich verteilte, als Aden ihn vom Unkraut schüttelte. Etwas strömte in ihre Lungen, etwas, das wie Hoffnung schmeckte.

Aden blickte über Cassys Schulter. »Ah, da kommt Monika!«

Die kleine Ärztin trug wie üblich eine blaue Baumwollhose. Sie hatte leichte O-Beine.

»Aden!«, rief sie und lächelte dabei, wie sie es immer tat. »Kann ich mir deinen Gast ausleihen?«

»Nur, wenn du versprichst, dass du Cassy zurückbringst! Sie ist viel zu beliebt. Hana möchte, dass sie unterrichtet, Otto möchte, dass sie singt, Kyoto möchte, dass sie schreinert – ich hab Nein gesagt, Cassy, keine Bange. Du musst dich schon hinten anstellen, Monika, falls du eine Assistentin suchst.«

»Menschen zu stehlen gehört nicht zu meiner Tätigkeit«, versetzte Monika und nahm Cassy beim Arm. »Limonade? Ich hab auch Holunderblütensirup.«

Cassy hatte nicht den Eindruck, dass sie ablehnen konnte. Monika war zwar ein zierliches Persönchen, schien aber einen eisernen Willen zu haben.

»Du bist also die Ärztin hier?«, fragte sie, als sie über das Gras gingen.

»Das stimmt. Zum Glück sind die Gethsemane-Leute nicht oft krank.«

Cassy erfuhr, dass Otto früher Chef eines großen Medizinforschungsunternehmens gewesen war. Sie versuchte, ihn sich als Manager vorzustellen, als Entscheidungsträger, wie er in einem Konferenzraum gewichtig auf und ab schritt.

»Er kommt mir so gütig vor«, sagte sie ungläubig. »So gelassen.«

»Das ist er auch! Jetzt. Damals nicht. Das war ein aufreibender Job.«

Sie setzten sich auf die Veranda vor der Praxis und tranken Limonade. Cassy beobachtete entzückt, wie zwei neugeborene Zicklein sich am Fuß der Treppe an ihre Mutter schmiegten.

»Das ist Marigold«, sagte Monika. »Sie ist die Zahmste unserer Herde, angebunden zu werden macht ihr nichts aus. Leider frisst sie an der Wäsche! Wir hatten zu Hause auch eine Ziege, als ich klein war.«

»Wie lange bist du denn schon in Neuseeland?«

»Viele Jahre. Früher sind wir immer in Justins Gethsemane-Zentrum in Wellington gegangen.«

Cassy sah sie erstaunt an. »Gethsemane hat in Wellington angefangen? Das wusste ich nicht.«

Monika nickte. »Otto und ich waren da schon dabei. Auch Liam, Hana und Dean, Netta und noch ein paar andere. Als Justin dieses Dorf hier gegründet hatte und einen Arzt und einen guten Verwalter suchte und uns fragte, ob wir nicht mitkommen wollten, haben wir zugesagt. Wir hatten damals beide die Nase voll von unserer Arbeit. Unsere Tochter Breda ist später nachgekommen.«

»Dann seid ihr also Gründungsmitglieder.«

»Richtig.« Wieder nickte Monika. »Leicht zu erkennen an unseren Taufnamen. Dass wir uns neue Namen gaben, kam erst später.«

»Warum gerade geografische Namen?«

»Na ja, dieser wunderschöne, geplagte Planet liegt uns sehr am Herzen. Jedes einzelne Fleckchen. Deshalb nennen wir uns nach diesen Orten.«

»Der Gedanke gefällt mir.« Cassy unterdrückte ein Gähnen.

»Nun, meine Liebe«, fuhr Monika in unverändertem Tonfall fort, »ich dachte mir, dass du mich vielleicht brauchst. Als Ärztin, meine ich. Schließlich habe ich jedes Kind in Gethsemane auf die Welt geholt.«

Cassy war schlagartig hellwach. Um ein Haar hätte sie die Limonade, die sie im Mund hatte, wieder ausgespuckt. Monika dagegen wirkte so heiter und gelassen, als tauschten sie Rezepte für einen Möhrenkuchen aus.

»Wie geht es dir? Bist du müde? Ist dir morgens oft schlecht? Das kommt in den ersten drei Monaten häufig vor.«

»Ich bin mir nicht einmal sicher, ob …«

»Oh, ich denke, du bist dir ziemlich sicher. Nennen wir es einfach ein Wunder.« Monika strahlte. »Weil es ein Wunder *ist*.«

Cassy zwang sich, tief ein- und wieder auszuatmen. Ein … und wieder aus. »Ich kann kein Kind bekommen. Ich kann einfach nicht.«

»Und warum nicht?«

»Weil ich allein bin.«

»Das bist du auf keinen Fall. Du bist in Gethsemane. Du wirst hier immer eine Familie haben.«

»Ich bin einundzwanzig. Ich habe keinen Studienabschluss, ich habe nicht mal mehr einen festen Freund. Falls da ein Baby sein sollte – und ich hoffe immer noch, dass da keins ist –, passt es einfach nicht zu meinen Plänen.«

»Deine Pläne?«

»Für meine Zukunft. Für mein Leben.« Cassy wusste, wie sich das anhörte. Sie war ein verwöhntes Gör. *Meine* Pläne. *Meine* Zukunft. *Mein* Leben. »In zehn Jahren könnte ich vielleicht eine gute Mutter sein.«

»Das Baby kommt aber nicht in zehn Jahren. Das Baby kommt jetzt.«

»Das ist nicht der richtige Zeitpunkt«, beharrte Cassy.

»Weißt du, was ich glaube? Das ist exakt der richtige Zeitpunkt. Wie wär's mit einem Test? Dann wissen wir es ganz genau.«

»Und wenn ich es gar nicht wissen will?«

Monika stand auf und öffnete die Tür zur Praxis.

»Kommst du?«

Es war Wirklichkeit. Es war tatsächlich passiert.

Cassy saß in einem Holzlehnstuhl und hatte sich die Arme um die Taille geschlungen. *Schwanger. In anderen Umständen. Wie konnte sie nur so dämlich sein!*

Monika zog sich einen Schemel heran.

»Du bist hier in Sicherheit.« Sie ergriff Cassys Hände und schüttelte sie leicht. »Du bist *nicht* allein.«

»Was soll ich bloß machen? Meine Eltern …«

»Werden dir verzeihen. Oder auch nicht. Aber es ist dein Kind, nicht ihres.«

»In welcher Woche bin ich, was meinst du?«

»Ich kann hier keine Ultraschalluntersuchung machen, aber nach dem, was du mir erzählt hast, würde ich sagen, in der zehnten oder elften Woche. Das Baby ist …« Sie hielt Daumen und Zeigefinger nah beieinander hoch. »… ungefähr so groß.«

»So winzig.«

»Ja, so winzig, aber das Herz schlägt.«

»Elf Wochen?«

»In etwa.«

»Das ist nicht zu spät für einen Abbruch, oder?«

Monika schüttelte betrübt den Kopf. »Das ist nicht zu spät, nein, aber das wirst du nicht tun, das weiß ich.«

Cassy schlug die Hände vors Gesicht. Tränen tropften zwischen ihren Fingern hindurch. »Ich kann nicht Mutter werden! Sieh mich doch an! Ich kann einem Kind keine anständige Kindheit bieten.«

»Du bist bereits Mutter.«

»Ich will das nicht. Ich will das nicht. Ich will das nicht!«

»Das Baby hört alles, was du sagst, weißt du.« Monika sprach mit schwerem, melodischem Akzent. »Doch, wirklich! Dein Herzschlag ist seine Musik, sein Trost, seine Welt. Für dieses Kind bist du das einzige Wesen im Universum.«

»Aber ich kann nicht …«

»Schsch«, machte Monika und wischte mit dem Daumen Cassys Tränen fort. »Doch, du kannst. Weil du sein Gott bist.«

NEUN

Diana

Becca rief an. Sie klang zögerlich.

»Äh … ich wollte nur fragen, ob ihr was von Cassy gehört habt.«

Als Diana verneinte, schnalzte Becca mit der Zunge.

»Mist. Ich wollte sie wegen dieser Kaffeemaschine fragen, die wir Imogen und Jack schenken wollen. Die eine hat ein Mahlwerk, ist aber ein bisschen teurer. Ich bin mir nicht sicher, welche ich … Ach, egal. Das kann warten.«

»Such einfach eine aus, Becca«, sagte Diana. »Du bekommst das Geld für Cassys Anteil von mir.«

Sie plauderten über dies und jenes. Über die Hochzeit. Über Beccas Ferienjob bei Starbucks.

»Na dann«, sagte Becca, als sie zum Ende kamen. »Sagen Sie ihr bitte, sie soll gefälligst auf meine Nachrichten antworten.«

Diana legte auf, ging zum Kühlschrank und nahm eine Flasche Wein heraus. Mike beobachtete sie.

»Machen wir uns schon Sorgen?«

»Nein. Sie befindet sich nicht in einem Kriegsgebiet. Aber ich wünschte, sie würde sich endlich melden.«

»Warte mal!« Mike hob den Zeigefinger. »Wenn mich nicht alles täuscht, habe ich irgendwo die Handynummer von Hamish.«

»Du willst ihr hinterhertelefonieren? Das sieht doch aus,

als würden wir sie wie ein kleines Kind behandeln, findest du nicht?«

»Und wenn schon.« Sein Handy lag auf der Anrichte. Er schnappte es und begann zu scrollen. »Da! Da ist sie. Wie spät ist es dort? Acht Uhr morgens – höchste Zeit zum Aufstehen, falls sie noch nicht wach sind. Es läutet.« Mike ging im Kreis und starrte auf seine Füße. Er ging immer im Kreis, wenn er ein Telefonat führte, das ihn aufregte: wenn er sich über die Stromrechnung beschwerte oder über die Müllabfuhr, die die Tonne nicht am richtigen Tag geleert hatte.

Eine brummige männliche Stimme antwortete.

»Hamish!« Mikes Ton war ausgesprochen herzlich. »Ich hab dich doch nicht geweckt, oder?«

»Nein, nein«, tönte es nicht wahrheitsgemäß vom anderen Ende der Welt.

»Sag mal, wo steckt eigentlich Cassy? Ist sie gerade bei dir?«

Stille, dann wieder die brummelnde Stimme.

»Nicht mehr seit Auckland?«, fragte Mike.

Panik durchzuckte Diana. Mike sah sie an und formte mit den Lippen: alles in Ordnung.

»Was macht sie? Kufen?«

Gelächter am anderen Ende der Leitung; ein paar Sätze.

»Wie buchstabiert man das? Ach so, jetzt verstehe ich! WWOOFen! Klar, das macht Sinn. Sie hat erzählt, dass es da unten sehr teuer ist. Der starke Neuseeland-Dollar … Ja, ja … Ja, ich verstehe.«

Er lauschte.

»Kein Handyempfang – das erklärt alles! Wir haben uns schon gedacht, dass es einen simplen Grund geben muss. Genau … genau. Wo?« Mike kritzelte etwas auf die Rückseite eines Umschlags. »Oh, gut. Tja, also, tut mir leid, dass ihr zwei euch getrennt habt … aber lieber jetzt als später.«

Es folgte belangloser Small Talk übers Skifahren und das Wetter und anderes mehr. Diana schenkte zwei Gläser Wein ein, als Mike das Gespräch beendete. Er legte das Telefon so behutsam, als wäre es zerbrechlich, an seinen Platz zurück und blieb einen Moment stehen, den Blick auf seine Füße geheftet, die Backen aufgebläht.

»Sie haben sich getrennt?« Diana reichte ihm ein Glas.

Er setzte sich und fuhr mit den Fingern am Stiel entlang. »Hamish ist auf der Südinsel – weit, weit weg von da, wo er sie zum letzten Mal gesehen hat. Er sagt, Cassy sei ›komisch drauf‹. Hast du eine Ahnung, was er damit meint?«

»Wahrscheinlich hatte sie die Nase gestrichen voll von ihm.«

»Sie waren per Anhalter unterwegs. Cassy sei in einen Van voller Hippies gestiegen. Er nicht. Am nächsten Tag hat sie ihm eine Mail geschickt, in der sie mit ihm Schluss machte, und ihm mitgeteilt, sie sei auf einer Art Bauernhof, wo man ihr Unterkunft und Verpflegung gegen Arbeit angeboten habe. Du weißt doch, wofür WWOOF steht, oder? World Wide Opportunities On Organic Farms, ein Netzwerk für Leute, die auf ökologisch bewirtschafteten Höfen mithelfen und dort wohnen. Das ist da drüben *der* Renner, sagt Hamish.«

»Und wo genau ist das?«

»Sie wollte nach ...« Mike warf einen Blick auf sein Gekritzel. »Rotorua. Der Bauernhof heißt anscheinend Gethsemane«, fügte er spöttisch hinzu, als wäre das seiner Meinung nach ein alberner Name für einen Hof.

Diana hob ihr Glas. »Bravo! Das erklärt alles. Und was Hamish angeht, na ja, er ist ein netter Junge, aber ...«

»Selbstgefällig?«

»Ich würde sagen, imagebewusst.«

»Nein.« Mike schüttelte den Kopf. »Zielstrebig.«

»Mum hält ihn für seelenlos.«

Tara, einen iPod in der Hosentasche, Ohrstöpsel in den Ohren, kam in die Küche getanzt.

»Wann gibt's was zu essen?« Sie schaute von einem zum anderen.

Als sie ihr die Neuigkeiten erzählten, hörte sie auf zu tanzen. Sie zog sogar einen Ohrstöpsel heraus.

»Was? Nur damit ich das richtig verstehe: Cassy hat Hamish einfach am Straßenrand stehen lassen?« Sie stieß einen bewundernden Pfiff aus. »Das ist echt krass! Was für eine obercoole Tusse!«

»So kann man es auch ausdrücken«, bemerkte Mike trocken.

»Ihren Facebook-Status hat sie aber nicht in Single geändert.« Es klang missbilligend. Cassy hatte es versäumt, die Öffentlichkeit zu informieren, was in Taras Augen ein böser Schnitzer war: Ich poste, also bin ich. »Wie auch immer. Jedenfalls kann ich mich jetzt an Hamish ranmachen. Er ist reich, er ist heiß, er ist abserviert worden und muss sich trösten.«

Mike spielte den Schockierten und nannte sie ein kleines Luder.

»Wieso, reich heiraten ist wieder in Mode, Dad«, klärte sie ihn auf und begann erneut zu tanzen. »Ich dachte, du würdest das gut finden! Ich sorge für meine Zukunft vor. Fressen oder gefressen werden, sagst du doch immer.«

Diana stellte sich Cassy auf einem idyllischen Bauernhof vor, wie sie am Lagerfeuer saß, vielleicht erbauliche Lieder sang, während jemand auf der Gitarre dazu klimperte. Möglicherweise hatte sie eine leidenschaftliche, wenn auch ein wenig schmutzige Affäre mit einem dieser Ökofreaks, während ihre arme Mutter daheim mit den Auswirkungen ihrer Entscheidungen fertigwerden musste.

Sie lief ins Schlafzimmer und wählte Cassys Nummer. Keine

Antwort. Sie hinterließ eine alberne, betont fröhliche Nachricht, aber noch während sie sprach, hatte sie das Gefühl, dass ihre Stimme ungehört verhallen würde. Es war, als riefe sie in einen ausgetrockneten Brunnenschacht hinunter.

Eine halbe Stunde später versuchte sie es noch einmal.

Und dann noch einmal.

Und noch einmal.

Das Handbuch des Sektenführers: In acht Schritten zur Bewusstseinskontrolle

Cameron Allsop

Schritt 4: Verkaufen, verkaufen, verkaufen!

Zeigt, wie glücklich ihr alle seid, wie großartig das Produkt ist, das ihr verkauft. Es darf keine abweichende Stimme geben. Ihr seid eine lebende Reklame, und das Produkt hat euch so unglaublich glücklich gemacht. Also lächelt!

Die Rekrutierten müssen dazu gebracht werden, dass sie grundsätzlich wollen, was ihr ihnen anbietet. Wollen sie nicht glücklicher, schlanker, reiner, reicher, beliebter, dem Paradies ein Stück näher sein? Aber natürlich wollen sie das. Und ihr könnt ihnen den Weg dahin aufzeigen.

ZEHN

Cassy

Es war Suvas Geburtstag. Übelkeit hatte Cassy auch an diesem Morgen aus dem Bett getrieben, aber dieses Mal war sie nicht von Panik begleitet. Ihr Geheimnis war keines mehr. Alle wussten Bescheid, niemand verurteilte oder verachtete sie. Als der Ruf der Glocke ertönte, ging sie zusammen mit Aden über das mit Raureif bedeckte Gras hinüber zum *wharenui*.

»Wohin führt dieser Weg?« Cassy zeigte auf einen Pfad, der hinter der Schule begann und von zwei Felsblöcken markiert wurde.

»Zu den oberen Weiden. Ich war heute Morgen schon dort. Wir haben drei neue Lämmer.«

Cassy schaute zu dem Pfad. Er führte steil bergan und verschwand im Dickicht.

»Es ist noch nicht mal hell, und du bist schon da raufgewandert?«

»Ja. Es gibt noch einen anderen Weg, einen befahrbaren, falls ich den Traktor nehmen muss. Das da ist eine Abkürzung.«

Cassy spürte intensiv die Anwesenheit des Mannes, der da neben ihr ging und dessen Hand manchmal die ihre streifte. Sie war sich nicht sicher, welche Gefühle er in ihr hervorrief. Auf jeden Fall sexuelles Verlangen, aber das war es nicht allein. Sie fragte sich unwillkürlich, wie es wohl wäre, jeden Tag an seiner Seite zu gehen, jede Nacht neben ihm zu liegen.

Was, wenn das mein Leben wäre?

Das Lied, das sie an diesem Morgen sangen, war Suva gewidmet. Der Text ergab allerdings nicht viel Sinn für Cassy.

»Wir feiern deine Tochter, die geliebte
Geboren an diesem heiligen See
Sie tanze in Licht und in Liebe
Die nächtliche Wache nun halte auch sie.«

Eine erwartungsvolle Spannung entstand, ein freudiges Prickeln, wie ein Lufthauch, der die Oberfläche des Sees kräuselte. Auch Cassy konnte es spüren, obwohl sie nicht wusste, warum.

Dann war Justin unter ihnen. Es war, als würde er von einer eigenen Anziehungskraft umgeben. Alles wurde zu ihm hingezogen; sogar die Luft legte sich um ihn herum in Falten. Er bewegte sich ganz gemächlich, berührte den einen oder anderen an der Schulter, sprach mit diesem oder jenem, ging dann weiter. Als er zu Suva kam, kniete er sich hin, und die beiden redeten leise miteinander. Suva kicherte und schlang ihm die Arme um den Hals.

Schließlich stand er wieder auf und wandte sich, das Gesicht zu einer komischen Grimasse verzerrt, Cassy zu.

»Oje«, stöhnte er. »Meine armen alten Knie!«

Sein Gesicht war so, wie sie es in Erinnerung hatte: hager, asketisch, mit schmalen Lippen und blassgrünen Augen. Sie wusste selbst nicht, warum, aber sie wünschte sich sehnsüchtig, dass er sie mochte.

»Wie geht es deinem Fuß?«, fragte er.

»Prima! Danke.«

»Ich höre fantastische Dinge über dich, Cassy. Du bist ein wahres Wunder.«

»Nein, nein, ganz bestimmt nicht«, wehrte sie ab.

»Nein?« Er zog eine Braue hoch. »Wie kommt es dann, dass Suva und Aden wieder glücklich sind? Eine gewöhnliche Frau hätte das nicht fertiggebracht. Hast du über meinen Vorschlag nachgedacht? Wirst du noch eine Weile bei uns bleiben?«

»Ooh, das wäre …«

»Gut! Wunderbar! Dann bleibst du also?«

»Ich kann nicht. Ich muss in die richtige Welt zurück.«

Die Haut in seinen Augenwinkeln knitterte zu feinen Fältchen, und er legte ihr seine Handfläche auf die Wange.

»Das hier *ist* die richtige Welt.«

Mit zwanzig Personen an Bord machte sich die *Matariki* auf den Weg über den See. Kereru Cove, wo das Picknick stattfinden sollte, sei auch zu Fuß zu erreichen, erklärte Aden, aber für Netta und die anderen älteren Leute, die dabei waren, sei das zu beschwerlich.

Justin kam nicht mit. Er nahm das rote Schnellboot und fuhr in die andere Richtung davon. Cassy empfand ein verwirrendes Gefühl von Verlust.

»Er verschwindet immer mal wieder für ein paar Tage«, sagte Bali.

»Wohin geht er?«

»Leute in Schwierigkeiten einsammeln. Mitglieder von Gethsemane besuchen, die nicht bei uns leben können.«

»Und wer kümmert sich so lange um Peter?«

Bali blickte belustigt drein. »Gaza. Sie ist ganz verrückt nach dem Hund. Jetzt tobt er bestimmt schon im Garten herum.«

Aden zeigte Rom, wie man die Barkasse steuerte. Der Teenager hielt das Steuerrad mit beiden Händen und reckte den Hals, damit er über das Dach der Kajüte gucken konnte. Die Ähnlichkeit mit Justin war unübersehbar: Der Junge hatte seine rötlich blonden Haare und die grünen Augen geerbt und strahlte jetzt schon eine natürliche Autorität aus. Malindi lungerte am Führerstand herum und tat betont lässig. Sie hatte runde Wangen, ein strahlendes Lächeln und lange Wimpern, unter denen hervor sie Rom schmachtend ansah. Er behandelte sie wie eine kleine Schwester.

»Was ist eigentlich mit Roms Mutter passiert?«, fragte Cassy.

»Tripolis? Sie ist ertrunken.«

»Nein!«

»Lange her.« Bali legte sich den Zeigefinger an die Lippen. Cassy verstand den Wink und fragte nicht weiter nach.

Sie näherten sich einer schmalen Bucht, die ihren eigenen Strand hatte. Dunstschleier stiegen vom flachen Wasser auf. Zwischen Silberfarnen und Schlingpflanzen lugte eine verwunschene kleine Hütte hervor, ein geradezu lächerlich idyllischer Anblick.

»Kereru *whare*«, sagte Bali. »Eine von Gethsemanes Einsiedlerhütten. Für Leute auf der Suche nach Stille und Besinnung.«

»Wie romantisch!«

Bali kicherte. »Na ja, eigentlich sind diese Hütten zum Meditieren und zur inneren Erneuerung gedacht. Aber romantisch kann es natürlich auch sein.«

Das Boot legte längsseits an einer natürlichen Anlegestelle an, und Aden sprang an Land, um es an ein paar Bäumen zu vertäuen.

»Gut gemacht!«, lobte er Rom.

Sie stiegen aus und folgten einem Pfad in die Wildnis. Für Netta hatten sie einen Rollstuhl mitgenommen. Vier Männer wuchteten ihn hoch und trugen die alte Frau wie in einer Sänfte.

Als Cassy sich den anderen anschloss, lief Suva ihr nach und ergriff ihre Hand.

»Augen zumachen!«, befahl sie.

»Warum?«

»Weil das eine Überraschung sein soll.«

Cassy nahm all ihren Mut zusammen und ließ sich mit geschlossenen Augen über den holprigen Pfad führen. Es ging steil bergauf. Ganz in der Nähe rauschte ein Bach. Cassy setzte zögernd einen Fuß vor den anderen, stolperte über Wurzeln, registrierte eine unerklärliche Wärme durch die Sohlen ihrer Sandalen hindurch und nahm gelegentlich diesen schwefligen Geruch wahr, der ihr schon in Rotorua aufgefallen war.

»Vertrau mir«, sagte Suva. »Ich pass schon auf dich auf. Wir sind gleich da … Okay, jetzt kannst du die Augen wieder aufmachen!«

Cassy tat es und erblickte eine Traumwelt. Das Zwielicht eines Waldes. Riesige Farne und Moos und glitzernde Juwelen aus Sonnenlicht. Ein Bach stürzte über Felsen nach unten, das Wasser sammelte sich in einer Reihe von Becken – einige breit und tief genug, dass man darin schwimmen konnte, andere nur badewannengroß. Das Wasser glich grünem Glas. Halb verborgen unter wabernden Dampfwolken stiegen schwallweise winzige Bläschen darin auf.

»Träume ich?«, murmelte Cassy.

»Nein, du bist wach! Das kleine Becken dort ist das heißeste, viel zu heiß für mich. Guck mal, Malindi ist schon auf der Felsrutsche! Und da drüben ist ein Schlammmonster, siehst du es?« Die Worte sprudelten nur so aus Suva heraus.

Cassy folgte ihrem Blick. Grauer Schlamm bewegte sich, hob sich, fiel in sich zusammen, veränderte seine Gestalt, als ob eine unheimliche Kreatur sich unter der Oberfläche krümmte und wand. Dann folgte eine Eruption im Miniaturformat – *blubb!* –, und alles begann von vorn. Es sah ein bisschen unheimlich aus.

»Komm«, sagte Suva und schälte sich eilig aus ihren Kleidern. Darunter trug sie einen Badeanzug. »Es ist toll im Wasser! Sogar Netta geht rein.«

Am frühen Nachmittag, als das üppige Picknick vorbei war, genossen die Erwachsenen ein Bad in den Naturbecken oder dösten auf den von der Sonne erwärmten Felsen. Die Kinder spielten Verstecken. Aden war mit Rom unterwegs, um die Fallen für die Possums zu kontrollieren.

Cassy, Paris und Bali standen unter einem Wasserfall, der so klar und gleichmäßig von den Felsen herabstürzte, dass er aus Eis hätte gemeißelt sein können. Das warme Wasser spritzte ihnen vom Hals auf die Schultern. Für ihre Freundinnen waren diese heißen Quellen etwas ganz Normales, aber Cassy hatte die Erde noch nie so feurig und dynamisch erlebt, wie ein Dampfkochtopf, in dem sich zu viel Druck aufgebaut hatte. Sie legte den Kopf in den Nacken und blinzelte durch das Laubdach zum blauen Himmel hinauf.

»Wann ist der Vulkan das letzte Mal ausgebrochen?«

»1886«, antwortete Bali, ohne zu zögern. »Netta soll dir die Geschichte erzählen, wenn sie aufwacht.«

Die alte Frau saß in ihrem Rollstuhl, eine Decke um die Schultern, und döste. Als ihr Name fiel, riss sie die Augen auf. »Redet ihr Mädchen etwa über mich?«

»Du hast aber große Ohren!« Bali lachte. »Wir haben gerade vom Vulkan gesprochen, Nana. Von der letzten Eruption.«

»Ah, das!«

Cassy, die ja Gast war, schwieg aus Höflichkeit der alten Frau gegenüber.

»Erzähl Cassy von dem Geisterkanu«, drängte Bali.

»Ein Gläschen Pflaumenwein wäre jetzt nicht schlecht. Dann redet es sich besser.« Netta machte ein verschmitztes Gesicht.

»Es gibt nichts umsonst, nicht wahr?«, bemerkte Bali trocken. Sie kletterte aus dem Becken, das in der kühlen Luft dampfte, lief zu einem Picknickkorb hinüber und dann zu ihrer Großmutter.

»Hier.« Sie drückte ihr einen Tonbecher in die Hand. »Hast du ihn?«

»Ja.«

»Nicht fallen lassen!«

»Ich bin nicht vertrottelt, mein Kind.«

Cassy rückte näher an die alte Frau heran. Netta, den Becher in ihrem Schoß, saß lange Zeit da und bewegte stumm die Lippen, als würde sie die Geschichte um sich versammeln.

»Du musst verstehen, wie alles anfing«, begann sie. »Die Stämme der Te Arawa leben seit Jahrhunderten im Schatten des Berges. Sie nutzten die heißen Quellen zum Kochen, und ihre *whares* wurden von dem warmen Boden beheizt. Der Gipfel des Berges diente ihnen als Grabstätte. Sie vertrauten ihm die Gebeine ihrer Vorfahren an, aber sie kannten die Regeln. Der Berg ist *tapu* – heilig. Er muss voller Ehrerbietung behandelt werden. Dann kamen die Europäer, und alles änderte sich.«

»Das glaube ich gern«, brummte Cassy.

»Zuerst kamen Missionare und Forscher, später die Touristen. Sie kamen aus der ganzen Welt, weil sie die Terrassen am Lake Rotomahana sehen wollten.«

Cassy sah Bali fragend an. »Was für Terrassen?«

»Die Pink and White Terraces bestanden aus Kalksinter. Sie sahen aus wie die Stufen einer riesigen Treppe. Hast du noch nie von ihnen gehört? Sie wurden damals als achtes Weltwunder bezeichnet. Sogar Könige kamen, um sie zu besichtigen.«

»Noch eine Bildungslücke, fürchte ich«, sagte Cassy zerknirscht.

»In der Schulbücherei kannst du dir Bilder ansehen«, sagte Bali. »Altmodische englische Ladys mit Sonnenschirmen aus Spitze. Die einheimischen Maori dienten ihnen als Führer und Schiffer. Sie verdienten gutes Geld damit.«

»Wer erzählt denn hier die Geschichte?«, ließ sich eine mürrische Stimme aus dem Rollstuhl vernehmen.

»Du, Nana.«

»Dann sei still und lass mich reden. Also, wo war ich?«

Bali lächelte. »Bei den Touristen.«

»Richtig. Die Touristen. Eine der berühmtesten Führerinnen war eine kluge Frau namens Sophia. Eines Tages fuhr sie mit einer Gruppe Touristen über den Lake Tarawera – in einem Walfänger wie die *Matariki* –, und da sahen sie etwas, das ihnen das Blut in den Adern gefrieren ließ.«

Netta machte eine dramatische Pause, die so lange dauerte, dass ihre Zuhörer ungeduldig wurden.

»Es war ein *waka*, ein Kriegskanu«, fuhr sie schließlich fort. »Es tauchte aus dem Morgennebel auf und glitt neben Sophias Boot über das Wasser. Zwei Reihen Männer befanden sich darin – eine Reihe sitzender und eine Reihe stehender Männer. Man stelle sich das vor! Die, die standen, trugen Leinengewänder und einen Kopfschmuck aus Federn wie für ein Begräbnis. Sophia rief zu ihnen hinüber, mehrere Male, aber sie bekam keine Antwort. Als ob es die Seelen der Toten wären, die zum heiligen Berg gefahren wurden. Und dann«, Netta streckte die Hand aus und griff in die Luft, »verschwand das *waka* wieder. So plötzlich, wie es aufgetaucht war.«

»Haben das alle gesehen?«, fragte Cassy. »Alle, die auf dem Boot waren?«

»Ja. Sophia, die Mannschaft, die Touristen. Alle.«

»Kann es nicht sein, dass das Kanu an diesem Tag aus irgendeinem Grund benutzt wurde?«

Netta schloss die Augen und gab ein missbilligendes Geräusch von sich. »Die Sache ist nur die … es gab kein solches Kanu auf dem See. Es hat *nie* eins auf Lake Tarawera gegeben. Nein, dieses *waka* war ein Geisterboot. Sie fragten den alten *tohunga*, was das zu bedeuten habe, und er sagte: ›Das ist ein Omen, eine Warnung, dass Unheil über die Region kommen wird.‹ Elf Tage später sollte seine Prophezeiung sich erfüllen.«

Der Becher neigte sich in Nettas Hand. Ein paar Tropfen Pflaumenwein liefen heraus und sickerten in die Decke auf ihrem Schoß.

»Die Familie meiner Großmutter lebte in einem Dorf unmittelbar am Fuß des Berges, aber jenen Winter verbrachte meine Großmutter bei Verwandten am Lake Rotoiti. In der Nacht des 10. Juni wurden sie von einem Erdbeben geweckt. Alle rannten nach draußen, wo sich ihnen ein schrecklicher Anblick bot. Der Himmel über Tarawera stand in Flammen, eine riesige schwarze Rauchsäule stieg auf, Blitze zuckten, Explosionen waren zu hören. Dann wurde die halbe Erde himmelwärts geschleudert. Da wusste meine Großmutter, dass es ihre Familie nicht mehr gab.«

»Wie alt war sie da?«

»Vielleicht sieben oder acht. Die Sterne erloschen, Asche fiel vom Himmel. Sie drängten sich im *whare* dicht aneinander, die ganze Nacht, während die Asche wie Regen auf das Dach prasselte, das sich unter dem Gewicht bog. Meine Nana war sicher, dass es irgendwann nachgeben und sie alle unter sich begraben würde. Sie beteten und warteten auf den Tod.«

Cassy lauschte gebannt. Sie konnte sich die Szene gut vorstellen.

»Als sie am Morgen hinausschauten …« Netta schüttelte den Kopf. »Es gab keinen Morgen. Die Sonne war verschwunden. Und die Landschaft rings um Tarawera auch. Ganze Dörfer waren unter einer fünfzehn Meter hohen Schicht aus Schlamm und Asche begraben. Sie liegen bis heute darunter.«

»Haben viele Menschen den Tod gefunden?«

»Die Europäer schätzten, ungefähr einhundertzwanzig, aber meine Großmutter sagte, dass es viel mehr waren, vielleicht sogar Tausende. Und die Terrassen sind für immer verloren.«

»Was ist aus ihr geworden?«

»Nana? Sie wurde zweiundneunzig Jahre alt. Sie hatte acht Kinder.«

Cassy spritzte sich warmes Wasser über die Schultern und rechnete kurz nach. Nettas Großmutter musste um 1879 geboren sein. Sie war die einzige Überlebende ihrer Familie, sie hatte zwei Weltkriege erlebt und das stolze Alter von zweiundneunzig Jahren erreicht. Eine ganz schöne Leistung.

»Sie hat es nie vergessen«, fuhr Netta fort. »Selbst dann nicht, als sie sich nicht mehr an die Namen ihrer eigenen Töchter erinnern konnte. Sie hat die Nacht, als der heilige Berg auseinandergerissen wurde, nie vergessen. Sie hat den Tag, als die Sonne erlosch, nie vergessen. Alle glaubten, das Ende der Welt sei gekommen. Und für viele war es tatsächlich das Ende der Welt.«

Eine Bootsfahrt bei Sonnenuntergang im Winter. Schräg einfallendes Licht. Der Nebel lag wie ein undurchsichtiger Schleier über dem Wasser, aber kein Geisterschiff erschien.

Rom und Aden wechselten sich am Steuerrad ab. Cassy und Paris saßen auf dem weißen Dach der Kajüte. Von unten drangen Wortfetzen und Gelächter herauf. Es gab einen Propankocher an Bord, auf dem heiße Getränke zubereitet wurden. Monty hatte sich an Sydney gekuschelt. Andere Kinder spielten ein Abklatschspiel, fröhliche Silhouetten inmitten der Schönheit der Natur.

Sie sind nicht beunruhigt, dachte Cassy. *Sie sind auch nicht gestresst. Sie kennen die Antworten.*

Sie wandte sich Paris zu. »Was hältst du von der Geschichte mit dem Geisterschiff?«

»Na ja …« Paris' Augen wurden schmal, während sie überlegte. »Tatsache ist, dass sie etwas gesehen haben. Die Touristen haben in Briefen nach Hause von dem Erlebnis berichtet, und andere sahen das *waka* ungefähr zur gleichen Zeit. Es existiert sogar eine Zeichnung davon.«

»Ich würde zu gern wissen, was es wirklich damit auf sich hat.«

»Vielleicht war es genau das, was der *tohunga* sagte: eine Warnung. Das ist ein sehr spiritueller Ort hier.« Paris legte sich flach auf den Rücken. Ihre kupferroten Haare glänzten. »Lichtjahre von Edinburgh entfernt.«

»Fährst du manchmal noch zu Besuch hin?«

»Großer Gott, nein!« Sie machte ein angewidertes Gesicht. »Mit den Leuten dort verbindet mich gar nichts mehr.«

Während die *Matariki* über das spiegelglatte Wasser glitt, erzählte Paris ihre Geschichte. Ihre Eltern hatten sich gestritten, solange sie denken konnte. Dann hatten sie sich scheiden lassen, neue Partner geheiratet, neue Familien gegründet, und in keiner war Platz für die gemeinsame Tochter gewesen.

»Mein Name war Rachel«, sagte sie. »Ich kam mir in beiden Familien wie das fünfte Rad am Wagen vor. Schließlich bin ich weggegangen, weil ich … na ja, weil ich meine beste Freundin umgebracht hatte.«

Cassy starrte sie schockiert an.

»Isla«, fuhr Paris fort. »Isla Wallace. Wir waren auf einer Party gewesen, wir hatten unsere bestandene Prüfung gefeiert, und ich fuhr uns nach Hause. Wir waren so glücklich, wir haben laut gesungen. Ich hab kurz angehalten, um meinem

Freund eine SMS zu schreiben, bin auf die Straße zurückgefahren – und dann krachte dieser Lastwagen in uns rein. Ich weiß bis heute nicht, wo der auf einmal herkam, ich erinnere mich nur, dass da plötzlich diese Scheinwerfer waren. Wir schleuderten eine Böschung hinunter, der Wagen landete auf dem Dach. Ringsum Dunkelheit.« Paris schloss die Augen. »Isla war auf der Stelle tot.«

»Oh nein«, hauchte Cassy. »Das muss ja …«

»Sie war achtzehn.«

Ottos Stimme dröhnte aus der Kajüte herauf, gefolgt vom schallenden Gelächter seiner Zuhörer.

»Es gab Gerüchte«, fuhr Paris fort. »Ich wäre betrunken gewesen, ich hätte nicht auf die Straße geschaut, weil ich eine SMS geschrieben hätte. Ich kam mit einer Geldbuße davon. Von mir aus hätten sie mich auch aufknüpfen können. Ich schleppte meine Schuld wie ein Bleigewicht mit mir herum, jede einzelne Minute, jeden einzelnen Tag. Ich habe versucht davonzulaufen. Ich hatte alle möglichen Jobs überall auf der Welt, habe in Bars gearbeitet, Hotelzimmer geputzt. Ich habe getrunken, alles geraucht, was ich in die Finger kriegen konnte, mit so vielen Männern geschlafen, dass ich mich gar nicht mehr an alle erinnern kann. Aber es nützte alles nichts – ich habe meine Last weiter mit mir herumgeschleppt. Als ich Sydney kennenlernte, war ich Kellnerin in einem Café im Skigebiet in Ruapehu.«

»Montys Vater?«

»Mm. Wir hatten nichts miteinander, aber als die Skisaison zu Ende war, sind wir zusammen weitergetrampt. Eines Tages hat uns der Gethsemane-Van mitgenommen. Und dann … um es kurz zu machen, bin ich Justin begegnet. Er hat sofort gesehen, dass ich in Schwierigkeiten war. Er weiß es immer. Er lud mich auf seine Insel ein und hörte mir zu. Er hörte mir einfach zu. Ich hab geredet, den ganzen Tag. Die ganze Nacht. Und den ganzen nächsten Tag. Er hörte mir zu, wie mir noch nie jemand zugehört hatte.« Paris' Augen füllten sich mit Tränen. Sie wischte sie mit dem Ärmel ab und wartete einen Moment, bis ihre Stimme nicht mehr zitterte. »Er hörte alles, was ich sagte. Er hörte alles, was ich nicht sagte. Und plötzlich … es war erstaunlich … plötzlich fühlte es sich an, als hätte er mir meine Last abgenommen. Ich hatte das Gefühl, dass es vielleicht – nur vielleicht – in Ordnung war, dass ich lebte. In jener Nacht konnte ich zum ersten Mal schlafen, ohne dass ich Isla schreien hörte.«

Cassy war erschüttert, fühlte sich aber auch geschmeichelt, dass Paris ihr ihre Geschichte erzählt hatte. »Und deshalb bist du hiergeblieben?«

»Ja.« Paris nickte heftig. »Ich werde Justin nie verlassen. Ich verdanke ihm mein Leben. Er hat mir meine Freiheit zurückgegeben.«

»Wie hast du die Aufenthaltsgenehmigung bekommen?«

»Otto hat sich darum gekümmert. Ich musste so tun, als wäre ich mit Seoul liiert.«

Das Motorengeräusch änderte sich. Die *Matariki* beschrieb einen weiten Bogen und fuhr nach Gethsemane zurück. Cassys und Adens Blicke trafen sich. Sie lächelten sich an.

»Hey, willst du nicht mal ans Steuer?«, rief er ihr zu.

»Geh schon«, sagte Paris. »Das macht Spaß.«

Cassy kletterte zum Führerstand hinunter. Rom überließ ihr das Steuerrad und gesellte sich zu seinen Freunden.

»War's ein schöner Tag?«, fragte Aden, als er ihr gezeigt hatte, was sie beachten musste. Sie hielt das Boot in einer mehr oder weniger geraden Linie.

»Einer der besten meines Lebens«, antwortete sie. »Du kannst dich glücklich schätzen, dass du hier leben darfst.«

»Du könntest doch hierbleiben.«

»Nein. Nein, das geht wirklich nicht. Ich muss zu Ende studieren, mein Examen machen und so tun, als ob Nutzungsrechte und Verträge und die Eintragung von Grundbesitztiteln für mich von existenzieller Bedeutung sind.«

»Warum?«

»Weil ich dann eine gut bezahlte Stelle kriegen und mir ein schickes Auto und meine erste eigene Wohnung leisten kann«, antwortete sie leichthin.

Aden grinste nur. Er brauchte nichts zu sagen.

Die vergangenen Tage waren magisch, aufregend, spannend gewesen – so, wie wenn man sich verliebt. Mit jedem Augenblick wuchsen Gethsemane und seine Menschen ihr mehr ans Herz.

ELF

Diana

Es waren ganz normale Tage, und doch fühlten sie sich nicht normal an. Etwas stimmte nicht. Etwas Dunkles hatte sich entwickelt, sich ausgebreitet und widerstand ihren Versuchen, es betont frisch-fröhlich wegzublasen.

Angst war es nicht. Nein, nein. Das wäre ja lächerlich. Cassy war nicht auf den Kopf gefallen, und sie hielt sich in einem der sichersten Länder der Welt auf.

Nein, nicht Angst. Diana sah sich selbst als coole Mutter, nicht als neurotische, überbesorgte Glucke. Sie konnten Cassy nicht erreichen – na und? Wäre ihr etwas zugestoßen, hätten sie es mittlerweile erfahren.

Nein, nicht Angst.

Es war halb fünf Uhr morgens, als sie Mike an seinem beengten Arbeitsplatz unter der Treppe entdeckte. Er saß vor seinem PC, in kariertem Morgenmantel und Pantoffeln und mit verwuschelten Haaren. Er wirkte verletzlich. Der Schein des Monitors malte blaue Flüsse auf sein Gesicht.

»Ich hab sie gefunden.« Erleichterung in seiner Stimme. »Es gibt sie tatsächlich.«

Sie stellte sich hinter ihn, ihre Hände auf seinen Schultern. Sein Haar lichtete sich oben auf seinem Kopf. Und es wurde ein bisschen grau. Aber fünfzig galt heutzutage noch nicht einmal als mittleres Alter, und Mike war fitter als die meisten Männer, die halb so alt waren wie er. Erst gestern war er zwanzig Meilen mit dem Rad gefahren. Sie verstand nicht ganz, warum er sich das antat.

»Ist das ihre Website?« Sie guckte auf die farbenfrohen Fotos.

»Mm. Sie wirken ziemlich harmlos.«

Allerdings. Die Website war gekonnt aufgebaut. Das Hauptfoto war von einem Bootssteg aus Richtung Festland aufgenommen und zeigte verstreute Häuser vor bewaldeten Hügeln und im Vordergrund ein paar entzückende Lämmer. *Gethsemane* lautete die Überschrift. Darunter stand in kleineren Buchstaben: *Die Türen von Gethsemane stehen Ihnen immer offen, ob Sie nur für einen Tag oder für ein ganzes Leben bleiben wollen.*

Es gab Bilder von glücklich dreinblickenden Menschen, die irgendwelches Gemüse hochhielten; von Ziegen, Bienenstöcken und einem Holzhaus mit wunderschönen jungen Menschen auf der Veranda davor. Ganz oben konnte man verschiedene Unterseiten anklicken: *Über uns; Die Geschichte von Tarawera; Unsere Kurse; Was ist WWOOF?; Kontakt; Gästebuch; Fotogalerie; Jetzt buchen.*

»Was für Kurse sind das?«, fragte Diana.

»Permakultur – was immer das sein mag. Ein anderer ist für Süchtige in der Rekonvaleszenz.«

»Klingt sehr lobenswert und edel.«

»Jede Menge Übertreibungen: einzigartige Szenerie, erfahrene Kursleiter, eine reine Umgebung. Liest sich wie ein Faltblatt für Touristen. Schau dir das mal an.« Er klickte auf *Über uns.*

Ein mit einem Text überlagertes Foto von einem in Nebelschleier gehüllten See erschien.

Die Gemeinschaft von Gethsemane wurde 1985 in Wellington gegründet. Dank einer großzügigen Spende der Familie Svenson

konnte sie 1990 an den Lake Tarawera umsiedeln, wo sie noch heute zu Hause ist. Gethsemane verwaltet eine Fläche von über fünfhundert Hektar Land, darunter Permakulturgärten, Wald, Weideland, aber auch naturbelassene Wildnis.
Neuseeland ist, wie weite Teile unseres Planeten, im Lauf der letzten hundert Jahre geplündert und ausgebeutet worden: Intensive landwirtschaftliche Bewirtschaftung, Urbanisierung, importierte Schädlinge und der Hunger nach fossilen Brennstoffen haben zu massiven Zerstörungen geführt. Die Menschheit hat sich weit von ihren geistigen Wurzeln entfernt. In Gethsemane pflegen wir eine nachhaltige Lebensweise und arbeiten mit unserer Umwelt, nicht gegen sie. Wir geben unseren Böden zurück, was wir ihnen entnehmen. Unsere Gebäude und Systeme zeichnen sich durch ihre Energieersparnis aus. Wir sind CO_2-neutral. Die Grundlage unserer Lebensweise ist Liebe in ihrer einfachsten und ursprünglichsten Form, weil wir uns stets ins Gedächtnis rufen, dass wir Verwalter – nicht Eigentümer – dieser Erde sind.
Die Pforten von Gethsemane sind für ausnahmslos jedermann geöffnet. Noch nie wurde jemand abgewiesen. Viele von uns waren beruflich sehr erfolgreich, haben sich dann aber für Gethsemane entschieden, weil sie das Gefühl hatten, dass ihrem Leben etwas Entscheidendes fehlte. Andere kommen zu uns, weil sie Heilung suchen oder mehr über sich selbst erfahren wollen, während sie behutsam über unseren fragilen Planeten wandeln. Wer sich von einem traumatischen Erlebnis, den Anforderungen des Lebens oder von einer Sucht erholen möchte, findet bei uns ein Zuhause.
Besucher sind immer willkommen. Es besteht keine Verpflichtung, am spirituellen Leben der Gemeinschaft teilzunehmen. Wer den tiefen Frieden von Gethsemane kennenlernen möchte, kann an einem unserer Kurse teilnehmen oder einfach in unserer

Mitte bleiben, solange er es wünscht. Unsere Türen stehen Ihnen immer offen.

Seien Sie uns willkommen.

»Klingt grauenvoll«, bemerkte Diana. »Mich wundert's, dass Cassy diese selbstgerechte Spießigkeit aushalten kann.«

»Na ja, sie ist ziemlich tolerant.«

Diana zeigte auf den Bildschirm. »›Spirituelles Leben‹? Was verstehen sie darunter? Ist das ein christlicher Verein? Oder Buddhisten? New Age?«

»Keine Ahnung, auf dieser verdammten Website steht nichts Näheres. Ich tippe auf New Age. Schau mal – *Kontaktieren Sie uns.*«

Mike klickte den Link an. Keine Telefonnummer, nur eine Postfachadresse, aber eine Mailadresse: *watchmenofgethsemane@gmail.com.*

»Vielleicht hilft uns das weiter«, murmelte Diana.

Mike streckte sich und schaute blinzelnd Richtung Küchenfenster. »Meine Güte, es wird schon hell. Ich dachte, Kinder würden irgendwann aufhören, ihre Eltern die ganze Nacht wach zu halten?«

»Ich glaub nicht, dass das jemals so sein wird.«

»Ich geh noch mal ins Bett. Kommst du?«

»Gleich. Ich will Cassy nur noch mal eine Mail schreiben.«

Von: Mike und Diana Howells

An: CassyHowlerMonkey@gmail.com

Betreff: Wie geht es dir?

Hi Cassy,

Hamish hat uns erzählt, dass ihr euch getrennt habt. Kein Problem! Möchte nur wissen, ob es dir gut geht. Melde dich, sei so gut! Wir machen uns keine Sorgen, wir wollen nur sichergehen, dass du noch lebst und nicht entführt und als weiße Sklavin verkauft wurdest!!! Haha!

Mum xxx

PS.: Tara lässt dich grüßen. Und Pesky auch.

Das Handbuch des Sektenführers: In acht Schritten zur Bewusstseinskontrolle

Cameron Allsop

Schritt 5: Verringere die Selbstständigkeit, stelle Abhängigkeit her

Fang an, Regeln und Routinen im Leben der neu Rekrutierten einzuführen. Das können beliebige sein: Kleidung, Essen, Schlafrhythmus oder Verhalten. Nimm ihnen ihren persönlichen Besitz ab. Achte darauf, die Rekrutierten in Isolation zu halten, und lasse keine Verbindung zu ihren gewohnten Netzwerken zu. Sie müssen für jede Form von Information und Unterstützung auf die Gruppe angewiesen sein.

Viele Organisationen benutzen ein spezielles Vokabular. Das verleiht den Aktivitäten der Gruppe etwas Mystisches, und die Rekrutierten fühlen sich in dem Maße zugehörig, in dem sie die Begriffe zu gebrauchen lernen.

Die Auswirkungen von Schlafentzug können gar nicht hoch genug bewertet werden. Langzeit-Schlafentzug führt zu Orientierungslosigkeit und Willenlosigkeit, eine Tatsache, die dem Militär wohl bekannt ist und bei Verhören Anwendung findet. Fortgesetzter Schlafentzug führt zu Realitätsverlust.

Gleichzeitig sollte die Gruppe das Befolgen der Regeln belohnen: mit Liebe, Unterstützung, Trost, Ruhe. Zuckerbrot und Peitsche.

ZWÖLF

Cassy

Seit zehn Tagen hielt sie sich in Gethsemane auf. Selbst wenn sie morgen abreisen würde, bliebe ihr vor dem Rückflug nicht mehr genug Zeit, um sich das Land anzusehen. Es war ihr egal. Sie hatte in diesen zehn Tagen mehr über sich gelernt, als sie in zehn Jahren des Umherreisens lernen würde. Was ihre Schwangerschaft betraf, so war sie noch unentschlossen. Die Zeit wurde allmählich knapp. Wenn sie sich nicht beeilte, würde es zu spät sein, und sie hätte die Entscheidung dem Zufall überlassen. Aber nicht einmal das beunruhigte sie sonderlich.

Das Abendessen war vorbei, alles war aufgeräumt und sauber, und Cassy lag auf der breiten Fensterbank. In jedem Haus herrschte peinliche Sauberkeit, aber das Putzen war nicht Frauensache: Alle arbeiteten völlig gleichberechtigt zusammen. Das war eins der vielen Dinge, die Cassy an ihren neuen Freunden so bewunderte.

Suva hatte eine Klavierstunde bei Bali. Aden schärfte eine Kettensäge auf dem Küchentisch und pfiff leise vor sich hin. Er hatte den ganzen Tag Brennholz gehackt und roch nach Harz und frischem Holz. Er und Cassy waren gern zusammen, jeder fühlte sich wohl in der Gesellschaft des anderen, auch wenn sie das noch nicht offen zugegeben hatten. Manchmal wachte sie nachts auf und fragte sich, was wohl wäre, wenn sie über die Veranda schleichen und zu ihm ins Bett kriechen würde. Sie stellte sich vor, wie sie mit der Hand über seinen muskulösen Rücken strich, über seine Brust und seinen Bauch fuhr. Sie war sich ziemlich sicher, dass er sie nicht hinauswerfen würde.

»Aden?«

»Hm?«

»Du musst deine Söhne doch vermissen.«

Es wurde ganz still. Sie fragte sich, ob sie zu weit gegangen war. Doch dann fuhr er mit seiner Arbeit fort.

»Jeden Tag«, erwiderte er leise.

»Wie alt sind sie?«

»Perth ist inzwischen fünfzehn. Medan dreizehn.«

»Hast du mal von ihnen gehört?«

»Nein. Sie wissen, dass ich sie liebe. Ich hoffe immer noch, dass sie eines Tages zurückkommen.«

Er schärfte das nächste Glied der Sägekette und fing wieder an leise zu pfeifen.

Cassy verspürte ein angenehm kribbelndes Gefühl im Kopf. Auf Monikas Bitte hin hatte sie ihre Armbanduhr, ihre Brieftasche, ihr Handy und ihren Pass abgegeben, damit alles im Safe verwahrt wurde. Es gab keine Uhren in Gethsemane. Die Nachtglocke läutete sehr spät, und alle waren vor Sonnenaufgang wieder auf den Beinen. Ihr Verstand schien sich aufzulösen. Sie hatte noch nie an Schlaflosigkeit als an einen Daseinszustand gedacht.

Sie erinnerte sich an eine Unterhaltung mit ihrer glamourösen Cousine Yvette. Es war auf einer Beerdigung gewesen. Yvette war eine große Nummer bei einer Reederei und wurde ihr von Mike immer als Vorbild präsentiert (»Du wirst dich für dein Examen ganz schön anstrengen müssen, wenn du so erfolgreich werden willst wie Yvette!«). Sie verdiente richtig viel Kohle und arbeitete achtzig Stunden die Woche – bis ihr erstes Kind kam.

Die Frau, die da im Sessel hing, hatte nicht wie eine große Nummer ausgesehen. Ihre Augen waren verschwollen, ihr Rock zerknittert, und sie hatte ein Baby an ihre Brust gedrückt. Vor ihr auf dem Couchtisch standen drei Becher Tee.

»Er lässt dich nachts wohl nicht schlafen?«, fragte Cassy.

»Das kannst du laut sagen.« Yvette leerte den ersten Becher in einem Zug, wie eine Alkoholikerin, die ihren Drink hinunterkippt.

»Zahnt er?«

»Nachtaktiv ist er!«

»Du bist bestimmt fix und fertig.«

Das Gesicht ihrer Cousine verzog sich zu einem schläfrigen Lächeln. Die Augen fielen ihr fast zu, ihre Stimme klang verwaschen. »Erzähl es nicht weiter, aber weißt du, was?«

»Was?«

»Eigentlich ist es ein ganz angenehmes Gefühl, vorausgesetzt, man kann darauf verzichten, seinen Verstand zu gebrauchen. Nicht das Muttersein an und für sich verwandelt das Hirn in Matsche, sondern der Schlafentzug. Das ist wie ein cooler Trancezustand. Ich hab versucht, dagegen anzukämpfen, aber inzwischen hab ich resigniert. Ich glaube, heute Morgen um fünf habe ich tatsächlich halluziniert.«

»Du meine Güte, darauf kann ich verzichten! Das will ich nicht durchmachen müssen. Oh nein, vielen Dank.«

Yvettes Lachen war nahtlos in Gähnen übergegangen. »Dieses kleine Engelchen hat zwei intelligente Menschen in devote Idioten verwandelt!«

Adens Pfeifen klang weit entfernt.

Ich sollte mich endlich mal bei Mum und Dad melden, dachte Cassy. *Sie haben mir inzwischen bestimmt schon einen ganzen Stapel Mails geschickt. Ob sie das von Hamish und mir wissen? Ich wette, sie machen ein Drama daraus.*

Das Pfeifen fiel in die Falten ihres Bewusstseins. Gedanken flammten auf, züngelten wie das Feuer im Ofen – manche bedeutungslos, andere scharfsinnig, wieder andere verzerrt. Die Kettensäge stieß gegen den Tisch, ein scharfes Geräusch, das knirschend durch den Nebel drang – aber nein, das war ihr Vater, der seine Aktenmappe auf den Fußboden plumpsen ließ.

Sie war sehr klein, ihr Kopf reichte gerade mal bis zu seiner Hüfte.

»Bist du schwanger?« Er machte ein angewidertes Gesicht, als würde er etwas Ekliges riechen.

»Wir sind sehr enttäuscht von dir«, sagte ihre Mutter. »Wir werden dich fortschicken.«

Sie zogen den großen Koffer aus dem Kleiderschrank. Der bloße Anblick genügte, um ihr Heimweh zu wecken. Der Koffer glich einem Sarg, und auf dem Deckel stand ihr Name: *Cassandra Howells*. Sie fing an zu weinen. Ihr lief die Nase.

»Es wird dir gefallen«, sagte ihre Mutter und warf fröhlich ihre Sachen in den Koffer. »Du wirst eine Menge Freunde finden.«

Und dann läutete die Glocke. Sie hätte sich kein schöneres Geräusch vorstellen können. Sie war nicht in Ungnade gefallen. Sie wurde nicht weggeschickt. Sie wurde geliebt.

Aden drosselte das Feuer im Ofen. »Hallo, meine schlafende Schöne! Kommst du mit? Du musst aber nicht.«

Doch sie wollte mitkommen. Sie wollte Teil dieser glücklichen, hoffnungsvollen Gemeinschaft sein. Ihre Freunde würden die Einsamkeit ihres Traums zerstreuen.

»Die Glocke hat etwas Beruhigendes«, sagte sie, als sie gemeinsam durch die eisige Nacht gingen. »Ich finde es schön, dass sie jeden Tag zu den gleichen Zeiten geläutet wird. Der Planet versinkt vielleicht im Chaos, mein Leben mag ein einziges Durcheinander sein, aber solange diese Glocke läutet, ist alles gut.«

»Hast du gewusst, dass wir hier in Gethsemane Nachtwache halten?«

»Nachtwache?«

»Ja. Jede Nacht. Die ganze Nacht hindurch.«

»Und was genau bedeutet das?«

»Es ist immer jemand wach, egal, ob am Tag oder in der Nacht. Zu keiner Zeit schlafen alle.«

»Und wer bleibt auf?«

»Wir wechseln uns ab.«

»Aber wozu überhaupt Wache halten?«

»Das hat keinen bestimmten Grund. Die Mitglieder von Gethsemane heißen Wächter.« Sie näherten sich dem *wharenui*. Buttergelbes, weiches Licht fiel aus den Fenstern. »Jetzt, wo sie elf geworden ist, wird auch Suva eine Wächterin sein.«

Cassy gefiel der Gedanke. Sogar im Schlaf war sie niemals ganz allein. Es gab jemanden, der über sie und über die Welt wachte.

»Es gibt noch so viel, was ich nicht weiß«, murmelte sie.

»Das kommt schon noch. Eines Tages wirst du alles wissen.«

»Wenn ich dableibe.«

»Wenn du dableibst.« Einen Fuß auf der Treppe, hielt er inne. »Ich würde mich sehr darüber freuen.«

Das *wharenui* fühlte sich so an wie immer in der Nacht: warm und sicher. Bienenwachskerzen verbreiteten einen betörend süßlichen Duft. Die Wächter waren keine dunklen Silhouetten mehr – sie waren Freunde.

Otto erteilte jenen, die Neuigkeiten mitzuteilen hatten, das Wort: ein siebzigster Geburtstag, ein Mädchen, das sich den Arm gebrochen hatte. Kyotos Partnerin Athen – eine rassige

Frau mit dunklen Augen und silbernen Strähnen in den Haaren – verkündete, die Spinnerei sei für eine Kollektion von Strickwaren mit einem nationalen Preis ausgezeichnet worden. Cassy erfuhr, dass Schals aus Gethsemane in einer Reihe eleganter Boutiquen in ganz Neuseeland verkauft wurden.

Das Lied, das an diesem Abend gesungen wurde, war besinnlich und sanft. Sie sangen noch, als Justin sich zu ihnen gesellte.

»Hallo, alle miteinander«, grüßte er und stieg auf das Podest. »Ich musste einfach kommen.«

Gelächter und gemurmelte Grußworte. Die Musik spielte gedämpft weiter.

»Nun«, sagte Justin, »wer hat etwas zu beichten?«

Eine kleine Gruppe trat vor und stellte sich mit dem Gesicht zur Menge vor das Podest. Cassy erkannte Dublin, den Trommler, Valencia, die sie beim Nähen blauer Kleider gesehen hatte, Malindi sowie zwei ältere Männer, deren Namen sie noch nicht kannte.

»Negatives gedeiht in dunklen Ecken«, fuhr Justin fort. »Befördert eure negativen Gedanken ans Licht der Sonne! Übt euch in Demut!«

Diese Einleitung gefiel Cassy überhaupt nicht. Doch statt der befürchteten grauenvollen öffentlichen Demütigung handelte es sich anscheinend um ein recht harmloses Ritual. Es waren keine schlimmen Dinge, die da gebeichtet wurden: Neid auf einen Wasserskifahrer auf dem See … ein im Zorn geäußertes harsches Wort … das Essen von Äpfeln an einem Fastentag.

Justin sprach leise mit jedem Einzelnen und berührte denjenigen dann an der Stirn. »Mit dieser Berührung sei dir vergeben. Liebe dich von Neuem.«

In ein paar Minuten war alles vorbei. Die fünf kehrten mit glücklichen Gesichtern an ihre Plätze zurück.

Cassy dachte, dass sie nun entlassen wären und nach Hause gehen könnten, um sich noch ein bisschen aufs Ohr zu legen, aber die Musik rieselte leise weiter.

»Nun«, sagte Justin, der auf der Stufe des Podests saß, »wollen wir über Gott reden?«

Oh nein, bitte nicht!, stöhnte Cassy im Stillen.

Er sah sie an, als hätte er es gehört.

»Ich weiß, was du denkst, Cassy. Aber hör bitte eine Weile zu, ja? Lass die Worte einfach in dich hineinströmen. Lass sie hineinströmen ... Mehr verlange ich gar nicht. Du kannst jederzeit gehen, wir werden es verstehen. Wirst du mir zuhören?«

Sie nickte errötend und formte mit den Lippen lautlos: okay.

Zuerst waren es leicht verständliche Dinge, über die er ruhig und flüssig sprach. Das Alte Testament sei eine willkürlich zusammengestellte Sammlung heidnischer Märchen, behauptete er, die man so verdreht habe, dass sie einen nie beabsichtigten Sinn ergaben.

»Sie haben es irgendwie fertiggebracht, sich diesen Ort namens Hölle auszudenken – Hölle! Die ultimative stille Treppe!« Er schüttelte verwirrt den Kopf. »Diese Menschheit, was?«

Leises Gelächter. Auch Cassy musste grinsen. So weit, so gut. Bis hierher würden sogar ihre Eltern zustimmen.

Dann redete er über die Gottheiten der Maori: die Götter der Erde und des Himmels, des Waldes und des Meeres, der Erdbeben und der Vulkane. Ihre exotischen Namen hatten einen magischen Klang, der untermalt wurde von der einprägsamen Musik.

»Diese uralten Geschichten von Göttern sind Bilder der Unendlichen Macht«, sagte er. »Bilder, die vom menschlichen Geist entworfen wurden. Versteht ihr? Christliche Missionare haben alles darangesetzt, diesen Geist zu desinfizieren, abzutöten, was in ihren Augen gefährliche Bakterien tiefer Spiritualität waren. *Aberglaube* nannten sie diese uralten Glaubensvorstellungen. Wisst ihr, wie ich sie nenne? Ich nenne sie Weisheit. Ich nenne sie Blick auf das Universum mit Augen und Geist, die offen sind für die Unendliche Macht.«

Seine Stimme hatte etwas Hypnotisches. In Cassys grenzenloser Erschöpfung wirkte sie auf sie wie ein Wiegenlied: Sie schläferte den analytischen Teil ihres Gehirns ein. Justin redete sehr lange – eine Stunde, schätzte sie. Sie versuchte, kritisch zu denken, Konzepte wie »Spiritualität« und »Unendliche Macht« zu analysieren, aber sie flossen dahin wie Wasser – bevor sie sie zu fassen vermochte, war er bereits beim nächsten Punkt angelangt. Die Menschen wiegten sich hin und her, während Justins Stimme weiterplätscherte, immer weiter. Es kam vor, dass er Sätze viele Male wiederholte, Wellen, die am Strand ausliefen – sanft, hypnotisch, unaufhörlich.

»Was ist Gott?« Er stieg von dem Podest und begann, zwischen seinen Zuhörern umherzugehen. »*Wer* ist Gott? Gott ist die Unendliche Macht, die sich wie eine Woge durch das Universum bewegt. Für den Menschen ist Unendlichkeit etwas vom Verstand nicht Erfassbares. Er versucht, es sich vorzustellen, und erfindet Geschichten, und diese Geschichten entwickeln sich im Lauf der Jahrhunderte zu Religionen, in deren Namen Kriege geführt und Gräueltaten verübt und Millionen Menschen getötet werden. Und *wo* ist Gott?« Er drehte sich einmal um die eigene Achse. »Sicher nicht in den Schützengräben, nicht auf den Schlachtfeldern, nicht unter den Gefallenen!«

Er blieb vor Cassy stehen.

»Aber wer seinen Geist befreit, ist imstande, die Herrlichkeit der Unendlichen Macht zu schauen.« Er sah ihr in die Augen und fuhr leise fort: »Wir möchten, dass du uns auf einer

Reise begleitest, Cassy. Du brauchst keine Angst zu haben. Du wirst diesen Raum nicht verlassen.«

Sie nickte. Sie wollte ihm überallhin folgen. Sie wollte einen Blick auf das werfen, was hinter dem Normalen lag.

»Sehr schön.« Er legte ihr beide Hände auf den Kopf und kehrte dann zu dem Podest zurück. »Schließt die Augen. Folgt mir. Folgt mir!«

Die Musik verstummte, eine bedeutungsvolle Stille trat ein. Cassy machte die Augen zu und ließ ihren Geist schweifen. Die Zeit verging. Bald nahm sie nichts mehr um sich herum wahr, nicht einmal Aden neben ihr, nicht einmal sich selbst. Das Geplapper in ihrem Kopf war verstummt. Ihr Geist hatte sich von ihrem Körper gelöst, und sie schwebte in der Dunkelheit.

»Ihr fühlt die Nachtluft«, sagte Justin. »Spürt ihr, wie sie durch euch hindurchströmt? Ihr fliegt über das gekräuselte Wasser und weiter die Flanken des Tarawera hinauf. Ihr fliegt höher und höher, bis zum Gipfel hinauf. Die Welt breitet sich vor euch aus … die ganze Welt … Millionen und Abermillionen von Sternen. Fühlt dieses Wunder. Fühlt es mit all euren Sinnen. Hört ihr das Lied des Universums?«

Sie konnte es tatsächlich hören – es durchtränkte sie förmlich. Der Nachthimmel pulsierte vor Musik. Sie befand sich auf einem kahlen Berggipfel, ein Spielball des Windes, der an ihren Haaren zerrte. Sie konnte bis in die Ewigkeit sehen. Sie konnte den wüsten Fleck der Menschheit sehen, der sich über den Erdball ausbreitete.

»Schaut hinauf zu den Sternen«, sagte Justin. »Und jetzt lasst euren Blick noch weiterschweifen, viel, viel weiter. Ihr seht alles, was da ist, und alles, was da war. Ihr seht alles, was da sein wird. Ihr blickt in die Unendlichkeit.«

Cassy nahm ganz am Rande Rufe und Gelächter wahr und

dumpfes Pochen. Justin erhob seine Stimme, um den Lärm zu übertönen.

»Und jetzt vereinigt ihr euch mit einem anderen Geist. Ja, ja, es ist der Geist der Unendlichkeit! Ihr fühlt eine unvorstellbare Präsenz. Ihr fühlt Liebe, sie hebt euch empor wie eine gewaltige Woge … Könnt ihr es fühlen?«

Ja! Ja, sie fühlte es, so kraftvoll, dass es sie umwarf. Sie fühlte etwas, das so gewaltig war, dass es ihre Vorstellungskraft überstieg, mit Sinnen, von deren Existenz sie bislang nichts geahnt hatte. Sie nahm ein allumfassendes, liebendes Bewusstsein wahr. Es strömte in ihr Inneres, füllte ihr Herz mit Liebe, hob sie dann empor und trug sie. Sie lachte vor Freude. Nichts war mehr von irgendeiner Bedeutung. Warum sollte sie sich jemals wieder vor irgendetwas fürchten?

Sie lag vor Justin auf dem Boden. Sie hatte keine Ahnung, wie sie dahin gekommen war. Die Menschen um sie herum weinten und lachten. Einige zuckten, als hätten sie einen Anfall. Andere fielen um und landeten mit einem dumpfen Aufprall auf dem Holzboden. Justin ging zwischen ihnen hindurch und legte jedem seine Hände auf.

Cassy spürte, wie ihr die Tränen übers Gesicht liefen, aber es war ihr nicht peinlich. Sie hatte alle Eitelkeit hinter sich zurückgelassen.

Justin ging neben ihr in die Hocke.

»Was hast du gefühlt?«, fragte er.

»Eine starke Präsenz … Ich kann es nicht beschreiben. Aber ich glaube, ich werde nie wieder die Gleiche sein.«

»Oh Cassy, du bist erstaunlich.« Er zog ihren Kopf an seine Schulter. Er schien zutiefst aufgewühlt. »Du hast in das Gesicht Gottes geblickt.«

DREIZEHN

Diana

Mike klappte seine Zeitung zu, faltete sie einmal in der Mitte und dann noch einmal, wobei er die Kanten sorgfältig glatt strich.

»Das gibt's doch gar nicht! Warum meldet sie sich denn nicht?«

Diana sah ihre Mails durch. Spam, Spam, Spam … Klassentreffen … Stromrechnung …

»Hurra!«, kreischte sie erleichtert. »Da ist sie!«

Von: CassyHowlerMonkey@gmail.com
An: Mike und Diana Howells
Re: Wie geht es dir?

Hi Mum, hi Dad,
danke für eure Nachrichten! Entschuldigt, ich bin ziemlich eingespannt, und das Internet ist hier einfach hoffnungslos. Okay, ihr wisst also von Hamish und mir. Die Trennung war eine Sache auf Gegenseitigkeit.
Ich muss euch unbedingt von diesem Ort hier erzählen. Ich wünschte, ich könnte euch hierherbeamen, so wie in Star Trek. Ich bin auf einem Bauernhof an einem See, ich kriege freie Unterkunft und Verpflegung gegen Arbeit. Zurzeit grabe ich Gemüsebeete um und helfe bei der Aufführung eines Musicals in der Schule! Du wärst stolz auf mich, Dad – ich stehe jeden Morgen

mit den Hühnern auf. Ich kann mir das Studentenleben gar nicht mehr vorstellen – wahllos Alkohol in einen Eimer schütten, das Zeug in mich hineinleeren und anschließend wieder rauskotzen. Nein, ich habe eine neue Cassy entdeckt!

Stellt euch vor, ihr wärt bei den glücklichsten, freundlichsten Menschen, denen ihr jemals begegnet seid. Stellt euch vor, sie mögen euch vom ersten Moment an, ohne Fragen zu stellen!

Stellt euch einen Mikrostaat in einer wunderschönen Mikrowelt vor, wo es keinen Stress und kein Gehetze gibt. Man kümmert sich um die alten Menschen und respektiert sie, anstatt sie ins Heim abzuschieben. Es gibt hier eine ganz einfache Regel: keine negative Einstellung, nur Liebe.

Stellt euch einen Ort vor, an dem die Kinder nicht andauernd auf ihre Smartphones glotzen oder an ihren Computern oder ihren Xboxes hocken. Hier werden keine Fotos von irgendwelchen sexuellen Handlungen geteilt oder dramatische Kommentare gepostet, wie unglücklich sie doch sind. Hier gibt es NICHTS dergleichen! Die Kinder spielen in völliger Freiheit. Hier gibt es keine Pädophile, die sich an sie heranmachen, keine Autos, von denen sie überfahren werden, kein Mobbing in der Schule, das ihnen das Leben zur Hölle machen könnte. Hier wird nie jemand von irgendetwas ausgeschlossen.

Stellt euch Menschen vor, die nie gehässig sind, die keine Kreditkarten haben, die sich nicht abstrampeln, damit sie sich ein größeres Auto als die Nachbarn leisten können. Sie besitzen nichts. Sie teilen alles. Und sie sind glücklich dabei! Seit ich hier bin, habe ich nicht einmal jemanden »Pension« oder »Hypothek« oder »Fressen oder gefressen werden« sagen hören.

Stellt euch Menschen vor, die so viel Liebe geben können, dass sie Süchtige und Kriminelle und gescheiterte Existenzen bei sich aufnehmen und ihnen ein Zuhause und eine Perspektive geben.

So. Stellt euch vor, diese wundervollen Menschen heißen euch willkommen. Sie schätzen mich. Sie wollen, dass ich bleibe. Noch ist es nur ein Gedanke, aber meint ihr, ich könnte mein Examen um ein Jahr verschieben?

Ich hoffe, es geht euch allen gut. Wie hat Tara bei der Prüfung abgeschnitten? Ich kann nicht oft ins Internet, macht euch also keine Sorgen, wenn ihr eine Weile nichts von mir hört.

Ich hab euch lieb!
Cassy xxx

Mike nahm seine Lesebrille ab. »Was hältst du davon?«

»Klingt alles ganz wunderbar«, entgegnete Diana, die die Nachricht zutiefst beunruhigte. »Vordergründig jedenfalls.«

»Mm, seh ich genauso.«

»Sie meint das bestimmt nicht so mit dem Dortbleiben.«

»Ich hoffe es.« Mikes Stirn war sorgenzerfurcht. »Kommt mir vor, als wäre sie ein bisschen high, findest du nicht auch?«

»High würde ich nicht sagen. Enthusiastisch.«

»Na schön. Solange sie glücklich ist. Und in Sicherheit.«

Als Tara kam, bemühten ihre Eltern sich immer noch, sich gegenseitig zu beruhigen.

»Ah, die verlorene Schwester! Die kann mir gestohlen bleiben. Ich hab ihr zwanzig Millionen Nachrichten geschickt, und sie hält es nicht für nötig, mir zu antworten!«

Sie warf dann aber doch einen Blick auf die Mail. Sie stieß einen leisen Pfiff aus.

»Was meinst du dazu?«, fragte Diana.

»Ich würde sagen, da ist was im Busch. Dieses faule Stück steht mit den Hühnern auf? Soll doch keinen Mist reden!« Tara kramte in einer Schublade. »Ich brauch Batterien für meinen Rechner. Wieso haben wir nie die richtigen da? Oh, haben wir doch.«

Die nächste halbe Stunde war mit den Dingen ausgefüllt, die ein Morgen an einem Werktag so mit sich brachte: Mike genehmigte sich noch eine Tasse Kaffee, während er seine Schuhe polierte; Tara lernte Deutsch-Verben, während sie eine per SMS geführte Debatte mit einer Freundin hatte; Diana kontrollierte die Kontoauszüge und fragte sich, was Cassy wohl gerade machte. Sie gingen alle miteinander aus dem Haus.

Eine Hitzewelle nahm Anlauf. Temperaturen von bis zu dreißig Grad waren vorhergesagt.

»Willst du Cassy antworten oder soll ich?«, fragte Mike, als Diana die Haustür zusperrte.

»Ich mach das schon.«

»Es gibt noch so viel anderes, was sie sich ansehen sollte. Das wäre mein Standpunkt.«

»Ich werde es ihr schreiben.«

»Vielleicht sollte sie lieber nach Hause kommen, wenn sie die Zeit dort drüben nicht optimal nutzt.«

»Ich werde ihr auch das schreiben.«

Er strich seinen Schlips ein ums andere Mal glatt. Das machte er immer, wenn ihn etwas belastete. Als könnte er mit allem in seinem Leben fertigwerden, wenn es ihm nur gelang, sein Äußeres in den Griff zu bekommen.

»Mach dir keine Sorgen«, sagte Diana und gab ihm einen Kuss auf die Wange. Genauso gut hätte sie sagen können: Hör auf zu atmen.

Als sie ins Büro kam, blinkte das Lämpchen am Anrufbeantworter, und ihre Postablage quoll fast über mit Anträgen für Fördermittel. Sie ignorierte beides und begann, eine Nachricht an Cassy zu verfassen.

Fiona, ihre Kollegin, kam kurze Zeit später. Sie trug tapfer eins ihrer geblümten, zeltähnlichen Kleider. Fiona war verwitwet und hatte ihre eigenen Sorgen. Ihre Tochter Stacey hatte ihren Taugenichts von einem Ehemann verlassen und war mit ihren drei Kindern zu ihrer Mutter gezogen. Fiona meisterte den Alltag mit entschlossener Fröhlichkeit und Bergen von Donuts.

»Auch eine Tasse?«, fragte sie mit einer Geste, als kippte sie ein Getränk in sich hinein.

»Ja, bitte«, antwortete Diana. Sie wollte keinen Tee; sie wollte, dass Cassy nach Hause kam, wo sie in Sicherheit war. Aber sie sagte »ja, bitte«, weil man das eben so machte.

»Ist das eine Hitze!«, stöhnte Fiona, als sie mit zwei Bechern zurückkam. »Puh! Wir brauchen unbedingt eine Klimaanlage hier drin. Wie weit bist du mit den Anträgen?«

»Hab noch gar nicht angefangen.« Diana massierte sich die Schläfen.

Fiona rührte sich nicht vom Fleck in ihren goldfarbenen Sandalen. »Was ist denn los?«

»Cassy. Das ist los. Sie hat uns eine E-Mail geschickt. Die uns ehrlich gesagt ein bisschen irritiert hat. Hier, sieh sie dir an.«

Fiona rollte ihren Bürostuhl herüber, setzte sich und las Cassys Nachricht. »Klingt, als hätte sie den Himmel auf Erden gefunden.«

»So was gibt es nicht.«

»Ich wünschte, Stacey und die Kinder hätten auch so ein Leben. Cassy lernt vielleicht Dinge, die sinnvoller sind als Jura, wenn's hart auf hart kommt.« Fiona hatte ihre Brille abgenommen und rieb sich mit dem Handrücken die Augen. »Jarred hat schon wieder einen Schulverweis.«

»Ach herrje! Weswegen denn?« Diana wollte aufrichtiges Interesse an Fionas missratenem Enkel zeigen. Doch, das wollte sie wirklich.

»Er ist in der Schule erwischt worden, wie er sich einen Porno angeschaut hat. Im Internet haben sie eben zu allem Zugang.«

»Allerdings.«

»Stacey wurde in die Schule zitiert. Da bin ich so lange mit den Kleinen auf den Spielplatz gegangen. Rate mal, was wir dort gefunden haben!« Sie setzte ihre Brille wieder auf. »Nadeln! Ich spreche nicht von Stricknadeln. Die lagen überall rum, die Kinder brauchten sie bloß aufzuheben. Ich mach mir wirklich Sorgen um ihre Zukunft, Diana. Was ist das für eine Welt, die wir ihnen hinterlassen?«

»Ich würde mir nicht zu viele Gedanken machen, schließlich haben sie dich.«

Fiona schüttelte nachdenklich den Kopf. »Ich sage dir, wenn meine Bande die Chance hätte, Cassy in dieses Paradies zu folgen – ich würde sofort zugreifen!«

Sie tranken ihren Tee und unterhielten sich über eine bevorstehende Ausstellung. Als Fiona schließlich an ihren eigenen Schreibtisch zurückkehrte, wandte Diana sich wieder ihrer E-Mail zu. Sie las sie noch einmal durch. Der Ton war heiter, aber bestimmt. Ein Augenöffner.

Sie klickte auf *Senden* und wartete, dass ihre Nachricht übermittelt wurde und sich auf den Weg ans andere Ende der Welt machte.

Cassy

Von: Mike und Diana Howells
An: CassyHowlerMonkey@gmail.com
Re: Wie geht es dir?

Mein Schatz,
das klingt alles wunderbar. Wir freuen uns schon auf die Fotos, die du uns zeigen wirst, wenn du nach Hause kommst. ABER vergiss nicht, was du in Neuseeland alles machen wolltest!! Denk dran, du hast immer noch das Geld, das Grandpa dir hinterlassen hat. Du hattest es eigentlich für andere Dinge eingeplant, das wissen wir, aber dank deinem Ersparten bist du flexibel.
Dad und ich sind der Meinung, dass du diesen Ort jetzt verlassen und deine Reise fortsetzen oder aber nach Hause kommen solltest. Es hat doch keinen Sinn, Zeit und Geld zu verschwenden, nur um an einem einzigen Ort zu bleiben.
Mach dir dein Leben nicht kaputt, Cassy. Bitte melde dich wieder und sag uns, dass du weiterreisen wirst.

Alles Liebe
Mum xx

Cassy schlug mit der Stirn auf den Schreibtisch. »Meine *verdammten* Eltern!«

Paris und Bali, die ebenfalls im Büro waren, weil sie, wie sie sagten, Verwaltungskram erledigen mussten, eilten zu ihr, warfen einen Blick auf die Mail und stöhnten mitfühlend auf.

»Im Grunde respektlos, nicht wahr?«, bemerkte Bali. »Scheint, als würden sie dich überhaupt nicht kennen!«

»Das klingt alles wunderbar.« Cassy äffte die Stimme ihrer Mutter nach. »Himmel noch mal, so redet man vielleicht mit einem Kleinkind!«

Paris hockte sich auf die Schreibtischkante. »Manchmal fällt es Eltern schwer loszulassen.«

»Du meinst, es fällt ihnen schwer, die Kontrolle aufzugeben.«

»Du solltest ihnen umgehend antworten. Sei ehrlich! Sei direkt! Liebe ist *immer* ehrlich.«

»Vielleicht sollte ich bis morgen warten.« Cassy kaute auf ihrer Unterlippe. Sie las die Nachricht ihrer Mutter ein weiteres Mal. Ihre Empörung wuchs mit jeder Sekunde.

»Warum willst du so lange warten?«

»Weil ich im Moment so wütend bin, *so wütend*, dass ich ihnen am liebsten schreiben würde, sie sollen sich zum Teufel scheren.«

Bali begann, Cassys Haare zu einem Zopf zu flechten.

»Mach es doch gleich«, riet sie. »Sonst gärt es nur in dir. Du hast genug Zeit bis zum Läuten der Glocke.«

Cassy saß völlig regungslos da. Die sanfte Berührung der Hände ihrer Freundin wirkte beruhigend.

»Es ist an der Zeit, ehrlich zu sein – ehrlich zu sagen, was du fühlst und wer du bist«, bekräftigte Paris. »Ehrlichkeit und Liebe gehören zusammen.«

»Also gut.« Cassy beugte sich über die Tastatur und hämmerte wütend auf die Tasten.

Ich hab nur ein paar Minuten – deshalb ganz schnell: Interessiert es euch nicht, was ich versucht habe, euch zu sagen? Habt ihr nicht gemerkt, wie wichtig mir das ist? Oder ist es euch egal?
Ich werde ehrlich sein. In unserer Familie gibt es viel zu wenig Ehrlichkeit.
Ihr würdet es gern sehen, wenn ich Partnerin in irgendeiner renommierten Kanzlei werden würde, damit ich neunzig Stunden die Woche arbeiten und ihr mit mir vor euren Freunden angeben könnt. Ich sag euch was: NICHT MIT MIR!! Ich hab's satt, eure Wunschträume von der perfekten Tochter zu verwirklichen. Ihr müsst mich so akzeptieren, wie ich bin! Ich bin mir ehrlich gesagt nicht sicher, ob ich mein Examen überhaupt machen will. Ich glaube nicht, dass dieses Leben noch etwas für mich ist. Das war es noch nie.

Ich weiß noch nicht, ob ich meinen Rückflug wie geplant antreten werde. Möglich, dass ich erst zu einem späteren Zeitpunkt komme.

Liebe Grüße
Cassy

»Perfekt«, sagte Paris, als sie fertig war.

»Meinst du?«

»Aber ja. Absolut ehrlich.«

»Ist es nicht ein bisschen zu kratzbürstig?«

»Höchste Zeit, dass sie erfahren, wer du wirklich bist«, sagte Bali, die immer noch Cassys Haare flocht. »Du bist ein ganz außergewöhnlicher Mensch. Ein Jammer, dass sie das offensichtlich nicht erkennen. Schick die Nachricht lieber ab, bevor die Leitung zusammenbricht. Hey, sollen wir später mit einer Flasche Wein zum See runtergehen und ein Lagerfeuer anzünden? Aden würde bestimmt auch mitkommen.«

»Hört sich gut an.«

»Das Wasser ist heute Abend glatt wie ein Spiegel.« Bali blickte flüchtig auf den Bildschirm. »Hast du noch immer nicht auf *Senden* gedrückt? Nun mach schon, hopphopp!«

Cassy klickte. Die Nachricht verschwand aus dem Postausgang.

»Gut gemacht«, lobte Paris.

»Wir sind stolz auf dich«, sagte Bali.

Sie umarmten sie beide. Cassy fühlte sich von schwesterlicher Wärme eingehüllt.

»Danke, Leute«, sagte sie gerührt.

VIERZEHN

Diana

Von: Mike und Diana Howells
An: CassyHowlerMonkey@gmail.com
Re: Wie geht es dir?

Mein Schatz,
hast du schlechte Laune gehabt, als du das geschrieben hast? Diese Leute mögen ja ganz aufregend sein, aber wir sind der Meinung, dass du lange genug dort geblieben bist. Natürlich wirst du nach Durham zurückkehren und dein Studium abschließen. Wir werden nicht zulassen, dass du alles wegwirfst. Bitte geh irgendwohin, wo es ein richtiges Telefon gibt, und ruf uns SOFORT an.

Mum und Dad xx

Von: Mike und Diana Howells
An: CassyHowlerMonkey@gmail.com
Re: Wie geht es dir?

Cassy, wir machen uns Sorgen. Ruf an, BITTE, damit wir mit dir reden können.

Facebook-Nachricht von Tara Howells:

Mum und Dad drehen schier durch. Ruf sie endlich an, verdammte Scheiße, damit sie mich in Ruhe lassen!!! Du kommst doch nach Hause, oder??

Von: Mike und Diana Howells
An: CassyHowlerMonkey@gmail.com
Re: Wie geht es dir?

Cassy,
hast du dort jemanden kennengelernt? Steckt ein Mann dahinter? Ist es das? Wenn ja, dann mach dir bitte nichts vor. Sie nennen es vielleicht freie Liebe, ich nenne es billige Liebe! Deine Zukunft ist mehr wert. Das weißt du hoffentlich.

Liebe Grüße
Mum

Facebook-Nachricht von Tara Howells:

CASSSSSIIIIIIIEEE!!!!!! WAS IST LOS, VERDAMMTE SCHEISSE???

Von: Mike und Diana Howells
An: CassyHowlerMonkey@gmail.com
Re: Wie geht es dir?

Cassy, das ist nicht komisch. Wenn wir nichts von dir hören, werden wir etwas unternehmen müssen. BITTE RUF UNS UMGE-

HEND AN. Wir erwarten dich kommenden Freitag in Heathrow. Wir werden da sein!!

Am Samstag, bevor Cassy zurückerwartet wurde, standen Becca und Imogen unangemeldet vor der Tür. Diana freute sich über den spontanen Besuch der beiden sommerlich gekleideten, lächelnden jungen Frauen. Cassy schien ihr dadurch näher zu sein.

»Kommt rein!«, forderte sie sie gut gelaunt auf. »Na, alles bereit für den großen Tag, Imogen? Wow, du siehst toll aus! Du strahlst jetzt schon wie eine Braut.«

Imogen und Becca kannten sich seit einer Ewigkeit. Cassy hatten sie kennengelernt, als sie an ihrer Schule in die Oberstufe kam. Seitdem verband sie eine Freundschaft, die sie durch die Abiturprüfungen und die Probleme ihrer Altersstufe getragen hatte – und in Imogens Fall auch durch ihre vertrackte, immer wieder unterbrochene Beziehung mit Jack.

Imogens fluffige Haare kamen Diana ungewöhnlich blond vor. Sie vermutete, dass Imogen viel Geld in einem schicken Friseursalon gelassen hatte. Sie gingen in den Garten. Es war ein schwüler, in gelben Dunst getauchter Abend. Die Bahngleise verbogen sich in der Hitze. Sie sei in Clapham Junction gestrandet, klagte Imogen, der Heimweg sei der reinste Albtraum gewesen, und sie hasse diese verfluchte Eisenbahngesellschaft.

»Gibt's was Neues von unserer Kleinen?«, fragte Becca, als Diana eine Flasche Prosecco öffnete. »Wir haben nichts von ihr gehört, rein gar nichts!«

»Oje, und ich hatte gehofft, ihr wisst mehr als wir«, sagte Diana und schenkte ihnen ein. »Ich habe keine Ahnung, was mit ihr los ist. Sie hat gesagt, dass sie vielleicht nicht wie geplant Freitag zurückkommen wird.«

»Was? Sie *muss* zurückkommen!« Imogen sah sie erschrocken an. »Sie ist meine Brautjungfer!«

»Ich weiß, ich weiß. Ich hätte dich noch angerufen. Moment, ich will nur schnell meinen Laptop holen, dann könnt ihr selbst lesen, was sie geschrieben hat.«

Als sie ihnen Cassys letzte Nachricht zeigte, malte sich Bestürzung auf den Gesichtern der beiden jungen Frauen.

»Autsch!« Becca zuckte schmerzlich zusammen. »Mach mal halblang, Cass.«

»Sie hat es satt, unsere Wunschträume von der perfekten Tochter zu verwirklichen«, murmelte Diana unglücklich. Cassys Worte hatten sie tief verletzt. »Ich hab gar nicht gewusst, dass ich diesen Wunschtraum hatte. Ehrlich!«

»Ich dachte immer, dass sie es mochte, perfekt zu sein«, sagte Imogen. Sie hatte die Worte kaum ausgesprochen, als sie sich einen Klaps auf den Mund gab. »Sorry, so war's nicht gemeint!«

Becca zog die Nase kraus. »Ich erkenne Cassy in dieser Nachricht nicht wieder. Das klingt nicht nach ihr.«

Imogen lehnte sich zurück. »Wir haben da was über Hamish gehört. Ich weiß nicht, ob es stimmt, aber …« Sie hob eine Hand. »Also ich kann nichts dafür, aber Facebook zufolge soll er sich bereits getröstet haben. Mit einer Charlotte Sowieso. Irgendein Doppelname. Sie haben Fotos von sich beim Skifahren gepostet.«

Diana brauchte einen Augenblick, um diese Neuigkeit zu verdauen. »Na, das ist allerdings …«

»Ich kannte ihn ja nicht so gut«, fuhr Imogen fort, »aber mir kam der Mann immer unaufrichtig vor. Aalglatt.«

Sie plauderten noch eine Weile. Dann verabschiedeten sie sich, und Diana brachte sie zur Tür. »Wir haben niemandem von der Geschichte erzählt«, sagte sie. »Wir hoffen immer noch, dass Cassy am Freitag nach Hause kommt. Ich wäre euch dankbar, wenn ihr es für euch behalten könntet.«

»Klar, versteht sich«, versicherte Imogen. »Aber wenn sie nicht zu meiner Hochzeit kommt, werden die Leute Fragen stellen.«

Becca gab Diana einen Kuss auf die Wange. »Keine Sorge. Sie wird im Flugzeug sein.«

»Ja, das glaube ich auch.«

Es war eine Sache, bei Tag in einem sonnigen Garten vernünftige Gedanken zuzulassen, aber nachts, wenn die Luft sich anfühlte wie eine schwere Decke auf dem Gesicht, war das nicht so leicht. Eine Migräne war im Anmarsch. Am Rand von Dianas Blickfeld schwebten grüne und rote psychedelische Ballons, schaukelten und zerplatzten.

Sie lag im Bett, Mike neben sich. Er wälzte sich hin und her. Setzte sich auf. Warf sich wieder auf die Matratze. Sie konnte ihn verstehen. Es war die Geisterstunde. Schaurige Kreaturen krochen unter Steinen hervor. Sie malte sich die schlimmsten Dinge aus: Cassy, die entführt worden und in einem Verlies angekettet war (gab es Verliese in Neuseeland?); Cassy, die sich in der Wildnis verirrt hatte oder tot in einem Straßengraben lag.

Hör auf, schimpfte sie mit sich. *Sei doch nicht so dämlich! Du weißt doch genau, wo sie ist.*

Und doch drängten die grauenvollen Bilder unaufhörlich heran.

Mike machte sich nicht die Mühe zu flüstern. Er wusste, dass sie wach war.

»Warum tut sie uns das an?«

Diana seufzte. »Ich weiß es auch nicht.«

»Herrgott!« Er boxte in sein Kopfkissen. »Ich komme mir so verdammt nutzlos vor.«

Es tat ihr nicht gut, dass er sich so aufregte – sie hatte selbst schon genug Unruhe in sich. Sie konnte ihn atmen hören, schwer und unregelmäßig, als hätte er an einem Radrennen teilgenommen.

»Sie könnte in ernsten Schwierigkeiten stecken«, sagte er.

»Kann ich mir nicht vorstellen.«

»Aber wir *wissen* es nicht! Wir wissen nicht, wer diese Nachrichten geschrieben hat. Wir wissen nur, dass sie in das Auto fremder Leute gestiegen ist, und seitdem haben wir ihre Stimme nicht mehr gehört. So sieht es aus, Diana. So und nicht anders. Das sind die ungeschönten Tatsachen.«

Sie rollte sich auf den Rücken und starrte blinzelnd auf die psychedelischen blinden Flecke. »Und wenn wir diesen Leuten schreiben? An die Mailadresse auf ihrer Website?«

Zwei Minuten später eilten sie die Treppe hinunter. Etwas tun, irgendetwas, war immer noch besser, als in ohnmächtiger Angst tatenlos herumzusitzen.

»Höflich und besorgt?«, fragte Mike. »Oder wütend und fordernd?«

»Höflich und besorgt. Jedenfalls dieses erste Mal.«

Kaum brannte im unteren Stock Licht, als Pesky durch die Katzentür hereinkam. Diana hob ihn hoch, während Mike die Website von Gethsemane aufrief.

»Wo ist sie, Pesky, hm?«, murmelte Diana in ein zuckendes, weiches Ohr. »Wo ist dein Frauchen?«

Sehr geehrte Damen, sehr geehrte Herren,
es geht um unsere Tochter, Cassandra Howells, die, wenn wir richtig informiert sind, bei Ihnen arbeitet. Wir sollten dringend mit ihr sprechen, weil einige Familienangelegenheiten geklärt werden müssen. Wir haben Mühe, sie zu erreichen, weil es offensichtlich in Ihrer Gegend kein Handynetz gibt.

Wir wären Ihnen sehr dankbar, wenn Sie ihr ausrichten könnten, sie soll uns doch bitte anrufen. Vielleicht könnte sie Ihren Festnetzanschluss benutzen, falls Sie einen haben? Wir sollten wirklich so bald wie möglich mit ihr sprechen.

Besten Dank im Voraus,
Michael und Diana Howells

Für den Rest des Tages – es war Sonntag – saßen sie wie auf glühenden Kohlen. Sie lauerten vor ihrem Posteingang wie eine Katze vor einem Mauseloch.

»Ich halte diesen Krach nicht aus«, knurrte Mike, als irgendwo Kirchenglocken zu läuten anfingen. »Ich schwing mich aufs Rad. Ich muss sowieso für das Rennen trainieren.«

Diana kannte das schon. Er trainierte immer für irgendein Radrennen. Sie sah vom Wohnzimmerfenster aus, wie er in die Pedale trat, als wäre ein Wolfsrudel hinter ihm her.

Am Montag war es so heiß, dass der Asphalt auf den Straßen schmolz und jede Menge Sonnenanbeter die Parks bevölkerten. Diana erschrak jedes Mal, wenn ihr Telefon den Eingang einer neuen Nachricht anzeigte.

»Immer noch nichts?«, fragte Fiona. Ihr hochrotes Gesicht war von einem dünnen Schweißfilm bedeckt. Weil sie so unter der Hitze litt, hatte sie einen Ventilator für das Büro gekauft.

»Immer noch nichts.«

»Sie soll doch bald nach Hause kommen, oder?«

»Freitag.«

Fiona pflanzte sich vor dem Ventilator auf. Der Rock ihres geblümten Kleids flatterte. »Mach dir keine Sorgen. Wenn sie ein bisschen länger bleiben möchte, heißt das doch nur, dass sie dort glücklich ist.«

Am Dienstagmorgen herrschte eine hochexplosive Stimmung in der Familie Howells. Mike schrie Tara an, weil sie sich weigerte, das Geschirr abzuwaschen. Tara schleuderte einen Topf in den Spülstein, das Wasser schwappte heraus und überflutete den Fußboden. Dann stürmte sie wutentbrannt hinaus und stolperte dabei über die Katze.

Mike und Diana sahen sich nur an.

»Alles wird gut«, sagte sie nach einem Augenblick. »Ihr Flugzeug startet in achtundvierzig Stunden. Sie wird an Bord sein.«

»Gott, ich hoffe es!«

Sie hörten beide das *Ping!*, das den Eingang einer Mail auf Mikes Computer vermeldete.

Mum und Dad,

wie ich gehört habe, habt ihr an Gethsemane geschrieben. Bitte macht das NIE WIEDER. Das ist eine Sache zwischen euch und mir. Das hat nichts zu tun mit diesen guten, anständigen Menschen.

Ich habe eine Entscheidung getroffen. Ich habe meinen Flug storniert.

Ich melde mich wieder.

Cassy

Das Handbuch des Sektenführers: In acht Schritten zur Bewusstseinskontrolle

Cameron Allsop

Schritt 6: Denunziation und Kontaktabbruch
Kann der Rekrutierte überredet werden, enge Freunde oder sogar Familienangehörige zu denunzieren? Wenn ja, bist du auf dem richtigen Weg.

FÜNFZEHN

Cassy

Sie vergaß nie den Tag, an dem sie anfing, ihre Eltern zu hassen.

Eigentlich hätte der Winter vorüber sein sollen, aber polare Kaltluft hatte die Hänge des Mount Tarawera im oberen Bereich mit einem leuchtend weißen Schneeband verziert. Es war Fastentag in Gethsemane. Es wurde regelmäßig, etwa einmal die Woche, gefastet, und alle, sogar die Kinder, unterwarfen sich dieser Regel. Sie galt auch für Justin. Er fastete oft sogar mehrere Tage hintereinander.

»Du brauchst nicht daran teilzunehmen, Cassy«, hatte Aden gesagt. »Du bist kein Wächter, und du musst für zwei essen.«

Doch sie bestand darauf. Zu essen, wenn die anderen hungerten, kam nicht infrage, und außerdem wurde das Fastenbrechen immer mit einem heiteren mitternächtlichen Mahl im *wharekai* gefeiert. Aber am Spätnachmittag war ihr dann doch ganz komisch zumute gewesen. Sie hatte gemeinsam mit Bali und Paris die Unterkünfte von allen dreien geputzt. Nachdem die beiden gegangen waren, um andere Arbeiten zu erledigen, gönnte sie sich eine Pause und schaute aus dem Fenster. Hoch oben, nur als winziger funkelnder Fleck erkennbar, flog ein Flugzeug zwischen den Wolken.

Hamish befand sich auf dem Rückflug. Heute. In diesen Minuten.

Sie hätte neben ihm sitzen, sich einen Film ansehen, Erdnüsse knabbern können. Ihre Familie hätte sie in Heathrow abgeholt, und am Samstag wäre sie Imogens Brautjungfer gewesen.

Was mache ich hier? Der Gedanke kam aus heiterem Himmel.

Sie hörte eilige Schritte draußen auf der Veranda. Dann stand Rom in der Tür, ganz außer Atem.

»Cassy«, keuchte er, »tut mir leid, aber die Dorfältesten wollen, dass du sofort ins Büro kommst!«

»Wieso?«

»Keine Ahnung.« Er wirkte nervös. Seine Stimme schwankte zwischen Falsett und Bass.

Cassy schlüpfte in ihre Stiefel. Die Anspannung schnürte ihr die Kehle zu. »Sind denn alle da?«

»Liam, Gaza, Otto und Monika.« Seine Blicke huschten Richtung Büro. »Sie haben keinen besonders glücklichen Eindruck gemacht.«

Rom und Cassy trotteten schweigend den Hang hinauf. Rom hielt ihr die Tür auf und folgte ihr nach drinnen. Seine Anwesenheit beruhigte sie ein wenig. Immerhin war er Justins Sohn.

Die vier Gefährten, die am Tisch saßen, zeichneten sich als dunkle Schatten ab. Im Raum herrschte eine eisige Kälte.

»Danke, Rom«, sagte Liam. »Du kannst jetzt gehen.«

»Ich würde lieber bleiben.«

Liam machte eine energische Kopfbewegung zur Tür hin. »Geh jetzt, mein Sohn.«

Rom drückte Cassy flüchtig den Arm. Dann hörte sie, wie sich die Tür hinter ihm schloss. Sie war allein. Sie fröstelte. Sie war die Angeklagte. Sie wurde nicht aufgefordert, sich zu setzen.

»Dein Vater hat uns wieder eine E-Mail geschickt«, sagte Gaza. »Soll ich sie dir vorlesen?«

Der Text hörte sich lächerlich an, so wie Gaza ihn vorlas, knapp und schroff. Einige Wörter hob sie in verächtlichem Ton hervor. Cassys Gesicht brannte.

»Sehr geehrte Damen, sehr geehrte Herren, ich wende mich an Sie, weil ich in ernster Sorge um Cassandra Howells bin. Ich glaube, dass sie gegen ihren Willen bei Ihnen festgehalten wird. Ich möchte Sie warnen: Ich arbeite für ein großes, international tätiges Sicherheitsunternehmen mit Kontakten zu Polizeibehörden, Nachrichtendiensten und Regierungen in aller Welt. Ich verlange Ihre Zusicherung, dass Cassandra umgehend nach Hause zurückkehren wird. Sollte ich innerhalb der nächsten achtundvierzig Stunden keine entsprechende Nachricht von Ihnen erhalten, sehe ich mich gezwungen, meinen Einfluss geltend zu machen und die Behörden in Neuseeland einzuschalten. Ich würde Ihnen nicht raten, es darauf ankommen zu lassen. Mit freundlichen Grüßen, Michael Howells«

»Oh Gott«, stöhnte Cassy und hielt sich den Handrücken an die Wange, in der Hoffnung, ihr heißes Gesicht ein wenig zu kühlen. Die Großspurigkeit ihres Vaters schien diesen heiligen Ort regelrecht zu entweihen. »Das ist das Dümmste, was ich je gehört habe.«

»Wir sind ganz deiner Meinung«, erwiderte Gaza. »Aber wir mögen es nicht, wenn man uns droht. Im Gegensatz zu deinem Vater haben wir keine einflussreichen Freunde.«

»Hört nicht auf ihn! Das sind nur leere Drohungen! Säbelgerassel!«

»Bist du sicher?«, fragte Monika. »Bist du da ganz sicher?«

»Er arbeitet für eine Sicherheitsfirma, das stimmt schon, aber das hat nichts mit Polizei oder Spionen oder all so was zu tun. Er wird von Unternehmen engagiert, die sich zusätzlichen

Schutz an Orten wie Bagdad wünschen. Mein Vater ist nie im Leben in Neuseeland gewesen. Ich sage euch, er blufft nur!«

Ihre Gesichter waren ausdruckslos. Sie starrten in ihre Richtung, den Blick auf einen Punkt über ihrem Kopf geheftet, als wäre sie ein Ärgernis. Gleich würden sie anfangen, ihre Sachen zusammenzupacken.

»Wollt ihr, dass ich Gethsemane verlasse?«, fragte sie. Panik pochte in ihrer Brust.

Keine Antwort.

Sie wollte nicht von hier weg. Auf keinen Fall. Das war ihr jetzt klar.

»Ihr wollt doch nicht, dass ich gehe, oder?« Ihr Atem ging stoßweise. »Werft mich bitte nicht hinaus!«, bettelte sie.

»Kommt ganz darauf an«, sagte Gaza. »Du bist ein Tor, durch das negative Strömungen hereingedrungen sind. Wir müssen sicher sein, dass dieses Tor nie wieder geöffnet wird. *Nie wieder*. Andernfalls – so leid es mir tut, aber ja, dann musst du gehen.«

»Will Justin, dass ich gehe?«

»Er möchte dich nach dem Nachtgeläut sehen.«

Der Boden schwankte. Cassy streckte die Hand nach einem Stuhl aus, verfehlte ihn und taumelte. Jemand fasste sie am Ellenbogen, gab ihr Halt, führte sie.

»Ganz ruhig.« Monikas Stimme. »Setz dich einen Augenblick. Nur langsam. Kopf nach unten … noch weiter … So ist's gut. Besser?«

Sie liebten sie wieder. Wie wundervoll! Otto holte ihr einen Becher Wasser. Liam legte ihr die Arme um die Schultern, als wäre sie seine Tochter. Ihre Freundlichkeit trieb ihr Tränen in die Augen.

»Nicht weinen«, sagte Gaza, lächelte aber dabei. »Das ist nicht der Weg.«

»Der Weg?«

»Der Weg Gethsemane. Das musst du noch lernen.«

Cassy wischte sich mit dem Ärmel übers Gesicht, wollte »Entschuldigung« sagen und schluchzte stattdessen laut auf.

»Oooh, ich wünschte, ich könnte deinem Vater die Leviten lesen!«, schimpfte Monika. »Du bist kalkweiß im Gesicht! Du gehst jetzt und isst etwas, auf der Stelle!«

»Ich kann nicht! Heute ist Fastentag. Ich möchte nicht noch mehr Regeln brechen.«

»Das ist eine ärztliche Anweisung. Geh und sag Seoul, er möchte dir einen Teller Suppe geben.«

Cassy versprach es. Sie lief hinaus und prallte mit Aden zusammen, lief ihm buchstäblich in die Arme. Verwirrt fragte sie sich, was er hier machte, er sollte eigentlich bei den oberen Weiden sein.

»Hey, immer langsam!«, rief er und führte sie um die Ecke des Hauses herum. »Hey.« Er sah sie prüfend an. »Was ist denn passiert?«

»Meine Eltern«, stieß sie hervor. »Meine Eltern, die keine Ahnung haben, mich wie ein Kleinkind behandeln, sich in alles einmischen! Meine *Scheiß*eltern!«

Sie spürte, wie seine Stärke ihren Schmerz aufsaugte. Sie spürte seine Ruhe. Er war ihr Freund. Er respektierte sie, was man von ihrer eigenen Familie nicht sagen konnte.

Mum ist also der Meinung, dass es mir nur um Sex geht?, dachte sie wütend. *Na schön, dann kann ich ja auch Sex mit ihm haben.*

Sie packte ihn mit beiden Fäusten am Hemd und küsste ihn auf den Mund, wild und hemmungslos. Für Sekunden gab es nur sie beide, nur Aden und sie.

Dann machte er sich los. »Noch nicht«, flüsterte er rau.

Sie sah ihn verblüfft an. Gekränkt. »Wieso noch nicht?«

Er lachte, atmete ein paarmal tief durch und legte seine Stirn an ihre. Sie kämpfte gegen das Verlangen an, ihn noch einmal zu küssen.

»Du vergisst Justin«, sagte er leise. »Nichts geschieht ohne seinen Segen.«

»Nichts? Nicht einmal …«

»Nichts.«

Das Nachtgeläut war vorüber. Justin hatte außer Cassy auch Paris, Bali, Aden und Monika in den Meditationsraum gebeten, ein kleines, an das *wharenui* angrenzendes Zimmer. Sie knieten auf dem Fußboden. Draußen knisterte die Luft vor Kälte, drinnen knisterte sie vor erwartungsvoller Spannung.

»Cassy«, begann Justin, »sprich über deine Gefühle. Bring sie ans Tageslicht.«

Kerzen warfen flackernde Schatten. Cassy war seit zwanzig Stunden auf den Beinen, hatte so gut wie nichts gegessen und kam sich vor wie in einem Traum. Vielleicht empfanden die anderen genauso – vielleicht träumten sie alle den gleichen Traum.

»Ich glaube, meine Eltern kennen mich nicht«, sagte sie langsam. »Ich habe versucht, ihnen von Gethsemane zu erzählen, aber es hat sie nicht interessiert. Für sie bin ich eine Puppe, die man anziehen und ins Regal setzen kann. Meine Mutter glaubt, dass ich hier mit jemandem schlafe. Wie kommt sie auf so was? Sie muss mich für sehr oberflächlich halten.«

»Sie haben dich verletzt«, stellte Justin fest. »Eine Familie kann schädlich sein. Sie kontrolliert und erniedrigt dich.«

Eine schäumende Schwärze hüllte Cassy ein und weckte in ihr das Verlangen, um sich zu schlagen.

»Genauso ist es! Ihr kennt doch diese Laufgeschirre für Kleinkinder? Kontrolle, Kontrolle, Kontrolle – nur darum geht es. Mir kommt es so vor, als hätte ich mein Leben lang so ein Ding angehabt. Als würden sie mich jetzt von der anderen Seite der Welt daran zurückzerren.«

»Und wie fühlst du dich dabei?«

»Ich fühle mich …«, sie schauderte, »… misshandelt.«

»Misshandelt«, wiederholte Justin. Das Wort hing zwischen ihnen in der Luft. »Ich frage mich, warum du gerade dieses Wort gebrauchst. Ich frage mich, was du in deinem Gedächtnis weggeschlossen hast.«

Plötzlich war er auf den Beinen, obwohl sie nicht gesehen hatte, dass er sich bewegt hatte. Er ging langsam von einem zum anderen, berührte jeden an der Stirn und sprach dabei in rhythmischem, besänftigendem Tonfall.

»Du bist hier«, sagte er leise bei jeder Berührung. »Du bist *hier*, Monika. Du bist *hier*, Bali. Genau hier. Du brauchst keinen Muskel zu bewegen, um zu dir zu finden. Du brauchst kein Boot, um zu dir zu finden. Du brauchst keinen Bus, niemanden, der dich im Auto mitnimmt. Du brauchst nicht in einen Spiegel zu blicken. Du bist *hier*.«

Seine Stimme war in Cassys Kopf gesickert. Ihr Gehirn schien zu kribbeln.

»Du bist *hier*, Monika … du bist *hier*, Aden … du bist *hier*, Paris. Bali. Cassy. Du bist *hier*.«

Als sie den sanften Druck seiner Finger auf ihrer Stirn spürte, öffnete ihr Geist seine Pforten.

Er setzte sich wieder an seinen Platz, schlug seine langen Beine unter und ließ die Stille in jeden Winkel des Raums fließen. »Ihr müsst nicht sprechen. Ihr müsst nicht denken. Ihr müsst gar nichts tun. Seid einfach hier. Seid einfach. Seid …«

Er sprach sehr lange, und seine Worte verwoben sich zu einem seidenen Tuch ähnlich jenem, das ein Magier über seinen Zylinder wirft. Sie begriff den Sinn dieser Worte nicht ganz, sie nahm nur wahr, wie sie wogten und schwebten und sie in eine weiße Taube verwandelten. Ja, sie sah es jetzt ganz deutlich! Ihre Familie war unwichtig – warum sollte es sie interessieren, was sie dachten? Sie waren unbedeutende, selbstsüchtige Menschen mit unbedeutenden, selbstsüchtigen Existenzen. Wirklichkeit war nur, was hier in diesem Raum geschah.

»Sie haben dich aufs Internat geschickt?«, fragte Justin. »Nur dich? Deine Schwester nicht?«

»Das hing mit dem Beruf meines Vaters zusammen.«

»Wirklich?« Die grünen Augen hefteten sich auf sie, als könnten sie ihr direkt in die Seele blicken. »Cassy, du trägst ein Monster mit dir herum. Du hast es an einem dunklen Ort eingesperrt, nicht wahr? Ja. Wir wollen es herausholen. Es macht dir Angst, dieses Monster, aber du brauchst dich nicht zu fürchten, wir sind bei dir. In Ordnung?«

Sie nickte.

»Schließ die Augen. Geh zur Tür deiner Kindheit. Stehst du davor?«

»Ja.«

»Öffne sie.«

Ihr Mund war trocken, als sie die Hand nach der Klinke ausstreckte. Hinter dieser Tür lauerte etwas in der Dunkelheit.

»Ich hab Angst. Ich will nicht da reinschauen.«

»Wir sind bei dir. Öffne die Tür und geh hinein. Sei wieder das kleine Mädchen«, drängte Justin. »Kannst du das? Ja?«

»Ja.«

»Sehr gut. Gut gemacht. Du bist ganz klein. Und ich glaube, du bist sehr unglücklich.«

Der Koffer stand darin. Der Schrankkoffer, der sie an einen Sarg erinnerte. Cassy berührte die auf dem Deckel aufgemalten Buchstaben. *Cassandra Howells*. Er war gepackt, brauchte nur noch eingeladen zu werden.

»Lieben sie mich denn nicht?«, fragte sie.

»Wir sind hier bei dir. Wir werden dich nie im Stich lassen. Du hast große Angst. Hast du deinen Vater verärgert – kannst du ihn schreien hören?«

Justins Stimme liebkoste ihren Geist. Justin war ihr Freund, er wachte über sie, während sie das dunkle Labyrinth erforschte. Bilder platzten nacheinander auf wie gifthaltige Blasen: abgekaute Fingernägel, wenn ein Zeugnis mit der Post kam; panische Angst, als sie beim Rollschuhfahren einen Kratzer ins Auto gemacht hatte; ein kleines Kätzchen auf der anderen Straßenseite, sie lief hinüber, um es zu retten, ein Auto hupte, ihre Mutter brüllte: Cassiiiiee!, und dann rannte ihr Vater über die Straße, packte sie, ohrfeigte sie drei-, vier-, fünfmal.

Das war noch nicht alles. Da war noch etwas Schlimmeres, etwas Ungeheuerliches. Angst krallte sich in ihren Magen.

»Was macht er, Cassy?«, fragte Justin. »Du fürchtest dich, nicht wahr?«

»Er hat telefoniert. Mit meiner Lehrerin«, flüsterte sie. »Ich hätte ein Bleistiftmäppchen gestohlen, hat sie ihm erzählt, aber das stimmt nicht, ich habe es mir nur geliehen. Sein Gesicht ist verzerrt vor Wut. Hässlich.«

»Er wird dir wehtun.«

»Ja.« Sie wich unwillkürlich zurück. »Er stapft durch die Küche. Ich habe … ich habe wirklich … ich will mich verstecken … Er … er hat …«

Sie brach abrupt ab, ihr Mund stand offen. Nein. Nein, das konnte doch nicht sein. Sie hatte vergessen, dass das je passiert war.

»Was, Cassy? Was hat er getan?«

Sie erinnerte sich an jede Einzelheit, so deutlich, dass sie loskreischte. Sie sah den hölzernen Kochlöffel in seiner Hand, hörte das zischende Geräusch, als er durch die Luft sauste, und spürte das Klatschen auf ihrem nackten Oberschenkel, dort, wo ihr Rock hochgerutscht war. Immer wieder schlug er zu, während sie aufheulte und sich aus seinem Griff zu winden versuchte und ihre Mutter nur tatenlos zusah. Es geschah wieder, genau in diesem Moment, sie fühlte die Demütigung, das Entsetzen und den brennenden Schmerz. Es brach ihr das Herz, weil sie begriff, dass sie sie nicht liebten, sondern hassten. Wie konnte es anders sein? Sie *mussten* sie hassen, sonst würden sie ihr nicht so wehtun. Dann ließ ihr Vater sie stehen, ihre Mutter stieß sie die Treppe hinauf und befahl ihr, ins Bett zu gehen. Kein liebes Wort, keine Umarmung. Sie blieb allein in ihrem Zimmer zurück, während sich an ihrem Bein nach und nach blaue Flecken zeigten.

»Cassy.« Justins Stimme. »Kannst du mich hören? Sie können dir nichts mehr tun. Lass sie gehen. Lass sie gehen.«

Sie würgte. Ihr Schenkel brannte wie Feuer. Es fühlte sich an, als würde er gleich explodieren. Aber sie war nicht mehr allein. Sie spürte hilfreiche, schützende Hände, hörte freundliche, tröstende Stimmen. »Armes kleines Mädchen! Wir lieben dich!«

Sie blickte in Justins Gesicht. Er war vor ihr in die Hocke gegangen und streckte ihr einen Becher hin. Johanniskraut und Kamille und der süßliche Geschmack von Honig. Wunderbare Wärme. Dampf kräuselte sich zart im schwachen Lichtschein.

»Bist du wieder bei uns?«, fragte er.

»Ich glaub schon«, murmelte sie mit schwerer Zunge. Sie war sich nicht sicher, wo sie war oder wie sie dahin gekommen war. Sie lehnte sich an jemanden, an Aden, wie sich herausstellte, und fühlte sich, als wäre sie um ihr Leben gerannt.

Die Kerzen brannten herunter, das Pochen in ihrem Bein ließ nach. Ihr Herzschlag normalisierte sich. Der Albtraum verblasste.

»Du hast sie vertrieben. Diese Dämonen deiner Vergangenheit«, sagte Justin.

»Hoffentlich.«

»Du bist frei. Glaub mir. Du bist jetzt frei.«

Sie nahm sich viel Zeit, als sie ihren Verstand nach empfindlichen Stellen durchforschte. Dann stieß sie einen langen Atemzug aus. »Puh! Ja, ich kann atmen.«

Justin nickte. »Wir lieben dich, Cassy! Wir üben keine Kontrolle aus! Glaubst du mir?«

»Ja.«

»Dann möchte ich dir Folgendes vorschlagen. Bleib bei uns. Bring dein Kind hier zur Welt. Lass Gethsemane deine Familie sein. Wo sonst könntest du einem Kind bessere Bedingungen bieten? Es wird in Aden einen perfekten Vater haben, und für Suva wird wieder eine Mutter da sein.«

Es dauerte eine ganze Weile, bis sie den Sinn seiner Worte erfasst hatte.

»Du meinst, für immer?«

»Ich meine für immer. Werde ein Wächter. Du und Aden, ihr könnt den Bund der Wächterschaft schließen. Du wirst nie wieder unglücklich sein – das verspreche ich dir.«

Etwas in ihrem Gehirn änderte sich, verlagerte sich. Als würde Licht hereindringen, ein beruhigendes Säuseln. Sie wandte sich zu Aden um.

»Und du bist damit einverstanden? Du kennst mich doch erst seit ein paar Wochen!«

Er zuckte lächelnd die Achseln. »Ein paar Wochen. Ein paar Minuten. Was spielt das für eine Rolle? Unsere Zukunft war beschlossene Sache, als du mit deinem durchweichten Pappschild am Straßenrand standst und ich dich mitgenommen habe. Es war deine Bestimmung, hierher nach Gethsemane zu kommen.«

Die Entscheidung lag auf der Hand. Hier ging es nicht um Sex oder Verliebtheit oder Sich-über-Hamish-hinwegtrösten-Wollen. Es ging nicht einmal um Liebe im kitschigen Sinn einer romantischen Disney-Komödie. Es ging um etwas viel Bedeutsameres. Sie und Aden waren zwei Fäden, die gemeinsam in einen wundervollen Wandteppich eingewoben wurden. Dieser Wandteppich war Gethsemane, und der Weber hieß Justin. Hier lag ihre Zukunft.

»Und, was sagst du?«, fragte Justin.

»Ja. Ich sage Ja! Ich danke euch.«

Justin warf triumphierend die Arme hoch. »Das ist wundervoll! Von jetzt an bist du unsere Tochter, Schwester und Freundin. Und wir lieben dich, oh, wie wir dich lieben!« Er zog sie auf die Füße. »Um eines möchte ich dich noch bitten, als Symbol und Beweis deiner Freiheit.«

»Ich werde alles tun, was du verlangst.«

»Ruf deine Eltern an und sag es ihnen. Jetzt gleich. Durchtrenne das Geschirr, das sie benutzen, um dich zu kontrollieren.« Er legte seine Hände an ihr Gesicht und gab ihr einen Kuss auf die Stirn. »Du kannst das, Cassy. Du kannst das. Gaza und Monika werden mit dir gehen. Sie werden an deiner Seite sein.«

»Wir werden dich vor ihren Manipulationsversuchen schützen«, versprach Gaza.

»Aber … was soll ich ihnen denn sagen?«

»Sag ihnen, dass du in Gethsemane bleiben wirst. Aber sag nichts von dem ungeborenen Kind«, riet Justin. »Das brauchen sie nicht zu wissen, oder? Nein. Dann schickst du deinem Ex eine Nachricht – du hättest dich geirrt und seist nicht schwanger. Eine nette Geste ihm gegenüber, findest du nicht? Ihn aus der Verantwortung zu entlassen?«

»Ja … ja, dann braucht er sich keinen Kopf mehr zu machen. Aber könnte ich meinen Eltern nicht einfach eine Mail schicken? Die werden ausflippen am Telefon!«

»Nun ja.« Justin schüttelte betrübt den Kopf. »Das ist *ihr* Problem, nicht wahr?«

SECHZEHN

Diana

»Schatz? Diana!«, rief Mike aufgeregt nach oben.

Sie war in Cassys Zimmer. Eigentlich suchte sie ein Physikbuch für Tara, aber sie saß auf dem Bett. Saß einfach nur da. Das Zimmer sah aus, als hätte Cassy es erst vor fünf Minuten verlassen. Der Duft von Kakaobutter, ein langes Haar auf dem Kopfkissen, ein Schundroman auf dem Nachttischchen. Bücher über Vertrags- und Schadenersatzrecht. Babar, der Elefant, weich und abgenutzt, der Cassy seit ihrem ersten Lebenstag begleitet hatte.

Diana hatte das Telefon läuten hören und die Augen zugemacht.

Lass es Cassy sein, flehte sie im Stillen. *Bitte, bitte lass es Cassy sein!*

»Diana!«, schrie Mike noch einmal. »Cassy ist am Telefon!«

Babar in der einen Hand rannte sie den Flur entlang und riss das Telefon im Schlafzimmer an sich.

»Cassy? Oh Cassy, wie schön, dass du anrufst! Hallo?«

Schweigen. Dann Cassys eisige Stimme.

»Hallo, Diana. Hallo, Mike.«

Keine Spur von Zuneigung, keine Spur von Leben in dieser Stimme. Sie hatte ihre Eltern noch nie beim Vornamen genannt, immer nur Mum und Dad.

»Wo bist du?«, fragte Mike.

Als sie später über dieses Gespräch nachdachten, es analysierten, gelangten sie zu der Überzeugung, dass sie den Text vom Blatt abgelesen hatte.

»Ich bin in Gethsemane, Mike. Das weißt du doch.«

Diana presste den Hörer ans Ohr, damit ihr nichts entging. »Wie geht es dir, Schatz? Wir machen uns solche Sorgen!«

»Du hast wieder eine Mail nach Gethsemane geschickt, obwohl ich dich ausdrücklich gebeten hatte, das nicht zu tun. Du hast Drohungen ausgesprochen. Du hast …«

Mike verlor die Geduld. »Herrgott noch mal, Cassy! Was zum Teufel erwartest du? Dass wir einfach zuschauen, wie …«

»Bitte keine Negativität, Mike.«

»… du dein Leben wegwirfst? Glaubst du, wir stehen da und sehen tatenlos zu, wie man dich entführt?«

»Bitte keine Negativität, Mike.«

»Was haben diese Leute mit dir angestellt? Das sind miese, manipulative …«

Cassy ließ ihn nicht ausreden. »Ich will deinen Zorn nicht hören. Es gibt hier keine Negativität. Nur Liebe.«

Diana ertrug es nicht länger, weder Mikes erbostes Geschimpfe noch Cassys unnatürliche Ruhe.

»Cassy, bitte, Liebling, hör uns zu«, bat sie.

»Nein, Diana, ihr hört mir zu. Ich habe eine Entscheidung getroffen. Aber ich werde sofort auflegen, wenn einer von euch mich noch einmal anschreit. Habt ihr das verstanden?«

»Ja«, antwortete Diana schnell. »Alles klar. Pst, Mike! Bitte.«

Atmete Cassy tief durch, oder warf sie einen Blick auf ihren Text? Jedenfalls kam es Diana so vor, als würde ihre Stimme ein wenig zögerlicher klingen.

»Ich habe beschlossen, hierzubleiben«, sagte Cassy.

Mike explodierte. »Das glaub ich einfach nicht!«

»Sicher nicht für immer, oder?«, sagte Diana hastig. »Du

hast davon gesprochen, dein Examen um ein Jahr zu verschieben.«

»Ich habe euch bereits gesagt, dass ich nicht mehr die bin, die ich einmal war. Es kommt mir vor, als hätte ich bis jetzt gar nicht richtig gelebt. Das ist eine völlig andere Welt, eine völlig andere Lebensweise. Ich habe wahre Liebe erfahren.«

»Cassy …«

»Ich bin Gott begegnet.«

Genauso gut hätte sie eine Granate durch die Telefonleitung werfen können. Eine Begegnung mit Gott war für ihre atheistischen Eltern der definitive Beweis dafür, dass man ihre Tochter einer Gehirnwäsche unterzogen hatte.

»Welchem Gott?«, fragte Diana. »*Wessen* Gott?«

»Ich glaub's einfach nicht!«, donnerte Mike. »Was für Drogen haben sie dir gegeben?«

Cassy war unerbittlich. »Ihr seid so engstirnig und kleinkariert und voller Hass und Angst und Negativität … Ihr verschließt die Augen und haltet euch die Ohren zu, damit ihr diese Herrlichkeit nicht gewahrt. Hier gibt es nur Liebe und ein Miteinander-Teilen. Keine Habgier, keine Besitztümer. Alles, was ihnen gehört, gehört auch mir. Alles, was mir gehört, gehört auch ihnen. Ich werde ihnen das restliche Geld geben, das ich von Grandpa geerbt habe.«

»Das ist nicht dein Ernst!«

»Mike, ich werde dieses Gespräch beenden. Letzte Warnung.«

Die Unterhaltung löste sich in einen wilden Wirbel von Worten auf. Mike und Diana versuchten es mit vernünftigen Argumenten, mit Betteln und mit Drohen. Es war, als würden sie mit einem programmierten Roboter reden.

»Merkst du nicht, dass du manipuliert wirst?«, ereiferte sich Mike, als Cassy zum dritten Mal hintereinander »Keine Negativität, nur Liebe« heruntergeleiert hatte. »Liebe, Liebe – das ist doch Humbug! Hier geht es nicht um Liebe! Schalte doch dein Gehirn ein, Cassy, anstatt dieses Mantra herunterzubeten!«

»Ich *habe* mein Gehirn eingeschaltet.«

»Sie wollen doch nur dein Geld, das ist alles! Das sieht jeder, der auch nur einen Funken Verstand hat! Sobald sie es haben, werden sie dich rauswerfen!«

Ein langes Schweigen trat ein, es dauerte sicher zwanzig Sekunden. Diana meinte Stimmengemurmel im Hintergrund zu hören.

»Ich werde hierbleiben«, sagte Cassy dann. »Gethsemane ist meine Familie.«

»*Wir* sind deine Familie«, flüsterte Diana verzweifelt.

»Eine schädliche Familie. Ich habe mich an Dinge aus meiner Kindheit erinnert. Dinge, von denen ihr gehofft habt, dass ich sie vergessen hätte.«

Diana presste sich Babar an die Wange. »Was meinst du? Was für Dinge?«

»Das weißt du ganz genau.«

»Aber Liebes …« Diana durchforschte ihr Gedächtnis, wurde aber nicht fündig. »Nein, ich weiß es nicht. Ehrlich.«

»Schade. Ihr könntet es wenigstens zugeben. Wir werden, sofern möglich, in Verbindung bleiben, aber zu unseren Bedingungen. Es gibt Regeln. Nein, nein«, sie wurde laut, um den vor Wut schäumenden Mike zu übertönen, »unterbrich mich nicht wieder, Mike. Du hast schon genug gesagt. Wenn ihr auch nur gegen eine einzige Regel verstoßt, werden wir keine andere Wahl haben, als den Kontakt zu euch abzubrechen. Für immer.«

»Du redest mit *uns*, Cassy!«, schrie Diana. »Mit Mum und Dad! Wir lieben dich! Hast du uns denn gar nicht lieb?«

»Emotionale Erpressung funktioniert nicht.«

»Was ist mit Grandma? Was soll ich ihr denn sagen? Was soll ich Tara sagen?«

»Hier sind die Bedingungen.« Wieder hatte Diana den Eindruck, dass Cassy vom Blatt ablas. »Erstens, ihr sagt nichts Negatives über Gethsemane – nicht zu mir, nicht zu anderen, nicht zu den Medien, nicht im Internet. Denkt immer an unseren Kodex: keine Negativität, nur Liebe. Zweitens, verlangt nicht von mir, dass ich Gethsemane verlasse. Keine Manipulation. Keine Spielchen.«

Das ist ein Albtraum, dachte Diana. Sie rutschte vom Bett und kauerte auf dem Fußboden, die freie Hand auf Mund und Nase gepresst, um ihr Schluchzen zu unterdrücken. *Mach, dass das ein Albtraum ist! Bitte! Lass mich bitte aufwachen!*

Cassy hörte sich an, als würde sie eine Einkaufsliste vorlesen und einen Punkt nach dem anderen abhaken.

»Und versucht vor allem nicht, hierherzukommen. Solltet ihr auch nur in die Nähe von Gethsemane kommen, werdet ihr mich nie wiedersehen. Habt ihr das verstanden?«

Mike bekam einen Tobsuchtsanfall. Man habe sie einer Gehirnwäsche unterzogen, und sie solle endlich mit dem Blödsinn aufhören und auf der Stelle nach Hause kommen, sonst werde er den Drecksäcken die Polizei auf den Hals hetzen.

Diana stieß ins gleiche Horn: »Es geht dir nicht gut, Cassy. Du brauchst Hilfe!«

Cassy sagte nicht einmal Auf Wiedersehen. Ein Klicken, dann war sie weg. Und das war's. Ende der Geschichte. Ende von Cassy.

In den folgenden Wochen und Jahren sollten Diana und Mike dieses Telefonat im Geist immer und immer wieder durchspielen. Sie durchlebten jede Sekunde aufs Neue, wünschten, sie könnten die Zeit zurückdrehen, damit das Ergebnis ein anderes wäre. Nachts lagen sie wach, jeder auf seiner Seite des Betts, und fragten sich, was sie falsch gemacht hatten. Manchmal, kurz bevor sie wegdämmerte, hörte Diana dieses Klicken und dann Stille.

Die E-Mail traf eine Stunde später ein. Sie musste um fünf Uhr morgens Ortszeit gesendet worden sein.

»Vielleicht geben sie ihr Amphetamine«, sagte Mike. »Speed. Um sie am Schlafen zu hindern.«

»Sie würde keine Drogen nehmen.«

»Woher willst du das wissen? Wir können nicht mehr so tun, als würden wir unsere Tochter noch kennen.«

Ängstlich und hoffnungsvoll zugleich begann Diana, die Mail zu lesen. Vielleicht war ein Wunder geschehen, und alles entpuppte sich als Scherz: *Hab bloß Spaß gemacht!!! Komme morgen nach Hause!*

Aber das Wunder war nicht geschehen.

Ihr seid hoffnungslos negativ, und wir dürfen nicht zulassen, dass Negativität in unsere Welt eindringt. Euer Zynismus ist gefährlich. Ich werde keine weiteren Mails mehr schicken oder empfangen. Wirklich dringende Nachrichten können an die E-Mail-Adresse von Gethsemane geschickt werden. Wenn ihr mich auch nur ein bisschen liebt, freut ihr euch für mich.

Bitte kommt nicht auf die Idee, mich hier zu suchen. Das wäre Hausfriedensbruch. Ich würde nicht mit euch reden und euch nur verachten, weil ihr mich und meine Wünsche nicht respektiert. Ich bedaure euch. Ihr lebt im Schlamm am Grunde des Sees und könnt nichts als Schlamm sehen. Ich würde euch retten, wenn ich könnte, vor allem Tara, aber ich weiß jetzt, dass das unmöglich ist.

Ich wünsche euch alles Gute. Ich hoffe inständig, dass ihr eines

Tages imstande sein werdet, an die Oberfläche emporzusteigen und die Wärme der Sonne zu spüren.
Cassy

Freitagmorgen. Heute hätte Cassy nach Hause kommen sollen. Das stand in dem Kalender auf dem Nachttischchen.

CASSY KOMMT NACH HAUSE! 11 Uhr 10

Sie wachten verzweifelt auf und zogen sich schweigend an. Mike saß auf der Bettkante und band sich seinen Schlips.

»Ich komme mir so hilflos vor«, sagte er.

Er hatte nur geblufft, als er mit seinen Kontakten zur Regierung in Neuseeland gedroht hatte. Er und Diana hatten sich an die dortige Polizei sowie an das britische Hochkommissariat in Wellington gewandt. Die Reaktion war bei beiden Stellen die gleiche gewesen: höflich, aber verwundert. »Ihrer Tochter geht es also gut, und sie bittet nicht um Hilfe? Und sie ist erwachsen? Und Sie wissen, wo sie sich aufhält?« Man hielt sie für überfürsorgliche, klammernde Eltern, denen man eindeutig die Augen öffnen musste.

»Das habe ich nicht kommen sehen«, murmelte Diana, den Kopf an Mikes Schulter gelehnt. »Ich habe im Lauf der Jahre so manches befürchtet, aber an so etwas habe ich nun wirklich nicht gedacht.«

Sie warf einen Blick in Cassys Zimmer, sie konnte nicht anders. Es roch immer noch nach ihr. Es sah immer noch so aus, als würde sie an diesem Tag zurückkommen. »Sie würde mich niemals im Stich lassen«, hatte Imogen geschluchzt, als sie am Abend zuvor telefoniert hatten. »Das würde sie niemals tun!«

Ein graues Sargtuch hing über dem Haus. Mike hatte eine Kanne Kaffee gekocht, aber keiner hatte Lust aufs Frühstück.

»Jobbt Tara heute im Café?«, fragte er.

»Nein, heute nicht. Ich glaube, sie braucht ein paar Streicheleinheiten.«

»Das arme Ding.«

Beide fuhren erschrocken zusammen, als oben eine Tür gegen die Wand krachte. Dann polterten Schritte die Treppe herunter, und Tara stürzte in die Küche. Tränen liefen ihr übers Gesicht und verschmierten ihre Wimperntusche.

»Sie hat ihre Facebook-Seite gelöscht!«, schrie sie.

»Mein Gott!« Mike schlug sich mit der flachen Hand an die Brust. »Und ich hab schon gedacht, du hättest eine Leiche im Kleiderschrank entdeckt!«

»Weißt du nicht, was das bedeutet?«

»Facebook! Soziale Medien! Das bedeutet überhaupt nichts.«

»Doch, Dad! Verdammte Scheiße! Die Seite hat die ganze Zeit existiert, sie hat alle meine Posts und Nachrichten gesehen und dass ich sie angebettelt habe, mir zu antworten, und sie hat nicht reagiert, mit keinem scheißverfluchten Wort!«

»Das tut weh«, sagte Diana.

»Diese Seite bedeutete, dass Cassy da war! Ich konnte Fotos von ihr sehen, ich konnte Dinge zu ihr sagen. Ich habe diese Seite nie geschlossen, nie. Gestern Abend war sie noch da. Jetzt ist sie weg! Das ist, als ob Cassy tot wäre!«

Diana hätte weinen können bei dem Gedanken daran, wie Tara, die sich immer so forsch und tough gab, Opfer auf dem Altar der Facebook-Seite ihrer Schwester darbrachte.

»Komm her, Schätzchen.« Mike, dessen Augen ebenfalls gerötet waren, breitete seine Arme aus.

Tara flüchtete sich in die tröstende Umarmung ihres Vaters, machte sich aber nach ein paar Sekunden los. »Wir müssen nach Heathrow fahren. Wir müssen dort sein, wenn die Maschine landet.« Sie hob die Schultern ein paarmal und ließ sie wieder fallen – es war eine klägliche, kindliche Geste. »Wenn wir so tun, als ob alles in Ordnung wäre, vielleicht ist ja dann alles in Ordnung. Und Cassy wird mit Hamish in die Ankunftshalle spazieren.«

Diana und Mike sahen sich ratlos an. Für diesen besonderen Fall hatten sie kein Rezept.

»Bitte!«, bettelte Tara.

»Sie wird nicht an Bord sein«, sagte Diana. »Wir müssen den Tatsachen ins Auge blicken. Sie kommt nicht nach Hause.«

Am Abend rief Hamish an. Er war fassungslos. Er habe damit gerechnet, Cassy am Flughafen von Christchurch zu sehen, sagte er, und habe es nicht glauben können, dass sie nicht kam. Jemand anders habe auf ihrem Platz gesessen. Erst daheim habe er eine kurze Mail von ihr vorgefunden, in der sie ihm mitgeteilt habe, dass sie in Neuseeland bleiben werde.

»Das ist alles nur meine Schuld«, wiederholte er ein ums andere Mal. »Das ist alles nur meine Schuld!«

Der arme Junge machte sich schwere Vorwürfe, und so erwähnte Diana mit keinem Wort Charlotte Sowieso mit dem Doppelnamen. »Du bist nicht ihr Aufpasser«, sagte sie nur.

»Fünf Minuten später hat ein Auto gehalten. Fünf Minuten! Ein nettes Paar, sie hatten viel Platz im Auto. Wäre ich doch nur …«

Der Kleinbus verfolgte ihn regelrecht. Der ramponierte weiße Van voller Leute, die Lieder sangen und Tee anboten.

»Wäre ich doch nur mit ihr eingestiegen«, stöhnte er.

»Zum Glück bist du das nicht! Das war keine Mitfahrgelegenheit, die sich zufällig geboten hat – das war eine Falle.«

»Es tut mir so leid«, murmelte er zerknirscht. »Bitte sag Mike, dass es mir unendlich leidtut.«

SIEBZEHN

Cassy

Sie und Justin verbrachten fast den ganzen nächsten Tag und die nächste Nacht im Meditationsraum, wo sie vergessene Erinnerungen ausgruben. Bilder, die ihre schädlichen Spuren hinterlassen hatten: die grimmig zusammengebissenen Zähne ihres Vaters, die Gefühlskälte ihrer Mutter; eine Faust hier, ein böses Wort da; Verlassenwerden, Zurückweisung, Angst.

In den frühen Morgenstunden des Samstags trug Justin Monika auf, Cassy Zutritt zum Büro zu gewähren, damit sie das Guthaben auf ihren Bankkonten an Gethsemane überweisen konnte. Cassy konnte sich vor Müdigkeit kaum noch auf den Beinen halten. Zudem war sie angewidert von den Erinnerungen, die sie ans Tageslicht befördert hatten. Ihre glückliche Kindheit war nichts als eine Lüge. Gethsemane war die Wahrheit.

»Keiner von uns hier besitzt irgendetwas«, sagte Monika, als sie Cassys Konto- und Kreditkarten mit einer Schere entzweischnitt. »Otto und ich haben unser Haus verkauft, unsere Geldanlagen aufgelöst, unsere Pensionen überschrieben. Und *peng!* – weg war unser Stress!«

Der Computer war hochgefahren. Alles war bereit. Doch im letzten Moment zögerte Cassy. »Und wenn sich nun herausstellt, dass das hier nichts für mich ist?«

»Denkst du etwa schon an Scheidung, noch bevor du geheiratet hast? Du musst dir unser Vertrauen verdienen, wenn du ein Wächter werden möchtest.« Monika blickte ihr prüfend und mit gerunzelter Stirn ins Gesicht. »Bist du sicher, dass du ein Wächter werden willst?«

»Ja, ganz sicher.«

»Nun, dann beeil dich. Wenn du hier fertig bist, wartet ein Kamillentee auf dich, und du kannst dich unter die Decke kuscheln und schlafen. Morgen ist ein besonderer Tag. Die Kinder führen *Joseph* auf. Wir werden ein Grillfest veranstalten.«

Monikas Stimme war ruhig und besänftigend. Cassys Hände bewegten sich wie von selbst, als sie sich bei ihrer Bank einloggte und durch das Sicherheitssystem navigierte. Als sie erst einmal damit angefangen hatte, fiel es ihr leicht, ihr gesamtes Guthaben an Gethsemane zu transferieren. *Klick, klick, klick.* Zweiunddreißigtausend Pfund. So. Das war's. Jetzt war sie frei.

Die Aufführung des Musicals *Joseph and the Amazing Technicolor Dreamcoat* wurde ein großer Erfolg. Vor allem Rom als cooler Pharao riss das Publikum zu Beifallsstürmen hin. Monty und einige andere Steppkes spielten eine wunderbar chaotische Schafherde. Suva, Malindi und ein älteres Mädchen namens Beersheba hatten Josephs Regenbogenmantel aus Hunderten bunter Stofffetzen genäht. Es herrschte gute Laune, und die Zuschauer waren leicht zufriedenzustellen.

Cassy war hinter der Bühne mit den Kostümen und Requisiten beschäftigt. Später schlenderten sie und Aden Arm in Arm zum Ufer hinunter. Der Rauch des Grillfeuers kräuselte sich vor dem glitzernden See. Bald – den genauen Zeitpunkt kannten sie noch nicht – würden sie den Bund der Wächterschaft schließen. Bis dahin genossen sie die Zeit ungetrübter Freude. Aden summte *Wie vom Traum verführt* aus dem Musical.

»Ein richtiger Ohrwurm, findest du nicht auch?«

Cassy lächelte. »Das kannst du laut sagen!«

Es war Frühjahr geworden. Der Schnee an den Hängen des Tarawera war geschmolzen, und das Tal schien zu lächeln.

»Aden?« Cassy hatte etwas auf dem Herzen.

»Hm?« Er schaute Justin zu, der mit ein paar Kindern im seichten Wasser planschte. Peter sprang ausgelassen um sie herum.

»Was empfindest du heute, wenn du an Kerala denkst? Ich meine …« Cassy war nicht wohl dabei, dass sie Fragen über seine erste Frau stellte, aber sie musste Klarheit haben. »Sie war eine von hier, von Gethsemane. Ihr habt drei Kinder zusammen. Jetzt wirst du eine Beziehung mit einer Städterin eingehen, die keine Ahnung von Landwirtschaft oder von nachhaltiger Lebensweise hat. Ich möchte bloß wissen, ob ich eifersüchtig sein sollte.«

»Eifersüchtig?«, wiederholte er verdutzt.

»Ich möchte nicht gegen den Geist einer perfekten Frau ankämpfen müssen.«

Er blieb stehen und ergriff ihre Hände. Ernst sagte er: »Kerala und ich waren damals erst siebzehn. Gethsemane war eine kleine Gemeinschaft, es gab im Grund keine anderen Partner für uns beide. Wir waren nicht das perfekte Paar, aber wir haben das Beste aus der Situation gemacht. Du bist mein Schicksal, Cassy. Das kann man überhaupt nicht vergleichen.«

»Wirklich?«

»Hör auf, Fragen zu stellen, sonst hetz ich dir Gaza auf den Hals.«

Sie lächelten sich gedankenverloren an, als Liam auf sie zustapfte.

»Tut mir leid, wenn ich euch stören muss«, sagte er grinsend. »Aber wir brauchen dich, Aden. Diese Bühne ist verflixt schwer, und wir müssen sie vor dem Abendgeläut abgebaut haben.«

»Soll ich euch helfen?«, fragte Cassy.

»Nein.« Aden rieb ihr über den Rücken. »Du darfst nicht schwer tragen.«

Cassy blickte ihm nach und schlenderte dann zu Rom hinüber, der alles für eine Partie Schlagball vorbereitete.

»Erstes Laufmal, zweites Laufmal, drittes, viertes!«, schrie er, lief einen gedachten Kreis ab und markierte jedes der Laufmale mit einem Pullover, den er einfach auf den Boden warf. »Wer hat Ball und Schläger?«

Malindi kam aus Richtung Schule angerannt und streckte Rom, übers ganze Gesicht strahlend, den Schläger und einen gelben Plastikball hin.

»Du bist klasse, Malindi! Okay, wer will Werfer sein? Du, Jaipur?« Er warf Athens Sohn den Ball zu. Der athletische, dunkeläugige, bildschöne Teenager hatte im Musical den Joseph gespielt. »Dann werde ich Fänger sein. Oder will sonst jemand? Gut. Ah, Cassy, könntest du den Punktestand im Auge behalten?«

Die Schlagmannschaft setzte sich ins Gras und wartete, bis sie an der Reihe war, und Cassy setzte sich zu ihnen. Suva und Malindi flüsterten und kicherten über Jaipur, den sie beide »süß« fanden – allerdings nicht für so süß wie Rom, schwärmte Malindi.

Der süße Jaipur warf den Ball einer Vierjährigen namens Sansibar zu. Die Kleine konnte den Schläger kaum halten und holte ungefähr drei Sekunden zu spät zum Schlag aus.

»Oh, Sansi ist so ein reizender kleiner Knopf«, sagte Malindi in mütterlichem Ton.

Jaipur ging zu der Kleinen hinüber und stellte sich eine Armlänge von ihr entfernt vor sie hin.

»Du musst den Ball angucken, Sansi«, sagte er ganz ruhig. »Lass ihn nicht aus den Augen. Ja, genau so! Fertig?«

Sie stellte sich breitbeinig hin und starrte den Ball an, als wäre er aus Gold. Jaipur warf ihn ihr direkt auf den Schläger, sodass sie ihn nicht verfehlen konnte. Ein dumpfes *Tock!*, als Holz auf Plastik traf, und dann plumpste der Ball ein Stück weit weg ins Gras. Beide Teams jubelten. Sansibar lächelte ungläubig.

»Und jetzt musst du laufen«, erklärte Jaipur.

Alle feuerten sie an: »Lauf, Sansi, lauf!« Aber die Kleine rührte sich nicht vom Fleck.

Rom verließ seinen Platz und trabte zu dem Mädchen. »Komm, Schwesterchen!« Er nahm sie bei der Hand. Da er viel größer als sie war, musste er gebeugt neben ihr herlaufen. Die Feldmannschaft tat unterdessen so, als wäre der Ball irgendwo unter den Sträuchern verloren gegangen, bis Sansibar wieder das Schlagmal erreicht hatte.

»Wer ist eigentlich ihre Mum?«, fragte Cassy.

»Skye«, antwortete Malindi.

Cassy hatte Skye draußen bei den Bienenstöcken beobachtet, wie sie die Bienen mit einem Smoker beruhigt hatte, damit sie den Honig sammeln konnte. Sie sang immer leise vor sich hin und hatte auffallend leuchtende Augen in einem schmalen Gesicht.

»Die Imkerin? Die ist doch selbst noch ein Kind!«

»Ich glaube, sie ist um die zwanzig«, sagte Suva und fügte beiläufig hinzu: »Justin hat sie vor der Prostitution gerettet. Da war ein Mann, der sie gezwungen hat, ganz schreckliche Sachen zu machen.«

»Das arme Mädchen«, murmelte Cassy, ließ das Thema dann aber fallen, weil sie fand, dass man eine solche Unterhaltung nicht mit zwei Elfjährigen führen sollte.

Während das Spiel weiterlief, zählte Cassy im Geist die Punkte. Sie lag auf dem Rücken im Gras, blinzelte in die Sonne und fragte sich, wie spät es wohl sein mochte. Plötzlich setzte sie sich ruckartig auf.

Heute heiratet Imogen, schoss es ihr durch den Kopf.

Bald würde dieselbe Sonne in das Zimmer ihrer Freundin scheinen. Sie, Becca und Cassy hatten gemeinsam eine Flasche Champagner trinken wollen, während sie sich anzogen, sich schminkten und sich gegenseitig frisierten. Sie wären fröhlich durchs Zimmer getanzt, hätten Spaß gehabt. Was für eine Brautjungfer war sie, dass sie sich nicht einmal am Tag der Trauung bei der Braut meldete?

»Alles in Ordnung?« Suva musterte sie besorgt.

»Ich muss ins Büro.«

»Warum?«

»Meine Freundin heiratet heute! Wie habe ich das nur vergessen können! Ich möchte ihr gratulieren.«

»Äh …« Suva blinzelte ein paarmal rasch hintereinander. »Haben die Ältesten ihre Zustimmung gegeben?«

»Dafür brauche ich doch keine Erlaubnis, oder?«

»Sie haben den Schlüssel zum Büro.« Suva sprang auf und wischte sich ein paar Grashalme von den Knien. »Ich lauf schnell und frag sie.«

»Soll ich mitkommen?«

»Nein. Bleib du da.«

Und fort war sie. Sie rannte den Abhang hinunter, als ginge es um Leben und Tod. Cassy beobachtete, wie die spindeldürre Gestalt in der Menge am Seeufer verschwand. Bis jetzt hatte sie den Verzicht auf die moderne Kommunikationstechnologie als befreiend empfunden, aber heute wünschte sie, sie hätte ein Smartphone und wenigstens ein schwaches Netz.

Sansibar ließ sich vor ihr ins Gras fallen, streckte ihr ihre Füße hin und wollte wissen, ob Cassy dachte, sie habe komische Zehen.

Die Schlagmannschaft war erledigt. Da kam Justin den Hang heraufgeschlendert. Rom warf ihm den Schläger zu. »Du bist dran, alter Mann!«

»Na gut«, knurrte Justin und warf sich in Positur wie ein Tennisass in Wimbledon. »Gib dein Schlechtestes, Jaipur!«

Cassy hatte Justin noch nie so verspielt erlebt. Er schlug den Ball den Hügel hinauf und stolzierte im Kreis von einem Pullover zum nächsten, während die Feldmannschaft sich abmühte, den Ball aus dem Geäst eines Kowhai-Baums zu schütteln. Justin hüpfte herum wie ein Clown, tat so, als würde er auf einem Fahrrad sitzen, drehte sich um und lief rückwärts auf seinen langen Beinen den Hang hinauf, ahmte dann mit hocherhobenen Armen und auf Zehenspitzen tänzelnd einen Balletttänzer nach. Peter hüpfte neben ihm her und schien das sehr lustig zu finden. Als Justin sah, dass Rom ausholte, um den Ball zum vierten Laufmal zu schleudern, legte er einen Zahn zu.

Aber seine Sprinteinlage kam zu spät. Der Ball traf den Pulli.

»Gewonnen!«, schrien Rom und Jaipur aus vollem Hals.

Die Feldmannschaft führte einen Freudentanz auf.

»Aufs Kreuz gelegt worden!«, klagte Justin, als er zu Cassy zurücktrottete. »Von meinem eigenen Sohn!«

»Das hast du doch absichtlich gemacht.«

»Wer, ich?« Er tat erstaunt. »Komm, lass uns ein Stück gehen.« Er fasste sie am Arm.

Es war eine Ehre, ihn für sich allein zu haben. Jeder in Gethsemane wollte ein Stück von ihm, und sie hatte schon so viel von ihm bekommen. Sie gingen am Seeufer entlang bis zu der Landzunge, wo die Holzkreuze standen.

»Da stehen gar keine Namen drauf«, bemerkte Cassy.

»Nein. Sie sollen an das Leben eines Wächters als Teil des Ganzen erinnern, nicht an den Einzelnen. Aber ich kenne jeden von ihnen.« Er legte eine Hand zärtlich auf eines der Kreuze. »Das hier war für eine Lady namens Barbara Svenson. Sie und ihr Mann haben dieses Land Gethsemane geschenkt und sind hier gestorben.«

Der kleine Hügel war nicht besonders hoch, aber steil. Peter galoppierte drei Mal ganz hinauf und wieder zurück, bevor Cassy und Justin auch nur bis zur Hälfte hinaufgestiegen waren.

»Ich habe gehört, du machst dir Gedanken wegen der Hochzeit deiner Freundin.«

Cassy war peinlich berührt, andererseits Suva aber dankbar, dass sie es ihm und nicht einem der Gefährten erzählt hatte. Justin war ihre sichere Zuflucht.

»Ja, das stimmt. Imogen.« Sie musste verschnaufen, presste beide Hände in die Seiten. »Ich hätte ihre Brautjungfer sein sollen. Ich fühle mich ganz schrecklich deswegen! Sie ist bestimmt völlig von der Rolle. Ich dachte, wenn ich sie anrufen und ihr alles Gute wünschen und ihr sagen könnte, dass es mir leidtut …«

Justin seufzte. »Du hast deine Entscheidung getroffen, Cassy. Du hast dich für Gethsemane entschieden. In einer Woche wirst du in die Gemeinschaft der Wächter aufgenommen.«

»Ich weiß.«

»Und du hast gewusst, welche Konsequenzen deine Entscheidung mit sich bringt, nicht wahr? Wir alle haben unser Leben *draußen* aufgegeben. Wir dürfen nicht zulassen, dass Selbstverliebtheit und Negativität hereinsickern. Wir arbeiten hart daran, damit das nicht geschieht.«

»Ich weiß«, sagte Cassy bedrückt. »Tut mir leid.«

Jetzt lächelte er. »Aber sei's drum. Das ist dir wichtig. Also gib mir Imogens Adresse und deine Nachricht für sie, und wir werden ihr heute noch Blumen – und vielleicht Pralinen? – schicken lassen.«

»Das ist eine wundervolle Idee, Justin! Ich danke dir. Wenn ich an den Safe könnte, damit ich meine Kreditkarte …«

Er machte eine wegwerfende Handbewegung. »Nein, nein, schon gut. Außerdem hast du keine Kreditkarte mehr, weißt du nicht mehr? Gethsemane wird die Kosten übernehmen. Das ist unser Geschenk an dich.«

Wieder wollte sie sich bedanken, doch er wehrte ab. »Ich möchte nichts mehr davon hören.« Nach einer Pause fügte er eindringlich hinzu: »Aber von jetzt an darf deine Vergangenheit keine Rolle mehr spielen, du musst dich von ihr lösen, und zwar endgültig.«

Sie hatten den höchsten Punkt der Landzunge erreicht. Ein einzelnes verwittertes Kreuz stand dort oben, von wo man einen Blick über ganz Gethsemane hatte. Unter ihnen wurde ein aus dem klaren Wasser ragender Fels von Wellen umspült. Sie ließen ihre Blicke über die Hügel schweifen, die aussahen wie in Falten gelegt und mit dichtem einheimischem Wald, aber auch mit Pinienwäldern bedeckt waren. Der Vulkan glich einer Sphinx in Lauerstellung, die den See bewachte. Cassy konnte das fröhliche Geschrei der Kinder beim Schlagballspiel hören, das Geplapper der Erwachsenen am Grillfeuer. *Das ist mein Zuhause,* dachte sie.

»Werde ich als Wächter einen neuen Namen bekommen?«, fragte sie.

»Natürlich.«

»Und wie werde ich heißen?«

ACHTZEHN

Cassy

Eine rosige Morgenröte. Ein vielstimmiger Vogelchor. Der Mount Tarawera schien unter den liebkosenden Strahlen der aufgehenden Sonne zu erröten.

Ihre Freundinnen hatten sie in der Nacht geweckt und halfen ihr dann bei den Vorbereitungen. Das hatte Spaß gemacht, so wie der Morgen vor der Hochzeit mit Becca und Imogen Spaß gemacht hätte. Sie hatte sich von ihrem letzten persönlichen Besitz getrennt: von ihren Kleidern, ihrem Rucksack, ihrem Verbandskasten, ihren Hygieneartikeln und ihrem Schmuck – sogar von einem Anhänger, den Hamish ihr geschenkt hatte. Alles wurde ihr weggenommen. Sie besaß nur noch die Sachen, die sie am Leib trug, und ihre Wanderstiefel. In den frühen Morgenstunden schnitt Bali ihr die Haare. Cassy dämmerte in einen schlafähnlichen Zustand hinüber, als sie dem gierigen, ratschenden Geräusch der Schere lauschte und ihre Haare in dunklen Schwaden auf den Holzfußboden fallen sah. Sie fühlte sich befreit, schwerelos. Es war ihre Eitelkeit, die von ihr abfiel, es waren die oberflächlichen Ambitionen ihrer Eltern. Ihre Familie *draußen* war schädlich, ihre Gethsemane-Familie dagegen rein und gut.

Otto und seine Flöte führten den langen Zug an, der sie singend zum See hinunterbegleitete. Monika hatte ihr bereits erklärt, wie die Zeremonie ablaufen, welche Fragen ihr gestellt würden und welche Antworten sie geben sollte. Obwohl Cassy nicht alles verstand, kam ihr das Ganze weit weniger verrückt vor als die komplexen Rituale des Katholizismus ihrer Großeltern väterlicherseits. »Gerüche und Glocken« nannte ihr Vater es. Sie und Mike hatten sich bei der Taufe von Yvettes Baby das Lachen verbeißen müssen, als der Geistliche mit rollendem R über Satan, den Fürsten der Finsternis, schwadroniert hatte und in besticktem Gewand einherstolziert war.

Justin wartete allein am Ufer. Kein besticktes Gewand. Er war der, der er immer war. Er ergriff ihre Hände und führte sie ins Wasser, bis es ihnen bis zur Taille reichte. Die eisige Kälte boxte ihr förmlich die Luft aus den Lungen, und sie keuchte unwillkürlich auf. Justin schien das kalte Wasser nichts auszumachen. Viele ihrer Freunde wateten ebenfalls in den See, während andere sich am Ufer und auf dem Steg versammelten.

Aden und Suva, ihr künftiger Partner und ihre künftige Tochter, nahmen Cassy in ihre Mitte. Bali, Paris und Rom standen neben ihnen. Drei schwarze Schwäne glitten aus dem Morgendunst, das blasse Licht glitzerte auf ihrem Gefieder.

Justin beugte den Kopf zu ihr hinunter. »Bist du so weit?«, fragte er leise.

»Ja.«

»Kein angestoßener Zeh?«

»Ich komme jetzt besser mit den Steinen klar.«

Er lachte. Er wirkte aufgeregt und jugendlich, als er seine Stimme erhob: »Cassy! Ich werde dich jetzt zum letzten Mal Cassy nennen. Ist es dein Wunsch, dich uns anzuschließen und Gethsemane zu deiner Familie zu machen?«

»Ja, das ist mein Wunsch.«

»Wirst du dich in Demut üben? Wirst du dem Weg Gethsemane folgen?«

»Ich werde mich in Demut üben und dem Weg Gethsemane folgen.«

»Wirst du Wache halten und Ausschau halten nach dem Jüngsten Tag?«

»Ich werde Wache halten und Ausschau halten nach dem Jüngsten Tag.«

»Dann sei uns willkommen.« Er legte ihr seine Hände auf die Schultern. »Bei Sonnenaufgang wird dein Leben beginnen.«

Die Welt hielt den Atem an. Windböen fegten über den See und zerzausten Justins Haare. Dann stieg ein gleißender Punkt hinter dem Vulkan empor. Er wurde rasch größer. Flammendes Licht züngelte. Flüssiges Gold ergoss sich ins Tal.

Justin lächelte. »Leb wohl, Cassy!«

Sie wusste, was sie jetzt zu tun hatte. Sie breitete ihre Arme weit aus und ließ sich nach hinten fallen. Hände drückten sie unter Wasser.

Diese Kälte. Diese unglaubliche Kälte. Sie lähmte ihr Gehirn und ihren Körper. Sie zwang sich auszuatmen. Silberne Bläschen stiegen an die Oberfläche empor. Mit offenen Augen schwebte sie im Wasser, eine Besucherin in einer fremden Welt. Tanzende Lichtstreifen durchzogen das eisige Zwielicht. Das Wasser hatte eine reinigende Wirkung. Es schenkte ihr ein neues Leben. Die Oberfläche sah aus wie zersplittertes Glas, das von der Rückseite angestrahlt wurde. Die Sekunden verstrichen, ihre Lungen schrien jetzt nach Sauerstoff. Sie musste gegen die leise Panik, die sie erfasste, ankämpfen. Wenn das nun das Ende war? Vielleicht hatte sie versagt, und die Hände würden sie so lange unter Wasser drücken, bis sie starb?

Doch im nächsten Augenblick wurden sie weggezogen, und sie schnellte durch das zersplitterte Glas empor und hinaus in die Luft und das Licht. Sie lachte, keuchte, zitterte. Ihr war schwindlig vor Kälte und dem Geschmack des Todes, und sie war euphorisch, weil sie Gott nahe gewesen war.

Justins triumphierender Schrei glitt über das Wasser bis zu den Hängen des Bergs und wieder zurück.

»Willkommen, Kairo!«, rief er.

Aden und Suva umarmten sie, gefolgt von Rom, von Paris und Bali und dann von Liam und Otto und Malindi und so vielen anderen, dass sie den Überblick verlor. Als sie schließlich ans Ufer zurückwatete, eilte Monika ihr mit einem Stapel Handtücher entgegen. Sie fühlten sich weich und kuschelig an und so warm wie Wärmflaschen.

»Ich hatte sie in den Steinofen gelegt. Komm schnell, beeil dich«, drängte die Ärztin. »Wir haben ein Bad für dich vorbereitet.«

Ein paar Frauen liefen mit ihr den Hügel hinauf und in den Meditationsraum. Im Ofen brannte ein Feuer. Eine volle, dampfende Wanne stand daneben.

»Zieh dich aus, und gib mir deine Sachen!« Monika streckte den Arm aus.

»Aber die anderen sind doch auch nass geworden, nicht nur ich!«

»Keine Widerrede! Hopphopp, rein mit dir!«

Kairo gehorchte und stieg in die Wanne. Das warme Wasser war eine Wohltat. »Da fällt mir ein, ich hab nichts Trockenes zum Anziehen!«

»Schau mal dort, neben dem Ofen! Das sind deine neuen Sachen. Alles, was du brauchst, liegt für dich bereit.«

Später wurde das neu rekrutierte Mitglied im *wharekai* von der ganzen Gemeinschaft willkommen geheißen. Kairo trug ein dunkelblaues Kleid und einen gestrickten Pullover und einen Kurzhaarschnitt. Ihr kam es so vor, als würde sie von innen heraus leuchten. Dies war der wichtigste Tag ihres Lebens.

Sie war nach Hause gekommen.

NEUNZEHN

Diana

»Cassy hat mir einen Brief geschrieben«, sagte Joyce und nahm ein Blatt Papier aus dem Roman, den sie gerade las. »Kam mit der Post.«

Diana sank auf die Bettkante und tastete mit einer Hand nach der gehäkelten Tagesdecke. Jedes Mal, wenn ihre Mutter sie gefragt hatte, was es Neues gab, hatte sie gelogen, dass sich die Balken bogen. Sie hatte praktisch jeden belogen, einschließlich sich selbst.

Im Gegensatz zu Tara, die sich geweigert hatte mitzukommen – sie habe keine Lust, so zu tun, als wäre alles in bester Ordnung, während in Wirklichkeit alles scheiße war –, hatten Diana und Mike auf Imogens Hochzeit Flagge gezeigt und sich dabei wie Schauspieler in einem seltsamen, verlogenen Stück gefühlt. Sie hatten einen Trinkspruch auf das glückliche Paar ausgebracht, peinliche Anspielungen in den Hochzeitsreden mit leisem Gelächter quittiert und sogar Fotos vom Anschneiden der Hochzeitstorte gemacht – eine strahlende Imogen und Jack, wie er mit den Händen ein Schattenspiel-Kaninchen gezaubert hatte –, »um sie Cassy zu schicken«.

Das junge Paar hatte gerade die Tanzfläche betreten, als Diana eine Hand auf ihrem Knie spürte. Mike war aufgestanden und neben ihr in die Hocke gegangen. Schweißperlen standen ihm auf der Stirn.

»Können wir bitte gehen?«

Sie hatte eifrig genickt und ihre Handtasche geschnappt. Wie Diebe hatten sie sich durch die Hintertür davongeschlichen, ohne sich von irgendjemandem zu verabschieden, und waren schweigend nach Hause gefahren.

Joyce breitete den Brief vor sich aus. Eine der Pflegekräfte hatte den Rolltisch so neben ihr geparkt, dass die Ablagefläche über ihren Schoß reichte. Auf dem Resopal hatte sie ihre sämtlichen Ausrüstungsgegenstände angeordnet: Brille, ein Kreuzworträtselheft, einen Kuli und einen Krimi im Großdruck mit einer blutbespritzten Pistole auf dem Cover.

»Wann wolltest du es mir sagen?«, fragte sie vorwurfsvoll.

»Ich habe gehofft, dass es nicht so weit kommen würde.« Diana hatte den Blick auf Cassys vertraute, kritzlige Schrift geheftet. »Kann ich ihn lesen? Was schreibt sie?«

»Dass sie heiraten wird.«

Dianas Magen fiel ins Bodenlose.

»Einen reizenden Mann.« Joyce setzte ihre Brille auf. »Ein bisschen älter als sie. In den Dreißigern. Ein Farmer. Er war der Fahrer von dem Van, der sie mitgenommen hat.«

»Oh mein Gott! So alt! Sie haben sie bestimmt dazu gezwungen!«

»Unsinn. Dein Vater war gut zehn Jahre älter als ich.«

»Aber Dad war …« Diana konnte es nicht fassen. »Das wird doch keine rechtsgültige Ehe sein, oder?«

»Vielleicht tut sie es, um ein Visum zu bekommen.« Joyce hielt ihr den Brief hin. »Eine Ehe kann geschieden werden, Diana. Das ist weiß Gott kein Beinbruch. Es gibt Schlimmeres.«

Diana überflog Cassys Geschwafel. Abgesehen von der Sache mit der Heirat erfuhr sie nichts Neues. Es war die alte Leier:

… keine Negativität, nur Liebe. Niemand ist hier jemals einsam … die Menschen führen ein einfaches, nachhaltiges Leben.

Anfangs habe ich den Komfort vermisst, aber jetzt habe ich mich daran gewöhnt, und ich bin so froh, dass ich nicht mehr ständig auf einen Bildschirm starre! Wenn ich daran denke, wie viel Zeit ich damit vergeudet habe! Wir haben ein gemeinsames Ziel, wir wollen uns um diesen Planeten und umeinander kümmern … Begegnung mit Gott … Liebe … Liebe … Liebe …

Blablabla, dachte Diana. *Vertretergequatsche. Kenne ich alles schon.*

Eine Zeile fiel ihr jedoch auf: *Unser Anführer ist ein ganz erstaunlicher Mann namens Justin Calvin – er hat mehr Liebe im kleinen Finger, als die meisten Menschen in ihrem ganzen Leben fühlen werden.*

Unterschrieben war der Brief mit *Ganz liebe Grüße C.* und drei Küssen.

»Justin Calvin«, murmelte Diana vor sich hin. »Justin Calvin. Wer zum Kuckuck ist Justin Calvin?«

»Allem Anschein nach ein sehr liebevoller Mann. Vielleicht solltest du das einfach akzeptieren.«

»Er hat sie verhext! Er und seine komischen Anhänger.«

»Sie hat sich entschieden«, sagte Joyce und streckte die Hand nach dem Brief aus. »Auch wenn dir das nicht gefällt. Sie hat Menschen gefunden, denen die gleichen Dinge am Herzen liegen wie ihr. Sie ist glücklich. Ich habe ihr geschrieben und ihr gratuliert. Sie haben eine Postfachanschrift.«

Diana gab den Brief zurück und beobachtete, wie Joyce ihn in ihr Buch zurücksteckte. Ihr Verstand befand sich im freien Fall.

»Nein«, sagte sie unvermittelt, sprang auf, bückte sich und strich den Bettüberwurf glatt. »Nein. Nein! Das wird nicht passieren. Das werde ich nicht zulassen. Hast du mich verstanden? Das werde ich nicht zulassen!«

»Mach keine Dummheiten.«

»Du hast es gerade nötig. Wenn hier jemand ständig Dummheiten macht, dann doch ihr beide, du und Cassy!«

Sie stürmte zur Tür. Sie würde sie hinter sich zuknallen, dass die Wände wackelten. Cassy und Joyce spielten in der gleichen Liga: Sie waren die Guten, die moralisch Überlegenen, weil sie sich für irgendwelche hehren Ziele einsetzten, »sich kümmerten«. Sie hingegen war die oberflächliche Konformistin, weil ihr keine Ziele so wichtig waren, dass sie dafür ihre Familie im Stich gelassen hätte.

»Willst du schon gehen?«, fragte Joyce.

Diana hatte die Hand auf der Türklinke. »Brauchst du etwas?«, fragte sie so kalt, dass die Antwort Nein lauten musste.

»Strümpfe. Das wäre nicht schlecht. In meinen sind schon wieder Löcher.«

»Das kommt von deinen Fußnägeln. Ich wünschte, du würdest mich … egal. Strümpfe. Okay. Ich werde dir welche besorgen.«

»Hilf mir mal, dieses verdammte Ding wegzuschieben.« Joyce ruckelte an ihrem Tisch. »Ich will aufstehen.«

Diana war versucht, so zu tun, als hätte sie nichts gehört. Einmal, wenigstens dieses eine Mal, könnte sie diejenige sein, die wegging. Sie brachte es nicht über sich. Seufzend machte sie kehrt, schob den Tisch zur Seite und half ihrer gebrechlichen Mutter aufzustehen.

»So. Musst du auf die Toilette?«

Joyce hielt sich mit einer unsicheren Hand an ihrem Stuhl fest. »Ja. Aber zuerst will ich dich in die Arme nehmen.«

Der arme Mike. Alles Blut wich ihm aus dem Gesicht. Er war so kreideweiß, als hätte sie ihm einen Sack Mehl über den Kopf geschüttet.

»Mein Mädchen? Heiraten?«

Diana nickte. »Ich denke, es wird Zeit, dass wir sie suchen.«

»Geht es hier um Menschenhandel? Ist sie eine Sexsklavin?«

»Ich weiß es nicht, aber wir müssen irgendetwas tun. Ich habe mir schon das Gehirn zermartert, wer im Kulturzentrum die Stellung halten könnte. Fiona ist mit ihren Enkelkindern nach Teneriffa geflogen.«

»Ich werde allein gehen.« Mike rief seinen Dienstplan auf seinem Handy auf. »Ich könnte übermorgen fliegen. Es gibt ein paar Leute, die mir noch einen Gefallen schulden.«

»Ich kann dich doch nicht allein gehen lassen!«

Er schüttelte den Kopf. »Wer weiß, wann du freibekommst. So lange können wir nicht warten. Jeder Tag zählt! Außerdem sollte einer bei Tara bleiben. Dieser Ort scheint so etwas wie ein schwarzes Loch zu sein: Die Leute werden förmlich hineingezogen und verschluckt.«

Diana merkte plötzlich, dass sie an ihren Nägeln kaute, und verschränkte ihre Hände im Schoß. »Vielleicht könnten wir bis nächsten Monat warten?«

»Wir haben schon viel zu viel Zeit verschwendet. Wir dürfen nicht zulassen, dass diese lächerliche Eheschließung stattfindet.«

Sie debattierten noch eine halbe Stunde, diskutierten hin und her. Diana versuchte telefonisch, jemanden zu finden, der sie im Kulturzentrum vertreten könnte. Vergeblich. Schließlich willigte sie ein, Mike allein fliegen zu lassen.

»Gut«, brummte er und zog eine Kreditkarte aus seiner Brieftasche. »Endlich kann ich etwas *tun*.«

»Hoffentlich machen wir keinen Fehler.« Sie knabberte wieder an ihren Nägeln. »Diese Leute sind uns die ganze Zeit einen Schritt voraus gewesen.«

»Was haben wir schon zu verlieren?«

Wieder einmal Heathrow. Diana hielt in der Kurzparkzone und stieg aus. Mike holte seine Reisetasche aus dem Kofferraum.

»Ich wünschte, ich könnte mit dir kommen«, sagte sie.

»Ja, das wünschte ich auch.« Er stand da wie ein Soldat beim Appell: beide Füße zusammen, der Rücken kerzengerade. Sie spürte seine nervöse Energie.

»Viel Glück.« Sie küsste ihn. Sie umarmten sich und verharrten einen Augenblick so.

»Ich werde sie nach Hause bringen. Ich verspreche es.«

ZWANZIG

Kairo

Sie war barfuß, und sie trug ein blutrotes Kleid mit Spaghettiträgern, auf das einheimische Vögel gestickt waren. Justin vollzog eine weitere Zeremonie am Ufer des Sees: Er würde Aden und Kairo im Bund der Wächterschaft vereinen.

Sie war sprachlos gewesen, als Bali und Suva mit dem Kleid zu ihr gekommen waren.

»Ich hab den hier gestickt«, sagte Suva stolz und zeigte auf einen Tui inmitten von Blüten des Eisenholzbaums. »Stundenlang hab ich daran gesessen. Bali hat den hier gestickt«, sie berührte einen Glockenvogel, »und Monika diese süße Maori-Fruchttaube … schau mal, die Purpurhühner! Sind die nicht goldig?«

»Wunderschön sind sie!«

»Malindi und Rom haben sie genäht. Äh … ach ja, diese winzigen grünen Jäger sind von Kasan und Hana. Und dieser Kuckuckskauz da, der ist von Justin!« Ehrfürchtig berührte sie den einheimischen Kauz, der bei den Maori *ruru* hieß.

»Von *Justin?*«

»Ja! Zwei ganze Tage hat er dafür gebraucht! Er hat in der Zeit nichts anderes gemacht. Er liebt dich wirklich«, sprudelte Suva aufgeregt hervor.

Kairo bewunderte die exquisite Handarbeit. Sie konnte sich das exklusive Kleid gut in einer schicken Boutique vorstellen, wo es bestimmt tausend Pfund kosten würde.

»Wir haben das nicht allein gemacht«, sagte Bali. »Beersheba und Valencia haben uns geholfen. Sie haben das Kleid genäht und unsere Fehler ausgebügelt.«

Am Morgen der Zeremonie hatte Kairo sich insgeheim einen richtigen Spiegel gewünscht oder, besser noch, eine Kamera. Sie hätte zu gern gesehen, wie sie an ihrem Hochzeitstag aussah. Noch war von der Schwangerschaft nichts zu sehen, und ihr wurde morgens auch nicht mehr schlecht, aber sie spürte, dass ihr Körper sich verändert hatte.

»Vollbusiger denn je«, brummelte sie mit einem prüfenden Blick an sich herunter. »Mittlerweile hab ich bestimmt Körbchengröße DD.«

»Du siehst wie eine Prinzessin aus«, sagte Suva bewundernd, als sie ihr Blüten in die Haare steckte.

»Du bist wunderschön«, flüsterte Aden. Er nahm sie bei der Hand und ging mit ihr den Hang hinunter, wo Justin sie schon erwartete.

Die ganze Gemeinde feierte. Wie immer in Gethsemane klappte die Organisation reibungslos. Das hatten sie Otto zu verdanken, der fast unsichtbar hinter den Kulissen die Fäden zog. Tagelang war er mit Listen, Dienstplänen, Terminkalendern umhergeeilt, um alles vorzubereiten. Kairo hatte ihre eigene Theorie entwickelt, was die Gefährten betraf: Liam war der liebenswürdige Frontmann, Gaza der Kraftmensch, Kyoto das loyale Allroundtalent, Monika die pfiffige Beraterin. Und Otto sorgte dafür, dass alles lief wie geschmiert.

Seoul tischte mit seiner Küchenmannschaft eine reichhaltige Auswahl an landestypischen Speisen auf. Als Hochzeitsgeschenk bekam das Paar von der Gemeinde eine dicke, weiche, dunkelbraune, grobmaschig gestrickte Decke überreicht. Die Band spielte Jazz, und Gethsemane, von den ganz Jungen bis zu den ganz Alten, tanzte über Stunden zu synkopierten

Rhythmen. Justin war die Seele des Fests. Er hatte sicherlich mit jeder Frau – und ein paar von den Männern – getanzt. Als Kairo müde wurde und allmählich schlappmachte, sprang er auf einen Tisch und bat mit ausgebreiteten Armen um Ruhe.

»Es wird Zeit für euch zwei«, sagte er und lächelte Kairo dabei an. »Euer Boot wartet auf euch.«

Sich einfach davonzustehlen war ausgeschlossen. Die lärmende, mit Laternen ausgerüstete Menge begleitete die Frischvermählten zum See hinunter, wo ein mit Vorräten für zwei Tage beladenes Ruderboot vertäut war.

»Rein mit euch!«, befahl Justin, der eine Laterne hochhielt. Kairo raffte den Spitzenrock ihres Kleids und kletterte hinunter. Aden folgte ihr. Das Boot schwankte bedenklich, und sie musste lachen.

Das war weder die Hochzeit noch die Abschiedsparty gewesen, weder der Bräutigam noch die Flitterwochen, von denen sie als kleines Mädchen geträumt hatte. Und es war mit Sicherheit nicht das, was ihre Eltern sich für sie gewünscht hätten. *Arme Mum,* dachte sie. *Kein extravagantes Mutter-der-Braut-Outfit, kein gerührtes Schluchzen in der vordersten Reihe.* Zwar würde es später im Hinblick auf Kairos Antrag auf ein Dauervisum noch eine standesamtliche Trauung geben, aber die eigentliche Hochzeit war das hier. Kairo hatte gerade einem Mann, den sie kaum kannte, das Ehegelübde gegeben und würde in einem Ruderboot in die Flitterwochen fahren.

»Jeder eins?«, fragte Aden und griff nach einem der beiden Ruder.

»Einverstanden! Wahrscheinlich werden wir im Kreis herumfahren!«

Justin löste die Fangleine und warf sie ins Boot hinunter. »Möge die Unendliche Macht über euch wachen«, rief er, »heute Nacht und immer!«

Die ersten Ruderschläge waren so chaotisch, dass sie von der lachenden, grölenden Menge am Ufer ausgebuht wurden. Aber bald fanden sie ihren Rhythmus und entfernten sich aus dem Lichtkreis von Justins Laterne.

»Aden!«, flüsterte Kairo plötzlich. »Hörst du das?« Sie bekam eine Gänsehaut.

Sie zogen die Ruder ein, als ein heller, klarer Flötenklang über das Wasser zu ihnen herüberdrang. *The Skye Boat Song.* Hundert Stimmen sangen den Refrain der englischen Ballade mit: *Speed, bonnie boat, like a bird on the wing, onward!* Da reichlich Wein konsumiert worden war, klang der Gesang nicht unbedingt melodisch, dafür wurde aber laut und inbrünstig gesungen. Kairo liefen Tränen über die Wangen.

»Alles klar?«, fragte Aden.

Sie nickte und tauchte das Ruderblatt wieder ins Wasser ein. Sie spürte die Bewegung seines Körpers an ihrer Seite und lächelte. Bald wurde der Schein der Laternen am Ufer von der Dunkelheit verschluckt.

Es war noch dunkel, als sie aufwachte. Der klagende Schrei eines *ruru* hatte sie geweckt. Wieder ertönte der Ruf des Kuckuckskauzes und dann noch einmal, als ob er etwas Verlorengegangenes suchte.

Die Glut eines Feuers auf dem Bimssand hatte den beiden Ruderern den Weg nach Kereru Cove gewiesen.

»Wer hat das alles gemacht?«, fragte Kairo, als sie durch das warme Wasser wateten und das Boot ans Ufer zogen.

»Gute Feen.«

Das Feuer war heruntergebrannt, aber ganz in der Nähe war Brennholz aufgestapelt worden. Während Aden in die Glut blies und das Feuer neu entfachte, lief Kairo in die Hütte, um Decken zu holen. Auch hier waren offensichtlich gute Geister am Werk gewesen: Alles war blitzsauber, das Bett gemacht, auf den Kopfkissen lag etwas Süßes, Krüge waren mit frischen Blumen gefüllt worden.

Aden öffnete eine Flasche, als sie wieder herauskam. »Sie haben uns eine Flasche vom besten Wein dagelassen.« Er schenkte zwei Tonbecher voll. »Brombeerwein! Hier, bitte schön.«

Sie knieten sich einander gegenüber in den Sand. Der Schein des Feuers erweckte die gestickten Vögel zum Leben. Ein nie gekanntes Glücksgefühl erfüllte Kairo.

»Schau nur«, flüsterte sie, den Blick hinauf zur Milchstraße gewandt, die in ihrer ganzen Pracht funkelte. »So ein wunderschöner Sternenhimmel!«

»Nur dir zu Ehren.«

»Ja, klar.« Sie lachte leise. »Ich bin ja auch der Mittelpunkt des Universums!«

Er stieß mit ihr an. Um seine Lippen spielte dieses traurige Lächeln, das in ihr das Verlangen weckte, ihm die Kleider vom Leib zu reißen.

»Auf meine Anhalterin!«

»Auf meinen Fluchtwagenfahrer!«

Sie leerte den Becher in einem Zug. Sie mochte den kräftigen Geschmack des Weins. Dann, ohne ihren Blick von Aden zu nehmen, stellte sie den Becher in den Sand. Er fiel um und rollte weg. »Dann ist das Warten jetzt also vorbei?«

»Oh ja. Definitiv.«

Sie fuhr mit dem Finger unter die Träger ihres Kleids und schob sie sich erst von der einen, dann von der anderen Schulter. Das bestickte Oberteil rutschte ihr bis zur Taille herunter.

»Das Leben belohnt den, der warten kann«, murmelte sie, als sie miteinander auf die Decken fielen.

Der Ruf des Kuckuckskauzes ertönte von Neuem. Sie stellte sich den scharfäugigen nächtlichen Jäger im dichten Wald vor. Die Luft war glasklar und stand völlig regungslos. Sogar die Riesenfarne schienen erstarrt. Morgen würden sie zu den heißen Quellen schlendern, und dieses Mal hätten sie den zauberhaften Ort ganz für sich allein.

Aden hatte seine Arme um sie gelegt. Sie presste den Mund an seinen Hals, spürte seinen Pulsschlag unter der Haut, atmete seinen schwachen Moschusgeruch ein. Dann streifte sie seine Lippen mit ihren. Er regte sich im Schlaf, legte seine Arme fester um sie. Sie blieb lange Zeit so liegen, an ihn geschmiegt, und dachte über die vergangenen Stunden nach.

Die Milchstraße war ihr nie gigantischer, nie heller vorgekommen. Sie schien zu pulsieren, sich schlagartig auszudehnen, mit Milliarden Stimmen zu singen. Orion, der seine Bahn am Himmel zog, grüßte zu ihr herunter.

»Ich danke dir«, flüsterte sie der Unendlichen Macht zu.

Eine Sternschnuppe sauste über den Himmel. Kairo drehte den Kopf und schaute ihr nach, wie sie in einem Bogen auf die dunkle Masse des Tarawera zuflog und dann im Nichts verschwand.

EINUNDZWANZIG

Diana

Mike hörte sich erstaunlich wach an für jemanden, der gerade um die halbe Welt geflogen war.

»Kein Jetlag?« Diana hatte eine schlaflose Nacht hinter sich und war noch im Morgenmantel.

»Das Adrenalin putscht mich auf. War gar nicht einfach, diese Leute aufzuspüren.«

»Sie fallen nicht auf.«

»Mm … Und es führt keine Straße zu ihrem Dorf. Kannst du dir das vorstellen?«

»Wie kommt man dann hin? Nur zu Fuß?«

»So ein Typ mit einem Boot hat mir erzählt, dass er weiß, wo sie sind. Er will mich gleich morgen früh hinbringen. Denk nur, Diana – in ein paar Stunden werde ich Cassy sehen! Und kann sie hoffentlich da rausholen.«

Diana hielt das Telefon ans andere Ohr. »Das wäre fantastisch! Aber selbst wenn du dich nur davon überzeugen könntest, dass es ihr gut geht …«

»Ich werde nicht ohne sie nach Hause fahren.«

Mike war wie aufgedreht. Sie konnte es an seiner keuchenden Atmung, seiner abgehackten, fiebrigen Redeweise hören. Sie sah ihn vor sich, wie er in seinem Motelzimmer auf und ab lief und sich dabei durch die Haare fuhr. Untätigkeit war das Schlimmste für ihn, und deshalb waren diese letzten Wochen eine Qual für ihn gewesen. Er hatte an nichts anderes als an

Cassys Rettung gedacht, und jetzt stand er dicht davor. Ganz dicht.

»Morgen um diese Zeit ist sie da raus.«

Diana machte die Augen zu und stellte sich vor, wie Cassy vor der Haustür stand. Wie oft hatte sie dieses Bild schon heraufbeschworen! Es kam einem Gebet so nahe wie irgend möglich. Als sie die Augen wieder aufmachte, sah sie, dass Tara in die Küche gekommen war. Ihre Haare waren verwuschelt, und sie trug flauschige Pantoffeln.

Dad?, formte sie mit den Lippen, und Diana nickte.

Mike motivierte sich immer noch, wie ein Trainer seine Mannschaft vor einem wichtigen Spiel. Er werde darauf *bestehen*, Cassy zu sehen. Er werde sich ganz sicher nicht abwimmeln lassen von diesen Dreckskerlen.

»Und sobald ich sie rausgeholt habe, fliegen wir nach Auckland.«

»Gib ihr einen Kuss von mir.«

»Mach ich.«

»Sag ihr, dass ich sie lieb hab.«

»Ja, ich auch«, rief Tara und presste die Handflächen zusammen. »Sag meiner Schwester, sie soll ihren Hintern wieder nach Hause bewegen. Und zwar zackig!«

Neben Bitten um Spenden von karitativen Organisationen und Werbung für einen Pizzalieferservice waren auch zwei an Cassy adressierte Briefe in der Post. Allem Anschein nach Kontoauszüge. Diana nahm sie mit in die Küche und hielt sie hoch.

»Ob ich die aufmachen kann? Sie sind vertraulich.«

»Das ist jetzt aber nicht dein Ernst, Mum!« Tara verdrehte die Augen, als wollte sie sagen: Wie kann man nur so blöd sein! »Her damit!«

Sie streckte die Hand aus. Augenblicke später flatterten Schlussabrechnungen auf den Küchentisch.

»Scheiße.« Tara starrte auf die Blätter. »Sag mir, dass es nicht das ist, wonach es aussieht.«

Das geerbte Geld war weg. Einfach weg. Alle Konten waren aufgelöst worden, sogar das Kreditkartenkonto. Als ob Cassy ihre Spuren in der Menschheitsgeschichte ausradieren wollte.

»Die ist ja verrückt«, stammelte Tara. »Das ist echt … Oh mein Gott! Wie will sie denn ohne Geld leben?«

Die nächsten Stunden verbrachten sie in einem Zustand fieberhafter Anspannung. Ständig schauten sie auf die Uhr, rechneten nach, wie spät es in Neuseeland war. Sie gestatteten sich sogar ein klein wenig Hoffnung. Immerhin war Mike jetzt vor Ort. Er würde Cassy sehen. Er würde alles in Ordnung bringen.

»Jetzt ist er bestimmt schon bei ihr, oder?«, fragte Tara immer wieder. »Jetzt sollten sie schon unterwegs sein. Wollen wir ihn anrufen?«

Das taten sie, erreichten Mike aber nicht. Ob er auch in das schwarze Loch gesaugt worden war?

Jedes Mal, wenn das Telefon klingelte, fuhren sie zusammen. Erst war es Joyce, die wissen wollte, ob es etwas Neues gab. Dann rief Mikes Bruder Robert an, der ihnen wegen seiner Scheidung die Ohren volljammerte, und schließlich eine von Cassys Mitbewohnerinnen in Durham. Sie habe gehört, Cassy werde nicht zurückkommen, ob das wahr sei, und wenn ja, warum? Sollten sie sich wegen der Miete schon nach jemand anderem umsehen?

»Das ist das erste Mal in meinem Leben, dass ich versucht bin, in die Kirche zu gehen«, sagte Diana, als sie lustlos in dem Chicken Tikka vom Vorabend herumstocherten. »Eine Kerze anzuzünden. Vielleicht sogar …«

»Zu beten?«

»Na ja. Du weißt schon.«

»Lass es. Ich hab's ausprobiert. Es funktioniert nicht.«

Tara stellte ihren Teller unsanft in den Geschirrspüler, griff dann in ihre Schultasche und zog ihren Laptop heraus. »Wir brauchen mehr Infos. Wetten, dass ich ein paar schmutzige Dinge über Gethsemane ausgraben werde?«

Es war immer noch besser, als untätig herumzusitzen. Tara kämpfte sich durch die etlichen tausend Treffer, die ihre Suche nach »Gethsemane Neuseeland« ergeben hatte. Dummerweise gab es eine Countryband sowie einige Gärten mit demselben Namen. Diana recherchierte unterdessen über gefährliche Sekten und neue Religionen und alte Religionen und Schneeballsysteme und Selbsthilfegruppen, die ihre Kompetenzen überschritten. Es war alles andere als beruhigend.

Ich habe meinen Sohn an die Moon-Sekte verloren.

Scientology hat mich dreißig Jahre meines Lebens gekostet.

Wir mussten meinen Bruder aus den Fängen der Family of Heaven entführen.

»Ich glaub das einfach nicht«, murmelte sie. »Bewusstseinsmanipulation ist eine richtige Industrie geworden!«

»Nennt man das nicht Schule?«

»Hör dir das an.« Diana las den erschütternden Bericht einer Mutter vor, die ihren Sohn an eine Organisation verloren hatte, die von sich selbst behauptete, eine Kirche zu sein. »*Sie haben das Internet als ihre Fanggründe benutzt. Sie haben ihre Netze ausgeworfen, und Danny hat sich darin verfangen. Stundenlang hat er sich in seinem Zimmer eingeschlossen und hockte vor dem Computer. Aus dem liebenswerten, freundlichen Jungen wurde ein Fremder, der nicht einmal mehr mit uns gesprochen hat. Zu guter Letzt zog er von zu Hause aus. Heute arbeitet er für diese Leute; er sammelt Geld auf der Straße.*«

Pesky war hereingekommen. Als er nichts in seinem Napf vorfand, machte er auf sich aufmerksam, indem er demonstrativ über die Tastatur von Dianas PC spazierte.

»Schon gut, schon gut!« Sie stand auf und ging zum Kühlschrank. »Du wirst schon nicht verhungern, du kleiner Tyrann. Es ist *dein* Frauchen, das wir zu retten versuchen.«

»Wie heißt dieser Typ noch mal? Der Anführer?«, fragte Tara.

»Calvin. Justin Calvin.«

Tara murmelte den Namen vor sich hin, während sie ihn eintippte.

»Volltreffer! Sieh dir das an, Mum.«

Sie war auf einen Blog aus dem Jahr 2009 gestoßen, geschrieben von jemandem, der sich Ian the Sparky nannte – ein Elektriker aus Brisbane, der auf Reisen gegangen war. Neben Selfies von einem Glatzkopf vor Sehenswürdigkeiten in Australien und Neuseeland fand sich folgender Beitrag:

Hi alle miteinander,
tut mir leid, dass ich so lange nichts gepostet habe. Ich war drei Wochen lang WWOOFER in Gethsemane am Lake Tarawera. Ich habe die dortige Fotovoltaikanlage auf Vordermann gebracht. Das sind großartige Leute, die Landschaft ist einmalig, und ich habe viel über Permakultur gelernt, was der Hauptgrund dafür war, dass ich dorthin gegangen bin. Der Anführer heißt Justin Calvin. Ein erstaunlicher Mann. Er war früher selbst einmal im Gefängnis, und jetzt setzt er sich leidenschaftlich dafür ein, jedem eine zweite, dritte oder vierte Chance zu geben. Er liest Leute auf, die in irgendwelchen Schwierigkeiten stecken, bringt sie nach Gethsemane und sorgt dafür, dass sie ein neues Leben beginnen können. Ehrlich, ich habe noch nie einen Menschen wie ihn getroffen.

Sie wollten, dass ich bleibe, aber letzten Endes war es doch nichts für mich. Ein, zwei Dinge sind mir sauer aufgestoßen. Zum Beispiel bekommt jeder einen neuen Namen. Justin nennt die Leute nach geografischen Orten, und so heißen sie Athen, Berlin, Gaza und so weiter. Das fand ich dann doch zu blöd. Außerdem hatte ich mit der Zeit den Eindruck, dass das Ganze irgendwie religiös angehaucht war. Alle tragen die gleichen Sachen, die Frauen haben alle kurz geschnittene Haare, und sobald eine Glocke ertönt, marschieren sie alle miteinander in eine Art Kirche.
Es war eine Wahnsinnserfahrung, und ich werde nie vergessen, was ich dort erlebt habe, aber drei Wochen waren genug, und jetzt bin ich hier in Wellington. Und glücklich, wieder in der realen Welt zu sein! Als Nächstes geht's nach Rarotonga – hab schon mein Baströckchen an!!!

»Heißt das, Cassy hat einen neuen Namen?«, fragte Tara.

»Das will ich nicht hoffen!«

Tara betrachtete nachdenklich Ians Foto. »Er konnte jederzeit wieder weggehen. Und dieser Justin scheint ein guter Mensch zu sein.«

»Ja, das ist beruhigend«, erwiderte Diana überzeugter, als sie war. »Dad wird sich bestimmt bald melden.«

Um Mitternacht befanden Mutter und Tochter sich in einem Zustand nervöser Erschöpfung. Sie schauten sich irgendeinen Mist im Fernsehen an und futterten sich durch eine Packung Schokokekse. Tara hatte sich hingelegt und den Kopf auf Dianas Schoß gebettet, was sie seit Jahren nicht mehr getan hatte.

»Er würde doch anrufen, wenn er sie rausgeholt hätte, oder?«, fragte sie.

»Das würde er. Das wird er.«

»Willst du es nicht noch mal versuchen?« Tara langte nach

dem Telefon und reichte es ihrer Mutter. »Kann ja nicht schaden.«

Dieses Mal nahm Mike ab. Man hörte ihm an, wie aufgebracht er war. »Ich bin auf dem Polizeirevier.«

»Hast du Cassy gesehen?«

»Ich bin nicht mal in ihre Nähe gekommen! Ich bin garantiert nicht der erste wütende Vater, der dort aufgetaucht ist. Ich bin noch auf dem Bootssteg abgefangen worden. Von zwei Männern und einer blonden Hexe mit den kältesten Augen, die ich je gesehen habe. Großer Gott, der wollte ich nicht allein im Dunkeln begegnen! Ein paar finstere Schlägertypen hatten sie auch dabei.«

»Hast du nach Cassy gefragt?«

»Natürlich. Sie sei nicht da, haben sie erklärt. Schön, dann warte ich, habe ich gesagt. Sie will Sie nicht sehen, sagte die weiße Hexe, außerdem sei das Hausfriedensbruch. Sie haben mich mit Gewalt zum Boot zurückgebracht. Ich glaube, sie hätten mich ins Wasser geworfen, wenn ich nicht nachgegeben hätte.«

»Oh Mike, das muss ja …«

»Daraufhin bin ich zur Polizei gegangen und habe gesagt, dass ich Anzeige erstatten will, weil meine Tochter entführt worden ist. Ich glaube, endlich kommt Bewegung in die Sache. Sie werden hinfahren und mit ihr reden.«

Als sie ihm von den Kontoauszügen erzählte, fluchte er leise vor sich hin. »*Alles* weg?«

»Jeder Penny. Sie kann sich nicht mal mehr einen Busfahrschein kaufen.«

Taras Augen schwammen in Tränen. Diana streckte die Hand aus und berührte sie zärtlich am Ohr.

»Alles wird gut«, flüsterte sie. »Dad wird die Kavallerie losschicken.«

ZWEIUNDZWANZIG

Kairo

»Polizei?«, rief Kairo erschrocken. *»Hier?«*

Sie waren so glücklich gewesen auf dem Weg nach Hause. Die Flitterwochen waren sehr kurz, aber dafür umso intensiver gewesen, als hätten sie zwei Jahre des zärtlichen Werbens in zwei Tage gepackt. Aden musste Kairo nur ansehen oder sie berühren, und schon fühlte sie, wie neue Kraft sie durchflutete. Und es schien, als hätte sie die gleiche Wirkung auf ihn.

Ihre Rückkehr hätte eigentlich der freudige Beginn ihres Lebens als Familie sein sollen. Sie hatten damit gerechnet, dass Suva auf sie warten würde, aber sie waren nicht darauf gefasst gewesen, dass sie völlig hysterisch und in Tränen aufgelöst auf dem Steg stehen würde. Aden war kaum aus dem Boot geklettert, als sie sich in seine Arme warf.

»Sie sind mit dem Boot da gekommen«, schluchzte sie und zeigte auf eine Barkasse.

»Schsch, nicht weinen.« Aden blickte ihr ins Gesicht. »Ist ja gut! Wo sind sie jetzt?«

»Monika hat sie ins *wharekai* geführt und ihnen Tee eingeschenkt. Sie werden erst wieder gehen, wenn sie mit Kairo gesprochen haben, weil ihr Dad Anzeige erstattet hat.«

»Das hast du gut gemacht«, sagte Aden. »Jetzt lauf schnell zurück und sag ihnen, dass sie gleich da sein wird.«

Das Mädchen sauste den Hang hinauf. Kairo war fast

schlecht vor Sorge. Diese Nachricht zerstörte schlagartig diesen perfekten Tag. Ihre Rückkehr – ihr Zuhause – war geschändet worden.

»Die Ältesten werden außer sich sein«, murmelte sie. »Ich habe ihnen die Polizei hierhergebracht!«

»Schsch!« Er nahm sie in seine Arme und wiegte sie beruhigend hin und her. »Justin weiß bestimmt schon, dass sie da sind. Er weiß immer alles. Er wird die Sache in Ordnung bringen.«

Zum ersten Mal hatte sie das Gefühl, dass die Schwangerschaft sie langsamer machte. Ihre Lungen fühlten sich an wie gequetscht. Als sie die Stufen zum *wharekai* hinaufstiegen, musste sie innehalten, um zu verschnaufen.

»Ich schäme mich so«, flüsterte sie.

»Du kannst doch nichts dafür. Und Gethsemane hat nichts zu verbergen.«

Zwei Männer saßen an einem der Tische. Sie erhoben sich, als Kairo den Raum betrat. Mit ihren schusssicheren Westen und den Funkgeräten gehörten sie nicht hierher. Sie waren fremde Wesen aus einer anderen Welt.

»Cassandra Howells?«, fragte der Ältere, ein Hüne mit schütterem Haar und einer ruhigen Stimme.

»Ich ziehe den Namen Kairo vor. Meine Eltern haben Sie geschickt, nicht wahr?«

»Nun, Sie können sich sicherlich denken, warum sie sich Sorgen machen.«

»Nein, eigentlich nicht.«

Sie stellten sich als Senior Constables Rua O'Connell und Tony Smith vor. Die beiden sahen Aden an.

»Würde es Ihnen etwas ausmachen, draußen zu warten, Sir?«

»*Mir* würde es etwas ausmachen«, erwiderte Kairo. »Das ist

Aden. Mein Mann. Wir kommen gerade aus den Flitterwochen zurück.«

»Meinen Glückwunsch«, sagte O'Connell, der Ältere, und sah wieder Aden an. »Wären Sie so freundlich, Aden? Nur, um jegliche Beeinflussung auszuschließen.«

Aden sah Kairo an. »Ich warte auf der Veranda. Ruf mich, wenn du mich brauchst.«

Monika huschte die ganze Zeit geschäftig umher, schenkte den ungebetenen Gästen Tee nach, lächelte liebenswürdig. Sie war so winzig und wirkte anständig und ein wenig trottelig, was der Grund dafür sein mochte, dass sie nicht gebeten wurde, ebenfalls den Raum zu verlassen.

Die Beamten zückten ihre Notizbücher. »Entschuldigen Sie, dass wir Sie belästigen, aber es gibt da ein paar Fragen, die geklärt werden müssen.« Es fing ganz harmlos an: Wann war Kairo hier angekommen und in welcher Verfassung? Dann fragte O'Connell unverblümt: »Sagen Sie … sind Sie aus freien Stücken hier?«

»Natürlich bin ich aus freien Stücken hier!«

Er hüstelte. »Lassen Sie es mich anders formulieren: Fühlen Sie sich hier in Sicherheit?«

»Ja, absolut. Ich *bin* hier in Sicherheit.«

»Ihr Vater ist da anderer Meinung.«

»Er kann nicht akzeptieren, dass ich erwachsen bin und meine eigenen Entscheidungen treffe. Was denkt er denn? Dass ich entführt worden bin oder so was?« Sie konnte an ihren Gesichtern ablesen, dass sie den Nagel auf den Kopf getroffen hatte. »Das ist ja lächerlich! Er verschwendet nur Ihre Zeit.«

O'Connell warf einen flüchtigen Blick in sein Notizbuch. »Er sagt, Sie hätten ein Vermögen verschenkt.«

»Es war *mein* Geld.«

»Dann stimmt das also?«

»Ja, ja, ja!« Sie rollte genervt mit den Augen. »Furchtbar, diese zwanghafte Fixierung auf Geld! Ich habe es nicht gebraucht, deshalb habe ich es für einen guten Zweck gespendet. Meine Eltern sollten stolz auf mich sein.«

»Ihr Vater vermutet, dass man Sie einer Gehirnwäsche unterzogen hat.«

»Ja, natürlich vermutet er das.«

»Und warum sollte er das tun?«

»Weil er ein Kontrollfreak ist. Wer nicht seiner Meinung ist, muss einer Gehirnwäsche unterzogen worden sein. Hören Sie, ich bin kein Idiot. Ich bin eine gebildete, erwachsene Frau. Ich liebe meinen Mann und habe beschlossen, hierzubleiben und ein neues Leben zu beginnen. Das ist mein gutes Recht.«

»Na schön.« O'Connell klappte sein Notizbuch zu. »Nur um ganz sicherzugehen: Sie bitten uns also nicht um Hilfe?«

»Definitiv nicht! Es tut mir leid. Sie haben sich umsonst hierherbemüht.«

»Kein Problem.« Er sah sich neugierig in der Küche um. »Ist mal was anderes. Ich bin noch nie hier gewesen.«

Der zweite Polizist schien nicht besonders erfreut über diesen Verlauf der Dinge.

»Es gibt da etwas, das Sie vielleicht nicht berücksichtigt haben«, begann er und legte seine behaarten Unterarme auf den Tisch. »Ihr Vater war gestern hier. Haben Sie das gewusst?«

Kairo starrte ihn an. »*Hier?* Sie meinen …«

»Er kam nur bis zum Bootssteg.«

Kairos Gedanken überschlugen sich. *Dad in Gethsemane? Nein, nein, ausgeschlossen. Das glaube ich nicht.*

Die Mauern waren eingestürzt. Ihr Vater hatte einen Blick in ihre Welt geworfen, und ihr blieb kein Ort mehr, um sich zu verstecken.

»Hat man Ihnen das nicht gesagt?« Smith warf Monika einen vielsagenden Blick zu. »Er hat den weiten Weg von England hierher gemacht, um nach Ihnen zu suchen. Merkwürdig, dass man Ihnen das verschwiegen hat.«

»Kairo ist erst vor zwanzig Minuten aus den Flitterwochen zurückgekommen«, erwiderte Monika, die hinter den beiden Beamten stand und Becher abtrocknete. »Die Hütte, in der sie sich aufgehalten hat, ist nur per Boot erreichbar. Wir hatten keine Möglichkeit, uns mit ihr in Verbindung zu setzen.«

Monikas und Kairos Blicke trafen sich. Keine von beiden erwähnte, dass Kereru Cove auch zu Fuß erreichbar und nur vierzig Minuten entfernt war.

Dad war hier, dachte Kairo. *Dad war in meinem Zuhause. Er hat mich gefunden.*

Smith ließ nicht locker. »Anscheinend hat es eine heftige Auseinandersetzung gegeben.«

»Ja, allerdings!«, fauchte Monika und fuchtelte erregt mit ihrem Geschirrtuch. »Der Mann sollte sich schämen, so wie er sich aufgeführt hat! Man konnte ihn bestimmt meilenweit hören, so laut hat er geschimpft und geflucht! Er hat meinem Mann, der über siebzig ist, sogar Gewalt angedroht!«

»Er hat Otto bedroht?« Kairo war fassungslos.

»Und Gaza auch! Es war schrecklich.«

»Okay, okay!« O'Connell hob beschwichtigend die Hände. »Lassen wir die Schuldfrage einmal beiseite. Der Mann ist um die halbe Welt gereist, um Sie zu sehen. Im Augenblick hält er sich in Rotorua auf. Sie könnten mit uns zurückfahren. Finden Sie nicht, dass Sie ihm wenigstens zehn Minuten schulden?«

»Äh …« Kairo warf Monika einen kurzen Blick zu. Diese schüttelte kaum merklich den Kopf. »Nein. Nein, das geht nicht.«

»Darf ich fragen, warum nicht?«

»Er kann sehr … dominant sein. Sehr manipulativ. Er könnte sehr viel Schaden anrichten in zehn Minuten.«

O'Connell seufzte. »Der arme Kerl tut mir einfach leid.«

»Der arme Kerl?«, wiederholte Monika. Sie stellte sich vor den Polizisten hin und funkelte ihn empört an. »Der arme Kerl? Sind Sie denn nicht geschult worden im Umgang mit den Opfern häuslicher Gewalt? Ist Ihnen überhaupt klar, was Sie da verlangen? Sie verlangen von dieser Frau – dieser *schwangeren* Frau nebenbei bemerkt –, dass sie dem Mann gegenübertritt, der sie misshandelt hat, vor dem sie geflohen ist! Er hat sie um die halbe Welt verfolgt! Er ist ein böser Mensch. Ein gefährlicher. Und Sie nennen ihn einen *armen Kerl?*«

Kairo hatte das Gefühl, dass ihr Kopf in einem Schraubstock steckte. Sie wäre am liebsten hinausgerannt und mit Aden nach Kereru Cove geflüchtet.

Monika setzte sich zu ihr auf die Bank. »Aber, aber.« Sie tätschelte Kairos Hand. »Vielleicht würde es helfen, wenn die Polizei wüsste, was für ein Mensch er ist, meinst du nicht?«

»Ich möchte nur, dass er mich in Ruhe lässt.«

»Ich weiß. Erzähl es ihnen, hm?«

Kairo fuhr mit der Spitze ihres Zeigefingers die Holzmaserung des Tischs nach. Sie beschwor Justins beruhigende Gegenwart herauf, als er sie durch die Katakomben ihrer Erinnerungen geführt hatte. Er hatte ihr gezeigt, wie man verschlossene Türen öffnete, um in die Dunkelheit dahinter blicken zu können. Sie lauschte, horchte auf seine Stimme. Er würde wissen, was zu tun war.

»Justin will es«, flüsterte Monika.

Das war ein unmissverständlicher Befehl.

Kairo blickte auf und sah den Beamten ins Gesicht.

»Ich möchte eine Aussage machen. Nur damit Sie Bescheid wissen. Nur für den Fall, dass er jemals zurückkommen sollte.«

DREIUNDZWANZIG

Diana

Sie holte ihn in Heathrow ab. Im hektischen Strom der Reisenden war er nicht zu übersehen: ein geschlagener Held, der humpelnd vom Kriegsschauplatz zurückkehrte.

»Tut mir leid«, murmelte er. »Ich hab versagt.«

Sie nahm ihn fest in die Arme. »Komm«, flüsterte sie, nahm ihm seine Tasche ab und führte ihn zum Parkhaus.

Er saß zusammengesunken und schweigsam auf dem Beifahrersitz, als der Wagen langsam zur Ausfahrt rollte. Ein kurzer Anruf seit seiner Abreise aus Rotorua war sein einziges Lebenszeichen gewesen: Die Polizei habe mit Cassy gesprochen, er werde aufgeben und nach Hause kommen.

Die Schranke ging hoch. Endlich kam ein wenig Leben in Mike.

»Es hat die Polizei überhaupt nicht interessiert, was sich dort abspielt«, sagte er. »Jedenfalls nicht, nachdem sie mit ihr gesprochen hatten. Und mir haben sie dringend geraten, die Stadt zu verlassen.«

»Aber sie konnten dich doch nicht zwingen, oder?«

»Es hätte keinen Sinn gehabt, länger zu bleiben. Möchte bloß wissen, was sie denen erzählt hat, verdammt noch mal!«

»Du warst doch so nah dran!«

»Was hätte ich machen sollen?« Er schien um zehn Jahre gealtert. Seine Wangen hingen schlaff herunter, als würden sie von seiner Niederlage nach unten gezogen. »Es gibt keine

Möglichkeit, unbemerkt da hinzukommen. Dieses Nest liegt an einem gottverlassenen See, über den du zig Meilen fahren musst.«

Er versuchte tapfer, wach zu bleiben, aber bald fielen ihm die Augen zu, und er redete immer undeutlicher. Schließlich gab er es auf, gegen die Müdigkeit anzukämpfen. Diana fuhr so behutsam wie möglich, um ihn nicht zu wecken. Ihr war schwindlig vor Wut. Sie wünschte, Cassy könnte sehen, was sie ihrem Vater angetan hatte.

Als sie in die Einfahrt fuhr und den Motor abstellte, wachte er auf. »Tara?«

»In der Schule.«

»Schön, wieder daheim zu sein.« Er drückte ihre Hand und kletterte dann schwerfällig aus dem Auto. Minuten später lag er im Bett, schwer atmend, die Augen fest geschlossen. Er hatte sich nur die Schuhe von den Füßen gestreift.

»Schlimmer kann es nicht kommen«, murmelte er, als sie ihm einen Becher Tee brachte.

Doch da irrte er sich.

Es fing mit einem Klingeln an der Haustür an. Dunkle Gestalten hinter der Glasscheibe. Ein Mann und eine Frau, beide in Zivil. Sie stellten sich vor und zeigten ihre Polizeiausweise, aber Diana hörte gar nicht zu.

»Dürfen wir hereinkommen? Es geht um Cassandra Howells.«

Das war's, schoss es Diana durch den Kopf. *Aus und vorbei. Cassy ist tot.*

Als sie die Besucher ins Wohnzimmer führte, sah sie Mike oben an der Treppe stehen. Ihre Blicke trafen sich, und sie wusste, dass er das Gleiche dachte wie sie. Sie hatten ihr Kind verloren. Das Unfassbare war geschehen. Sie fanden sich in einem Albtraum wieder, den sie bisher nur vom Hörensagen kannten.

Die Besucher baten Mike und Diana, sich ebenfalls zu setzen, also taten sie es – nebeneinander auf dem Sofa, sich fest an den Händen haltend.

»Was ist mit Cassy?«, stieß Diana gepresst hervor. »So reden Sie doch!«

Die Frau griff in ihre Aktenmappe und zog ein getipptes Dokument heraus.

»Cassandra hat gegenüber unseren Kollegen in Neuseeland Anschuldigungen erhoben.«

»Anschuldigungen? Weswegen?«

»Wegen körperlicher Misshandlung.«

Mike schlug mit der Faust aufs Sofa. »Ich hab's doch gewusst! Diese Dreckskerle! Ist sie in Sicherheit? Haben sie sie dort rausgeholt?«

Diana drückte seine Hand noch fester. Sie ahnte, was gleich kommen würde. Sie und Mike saßen auf einem Bahngleis, ein Zug raste auf sie zu und würde sie in wenigen Augenblicken zermalmen.

»Die mutmaßliche Misshandlung fand nicht in Neuseeland statt«, sagte die Frau.

»Nicht? Wo dann?«, fragte Mike völlig verwirrt.

Und so fing alles an. Cassy beschuldigte ihre Eltern. Sie sei als kleines Mädchen von den Menschen, die sie hätten lieben und beschützen sollen, misshandelt worden. Sie beschrieb ihren Vater als kontrollsüchtig und brutal und ihre Mutter als schwache Frau, die weggesehen habe. Sie beschrieb sie, als wären sie Monster.

»Aber das ist alles nicht wahr!«, protestierte Diana. »Sie hat die Tatsachen verdreht, jeden Wutanfall, jeden Fehler dramatisiert! Alle Eltern machen Fehler!«

»Es geht hier nicht um die Bestrafung eines ungezogenen Kindes«, sagte der Mann.

»Ist das ein offizielles Verhör?«

»Nein. Nur eine Unterhaltung.«

»Wir können Sie also bitten zu gehen?«

»Sicher. Aber möchten Sie nicht dazu beitragen, Licht in diese Angelegenheit zu bringen?« Er kratzte sich mit dem Zeigefinger an der Nase, ganz behutsam, eine irreführend beiläufige Geste. »Erinnern Sie sich an einen Vorfall mit einem hölzernen Kochlöffel? Müsste so an die fünfzehn Jahre her sein.«

Mikes Züge legten sich in nachdenkliche Falten. Er sah Diana an. »Klingelt es bei dir?«

Als sie den Kopf schüttelte, las die Frau einen Auszug aus Cassys Aussage vor. Diana wurde schlecht, als sie die üble Geschichte hörte, wie Mike angeblich seine fünfjährige Tochter gequält hatte. Die Misshandlung eines kleinen Mädchens, das schreiend, mit Blutergüssen von den Schlägen, eingesperrt und allein gelassen worden war. *»Mein Vater war derjenige, der zuschlug, aber meine Mutter stand daneben, ohne einzugreifen, und später befahl sie mir, auf mein Zimmer zu gehen. Nicht lange nach diesem Vorfall schickten sie mich aufs Internat.«*

Mike hatte beide Hände an seinen Kopf gepresst. Diana spürte eine so heftige Übelkeit in sich aufsteigen, dass sie glaubte, sich übergeben zu müssen.

»Das hat sie alles nur erfunden«, flüsterte sie. »Als sie aufs Internat gegangen ist, war sie schon neun. Oder sogar zehn. Ich weiß nicht mehr so genau. Wir haben sie aufs Internat geschickt, weil mein Mann Soldat war und wir oft umziehen mussten, nicht weil wir unser Kind misshandelt haben. Die meisten Kinder von Armeeangehörigen besuchen ein Internat – nicht bloß Offizierskinder.«

Sie geriet ins Stocken. Die Besucher sahen Mike an, aber er schien nicht in der Lage, sich zu verteidigen.

»Ich weiß, was Sie denken«, fuhr Diana schließlich fort. »Sie denken: kein Rauch ohne Feuer. Aber Sie irren sich. Ich behaupte ja nicht, dass wir unseren Kindern nie einen Klaps gegeben oder sie nie angeschrien hätten. Aber der Mann, den sie da beschreibt, dieser unbeherrschte, aggressive, gewalttätige Irre, das ist nicht – ich wiederhole: *nicht* – Mike. So ein Mann ist er nicht! Er war dreiundzwanzig Jahre Offizier mit einem einwandfreien Leumund! Und er liebt seine Töchter abgöttisch!«

»Sie behaupten also, dass es diesen Vorfall nie gegeben hat.«

»Ich behaupte es nicht nur – das ist nie passiert«, erwiderte Diana, wobei sie jedes Wort betonte. Sie war sich absolut sicher. Nie, nicht einmal nach seiner Rückkehr aus Bosnien, als Mike ein seelisches Wrack war, hatte sich etwas Derartiges abgespielt.

Die Frau zog ihre Brauen hoch. »Ich möchte Sie etwas fragen, Mr. Howells: Können Sie sich vorstellen, weshalb Ihre Tochter so schwerwiegende falsche Anschuldigungen vorbringt?«

Endlich hob Mike den Kopf. Es schien ihn große Mühe zu kosten. »Man hat sie einer Gehirnwäsche unterzogen.«

»Wer hat sie einer Gehirnwäsche unterzogen?«

»Diese Leute. Sie haben sie manipuliert.«

Der Albtraum ging weiter. Mike und Diana wollten nur über Gethsemane reden, die beiden Polizeibeamten nur über häusliche Gewalt. Diana nestelte in ihrer Tasche nach einem Taschentuch, weil sie spürte, wie ihr die Tränen kamen.

»Sie nennen sie Cassy«, sagte die Frau irgendwann, »aber sie selbst nennt sich anders.« Als Diana und Mike sie verständnislos anstarrten, hielt sie Cassys Aussage hoch. »›*Mein Ge-*

burtsname lautet Cassandra Alexandra Howells, aber ich werde Kairo genannt.‹«

»Mein Gott«, flüsterte Mike. »Ist überhaupt noch etwas von ihr übrig?«

Ein Schlüssel wurde ins Schloss der Haustür geschoben, und Diana sprang auf.

»Das ist Tara«, murmelte sie und eilte aus dem Zimmer.

Tara warf ihre Schultasche auf die Treppe. Sie schnaufte, als wäre sie nach Hause gerannt.

»Hi, Mum. Ist Dad wieder da?«

»Ja, im Wohnzimmer, aber wir haben ein Problem. Die Polizei …«

Tara blieb in der Tür zum Wohnzimmer wie angewurzelt stehen. »Was ist denn hier los? Würde mir vielleicht mal jemand erklären, was das soll?«

»Sie sind wegen Cassy hier«, sagte Diana und fügte schnell hinzu: »Alles in Ordnung, es geht ihr gut.«

»Und wieso sind sie dann da? Die Polizei besucht doch nicht zum Spaß irgendwelche Leute, oder? Es ist ihr doch nichts zugestoßen?«

Als Diana ihr den Grund für den Besuch der beiden Beamten erklärte, riss Tara Mund und Augen auf.

»Wollt ihr mich auf den Arm nehmen? Oh mein Gott, diese verlogene Kuh!« Die Hände in die Seiten gestemmt, das Kinn in die Höhe gereckt, stellte sie sich mit blitzenden Augen vor die Beamten hin. »Das wollen wir gleich mal klarstellen.«

Sie versuchten, sie davon abzubringen. Der Mann brummelte etwas von Kinderschutz: Das sei kein Thema für Minderjährige.

»Ich bin kein Kind mehr!«, protestierte Tara.

Er schüttelte den Kopf. »Wir sprechen hier von Vorfällen, die sich ereignet haben sollen, bevor du auf die Welt gekommen bist. Du kannst uns also nicht weiterhelfen. Es ist der Sache nicht dienlich, wenn …«

»*Wie bitte?* Was soll das jetzt wieder heißen? Ich werde die Sache richtigstellen, damit das aufhört. Das nenne *ich* dienlich. Haben Sie mich verstanden?«

Oh ja, und ob sie verstanden hatten. Diana hätte lachen können, wenn die Situation nicht so bitterernst gewesen wäre. Man durfte nicht den Fehler machen, Tara zu unterschätzen.

»Meine Schwester hat einen Sprung in der Schüssel, seit sie in Neuseeland ist. Mein Dad ist ein lieber großer Teddybär. Er scheucht nicht mal die Katze weg, wenn sie an der Butter schleckt – nein, er knuddelt sie stattdessen! Da können Sie mal sehen, wie gefährlich er ist!« Sie drehte sich zu ihrem Vater um, beugte sich hinunter und gab ihm einen Schmatz auf die Wange. »Dieser Mann hat noch nie irgendjemandem wehgetan, außer vielleicht in irgendeinem Krieg, aber das ist was anderes. Manchmal nervt er total, er hat garantiert eine Zwangsneurose, er macht mich manchmal wahnsinnig, und es gibt genug Tage, an denen ich *ihn* hauen könnte, aber es ist völlig ausgeschlossen, dass er Cassy jemals misshandelt hat – das werde ich vor Gericht beeiden. Okay?« Sie funkelte sie grimmig an. »Also lassen Sie ihn gefälligst in Ruhe!«

Die beiden Beamten dankten ihr, sagten, sie würden sich wieder melden, und verabschiedeten sich schleunigst.

Die Familie blieb fassungslos und schockiert zurück.

»Willkommen daheim, Dad«, sagte Tara.

»Die werden das nicht weiterverfolgen«, meinte Diana. »Cassy hat sich das alles aus den Fingern gesogen, und das wissen sie auch. Außerdem ist sie nicht da, kann also auch nicht aussagen.«

Mike fuhr sich mit beiden Händen unter die Brille und drückte sich die Fingerspitzen auf die Augen. »Das hab ich doch nicht gemacht, oder? Ich hab sie doch nicht misshandelt und verdränge es, oder?«

»Nein, natürlich nicht!«

»Warum hasst sie mich so sehr?«

»Sie hasst dich nicht.«

»Sie muss mich hassen. Es gibt keine andere Erklärung. Ich muss ein furchtbarer Vater gewesen sein.«

Er wollte nichts essen, wollte keinen Tee. Er schleppte sich ins Schlafzimmer hinauf und ließ sich, dieses Mal mit Schuhen, aufs Bett fallen. Diana zog sie ihm aus. Als sie die Vorhänge schloss, sah sie Tara draußen im Garten auf der Schaukel. Sie lag auf dem Bauch und stieß sich mit den Füßen ab, im Kreis herum, bis die Ketten, an denen der Sitz hing, spannten und sich nicht mehr bewegen ließen. Dann hob sie die Füße vom Boden, und schon wurde sie in Gegenrichtung im Kreis herumgewirbelt, so schnell, dass ihre dunklen Haare flogen.

Cassy hatte ihr das beigebracht, vor vielen Jahren, als sie in einer Dienstwohnung wohnten und Tara, damals Vorschulkind, ihre große Schwester regelrecht vergötterte. Sie hatten das Schaukelspiel so lange gespielt, bis ihnen ganz schwindlig war und sie kichernd über den Rasen taumelten.

Tara kam erst nach einer Stunde wieder herein. Sie stapfte in die Küche, das Gesicht verschlossen wie ein Haus, das winterfest gemacht worden war.

»Das werde ich ihr nicht verzeihen«, sagte sie. »Niemals.«

»Sie haben sie manipuliert, ihr diese Dinge eingeredet.«

»Hör auf, nach Ausreden zu suchen!« Tara kickte einen Holzstuhl quer durch die Küche. »Sie hat Dad das Herz gebrochen mit ihren Scheißlügen! Er hat sich auf die Suche nach ihr gemacht, weil er sie liebt, und zum Dank dafür will sie ihn hinter Gitter bringen! Wie konnte sie bloß so etwas über ihn sagen? All diese hässlichen Dinge!«

»Ich weiß es nicht.«

»Sie ist ein selbstsüchtiges, verlogenes, rachsüchtiges Miststück! Ich hasse sie!«

Diana widersprach ihr nicht. In diesem Moment hasste auch sie ihre älteste Tochter.

Das Handbuch des Sektenführers: In acht Schritten zur Bewusstseinskontrolle

Cameron Allsop

Schritt 7: Geduld

Der neu Rekrutierte sollte nicht sofort mit den Grundüberzeugungen vertraut gemacht werden. Nicht selten wird vor der gründlichen Unterweisung eine mehrmonatige oder mehrjährige Beschäftigung mit der Materie verlangt. Erst wenn du sicher bist, dass der Rekrutierte in erheblichem Maße in die Organisation investiert hat, von ihr abhängig geworden ist und ihre magische Denkweise verinnerlicht hat, kannst du ihn über die wahren Ziele aufklären. Denn dann wird er bereit sein, eine Weltanschauung zu akzeptieren, die dem Nicht-Eingeweihten als lachhaft absurd erscheinen mag.

VIERUNDZWANZIG

Kairo

JANUAR 2011

Morgendliche Kühle. Das dumpfe, leise Klatschen des Wassers gegen einen Holzrumpf. Weder das Ufer noch der Himmel waren zu sehen.

Aden hatte sie vor einer Stunde geweckt, indem er seine Nase zärtlich an ihrem Ohr gerieben hatte. Kairo kam es so vor, als hätte sie höchstens fünf Minuten geschlafen. Sie unterrichtete nicht nur die jüngsten Kinder, sondern übernahm auch andere Aufgaben, zu denen sie von Otto eingeteilt wurde: Nachtwache, Gartenarbeit, Küchendienst, Holzmachen, Wäschewaschen, Aufsicht in der Kinderkrippe und Arbeiten in den Werkstätten. Nach dem Nachtgeläut fiel sie ins Bett und schlief durch, ohne das Treten ihres Ungeborenen, die Moskitos oder die Hitze wahrzunehmen.

Sie setzte sich verwirrt und schwerfällig auf. Es war noch dunkel.

»Was ist? Ist etwas passiert?«

»Nein, nein … Justin will dich zum Angeln mitnehmen. Hier, ich hab dir Tee gemacht.«

Sie rieb sich die Augen. Obwohl der Geburtstermin noch in weiter Ferne lag, fragte sie sich, wie groß das Kind wohl noch werden mochte. Es fühlte sich an, als ob alle ihre Organe zusammengequetscht würden, damit es Platz hatte. Sie hatte mittlerweile auch den für Schwangere typischen Watschelgang.

»Angeln? Mitten in der Nacht?«

»Es steht uns nicht zu, seine Entscheidungen zu hinterfragen.«

»Aber woher weißt du, dass er mit mir angeln gehen will? Ist er hier?«

Aden reichte ihr etwas zum Anziehen. »Ich weiß es einfach.«

Nicht lange danach standen sie auf dem Bootssteg. Kairo, die ein Gespür für die Natur entwickelt hatte, wusste, dass die Dämmerung nicht mehr weit war. Sie sog die morgendliche Kühle tief in ihre Lungen und ergriff Adens Arm. Auch wenn ihre Partnerschaft arrangiert worden war, so war sie nichtsdestoweniger sehr glücklich mit ihm.

»Kannst du nicht mitkommen?«

»Du sollst Justin nicht infrage stellen.« Die Schärfe in Adens Stimme war untypisch für ihn. »Er verlangt nichts von uns, was wir nicht geben können oder was er selbst nicht geben würde.«

»Was meinst du? Was sollen wir denn geben?«

Er antwortete nicht. Sie hörte Ruderschläge, und dann tauchte Justins Boot aus der Dunkelheit auf. Peter stand schwanzwedelnd am Bug.

»Guten Morgen, ihr zwei!« Justin warf Aden die Fangleine zu. »Gehst du mit mir angeln, Kairo?«

Aden blieb auf dem Steg zurück. Er winkte, und Kairo winkte zurück. Sekunden später war er mit der Finsternis verschmolzen.

Obwohl Justin kräftig ruderte, dauerte es eine Weile, bis sie die tiefe Stelle des Sees erreichten. Sie plauderten über die Schwangerschaft, und Kairo schaute zu, wie der Abendstern langsam Richtung Horizont sank. Endlich holte Justin die Ruder ein. Er summte vor sich hin, während er geschäftig hantierte. Peter lag auf einem Stück Sackleinen und ließ sein Herrchen nicht aus den Augen.

Kairo versuchte, nicht an die dunklen Tiefen unter ihr zu denken. Es gab keine Rettungswesten, und sie fühlte sich hoffnungslos schwer. Wenn sie ins Wasser fiele, würde sie nicht lange überleben. Sie würde ertrinken und das Baby mit ihr.

»Keine Sorge, ich habe noch nie eins versenkt«, sagte Justin.

»Ich mach mir keine Sorgen.«

»Schwindlerin.«

Sie lächelten beide.

»Kaffee?« Er hielt eine Thermosflasche hoch und schenkte einen Blechbecher voll ein. »Ein wunderbares Getränk. Hab ich selbst gekocht.«

»Danke.«

Er brach einen Muffin durch und reichte ihr eine Hälfte. Kairo nahm sie, verwundert über diesen unerhörten Luxus, entgegen. Justin lebte noch spartanischer als die Wächter. Und jetzt hatte er sie zu diesem Angelausflug eingeladen und sorgte für ihr leibliches Wohl. Wie ein Vater.

Wie ein Vater. Eine Erinnerung huschte durch ihren Kopf, hinaus und wieder hinein, als spielte sie Verstecken mit ihrem Bewusstsein. Ihr Dad an einem Wochenende, wie er fröhlich belegte Brote auspackte. »Was für ein Leben, was, Cass?« Der Stausee war nicht groß – sie hätten ihn zu Fuß in zehn Minuten umrunden können. Er zeigte ihr, wie man den Köder an der Angel anbrachte und wie man warf. »Komm, versuch's. Lass die Schnur einfach … aufpassen, die Bäume!«

Eine Welt lag zwischen damals und heute. Und ein halbes Leben.

»Woran denkst du?«, fragte Justin.

»An meinen Vater. Wir sind früher auch zum Angeln gegangen.«

»Hört sich nach einer schönen Erinnerung an.« Er öffnete einen Angelkasten. »Natürlich hast du schöne Erinnerungen. Deine Eltern sind keine schlechten Menschen.«

»Nein.«

»Aber sie werden den Gedanken von Gethsemane nie verstehen. Gut, alles bereit. Willst du's mal versuchen?«

»Ich schau lieber zu.«

Sie hörte das Zischen der Rute, das Surren der Spule, das leise Platschen, als die Schnur auf die Wasseroberfläche traf und eintauchte.

»Das Werfen habe ich von meinem Vater gelernt«, sagte Justin unvermittelt.

»Von deinem Vater?«

»Mm. Na ja, der Mann, der mich seinen Sohn nannte. Er ist mit mir oft an einen Kanal irgendwo in Essex gegangen. Da war ich ungefähr vier. Aber außer Einkaufswagen vom Supermarkt haben wir nichts gefangen.«

»Und wo ist er jetzt?«

»Er starb bei einem Motorradunfall.«

»Das tut mir leid.«

Schon gut, sagte Justin, das sei lange her. Er wechselte das Thema, erkundigte sich nach den Kindern in Kairos Klasse. Er liebte sie alle, kannte ihre Schwächen und Stärken, wusste, wer mit wem befreundet war und wer besonderer Aufmerksamkeit bedurfte. Ob Kairo irgendetwas benötige, wollte er wissen, und sie erwiderte, dass zusätzliche Erstlesebücher nicht schlecht wären.

»Sprich mit Rom«, sagte er. »Er wird sie bestellen.«

Die Sonne stemmte sich ohne großes Trara über den Horizont und glitt in eine dünne Wolkenschicht. Justin warf immer wieder seine Angel aus, die Schnur huschte über das milchglasartige Wasser und senkte sich hinein.

»Hörst du jemals Stimmen, Kairo?«

Sie erschrak. »Nein! Warum, sollte ich?«

»Eines Tages wirst du welche hören, denke ich. Ich kann vorhersehen, dass du … warte, ich glaub, da hat einer angebissen!« Doch dann schüttelte er den Kopf, holte die Schnur ein und warf sie erneut.

Kairo hatte sich näher zu ihm gebeugt, aufmerksam beobachtete sie ihn und hörte ihm zu. Noch vor einem halben Jahr hätte sie sich nach einer Fluchtmöglichkeit umgesehen (*Hilfe! Sitze in einer Nussschale mit einem Durchgeknallten fest!*), aber heute war sie eine andere Frau. Sie hatte mit der Unendlichen Macht kommuniziert und wusste jetzt, dass das menschliche Dasein nichts als ein Staubkörnchen im Universum war.

»Ich höre Stimmen, seit ich ein kleiner Junge war«, sagte Justin. »Richtige Stimmen von richtigen Menschen, keine irren Wahnvorstellungen. Ich versichere dir, ich bin völlig normal … *Aha!*«

Die Rute bog sich kräftig durch. Jetzt kam der Teil, den sie nicht ausstehen konnte. Sie wollte nichts fangen, auch wenn ihr Vater die Forellen immer in den kleinen See zurückgeworfen hatte. So lautete die Regel.

»Das ist doch eine Qual für das arme Ding, oder?«, hatte sie einmal gefragt, mit einem entsetzten Blick auf das schnappende Maul und die pumpenden Kiemen.

»Nicht, wenn man ganz vorsichtig ist«, hatte Mike erwidert. »Totgeschlagen zu werden ist viel qualvoller.« Nachdem er den Haken behutsam gelöst hatte, ließ er den Fisch mit beiden Händen ins Wasser hinunter, und sie beobachteten, wie wieder Leben in ihn kam und er schließlich eilig davonschwamm.

Justin ließ die Schnur locker, holte sie ein Stück ein, ließ wieder locker. »Das ist ein großer Bursche. Da! Siehst du ihn?«

Ja, sie sah ihn – ein silbernes Blitzen der Schwanzflosse, die das Wasser peitschte. Justin zog ihn heran und hievte ihn schließlich ins Boot. Es war eine prächtige Forelle. Die Schuppen schimmerten in Regenbogenfarben, als sie im Todeskampf zappelte. Justin nahm ein grausam aussehendes Messer aus dem Angelkasten.

»Ein Prachtbursche«, sagte er und packte den Fisch. Kairo verzog schmerzlich das Gesicht und wandte rasch den Blick ab. Sie verachtete sich für ihre Schwäche. Als sie wieder hinsah, hatte Justin ihm den Kopf abgetrennt.

»Kommt einem barbarisch vor, ich weiß, aber das ist sehr viel humaner, als sie totzuschlagen oder ersticken zu lassen.« Er warf Kopf und Körper in einen Eimer und setzte sich wieder auf die Ruderbank. »Wie wär's mit Frühstück bei mir?«

Sie zogen das Boot auf den Sand hinauf. Kairo blickte sich ehrfürchtig staunend um. Justins Insel war vielleicht tausend Quadratmeter groß und ein Paradies im Miniaturformat. Felsige Buchten und Bimssand fassten dichten Wald ein. Sie hörte die melodische Stimme eines Tui und sah den weißen Puschel an seinem Hals zwischen den blutroten Blüten eines Pohutukawa-Baums aufleuchten. Sie hatte Gethsemane immer für eine Idylle gehalten, aber das hier war noch einmal eine ganz andere Welt.

»Willkommen! Mein Zuhause ist dort in den Bäumen … Nur hereinspaziert, ich werde uns frischen Kaffee machen. Ich habe einen Propangaskocher. Ein kleiner Luxus.«

Die Hütte war schlicht, kleiner als ihre eigene und spärlich eingerichtet. Auf einem Tisch lagen ein paar Bücher, Schreibpapier, ein Kugelschreiber. Der Boden war sauber, im Ofen brannte kein Feuer. Von der Veranda konnte man über den See zum Berg hinüberschauen.

»Ein magischer Ort«, murmelte Kairo.

»Ja, das stimmt.« Justin nickte. Er nahm den Fisch aus und spießte dann Fleischstreifen auf dünne Stöcke.

»Aber einsam, oder?«

»Ich brauche die Einsamkeit. Außerdem habe ich Peter, der mir Gesellschaft leistet. Und dann die Vögel! Vögel in rauen Mengen. Rom kommt mich oft besuchen. Und manchmal habe ich Gäste, die ein Weilchen bleiben.«

»Gäste?«

»Wächter, die der besonderen Fürsorge bedürfen – ob sie nun gegen ihre Dämonen kämpfen, depressiv sind oder einfach vom Leben überfordert.«

»So wie Paris. Sie hat mir erzählt, dass du als Einziger ihr zugehört hast. Und wie Dublin. Und Kyoto.«

»Manchmal kommt auch ein Freund, der so nett ist, ein, zwei Stunden mit mir zu verbringen. So wie du.« Nach einer kleinen Pause fuhr er fort: »So, das wär's. Setzen wir uns nach draußen.« Er führte sie zum Strand hinunter und nickte auf einen kleinen Wall aus Bimssand. »Legst du ein bisschen Holz auf und fachst das Feuer an?«

Einige Minuten später briet der Fisch über dem Feuer und verbreitete einen köstlichen Duft. Justin und Kairo setzten sich auf Holzschemel unter die Bäume, in denen die Zikaden ihr Konzert gaben. Die Füße im warmen Sand, schauten sie dem Rauch zu, der sich in der wabernden Luft kräuselte.

»Du hast gesagt, dass du Stimmen hörst«, sagte Kairo.

Justin nickte. »Insbesondere eine. Er kommt mich immer wieder mal besuchen, seit ich fünf Jahre alt war. Er nennt sich der Bote. Ich war ein trauriges Kind. Meine Mutter und ich waren in gewisser Weise Flüchtlinge, es war keine gute Zeit. Der Bote versprach mir, dass ich eines Tages über jene herrschen würde, die mich verletzten. ›Hab Geduld, Justin‹, sagte er immer, ›deine Zeit wird kommen.‹«

Ein sehr seltsames, sehr intensives Gefühl beschlich Kairo. Als ob ein Schleier über ihrem Bewusstsein gelüftet würde. Und etwas ganz Außergewöhnliches zum Vorschein kam.

»Ich bin mit Gewalt aufgewachsen«, fuhr er fort. »Ich habe Gewalt erfahren und war gewalttätig gegen andere. Als ich so alt war wie Rom, habe ich die ganze Menschheit gehasst.«

»Das kann ich mir fast nicht vorstellen.«

»Frag Liam! Er kannte mich zu jener Zeit. Die Leute hatten Angst davor, mir in die Augen zu blicken. Sie sahen die lodernde Wut darin. Ich war eine Ein-Mann-Welle der Kriminalität. Erst Gelegenheitsdiebstähle, dann der Griff zu Drogen, und danach wurde ich richtig aggressiv. Ich sei verhaltensgestört, sagten die Seelenklempner, und die Polizei hielt mich für einen Psychopathen, der früher oder später zum Mörder werden würde. Eines Tages wäre ich tatsächlich fast zum Mörder geworden. An einem unschuldigen Fremden.«

Kairo sah nur einen gelassenen Mann mittleren Alters vor sich, einen Mann mit meergrünen Augen, einen Mann, dessen Liebe alle Schatten verdrängte. Er sah wie ein Universitätsprofessor aus oder wie ein distinguierter Schauspieler.

»Ein Autounfall?«, fragte sie, weil sie an Paris dachte.

»Ein Messer. Ich habe es einem jungen Mann in den Bauch gerammt.« Er sah, wie schockiert sie war, und nickte. »Ja. Oh ja, ich weiß, was Sünde ist. Ich weiß, was Hass ist und Zorn und Scham. Ich weiß, was Vergebung ist.«

»Kennen alle in Gethsemane diese Geschichte?«

»Nur die, denen ich vertraue.«

Das war sein Geschenk an sie. Sie schlang ihre Arme um seine Worte und drückte sie an sich. *Denen ich vertraue.*

»Was geschah dann?«, fragte sie.

»Er hat überlebt. Wir haben beide Glück gehabt.«

»Und du?«

»Ich bin in die Hölle hinabgestiegen. Ich habe mich in einem Loch verkrochen und wollte sterben. Und da, in der dunkelsten Zeit meines Lebens, kehrte der Bote zurück. Er brachte Verstärkung mit, Tausende, ein ganzes Heer! Sie kamen, um mir zu sagen, wer ich bin.«

Er sah sie unverwandt an, liebevoll und streng zugleich. Sie saß völlig regungslos, unfähig, sich seinem Blick zu entziehen.

»Kairo.« Er lächelte. »Kairo. Weißt du denn nicht, wer ich bin?«

Die Antwort war überwältigend. Und sie fand sich überall: in der Luft, im See, im Himmel. Im Rauch, der dahinzog, im Rasseln der Zikaden, im Gesang der Vögel. In jedem Atom des Universums. Sie war auf die Knie gesunken. Wie hatte sie nur so blind sein können?

Die alte Cassy – die nie in Gethsemane gewesen war – hätte jetzt gespottet: *Was für ein Haufen Scheiße! Mach dich lieber vom Acker, Mädchen, und zwar schnell!* Aber Kairos Verstand war aufgeschlossen und wach, ihr Blick klar und scharf. Der Mann neben ihr war das Licht der Welt, kein anderer als Jesus Christus.

»Aber natürlich weiß ich es!«, rief sie aus. »Natürlich kenne ich dich! Ich kenne dich schon mein ganzes Leben lang.«

Ein ekstatisches Gefühl der Freude rieselte durch ihren Körper und ihren Geist. Sogar ihr ungeborenes Kind schien vor Freude einen Purzelbaum zu schlagen.

»Das Baby tanzt«, sagte sie lachend und brach unvermittelt in Tränen aus. »Es weiß genau, wer du bist!«

Eine Stunde oder länger kniete sie zu seinen Füßen. Hier und nirgends sonst wollte sie sein. Er zupfte das helle Fleisch des Fischs auseinander und teilte es mit ihr. Während sie aßen, stellte sie ihm Fragen über sein vorheriges Leben als Sterblicher. Er erzählte ihr von seiner Mutter, die immer an ihn geglaubt habe. Und von seinem Vetter Johannes, der brutal ermordet worden war. Er erinnerte sich an Verwandte und Freunde, die ihm grollten.

»Jetzt haben wir wieder die gleichen Muster«, fuhr er fort. »Die gleiche konservative alte Garde, die gleichen Interessengruppen – moderne Schriftgelehrte und Pharisäer. Dieses Mal habe ich mich allerdings bedeckt gehalten. Ich möchte nicht wieder hingerichtet werden.«

»Ist die Unendliche Macht dein Vater? Bist du der Sohn Gottes?«

Er lachte leise und fütterte Peter ein Stück Fisch.

»Wir beobachten schon lange, wie die Menschheit sich in ihren schwerfälligen theologischen Glaubenssätzen verstrickt. Jahrhundert um Jahrhundert, Krieg um Krieg. Judaismus und Christentum und Islam und Hinduismus und so viele andere, aufgeteilt in tausend verschiedene Religionsgemeinschaften. Die Menschen haben nichts verstanden, überhaupt nichts! Man sollte meinen, die Christenheit hätte sich fortentwickelt, zumal ich ja tatsächlich existiere. Aber nein! Nehmen wir doch nur die Dreifaltigkeit! *Dreifaltigkeit!* Wo ist das nur hergekommen?« Er hob in einer Geste genervter Verzweiflung die Hände. »Und die Schöpfungsgeschichte! Unfassbar. Ich könnte weinen bei dem Gedanken an die unglaubliche Ignoranz und die Arroganz, die dahintersteckt. Die Heilige Wandlung wäre komisch, wenn nicht Menschen, die daran zweifelten, zu Tode gefoltert worden wären, was überhaupt nicht lustig ist.«

»Erzähl mir die wahre Geschichte«, bat sie. »Ich möchte es verstehen.«

»Das kannst du nicht verstehen, nicht einmal du, weise Kairo. Aber für den Anfang könntest du akzeptieren, dass es im Universum Dimensionen und physikalische Gesetze jenseits menschlichen Vorstellungsvermögens gibt.«

»Mehr Ding im Himmel und auf Erden?«, zitierte sie Shakespeare.

»Ganz genau. Die Unendliche Macht entzieht sich jedem Versuch, sie zu verstehen. Es gibt Königreiche jenseits von Reichen, Himmel jenseits vom Himmel, die von göttlichen Wesen bevölkert werden. Ironischerweise kommt die Wissenschaft dem Verständnis von Gott sehr viel näher als jede Religion. Aber nicht einmal der brillanteste Wissenschaftler ist imstande zu begreifen, was Unendlichkeit ist.«

Die Wellen liefen plätschernd am Ufer aus, der Vulkan verschmolz mit der Glut des Himmels. Justin redete, und Kairo trieb auf dem Mysterium seiner Worte. Er beschrieb das Unbeschreibliche. Als er den letzten Rest Kaffee einschenkte, war sie wie betäubt.

»Erinnerst du dich an deine Taufe, Kairo?«

Sie nickte. »Das war der schönste Tag meines Lebens.«

»Ja, das war ein wunderbarer Moment, nicht wahr? Ich habe dich gefragt, ob du Wache halten und Ausschau nach dem Jüngsten Tag halten willst. Und du hast mit Ja geantwortet. Obwohl du nicht gewusst hast, was das alles bedeutet, hast du Ja gesagt. Weil du mir vertraut hast.«

»Ich vertraue dir immer noch.«

»Ich bat meine Anhänger einst, Wache zu halten, während ich betete. Sie schliefen ein. Du kennst die Geschichte sicherlich.«

»Die Passionsgeschichte. Das Gebet im Garten Gethsemane. Sogar ich kenne diese Geschichte, obwohl ich von Atheisten großgezogen wurde.«

Er schauderte. »Die Evangelien vermögen das Grauen jener Stunden in keiner Weise wiederzugeben. Viele Fakten sind falsch, aber der Kern stimmt. Es war die schrecklichste Nacht meines Daseins als Mensch, und meine Freunde schafften es nicht, wach zu bleiben. Nun, jetzt bin ich wieder da, und dieses Mal steht sehr viel mehr auf dem Spiel. Wir können es uns nicht leisten, bei unserer Aufgabe einzuschlafen. Deshalb halten wir Nachtwache. Einer der Wächter ist immer wach und hält immer Ausschau nach dem Jüngsten Tag.« Er schüttete den Kaffeesatz ins Feuer, und es zischte. »Du weißt, dass der Tag kommen wird, Kairo. Du hattest schon Angst, als du zu uns kamst. Angst, dass die Welt den Bach runtergehen wird. Der Teufel leistet ganze Arbeit. Und sie tut es ganz vergnügt.«

Sein Gesichtsausdruck war undurchdringlich. War es ihm ernst damit? »Der Teufel?«, fragte sie vorsichtig.

»Glaubst du nicht an sie?«

»Ich dachte, das sei ein allegorischer Begriff. Kein fühlendes Wesen. Und vor allem keine Frau!«

»Du kannst ihr Werk überall sehen. Buchenwald. Bosnien. Die Killing Fields in Kambodscha. Ruanda, der Kongo … die alltägliche Gewalt in Familien und in Schulen und Büros und Fabriken und auf Farmen. Tag für Tag, in einer endlosen Folge. Unser Planet ist krank. Die Erde erwärmt sich, das Eis schmilzt, während die Menschen sich streiten und das Offensichtliche verdrängen. Sie stopfen sich die Finger in die Ohren, machen die Augen fest zu und trällern *la-la-la*, weil sie nichts hören und nichts sehen wollen. Ich habe sie gewarnt! Ich habe Erdbeben prophezeit. Tsunamis, Hungersnöte, Kriege, Seuchen. In den Evangelien steht es. Alles steht dort. Das Ende der Welt naht!«

»Wann wird es so weit sein?«

»Bald. Noch zu meinen Lebzeiten.«

»Aber all die unschuldigen Menschen! Die Kinder! Was ist mit den Kindern?«

»Überlass das mir. Mit Gethsemane haben wir eine Oase im Chaos geschaffen. Ich verspreche dir – ich *verspreche* dir –, dass ich dich und Aden und dieses wunderschöne Kind, das bald geboren werden wird, nicht im Stich lassen werde. Ihr werdet mit mir in mein Friedensreich kommen.«

Er beschrieb ihr eine flammende Wolke der Herrlichkeit, Scharen von Engeln – mehr, als es Sterne am Himmel gab – und wie er seine göttliche Gestalt wieder annehmen werde. Sie war völlig überfordert, zumal die alte Cassy ihr zuflüsterte: *Das ist doch alles Schwachsinn! Hau ab, solange du noch kannst.*

Justin ergriff ihre Hände und schüttelte sie. »Du fragst dich, ob ich noch alle Tassen im Schrank habe, richtig? Ich kann es dir nicht verdenken. Leute, die sich für Jesus Christus gehalten haben, gibt es zuhauf in der Geschichte. Falsche Propheten findet man überall auf der Welt.«

»Wirklich?«

Er lachte laut auf, und sie erschrak unwillkürlich. Peters wedelnder Schwanz wischte über den Sand.

»So viele, dass du eine Fußballmannschaft zusammenstellen könntest! Sie alle haben treue Anhänger, und die meisten sind sehr reich. Es sind hauptsächlich Männer, kaum Frauen. Ich sage es nicht gern, aber … ich hab's euch ja gesagt. Ich habe prophezeit, dass es viele geben wird, die sich als Messias ausgeben, und ebenso viele falsche Propheten.«

Keine Spur von Heiterkeit mehr. Stattdessen düstere Schatten.

»Liebst du mich, Kairo?«

»Das weißt du doch.«

»Ich habe eine schwierige Aufgabe vor mir. Die möglicherweise Mut erfordert. Wirst du mir dabei helfen?«

»Du musst mir nur sagen, was ich tun soll.«

Er streckte seine Hand aus und legte sie auf Peters Kopf.

»Egal, was passiert?«

»Egal, was passiert.«

FÜNFUNDZWANZIG

Diana

Die Monate vergingen. Diana funktionierte nur noch. Tara schien ständig zornig zu sein. Mike verlor jegliches Interesse am Leben. Er schwang sich nicht einmal mehr auf sein Rad. Er hörte auf, über Cassy zu reden, und dann hörte er auch auf, über andere Dinge zu reden. Er und Diana nahmen keine Einladungen mehr an. Ihr Bekanntenkreis schrumpfte.

»Wenigstens ist Cassy noch am Leben«, sagten ihre Freunde, weil sie es gut meinten. »Seht es doch mal von der positiven Seite!«

Und dann holten diese unverbesserlichen Optimisten Fotos ihrer eigenen Töchter hervor, die diese bei der Examensfeier oder der Hochzeit oder mit ihren süßen kleinen Kindern zeigten.

Ein Schritt nach dem andern. Ein Tag nach dem andern. Herbst, Winter.

Im Dezember kam ein Anruf von der Polizei: Sie würden die Ermittlungen gegen sie und Mike einstellen. Diana wartete vergeblich auf eine Art Entschuldigung oder zumindest eine Erklärung, weshalb sie die Familie so lange hatten zappeln lassen, aber es kam nichts. Sie und Mike wurden anscheinend nicht für unschuldig gehalten, aber nachweisen konnte man ihnen auch nichts.

Weihnachten wurde routinemäßig abgespult. Sie luden Joyce zum Mittagessen ein. Pesky fand das Lametta am Baum ganz toll. Jeder gab sein Bestes, aber ohne Cassy war das Fest nur eine Farce. Sogar Joyce' Zuversicht fiel allmählich in sich zusammen.

»Schon komisch, dass sie mir nur dieses eine Mal geschrieben hat«, brummte sie. »Na ja, Hauptsache, sie ist glücklich.«

An Silvester ging Tara, als nuttige Fee verkleidet, auf eine Party und kam sturzbetrunken und mit geknickten und zerknitterten Flügeln wieder nach Hause. Sie hing mit dem Kopf über der Kloschüssel und heulte.

»Ich will meine große Schwester zurück! Wo ist meine Schwester?«

Diana saß die ganze Nacht an ihrem Bett, damit sie eingreifen konnte, falls sie wieder brechen musste und womöglich zu ersticken drohte. Sie konnte es sich nicht leisten, noch eine Tochter zu verlieren.

Im Januar rutschte Joyce in der Dusche aus und brach sich die Hüfte. Nach vier Wochen im Krankenhaus musste sie ihr Apartment aufgeben und in den Pflegetrakt ziehen. Sie verbrachte ihre Tage in einem Lehnsessel im Gemeinschaftsraum, zwischen einer Frau, die nach mehreren Schlaganfällen nicht mehr sprechen konnte, und einem Mann, der die ganze Zeit weinte.

»Hoffentlich schlafe ich einfach ein und wache nicht mehr auf«, sagte sie ganz ruhig, als Diana ihr an einem nassen Februarabend die Haare bürstete.

»Mum!«

»Nichts *Mum!* Ich will kein Mitleid. Ich wünsche mir nur, dass ich im Schlaf sterben darf, solange ich noch geistig gesund und einigermaßen bei Kräften bin. Das wünscht sich jeder hier. Das ist unser größter Ehrgeiz. Wir wissen, wie die Alternative aussieht.«

Du willst mich wieder im Stich lassen, dachte Diana und zog die Bürste energischer durch die Haare. Joyce zuckte zusammen.

»Autsch! Lass gut sein, meine Haare sind perfekt. Hör mal, ich muss die ganze Zeit an Cassy denken, und da ist mir das da aufgefallen. Ich hab's aus der Zeitung ausgeschnitten.« Sie zog ein Stück Papier aus ihrem neuesten Krimi und reichte es Diana.

Es handelte sich um ein Interview mit einem gewissen Dr. Cameron Allsop, dem Anschein nach Anthropologe an der University of Sussex und außerdem Direktor einer Stiftung zur Aufklärung über gefährliche Sekten.

»Nimm es mit«, sagte Joyce. »Würde mich interessieren, was du davon hältst.«

Mike war wieder mal bei der Arbeit aufgehalten worden. Er kam immer später nach Hause und manchmal überhaupt nicht. Er musste ins Ausland, oder er musste aufgrund der Zeitverschiebung die ganze Nacht durcharbeiten. Diana dachte oft, dass ihm jede Ausrede recht war, um der traurigen Trostlosigkeit seines Zuhauses entfliehen zu können.

Tara war ausgegangen. Wahrscheinlich, um sich zu betrinken. Diana saß mit untergeschlagenen Beinen auf dem Sofa und faltete den Zeitungsartikel auseinander.

MENSCHEN SIND WIE CHAMÄLEONS, SAGT SEKTENEXPERTE

Dr. Allsops Geschichte war spannend. Er und seine Frau hatten sich einer Gruppe angeschlossen, deren Ziel angeblich Lebensberatung war. Doch dann waren sie zum Gruppensex aufgefordert worden. Er hatte sich schockiert geweigert und war gegangen, seine Frau jedoch nicht. Ein Jahr später bezichtigte sie ihn des sexuellen Missbrauchs ihrer fünfjährigen

Tochter. Ihre Anschuldigungen erwiesen sich jedoch als haltlos.

> Die Gruppe zerstörte meine Ehe und hätte mich ins Gefängnis bringen können. Ich begriff nicht, wie es so weit hatte kommen können. Was war das für ein Monster, das meine Frau um den Verstand gebracht hatte? Ich begann, das Phänomen zu erforschen, viele Jahre lang. Ich schrieb meine Doktorarbeit über gefährliche Sekten und neue Religionen. Menschen sind wie Chamäleons. Sie ändern sich aus dem Bestreben heraus, sich anzupassen.

Allsop sprach aber nicht nur über seine persönliche Geschichte. Er beschrieb die Ereignisse, die 1978 zum Jonestown-Massaker unter den Mitgliedern von Peoples Temple führten, bei dem fast eintausend Menschen ums Leben kamen. Er schilderte die Tragödie im texanischen Waco 1993 und den Massenselbstmord der Heaven's-Gate-Sekte 1997, die grauenvollen Morde, die auf Geheiß von Charles Manson in Kalifornien begangen worden waren, und den Giftgasanschlag der Aum-Sekte 1995 in der U-Bahn von Tokio. Doch es waren Allsops Aussagen über seine Frau, die Diana am meisten faszinierten, weil sie so offenkundig auch auf Cassy zutrafen:

> Sie drangen in ihr Bewusstsein ein, verfälschten ihre Erinnerungen. Diese Methoden sind bei Hypnotiseuren und fragwürdigen Predigern, bei zwielichtigen Psychiatern und sogar bei manipulativen Partnern äußerst beliebt. Die Gruppe isolierte sie in einer kontrollierten Umgebung und pflanzte ihr dann mittels immer und immer wieder angewandter Suggestion diese obszönen Gedanken in ihr Unterbewusstsein ein.

Diana las den Artikel zweimal. Dann klappte sie ihren Laptop auf und suchte nach der Stiftung zur Aufklärung über gefährliche Sekten.

Bingo. Da war er, dieser Dr. Allsop. Nase und Augenbrauen beherrschten sein ganzes Gesicht. Er sah aus wie eine Karikatur. Links verwiesen auf seine Publikationen und auf Videos von Vorträgen, die er auf der ganzen Welt gehalten hatte. Wenn jemand helfen konnte, dann er.

Sie klickte auf seine E-Mail-Adresse und begann zu schreiben.

SECHSUNDZWANZIG

Kairo

FEBRUAR 2011

Ihr Sohn wurde am Morgen des 22. Februar 2011 geboren, einem strahlenden, traumhaft schönen Tag. Das blaue Wasser des Sees schien mit dem blauen Himmel zu verschmelzen, und die Berge flimmerten in der Spätsommerhitze.

Kairo hatte in den langen Nachtstunden viel gelernt.

Zuerst einmal, dass Frauen lügen wie gedruckt, wenn sie behaupten, es sei gar nicht so schlimm, ein Kind zu gebären. Sie wünschte ihnen die Pest an den Hals, diesen hinterhältigen Weibern. Sie schrie nach schmerzstillenden Medikamenten. Sie war überzeugt, dass sie sterben würde.

Dann hatte sie gelernt, dass Schmerz in einer derartigen Intensität dafür sorgt, dass man sich quasi in einen unterirdischen Bunker zurückzieht. Sie entdeckte einen bisher unbekannten Teil von sich, einen Teil, der die Ärmel aufrollte und das Kommando übernahm, ohne Monikas ruhige Bewegungen oder Paris' massierende Hände auf ihrem Rücken zu beachten. Es gab nur den Schmerz und das, was es zu tun galt.

Endlich vernahm sie den ersten Schrei und erblickte das Wunder neuen Lebens und empfand eine tiefe Ehrfurcht und so viel Liebe, wie sie es nie für möglich gehalten hätte. Jetzt begriff sie, warum alle Mütter lügen.

Er kam im Schlafzimmer seiner Eltern zur Welt, nur wenige Schritte vom Seeufer entfernt. Monika zeigte der jungen Mutter, wie sie ihren Sohn zum Stillen an die Brust legen sollte. Paris bezog unterdessen das Bett mit frischer Wäsche. Es war in Gethsemane nicht üblich, dass der Vater bei der Geburt dabei war. Aber als Monika ans Fenster klopfte, kam Aden, gefolgt von Suva, sofort hereingestürmt.

Niemand hätte geahnt, dass Aden nicht der leibliche Vater war. Geübt – schließlich war es sein viertes Kind – bettete er das Neugeborene in seine Armbeuge, wo es auf komische Weise winzig wirkte. Seine Augenlider waren durchsichtig wie Schmetterlingsflügel. Sein geöffneter Mund wurde gegen den blauen Stoff von Adens aufgerolltem Hemdärmel gedrückt. Suva trat auf Zehenspitzen näher, die Lippen zu einem runden, verzückten *Oooh!* geformt.

»Dein neuer Bruder«, sagte Kairo. »Er fühlt sich ganz weich an, nicht wahr? Und diese putzigen Fingernägelchen!«

»Wir haben dich schreien gehört.«

»Ich? Ich hab doch nicht geschrien!«

»Nein, nein.« Adens Lächeln breitete sich über sein ganzes Gesicht aus. Seine Stirn kräuselte sich. »Na ja … doch, eigentlich schon. Du hast ganz schön laut geschrien.«

»Und ganz schön viel Schimpfwörter benutzt«, ergänzte Suva kichernd.

Kairo döste vor sich hin, während Suva ihr die Haare bürstete. Das Baby schlief, wachte auf, trank, schlief von Neuem. Draußen ging das Leben in Gethsemane seinen gewohnten, gemächlichen Gang: Glockengeläut, das gleichmäßige Stampfen von Füßen, Geplapper und Gelächter. Kairo kam es so vor, als hätte sie nie woanders gelebt. In sieben Monaten hatte sie das Tal nur dreimal verlassen und war nie weitergekommen als bis nach Rotorua. Anfangs hatte sie diese Isolation als merkwürdig empfunden, aber inzwischen war sie etwas ganz Normales, ja sogar Willkommenes geworden.

Die Medien wurden von den Gefährten überwacht. Sie gaben die Nachrichten an die beim Ruf der Glocke Versammelten weiter – grauenvolle Geschichten von Morden, Hungersnöten, Kriegen, Überschwemmungen und Erdrutschen. Gethsemane war ein Paradies.

Kasan und Berlin kamen, so schnell sie konnten. Berlin hielt sein Enkelkind in seinen ölverschmierten Händen, und dann beugten sie sich beide über das Neugeborene und bewunderten es ausgiebig.

»Ihr müsst übrigens nicht kochen«, sagte Kasan zu Kairo. »Nach einer Entbindung werden die jungen Eltern mindestens zwei Wochen lang von der Gemeinschaft mit Essen und Trinken versorgt. Wir sind für euch da. Und wenn du mal Lust auf eine Tasse Tee hast oder dich ein bisschen ausheulen möchtest – du weißt, wo du mich findest!«

Als sie fort waren, trug Aden das Baby zum Fenster hinüber.

»Das ist der See«, sagte er. »Da kannst du an heißen Tagen wie heute schwimmen gehen. Siehst du die Kinder dort, wie sie vom Steg ins Wasser springen? Und das dahinten ist Tarawera, der schlafende Drache. Er speit Feuer.«

»Ich bin im Himmel«, seufzte Kairo.

»Auf halbem Weg dahin«, verbesserte Suva sie. »Der Himmel fühlt sich genauso an, nur bist du tausendmal glücklicher. Der Himmel wird anfangen, wenn die Welt endet, am Jüngsten Tag.«

Aden kehrte schließlich an seine Arbeit zurück, und Suva ging in die Schule. Sie waren noch nicht lange fort, als Bali vorbeischaute. Monty, mittlerweile drei Jahre alt, war in der Kinderkrippe. Monika schenkte allen zur Feier des Tages Holunderblütensirup ein. Paris tanzte mit dem Neugeborenen im Arm durchs Zimmer.

»Wie du wohl heißen wirst?«, murmelte sie und gab dem

Baby einen Kuss auf seinen flaumigen Kopf. »Hm? Wer bist du, Schätzchen?«

»Ich dachte an Alex, als Kurzform für Alexandria«, sagte Kairo.

Die Temperatur im Raum fiel schlagartig ab. Paris blieb wie angewurzelt stehen.

»*Du* suchst den Namen nicht aus«, sagte sie. »Das ist nicht der Weg Gethsemane.«

Kairo reckte ihr Kinn in die Höhe. »Alexandria ist eine Stadt in Ägypten. Da ich Kairo heiße, passt das doch. Mein zweiter Vorname lautete Alexandra.«

»Er wird seinen Namen von Justin bekommen.«

»Aber er wird mich doch bestimmt fragen! Ich war neun Monate mit diesem Kind schwanger! Ich habe die halbe Nacht mit höllischen Schmerzen in den Wehen gelegen! Das ist *mein* Baby!«

Bali blickte empört drein. »Das ist ein Mensch, nicht dein Eigentum! Keiner von uns besitzt etwas, schon gar nicht einen anderen Menschen! Aden wird dir genau das Gleiche sagen. Auf seine Unterstützung brauchst du nicht zu hoffen.«

»Da, wo ich herkomme, suchen die Eltern den Namen für ihr Kind aus!«

Monika, Paris und Bali hatten wie auf ein Signal hin eine Kampflinie gebildet. Kairo versuchte aufzustehen, aber sie war zu schwach, in ihrem Kopf drehte sich alles.

»Das ist ein freies Land«, beharrte sie, aber es klang nicht sehr überzeugend.

»Frei!« Paris schnaubte höhnisch. »Das nennst du frei? Letzte Woche wurde eine Dreijährige in *diesem* Land vom Freund ihrer Mutter zu Tode getreten. ZU TODE GETRETEN! Es machte ihm Spaß, das Mädchen zu quälen, seit es auf der Welt war! *Frei?*«

Das Baby fing an zu schreien, quäkend und dramatisch. Anscheinend mochte es die lauten Stimmen nicht. Als Kairo die Arme nach ihm ausstreckte, trat Paris einen Schritt zurück. Die Botschaft war eindeutig.

»Gib ihn mir«, bat Kairo. »Er hat Hunger.«

»Wir haben Fläschchen.«

Kairo konnte es nicht fassen. Ihre Freundinnen benahmen sich, als ob sie eine Irre wäre und das Kind vor ihr beschützt werden müsste. Nach sieben Monaten ohne Kontakt zur Außenwelt war sie von diesen Menschen abhängig. Sie hatte sonst niemanden. Sie war verwundbar, eine Schnecke ohne Haus. Als die Schreie des Babys lauter, dringlicher wurden, spürte sie, wie Milch ihr Hemd durchnässte.

»Bitte!« Sie versuchte aufzustehen, um zu ihm zu gelangen, aber Bali versperrte ihr den Weg. »Bitte!« Sie bettelte förmlich.

»Du bist nicht du selbst«, sagte Monika freundlich, aber bestimmt. Als würde sie jemandem erklären, warum ein Kind auf die Intensivstation gebracht werden müsse. »Es ist besser, wenn wir ihn mitnehmen, bis dein Glaube stärker geworden ist.«

»Monika, bitte!«

»Zu seiner Sicherheit. Bis es dir wieder besser geht.«

»Aden wird das nicht zulassen!«

»Oh doch, das wird er. Glaub mir, das wird er. Aden ist mit dem Weg Gethsemane vertraut. Dieses Baby ist nicht deins, und es ist nicht Adens. Es ist ein Kind Gethsemanes.«

»Ich war schon mit ihm schwanger, als ich hierherkam!«

»Und wir haben dir unsere Türen und unsere Herzen geöffnet, oder etwa nicht?«

Kairo sank angesichts von Monikas Kälte in sich zusammen. Sie war immer so freundlich gewesen, die nette Ärztin, die sich um andere sorgte.

»Doch, das habt ihr«, gestand sie kleinlaut. »Ihr wart ganz reizend.«

»Die Gefährten haben dich für etwas Besonderes gehalten, für einen sehr spirituellen Menschen«, fuhr Monika kopfschüttelnd fort. »Justin hat so viel Vertrauen in dich gesetzt. Ist dein Glaube doch schwächer, als wir dachten? Bist du so eitel, dass du einen Namen als Geschenk nicht annehmen kannst?«

»Wir wären sehr traurig, wenn wir dich verlieren würden«, sagte Bali.

Ein bodenloser Abgrund tat sich auf. *Wir wären sehr traurig, wenn wir dich verlieren würden.* Sie würden ihr das Baby wegnehmen und sie davonjagen. Sie hätte nichts mehr, für das zu leben sich lohnte.

»Es tut mir leid«, flüsterte sie und ließ sich aufs Bett zurückfallen. »Ich weiß gar nicht, was in mich gefahren ist.«

Die Federn knarrten, als Monika sich neben sie setzte. Kairo war völlig aufgelöst. Ihre Rebellion war erstickt worden, endgültig und gründlich. Sie empfand nichts als Angst und eine verzweifelte Sehnsucht nach Liebe.

»Es tut mir leid«, schluchzte sie, »es tut mir so leid!«

Da endlich wurde sie in den Arm genommen, mit Worten der Zuneigung getröstet und beruhigt. Bali ging vor ihr in die Hocke und ergriff ihre Hände. Kairo legte den Kopf an die Schulter ihrer Freundin. Sie fühlte eine schmerzliche Freude, eine von der Sorte, die nicht hinuntergeschluckt werden konnte, weil sie anschwoll und wie ein Kloß im Hals steckte. Sie hatte einen Blick in den Abgrund geworfen. Sie durfte keine Zurückweisung mehr riskieren. Nie, nie wieder.

»Du liebst Justin doch, nicht wahr?«, fragte Monika. »Ja? Ja. Er liebt dich auch, und er liebt diesen neugeborenen Wächter sogar noch mehr als du. Was für ein unsagbar glückliches

Kind! Deinem Sohn wird die Ehre zuteilwerden, einen Namen zu bekommen, den unser Messias ausgewählt hat. Ist das nicht wundervoll?«

Es war eine Szene wie ein Gemälde: die drei Frauen am Bett und Paris am Fenster, das Kind behutsam an ihre Schulter gelegt. Der Kleine hatte sich beruhigt und döste. Wasser, Himmel und ein Berg mit zerklüfteten Flanken bildeten den stillen Hintergrund der Szenerie.

Dann bebte plötzlich die Erde. Ein sanftes Rütteln, als befänden sie sich in einem Eisenbahnwaggon, der abgekoppelt wurde. Der Likör im Krug schlug kleine Wellen. Paris hielt sich mit der freien Hand am Fensterrahmen fest.

Die Erschütterung war nicht stark und dauerte nur wenige Sekunden, aber die Vögel verstummten, und die Ziegen hörten auf zu meckern. Unsichtbare Hände rüttelten an dem Haus auf seinen Holzpfählen. Nicht zum ersten Mal fiel Kairo auf, wie still die Menschen bei einem Erdbeben wurden. Auch jetzt wieder. Sie konzentrierten alle ihre Sinne darauf und versuchten, abzuschätzen, ob dieses sich zu einem wirklich großen Beben entwickeln würde.

Dieses Mal nicht. Die Erde beruhigte sich wieder. Das Baby war nicht einmal aufgewacht.

Am nächsten Tag kam eine Gruppe, die zum Einkaufen in die Stadt gefahren war, mit schrecklichen Nachrichten zurück: Es war doch ein Monsterbeben gewesen. In Christchurch hatte es schwere Schäden angerichtet, einhundertfünfundachtzig Menschen waren ums Leben gekommen. Der Turm der Kathedrale war eingestürzt – ein Symbol zerstörter Hoffnung. Die elegante, wohlhabende Stadt würde nie wieder die Gleiche sein. Das ganze Land trauerte.

»Ein weiteres Zeichen«, sagte Justin, als er an diesem Abend im *wharenui* zwischen ihnen umherging. »Wir beten für die Opfer dieser Katastrophe. Wir fühlen mit dieser turbulenten Welt.«

Es war sehr heiß. Kairo lehnte sich an Aden. Sie hatte ihm nichts von ihrem Aufbegehren erzählt. Wenn sie daran zurückdachte, empfand sie nur Scham und Angst. Ihre Freundinnen schienen ihr verziehen zu haben – sie benahmen sich, als wäre nichts geschehen. Sie hoffte, dass still und leise Gras über die Sache wachsen würde.

Für ihren Sohn war es die erste Begegnung mit der Gemeinde – ein Kind der Gemeinschaft mit über hundert Tanten und Onkeln, Cousins und Cousinen, die es alle liebten. Als er unruhig wurde, ihr sein Gesichtchen zuwandte und an ihrem Kleid saugte, wusste sie nicht, was sie tun sollte. Ihn hier drin stillen? Sie hatte noch nie eine stillende Frau im *wharenui* beobachtet oder ein Baby schreien gehört. »Schsch!«, machte sie nervös und ruckelte das Kind auf dem Arm. »Schsch! Sei brav! Bitte sei doch brav!«

Als sie aufblickte, stand Justin vor ihr.

»Darf ich?« Er nahm ihr das Kind aus den Armen. »Unser jüngster Freund … hallo, kleiner Mann … wurde in den letzten Tagen unserer Welt geboren. Aber das ist kein Grund zum Traurigsein, das ist ein Grund zur Freude!«

Justin konnte wunderbar mit Kindern umgehen, vielleicht, weil seine Gelassenheit sich auf sie übertrug. Das Baby hörte auf zu greinen und blinzelte neugierig zur Decke hinauf. Kairo wurde warm ums Herz. Dann der Schock.

Ohne sie anzusehen, sagte Justin: »Ich habe gehört, dass du den Weg Gethsemane infrage gestellt hast, Kairo. Ist das wahr? Möchtest du uns etwas sagen?«

Sie spürte, wie sie rot wurde. Die Röte begann am Hals und kroch bis zu den Haarwurzeln hinauf. Sie fragte sich, wer es ihm erzählt haben mochte. Aden drückte ihre Hand. Sie ließ sie los, stand langsam auf, ging zum Podest und stellte sich auf die Stufe. Alle ihre Freunde sahen sie an. Aden sah sie an. Alle warteten auf ihre Beichte.

»Ich wollte einen Namen für das Kind aussuchen. Ich war eitel.« Tränen stiegen ihr in die Augen, liefen ihr übers Gesicht. *Übe dich in Demut.* »Ich habe schreckliche Dinge gesagt. Ich habe gesagt, dass ich es besser wisse als Justin, weil es mein Kind sei. *Mein* Kind. Es tut mir leid, Justin.«

Er drehte ihr den Rücken zu und ging mit dem Baby in den Armen von einem zum anderen, um es ihnen zu zeigen. Kairo blieb allein zurück.

»Ist er nicht wunderschön, Hana?«, sagte Justin frohlockend. »Berlin, Kasan, ihr seid bestimmt überglücklich über euer Enkelkind! Schaut euch nur diese perfekten kleinen Hände an!«

Zu guter Letzt ging er zu Kairo zurück.

»Der Weg Gethsemane dient deinem Schutz und dem der Gemeinschaft«, sagte er.

»Ich weiß.«

»Die Versuchung ist lebendig, sie ist eine schlaue, verschlagene Kreatur. Wenn du ihr die Tür öffnest, und sei es nur einen kleinen Spalt, wird sie sich hindurchzwängen.«

»Ich weiß. Es tut mir leid«, murmelte sie zerknirscht.

»Wirst du von jetzt an gegen die Versuchung ankämpfen?«

»Ja.« Sie wischte sich die Tränen mit dem Ärmel ab. »Ich werde dich nie wieder infrage stellen.«

Der Schatten wurde von ihr genommen. Er berührte ihre Stirn mit seinen kühlen Fingern.

»Mit dieser Berührung sei dir vergeben. Liebe dich. Sei frei. Und der Name dieses jungen Mannes? Willkommen, Damaskus! Du wirst ein weiser Ratgeber sein.«

Der zukünftige Ratgeber schien nicht sonderlich beeindruckt von dieser Prophezeiung: Er wurde wieder unruhig und begann leise zu wimmern.

»Ich glaube, es ist Zeit für sein Abendessen.« Justin reichte Kairo das Kind. »Geh und stille ihn. Möchtest du ihnen nicht Gesellschaft leisten, Suva?«

Es war eine ruhige, warme Nacht. Kairo und Suva setzten sich auf die Verandastufen. Aus dem *wharenui* drang Musik heraus.

»Fühlst du dich besser, jetzt wo du gebeichtet hast?«, wollte Suva wissen.

Kairo mühte sich ab, damit das Baby andockte. »Viel besser!«

»Beichten ist etwas Furchtbares. Man kommt sich vor wie ein niederträchtiger kleiner Wurm.«

»Nun, wir müssen einfach darauf vorbereitet sein, dass wir uns vor unsere Freunde hinstellen und sagen: ›Ich habe einen Fehler gemacht‹, und wissen, dass uns vergeben wird. Darum geht es doch bei Justins Liebe. Autsch! Der Kleine hat ganz schön kräftige Kiefer!«

Suva kicherte. Dann sagte sie leise: »Meine Mum musste viele Male beichten.«

»Wirklich?«

»Mm. Sie hat immer wieder Ärger gemacht. Sie wollte zum Beispiel nicht, dass wir Kinder fasten müssen. Einmal fing sie an zu weinen, und als ich sie fragte, was sie denn habe, meinte sie, das sei kompliziert, und ich würde es nicht verstehen. Aber jetzt verstehe ich es. Sie war von Dämonen heimgesucht worden. Sie haben sie mit ihren Lügen und Versprechungen in Versuchung geführt, und sie hat sich verführen lassen. Und dann … Eines Tages, als wir zum Anwerben unterwegs waren, habe ich gehört, wie sie mit einem Mann gesprochen hat. Sie wollte mit uns auf den Bauernmarkt, der am Samstag stattfand. Der Mann würde in einem Auto warten, und sie würde uns irgendeine Lüge erzählen, damit wir einsteigen würden, und dann würde er mit uns wegfahren! Ich habe gesehen, wie sie sich geküsst haben! Meine Mum hat einen anderen Mann geküsst!«

»Armer Schatz!«

»Wie konnte sie nur so etwas tun?« Wer Suva hörte, hätte glauben können, ihre Mutter habe geplant, mit ihren Kindern in den Tod zu rasen. »Wer Gethsemane verlässt, verliert den Verstand oder stirbt … und er stirbt sogar zweimal, weil er die Chance auf das ewige Leben vertan hat!«

»Und was hast du gemacht?«

»Ich hab's Gaza erzählt. Daraufhin haben die Ältesten Mum befohlen, ins *wharenui* zu kommen.«

»Oje.« Kairo empfand unwillkürlich Mitleid mit der Frau. »Das ist ja furchtbar.«

»Sie waren die ganze Nacht dort. Ich glaube, Justin hat die Dämonen ausgetrieben. Ich war im Bett, aber ich habe Schreie gehört.« Auf die Hände gestützt, lehnte Suva sich zurück. »Am anderen Morgen habe ich gesehen, wie sie in Justins Boot stieg.«

»Und dann sind sie zur Insel gefahren?«

»Mm. Sie ist erst nach einer Ewigkeit wieder zurückgekommen.«

»Ging es ihr dann besser?«

»Na ja.« Das Mädchen dachte kurz nach. »Eigentlich schon, aber sie war wie ein Kissen, auf dem man zu lange gesessen hat und das deshalb ganz dünn geworden ist. Sie sagte, sie sei froh, dass ich sie verraten hätte, und fragte, ob ich ihr vergeben könne. Und ich antwortete: ›Ja, ja, *ja*, natürlich vergebe ich dir!‹«

»Ist dir das schwergefallen?«

»Nein, überhaupt nicht. Justin sagt, Vergebung gehört zu den Dingen, die uns frei machen. Aber vergessen konnten wir es nicht. Justin sagte, ich müsse sie im Auge behalten, falls sie noch mehr Hilfe benötige.«

Justin hat dieses Kind beauftragt, der eigenen Mutter nachzuspionieren. Der Gedanke war störend – wie eine summende Fliege in einem stillen Zimmer.

»Ich habe nicht gut genug aufgepasst«, fuhr Suva fort. »Am Schluss haben Mum und die Jungs sich fortgestohlen wie Ratten. Sie hat mir einen Zettel unters Kopfkissen gesteckt. Sie wollte, dass ich nachkomme. Sie sagte, sie habe mich lieb … aber anscheinend hat sie sich selbst mehr geliebt, oder? Ich habe sie und die Jungs nie wiedergesehen. Das heißt, doch, ein einziges Mal. In Rotorua kam Medan plötzlich auf mich zugerannt und gab mir einen Brief. Ich wolle seinen Brief nicht, habe ich gesagt und ihn in den Müll geworfen.« Sie sprach betont gelangweilt und voller Verachtung. »Meine Mum ist tot. Ihr Körper lebt vielleicht noch, aber ihr ewiges Leben ist erloschen. Sie hat sich entschieden, und jetzt ist sie verloren. Und so … na ja …«

Die Worte waren nur so aus Suva hervorgesprudelt. Jetzt ließ sie sich erschöpft auf den Rücken fallen. Damaskus war mitten im Trinken eingeschlafen. Kairo gab ihm einen Kuss auf die Nase und sog den betörenden, typischen Neugeborenenduft tief in die Lungen. Diese beiden waren ihre Kinder. Sie liebte sie beide.

»Du wirst uns nicht im Stich lassen, oder?«, fragte Suva.

»Niemals.«

»Ehrenwort?«

»Ganz großes Ehrenwort!«

Damaskus war noch keine drei Wochen alt, als die Unendliche Macht ein sehr viel stärkeres und Furcht einflößenderes Zeichen sandte. Vor der japanischen Küste ereignete sich ein schweres Erdbeben der Stärke 9 auf der Richterskala. Es löste eine Flutwelle aus, die mehrere Kilometer weit ins Landesinnere vordrang und Ortschaften einfach auslöschte, die Menschen wegschwemmte. So beiläufig, als wären sie nur Ameisen. Ihre Städte und Straßen, ihre Technologie und ihre Cleverness waren bedeutungslos. Das Meer kannte keine Gnade.

Nur Minuten nach der Nachricht traf Justin bei der Gemeinschaft ein – es war ein Rätsel, woher er immer wusste, was geschehen war. Die Gefährten projizierten einen Nachrichtenmitschnitt auf die geweißte Innenwand des *wharenui*, und die Wächter schauten zutiefst bestürzt zu, wie der mörderische Tsunami sich weiter und weiter vorschob. Sie sahen Mitmenschen, die sich ins Auto geflüchtet hatten und vergeblich zu entkommen hofften. Andere rannten, ihre Kinder an der Hand hinter sich herziehend. Es war wie in einem Katastrophenfilm.

Stunden später kam es in einem Reaktor des Kernkraftwerks Fukushima zu einem Brand und einer Explosion. Justin rief die Gemeinschaft zu einer Mahnwache auf, die zwei Tage dauerte. Die Wächter wechselten sich ab, damit sie ausruhen konnten, aber Justin schlief nicht und aß nicht. Er zog sich mehr und mehr zurück. Wenn er nicht die Mahnwache im *wharenui* leitete, stand er am Ufer des Sees und blickte übers Wasser.

Am zweiten Morgen trat Kairo neben Rom, der seinen Vater beobachtete. »Was macht er denn da am Ufer?«

»Er wartet auf den Boten.«

»Schläft er denn nie?«

»Er ist kein Mensch.« Der Stolz in Roms Stimme war unüberhörbar. »Jedenfalls kein gewöhnlicher.«

»Ich werde ihn fragen, ob er etwas braucht.«

Als sie näher kam, blickte Peter sich wachsam um, bereit, seinen Herrn zu verteidigen. Justin schien nichts um sich herum wahrzunehmen. Die Leere in seinem Blick war beängstigend, als hätte er eine Art Anfall. Kairo stellte sich wie der treue Peter neben ihn und wartete.

Nach einer ganzen Weile kam Bewegung in Justin.

»Kairo.«

»Alles in Ordnung?«

»Dies ist nur ein Vorgeschmack dessen, was kommen wird. Die nächste Welle wird grauenvoll sein.« Er wirkte benommen, seine grünen Augen waren blutunterlaufen.

»Wir haben keine Angst. Wir haben doch dich.«

»Das ist keine Kindergeschichte. Ich bin nicht der Löwe Aslan. Auch nicht der zauberkundige Gandalf. Ich bin auch nicht Dr. Who, der Timelord, der die Menschheit einmal die Woche rettet. Ich bin nicht einmal der völkermörderische Wahnsinnige des Alten Testaments, der zermalmt und ertränkt und verbrennt. Menschen sind so klein. Sie haben nicht die geringste Chance gegen die Grausamkeit, die sie belauert.«

»Du wirst uns retten.«

Justin schien gegen eine grenzenlose Traurigkeit anzukämpfen. Wie zum Trost beugte er sich hinunter und vergrub seine Hand in Peters warmem Fell.

»Es muss ein hoher Preis für diese Rettung bezahlt werden.«

SIEBENUNDZWANZIG

Diana

Dr. Cameron Allsops Büro an der Universität war nicht gerade ordentlich, und auch er selbst wirkte nicht sehr gepflegt, aber er drückte sich klar und verständlich aus und hatte eine liebenswerte Art. Der Vorschlag, ihn aufzusuchen, war von ihm gekommen. Die Beratung sei kostenlos, hatte er gesagt, aber eine Spende für seine Stiftung sehr willkommen.

»Ich kann Ihnen keine Patentlösung anbieten, nur moralische Unterstützung. Aber kommen Sie ruhig vorbei.«

In den Nachrichten war an jenem Tag nur von den apokalyptischen Ereignissen in Japan die Rede. Und so sprachen die drei eine Weile über den verheerenden Tsunami und das Reaktorunglück in Fukushima. Es nicht zu tun, wäre ihnen irgendwie nicht richtig vorgekommen.

»Also«, sagte Allsop, als sie mit ihren Kaffeebechern an einem niedrigen Tisch Platz genommen hatten. »Cassy.«

Er saß mit ineinander verschränkten Händen da, während sie ihm die Geschichte in allen Einzelheiten erzählten. Als Diana erwähnte, dass Cassys frisch angetrauter Ehemann der Fahrer des weißen Vans gewesen war, gab Allsop einen missbilligenden Laut von sich. »Wie aus dem Lehrbuch!«

»Wie meinen Sie das?«

»Nun, sie haben sie gefunden, als es ihr nicht gut ging und sie verwundbar war. Ein richtiger Glücksfall für diese Leute. Sie hatte sich offensichtlich mit ihrem Freund gestritten und war weit weg von zu Hause. Manche dieser Gruppen gehen mit militärischer Präzision vor. Sie verfügen über große Erfahrung, und sie sind diszipliniert. Sie haben ihr eine Gemeinschaft angeboten, ihr das Gefühl gegeben, dass sie willkommen ist, und den Mann als Köder benutzt. Klassische Methoden.«

Mike trommelte auf seine Armlehnen. »Cassy ist doch keine dumme kleine Gans!«

»Das glaube ich Ihnen gern.« Allsop warf ihm einen Blick zu, als wollte er sich vergewissern, dass er ihn nicht beleidigt hatte. »Diese Sekten – oder neue religiöse Bewegungen, wie die politisch korrekte Bezeichnung lautet – haben den Leuten, die sie ins Visier nehmen, etwas zu bieten. Es ist ein weitverbreiteter Irrtum zu glauben, dass nur Spinner und Versager mit geringem Selbstwertgefühl auf diese Masche hereinfallen. Ihre Tochter passt genau ins Profil: eine junge, gebildete Erwachsene – und vielleicht ein eher idealistischer Mensch?«

»Ich glaube nicht, dass sie idealistisch ist.«

»Ach, Mike, natürlich ist sie das!«, widersprach Diana gereizt. »Das weißt du ganz genau.«

»Wir haben sie zu einer kritischen Denkerin erzogen. Sie ist gebildet und intelligent.«

»Das ist schon richtig«, räumte Diana ein, »aber sie sorgt sich um jede herrenlose Katze und jeden streunenden Hund und jedes Straßenkind! Sie sorgt sich wegen der schmelzenden Polkappen und der Kindersoldaten in Uganda und … Weißt du noch, als sie einmal anrief, weil sie in der Schule über die Klimaveränderung gesprochen hatten? Sie war in Tränen aufgelöst! ›Die Welt wird untergehen, Mum, die Welt wird untergehen!‹«

»Na schön, sie hat ein soziales Gewissen. Aber deswegen kann sie noch lange nicht umprogrammiert werden. Du stellst sie als absolute Null hin, Diana.«

Allsop, seinen Kaffeebecher in der einen Hand, hatte den Wortwechsel aufmerksam verfolgt. »Wie ich in diesem Zeitungsinterview sagte: Menschen sind Chamäleons. Wenn sie geschickt manipuliert werden, wechseln sie die Farbe, um sich der Gemeinschaft anzupassen. Geiseln sympathisieren nicht selten mit ihren Geiselnehmern – dafür gibt es zahlreiche Beweise. Das Stockholm-Syndrom. Sie haben sicher schon davon gehört. Kinder eignen sich den Slang einer Straßengang an und schließen sich ihr an. Ein völlig normaler Teenager aus Manchester wird zum Selbstmordattentäter. Eine verprügelte Ehefrau überschminkt ihre Verletzungen und bemüht sich, haargenau den Vorstellungen ihres Mannes zu entsprechen.«

»Cassy legt keinen Wert darauf, sich anzupassen«, erwiderte Mike.

»Sie hat es bereits getan.« Diana tippte ihm auf den Arm. »Komm schon, Mike, wir müssen realistisch sein. Irgendwie haben sie es geschafft, ihre Fähigkeit zu kritischem Denken aus ihrem Gehirn zu löschen«, sie schnippte mit den Fingern, »und stattdessen ein Roboterprogramm zu installieren. Wie bei den *Frauen von Stepford*.« Sie wandte sich wieder Allsop zu. »Sogar ihren Namen haben sie ihr genommen. Sie nennt sich jetzt Kairo.«

»Wie die ägyptische Stadt?«

»Wie die ägyptische Stadt.«

»Mm. Ich vermute, Heaven's Gate sagt Ihnen etwas? Diese freundlichen, lächelnden Menschen gingen in der Überzeugung in den Tod, dass ein Raumschiff kommen und sie zur nächsthöheren Ebene bringen werde und dass ihr Anführer die Wiedergeburt Christi sei. Sie hatten die ausgefallensten Namen, die man sich vorstellen kann. Namen besitzen Macht, nicht wahr? Jedes Kind, das andere schikanieren will, weiß das – Stinker, Missgeburt, Brillenschlange. Durch den Namenswechsel wird der Rekrutierte von seiner früheren Identität abgekoppelt. Das verwirrt, desorientiert. Ich habe eine Frau interviewt, die bei den Children of God aufwuchs. Noch bevor sie fünfzehn war, hatte sie elf verschiedene Namen gehabt. Sie wusste überhaupt nicht mehr, wer sie war. Wenn dieser Calvin nun den Leuten einen ausgefallenen Namen gibt, streift er ihnen quasi ein Halsband über und führt sie an der Leine.«

Das Bild war so grauenvoll, dass Diana nicht zu sprechen wagte. Sie schüttelte den Kopf, nippte an ihrem Kaffee und wartete, bis ihr Entsetzen sich gelegt hatte.

»In Ihrem Artikel erwähnen Sie auch Hypnose«, sagte Mike. »Meinen Sie das wörtlich?« Er tat so, als ließe er ein Pendel hin- und herschwingen. »So wie im Film? Tik-tak, tik-tak, du wirst seeeehr müüüüde.«

Allsop nickte eifrig. »Das ist manchmal durchaus der Fall. Ein cleverer Manipulator kann jemandem alle möglichen Ideen einpflanzen. Oder sogar einer ganzen Gruppe. Denken Sie nur an Massenhypnose. Haben Sie schon mal einen alten Mitschnitt von Hitlers Nürnberger Reichsparteitagen gesehen? Oder … sind Sie jemals bei einem Erweckungsgottesdienst gewesen?«

»Heiliger Strohsack, nein! Noch nie!«

»Schauen Sie sich das mal auf YouTube an. Aufpeitschende Musik – wie bei einem Rockkonzert –, große Bühne, raffinierte Beleuchtung, ein charismatischer Prediger, der meist mit Singsang-Stimme das Blaue vom Himmel herunter verspricht, ständige Wiederholungen, eine Menge, die in Massenhysterie verfällt. Und es dauert nicht lange, da kippen die Leute um, faseln wirres Zeug und bringen sich ganz dem Herrn dar. Und lassen nebenbei eine Menge Geld in der Kirche.«

»Unglaublich«, murmelte Mike. »Wir haben am Ende unserer Straße so einen Verein. Heißt das mit anderen Worten, es gibt keine klaren Grenzen zwischen einer Religion und einer Sekte?«

»Gute Frage. In zehn Minuten kommt eine Seminargruppe, mit der ich genau darüber diskutieren werde.« Allsop stellte seinen Kaffeebecher hin und beugte sich vor. »Die Quintessenz ist doch folgende: Wenn eine Gruppe Menschen dazu ermuntert, sich von ihren Familien loszusagen, wenn sie Gehirnwäsche-Techniken anwendet, psychischen Druck auf sie ausübt, ihnen ihr Geld abnimmt, ihren Alltag kontrolliert und sie isoliert … wenn sie Mitglieder durch Irreführung anwirbt … nun, dann sollten alle Alarmglocken schrillen. Und fast immer wird die Gruppe von einem charismatischen, selbst ernannten Messias angeführt.«

Als Mike von seiner Reise nach Neuseeland und von Cassys Anschuldigungen berichtete, hörte Diana nur mit halbem Ohr zu. Sie dachte an den weißen Kleinbus. »Sie haben gesungen«, hatte Hamish gesagt. »Sie waren freundlich.«

»Ich frage mich, was sie dabei gedacht haben«, sagte sie unvermittelt.

Allsop und Mike sahen sie verdutzt an. »Wer?«

»Entschuldigung. Ich meine die Leute in dem Van. Was ist ihnen durch den Kopf gegangen, als sie sie in das Auto lockten? Das können doch nicht alles miese Schweine sein.«

»Keineswegs«, erwiderte Allsop. »Wer einer Gehirnwäsche unterzogen wurde, glaubt an das, was er tut. Er schauspielert nicht. Ich behaupte sogar, sie haben geglaubt, dass sie Cassy gerettet haben, weil sie sie in ihre liebevolle Gemeinschaft aufgenommen haben.«

»Das heißt, sie ist jetzt eine von ihnen? Jetzt ist sie der Köder?«

»Das ist anzunehmen.«

»Wir können diese Leute also nicht mal hassen für das, was sie getan haben?«

»Meiner Ansicht nach nicht. Wenn der Anführer gute Arbeit geleistet hat, hat er die Gruppe vollständig unter Kontrolle. Im Extremfall – Heaven's Gate, Jonestown, die Sonnentempler – werden die Mitglieder für ihn sterben. Sie werden jede Form von Misshandlung durch ihn akzeptieren. Sie scheinen zu vergessen, was normal ist.«

»Und was ist mit ihm? Diesem Calvin?«, fragte Mike. »Wie tickt er? Glaubt er seinen eigenen Schwachsinn?«

»Zu Calvin selbst kann ich nichts sagen, aber im Allgemeinen haben die meisten Sektenführer narzisstische, soziopathische Neigungen. Meistens geht es um Geld, Macht oder Sex. Oder um alles miteinander. Auch wenn sie sich altruistisch geben – sie halten sich vielleicht tatsächlich dafür –, ist Altruismus nicht das moralische Gebot ihres Handelns. Selbst wenn am Anfang irgendwelche Ideale gestanden haben sollten, geraten sie schnell aus dem Blick.«

»Macht korrumpiert«, bemerkte Diana.

»Wenn sie nicht kontrolliert wird, ja.«

Draußen waren Schritte und Stimmen zu hören, und ein Tennisball wurde ein paarmal an die Wand geworfen: Allsops Studenten fanden sich ein. Der Professor warf einen verstohlenen Blick auf seine Uhr. Seine Besucher verstanden den Wink. Sie standen auf und dankten ihm, dass er sich die Zeit genommen hatte.

»Eine Sache noch«, sagte Mike. »Es soll Familien geben, die ihre Angehörigen kidnappen, um sie zurückzubekommen.«

»Das würde Sie vor Gericht bringen, und Sie würden hochkant aus Neuseeland rausfliegen. Und zwar für immer.« Allsop fuhr sich mit der Handkante über den Hals. »Lassen Sie das sein. Sie können nicht einfach Leute entführen.«

»Dachte mir schon, dass Sie das sagen würden.« Mike blickte finster drein. »Wäre sowieso ein ziemlich aussichtsloses Unterfangen. Der Ort ist sehr schwer erreichbar.«

»Tut mir leid.«

»Können Sie uns sonst irgendeinen Rat geben?«

»Ich fürchte, das ist ein Geduldspiel. Kann sein, dass sie eines Tages anrufen und sagen wird: ›Kommt und holt mich.‹ Schreiben Sie ihr. Der eine oder andere Brief kommt vielleicht bis zu ihr durch. Lassen Sie sie wissen, dass Sie sie lieben. Und reden Sie nicht schlecht über diese Leute!«

»Zu spät«, seufzte Mike. »Den Fehler haben wir bereits gemacht.«

»Moment, da fällt mir noch was ein.« Allsop kramte in einem Karton auf seinem Schreibtisch und reichte dann jedem von ihnen ein Merkblatt. »Die verteile ich bei Veranstaltungen. Eine stark vereinfachte Zusammenfassung. Hilft Ihnen vielleicht, wenn Sie Freunden und Angehörigen die Situation erklären müssen.«

Das dreimal gefaltete DIN-A4-Blatt trug ganz oben das Logo der Stiftung. Der Schrifttyp des Druckers erinnerte Diana an altmodische Schreibmaschinen. Sie las: *Das Handbuch des Sektenführers: In acht Schritten zur Bewusstseinskontrolle.*

ACHTUNDZWANZIG

Kairo

JULI 2011

»Denkst du eigentlich ab und zu an deine Eltern?«, fragte Aden, als sie eng umschlungen nebeneinanderlagen. Ein Sturm fegte durch das Tal. Manche Böen waren so stark, dass es schien, als würde das Dach gleich wegfliegen. Der Regen hatte die Weiden in einen Sumpf verwandelt.

Kairo zögerte. Immer wieder versuchten die falschen Gedanken, sich in ihr Gehirn einzuschleichen. »Manchmal stelle ich mir vor, dass sie auch hierherkommen und so glücklich sind, wie ich es bin«, erwiderte sie leichthin. »Ich bin nämlich reich. Ich bin Milliardärin!« Sie schmiegte sich enger an ihn.

Das stimmte zwar, aber es hatte im Lauf des vergangenen Jahres auch Momente gegeben, in denen sie sich keineswegs reich gefühlt hatte, sondern müde und hungrig und so, als ob man ihr die Luft zum Atmen nähme, und dann hätte sie am liebsten irgendjemanden angeschrien. Hinterher schämte sie sich für diese Gedanken, die sie bei der Versammlung beichten musste. Und so hatte sie gelernt, sie zu unterdrücken, indem sie sich voller Eifer und mit einem strahlenden Lächeln in die nächste Aufgabe stürzte. *Keine Negativität, nur Liebe.*

Einer der härtesten Momente war vermutlich jener gewesen, als sie Monika auf ein Verhütungsmittel angesprochen hatte.

»Das Stillen sollte dich die nächsten Monate vor einer Schwangerschaft schützen«, hatte die Ärztin erwidert.

»Eigentlich hatte ich mir etwas Zuverlässigeres erhofft.«

»Warum?«

»Weil *ein* Kind im Moment genug ist.«

Monikas Brauen schossen hoch. »Findest du?«

»Ich bin gerade mal zweiundzwanzig!«

»Genau richtig, um ein Kind von Aden zu bekommen. Das wäre nur gerecht.«

»Ich würde es gern langsam angehen lassen.«

»Langsam angehen lassen? Hast du das Ende der Welt vergessen? Du musst Gethsemane schnellstmöglich eine Familie schenken!«

Zorn stieg in Kairo auf. Das war entschieden zu viel! Sie konnte sich nicht alles gefallen lassen. »Es ist *mein* Körper! Ich würde gern selbst entscheiden, was mit ihm passiert.«

Ein Schalter wurde umgelegt. Die Zuneigung erlosch.

»Du kannst den Weg befolgen, oder du kannst es sein lassen.« Monika zuckte die Achseln und schaute aus dem Fenster. »Das ist deine Entscheidung.«

Sie brauchte nicht auszusprechen, welches die Alternativen waren: *Befolge den Weg, oder sei egoistisch. Sei ein schlechter Mensch. Werde nicht mehr geliebt. Befolge den Weg, oder verlasse Gethsemane.*

»Dann werde ich eben der Natur ihren Lauf lassen«, flüsterte Kairo.

Sofort, übergangslos, wechselte Monika in den Modus der lächelnden, liebevollen Großmutter, die in Babysprache auf Damaskus einredete.

Wieder rüttelte ein kräftiger Windstoß an der Hütte.

»Auf der Insel spürt man den Sturm bestimmt noch viel stärker«, sagte Kairo.

»Das macht Justin nichts aus, er ist es gewohnt.«

»Ja, aber Bali nicht. Sie ist heute Nacht drüben bei ihm.«

»*Bali* ist auf der Insel? Woher weißt du das?«

»Von ihr selbst. Ich habe heute Nachmittag mit ihr gesprochen. Sie war mit Monty und Sydney auf dem Steg. Justin hat sie für eine Weile zu sich eingeladen, damit sie sich eine Auszeit von der Familie nehmen kann.«

»Was hat sie für einen Eindruck auf dich gemacht?«

»Sie war so wie immer. Sie ist nicht krank oder so, sie braucht lediglich ein bisschen Ruhe. Justin hat sie mit seinem Ruderboot abgeholt. Sydney und Monty haben zum Abschied gewinkt.«

Die Neuigkeit schien Aden zu beschäftigen. Kairo legte den Kopf auf seine Brust und lauschte seinem regelmäßigen Herzschlag.

»Das wusste ich nicht«, sagte er schließlich. »Ich werde morgen mal nach Sydney sehen. Er wird einen Freund brauchen.«

»Warum? Glaubst du, sie ist in irgendwelchen Schwierigkeiten?«

»Nein. Wie auch immer, bei Justin ist sie gut aufgehoben. Er kümmert sich um jeden, der seine Liebe braucht. Um die Alten, die Jungen, die Kranken, die Schwachen und die Schönen – wie Bali.«

»Das klingt wunderbar.« Kairo seufzte und fuhr mit den Fingern durch sein Haar. Sie mochte es, wie es sich an sei nem Hals kräuselte. »Und ich sitze hier in dieser Hütte mit dir fest …«

»Sei froh! Du hast den perfekten Mann gefunden und bist dieses britische Milchgesicht, das du im Schlepptau hattest, losgeworden!«

Plötzlich setzte der Regen ein und hämmerte auf das Blechdach. Kairo lachte, küsste Aden und verschwendete keinen Gedanken mehr an Bali oder Justins Insel.

Drei Wochen nach dem Sturm feierte Gethsemane den ersten Jahrestag von Kairos Ankunft mit einem Fest. Auch Justin kam. Er brachte Bali mit. Monty sah sie zuerst. Er sauste zu ihr und wich während des Essens nicht mehr von ihrer Seite.

Jemand hatte Sydney Bescheid gesagt. Er kam hereingestürmt und riss Bali an sich. Hinter den runden Brillengläsern quollen Tränen unter seinen geschlossenen Lidern hervor.

»Danke, dass du zurückgekommen bist«, flüsterte er ein ums andere Mal. »Danke, Bali! Danke, danke, danke!«

Justin knuddelte Damaskus in einem fort. Er war inzwischen fast sechs Monate alt, hatte flaumiges, glänzendes braunes Haar und ein strahlendes Lächeln, bei dem man zwei Zähnchen sehen konnte. Er trug einen todschicken Strampler, den seine Großmutter Kasan ihm gestrickt hatte.

»Dieses Kind hat ständig gute Laune«, bemerkte Justin. »Unglaublich! Scheint seine Standardeinstellung zu sein.«

Er hatte Damaskus ein Geschenk mitgebracht: ein Leinensäckchen mit Holzklötzchen mit den Buchstaben des Alphabets darauf. Kairo drehte jedes einzelne bewundernd hin und her.

»Ich danke dir, Justin. Ich weiß gar nicht, was ich sagen soll.«

»Nichts.«

»Hast du die gemacht?«

»Rom und ich.« Er schaute sich nach seinem Sohn um, der sich an einem Tango mit Malindi versuchte. »Er hat die Kanten stundenlang abgeschmirgelt, damit das Baby sich nicht verletzt.«

Rom war in den letzten Monaten gewaltig in die Höhe geschossen. Jetzt, mit siebzehn, war er fast eins achtzig groß. Er bekam breite Schultern und übernahm immer mehr Verantwortung. Er hatte Kairo und Aden als seine Familie adoptiert. Für Kairo war er der jüngere Bruder, den sie nie hatte. Als sie das zu Justin sagte, rief er: »Wunderbar!« Er warf Damaskus hoch und fing ihn wieder auf, und der Kleine lachte glucksend. »Danke, dass du die große Schwester bist, die *er* nie hatte. Könnte seine Mutter ihn jetzt doch sehen!«

»Was für ein Mensch war sie?«

»Tripolis.« Justins Lächeln erlosch. »Sie war unschuldig.«

Was für eine sonderbare Wortwahl für diese Frau, die auf so tragische Weise ums Leben gekommen war. Kairo hatte erwartet, dass er sie als spirituell oder wundervoll oder gar als Liebe seines Lebens bezeichnen würde. Aber sie war lange genug in Gethsemane, um zu wissen, dass neugierige Fragen nicht erwünscht waren.

Liam und Otto eilten herbei. Sie müssten ihn dringend sprechen, sagten sie zu Justin. Der Name Dublin fiel, als die drei Männer sich entfernten.

Nach dem Essen brachen alle auf, um sich ihren gewohnten Aufgaben zuzuwenden.

»Du nicht, Kairo«, sagte Justin. »Und du auch nicht, Suva. Geht und genießt den Sonnenschein – um diese Jahreszeit ist er kostbar!«

Und so schlenderten die beiden zum Seeufer hinunter und setzten sich in den groben Sand. Der Winterhimmel war eine weiße Leinwand mit lässig dahingeworfenen malvenfarbenen Pinselstrichen. Gestützt, damit er nicht umfiel, die Beine zu einem V gespreizt, saß Damaskus da und sabberte auf seine neuen Holzklötzchen.

»Ich bin so froh, dass du in unseren Van gestiegen bist.« Suva rutschte näher an Kairo heran und lehnte sich an sie. »Ich hab dich zuerst entdeckt, weißt du. Guck mal, das Mädchen da, hab ich zu Dad gesagt. Und er hat gesagt: ›Oh ja, die schauen wir uns mal näher an. Kommt, wir halten und tanken ein paar Liter‹.«

Kairo blinzelte erstaunt. »Du meinst, ihr hättet gar nicht tanken müssen?«

»Natürlich nicht! Wir hatten doch einen Reservekanister dabei. Nein, Dad hat dich gesehen und gleich gewusst, dass du die Richtige für ihn bist. Liebe auf den ersten Blick.«

Diese Version der Ereignisse hörte Kairo zum ersten Mal.

»Das ist … wirklich schmeichelhaft.«

»Paris und Sydney waren auch als Anhalter unterwegs. Wir haben sie mitgenommen, als es regnete. So wie dich auch. Sie haben genau das Gleiche gesagt wie du, als sie eingestiegen sind.«

»Und das war?«

Suva tat so, als friere sie, und rieb sich die Hände. »Oh, ist das schön warm hier drin!«

Kairo musste lachen. »Das hab ich gar nicht gewusst! Es gibt noch so viel, was ich nicht weiß.«

Sie saßen ganz nah beieinander, die Gesichter der blassen Sonne zugewandt. Suva fragte, wie es sei zu fliegen und wie es sei zu studieren, und Kairo beschrieb es ihr, so gut sie konnte.

»Ich werde nie auf eine Universität gehen«, sagte das Mädchen mit großer Bestimmtheit.

»Nein?«

»Nein. Ich könnte nicht *draußen* leben! Außerdem wird das Ende der Welt kommen, bevor ich so weit bin. Ich weiß wirklich nicht, warum wir überhaupt zur Schule gehen.«

»Macht dir das Angst? Dass das Ende der Welt kommt?«

»Angst?« Suva lachte. »Genauso gut könntest du fragen, ob ich Angst vor meinem Geburtstag habe! Ich warte mein ganzes Leben lang darauf. Deswegen sind wir doch hier! Justin wird seine wahre göttliche Gestalt annehmen, unzählige Engel werden um uns schweben, und wir werden in eine flammende

Wolke der Herrlichkeit aufgehen. Dann wird das Friedensreich beginnen.«

Damaskus wollte auch mitreden. Er hatte es geschafft, sich näher an Suva heranzurobben, und schlug ihr jetzt mit einem Holzklötzchen ans Knie.

»Hallo, kleiner Bruder!« Suva ließ ihn auf ihren Knien auf und ab hüpfen. Seine Arme flappten rauf und runter, und er krähte vor Vergnügen. »Tanzt du mit mir?«, quietschte sie mit hoher Stimme genau wie er. »Komm, wir tanzen einen Walzer! *Eins*-zwei-drei, *eins*-zwei-drei …«

Ein ohrenbetäubendes Knurren und Brüllen wie von einem Löwen, und dann sprang jemand von dem grasbewachsenen Felsvorsprung zu ihnen hinunter. Suva und Kairo kreischten los. Es war Rom, der sie so erschreckt hatte. Er lag im Sand und wollte sich halb totlachen. Malindi, sein Schatten, folgte ihm. Sie war jetzt zwölf und so kess und lustig, dass Kairo sich fragte, wie dieses Mädchen die Tochter der eiskalten Gaza sein konnte.

»Ihr seid aber leicht zu erschrecken.« Rom ließ sich neben Damaskus fallen. »Hallo, weiser Ratgeber! Dir haben wir keine Angst eingejagt, nicht wahr? Du bist eben ein kluges Kerlchen. Du hast gesehen, wie wir uns angeschlichen haben.«

»Ich wollte immer einen jüngeren Bruder haben, aber jetzt weiß ich, wie sehr die nerven können«, bemerkte Kairo.

Die drei Jugendlichen spielten mit Damaskus und den Holzklötzchen. Kairo zog ihren Umhang fester um sich und legte sich auf den Rücken. Der Abendstern ging auf. Dann bellte ein Hund, und sie setzte sich ruckartig auf.

»Mein Vater«, sagte Rom sehnsüchtig.

Er hatte recht: Das blaue Boot legte vom Steg ab.

»Ist das Dublin, der da bei ihm ist?«, fragte Malindi.

Suva nickte. »Ja. Die Drogen reizen ihn wieder. Er ist richtig unglücklich deswegen. Justin wird ihn heilen.«

Sie schauten dem Boot nach, das gemächlich über das Wasser glitt. Der pastellfarbene Himmel spiegelte sich in der kleinen Bucht. Kurz vor der Insel sprang Peter vom Boot und paddelte ans Ufer.

»Dublin und Beersheba sind dazu bestimmt, eines Tages den Bund der Wächterschaft zu schließen«, sagte Malindi. »Sie hat es mir erzählt. Sie ist ganz glücklich darüber. Aber erst muss Dublin geheilt werden.«

Beersheba war eine etwas plumpe, aber temperamentvolle Achtzehnjährige mit einem schrillen Lachen wie Betty Geröllheimer, die Nachbarin der Familie Feuerstein. Beersheba hatte die Ausführung der Stickereien auf Kairos Brautkleid überwacht. Sie und Dublin, dieser schlaffe Trommler? Schwer vorstellbar.

»Wie will Justin das anstellen?«, fragte Kairo.

»Mitgefühl und Zuhören sind die Zauberwörter«, sagte Rom. »Wer auf die Insel geht, bekommt die volle Wucht von Justins Liebe zu spüren. Sogar Otto ist das einmal passiert. Weißt du noch, Suva? Nein, ich glaube, da warst du noch zu klein.«

Kairo staunte. »*Otto* hat Hilfe gebraucht?«

»Mm. Sein Bruder aus der Schweiz wollte ihn überreden, mit ihm wegzugehen. Er hatte sogar einen Hubschrauber gemietet, um hierherzufliegen. Das war ganz schön aufregend!«

»Kann ich mir vorstellen.«

»Irgendwann gab der Bruder auf, aber der arme Otto war völlig fertig. Justin nahm ihn mit rüber auf die Insel. Er war eine Ewigkeit dort. Ich habe sie öfter besucht. Einmal brieten sie gerade eine Forelle, die sie gefangen hatten, über dem offenen Feuer. Sie saßen da und plauderten friedlich, wie alte Freunde. Ich lag da und lauschte ihren Stimmen und wurde von den Sandfliegen fast aufgefressen.«

»Muss ein schönes Bild gewesen sein.«

»Das war es! Otto schwankte nie wieder.«

Suva hatte die Arme um ihre Knie geschlungen. »Stellt euch bloß mal vor, wie das sein muss, *draußen* aufzuwachsen, die ganze Zeit Angst zu haben, sich niemals sicher zu fühlen. So wie meine Brüder jetzt.«

Die Jugendlichen fröstelten bei dem Gedanken an die Gefahren des Lebens *draußen*. Malindi war die Einzige der drei, die nicht in Gethsemane geboren worden war, und ihre wenigen Erinnerungen an die Welt draußen hatten mit einem gewalttätigen Vater zu tun.

Inzwischen hatte es zu dämmern begonnen. Über dem See bildete sich ein kalter Nebel. Die Wärme eines Ofens und ein heißes Getränk schienen jetzt etwas sehr Verlockendes. Kairo lud Malindi und Rom zum Abendessen ein.

»Vielleicht könnten wir später noch Karten spielen«, schlug Suva vor, als sie alle aufstanden und sich mit der Hand den Sand von ihren Kleidern klopften.

»Eine gute Idee«, meinte Kairo. »Rücken wir eng zusammen und spielen eine Partie Whist. Der perfekte Abschluss eines perfekten Jahres!«

Malindi lächelte. Sie hatte Grübchen, und ihre Augen funkelten fröhlich. Plötzlich stellte sie sich auf die Zehenspitzen und gab Kairo einen Kuss auf die Wange.

»Wofür war das denn?«, fragte Kairo überrascht und küsste sie, von Zuneigung überwältigt, ebenfalls.

»Dafür, dass du da bist«, antwortete Malindi. »Dafür, dass du unsere Freundin bist.«

NEUNUNDZWANZIG

Detektei Palmer & Young, Wellington
15. SEPTEMBER 2011

Sehr geehrte Mrs. Howells, sehr geehrter Mr. Howells,

danke, dass Sie uns mit den Nachforschungen hinsichtlich der Gemeinde Gethsemane beauftragt haben. Anbei erhalten Sie den Ausdruck unseres Berichts sowie weitere ergänzende Unterlagen. Wie bereits telefonisch besprochen, gibt es noch weitere Möglichkeiten, zum Beispiel die Recherche vor Ort. Sie waren jedoch der Meinung, dass das kontraproduktiv sein könnte.
Beigefügt ist unsere Schlussabrechnung. Wir bitten um Begleichung des Betrags innerhalb von vierzehn Tagen.
Zögern Sie bitte nicht, sich umgehend mit uns in Verbindung zu setzen, falls wir Ihnen noch in irgendeiner Weise behilflich sein können.

Mit freundlichen Grüßen
Duncan P. Palmer

BERICHT ÜBER DIE GEMEINDE GETHSEMANE, TARAWERA, BEZIRK ROTORUA, NEUSEELAND, IN BEZUG AUF DEN FALL CASSANDRA HOWELLS

Justin Calvin

Aus den Akten ist ersichtlich, dass ein Justin Calvin 1964 in Essex, England, geboren wurde. Die Eltern sind eingetragen als Marion Black und Gary Ian Calvin. Seine Mutter hat später einen Matrosen der Handelsmarine, einen gewissen Bruce Heeringa, geheiratet und ist mit ihrem Sohn nach Neuseeland ausgewandert.

Ich habe mit Mrs. Carol Foster gesprochen, einer Nachbarin von Calvins Familie in Wellington. Ihr Sohn Liam ist eines der Gründungsmitglieder der Gemeinde Gethsemane und hat den Kontakt zu seiner Mutter abgebrochen. Mrs. Foster beschrieb Heeringa als sehr gewalttätigen Mann, der sowohl Marion als auch Justin verprügelt habe. Justin Calvin sei ein »böser kleiner Junge« gewesen, der ihren Sohn auf die schiefe Bahn gebracht habe. Er sei zehn gewesen, als die Behörden ihn den Eltern weggenommen hätten; danach habe er in Heimen und bei Pflegeeltern gelebt. Liam, der ihn öfter besucht habe, habe weiterhin unter seinem negativen Einfluss gestanden. Calvins Mutter Marion ist inzwischen verstorben.

Ich konnte Mrs. Fosters Aussagen nicht nachprüfen. In Neuseeland ist keine Akteneinsicht ins Strafregister erlaubt, aber feststeht, dass in den 1970er-Jahren straffällig gewordene Kinder häufig ihren Eltern weggenommen wurden. Das wird heute als politischer Skandal betrachtet.

Tatsache ist, dass Calvin kurz nach Mitternacht am Neujahrstag 1981 in eine Auseinandersetzung vor einer Bar in

Wellington verwickelt war. Damals war er wegen Verstoßes gegen das Betäubungsmittelgesetz auf Bewährung. Zeitungsberichten zufolge stach er einen Studenten nieder, ohne von diesem in irgendeiner Form provoziert worden zu sein. Das Opfer erlitt lebensgefährliche Verletzungen im Bauchbereich. Calvin bekannte sich der vorsätzlichen schweren Körperverletzung für schuldig und wurde zu einer Jugendstrafe von vier Jahren verurteilt. Kopien von Presseberichten sind beigefügt.

Drei Faktoren scheinen mir relevant zu sein. Erstens stellte sich die Frage nach Calvins geistiger Gesundheit. Er sprach von optischen und akustischen Halluzinationen religiöser Art, vom Teufel und von Engeln. Zeitungsberichte erwähnen ein psychiatrisches Gutachten, demzufolge seine Psychose durch halluzinogene Drogen ausgelöst worden sein könnte.

Zweitens beeindruckte Calvin die Prozessteilnehmer durch sein Auftreten, das als sehr positiv bewertet wurde. Er zeigte aufrichtige Reue und Mitgefühl für sein Opfer.

Drittens betonte Calvins Anwalt immer wieder, wie schwer und trostlos die Kindheit seines Mandanten gewesen sei. Als seine Mutter sich zum Auswandern entschloss, war er offenbar am Boden zerstört, weil der Kontakt zu seinem leiblichen Vater abbrach. Dieser kam später bei einem Motorradunfall ums Leben. Obwohl das Leben mit seinem Stiefvater die Hölle gewesen sein muss, war der Zehnjährige völlig verzweifelt, als die Behörden ihn in ihre Obhut nahmen, und riss mehrmals aus, weil er zu seiner Mutter zurückwollte. Er schilderte, dass er in staatlichen Heimen sowohl physisch als auch emotional massiv missbraucht worden sei. Das ist durchaus denkbar: Erst jetzt wird das erschreckende Ausmaß von Kindesmisshandlungen in Heimen während der fraglichen Zeit allmählich bekannt.

Durch Kontakte bei der Strafvollzugsbehörde habe ich erfahren, dass Calvin mit dem Gefängnisseelsorger aus der Jugendstrafanstalt in Verbindung geblieben ist. Reverend David (Dave) Watkins ist seit einigen Jahren im Ruhestand und lebt in einem Altersheim in Wellington. Calvin besucht ihn immer noch, was angesichts ihrer Beziehung (Inhaftierter/Geistlicher) sehr ungewöhnlich ist.

Ich habe Mr. Watkins aufgesucht. Er ist ein kranker Mann, aber er hat bereitwillig mit mir gesprochen und mir erlaubt, unsere Unterhaltung aufzuzeichnen. Calvin habe im Gefängnis die Gelegenheit zur Weiterbildung genutzt, erzählte er. Er sei ein gläubiger Christ gewesen und habe einen beliebten Bibelkreis gegründet. Die Vollzugsbeamten hätten seine Führungsqualitäten erkannt und ihn bei verschiedenen Gelegenheiten gebeten einzugreifen. Einmal habe er einen Häftling, der vom Dach springen wollte, bewegen können, wieder herunterzukommen. Ein andermal soll er einen Aufstand erstickt haben.

Der Tod seiner Frau habe seinerzeit seinen Glauben erschüttert, erzählte Mr. Watkins weiter, aber Calvin habe ihn wieder gestärkt. »Wer ihn kennt, muss ihn lieben«, sagte Mr. Watkins wörtlich. Calvin war siebzehn Jahre alt, als er seine Haftstrafe antrat. Es scheint bemerkenswert, dass er in so jungen Jahren imstande war, den Glauben eines altgedienten Gefängnisgeistlichen zu stärken.

Als ich ihn auf Calvins geistige Verfassung ansprach, reagierte er zurückhaltend. Es gebe in der Geschichte eine Menge Mystiker und Heilige, die behaupten, Stimmen zu hören. Als Beispiel nannte er die Jungfrau von Orléans. Er sagte: »Wenn heutzutage jemand behauptet, dass Gott zu

ihm spricht, wird er weggesperrt und mit Antipsychotika behandelt. Was sagt das über unsere Gesellschaft aus?«
Mr. Watkins erzählte mir, dass Calvin nach seiner Haftentlassung von einer charismatischen Kirchengemeinde in Wellington begeistert aufgenommen worden sei. Mitte der 1980er-Jahre muss es jedoch zu einem Zerwürfnis gekommen sein. Calvin verließ die Gemeinde, und viele Gläubige folgten ihm. Er gründete seine eigene Kirche in einem Lagerhaus und nannte sie Gethsemane. 1990 siedelte er nach Tarawera um.
Während meines Besuchs bei Mr. Watkins kam seine Tochter vorbei, Jennifer. Sie ist Lehrerin im Ruhestand. Sie kennt Justin Calvin und beschreibt ihn als »das Mitgefühl in Person«. Später erzählte sie mir unter vier Augen, dass Calvin die Heimkosten für ihren Vater bezahle. Dieser würde liebend gern in Gethsemane wohnen, was aber unmöglich sei, da er auf besondere ärztliche Betreuung angewiesen sei. Er möchte, dass seine Asche dort verstreut wird.

Das Grundstück bei Tarawera

Thomas und Barbara Svenson, Gründungsmitglieder der Kirche Gethsemane, schenkten Calvin 1990 fünfhundertzwanzig Hektar Land. Die Familie Svenson hatte es in den 1950er-Jahren von den Maori gekauft. Mr. und Mrs. Svenson, ein älteres, kinderloses Ehepaar, verlangten im Gegenzug für die Schenkung, auf dem Land leben zu dürfen und bis zu ihrem Tod versorgt zu werden. Sie starben 1993 bzw. 2001.
Als ich Einsicht in das Grundbuch nahm, stieß ich auf Folgendes: Ein Neffe der Svensons, Mr. Rick Svenson, hatte gegen die Schenkung geklagt, allerdings erfolglos.

Mr. Svenson lebt in Australien, aber ich konnte mit ihm telefonieren. Er ist heute noch wütend und empört über den »Diebstahl«, wie er es nennt. Er glaubt, Calvin habe seine Verwandten einer Gehirnwäsche unterzogen. Sie hätten von ihm gesprochen, als ob er »Jesus auf einem verdammten Esel« wäre. Das Land sei heute sehr viel mehr wert als 1990, fügte er hinzu, was Calvin zu einem Multimillionär mache.

Gethsemane

Ich habe mich in der Gegend umgesehen und mit Ladenbesitzern gesprochen. Die Gemeinde lebt so unauffällig, dass die Einheimischen kaum etwas von ihrer Existenz mitbekommen. Die Mitglieder gehen nach Rotorua, wenn sie einen Zahnarzt brauchen, im Supermarkt einkaufen oder anderes mehr. Sie gelten als höflich und sind bekannt für ihre ausgezeichneten landwirtschaftlichen und handwerklichen Erzeugnisse.

Gethsemane hat eine eigene Schule, die beim Ministerium für Erziehung als private Schule angemeldet ist. Sie wurde zuletzt 2007 von der zuständigen Stelle überprüft. Es wurden keine besonderen Auffälligkeiten festgestellt. Der Bericht kann online eingesehen werden.

Ich habe mit einem ehemaligen Kollegen bei der Polizei in Rotorua gesprochen, der mir bestätigt hat, dass die Gemeinde im Allgemeinen »keinerlei Probleme« mache. Er hat hauptsächlich mit den Leuten zu tun, wenn es um das Ausstellen oder Verlängern von Waffenscheinen geht, die für die Jagd in den umliegenden Hügeln erforderlich sind. Im Lauf der Jahre hätten mehrmals Angehörige, die Mitglieder der Gemeinde hätten »retten« wollen, um Hilfe gebeten, doch der oder die Betreffende hätten sich jedes Mal geweigert, Gethsemane zu verlassen. Er wusste nichts von Mr. Howells' Kontakt zur Polizei, konnte sich aber an einen Vorfall im Jahr 2007 erinnern, als eine Frau, ein ehemaliges Mitglied der Gemeinde, um Polizeischutz bat, damit sie ihre Tochter aus Gethsemane herausholen könne. Einen Tag später rief sie jedoch an und sagte, die Sache habe sich erledigt. Die Frau heißt Kerala Louise Tillich und lebt heute in Auckland.

Kerala Tillich

Ich habe mit Ms. Tillich telefoniert. Sie machte einen sehr verängstigten Eindruck und wollte mich erst abwimmeln. Als ich ihr erklärte, dass ich im Auftrag von Eltern handelte, deren Tochter als Mitglied angeworben worden war, willigte sie ein, mit mir zu reden.

Kerala Tillichs Eltern waren Gründungsmitglieder von Gethsemane. Mit siebzehn heiratete sie ein anderes Mitglied der Gemeinde (beziehungsweise ging eine arrangierte eheähnliche Beziehung mit ihm ein) und bekam drei Kinder. Es sei Justin Calvin, der die Ehen arrangiere, erzählte sie, und er sei »wirklich gut darin«, weil er »in die Herzen der Menschen schauen« könne. »Das kann der Teufel allerdings auch«, fügte sie nach ein paar Sekunden hinzu.

Ms. Tillich ging 2007 aus Gethsemane fort. Sie konnte ihre Söhne überreden mitzukommen, musste ihre siebenjährige Tochter allerdings zurücklassen. Sie hat sie nie wiedergesehen. Ihre Söhne wurden von der Schule verwiesen. Sie selbst leidet unter Angstzuständen. Ich hatte den Eindruck, dass sie ihre Entscheidung wegzugehen bereut. »Die Hölle ist eine Welt ohne Gott«, sagte sie, »und da sind wir jetzt, meine Söhne und ich.«

Als ich sie nach Einzelheiten über das Leben in Gethsemane fragte, wurde sie ganz nervös und beendete das Gespräch. Ich hatte den Eindruck, dass Ms. Tillich kurz vor einer Art Nervenzusammenbruch steht.

Fazit

Gethsemane scheint eine friedliche Gemeinde zu sein. Seit ihrer Gründung 1990 hat es keine aktenkundige Kriminalität gegeben.
Justin Calvin ist ein Rätsel. Er genießt den Respekt und die Zuneigung vieler Menschen, darunter Mr. Watkins und Jennifer, die Svensons. Selbst Kerala Tillich sprach nicht schlecht von ihm, mit Ausnahme des einen Satzes: »Das kann der Teufel allerdings auch.«
Auf der anderen Seite übt er eine beträchtliche Kontrolle aus. Die Gemeinde besitzt eigenes Land, ist Selbstversorger, bezahlt keine Löhne. Wenn alles Kapital und Einkommen einschließlich der Pensionen Calvin zufließen, dürfte er in der Tat ein sehr reicher Mann sein.
Es ist sicher positiv zu bewerten, dass meine Nachforschungen keinerlei Hinweis darauf ergeben haben, dass Cassandra sich in Gethsemane in Gefahr befindet.
Lassen Sie es mich bitte wissen, wenn ich Ihnen noch sonst irgendwie behilflich sein kann.

Duncan P. Palmer
Detektei Palmer & Young

Das Handbuch des Sektenführers: In acht Schritten zur Bewusstseinskontrolle

Cameron Allsop

Schritt 8: Null Toleranz gegenüber Kritik
Beschäme jeden, der Fragen stellt, schneide jeden, der weggehen will. Wiederhole deine Botschaft immer und immer wieder: Deine Ideologie ist die einzige Wahrheit, und du als Führer bist über jede Kritik erhaben. Nur wer in der Gruppe bleibt, wird gerettet, erleuchtet oder respektiert und geachtet. Jene außerhalb der Gruppe werden nicht gerettet, nicht erleuchtet, nicht respektiert und geachtet. Wer die Gruppe kritisiert oder sich entschließt, sie zu verlassen, muss abgelehnt werden.

DREISSIG

Kairo

OKTOBER 2011

Es war, als würde man zusehen, wie sich ein schwerer Sturm zusammenbraute. Den ganzen Winter hindurch, bis in den Frühling hinein, brachten die Ältesten durchweg düstere Nachrichten mit zur Versammlung. Die Wächter sorgten sich, als der Arabische Frühling in mörderisches Chaos mündete. Sie beteten für die Opfer eines schweren Erdbebens in der Türkei. Sie weinten über verheerende klimatische Veränderungen: Dürren und Hungersnöte im Osten Afrikas, tödliche Überschwemmungen in Südamerika und Asien. Sie schauten Reportagen über Straßenschlachten in englischen Städten an, über Plünderungen und Brandstiftungen. Kairo traute ihren Augen nicht. Sie kannte die Straßen, die Gebäude, über die da berichtet wurde. Otto zeigte ihr ein Pressefoto eines brennenden Gebäudes, das sie wiedererkannte, weil es ganz in der Nähe ihres alten Zuhauses lag. Die Welt, die sie gekannt hatte, schien ein Pulverfass zu sein.

»Und trotzdem träumen die Menschen weiter und merken gar nicht, was um sie herum vorgeht«, sagte Justin.

Über Gethsemane jedoch spannte sich ein wolkenloser Himmel. Der Frühling hielt im Tal Einzug. Die schlimmsten Frosttage waren vorüber, die Speisekammern gefüllt, und der Waldgarten glich einem Blütenmeer.

Als Dublin von Justins Insel zurückkam, war er kaum wiederzuerkennen. Er ging aufrecht, nicht mehr mit hängenden Schultern. Er lächelte die ganze Zeit, sah den Leuten in die Augen. Er pflückte einen Strauß Blumen und brachte ihn Beershcba in die Schneiderei. Es verging keine Woche, da vereinte Justin die beiden im Bund der Wächterschaft. Beersheba lachte, als Dublin sie zum ersten Mal küsste. Beim Klang ihrer schrillen Stimme flatterten ein paar Wildenten, die am Strand gedöst hatten, erschrocken auf.

Jetzt, wo es morgens milder war, setzten Kairo und Aden sich für ihre erste Tasse Kaffee am Tag auf die Verandastufen. Sie warfen den Wachteln Brotkrümel hin.

»Meine liebste Tageszeit«, sagte Aden. »Kühl, aber vielversprechend. So wie du.«

Sie gab ihm einen neckischen Klaps. Dann weihte sie ihn in das Geheimnis ein, das sie seit vierzehn Tagen mit sich herumtrug.

»Schwanger!«, jubelte er, zog sie auf die Füße und tanzte mit ihr über die Veranda.

»Pst, du Idiot!«, zischte sie kichernd. »Du weckst die Kinder auf!«

Er tanzte weiter, führte sie aber ganz behutsam, als wäre sie aus kostbarstem Kristall.

»Ich liebe dich«, flüsterte er. »Du hast mich zum Leben erweckt.«

Gefolgt von Peter, erschien Justin zur nächtlichen Versammlung. Er schien von innen heraus zu glühen.

»Fühlt ihr es auch?«, fragte er. »Fühlt ihr das Ende der Welt nahen?« Er schritt durch den Saal. Es war, als raschelten die Wächter wie welkes Laub, wenn er vorbeiging.

»Heute ist der 31. Oktober 2011. Warum ich dieses Datum erwähne? Weil seit heute sieben Milliarden Menschen auf diesem Planeten leben! Sieben Milliarden! Wisst ihr, wie viele es waren, als ich im 1. Jahrhundert hier war? Ich werde es euch sagen: dreihundert Millionen. Drei. Hundert. Millionen.« Er schüttelte verwundert den Kopf. »Und das war ehrlich gesagt mehr als genug. *Sieben Milliarden!* Die Erde ächzt unter dem Gewicht dieser sieben Milliarden, die sie ausbeuten, sie beschmutzen, sie letztendlich zerstören werden. Das ist der Grund, warum ich jetzt hier bin.«

Er blieb neben Netta in ihrem Rollstuhl stehen und ergriff ihre Hand.

»Der Messias ist still und leise in der tiefsten Provinz zurückgekehrt. Warum nicht in einen Superman-Umhang gehüllt vom Himmel heruntersteigen, mein Kreuz wie einen Zauberstab schwingen und allgemeine Arschtritte verteilen, während ich die Menschheit rette? Weil mein Kreuz nie ein Zauberstab war. Das letzte Mal habe ich ihnen angeboten, sie alle zu erlösen. Sie lehnten mein Angebot ab. Dieses Mal kann ich nur einige wenige retten.«

Malindi hob die Hand.

»Malindi!«, rief Justin fröhlich und ging zu ihr. »Was kann ich für dich tun?«

»Justin, *draußen* gibt es doch Leute, die uns Geld geben, nicht wahr? Und Leute, die für uns beten? Werden sie auch gerettet?«

»Eine gute Frage. Ja, sie werden auch gerettet werden. Jeder von uns hier wird aufgehen in der flammenden Wolke der Herrlichkeit – oder, wie es bei Jesaja geschrieben steht, in den Flammen des verzehrenden Feuers. Aber ich werde nach den Freunden Gethsemanes, die am Jüngsten Tag nicht bei uns sein werden, schicken lassen, damit sie zu uns kommen. In Ordnung?«

Malindi nickte eifrig. »In Ordnung.«

»Gut. Ich denke, wir sollten jetzt ein Lied über den lang erwarteten Jüngsten Tag singen. Würdest du uns bitte mit einem markerschütternden Trommelwirbel einstimmen, Dublin?«

Dublin grinste, hob seine Stöcke und ließ sie auf das Schlagfell niedersausen. Washington hob seine Trompete an die Lippen. Beersheba stieß einen lauten Juchzer aus und begann zu tanzen.

Justins Euphorie war ansteckend. Kairo, Aden und Suva plapperten auf dem Heimweg aufgeregt miteinander; sogar Damaskus brabbelte in den Armen seines Vaters. Als sie die Veranda erreichten, trat Liam aus dem Schatten.

»Hast du kurz Zeit, Kairo?«

Liam wartete, bis Aden und Suva hineingegangen waren, dann rieb er sich die Hände und meinte: »Gute Nachrichten, Kairo! Du wirst das erste Mal auf Rekrutierungstour gehen.«

»Was? Wann?«

»Morgen. Eine Veranstaltung in Hamilton. Kyoto wird die Werbetrommel für seinen Kurs in nachhaltiger Bauweise rühren.«

»Hamilton?«, stammelte Kairo nervös. »Das ist aber ganz schön weit weg.«

»Lässt sich in einem Tag machen. Ein christliches Musikfestival. Da waren wir früher schon erfolgreich. Immer mehr Christen fragen sich, ob das Versprechen der Wiederkunft Christi allmählich nicht ein bisschen wackelt. Wir wissen es besser, nicht wahr?«

»Wer geht mit?«

»Kyoto, Sydney. Rom wird fahren. Er braucht Übung, seine Prüfung steht bevor. Ach so, ja, und Paris. Sie wird die Leute anlocken. Sie ist hübsch.«

»Und was soll ich dann machen?«

»Du weißt schon – halte Ausschau nach denen, die uns

brauchen. Heimatlose, Obdachlose, Leute, die einen Platz zum Ausruhen suchen. Wenn sie etwas Nützliches können, umso besser. Zeig ihnen, was für nette Menschen wir sind – aber halte dich mit Informationen zurück, damit sie nicht gleich wieder abspringen.«

Das hätte er nicht ausdrücklich erwähnen müssen. Im Lauf der vergangenen zwölf Monate hatte Kairo eine ganze Reihe potenzieller neuer Mitglieder kommen sehen. Von etwa fünfzehn waren drei geblieben. Zwei weitere hatten einen Kurs besucht und waren ebenfalls geblieben. Die Grundüberzeugungen der Gemeinde wurden nach und nach preisgegeben – es war ein allmählicher Prozess, wie das Angeln eines Fischs. Die Wahrheit wurde ihnen scheibchenweise serviert, mit wachsendem innerem Abstand zu der Welt dort draußen, mit zunehmender Spiritualität und Bereitschaft zu glauben. Das war keine Unaufrichtigkeit, sondern eine Notwendigkeit. Kairo war überzeugt, dass es immer noch Dinge gab, die auch sie nicht wusste.

»Eines noch«, fuhr Liam fort. »Achte auf Sydney. Bali wird nicht mitkommen.«

»Auf was soll ich denn achten?«

»Negativität. Du wirst sie erkennen, wenn du sie siehst – und wenn ja, würde ich das gern erfahren. Okay?«

Kairo war verwundert, stellte aber keine Fragen. Sie würde tun, was Liam von ihr verlangte. Und wenn sie ehrlich war, freute sie sich sogar über seinen Auftrag, bewies es doch, dass er ihr vertraute.

»Klar, mach ich«, erwiderte sie.

Liam reckte den Daumen hoch und eilte in die Dunkelheit davon.

Die Rekrutierungsgruppe fand sich warm eingepackt noch vor Tagesanbruch auf dem Bootssteg ein. Verstärkt wurde sie von Lima und Colombo, einem ernsten, gesetzten Paar, das in einer New-Age-Gemeinschaft in einem Tipi gelebt hatte, von den internen Machtkämpfen aber so angewidert gewesen war, dass sie sich von dort verabschiedet hatten. Sie hatten eine reizende zweijährige Tochter namens Xian, die an diesem Tag in der Kinderkrippe untergebracht war.

Rom und Kyoto befanden sich bereits an Bord der *Ikaroa* und machten das Boot startklar. Ein schneidender Wind jagte schaumgekrönte Wellen über den See. Kairo stapfte auf dem Steg auf und ab, um sich warm zu halten. Sie spürte einen Anflug von Morgenübelkeit und wünschte, sie hätte bei Aden im warmen Bett bleiben können.

»Hat jemand Sydney gesehen?«, fragte Paris.

»Ich schau mal, wo er bleibt«, sagte Kairo und lief zurück an Land. Sie musste zweimal klopfen, ehe Sydney die Tür öffnete.

»Startklar?«, fragte sie fröhlich.

»Nein.«

»Aber bald, oder?«

»Ich komme nicht mit. Monty hat Durchfall.«

»Ach herrje, der arme Kerl! Kann Bali denn nicht …«

»Nein, kann sie nicht. Sie ist wieder auf der Insel. Soll ja eine große Ehre sein.«

Kairo wusste nicht, wie sie auf diese Bemerkung reagieren sollte. Als sie unschlüssig stehen blieb, trat Sydney auf die Veranda heraus.

»Hast du diese ganze Scheiße nicht auch manchmal satt?« Sein Atem roch nach Alkohol. »Würdest du dieses Nest nicht auch manchmal am liebsten niederbrennen?«

»Sydney!« Sie riss entsetzt die Augen auf und warf einen ängstlichen Blick über die Schulter.

»Es gibt Dinge, von denen du keine Ahnung hast! Dinge, die du nicht wissen *sollst*. Frag sie doch einmal, was mit Roms Mutter passiert ist. Na los! Frag sie, wo sie ist. Und wenn du schon dabei bist, frag sie doch mal nach Justins Fortbewegungsmittel, wenn er sich auf seine geheimnisvollen Spritztouren begibt! Den Van nimmt er jedenfalls nicht. Also? Und wo geht er immer hin? Und wohin fließt das ganze Geld?«

Keine Negativität. Sie hielt sich die Ohren zu und schrie im Stillen das Mantra in dem verzweifelten Bemühen, seine Stimme zu übertönen: *Keine Negativität, nur Liebe, übe dich in Demut.*

Er riss ihre Hände herunter. Seine Stimme dröhnte überlaut in der morgendlichen Stille. »Hör mir zu, Kairo! Hör mir zu! Wir geben alles. *Alles!* Wir geben unser ganzes Leben. Wir essen auf Kommando, wir schlafen auf Kommando. Verdammte Scheiße, wir vögeln sogar auf Kommando! Aber es reicht ihm nie, oder? Es reicht ihm nie. Er will immer noch mehr.«

»Daddy?« Montys zittrige, weinerliche Stimme. »Dad?«

»Komme schon, kleiner Mann«, krächzte Sydney. Er beugte den Oberkörper ruckartig vor, als hätte er einen Schlag in den Magen bekommen, verharrte ein paar Sekunden so und richtete sich wieder auf. Er nahm seine Brille ab und wischte sich mit den Handflächen über die Augen. »Kairo … oh Gott, das ist so … ich möchte dir sagen, dass es mir leidtut. Ich habe damals mitgeholfen, dich in den Van zu locken. Ich dachte, wir würden dich retten.«

»Das habt ihr auch.«

»Nein.«

»Wir sehen uns heute Abend. Okay?«

Er schüttelte den Kopf, ging wieder hinein und machte die Tür hinter sich zu.

Alle warteten nur noch auf Kairo.

»Wo ist Sydney?«, fragte Paris, als Rom den Motor anließ und das Boot vom Steg wegsteuerte.

»Er kann nicht kommen. Monty geht es nicht so gut.«

»Bali hätte sich doch um ihn kümmern können.«

»Nein, sie ist wieder auf Justins Insel.«

»Im Ernst?« Paris drehte den Kopf und schaute zu der Insel hinüber. »Das ist aber eine Ehre.« Es klang neugierig, sogar neidisch.

»Das hat Sydney auch gesagt. Aber er … egal. Er hat genau das Gleiche gesagt.«

Paris' Brauen schossen in die Höhe. Aber dann gab Rom Gas, und das Boot jagte über das Wasser.

Obwohl sie nur hinten in einem klapprigen Kleinbus saß, zitterte Kairo am ganzen Körper, als würde sie zum Galgen gefahren. Mit jeder Umdrehung der Räder entfernte sie sich weiter von der Sicherheit Gethsemanes.

Paris legte ihr einen Arm um die Schultern. »Alles in Ordnung, meine Schöne?«

»Nicht so ganz, nein.«

»Wir kriegen es alle mit der Angst, wenn wir irgendwohin müssen. Du bist ja auch nicht viel fort gewesen, oder? Keine Bange. Bleib nur immer dicht bei uns, dann kann dir nichts passieren, okay?«

»Okay.«

»Und denk dran: Immer schön lächeln!« Paris verzog den Mund zu einem Grinsen. »Zeig allen, wie glücklich du bist!«

Und so konzentrierte Kairo sich den Rest des Tags darauf zu lächeln und allen zu zeigen, wie glücklich sie war. Das half ihr, das Herzrasen und schweißnasse Hände auslösende Gefühl, die Beute eines unsichtbaren Jägers zu sein, in den Griff zu bekommen.

Während Paris und Lima sich auf die Suche nach potenziellen neuen Mitgliedern machten, kümmerte sich der Rest der Gruppe um den Stand, den sie aufgebaut hatten. Die Besucher des Festivals waren keineswegs so bieder und naiv-fröhlich, wie Kairo das von einer christlichen Veranstaltung erwartet hatte. Im Gegenteil: Die Menge hätte bunter nicht sein können. Kyoto pries seinen neuen Kurs »Bau dir deine eigene Arche!« mit missionarischem Eifer an. Kairo, Rom und Colombo lächelten, plauderten, verteilten Handzettel. Mit keiner Silbe wurden Justin, die Unendliche Macht, das Ende der Welt erwähnt.

Dann, in einem stillen Augenblick, knöpfte Kyoto sich Kairo vor.

»Also, was ist das für eine Geschichte mit Sydney?«

Ehrlichkeit ist Liebe. Es wäre nur richtig, wenn sie ihm alles erzählte, aber sie brachte es nicht über sich, ihren Freund anzuschwärzen.

»Monty geht es nicht gut.«

»Das ist alles?«

»Ich glaub schon«, erwiderte sie ausweichend.

Der Schreiner musterte sie scharf und kratzte sich dann am Kopf. »Hoffentlich. Wir haben nämlich keine Geheimnisse in Gethsemane.«

Zu ihrer Erleichterung trat ein Paar auf Kyoto zu und bat ihn um Informationen über seinen Kurs. Als die beiden wieder weggingen, war sie in eine Unterhaltung mit einem Jungen vertieft, dessen Zelt von einem kräftigen Regenguss unter Wasser gesetzt worden war.

»Komm doch mit zu uns nach Gethsemane«, sagte sie und drückte ihm einen Handzettel in die Hand.

»Wohin?«

»So heißt unsere Farm. Ein warmes Bett, eine heiße Dusche und ein leckerer Eintopf. Du kannst mit uns mitfahren. Es verpflichtet dich zu nichts.«

Er gab ihr den Handzettel zurück. »Das ist zu verdammt schön, um wahr zu sein«, brummte er und verschwand in der Menge.

Am Ende des Tages, als Rom anfing, den Stand abzubauen, fiel Kairo das Lächeln nicht mehr so leicht. Paris hatte mehr Glück gehabt: Sie kehrte mit zwei jungen Frauen, die Rucksäcke und eine Gitarre dabeihatten, zurück. Die beiden waren Gartenbaustudentinnen aus Christchurch – freundlich, interessiert, gescheit. Auch ihr Zelt war überschwemmt worden, und so hatten sie der verlockenden Aussicht auf ein warmes Bett und ein warmes Essen nicht zu widerstehen vermocht.

»Klingt richtig gut«, sagte die eine. »Was ihr macht, meine ich. Sieht so aus, als würdet ihr in dieser zynischen Welt zu denen gehören, denen nicht alles egal ist.«

»Ja, das ist richtig«, erwiderte Kairo. »Und ihr habt die gleiche Einstellung, das sehe ich euch an.«

Sie hießen Melanie und Raewyn. »Wir sind ein Paar«, erklärte Melanie beherzt, und sie legten die Arme umeinander. »Falls das ein Problem sein sollte, sagt es lieber gleich.«

»Das ist absolut kein Problem«, versicherte Paris. »In Gethsemane urteilen wir nicht über die Liebe, wir zelebrieren sie.«

Kairo öffnete die Beifahrertür. »Rein mit euch! Wir werden die Heizung raufdrehen, damit ihr schnell wieder trocken werdet. Wir haben auch eine Thermosflasche Tee mit Honig dabei.«

Und sie lächelte und lächelte und lächelte und schob die Tür wieder zu, als sie eingestiegen waren.

In dem Haus, das Paris und zwei andere alleinstehende Frauen sich teilten, verbrachten die Gäste einen fröhlichen Abend und wurden mit geräuchertem Fisch und Pflaumenwein verwöhnt. Als sie dann noch auf der nächtlichen Versammlung wie Prominente umschwärmt wurden – Melanie spielte Gitarre –, beschlossen sie, ein paar Tage zu bleiben.

Kairo konnte sich kaum noch auf den Beinen halten. Nach der Versammlung übernahm Aden die Nachtwache, und Suva ging zu Paris, um mit den beiden Neuankömmlingen zu plaudern. Kairo, den schlafenden Damaskus im Tragetuch auf dem Rücken, schlurfte müde nach Hause. Plötzlich lösten sich zwei Gestalten aus der Dunkelheit, die eine aufrecht und stramm, die andere rundlich und wankend. Gaza und Liam.

»War euer Ausflug erfolgreich?«, fragte Gaza.

»Ich denke schon. Wir haben ja die beiden Frauen mitgebracht.«

Gaza und Liam nahmen sie in ihre Mitte. Wie eine Eskorte. Oder zwei Bewacher.

»Melanie und Raewyn.« Liam nickte. »Ganz großartig. Was weißt du über sie?«

»Sie studieren Gartenbau. Sie sind schwer beeindruckt von deinen Gartenbaumethoden, Gaza. Früher sind sie in eine evangelische Kirche gegangen, aber da wollte man ihnen einreden, dass sie Sünder seien.«

»Ja, das hilft immer«, bemerkte Liam sarkastisch. »Nichts vertreibt die Menschen so zuverlässig wie Engstirnigkeit.«

Gaza blieb unvermittelt stehen und packte Kairo am Handgelenk. »Schön. Was ist mit Sydney?«

»Monty war krank, und da …«

»Sei vorsichtig, Kairo.« Kairos Handgelenk fühlte sich an wie in einem Schraubstock. Es tat fast schon weh. »Sei ganz vorsichtig. Ich mag es nicht, wenn man mich anlügt.«

Sie wissen es!, schoss es Kairo durch den Kopf. Sie kam sich vor wie eine Ratte in einem Labyrinth, die flüchten will, aber nicht weiß, in welcher Richtung sich der Ausgang befindet.

»Wir erwarten nur eine ehrliche Antwort«, sagte Liam leutselig, stand aber so nah vor ihr, dass es bedrohlich wirkte. »Man muss offen mit Negativität umgehen. Sonst breitet sie sich aus. Ein räudiges Schaf steckt die ganze Herde an. Justin sorgt sich wegen Sydney. Er kann seine Negativität sogar sehen – sie hängt über dem Haus wie eine dunkle Wolke. Deshalb hat er Bali auf die Insel zurückgeholt.«

»Ehrlichkeit und Liebe, das ist es, was wir brauchen«, bekräftigte Gaza. »Nicht Lügen und Hass. Wenn du Negativität deckst, machst du dich mitschuldig.«

Es gab keinen Ausweg. Sie wussten alles. Sie wussten, dass sie sich Sydneys gehässige Beschimpfungen angehört und sie für sich behalten hatte, anstatt sie zu melden. Sie steckte in ganz schönen Schwierigkeiten.

»Kairo, wir halten dich für etwas ganz Besonderes«, sagte Liam. »Wir sind sogar der Meinung, dass ihr einmal in den Rat der Gefährten aufgenommen werden solltet, du und Aden.«

»Wirklich?«

»Aber ja. Vorausgesetzt, du enttäuschst uns nicht.«

Sie machten ihr ein großzügiges Angebot: Sie bekam die Chance, nicht nur ihren Fehler wiedergutzumachen, sondern auch eine weitere Stufe auf der sozialen Leiter der Gemeinde zu erklimmen.

»Du willst doch sicher nicht, dass Aden deinetwegen auf diese Ehre verzichten muss, oder?« Gaza hielt ihr Handgelenk immer noch umklammert.

Irgendwo in der Tiefe ihres Verstandes hämmerte die alte Cassy an die Wände einer Gummizelle. *Halt deine verdammte Klappe! Wen interessiert es, was diese Despoten im Miniatur-*

format denken? Aber die alte Cassy wurde nicht gefragt. Sie verblasste immer mehr. Bald würde sie Geschichte sein.

Es war eine mondlose, bitterkalte Nacht. Die Hügel zeichneten sich als erstarrte Schatten ab. Es schien irgendwie leichter, Sydney an Leute zu verraten, deren Gesichter sie nicht erkennen konnte.

»Es geht ihm gar nicht gut«, sagte sie schließlich. »Er ist völlig durcheinander. Ich glaube, er braucht Hilfe.«

»Erzähl uns alles, was du weißt«, befahl Gaza.

Als Aden von der Nachtwache zurückkam, blieb ihm bis zum frühmorgendlichen Ruf der Glocke gerade noch eine halbe Stunde. Kairo hörte schon an seinen schweren Schritten, dass ihn etwas bedrückte.

»Es gab Ärger«, sagte er, schenkte sich Kaffee ein und ließ sich dann auf die breite Fensterbank fallen. »Der arme Sydney.«

Ihr Herzschlag setzte ein paar Sekunden aus.

»Was ist passiert?«

»Er hat sich offenbar ganz der Negativität ergeben. Die Ältesten haben ihn kommen lassen, und es war noch viel schlimmer als befürchtet. Er ist in der Leihbücherei in Rotorua heimlich ins Internet gegangen! Er hat Kontakt zu seiner Familie aufgenommen, und die hat ihn völlig verunsichert. Das tut jede Familie, wenn sie Gelegenheit dazu bekommt. Wir haben die ganze Nacht versucht, ihm seine Zweifel auszureden.«

»Und, wart ihr erfolgreich?«

Aden schüttelte den Kopf. »Er hat seinen Glauben verloren. Er kam uns mit irgendwelchen Statistiken – ob uns eigentlich klar sei, dass die Welt noch nie sicherer gewesen sei, weniger Krankheiten, längere Lebensdauer? Er hat sogar Justin verspottet: ›Er ist genauso wenig Jesus Christus wie ich!‹, hat er gesagt.«

»Nein!« Kairo war schockiert über diese Blasphemie. »Wie hat Justin reagiert? War er wütend?«

»Er war nicht da. Sydney wollte mit ihm reden, aber Gaza meinte, er werde nicht kommen, weil Sydney vom Glauben abgefallen sei. Dann geriet er in Panik und stammelte Entschuldigungen, aber es war zu spät. Zu guter Letzt lag er zusammengerollt auf dem Fußboden und weinte. Er wolle Bali und Monty sehen, bettelte er. War ganz schön hart. Armer Kerl.«

»Und wo ist er jetzt?«

Aden vermied es, sie anzusehen. »Fort.«

»Fort? Wohin?«

»Hast du nicht gehört, wie die *Ikaroa* weggefahren ist? Sie werden ihn bis zur nächsten Bushaltestelle bringen und ihm hundert Dollar mitgeben. Seine Familie lebt in Südafrika, sie wird ihm bestimmt helfen.«

»Ich glaub das nicht!« Kairo starrte zum Bootssteg hinaus. »Sie können ihn doch nicht einfach rauswerfen! Das können sie doch nicht machen! *Wir* sind seine Familie! Was ist mit Bali?«

»Sie hat sich von ihm verabschiedet.«

»Und Monty?«

Aden verzog das Gesicht. »Für ihn ist es schlimm.«

»Sydney wird vor Gericht gehen, er wird versuchen, das Sorgerecht für Monty zu bekommen. Er wird sich nicht einfach geschlagen geben.«

»Doch, das wird er.«

»Aber er liebt seinen kleinen Jungen!«

Aden schien völlig erschöpft. Er streckte sich der Länge nach auf der Bank aus. »Das ist schon richtig. Aber er wird trotzdem keinen Ärger machen. Gethsemane hat das alles schon durchgemacht, Kairo. Kerala hat Suva aufgegeben. Wer sich von Gethsemane abwendet, kämpft bereits mit seinen Dämonen – er hat weder die Kraft noch das Geld, auch noch gegen uns zu kämpfen. Und in seinem tiefsten Inneren weiß jeder, dass er sein Kind dem Tod weiht, wenn er es von hier wegbringt. Am Jüngsten Tag wird nur der gerettet, der sich hier aufhält. Das ist auch Sydney klar, deshalb wird er Monty aufgeben.«

Sie stellte sich vor, wie Sydney ganz allein in einem Bus saß, der ihn von seiner Frau und seinem Kind und von allem, was er liebte, wegbrachte. *Er muss völlig verängstigt sein,* dachte sie. *Am Boden zerstört.*

»Ich habe ihn bei Gaza und Liam verpfiffen«, murmelte sie unglücklich.

»Du kannst nichts dafür. Sie wussten schon Bescheid. Er hat nie wirklich hierhergehört. Er ist aus Liebe zu Bali und zu Monty geblieben, nicht wegen Justin. Er war nie wirklich ein Wächter.«

Kairo umschloss ihren Kaffeebecher mit beiden Händen, während sie nach den richtigen Worten suchte. »Als ich das letzte Mal mit ihm gesprochen habe, hat er eine komische Bemerkung über Roms Mutter gemacht«, sagte sie schließlich. »Über Tripolis.«

»Mm?«

»Ich solle fragen, wo sie jetzt sei, sagte er. Aber sie ist doch tot, oder?«

»Ja. Ja, sie ist tot.«

Aden streckte ihr auffordernd seine Arme entgegen. Sie schob sich hinter den Tisch und legte sich zu ihm auf die Bank. Das Gemecker der Ziegen war zu hören und dann Stimmengemurmel: Die Melkerinnen kamen.

»Erzähl's mir«, bat sie.

»Da gibt es nichts zu erzählen.«

»Was ist passiert?«

Er schloss die Augen. Sie spürte, wie seine Brust sich hob und senkte.

»Tripolis ist schwimmen gegangen. Nachts. Ganz allein. Im Winter. Der See war teilweise zugefroren.«

»Warum in aller Welt hat sie das gemacht?«

»Das weiß niemand. Rom war ein paar Wochen alt. Sie hat ihn in Monikas Obhut gegeben, ist rausgegangen und nicht mehr zurückgekommen. Justin war völlig außer sich. Die ganze Gemeinde machte sich auf, sie zu suchen, überall, in den Hügeln, im Wald, auf dem Wasser. Nach zwei Tagen haben wir sie gefunden.« Er holte tief Luft und fügte hinzu: »Genauer gesagt, fand *ich* sie.«

»Wo?«

»Ein Stück weit weg am Ufer. Die Strömung hatte sie abgetrieben.«

»Das muss sehr …«

»Ja, das war es.«

Draußen schrie eine Frau: »Halt endlich still, Marigold! Du wirfst noch den Eimer um!« Die Melkerinnen schienen keinen guten Tag zu haben. Die Glocke läutete. Suva war aufgestanden. Man hörte, wie sie in ihrem Zimmer umherging, Schubladen herauszog und wieder zuknallte.

»Das ist lange her«, fuhr Aden fort. »Wir sprechen nicht darüber. Und ich war die ganze Nacht auf den Beinen«, er gähnte ausgiebig, »und ich muss noch das Dach vom Traktorunterstand reparieren, bevor der nächste Sturm kommt.«

Wenige Minuten später machte die Familie sich auf den Weg zum *wharenui*. Damaskus lag warm eingepackt in seinem Tragetuch auf Kairos Rücken. Nur sein lächelndes Gesicht schaute heraus. Suva hüpfte gut gelaunt neben ihrem Vater her.

Sie stapften den Hügel hinauf. Auf halber Höhe gesellten Melanie und Raewyn sich zu ihnen. Gethsemane hatte sie bereits in seinen Bann gezogen.

»Ich kann mir gar nicht vorstellen, dass man von hier wegmöchte!«, rief Melanie euphorisch. »Das ist das reinste Paradies!«

Kairo legte den einen Arm um sie, den anderen um Raewyn, als ob die beiden ihre besten Freundinnen wären. Im Gleichschritt gingen sie weiter und genossen die ungewöhnlich saubere Luft. Im Zwielicht hatte das Glockengeläut etwas Geheimnisvolles. Wächter kamen zusammen, umarmten sich lächelnd, bereit für den neuen Tag.

Auf der Veranda des *wharenui* drehte Kairo sich noch einmal um und blickte auf den metallisch blaugrau schimmernden See hinaus. Was muss in einer jungen Mutter in den letzten Sekunden vorgegangen sein, dachte sie, bevor das eisige Wasser ihr die Luft nahm?

EINUNDDREISSIG

Diana
DEZEMBER 2011

Es war Cassys dreiundzwanzigster Geburtstag. Obwohl sie wenig Hoffnung hatte, dass das Päckchen ankommen würde, hatte Diana ihr ein Paar Ohrringe geschickt. Mike hatte die beigefügte Karte unterschrieben und zwei, drei Zeilen hinzugefügt.

Tara weigerte sich, das auch zu tun. »Wenn sie mir was zu sagen hat, kann sie anrufen.«

Sie war ausgegangen, weil sie keine Lust hatte, »zu Hause herumzusitzen und Trübsal zu blasen«.

»Dreiundzwanzig Jahre«, murmelte Diana, als sie und Mike an dem kleinen Küchentisch beim Essen saßen. »Weißt du noch? Meine Fruchtblase ist geplatzt, und du bist bei Rot über die Ampel gerast!«

»Ich möchte nicht darüber reden.«

»Wir können doch nicht so tun, als hätte es sie nie gegeben!«

»Warum? Sie scheint ja auch versessen darauf, so zu tun, als hätte es *uns* nie gegeben!«

Sie aßen schweigend, räumten schweigend den Tisch ab, schauten sich schweigend die Nachrichten an, gingen ins Bett. Immer noch schweigend.

Diana war stets der Meinung gewesen, dass sie eine ganz gute Ehe führten. Keine schlechte jedenfalls. Ihre Ehe hatte die Trennungen und Turbulenzen des Soldatenlebens überstanden, einschließlich zehn Umzügen innerhalb von achtzehn Jahren. Die größte Bewährungsprobe – hatten sie jedenfalls geglaubt – war die Zeit nach Mikes zweitem Bosnien-Einsatz gewesen. Es schien, als hätte er sich eine Zeit lang verloren: Er war nervös, er war jähzornig, er fing an zu trinken. Er wurde nie gewalttätig, aber sie war schwanger mit Tara, und so war es ein verdammt hartes Jahr gewesen. Diana und Cassy, damals ein kleines Mädchen, lernten, sich in seiner Gegenwart auf Zehenspitzen zu bewegen. Doch auch diesen Sturm hatten sie gemeistert. Jetzt war das Schnee von gestern, kein Thema mehr, fast vergessen. Tara wusste nichts davon.

Aber jetzt das. Diese Sache mit Cassy. Das war etwas völlig anderes. Das verletzte sie beide tief und nachhaltig. Dagegen schien alles andere bedeutungslos. Diana fragte sich, ob ihre gemeinsamen Investitionen in ihre Töchter nicht so eine Art Kitt gewesen waren. Und jetzt, wo er spröde zu werden, zu bröckeln begann, schien sie nichts mehr zusammenzuhalten.

Der Privatdetektiv war ihre letzte Hoffnung gewesen. Sie hatten sorgfältig recherchiert, bevor sie ihn ausgesucht und mehr ausgegeben hatten, als sie sich leisten konnten. Palmer war Neuseeländer, ein ehemaliger Polizist mit langjähriger Berufserfahrung als Detektiv. Außerdem verfügte er über weitreichende Kontakte und wusste, wie man die Leute zum Reden brachte. Doch dieser Fall überforderte selbst ihn. Er habe es noch nie erlebt, dass über jemanden so gesprochen wurde wie über Justin Calvin, sagte er, als Mike und Diana anriefen, um seinen Bericht mit ihm zu erörtern.

»Das geht über bloße Bewunderung hinaus. Das ist schon *Verehrung*. Wenn ich nur an diesen ehemaligen Gefängnisgeistlichen denke! Das hat mich echt umgehauen, was er mir erzählte. Calvin konnte einen Mithäftling überreden, nicht vom Dach zu springen, er verhinderte eine Revolte, er schwatzte einem älteren Paar ein großes Stück Land ab, er gründete seine eigene Kirche. Und das alles mit noch nicht einmal einundzwanzig Jahren. Die Leute strömen in Scharen zu ihm. Auf der anderen Seite war Kerala Tillich in einer wirklich schlimmen Verfassung.«

»Und was heißt das jetzt im Klartext?«, fragte Mike.

»Ich hab keinen blassen Schimmer.« Palmer klang frustriert. »Es tut mir wirklich leid. Sie wollen Antworten. Dafür haben Sie mich schließlich bezahlt. Aber ich kann Ihnen nicht sagen, ob wir es hier mit einem zweiten Jesus oder einem zweiten Hitler zu tun haben.«

Sie dankten ihm, bezahlten seine Rechnung und sortierten seinen Bericht im Aktenordner ein. Nach dieser Sackgasse gab Mike die Hoffnung auf. Er interessierte sich für nichts und niemanden mehr. Nacht für Nacht, Monat für Monat füllte Cassy ihr Schweigen. Diana ertrug es nicht mehr.

»Rede mit mir«, sagte sie an Cassys Geburtstag zu seinem ihr zugekehrten Rücken.

»Worüber?«

»Nun, zum Beispiel über Tara. Sie trinkt. Sie macht überhaupt keine Hausaufgaben mehr.«

»Wenigstens ist sie noch da.«

Diana hätte ihn am liebsten geschüttelt. Sie konnte ihn ja verstehen, aber glaubte er, er habe das alleinige Recht auf Verzweiflung und Kummer? Lieber allein sein, dachte sie, als zu zweit und trotzdem einsam.

»Könnte es sein, dass du depressiv bist?«, fragte sie.

»Nein.«

»Bist du sicher?«

Keine Reaktion.

»Mike?«

Nichts. Es war zum Aus-der-Haut-Fahren.

»Na schön. Wenn du mich fragst, ich denke, dass du Depressionen hast, und ich wünschte, du würdest dir Hilfe suchen, weil das Leben mit dir alles andere als leicht ist. Du bist doch nicht der Einzige, der leidet, Herrgott noch mal! Glaubst du, für mich ist das nicht schwer? Ich möchte mich einen einzigen Tag nicht fragen müssen, ob sie noch am Leben ist!«

Immer noch keine Reaktion.

»Jetzt reicht's!«, fauchte sie und knipste ihre Nachttischlampe an. »Du wirst mir auf der Stelle sagen, was in deinem Kopf vorgeht, Mike, hörst du mich?«

Er lag in Fötusstellung auf der Seite, die Decke über sich gezogen wie ein kleiner Junge. Sie griff hinüber und legte ihm die Hand aufs Haar. Sie erschrak, als sie das lang gezogene, hohe Winseln hörte, das er von sich gab.

»Geh weg!« Er schluchzte jetzt, so heftig, dass es ihn schüttelte. Tränen liefen ihm an der Nase entlang und tropften auf die Bettwäsche. »Ich will nicht, dass du mich so siehst! Das ist alles nur meine Schuld! Ich hab sie aus dem Haus getrieben! Das ist alles nur passiert, weil sie mich hasst!«

Da könnte was dran sein, dachte sie und sagte laut: »Unsinn, das ist doch nicht deine Schuld.«

Er schnappte sich ein Kissen und presste es sich aufs Gesicht – eine erschütternd kindliche Geste. Sie hatte Mike in all den Jahren noch nie so erlebt. Zornig, ja, aber nie weinend.

»Geh«, bat er noch einmal. »Lass mich allein. Bitte!«

Sie griff nach ihrem Morgenrock und flüchtete. Es gab nur ein Zimmer im Haus, wo sie Trost fand, und dorthin zog sie sich jetzt zurück.

Tara hasste Cassys Zimmer mittlerweile. Sie setzte keinen Fuß mehr hinein. »Wie eine verdammte Kultstätte«, schimpfte sie. Aber es war keine Kultstätte, sondern das Zimmer eines geliebten Kindes, das darauf wartete, dass seine Bewohnerin zurückkehrte. Siebzehn Monate waren vergangen, seit sie Cassy beim Packen zugeschaut hatten, aber es hätte genauso gut gestern sein können. An der Pinnwand aus Kork hingen Fotos und To-do-Listen mit Dingen, die sie vor ihrer Abreise noch erledigen wollte. Der Greenpeace-Kalender zeigte das Blatt für Juli 2010. Auf dem Fensterbrett hielten russische Matrjoschka-Puppen Wache: eine große, eine mittlere, eine kleine, eine noch kleinere und eine winzige. Ihre aufgemalten Gesichter mit Wimpern wie Sonnenstrahlen waren in einer ewigen lächelnden Grimasse erstarrt. Cassy hatte die Puppen von Mikes Mutter zum zehnten Geburtstag bekommen. Der Traumfänger mit seinem Netz und seinen Federn hatte die ganze Zeit müßig da gehangen – es gab keine bösen Träume, die er hätte fangen müssen.

Diana machte jede Woche hier drin sauber. Sie staubte die Jura-Bücher und die Fotos ab, die Tuben mit Feuchtigkeitscreme und die Nagellackfläschchen, den Schmuck, der unordentlich in seinem Perlmuttkästchen lag. Cassys Zimmer musste doch bereit sein, wenn sie nach Hause kam.

Pesky lag zusammengerollt auf dem Bett. Als Diana hereinkam, streckte er sich und schnurrte verschlafen.

»Du vermisst sie auch, hm?«, flüsterte Diana. »Rutsch rüber, Dickerchen.«

Sie schlüpfte unter die Decke, die – mit ein klein wenig Fantasie – immer noch nach Cassys Kakaobutter duftete. Die Bettwäsche fühlte sich klamm und kalt an.

»Cassy«, sagte sie in die Stille hinein, »bitte komm zurück. Wir gehen kaputt.«

Ihre Stimme klang einsam. Nutzlos.

Durch die offenen Vorhänge konnte sie Nieselregen auf den Fensterscheiben sehen und den rötlichen Dunst eines lichtverschmutzten Nachthimmels. Sogar der Himmel, unter dem

Cassy sich befand, war ein anderer: ein tagheller, der sich über einem wunderschönen, gefährlichen See spannte.

»Alles Gute zum Geburtstag, mein Schatz«, flüsterte Diana. »Wo immer du sein magst.«

ZWEIUNDDREISSIG

Kairo

Wenn Monty seinem Vater nachtrauerte, dann tat er es heimlich. Er weinte nicht, er wirkte manchmal nur nachdenklich und müde, und er fing an, am Daumen zu lutschen. Nicht lange nach Sydneys erzwungener Abreise verkündete Bali, dass sie schwanger sei.

»Unsere beiden werden wie Zwillinge aufwachsen«, sagte sie zu Kairo, als sie die gute Nachricht feierten. »Dein Baby und meins.«

»Wirst du Sydney Bescheid sagen?«

Bali guckte sie erstaunt an. »Er ist nach Südafrika zurückgegangen. Dieses Kind ist ein Kind Gethsemanes.«

Melanie und Raewyn wurden getauft und in die Gemeinschaft der Wächter aufgenommen. Von jetzt an hießen sie Kiew und Tunis. Sie legten einen neuen Kräutergarten nach dem Vorbild mittelalterlicher Klostergärten an. Bald bereicherten neue aromatische Pflanzen Seouls Eintöpfe und bildeten die Grundlage für Monikas Arzneitees und Salben.

Kairos dreiundzwanzigster Geburtstag fiel in diesem Dezember auf ein Wochenende. Zur Feier des Tages gab es ein gemeinschaftliches Frühstück für alle, und ihre Schulklasse sang ein Lied, das sie eigens für sie einstudiert hatte.

Es hatte die ganze Woche geregnet, aber an diesem Morgen zeigte die Sonne sich wieder. Kairo und Bali, die zum Dienst in der Kinderkrippe eingeteilt waren, beschlossen, mit den Kleinen einen Ausflug nach Kereru Cove zu machen. Der mehrere Meilen lange Weg führte durch dichten Wald und über einige steile Felsvorsprünge, aber den Kindern machte das nichts aus. Geübt überwanden sie jedes Hindernis und liefen schließlich jubelnd zum Strand hinunter, wo sie sich ihre Sachen herunterrissen.

»Jeder legt seine Sachen ordentlich auf einen Haufen!«, befahl Bali. Sie schnaufte schwer, sah aber aus wie das blühende Leben, seit sie schwanger war. Sie hatte zugenommen und wirkte ein wenig unbeholfen. »Prag, hör auf, die armen Enten zu jagen! Wie würdest du dich fühlen, wenn du von einer riesigen Ente gejagt würdest?«

Als die Kinder ihre Kleider fein säuberlich zusammengelegt hatten, rannten sie zum Planschen in das knietiefe Wasser. Nur die zweijährige Xian, die Tochter von Lima und Colombo, hatte Mühe mit ihrem Kleidchen: Sie kriegte es nicht über ihren Kopf.

»Warte, ich helf dir, Schätzchen«, sagte Kairo. Sie befreite das kleine Mädchen und fuhr ihm liebevoll über die Haare. Sowohl den Mädchen als auch den Jungen wurden die Haare am dritten Geburtstag zum ersten Mal geschnitten. Xian hatte immer noch einen prächtigen Schopf krauser Ringellöckchen, die ihren Kopf im Sonnenlicht wie einen Heiligenschein umgaben. Kairo musste plötzlich an Imogen denken.

Wie es ihr wohl geht?, fragte sie sich. *Ob sie und Becca manchmal an mich denken? Was Becca jetzt wohl macht? Ich würde furchtbar gern mit den beiden reden.*

»Du siehst traurig aus«, stellte Bali fest.

Es war ein Vorwurf. Wehmütige Gedanken an die Welt *draußen* waren gleichbedeutend mit Negativität.

»Nein! Nein, nicht traurig. Ich dachte nur, dass Xian ein richtiges kleines Kätzchen ist.« Kairo wurde rot, als sie das winzige Kleidchen zusammenlegte. »Ich wünschte, sie könnte ihren bezaubernden Lockenschopf behalten.« Als Bali hörbar nach Luft schnappte, fügte sie schnell hinzu: »Was nicht heißen soll, dass ich den Weg Gethsemane infrage stelle.«

Balis Augen glänzten. »Sei vorsichtig, Kairo. Jetzt wünschst du dir, Xian könnte ihre Locken behalten, und als Nächstes wünschst du dir, deine eigenen Haare wären wieder lang. Auf diese Weise schleicht sich Negativität ein.«

»Ich weiß.«

»Ich habe schon Sydney verloren. Ich will nicht auch noch dich verlieren. Tu mir das bitte, bitte nicht an!«

Die alte Cassy wäre fast explodiert. *Verpiss dich doch, hätte sie am liebsten geknurrt. Du selbstgerechte Kuh! Was fällt dir eigentlich ein? Woher nimmst du dir das Recht, mir zu sagen, was ich denken soll? Sei bloß nicht so von oben herab!*

Das waren gefährliche Gedanken. Erschreckende, selbstmörderisch gefährliche Gedanken. Bali hatte einen guten Draht zu den Gefährten und würde eines Tages vermutlich zu ihnen gehören. Sie war einflussreich und außerdem eine gute Freundin. Und so rang Kairo sich ein Lächeln und eine Entschuldigung ab, während sie im Stillen herunterleierte: *keine Negativität, nur Liebe, übe dich in Demut.*

Xian rettete die Situation – wenn auch unfreiwillig –, als sie bäuchlings ins Wasser plumpste. Beide Frauen sprinteten zu ihr.

»Hoppla!« Bali stellte die Kleine wieder auf die Füße. »Alles in Ordnung, Schätzchen? Hast du Sand in den Augen? Nein, nicht reiben, du musst blinzeln! Nein, nein, nicht weinen! Nicht weinen! Sei tapfer. Blinzel-blinzel-blinzel!«

Das Kind schob die Unterlippe vor und machte eine komische Grimasse, als es angestrengt die Augen zu- und wieder aufmachte.

»Besser?«, fragte Bali.

»Mm-mm.«

»Ich möchte ein Lächeln sehen.«

Xian zwang sich zu einem drolligen Grinsen und galoppierte zu ihren Freunden zurück.

Bali streifte ihre blaue Baumwollhose herunter und watete ins Wasser, um Monty Schwimmunterricht zu geben. Kairo blieb allein am Ufer zurück. Sie konnte den warmen Sand unter ihren Füßen spüren. Sie schämte sich für ihre zornigen Gedanken. Obwohl sie versucht hatte, sie zu unterdrücken, hatten sie der Negativität Einlass gewährt. Sie hatte es genau gefühlt. Sie würde es beichten müssen, und davor graute ihr.

An dieser kleinen Bucht hatte sie einige der glücklichsten Stunden ihres Lebens verbracht. Es war eine Oase des Friedens. Nicht einmal die Tramper, die sich gelegentlich mit ihren Rucksäcken und ihren Zelten in die Gegend verirrten, fanden dieses Kleinod. Wasserfontänen und Kinderlachen glitzerten wie Diamanten.

Es war der Himmel auf Erden. Das durfte sie niemals vergessen.

Als sie in dieser Nacht neben Aden lag, hörte sie ihn denken. Sie konnte es an seinem Herzschlag, an seiner flachen Atmung hören.

»Ich habe heute Justin getroffen«, sagte er. »Er ist auf die obere Weide gekommen. Hat sein Hemd ausgezogen und mir geholfen, das Schwingtor einzuhängen.«

»Klingt ganz nach ihm.«

Über dem See ging der Mond auf. Sie nahm seinen blassen Glanz selbst durch geschlossene Lider hindurch wahr.

»Wir haben über eine Partnerin für Rom gesprochen. Justin hätte Malindi für ihn ausgesucht, wenn sie älter wäre, aber jetzt fürchtet er, dass die Zeit knapp werden könnte, weil das Ende der Welt naht.«

»Malindi? Nicht Suva?«

»Suva kann nicht seine Partnerin werden.«

»Aber sie und Rom verstehen sich blendend!«

»Trotzdem.«

»Das verstehe ich nicht. Wieso kann Suva nicht seine Partnerin werden?«

Aden löste sich von ihr und setzte sich mit dem Rücken zu ihr auf die Bettkante. Kairo kniete sich hinter ihn und schlang ihre Arme um ihn.

»Ich will Justins Entscheidung ja nicht infrage stellen.« Sie drückte ihre Lippen auf seine Schulter. »Ich wundere mich nur. Suva und Rom sind wie Bruder und Schwester.«

Aden gab ein Grunzen von sich, ein angedeutetes Lachen. »Das kommt daher, dass sie Bruder und Schwester *sind.*«

Ihr Herzschlag setzte kurz aus. Wollte er sie auf den Arm nehmen?

»Suva und Rom?«, flüsterte sie ungläubig.

»Suva und Rom.«

»Das kann doch nicht sein!«

Wieder dieses angedeutete Lachen. »Und ob das sein kann. Sie sind der lebende Beweis dafür.«

»Warum erzählst du mir das jetzt erst?«

»Weil ich es dir nicht erzählen durfte. Aber jetzt, wo die Ältesten dir vertrauen, sind sie sicher, dass du es verstehen wirst.«

»Was soll ich verstehen? Wie können die beiden denn Geschwister sein?«

Er legte seine Hand auf ihre, die immer noch auf seiner Brust lag. »Weil ich nicht Suvas Vater bin.«

»Natürlich bist du das!«

»Nicht ihr leiblicher Vater. Mir wurde die Verantwortung

für sie übertragen. Die Aufgabe, sie großzuziehen. Ich bin ihr Dad, nicht ihr Erzeuger.«

»Wer ist es dann?«

Eine kurze Pause, daraufhin antwortete er: »Justin.«

Kairo war wie vor den Kopf geschlagen. Ihre Gedanken überschlugen sich, rasten hierhin und dorthin, während sie sich bemühten, dieses Teilchen in das Puzzle einzufügen. Es gelang ihr nicht.

»Justin ist der Vater vieler Kinder von Gethsemane«, fuhr Aden fort.

»Zum Beispiel?«

»Zum Beispiel Jaipur.«

Jaipurs Mutter war Athen. Kairo war davon ausgegangen, dass Kyoto sein Vater war, aber wenn sie jetzt darüber nachdachte, fiel ihr auf, dass die beiden sich überhaupt nicht ähnlich sahen.

»Und Xian.«

»Der süße kleine Lockenkopf? Das kann nicht dein Ernst sein! Das heißt, Justin und Lima –«

»Und Sansibar.«

»Sansi? Skye war Prostituierte, nicht wahr, als Justin sie aufgriff und rettete? Sie kann damals kaum älter als sechzehn gewesen sein. Ich hab gedacht, sie sei schon bei ihrer Ankunft hier schwanger gewesen.«

»Sie ist die Mutter einer Prinzessin. Justin will ein neues Volk gründen, und diese Kinder sind die Kinder Gottes. Sie tragen den göttlichen Funken in sich. Sie werden die Fürsten im Friedensreich sein.« Aden wirkte angeschlagen. Seine Stärke, seine Gewissheit reichten nicht aus. Nicht an diesem Abend, nicht für das.

Kairo legte ihre Wange an seine kühle Haut. »Aber wie … ich meine, Kerala war doch *deine* Partnerin.«

»Niemand von uns hier besitzt etwas. Sie ging freudig mit ihm auf die Insel und blieb dort, bis sie schwanger wurde. Sie war die Geliebte des Messias, die Mutter seines Kindes. Sie war nicht die Erste. Und sicher nicht die Letzte.«

»Hat dir das nichts ausgemacht? Hat es *ihr* denn nichts ausgemacht?«

»Wir waren glücklich«, antwortete er ausweichend, und sie spürte, wie seine Halsmuskeln sich anspannten. »Es war eine Ehre.«

»Und ein Opfer.«

Er zuckte die Achseln. »Opfer zu bringen gehört dazu. Justin hat sein Leben geopfert und ist unter großen Qualen gestorben. Dagegen ist das, was er von uns verlangt, überhaupt nichts. Wir teilen alles in Gethsemane.«

»Sogar unseren Körper?«

»*Alles.*«

Sie schloss die Augen und wartete. Das musste sich erst einmal setzen. In den achtzehn Monaten, die sie in Gethsemane lebte, hatte sie ihre von *draußen* mitgebrachten Komplexe abgelegt. Es hatte einmal eine Zeit gegeben, da wäre sie zutiefst empört gewesen. Man hatte von Kerala erwartet, dass sie mit dem Chef schlief und sein Kind austrug? Man hatte von Aden erwartet, das als Ehre zu betrachten? Lima, Skye, Athen, Kerala. Wie viele Frauen mochten noch zu diesem Zweck auf der Insel gewesen sein? Wie viele Männer zogen Justins Kinder groß?

Doch heute war sie ein anderer Mensch, nicht mehr das konservative Kind konservativer Eltern. Sie empfand Verachtung für die alte Cassy. Sie weigerte sich, schockiert zu sein. Aden war ja auch nicht der leibliche Vater von Damaskus.

»Weiß Suva es?«

»Ja, aber wir reden nie darüber. Sie ist in dem stillschweigenden Bewusstsein des göttlichen Anteils an ihrer Existenz aufgewachsen. Rom ist da ganz anders. Er ist Justins erster Sohn, sein ganz besonderer Sohn, und er hat keine Mutter. Justin hat ihn immer als seinen Sohn anerkannt.«

Wer noch? Kairo durchforschte ihr Gedächtnis. Dann ging ihr ein Licht auf. »Bali! Nicht wahr?«

»Richtig.«

»Und Sydney konnte nicht damit umgehen. Ich war dabei. Ich hab gesehen, wie er auf dem Steg stand und winkte, als Justin mit ihr davonruderte. Deshalb hat er durchgedreht.«

»Das war eine Prüfung. Justin hätte ihn zum Pflegevater eines göttlichen Kindes gemacht. Sydney hat die Prüfung nicht bestanden.«

»Wird Justin jemals mich auswählen?«

»Nein.«

»Warum nicht?«

»Er hat gesagt, ich hätte das Opfer schon einmal gebracht, er werde nicht von mir verlangen, es ein zweites Mal zu tun. Er hat es mir versprochen.«

Kairo versuchte, sich vorzustellen, wie das sein mochte – Justins Geliebte, Vertraute, Gefährtin zu sein, Wochen am Stück mit ihm auf der Insel zu verbringen. Eine seltsam erregende Vorstellung. Justin war der König von Gethsemane und Erlöser der Welt. Mit ihm zu schlafen wäre, wie mit einem Rockstar zu schlafen: glamourös. Ein göttlicher Liebhaber. Ihr nächstes Kind wäre ein Königskind.

Andererseits … Sie malte sich die physische Realität aus und schauderte unwillkürlich.

»Ich liebe Justin wie einen Vater«, sagte sie. »Aber nicht als Mann. Jedenfalls nicht so! Nein, das wäre wie Inzest.«

»Dann sei froh, dass du mich hast. Zumal ich nichts Göttliches an mir habe.«

Sie umarmte ihn fest. »Für mich schon!«

»Ich weiß nicht, ob das Blasphemie oder Schmeichelei ist«, erwiderte er trocken.

Sie zwang ihn sanft, sich wieder hinzulegen, und bettete ihren Kopf an seine Brust, wollte ihn trösten und zugleich das unbehagliche Gefühl, das sie beschlichen hatte, verdrängen. Das Baby trat sie. Sie nahm Adens Hand und legte sie auf ihren Bauch. »Spürst du es? Das ist dein Sohn oder deine Tochter.«

Alles war gut in ihrer Welt, in der jetzigen und in der zukünftigen, wann immer sie kommen würde. Nur dieses Bild ließ sie nicht mehr los, das Bild, wie ihr Mann allein auf dem Bootssteg stand und einem sich entfernenden Ruderboot nachschaute.

Im April brachte Bali ein Mädchen zur Welt. Paris, Kairo und Monika waren bei der Entbindung dabei. Obwohl es sehr früh am Morgen war, kam Justin, von irgendeinem göttlichen Instinkt geleitet, herübergerudert.

»Hallo, Kleines«, flüsterte er, das Kind in seinen Armen haltend. »Willkommen in dieser Welt am Abgrund. Ich werde dich Helike nennen.«

Auch Kairos Schwangerschaft neigte sich dem Ende zu. Die paar Stunden Schlaf, bevor sie dem Ruf der Glocke folgten, waren nicht annähernd genug. Sie kämpfte gegen die Müdigkeit an. Dann, als das Lied gesungen wurde, schrak sie plötzlich hoch, weil stechende Schmerzen sie durchfuhren. Sie lehnte sich an Aden und atmete tief ein und wieder aus, bis sie abgeklungen waren. Puh! Das konnte es doch noch nicht sein. Das Kind sollte erst in vierzehn Tagen kommen.

»Alles in Ordnung?«, flüsterte Aden und legte den Arm um sie.

Sie nickte. »Ich glaube, ich brauch bloß einen Kaffee.«

Am Vormittag standen Kairo und ihre Schüler am Fenster des Klassenzimmers und schauten zu, wie der Berg hinter einem Vorhang von Nebel und Regen verschwand. Als sie den Kindern vorschlagen wollte, doch den Sturm zu malen, wurde sie wieder von einem Krampf geschüttelt. Und dann von einem zweiten und einem dritten. In aller Eile stellte sie Staffeleien auf und legte Farben bereit, damit die Kinder beschäftigt waren. Dann lief sie zu Hanas Klasse und bat Suva, Rom zu holen, damit er sich um ihre Schüler kümmerte.

»Wieso?«, fragte Suva verdutzt. »Und was machst du?«

Die nächste Wehe setzte so plötzlich ein und war so heftig, dass sie Kairo die Luft aus den Lungen presste. Sie klammerte sich mit beiden Händen an einen Tisch und krümmte sich vor Schmerzen.

Suva wirbelte herum, rannte hinaus und durch den Regen zu Monikas Praxis, so schnell sie konnte.

In Tarawera konnte man oft alle vier Jahreszeiten an einem einzigen Tag erleben. Der Abendhimmel strahlte in klarem Türkisblau, als Monika Kairo ihren kleinen Jungen in die Arme legte. Justin gab ihm später den Namen Quito.

»Zwei neue Wächter«, sagte die Ärztin. Die Hände in die Seiten gestemmt, stand sie vor dem Bett. »Zwei an einem Tag! Was für ein Segen! Sie werden einmal die besten Freunde sein, die beiden. Aber jetzt bin ich erledigt, und wie! Es soll bitte niemand auf die Idee kommen, heute noch ein Kind zur Welt zu bringen!«

Kairos Sohn war ein atemberaubend schönes Kind, mit seidigem Flaum auf dem Köpfchen und glatten, runden, zarten Zügen. Er nahm seine Ankunft in dieser Welt mit großer Gelassenheit hin, nuckelte an seiner Unterlippe und schnitt Grimassen. Kairo empfand eine grenzenlose Liebe zu diesem kleinen Wesen. Ein Gedanke tauchte auf, bevor sie ihn unterdrücken konnte: *Mum und Dad wissen es nicht einmal.*

»Könnte ich meinen Eltern vielleicht eine Nachricht schreiben?«, fragte sie.

»Wozu?« Monika blickte verwundert drein. »Das würde nur neuen Ärger heraufbeschwören.«

»Ich dachte, nur ein paar Worte, damit sie wissen, dass sie zwei Enkelsöhne haben.«

»Dann geht alles wieder von vorn los. Willst du, dass die Polizei wieder hier auftaucht?«

»Nein.«

»Nein. Wir auch nicht.« Monika warf einen Blick aus dem Fenster. »Da draußen steht dein gut aussehender Partner. Er hat den ganzen Tag ausgeharrt. Wollen wir ihn nicht hereinholen, damit er seinen Sohn kennenlernt?«

Das Handbuch des Sektenführers: In acht Schritten zur Bewusstseinskontrolle

Cameron Allsop

Herzlichen Glückwunsch!

Dein Rekrut ist jetzt Teil deiner Organisation, er hat sich in jeder erdenklichen Weise in sie eingebracht und ist von deinem Glaubenssystem überzeugt. Daher ist er hoch motiviert, gemeinsam mit der Gruppe an dessen Fortbestand und Verbreitung zu arbeiten.

Denk daran: Kontrolle ist nur möglich, wenn jedes Mitglied in irrationaler Furcht vor Ausschluss aus der Gruppe oder vor dem Anzweifeln deiner Autorität lebt. Sorge dafür, dass die Gruppe ständig an das Böse in der Welt draußen erinnert wird. Die einzigen Nachrichten, die hereindringen, sollten schlechte Nachrichten sein.

DREIUNDDREISSIG

Diana

20. FEBRUAR 2014

Cassy, mein Schatz,
ich habe keine Ahnung, ob meine Briefe dich erreichen, aber ich schreibe dir einfach in der Hoffnung, dass der eine oder andere zu dir durchkommt. Jahre sind vergangen, seit du fort bist, aber es vergeht keine Stunde, in der ich nicht an dich denke. Du wirst geliebt wie eh und je, bist so wichtig und real wie eh und je.
Ich schreibe dir diesen Brief hauptsächlich deshalb, weil ich dir sagen muss, dass Grandma gestorben ist. Sie schlüpfte unbemerkt durch die Hintertür des Lebens hinaus, als niemand hinsah. So hat sie es sich immer gewünscht, deshalb freue ich mich für sie. Aber ich hätte mich gern von ihr verabschiedet. Sie war bis zuletzt klar im Kopf, aber ich fürchte, ihr Körper hat sie im Stich gelassen. Ich frage mich, ob all die Jahre in Greenham Common nicht zum Teil schuld daran sind.
Sie hat jedes Mal, wenn ich sie besucht habe, nach dir gefragt und mich gebeten, dir viele Grüße auszurichten. Das Schreiben hat ihr gegen Ende große Mühe bereitet, deshalb sind ihre Briefe an dich immer kürzer geworden.
Becca kam zur Beerdigung. Ich soll dich ganz herzlich grüßen. Sie ist jetzt Betriebspsychologin, aber das hat sie dir ja geschrieben. Sie ist befördert worden und hat eine tolle Stelle

ergattert – in New York! Ich hätte nicht geglaubt, dass sie diejenige ist, die erfolgreich Karriere machen wird.
Sie hat mir erzählt, dass Imogen und Jack geschieden sind. Imogen hatte eine Affäre, es muss eine sehr schmutzige Scheidung gewesen sein. Traurig. Zum Glück sind keine Kinder da, die darunter leiden würden.
Dad wohnt immer noch in dieser grässlichen Mietwohnung. Er kommt mindestens einmal die Woche zum Essen. Ich weiß, das hört sich komisch an, wo wir doch getrennt sind, aber ich will sichergehen, dass er wenigstens gelegentlich eine warme Mahlzeit bekommt!
Tara macht uns große Sorgen. Seit sie ausgezogen ist, lässt sie sich kaum noch blicken. Wie oft wünsche ich mir, du wärst hier, um mit ihr zu reden!
Ich lege das Kirchenheft von der Trauerfeier für Grandma bei. Sie wollte, dass der Trauergottesdienst in St. Luke's abgehalten wird, und ich muss zugeben, dass diese alten, vertrauten Worte etwas Tröstliches hatten. Der Vikar war wirklich gut. Und ich habe Dinge über sie erfahren, von denen ich bisher keine Ahnung hatte. Es waren Leute gekommen, die sie als politisch Engagierte, als Unruhestifterin kannten, die festgenommen worden war. Für mich war sie eine Verräterin gewesen, für sie eine Heldin! Eine Ikone! Meine Mutter! Ich werde ein Foto von ihr beifügen und auch ein paar von mir, Tara und Pesky (der kaum noch durch die Katzenklappe passt – der Tierarzt hat ihm eine Diät verordnet).
Es tut mir leid, dass ich so traurige Nachrichten habe, aber ich dachte, du würdest bestimmt wissen wollen, dass Grandma tot ist.
Wenn du dies liest, meine über alles geliebte Cassy, dann weißt du hoffentlich, dass ich dich liebe. Mein erster Gedanke

am Morgen gilt dir und mein letzter abends, wenn ich ins Bett gehe. Du bist immer in meinen Gedanken. Für immer und ewig.

Mum xxx

PS: BITTE melde dich! Ich verspreche, ich werde kein böses Wort über deine Freunde dort verlieren. Ein kleiner Anruf würde mich unendlich glücklich machen!

PPS: Ich hoffe, dass du meine Briefe bekommst.

Kairo

Januar und Februar waren unerträglich heiß. Die Hitze machte einem das Atmen schwer. Das Gras verdorrte. Es durften keine Lagerfeuer mehr angezündet werden. Schafe und Ziegen drängten sich im Schatten, eingelullt vom monotonen, ohrenbetäubenden Zirpen der Zikaden. Kairo, Aden, Suva und die beiden kleinen Jungen gingen in jeder freien Minute schwimmen. Nachts, wenn die Moskitos sirrten und es zu heiß zum Schlafen war, schlichen sie an den See hinunter, wo eine angenehme Kühle herrschte.

Der Herbst brachte frische, klare Morgen. Im Waldgarten gediehen Obst und Nüsse in so reichlichem Maß, dass man eine ganze Armee damit hätte versorgen können. An dem Tag, als es den ersten Frost gab, kehrte ein Rekrutierungstrupp mit einer japanischen Sprachstudentin zurück, einer sehr beherrschten, eleganten jungen Frau. Sie wurde Palmyra getauft und Washington zur Partnerin gegeben.

Im Tal herrschten paradiesische Zustände, in der Welt draußen regierte das Chaos. Die Gewitterwolken wurden immer dunkler. Woche für Woche brachten die Gefährten Nachrichten von irgendwelchen Katastrophen oder Gräueltaten, Horrormeldungen ohne Ende. Die Wächter schrieben sie auf eine Holztafel im *wharenui*. Es dauerte nicht lange, bis die Tafel voll war und sie eine zweite anbringen mussten. Und dann noch eine. Und noch eine.

In Syrien herrschte seit Jahren ein Bürgerkrieg, der das Land in eine Hölle auf Erden verwandelte. In Nigeria rottete Boko Haram ganze Dörfer aus und entführte Hunderte Schülerinnen. Eine Fähre voller Kinder kenterte in Südkorea. Das Ebolavirus hatte Afrika im Griff. Chile, die Salomoninseln, Alaska, Mexiko und Fidschi im Südpazifik wurden von Erdbeben heimgesucht. Ein Passagierflugzeug verschwand spurlos vom Himmel, ein weiteres wurde abgeschossen. Russland marschierte auf der Krim ein; eine atomare Auseinandersetzung drohte. In Gaza bahnte sich eine Tragödie an. Das Schlimmste aber war eine neue Organisation, die mit unglaublicher Brutalität vorging und ihren Attentaten eine neue Dimension der Menschenverachtung verlieh: der Islamische Staat oder IS. Seine Mitglieder schienen Hass und Grausamkeit und Tod regelrecht zu zelebrieren, und das in einem unvorstellbaren Ausmaß. Justin wirkte zunehmend erschöpft, als ob die Last des Bösen in der Welt ihn herunterzöge.

Kairos drittes Kind kam am 1. November 2014 zur Welt. Ein Mädchen, ein energisches Bündel Leben, das Justin Havanna taufte. Damaskus und Quito, beide noch Kleinkinder, wussten mit diesem seltsamen neuen Wesen namens Schwester nicht viel anzufangen. Sie standen Hand in Hand neben dem Bettchen und stupsten das kleine Mädchen hin und wieder an, um zu sehen, ob es noch atmete.

»Ihr macht zweifellos wunderhübsche Kinder, du und

Aden«, sagte Monika, als das Baby sechs Wochen alt war. »Aber drei sind genug, vor allem jetzt, wo das Ende der Welt so nahe ist.«

Aus einem Schrank im hinteren Teil der Praxis nahm sie ein Diaphragma und erklärte Kairo seine Anwendung. Kairo erhob keine Einwände – drei Kinder waren in der Tat genug. Außerdem hatte sie es schon vor langer Zeit aufgegeben, Entscheidungen infrage zu stellen oder sich ein klein wenig Selbstständigkeit zu bewahren. Das war nur ein geringer Preis, den sie für das perfekte Leben in Gethsemane bezahlen musste.

Monika war zum Plaudern aufgelegt. Mit Havanna in den Armen nahm sie in ihrem Sessel Platz und bedeckte das kleine Gesicht des Mädchens mit Küssen.

»Du glaubst also, der Jüngste Tag wird bald kommen?«, fragte Kairo.

»Sieh dir doch die Zeichen an! Das kann nicht mehr lange so weitergehen. Die Menschen *draußen* müssen schreckliche Angst haben. Ich habe immer befürchtet, dass ich den Tag nicht mehr erleben werde, aber jetzt weiß ich, dass meine Furcht unbegründet ist.«

»Woher werden wir wissen, wenn es so weit ist?«

»Wir werden es wissen. Deshalb halten wir ja Wache. Wir werden bereit sein, und Justin wird uns in sein Friedensreich führen. Und du, Schätzchen« – sie drückte Havanna fester an sich – »wirst auch mitkommen. Stell dir das vor, Kleines! Du wirst in eine flammende Wolke der Herrlichkeit eingehen. Engelscharen werden dir ein Wiegenlied singen!«

Kairo schaute aus dem Fenster. Damaskus und Quito schlugen Purzelbäume und plapperten dabei in einem fort. Einen Purzelbaum schlagen schien für den zweijährigen Quito zu heißen, sich hinzulegen und seitwärts den Hang hinunterzurollen. Aber die beiden hatten Spaß.

Kairo fragte sich, wie lange die Idylle noch anhalten mochte. Die Angst kam unerbittlich näher und drohte das Glück zu zerstören. Sie konnte sie aus dem Augenwinkel sehen. Das Ende der Welt nahte. Sie dachte an ihre Eltern, an Tara, an Grandma Joyce, an Becca und Imogen und Hamish. Für sie und Milliarden andere würde es das Ende bedeuten.

»Ich wünschte, Justin könnte sie alle retten«, murmelte sie.

Es war mitten in der Nacht, als die Glocke läutete, schneller, dringlicher als sonst. Die Schläge schallten durch die tiefe Dunkelheit, und die Wächter strömten eilig zum *wharenui*.

»Ist der Jüngste Tag gekommen?«, fragte Suva aufgeregt. Sie zog sich im Gehen einen Pulli über den Kopf. »Vielleicht ist es jetzt so weit! Wer hat Wache gehabt? Ob Justin sich verwandelt hat?«

Justin wartete schon, aber er hatte sich nicht in ein glorreiches Wesen verwandelt. Noch nie hatte man ihn unrasiert gesehen, und die grauen Bartstoppeln ließen ihn älter wirken. Seine Augen, die zu einem schmalen Strich zusammengepressten Lippen hatten etwas Wildes. Sieben Bewaffnete hätten eine Schule in Peschawar, Pakistan, überfallen, verkündete er, und systematisch, über Stunden hinweg, so viele Kinder wie möglich getötet.

Die Menschen weinten und schluchzten hemmungslos. Tränen waren erlaubt, wenn sie für die Welt vergossen wurden.

»Grenzenloser Hass«, fuhr Justin fort. »Entfesseltes Böses. Was wird dem Teufel als Nächstes einfallen? Schluss damit. *Es reicht!* Ich flehe die Unendliche Macht an, dem Leid der Welt ein Ende zu bereiten! Führe das Ende herbei! Lass das Friedensreich beginnen!«

Zwei Nächte später saß Kairo auf der Veranda und stillte die kleine Havanna, die schier unersättlich war. Die Abendversammlung war vorbei, die meisten Wächter schliefen tief und fest. Es war Vollmond, und die glatte Oberfläche des Sees glänzte wie eine Zimbel. Mutter und Tochter waren im Begriff einzudösen, als ein Schrei durch das Tal hallte.

Kairos erster Impuls war, sich die Ohren zuzuhalten und ins Haus zurückzugehen. In Gethsemane war es nicht ratsam, neugierig zu sein. Dann hörte sie es wieder, ein lang gezogenes Jaulen aus Richtung der Insel, eindeutig Justins Stimme. Havanna an ihre Schulter gepresst, lief sie zum Wasser hinunter.

Im Mondlicht war die schlanke Gestalt am Ufer der Insel deutlich zu erkennen. Die Arme weit ausgebreitet, kniete Justin im Sand.

»Warum?«, kreischte er, den Kopf weit in den Nacken gelegt. »Warum? *Warum?*«

Kairo überlegte, ob sie Hilfe holen sollte. *Richtige Stimmen von richtigen Menschen, keine irren Wahnvorstellungen. Ich versichere dir, ich bin völlig normal …*

»Der Bote«, sagte eine Stimme hinter ihr. Sie fuhr herum. Liam kletterte an den Strand herunter.

»Ich denke, der Bote ist sein Freund?«

»Sein Freund, ja.« Liam trat neben sie. »Aber ein Freund mit einer scharfen Zunge. Könnte auch der Teufel sein. Sie quält ihn. Sie flüstert ihm Dinge ins Ohr.«

Kairo rieselte ein Schauder über den Rücken. Es war nicht schwer, sich in dieser Szenerie vorzustellen, dass Justin von den Eingebungen des Teufels heimgesucht wurde.

»Können wir ihm nicht helfen?«

»Jetzt nicht, nein. Kein Mensch kann ihm in Momenten wie diesen helfen. Niemand kann sich vorstellen, wie einsam er ist – ein göttliches Wesen, das auf der Erde festsitzt. Später werde ich zu ihm rüberrudern. Er wird fix und fertig sein.« Liam starrte über das Wasser und zupfte unentwegt an seinem Ohrläppchen. Keine Spur von seiner gewohnten Leutseligkeit. »Ich hasse es, wenn er so leidet. Ich mag ihn, weißt du. Ich mag ihn, seit wir Kinder waren und Wellington in Angst und Schrecken versetzt haben.«

»Wie war er so als Kind?«

»Er hat mich locker in die Tasche gesteckt! Ich war der schielende Sonderling, den niemand mag, und er war der clevere Bursche, vor dem sie alle Angst haben. Er hat mich zu seinem Freund gemacht. Ich bin ihm überallhin gefolgt, in jeden Schlamassel. Bis heute.« Liam schüttelte den Kopf. »Bis heute. Und das werde ich auch weiterhin tun. Ich habe ihn damals vergöttert, und ich vergöttere ihn immer noch.«

Justin war aufgesprungen, stapfte erregt am Strand auf und ab und diskutierte mit einem unsichtbaren Gegner.

»Ich würde alles für ihn tun«, murmelte Liam.

»Das weiß ich.«

»Nein. Ich meine wirklich *alles*. Ich würde heute noch für ihn sterben, wenn er es von mir verlangte. Ich würde keine einzige Sekunde ohne Justin Calvin leben wollen.«

Obwohl Kairo ihn seit über vier Jahren kannte, wurde ihr klar, dass sie ihn völlig falsch eingeschätzt hatte. Er war nicht der umgängliche Feldwebel, der seine Macht genoss. Nicht Macht, sondern Loyalität und Liebe waren seine Beweggründe. Sie zweifelte nicht daran, dass es ihm ernst war: Er würde für Justin sterben, jetzt gleich, wenn es von ihm verlangt würde.

Wieder zerriss ein Schrei die nächtliche Stille, so laut, dass Havanna erschrak.

»Du hast es versprochen! Du hast es verdammt noch mal versprochen! Warum immer ich?«, schrie Justin.

»Du gehst besser wieder zurück nach Hause«, sagte Liam.

VIERUNDDREISSIG

Justin
SILVESTER 1981

»Frohes neues Jahr!«, sagte er.

Die Klinge glitt leichter hinein als erwartet. Er stand da und zählte im Stillen – *eins, zwei, drei* –, dann fing der Typ an zu schreien wie am Spieß.

Es war eine Minute nach Mitternacht, er und seine Kumpel rannten durch die Gassen, links, rechts, links. Bis zu diesem Moment wären sie ihm überallhin gefolgt. Sie saugten seine Energie auf. Aber jetzt konnte er das schrille Entsetzen in ihrem panischen Kichern hören und wusste, dass er zu weit gegangen war. Einer nach dem anderen stahl sich davon. Lauter lahme Ausreden. Wenn es hart auf hart kam, gingen die harten Burschen heim zu ihrer Mami.

Nur Liam blieb treu an seiner Seite. Zu guter Letzt versteckten sich die beiden hinter einem Schuppen unweit der Anlegestelle der Fangschiffe. Liam jammerte die ganze Zeit, weil es bitterkalt war, sogar, nachdem Justin ihm seine Mütze gegeben hatte. Es war Hochsommer, aber die Jahreszeiten waren Wellington egal.

»Glaubst du, du hast den Kerl umgebracht?«, flüsterte Liam. Sein schielendes Auge rotierte. Das tat es immer, wenn er aufgeregt war.

»Er hat nicht tot ausgesehen, finde ich«, erwiderte Justin.

»Warum hast du das gemacht?«

Aus Wut. Weil die ganze Welt den Jahreswechsel feierte, den Beginn eines neuen Jahrs, und er war sechzehn Jahre alt und hatte keine Ahnung, was er auf dieser Welt sollte.

»Weil er ein Hawaiihemd anhatte«, antwortete er.

Er hatte sich die Hand am Stacheldraht aufgerissen, als sie über den Zaun rings um das Gelände geklettert waren. Die klaffende Wunde ähnelte einem geöffneten Mund. Im gelben Licht der Laternen am Kai sah das austretende Blut dunkel und schmierig aus, wie schwarzes Motoröl.

Liam klapperten die Zähne. »Mann, ich würde alles geben für einen Becher Tee!«

»Geh nach Hause«, sagte Justin. »Na los, verpiss dich.«

»Und du?«

»Herrgott noch mal!« Justin versetzte ihm einen Stoß. »Jetzt hau endlich ab!«

Mit Justins Mütze auf dem Kopf zog Liam ab. Justin hörte, wie er scheppernd über den Zaun kletterte, dann davon schlurfte, dann nichts mehr.

Zurück blieb der Gestank von Diesel und verrottendem Fisch. Und der unangenehme Wind, die tiefschwarze Dunkelheit, die ihm in den Ohren klingelte. Die Feuerwerke waren vorbei. Die Party war vorbei. Tagelang war er aufgeputscht gewesen von seiner Wut und billigem Fusel und Wodka, aber selbst diese drei hatten ihn im Stich gelassen. Er hatte nichts. Er war nichts.

Er kauerte auf dem kalten Boden, hielt sich seine pochende Hand und bemühte sich nach Kräften zu sterben.

»Justin! Justin Calvin!«, schrie ihm jemand ins Ohr.

Er kannte die Stimme. Sein alter Freund.

»Bote?«, rief er und kroch aus seinem Versteck hinter dem Schuppen. »Wo bist du?«

Die Nacht dünnte aus. Möwen stritten sich zeternd an einer Mülltonne, aus der sie Fish-and-Chips-Verpackungen zerrten. Er taumelte auf den Kai und blieb dicht am Rand stehen, unter ihm das ölige Wasser und die dicken Taue der Fangschiffe. Der erste Schimmer des neuen Tags überzog das Meer.

Etwas würde passieren. Er wusste es. Er *wusste* es! Er spürte, wie seine Macht wuchs und anschwoll. Ein Dröhnen und Brausen füllte seinen Kopf, wie der Applaus einer großen Menschenmenge.

»Bote!«, schrie er. »Hier bin ich! Hier!«

Dann geschah es. Ein gleißender Feuerstrahl schoss wie ein Pfeil über das Wasser und direkt in seine Augen. Ein Lichtzeiger, der auf ihn gerichtet war. Der Bote kam, aber er kam nicht allein, er hatte eine Armee mitgebracht! Sie flogen in Formation, glänzende Staffeln, die mit Millionen Stimmen sangen. Ihre Liebe war ein mächtiger Strom, der ihn in Fluten schimmernden Goldes mit sich forttrug.

Die Arme weit ausgebreitet, blickte er den Heerscharen entgegen. Heerscharen aus weißem Licht, blendend weiß, Splitter der Sonne. Er hatte das Gefühl, gleich werde ihm der Kopf explodieren, so kraftvoll und ruhmreich war ihr Gesang. Er lachte und johlte und sang mit ihnen.

Er sah die beiden Polizisten nicht kommen. Erst als sie schon neben ihm standen, nahm er das Knistern des Funkgeräts wahr und hörte eine Stimme sagen, sie hätten einen Teenager gefunden, auf den die Beschreibung des Täters passe. Anscheinend sei er geistig verwirrt.

Sie hatten ja keine Ahnung. Woher auch. *Diese dummen Ärsche,* dachte er, *wenn sie sehen könnten, was* ich *sehe!* Er hatte keine Angst davor, eingesperrt zu werden. Als ob das irgendeine Rolle spielte! Die Wesen, die herbeigeeilt waren, gehörten einer anderen Dimension an, und ihre Botschaft änderte alles.

Für immer. Nicht nur für ihn, sondern auch für die beiden Männer neben ihm und für die gesamte Menschheit.

Endlich hatte sein Leben einen Sinn. Endlich wusste er, wozu er auf dieser Erde war. Er wusste, was er als Nächstes zu tun hatte. Er wusste alles.

Er erinnerte sich wieder, wer er war.

FÜNFUNDDREISSIG

Diana
15. JULI 2015

Liebste Cassy,
ich muss heute dauernd an dich denken, weil du uns heute vor fünf Jahren verlassen hast. Fünf Jahre!
Ich frage mich, was du so treibst. Bist du inzwischen vielleicht Mutter geworden? Ich hoffe, dass du glücklich bist. Ich sehe dich oft vor mir, dort, wo du bist. Es scheint ein herrliches Fleckchen zu sein.
Zu meiner großen Überraschung habe ich eine Mail von Hamish bekommen. Er ist jetzt in Dubai zu Hause. Ende August wird er nach London kommen und möchte mich besuchen. Ich habe ihn zum Essen eingeladen. Das wird bestimmt nett. Seit deiner Abreise damals habe ich ihn nicht mehr gesehen.
Gute Nachrichten von der Tara-Front: Sie scheint endlich die Kurve gekriegt zu haben! Sie hat eine Ausbildung im IT-Bereich begonnen und ist ganz begeistert. Daumen drücken!
Dad wohnt immer noch in dieser schäbigen Bude. In seiner Firma haben sie finanzielle Probleme, ich glaube, das belastet ihn sehr. Ich arbeite immer noch drei Tage die Woche im Kulturzentrum. Alles beim Alten. Fiona hat einen Mann kennengelernt, der sie liebt. Er ist Drechsler. Ich freue mich für sie. Es ist schön, sie glücklich zu sehen.
Pesky sitzt auf meinem Schoß und stupst dauernd meinen

Füller mit der Nase an. Das macht das Schreiben nicht gerade einfach. Er hat ein paar graue Haare gekriegt. Wer kriegt die nicht!
Mein liebster Schatz, ich schicke dir ganz viele Küsse. Lass es mich wissen, wenn du etwas brauchen solltest. Ich bin für dich da. Ich werde immer für dich da sein.

Alles, alles Liebe
Mum xxx

Kairo

Fast fünf Jahre in Gethsemane. So lange schon schaute sie zu, wie die Jahreszeiten sich über den See jagten und der Vulkan im Nebel Verstecken spielte.

Die Gemeinde bereitete ein großes Fest vor: Paris und Seoul würden endlich im Bund der Wächterschaft vereint werden. Kairos Aufgabe bestand darin, das letzte Wintergemüse zu ernten: Brokkoli, Pastinaken, Lauch und Spinat. Havanna schlummerte in ihrem Tragetuch auf dem Rücken ihrer Mutter und schnaufte wie eine kleine Dampflok. Rom, Malindi und Suva halfen beim Ernten. Malindi war jetzt sechzehn, Suva würde es bald sein. Die beiden Mädchen standen sich näher als so manche Schwestern. Kairo hatte sie gern um sich. Sie waren lebhaft, klug und sich ihrer Schönheit nicht im Geringsten bewusst.

»Seoul ist seit Jahren in Paris verliebt«, sagte Suva. »Eigentlich ganz romantisch, oder?«

»Sie hat so ein Glück!« Malindis blaue Augen wurden noch größer. »Stell dir vor, er kocht jeden Tag für dich!«, sagte sie wehmütig. Sie liebte gutes Essen.

Frost lag in der Luft, der Himmel wölbte sich hoch und eisblau über ihnen. Malindis blauer Rock wirbelte bei jeder Bewegung um ihre Beine. Als Rom sich nach einem Korb bückte, versetzte sie ihm einen leichten Tritt in den Hintern. Aber abgesehen von einem angedeuteten mürrischen Lächeln kam keine Reaktion. Rom, mittlerweile einundzwanzig, sah Justin mit jedem Tag ähnlicher. In letzter Zeit schien jedoch ein Schatten über ihm zu liegen. Er blickte oft düster drein, und er zog die Mädchen nicht mehr so gut gelaunt auf, wie er das sonst immer getan hatte.

Die Unterhaltung drehte sich jetzt um Washington und Palmyra, deren erstes Kind jeden Moment kommen würde.

»Dann werden Otto und Monika Urgroßeltern sein«, sagte Malindi. Ihre Wange war mit Erde verschmiert. »Das klingt *wirklich* alt!«

Sie und Suva spekulierten darüber, ob das Kind ein Junge oder ein Mädchen sein und welchen Namen Justin ihm geben würde. Kairo, die einen kleinen Zweig Rosmarin in der Hand zerdrückte, hörte nur mit halbem Ohr zu. Sie hatte Washington kennengelernt, als sie damals in den Van gestiegen war. Er hatte mit Riad und Rom eine Partie I Spy gespielt. Unvorstellbar, dass dieses Kind jetzt Vater wurde!

An die Zeit vor dem Kleinbus konnte sie sich praktisch nicht mehr erinnern. Die Bilder schienen uralt, verstaubt, sepiafarben. *Bin das wirklich ich?* Sie war wie ein Fisch gewesen, der am Grund des Sees gelebt hatte und sich den Glanz und die Farben der Welt dort oben nicht einmal im Entferntesten vorzustellen vermochte. Dann war sie in einen Van eingestiegen, und damit hatte ihre Reise ins Licht begonnen.

Die Tafeln im *wharenui* nahmen inzwischen eine ganze Wand ein. Der Planet stand in Flammen. Millionen Flüchtlinge strömten nach Europa, viele ertranken auf dem Weg dorthin. Nepal war von Erdbeben erschüttert worden und hatte etliche Tausend Tote zu beklagen. Der sogenannte Islamische Staat terrorisierte die Welt. Bomben verwandelten belebte Märkte oder Bahnhöfe in Stätten des Grauens. Kairo war dankbar, dass sie und ihre Kinder sich in Sicherheit befanden, und hatte gleichzeitig ein schlechtes Gewissen deswegen.

Netta war im Alter von zweiundneunzig Jahren im Herbst gestorben. Ihre Asche wurde dem See übergeben und auf der Landzunge ein weiteres Kreuz errichtet. Gestern hatten sie noch eins aufgestellt, für einen gewissen David Watkins. Kairo hatte noch nie von ihm gehört, aber Justin hatte geweint, als er seine Asche von den Felsen aus verstreute. Niedergeschlagen, ohne mit irgendjemandem auch nur ein Wort zu sprechen, war er zur Insel zurückgerudert.

Kairo grübelte, wer dieser David Watkins gewesen sein mochte, dessen Tod Justin so tief erschütterte. Als sie aufblickte, sah sie Gaza durch den Waldgarten auf sich zukommen. Niemand in Gethsemane arbeitete so hart wie die Gärtnerin, daher waren die Vorratskammern auch immer gut gefüllt. Die schwere körperliche Arbeit und das strikte Fasten hatten ihre Spuren hinterlassen: Gazas Gesicht war ausgezehrt, an ihren muskulösen Armen traten die Sehnen deutlich hervor. Bei ihrem Anblick wurde Kairo immer mulmig zumute.

Was will sie?, dachte sie. *Hab ich etwas falsch gemacht?*

Malindi richtete sich auf und stand stramm. Suva wischte ihrer Freundin schnell den Dreck aus dem Gesicht.

»Hi, Mum«, sagte Malindi. »Wir sind fast fertig.«

Gaza ließ ihre Blicke über die Körbe schweifen. »Das sehe ich. Kairo, du und Rom, ihr nehmt die *Ikaroa* und fahrt nach Kereru, um das Haus für Paris und Seoul herzurichten.«

»Jetzt gleich?« Kairo sah sie verdutzt an.

»Jetzt gleich.«

Kairo hatte keine Lust dazu. Binnen einer Stunde würde dieser kurze Wintertag bitterkalt werden. Sie hatte ein Baby bei sich und musste das Essen für ihre Familie kochen. Aber Gazas kalte, eisblaue Augen fixierten sie unerbittlich.

»Klar. Mach ich. Würdest du Havanna nehmen, Suva?«

Als sie aus der Bucht hinausfuhren, lagen erste Nebelschwaden über dem See. Rom, der normalerweise ganz aus dem Häuschen war, wenn er mit der *Ikaroa* über das Wasser flitzen durfte, schien irgendetwas zu bedrücken. Vor Kereru Cove drosselte er den Motor und suchte mit den Augen das Ufer ab.

»Kann ich dir etwas sagen, Kairo?«

»Kommt drauf an.«

»Aber es darf niemand davon erfahren. Auch Aden nicht.«

Kairo verzog unwillig das Gesicht. Jedes Geheimnis kam irgendwann ans Tageslicht. Es gab immer jemanden, der eine Beichte ablegte.

»Ich *muss* es jemandem erzählen«, fuhr Rom fort. »Und dir vertraue ich. Wenn die Ältesten es erführen, würden sie mich fortjagen.«

»Das glaubst du doch selbst nicht! Du bist Justins Sohn!«

»Söhne werden geopfert.« Rom stellte den Motor ab. Er umklammerte den Bootsrand mit beiden Händen und sagte: »Ich habe Kontakt zu Perth.«

»Perth? Suvas Bruder?«

Rom nickte. »Ich habe ihn zufällig in Rotorua getroffen. In der Bank. Er hat mir seine Telefonnummer gegeben, und da habe ich ein paar Dollar von dem Geld, das ich zur Bank brachte, abgezweigt und mir ein Mobiltelefon gekauft. Ich habe sogar eine Stelle gefunden, wo ich ein Netz habe. Hinter dem Waschhaus. Es werden zwar nur zwei Balken angezeigt, aber das reicht. Ich hab ihn angerufen.«

»Rom, bitte, ich will nichts mehr hören!«

»Ich habe mich mit ihm getroffen. Wir haben viel geredet. *Sehr* viel geredet.«

Kairo wünschte, er hätte sie nicht ins Vertrauen gezogen. Wenn sie die Gefährten nicht informierte, würde sie sich mitschuldig machen.

»Er hat mich gebraucht«, fuhr Rom unbeirrt fort. »Er ist auf Bewährung wegen Drogenhandels. Und er ist allein. Predigt uns Justin nicht immer, dass wir uns um Menschen in Not kümmern sollen? Darum geht es doch in Gethsemane, oder?«

Das stimmte allerdings. Justin würde niemals jemandem, der ihn brauchte, seine Hilfe verweigern.

»Will Perth denn zurückkommen?«, fragte sie hoffnungsvoll. »Aden könnte ihn morgen abholen – oder sogar heute Abend noch!«

»Nein.« Rom schüttelte den Kopf.

»Keine Chance?«

»Perth will nicht, dass Aden von unserer Begegnung erfährt. Er sagt, Gethsemane sei ein verfluchtes Drecksloch.« Der arme Rom machte ein unglückliches Gesicht. Er schien völlig überfordert mit seinem Wissen. »Er hat mir so einiges erzählt. Dinge, die mich zum Nachdenken gebracht haben.«

»Warum hast du ihm zugehört? Das ist Wahnsinn!«

»Hast du dich nie gefragt, woher Justin immer weiß, was passiert? Er weiß es *immer*. Perth sagt …«

»Stopp!« Kairo sprang ungestüm auf. Das Boot schwankte. »Hör auf! Kein Wort mehr!«

»Aber …«

»Ich will nichts mehr hören! Noch ein einziges Wort, und ich springe ins Wasser! Das ist mein Ernst!«

Rom ließ den Motor an, und sie fuhren schweigend weiter und gingen an Land. Als Erstes schnitten sie die Ranken und das Gestrüpp rings um die Hütte zurück. Sie machten das Bett, legten etwas Süßes auf die Kopfkissen, fegten den Boden, sorgten dafür, dass genug Brennholz parat lag, stellten Lebensmittel und eine Flasche Wein bereit. Dann machten sie sich wieder auf den Rückweg. Die ersten Regentropfen fielen.

»Bitte erzähl Aden nichts davon«, flüsterte Rom, als er das Boot am Steg vertäute.

Kairo hatte die ganze Zeit darüber nachgedacht und widerstrebend eine Entscheidung getroffen.

»Werde ich nicht. Ich hasse es zwar, Geheimnisse vor ihm zu haben, aber ich werde ihm nichts sagen. Doch du darfst dich von Perth' Negativität nicht anstecken lassen! Hör nicht auf ihn! Versprichst du mir das?«

Rom antwortete nicht.

Der nächste Tag brachte gleich zwei freudige Ereignisse mit sich.

Paris und Seoul schlossen den Bund der Wächterschaft. Die beiden strahlten von morgens bis abends um die Wette. Die Feierlichkeiten waren in vollem Gange, als Washington hereingestürmt kam, auf einen Tisch sprang und verkündete, dass er Vater geworden war. Palmyra hatte einen vier Kilogramm schweren Jungen zur Welt gebracht. Justin nannte ihn Fez.

»Ich habe meinen eigenen Urenkel auf die Welt geholt«, sagte Monika am nächsten Tag, als sie Kairo besuchte. Sie war jetzt, mit fast sechsundsiebzig Jahren, entspannter, weicher geworden.

Kairo lachte. »Wow! Ich wette, das können nicht viele von sich behaupten!«

Monika nickte und drehte ihre Teetasse in den Händen hin und her. Etwas schien sie zu beschäftigen. Zum ersten Mal, seit Kairo sie kannte, zeigte ihre heitere Gelassenheit haarfeine Risse.

»Ich hoffe nur, dass meinem kleinen Fez ein bisschen Zeit bleibt«, murmelte sie. »Dass er noch ein wenig Kind sein darf, bevor das Ende der Welt kommt.«

SECHSUNDDREISSIG

Kairo
AUGUST 2015

Justin wirkte in letzter Zeit angespannt, seltsam unter Druck, wie ein Befehlshaber vor einer entscheidenden Schlacht. Er befahl, Fahrten in die Stadt zum Einkaufen und Rekrutieren auf ein Minimum zu beschränken.

»Bleibt in der Nähe«, sagte er beschwörend. »Seid bereit! 2015 wird das letzte Jahr sein.« Er ging an einer Reihe Tafeln vorbei und streifte mit der Hand über die ständig aktualisierte Chronik der Katastrophen – eine Zeitachse, die zum Jüngsten Tag führen würde. »Die Zeichen sind unerbittlich.« Er blieb stehen und tippte auf eine der Tafeln. »Wisst ihr noch? Das da … und das? Überall auf der Welt. Noch eine nigerianische Stadt, deren Bewohner niedergemetzelt wurden. Kinder, die vom IS geopfert, gekreuzigt werden. Eine Passagiermaschine, die absichtlich gegen einen Berg geflogen wurde. Und in Syrien gehen die Kämpfe weiter und die Welt verstrickt sich mehr und mehr darin. Ich habe alles das vorhergesagt, als ich das letzte Mal hier war. *Alles!* Kriege und Gerüchte von Kriegen. Nationen, die sich gegen Nationen erheben. Hungersnöte, Seuchen, Erdbeben.«

Ein Kleinkind fing an zu quengeln. Es war Kuba, Xians kleine Schwester. Ihre Eltern wurden ganz verlegen.

»Entschuldige, Justin«, sagte Lima.

»Kuba! Krieg ich ein Küsschen von dir?« Justin streckte seine

Arme aus, nahm das kleine Mädchen und setzte es sich auf die Hüfte. Dann, mit der schwungvollen Eleganz eines Zauberers, förderte er einen Keks aus seiner Hosentasche zutage. »Den hab ich extra für dich mitgebracht!«

Kuba nahm das Geschenk wie selbstverständlich entgegen. Sansibar, Skyes Tochter, hob die Hand. Kairo erinnerte sich, wie Jaipur ihr geduldig das Schlagballspielen hatte beibringen wollen. Mittlerweile war Sansi eine aufgeweckte Neunjährige. Justin, Kuba immer noch auf dem Arm, setzte sich zu ihr.

»Schieß los, Sansi, was hast du auf dem Herzen?«

»Was genau wird eigentlich passieren? Am Jüngsten Tag, meine ich, wenn das Ende der Welt kommt.«

»Eine ausgezeichnete Frage. Ich sag's dir. Die Ereignisse in Syrien und die Flüchtlingsströme haben die Menschheit von der wahren Gefahr abgelenkt. Nuklearwaffen befinden sich in den Händen eines Irren. Anders kann man ihn nicht nennen. Wenn diese Waffen zum Einsatz kommen, werden Detonationswellen über die Erde rasen, und die Strahlung wird viele Tausend Mal höher sein als in Hiroshima oder Nagasaki. Die Erde wird beben, Vulkane werden mit solcher Wucht explodieren, dass es sie auseinanderreißen wird. Das aufgewühlte Meer wird weite Landstriche überfluten. Die Sonne wird sich verdunkeln. Es wird völlige Finsternis herrschen.«

Sansibar saß kerzengerade da und hing an Justins Lippen. Er gab ihr einen Kuss auf den fast kahl geschorenen Kopf.

»Hab keine Angst, Sansi, dir wird nichts geschehen. Du bist in Sicherheit. Genau wie deine Mutter. Und wie wir alle hier. Und weißt du, warum? Weil ihr mir vertraut. Der Bote und seine Heerscharen werden kommen, und ich werde in denjenigen verwandelt, der ich in Wirklichkeit bin. Ihr werdet Sonnenbrillen brauchen, weil mein wahres Ich heller strahlt als tausend Sonnen!«

»Du wirst wieder ein Gott sein«, sagte Sansibar ehrfürchtig.

»Richtig. Und du wirst zu meinen ganz besonderen Freunden gehören. Ich werde dafür sorgen, dass die Erde aufhört zu beben, dass die Ozeane sich dorthin zurückziehen, wo sie hingehören. Und dann wird mein Friedensreich beginnen!«

Sansibar nickte freudig.

»Alles klar?« Justin kitzelte sie am Ohr, und die Kleine kicherte. »Sehr schön.«

Monty übernahm an jenem Tag das Vorsingen. Er sang ohne instrumentale Begleitung, genau wie Rom damals, als Kairo das allererste Mal an einer Versammlung teilgenommen hatte. Er war jetzt sieben und hatte einen glockenhellen Sopran, der Kairo die Tränen in die Augen trieb. Das Lied hatte nichts mit Dublins temperamentvollen Trommelwirbeln oder den euphorischen, harmonischen Klängen gemein, die eine Aufforderung zum Tanz waren. Es war schlicht und melancholisch – ein Requiem auf die Welt.

Kairo sah zufällig zu Justin hinüber. Er war aufgestanden, Kuba immer noch auf dem Arm, und wiegte sich hin und her, während er leise mitsang. Plötzlich taumelte er und fasste sich an den Kopf, als hätte ihm eine unsichtbare Faust einen kräftigen Hieb verpasst. Lima sprang auf und nahm ihm Kuba ab. Dann war auch schon Liam an seiner Seite und führte ihn durch eine Nebentür hinaus.

Keiner der Wächter verlor ein Wort darüber. Sie waren viel zu diszipliniert. Sie sangen weiter. Und lächelten. Und lächelten.

Als Kairo das *wharenui* verließ, schloss Rom zu ihr auf.

»Das ist Justin schon mal passiert«, flüsterte er.

»Wann?«

»Vor ein paar Tagen, drüben auf der Insel. Ich dürfe es keinem erzählen, hat er gesagt.«

»Hat er schon mit Monika gesprochen?«

»Das will er nicht. Er sagt, sein Körper zerfalle, damit das Göttliche in ihm zutage treten und sich entfalten kann.« Rom drehte sich einmal um die eigene Achse, um sicherzugehen, dass niemand in der Nähe war. »Perth muss heute Nachmittag vor Gericht erscheinen.«

»Du wirst nicht hingehen!«, zischte Kairo.

Sie diskutierten hitzig und im Flüsterton. Rom würde mit Ottos Erlaubnis nach Rotorua fahren, um einen neuen Computer zu kaufen, weil das vorsintflutliche Gerät im Büro den Geist aufgegeben hatte. Das Urteil gegen Perth sollte um zwei Uhr fallen, und Rom wollte im Gerichtssaal sein.

»Lass es mich Aden sagen«, bat Kairo. »Er würde bestimmt gern dabei sein wollen.«

»Nein! Auf keinen Fall. Ich hab's Perth versprochen. Er hat panische Angst vor allem, was mit Gethsemane zu tun hat.« Rom packte sie am Arm. »Kairo, wenn du es Aden erzählst …«

Er brauchte den Satz nicht zu Ende zu sprechen. Aden würde möglicherweise die Gefährten informieren.

»Du spielst mit dem Feuer«, sagte Kairo warnend.

»Nein, ich stehe einem Freund bei. Wenn Justin bei Verstand wäre, müsste er das selber sehen. Eigentlich …« Er unterbrach sich und grinste gekünstelt über Kairos Schulter. »Hi, Suva!«

»Was müsste Justin selber sehen?«, fragte Suva, die scheinbar aus dem Nichts aufgetaucht war.

»Dass Malindi und ich den Bund der Wächterschaft schließen sollten«, antwortete Rom ohne das geringste Zögern. »Jetzt. Vor dem Jüngsten Tag.«

»Oh!« Suva rieb sich aufgeregt die Hände. »Malindi würde bestimmt nicht Nein sagen!«

Kairo gefiel es nicht, wie glatt ihm diese Lüge über die Lippen gekommen war, aber sie musste wohl oder übel mitspielen. Als sie eine Stunde später aus dem Fenster ihres Klassenzimmers schaute, sah sie die *Ikaroa* hinter der Landzunge verschwinden.

Der Unterricht war für heute vorbei. Kairo schleppte gerade einen Korb Schmutzwäsche zur Wäscherei, als die *Ikaroa* zurückkehrte. Sie änderte die Richtung und schlenderte zum Ufer hinunter.

»Gab es das, was du wolltest?«

Er nickte. »Einen Laptop für Gethsemane.« Er senkte die Stimme. »Perth hat einundzwanzig Monate bekommen.«

»Wie hat er es aufgenommen?«

»Er ist realistisch.« Rom fuhr sich mit der Hand übers Gesicht. Er wirkte nervös, sein Blick huschte unruhig hin und her. »Kerala war da.«

»Oh nein! Hast du etwa mit ihr geredet?«

»Ja. Und sie hat mir etwas Schreckliches erzählt. Ich weiß nicht, was ich machen soll.«

Plötzlich brach er in Tränen aus. Sie mussten weg vom Strand. Hier konnten sie zu leicht beobachtet werden.

»Komm, wir gehen zu uns«, murmelte sie. »Die Jungs sind zum Tee bei Kasan und Berlin.«

Kairo kontrollierte jedes Zimmer, um sicherzugehen, dass Suva nicht da war. Dann band sie das Tragetuch los und sorgte dafür, dass Havanna etwas zum Spielen hatte. Rom wanderte im Zimmer auf und ab und sprach schnell und hektisch.

»Kerala hat mir etwas ganz Furchtbares erzählt.«

Kairo erschrak, als sie sah, wie seine Hände zitterten.

»Etwas wirklich Furchtbares.«

»Beruhige dich doch! Alles wird gut.«

Er drückte sich die Fingerspitzen auf die Augen, als versuchte er, die Tränen aufzuhalten. »Nein, nichts wird gut. Sie hat mir erzählt, was wirklich mit meiner Mutter passiert ist.«

Es wäre besser, das sofort abzustellen, aber Rom ging es nicht gut, und außerdem war sie neugierig auf Tripolis' Geschichte, die sie immer schon fasziniert hatte.

»Sie war selbst noch ein Kind, als sie mit mir schwanger wurde«, fuhr Rom fort. »Sie war gerade mal sechzehn. Wie Malindi und Suva. Halbe Kinder!«

»Aber hier ist es doch üblich, dass junge Menschen den Bund schließen. Aden und Kerala waren siebzehn.«

»Sie war aber nicht von hier, und er hat sie nicht zu seiner Partnerin gemacht. Er hat sie in Wellington aufgelesen. Sie war von zu Hause weggelaufen und hat auf der Straße gelebt. Als er sie fand, hat sie die Mülltonnen nach Essbarem durchwühlt. Kerala sagt, sie sei viel zu dünn gewesen, aber sehr hübsch und sehr, sehr jung. Er hat sie auf die Insel gebracht. Er hat ihr gesagt, sie sei Maria Magdalena – eine Reinkarnation, du weißt schon. All die Mutmaßungen über ihn und Maria Magdalena seien wahr, hat er gesagt. Sie sei seine Frau.«

»Im Ernst?«

»Das hat er jedenfalls behauptet. Die Braut Gottes nannte er sie. Sie hat ihn regelrecht angebetet. Aber das tun wir ja alle, nicht wahr? Sie muss richtig verrückt nach ihm gewesen sein, ist ihm überallhin gefolgt wie Peter jetzt. Sie lebten auf der Insel, bis ich kam. Ich bin in Monikas Praxis auf die Welt gekommen. Anscheinend verkehrt herum. Kerala hat meine arme Mutter stundenlang schreien hören. Als ich endlich da war, hat sie die ganze Zeit geweint, hat sich nicht einmal um mich kümmern wollen. Sie hatte nur einen Wunsch: Sie wollte zurück auf die Insel. Ein paarmal ist sie wohl in einem Kajak rübergepaddelt, aber Justin hat sie immer wieder zurückgeschickt.«

»Und warum?«

»Aus den unterschiedlichsten Gründen. Dann brachte er eines Tages Athen mit zurück. Sie müsse bei ihm bleiben, sagte er, weil sie eine Alkoholikerin auf Entzug sei.«

Jaipurs Mutter, schoss es Kairo durch den Kopf. Auf einmal begriff sie.

»Athen war tatsächlich Alkoholikerin, das hat sie mir selbst erzählt. Justin hat sie gefunden, als sie ihren Rausch auf einer Parkbank ausschlief. Sie rührt unseren Wein nicht an.«

»Ja, aber das war nicht der einzige Grund für ihren Aufenthalt auf der Insel! Und das Ergebnis war Jaipur.«

Havanna war zum Schrank gekrabbelt und zog sämtliche Töpfe heraus. Kairo achtete nicht darauf. Über die Unordnung könnte sie sich später noch Gedanken machen.

»Erzähl weiter«, forderte sie Rom auf.

»Als ich zwei Wochen alt war, fuhr Justin mit meiner Mutter zum Angeln hinaus. Sie könne nie wieder auf der Insel leben, sagte er zu ihr. Er liebe sie, aber der Bote habe ihn daran erinnert, dass er jedermanns Messias sei, er müsse alle Menschen in gleichem Maße lieben und dürfe keinen bevorzugen. Dann brachte er sie an Land zurück. Kerala und Aden waren gute Freunde von ihr, sie kümmerten sich um sie, so gut sie konnten, aber sie war völlig verzweifelt. Die Ältesten ließen alle Boote vom Strand wegschaffen und versteckten sie. Meine Mutter wurde dabei beobachtet, wie sie sie suchte. Sie war in Tränen aufgelöst. Wenn es ihr irgendwie gelänge, zur Insel zu kommen, würde sie ihn schon so weit kriegen, dass er sie wieder liebte.«

»Oh nein!« Kairo ahnte, was kommen würde. »Oh nein.«

»Also watete meine arme Mutter ins Wasser und versuchte, zur Insel zu schwimmen. Aber es war zu kalt und zu dunkel und zu weit, und im Grunde war sie nur ein kleines Mädchen.«

Rom fing an zu schluchzen. Tränen strömten ihm übers Gesicht. Er wischte sie mit der Hand weg, dann mit dem Ärmel, aber es waren einfach zu viele. Kairo holte ein Taschentuch, drückte ihn dann sanft auf die Bank am Fenster, setzte sich zu ihm und nahm ihn tröstend in die Arme.

»Weißt du, was Kerala mir noch erzählt hat?«, fuhr er mit erstickter Stimme fort. »Justin und die Ältesten haben ihren Tod vertuscht, damit keine Ermittlungen angestellt wurden. *Draußen* wusste niemand, dass sie hier gewesen war. Er hatte sie auf der Straße aufgelesen, vergiss das nicht. Bei meiner Geburt haben sie Breda als meine Mutter eingetragen. Tripolis ist eines der großen Geheimnisse von Gethsemane. Ihr richtiger Name geriet in Vergessenheit. Soweit die Leute *draußen* wissen, war sie niemals hier. Aber sie *war* hier. Sie ist immer noch hier.«

»Immer noch hier?«, wiederholte Kairo verständnislos.

Er drehte sich um und zeigte aus dem Fenster auf die Landzunge. »Das Kreuz dort, das an der höchsten Stelle, über den Felsen – siehst du es? Da ist meine Mum begraben.«

Kairo drehte sich ebenfalls um und kniete sich auf die Bank. Wie viele Hundert Mal war sie die Felsen dort hinaufgeklettert! Einmal hatte sie mit Justin direkt neben dem besagten Kreuz gestanden und die Aussicht bewundert. Sie mussten auf Tripolis' Grab gestanden haben.

»Sie ist nicht die Einzige, die heimlich hier begraben worden ist«, sagte Rom.

»Bitte keine Geheimnisse mehr«, flehte Kairo.

Aber Rom war wie ein außer Kontrolle geratener Zug. »Da liegt auch ein tot geborenes Baby. Gazas Baby.«

Kairo riss die Augen auf. »*Gazas* Baby?«

»Das sie zusammen mit Justin hatte. Ich bitte dich, Kairo! Dir muss doch aufgefallen sein, wie oft sie mit ihm auf die Insel fährt! Sie hat sich anscheinend so auf das Kind gefreut, aber bei der Geburt ist etwas schiefgegangen, und der kleine Junge starb. Er bekam nicht einmal einen Namen. Er wurde begraben und vergessen. Als Gegenleistung für ihre Loyalität wurde Gaza in den Kreis der Gefährten aufgenommen.«

Kairo hatte es buchstäblich die Sprache verschlagen. Sie musste all diese Informationen erst einmal verarbeiten.

Schritte galoppierten über die Veranda, die Tür flog auf. Damaskus und Quito stürmten herein.

»Rom! Rom ist da!«, kreischte Damaskus, und schon kletterten die beiden Jungen auf ihrem Lieblingsonkel herum.

Kairos Gedanken schlugen Purzelbäume. Es war ihre Pflicht, die Ältesten über Rom zu informieren. Die Geheimnisse – oder Lügen? –, die er nach Gethsemane gebracht hatte, konnten gefährlich sein, auf tödliche Weise gefährlich. Aber sie wusste, sie würde es nicht fertigbringen, ihn zu verraten. Sie hatte nie vergessen, was mit Sydney passiert war.

Sie brauchte Zeit. Zeit zum Nachdenken.

Sie sprang auf, ließ Rom bei den beiden Jungs zurück, schnappte ihren Wäschekorb und flüchtete sich in die Wäscherei. Sie liebte das Waschhaus. Es duftete nach Kokosnussöl, Zitrone und Lavendel, die zur Seifenherstellung benötigt wurden, und es war immer warm dort, weil das Wasser auf einem Holzofen erhitzt wurde. Sie schlug die Tür hinter sich zu, ließ den Korb auf den Boden fallen und atmete lange und geräuschvoll aus.

»Ah, das trifft sich gut!«

Kairo schrak heftig zusammen. Ein Adrenalinstoß jagte durch ihren Körper. Im Halbdunkel stand Gaza, den Blick fest auf sie gerichtet. Ein angespanntes Lächeln spielte um ihre Lippen. Der weiße Falke, der überlegt, welches Stück seiner Beute er zuerst verzehren soll.

»Mein Gott, Gaza! Du hast mich zu Tode erschreckt!«

»Was hatte Rom denn so Wichtiges mit dir zu besprechen, als er aus der Stadt zurückkam?«

»Nichts Besonderes. Er wollte nur nach den Jungs sehen.«

»Du bist eine miserable Lügnerin.« Gaza trat dicht vor sie hin. »Geheimnisse kommen immer ans Tageslicht. *Immer*. Und ich werde alles tun – *alles* –, um zu verhindern, dass Gethsemanes Reinheit besudelt wird.«

Ihr Blick glich einem Suchscheinwerfer. Selbst wenn man ein gutes Gewissen hatte, fühlte man sich unwillkürlich schuldig.

»Ich weiß nicht, was du meinst«, stammelte Kairo. »Ehrlich, Gaza, es gibt keine Geheimnisse, ich …«

Sie sah den Schlag nicht kommen, so blitzschnell hatte Gaza ausgeholt. Kairos Backenknochen explodierte förmlich. Ihr Kopf flog zur Seite, Sterne tanzten ihr vor den Augen.

»Ich warne dich«, sagte Gaza im Plauderton. »Du hast drei Kinder. Du hast viel zu verlieren, nicht wahr?«

»Ja.«

»Sie würden dich vermissen.«

»Ich weiß.«

»Nun, die Entscheidung liegt bei dir.« Sie lächelte und ging.

Als sich die Tür hinter ihr geschlossen hatte, gaben Kairos Knie nach. Sie rutschte an der Wand entlang zu Boden, hielt sich die schmerzende Wange und kämpfte verbissen gegen die Tränen an.

Als sie mit der gewaschenen Wäsche, die sie auf der Wäscheleine hinter dem Haus aufhängen würde, den Hang hinunterging, war es dunkel. Ihr Gang war beschwingt, als wäre alles in bester Ordnung. Sie lächelte wieder. Und lächelte und lächelte.

Sie war auf einem Stück Seife ausgerutscht und mit dem Gesicht an ein Porzellanbecken geknallt. Ja, genauso war es passiert. Sie würde niemandem, auch nicht Rom oder Aden, die Wahrheit erzählen. Sie war selbst schuld, schließlich hatte sie Gaza verärgert. Sie war es nicht wert, den Wächtern anzugehören. Von jetzt an würde sie sich um Besserung bemühen.

SIEBENUNDDREISSIG

Diana

Sie musste weinen, als Hamish vor der Tür stand.

Sie hatte sich fest vorgenommen, tapfer und fröhlich zu sein, hatte sogar Wimperntusche und einen Hauch Lippenstift aufgetragen, damit sie der Frau, die er von früher kannte, ähnlicher sah. Ihr Haar, eher zinn- als mausgrau, war eine Katastrophe, deshalb hatte sie es hochgesteckt.

»Komm rein, komm rein«, forderte sie ihn auf, als er ihr einen Kuss auf die Wange gab. »Entschuldige, ich wollte nicht anfangen zu heulen. Es ist bloß – jetzt, wo du in voller Lebensgröße vor mir stehst, so gut aussehend …«

»Es tut mir so leid, Mrs. Howells.«

»Diana. Es braucht dir nicht leidzutun«, sagte sie, als sie ihm in die Küche vorausging. »Wer weiß, was die Zukunft für euch beide bereitgehalten hätte.«

Er war fülliger geworden und hatte sich den modischen Dreitagebart abrasiert. Ein goldener Ehering, eine teure, elegante Armbanduhr. Er war genauso geworden, wie sie es erwartet hatte: erfolgreich, selbstbewusst und eine Spur selbstgefällig.

»Ich glaube, es wird nicht so schnell zu regnen anfangen«, sagte sie, als sie Kaffee aufbrühte. »Sollen wir uns in den Garten wagen? Er sieht ziemlich übel aus, fürchte ich. Gartenarbeit war Mikes Leidenschaft. Ich habe eine Quiche im Ofen, aber die braucht noch ein bisschen.«

Man konnte noch erkennen, wie wunderschön der Garten einmal gewesen sein musste: Rosensträucher und Lavendel kämpften mit Winden und Kletten-Labkraut. Das Gartenhäuschen brach unter einem wilden, ausladenden Sommerflieder allmählich zusammen, während Brombeergestrüpp triumphierend die Schaukel eroberte. Auf der Wäscheleine hingen ein paar Geschirrtücher schlaff herunter. Früher hatte die Leine wie eine Wimpelkette ausgesehen: Mikes Hemden hatten im Wind geflattert und die bunten Schlüpfer der Mädchen – das ganze fröhliche Durcheinander einer Familie.

Sie setzten sich an den Gartentisch. Pesky kam aus seinem Versteck unter dem Schuppen und machte es sich auf Dianas Schoß bequem.

Zuerst Small Talk. Hamish und seine Frau hatten ein kleines Kind. Er zeigte ihr die unvermeidlichen Fotos auf seinem Smartphone. Diana hatte sich Charlotte als braun gebrannte, von Gucci ausstaffierte Göttin mit passendem Nachwuchs vorgestellt und war angenehm überrascht, als sie eine vollbusige junge Frau mit schiefem Lächeln sah, die ein breiverschmiertes Kind mit dem Löffel fütterte.

»Charlotte sieht richtig nett aus.«

»Das ist sie auch.«

»Ich freue mich für dich, Hamish. Gut gemacht!«

Irgendwann fragte er natürlich nach Mike. Als sie ihm von ihrer Trennung erzählte, zog er in höflichem Erstaunen die Brauen hoch.

»Das hätte ich nicht gedacht! Nicht ihr zwei!«

»Man weiß eben nie, was hinter der nächsten Ecke lauert.«

Er nickte weise, aber sein Weg und der von – wie hieß sie doch gleich? – Charlotte hatte bislang garantiert geradeaus geführt. Die Ecken würden noch kommen.

»Mike ist mit der Situation einfach nicht fertiggeworden.« Diana streichelte zerstreut Peskys Ohren. »Nicht nach Cassys furchtbaren Anschuldigungen. Er hat sich Vorwürfe gemacht, sich die Schuld an allem gegeben. Er dachte, das würde ich im Stillen auch tun.«

»Bestimmt nicht.«

»Na ja«, erwiderte sie zögernd. »Wenn ich ehrlich bin – doch, ich glaube schon. Das war vermutlich nicht fair, aber man sucht immer einen Schuldigen. Er hat es gespürt, auch wenn ich nie etwas gesagt habe. Irgendwann stand es zwischen uns – genauso wie die Sorgen und die bedrückende Trauer. Es war eine grauenvolle Zeit in diesem Haus. Er kam immer seltener heim. Eines Tages ist er gar nicht mehr gekommen. Es tat mir leid für ihn, für mich, aber ich habe unsere Ehe aufgegeben. Wir haben uns im Grunde nie gestritten. Wir sind bis heute die besten Freunde. Für eine Scheidung hat uns die Kraft gefehlt.«

»Arbeitet er noch?«

»Nonstop. Arbeit, Arbeit, Arbeit. Schmerz, Schmerz, Schmerz.«

»Und Tara?«

»Hat die Schule abgebrochen.« Diana tupfte sich mit dem Ärmel die Augen ab. Die Wimperntusche war ein Fehler gewesen. »Sie wechselt ständig ihre Freunde, einer ist fader und langweiliger als der andere. Ich glaube, sie sucht Bodenkontakt für den Fall, dass sie in einen Tornado geraten sollte.«

»So wie Cassy?«

»Schon möglich. Wäre Cassy bei einem Autounfall ums Leben gekommen, anstatt in diesen verdammten Kleinbus zu steigen, wären uns wenigstens unsere glücklichen Erinnerungen geblieben. Stattdessen ist sie am Leben und gesund, jedenfalls soweit wir wissen, aber sie will nichts mehr mit uns zu tun haben. Aber wir lieben sie, Hamish. Wir lieben sie wirklich.« Dianas Stimme war brüchig geworden. Sie suchte ihre Taschen fahrig nach einem Taschentuch ab und fügte hinzu: »Und deshalb tut es ganz schön weh.«

Peinlich berührt, gab er mitfühlende Laute von sich, während sie sich schnäuzte.

»Cassy hat immer von ihrer wunderschönen Kindheit geschwärmt«, sagte er mit Bestimmtheit.

»Das ist lieb von dir. Danke.« Sie riss sich zusammen. Es war unfair ihm gegenüber.

»Jetzt wohnst du also ganz allein hier.«

Sie deutete auf die gesprungenen Terrassenplatten, den verwilderten Garten. »Wir sollten das Haus verkaufen, aber das geht nicht. Das ist Cassys Zuhause. Eines Tages wird sie zurückkommen.«

»Meinst du?«

»Ich *weiß* es! Jedes Mal, wenn das Telefon klingelt, hoffe ich inständig, dass sie es ist.«

Hamish hob die Hand und hielt den Kopf schief. »Hör mal! Klingelt es nicht jetzt gerade?«

Sie lauschte. »Ja. Du hast recht.« Sie stand auf und eilte hinein. »Wahrscheinlich bloß wieder ein Werbeanruf. Aber ich muss sowieso die Quiche aus dem Ofen nehmen. Entschuldige, ich bin gleich wieder da …«

In der Küche duftete es nach warmem Gebäck. Diana griff mit einer Hand nach dem Telefon, mit der anderen nach den Topfhandschuhen.

»Hallo?« *Bitte lass es Cassy sein!*

Es war nicht Cassy, sondern Mike. Er hörte sich an, als wäre er kurz davor, die Stimme zu verlieren.

»Hi, Diana. Hast du einen Augenblick Zeit? Ich würde gern etwas mit dir besprechen.«

Schon komisch, dass ihm ihre Meinung immer noch so wichtig war. Aber umgekehrt war es eigentlich genauso.

»Hamish ist da. Ich hab dir doch erzählt, dass er zum Lunch kommt, oder?«

»Ja, hast du. Grüß ihn von mir.«

»Können wir nicht später reden? Heute Abend vielleicht? Komm doch zum Essen.«

Sie hörte sein schweres Atmen und fragte sich, was ihn so aufwühlte. Plötzlich bekam sie Angst.

»Mike? Was ist denn los?«

Wieder dieses Schnaufen. Als er schließlich antwortete, klang seine Stimme völlig ruhig. »Ich fürchte, ich habe schlechte Nachrichten.«

Die Quiche war angebrannt. Diana hielt sich mit einer Hand am Küchentisch fest. Der Boden glitt ihr unter den Füßen weg, ihr Leben kam wieder einmal ins Schleudern. Seit fünf Jahren kam es nicht zur Ruhe. Und dieses Mal war die Erschütterung so heftig, dass sie vermutlich auf den Knien landen würde.

Draußen lehnte der Mann, der ihr Schwiegersohn hätte werden können, am Rahmen der Schaukel und bewegte die Kette hin und her. Diana erinnerte sich lebhaft daran, wie sie in einer ganz ähnlichen Küche gestanden (welches Haus war das gewesen? Colchester?) und auf den handtuchgroßen Garten voller Fliedersträucher und Bartnelken und tiefrotem Tausendschön geschaut hatte. Mike stieß Cassy an, die auf genau dieser Schaukel saß. Tara schlummerte in ihrem Buggy. Cassy trug ein weißes Sommerkleidchen mit gelben Zitronen darauf – »mein Zitronenkleid« nannte sie es. Das braune Haar, auf das die Sonne einen kastanienroten Schimmer zauberte, zu einem Dutt hochgesteckt, die Beine nach vorn ausgestreckt, grölte sie aus vollem Hals einen Kinderreim: »Schaukel hin, und schaukel her, großer Esel, kleiner Bär!«

Mike fiel mit ein, und es war schwer zu sagen, wer von beiden falscher sang.

Jetzt waren sie nichts als Geister. Ein Geistervater und eine Geistertochter, die in einem Geistergarten voller Geisterblumen spielten. Geisterglück. Geisterliebe. Alles weg.

Diana ging langsam nach draußen, wo sie fast über eine gesprungene Gartenplatte gestolpert wäre. »Ich fürchte, ich habe unser Essen eingeäschert.«

Hamish starrte sie an. »Alles in Ordnung?«

Er ist so lieb, dachte sie. *Und jung genug, dass er mein Sohn sein könnte.*

»Ich weiß nicht, was ich tun soll«, murmelte sie. »Mike wird sterben.«

Hamish zeigte sich der Situation gewachsen. Er riss jeden Küchenschrank auf, bis er den Tee gefunden hatte.

»Soll ich jemanden benachrichtigen?« Der Tee schwappte aus dem Becher, als er ihn hinstellte. »Tara vielleicht?«

»Nein, danke. Mike will es ihr selbst sagen.«

»Ich werde dann besser wieder gehen. Es tut mir so leid, dass … dass das alles passiert ist.« Er machte eine hilflose Handbewegung.

»Sie geben ihm noch drei Monate«, sagte sie. »Vielleicht mehr, vielleicht weniger. Er hat mir nicht einmal etwas von den Untersuchungen gesagt. Dann hat er sich das Bein gebrochen, und jetzt stellt sich heraus, dass er Bauchspeicheldrüsenkrebs mit Metastasen in den Knochen hat. Warum wollte er mir das verschweigen? Ich bin immer noch seine Frau!«

»Wahrscheinlich wollte er dich nicht damit belasten.«

Diana nagte an ihrem Fingerknöchel. »Er möchte, dass sie nach Hause kommt. Er möchte Frieden schließen mit seinem Mädchen. Das ist nicht zu viel verlangt. Sie wird doch bestimmt kommen, um sich mit ihrem sterbenden Vater auszusöhnen, oder?«

»Sicher wird sie das«, murmelte Hamish. Und: »Ganz bestimmt.« Aber sie sah ihm an, was er in Wirklichkeit dachte. Das Gleiche wie sie: Ich würde nicht darauf wetten.

Als sie Mike im Krankenhaus besuchte, versteckte er sich hinter fröhlicher Sachlichkeit, als hätte er sich das Bein bei einem Sturz von der Leiter gebrochen und wäre im Handumdrehen wieder gesund. Aber er konnte Diana nichts vormachen. Er hatte bereits an Kraft und Substanz verloren.

»Ich bin gut versichert«, sagte er. »Und dann die Witwenpension von der Army. Du wirst ohne mich besser dran sein.«

»Über so was macht man keine Witze.«

Sie unterhielten sich sachlich über Therapien und zeitliche Abläufe und wann er wieder zu ihr ziehen würde. Es stand nicht zur Diskussion, dass er in sein Haus zurückkehrte.

»Ich wünsche mir nur eins, bevor ich sterbe«, sagte er immer wieder. »Ich möchte Cassy wiedersehen.«

Sie verfassten gemeinsam eine weitere E-Mail an Gethsemane, auch wenn sie nicht glaubten, dass sie eine Antwort bekommen würden. Dann küsste Diana ihn auf die Stirn und ließ ihn allein in seiner Todeszelle zurück.

Auf halbem Weg nach Hause traf der Schmerz sie mit voller Wucht wie ein kräftiger Schlag, der ihr die Luft aus den Lungen presste. Sie musste an den Straßenrand fahren und anhalten, während der Verkehr nichts ahnend und gleichgültig an ihr vorbeibrauste. Das war das allererste Mal in ihrem Leben, dass sie in einem Auto saß und schluchzte.

Von: Mike und Diana Howells
An: CallsopDCIT@universityofsussex.org
Betreff: Mike und Cassy

Cameron,
Mike hat metastasierenden Bauchspeicheldrüsenkrebs. Er möchte Cassy noch einmal sehen, deshalb werde ich rüberfliegen und versuchen, mit ihr zu reden. Wir haben nichts zu verlieren. Können Sie mir einen Rat geben?

Eine Stunde später rief Cameron Allsop an.

»Sie *müssen* mich zu ihr lassen«, sagte Diana. »Jetzt, wo ihr Vater sterben wird. Sogar die Polizei wird jetzt auf meiner Seite sein. Und wenn ich mit ihr reden kann, dann kann ich auch zu ihr durchdringen, das *weiß* ich.«

»Diana, Sie müssen sich von dem Bild der unbekümmerten Studentin, die in Heathrow ins Flugzeug gestiegen ist, verabschieden. Nach fünf Jahren in einer isolierten religiösen Gemeinschaft hat sie sich völlig verändert, und es wird eine Veränderung jenseits aller Vorstellungskraft sein. Sie werden einer Fremden gegenüberstehen.«

»Das weiß ich.«

»Wirklich? Menschen sind wie Chamäleons. Sie hat fünf Jahre ausschließlich in diesem Wertesystem gelebt. Sie hat Erfahrungen gemacht, die Sie niemals verstehen werden. Sie liebt die Menschen dort, liebt sie von ganzem Herzen. Sie tanzt nach ihrer Pfeife, sie hat ihre Moralvorstellungen denen dieser Gruppe angepasst. Sie musste lernen, in dieser äußerst seltsamen, elitären Gemeinschaft zu überleben.«

Diana setzte sich entmutigt hin. »Was schlagen Sie also vor?«

»Nun.« Eine Pause. Ein Seufzer. »Erstens. Denken Sie immer daran, dass diese Leute jetzt ihre Familie sind. Mit aggressivem Auftreten und Beschimpfungen werden Sie gar nichts erreichen. Im Gegenteil.«

»Das ist mir klar.«

»Zweitens. Sollte es Ihnen tatsächlich gelingen, sie dort herauszuholen, dann vergessen Sie nicht, dass viele Aussteiger postwendend wieder zurückkehren. Das Problem ist nicht das Verlassen der Gruppe. Das Problem ist zu verhindern, dass sie zu ihr zurückkehrt.«

»Wenn sie erst einmal bei mir ist ...«

»Sie wird ein Wrack sein. Gibt es etwas, wovor Sie sich besonders fürchten? Spinnen? Schlangen?«

»Äh ... sehr tiefes Wasser. Ich brauche mir den Film *Titanic* nur anzusehen, und schon kriege ich die Panik.«

»Schön. Stellen Sie sich vor, Sie sind im Meer von einem Boot gefallen. Es ist weg. Sie sind ganz allein und strampeln, um nicht unterzugehen. Sie wissen, dass das Wasser unter Ihren Füßen mehrere Meilen tief ist, ein schwarzer Abgrund, in dem Gott weiß was für Ungeheuer lauern. Grauenvoll, nicht wahr? Ob Sie's glauben oder nicht – genau die gleiche Angst dürfte Cassy vor der Welt draußen haben. Eine regelrechte Phobie.«

Diana zwang sich, das Bild der bodenlosen Tiefe zu verbannen. »Und was kann ich dagegen tun?«

»Eins nach dem andern. Ich schlage vor, darüber denken wir nach, wenn es so weit ist. Wenn Sie mit ihr gesprochen haben, wissen wir, womit wir es zu tun haben.«

Sie unterhielten sich noch eine Weile. Dann wünschte er ihr viel Glück und beendete das Gespräch.

Anschließend rief sie Fiona an, die schockiert war, als sie von Mikes Krebserkrankung erfuhr. Aber natürlich, *selbstverständlich*, werde sie im Kulturzentrum allein zurechtkommen, egal, wie lange es dauere.

Um Mitternacht – elf Stunden nach Mikes verhängnisvollem Anruf – buchte Diana einen Flug für sich.

Am Abend vor ihrer Abreise putzte sie jeden Winkel in Cassys Zimmer mit abergläubischem Eifer. Tara war gekommen, sie würde das Haus hüten und sich um Pesky kümmern. Sie stand mit verschränkten Armen in der Tür, das gewohnte zynische Lächeln im Gesicht.

»Du kannst die Zeit nicht zurückdrehen«, sagte sie und schaute zu, wie ihre Mutter die Kissen aufschüttelte.

»Ich kann es zumindest versuchen.« Diana hatte ihren Tagträumen nachgehangen. Cassy könnte ihr Examen nachholen, ihr Leben wie geplant leben. Vielleicht würde sogar ein Wunder geschehen, und die Familie könnte wieder so sein wie früher.

»Mach dir keine falschen Hoffnungen, Mum. Selbst wenn sie mit nach Hause kommen sollte, ist sie nicht mehr unsere Cassy. Das Leben ist weitergegangen, für uns alle. Wir sind, was wir sind.«

»Was für eine banale Bemerkung.« Diana strich die Bettdecke glatt, glättete imaginäre Falten auf dem Laken. Es musste alles tadellos in Ordnung sein. »*Wir sind, was wir sind.* Das ist doppelt gemoppelt.«

»Aber trotzdem wahr. Wovon bezahlst du die Reise eigentlich?«

»Wozu hat Gott Kreditkarten erschaffen?«

Sie flog zwei Nächte hindurch und lauschte dem Brummen der Motoren.

Mit jeder Stunde kam sie Cassy näher; mit jeder Stunde kam Mike dem Tod näher. Als die Maschine in Auckland landete, überrieselte sie ein prickelnder Schauer der Angst und der Erregung. Sie befand sich in derselben Hemisphäre wie Cassy. Im selben Land. Unter demselben Himmel.

So nahe. *So nahe.*

ACHTUNDDREISSIG

Kairo

Es war ein ganz normaler Tag, sofern man zum jetzigen Zeitpunkt einen Tag überhaupt noch normal nennen konnte.

Justin kam zur morgendlichen Versammlung. Man konnte praktisch zusehen, wie er sich veränderte. Seine Kleider schlotterten ihm um den Körper, tiefe senkrechte Furchen zogen sich durch seine Wangen. Er sah aus, als würde er aus seinem Körper rutschen.

Er setzte sich auf den Rand des Podests, zog ein Bein an und verschränkte seine Hände über dem Knie. Seine Haltung war so lässig, als würde er bei einer Tasse Kaffee mit einem alten Freund plaudern.

»Heute bin ich derjenige, der beichten muss«, sagte er. »Ich hatte heute Nacht Besuch von einem ungebetenen Gast. Der Teufel kam. Sie setzte sich zu mir ans Feuer und saugte die Hitze von den Flammen. Sie lachte sich scheckig über die Menschheit, weil ein einziger Irrer kurz davorsteht, sie auszulöschen. Und dann führte sie mich in Versuchung.« Er ahmte eine heisere, verführerische Frauenstimme nach, als er fortfuhr: »Willst du sie nicht alle retten, Justin? Na, wie wäre es? Mit meiner Hilfe wird es dir gelingen.«

Damaskus, der auf dem Kissen neben Kairo saß, nuckelte am Daumen und lauschte aufmerksam und mit großen Augen. Plötzlich hob er die Hand.

»Damaskus!«, rief Justin. »Unser weiser Ratgeber. Das ist

das erste Mal, dass du dich hier zu Wort meldest! Ich höre, kleiner Mann.«

»Äh, wirst du dir von der Frau helfen lassen?«

Gelächter rieselte durch den Raum, aber Justin blieb ernst.

»Eine gute Frage, Damaskus. Ich war versucht, ihr Angebot anzunehmen. Sie weiß, wie sehr ich sie gern alle retten würde. Aber ich habe abgelehnt. Ich habe meine Anweisungen, und ich werde sie befolgen.«

Damaskus nickte zufrieden, lehnte sich an Kairo und steckte den Daumen wieder in den Mund.

»Ich bin hier, um eure Fragen zu beantworten«, sagte Justin und ließ seinen Blick über die Versammelten schweifen. »Ich weiß, dass dies eine merkwürdige Zeit für euch ist. Es ist immer seltsam, wenn man sein Leben zusammenpackt, um zu einem neuen aufzubrechen, egal, wie aufregend und wunderschön das nächste Leben auch sein wird.«

Jaipur, der zwischen Malindi und Suva saß, hob die Hand. »Justin, wer ist denn dieser Irre?«

»Das kann ich dir leider nicht sagen. Es gibt eine ganze Reihe von Kandidaten. Aber ich kann dir so viel sagen: Ich habe eine pilzförmige Wolke gesehen. Ein gleißend heller Blitz, eine gigantische Druckwelle, die um den ganzen Erdball rast. Vielleicht bleiben uns noch Tage, vielleicht nur Stunden. Seid bereit!«

Als Justin später zur Insel zurückruderte, fuhr Gaza mit ihm. Kairo sah den beiden nach. Sie musste an die Gräber auf der Landzunge denken. Seit jenem Zwischenfall im Waschhaus ging sie Gaza aus dem Weg. Und nicht nur ihr: Sie machte auch einen Bogen um Rom. Sie konnte es sich nicht leisten, dass ihr noch mehr Geheimnisse anvertraut wurden. Sie gab sich alle Mühe, ein vollkommener Wächter zu sein.

Ihre Klasse war an diesem Morgen in der Schreinerei, wo Kyoto den Kindern zeigte, wie man Kisten herstellte. Der Schreiner war in seinem Element. Einen Bleistiftstummel hinterm Ohr eilte er umher. »Da ein bisschen schmirgeln«, sagte er fröhlich, »und hier ein bisschen leimen!«

Einer der Jungs lief zu Kairo und hielt einen blutenden Finger hoch.

Kairo ging in die Hocke. »Lass mal sehen. Autsch! Armer Moskau. Was ist denn passiert?«

»Der Hammer hat meinen Finger getroffen anstatt den Nagel!«

»Ja, das kann passieren. Ein Hammer kann schon mal danebenhauen. Komm, wir machen ein Pflaster drauf.«

Als der Finger versorgt und der Verbandskasten wieder an seinem gewohnten Platz war, spürte sie plötzlich eine Hand auf der Schulter.

»Kairo.«

Es war Liam. Er zog sie am Arm von den Kindern weg.

»Du hast Besuch«, sagte er.

Diana

Der Wassertaxifahrer wartete am Landing Café auf sie. Er trotzte der Kälte in kurzen Hosen und einer blau karierten Jacke und wartete, bis sie eine Schwimmweste angelegt hatte, bevor er losfuhr.

Er erwies sich als recht mitteilsam auf eine einsilbige Art und Weise. Anscheinend war er früher Farmer gewesen, und sein Name war Howard. »Im Sommer kommen die Urlauber. Bringen ihre Boote mit. Angeln. Die Kinder fahren Wasserski. Aber um diese Jahreszeit ist es ziemlich ruhig hier.«

Die nächsten zwanzig Minuten ließ Diana, in ihren Wintermantel gewickelt, den Kopf tief zwischen den Schultern, die Landschaft an sich vorüberziehen. Eine grandiose Landschaft, wie sie widerstrebend zugeben musste. Sie erinnerte sie an das schottische Hochland, aber die Vegetation war exotischer und die Luft hell und kristallklar. Nachdem sie die letzten Ferienhäuser hinter sich gelassen hatten, war außer endlosem Wald und den trostlosen Hängen des Mount Tarawera nichts mehr zu sehen – keine Spuren der Zivilisation, keine Straße, nicht einmal ein Telegrafenmast.

»Ganz schön einsam hier!«, schrie sie über den Motorenlärm hinweg.

»Da draußen ist rein gar nichts. Wenn Sie hundert Kilometer in diese Richtung gehen«, Howard hob den Zeigefinger, »sehen Sie nichts als dichten Wald, bis Sie zum Lake Waikaremoana kommen. Bloß würden Sie nie dort ankommen. Die Leute verlaufen sich in diesem Land. Verschwinden spurlos.«

»Was wissen Sie über Gethsemane? Meine Tochter ist dort.«

»Man merkt gar nicht, dass sie da sind. Scheinen glückliche Menschen zu sein.«

»Glücklich?«

Er drehte das Wort in Gedanken hin und her. »Immer lächelnd.«

Sie hätte ihm am liebsten gesagt, was sie von diesen lächelnden Leuten hielt, aber in diesem Moment drosselte er das Tempo, das Boot pflügte nicht mehr durch das Wasser. Eine Wasserhuhnfamilie glitt mit ruckenden Bewegungen vorbei, während Howard eine Bucht ansteuerte.

Und da war es. Gethsemane. Ein bewaldetes Tal, windgeschützt, im winterlichen Sonnenschein dösend. Sie erkannte die abfallenden Hänge und die niedrigen Gebäude von der Website wieder.

Howard fuhr längsseits an den Steg, Diana kletterte aus dem Boot, reckte den Daumen hoch. Howard nickte und fuhr sofort wieder weg. Sie hatten vereinbart, dass er sie um zwölf Uhr wieder abholen würde. Auf diese Weise konnten sie Diana nicht einfach wieder ins Boot schaffen, wie sie es mit Mike getan hatten.

Zwei kleine Jungen flitzten auf sie zu. Beide waren barfuß, trugen hellbraune kurze Hosen und blaue Pullover und hatten einen Topfhaarschnitt.

»Suchst du Gethsemane?«, fragte der eine, der vielleicht sieben war. Er hatte hellwache Augen und ein Pflaster auf dem Knie. Seinen Kameraden schätzte sie auf vier oder fünf.

»Ja. Bin ich hier richtig?«

»Absolut richtig«, antwortete der Ältere.

»Absolut richtig!«, echote der Jüngere.

Höfliche Kinder, dachte sie widerwillig. *Und sie sehen mir in die Augen. Nette kleine Knirpse.*

»Soll ich dir deine Tasche tragen?«, fragte der Ältere.

»Nein, danke. Es ist ja nur eine Handtasche.«

»Ich bin Monty«, sagte er. »Und das ist Damaskus. Du hast ein freundliches Lächeln.«

»Das bezweifle ich«, versetzte sie trocken.

»Möchtest du eine Tasse Tee und einen Muffin dazu? Die schmecken richtig lecker!«

»Nein, danke.«

»Es sind Boysenbeeren drin.«

Diana war ratlos. Sie hatte sich innerlich auf eine heftige Auseinandersetzung vorbereitet und war entsprechend vollgepumpt mit Adrenalin. Das Letzte, womit sie gerechnet hatte, war ein Empfangskomitee von kleinen Jungs, die zu ihr aufstrahlten, als wäre sie der Weihnachtsmann. Für diesen Fall hatte Cameron Allsop kein Handbuch geschrieben.

Schritt 1: Mach deine Sekte ausfindig. Schritt 2: Betritt ihr Gebiet. Schritt 3: Wimmle kleine Jungs ab, die dir Muffins anbieten.

Jetzt kamen noch mehr Kinder den Hang heruntergesaust. Zwei Mädchen im Teenageralter bildeten die Nachhut. Beide hatten sehr kurze Haare und waren ganz in Blau gekleidet. Die eine hätte eine junge Marilyn Monroe sein können: kobaltblaue Augen, ein üppiger Mund und so blond, wie man es normalerweise nur nach Anwendung von künstlicher Farbe war. Das andere Mädchen war größer, dünner, sommersprossig und hatte rötliche Haare. Ihr Gesichtsausdruck war wachsam.

»Hallo und willkommen«, sagte sie. Ihr Lächeln erreichte nicht die Augen. »Haben Sie sich für einen Kurs angemeldet? Sind Sie deshalb hier?«

»Nein. Ich komme wegen Cassy.«

»Wer?«

Diana seufzte. »Ich glaube, hier wird sie Kairo genannt.«

Es war, als hätte sie ein Zauberwort gesagt. Der kleinere der beiden Jungen hüpfte aufgeregt auf und ab. »Kairo, Kairo! Das ist meine ...«

»Pst, Damaskus!« Die Sommersprossige nahm ihn bei der Hand. »Ich weiß nicht genau, wo sie heute ist.«

»Äh ...« Marilyn Monroe biss sich nachdenklich auf die Unterlippe. »Eine Gruppe ist heute nach Rotorua gefahren, aber ich weiß nicht, ob sie dabei ist.«

»Kommen Sie doch mit«, forderte die Sommersprossige die Besucherin auf und zeigte auf die Häuser. »Wir werden versuchen, sie zu finden. Möchten Sie nicht eine Tasse Tee, während Sie warten? Ich bin übrigens Suva. Das ist Malindi.«

Diana hätte ihnen gern gesagt, wo sie sich ihren Tee hinstecken konnten, aber sie verkniff es sich. Schließlich waren es nur Kinder.

Die ganze Schar umringte die Besucherin, als sie über das

Gras den Hang hinaufgingen. Die beiden älteren Mädchen waren sehr gesprächig: »Von wo sind Sie denn jetzt gekommen? Oh, von Rotorua! Sie sind uns herzlich willkommen. Sie haben einen reizenden Akzent. Woher kommen Sie denn?«

Als sie »England« hörten, blickten sie mitfühlend drein.

»Wir hören so viel von Terroristen«, sagte Suva. »Und dann die vielen armen Flüchtlinge, aber Ihre Regierung weigert sich, sie aufzunehmen, obwohl so viele ertrinken oder in Lastwagen ersticken.«

»Die Sache ist schon ein bisschen komplizierter.«

Sie hatten die Gebäude erreicht. Diana blickte sich suchend nach Cassy um.

»Stimmt es«, fragte eins der jüngeren Kinder, »dass jemand in einem Zug und in einem Bus eine Bombe gezündet hat und viele Menschen getötet wurden?«

»Ja, das stimmt. Aber das ist lange her.«

»Stimmt es, dass es Unruhen gegeben hat und Schaufensterscheiben eingeschlagen und Sachen gestohlen und Häuser angezündet wurden?«

Diana wünschte, sie würden den Mund halten. Zwei Frauen, jede mit einem Baby auf dem Rücken und Körben voller Wäsche, schlenderten vorbei (nicht Cassy); andere hüteten eine Schar Kleinkinder (nicht Cassy); wieder andere arbeiteten ein Stück weit entfernt in einem Garten (immer noch keine Cassy).

»Sind Sie zufällig Gärtnerin?«, fragte Suva. »Jetzt ist die Zeit für erstes Frühjahrsgemüse.«

Ihre lächelnde Hartnäckigkeit trieb Diana schier in den Wahnsinn. Am liebsten hätte sie sie gepackt und geschüttelt. »Ich möchte einfach nur zu Cassy. Kairo.«

»Wir finden sie schon, keine Sorge.«

Diese naive Aufrichtigkeit. Als könnten sie kein Wässerchen

trüben. Als hätten sie noch nie im Leben gelogen. *Nimm dich in Acht,* schärfte Diana sich ein. *Auch vor den Kindern. Sie sind raffiniert.*

Sie führten sie in ein Holzhaus, das ein paar Stufen erhöht lag. Der Raum glich der Gemeinschaftsküche eines Zeltplatzes. In der Mitte standen lange, schmale Refektoriumstische. An einem Fenster waren ein paar Sessel gruppiert.

»Setzen Sie sich doch.« Suva deutete auf die Sessel. »Tee, Kaffee, einen Kiwi-Smoothie? Oder einen Gemüsesaft? Schmeckt besser, als es sich anhört!«

Diana hätte vor Frustration weinen können. »Würdet ihr bitte Cassy holen? Es ist wirklich dringend. Sagt ihr, ihre Mutter ist da. Ich habe schlechte Nachrichten.«

»Okay. Malindi wird sich um Sie kümmern. Monty und Damaskus, ihr sorgt bitte für Tee und Muffins. Prag, du läufst zu Liam und sagst ihm, dass diese Dame hier ist.«

Suva eilte hinaus. Diana war beeindruckt, als sie sah, dass alle Kinder taten, was ihnen aufgetragen worden war.

Sie rührte weder den Tee noch die leckeren Muffins an. Die Kinder dachten offensichtlich, sie müssten sie unterhalten. Der Kleinste, Damaskus, stand vor ihr, schaute aus großen dunkelblauen Augen zu ihr auf, wickelte sich eine Haarsträhne um den Finger.

»Magst du mein Leihbuch lesen?«, fragte er.

»Nein!«

Ihr heftiger Ton ließ ihn zusammenzucken. Diana schämte sich. Der arme kleine Kerl wollte doch nur höflich sein. Und was immer hier vor sich ging, er konnte ganz sicher nichts dafür.

»Also gut«, stieß sie gepresst hervor. »Zeig es mir, okay?«

Er sauste davon und kam zwei Minuten später mit einem Bilderbuch zurück. Es erzählte die Weihnachtsgeschichte, ganz traditionell, inklusive Engel und Hirten. Die Kinder scharten sich um sie.

Wie ist das denn passiert?, fragte sie sich fassungslos. *Ich bin zwölftausend Meilen geflogen, um meine Tochter zu sehen. Und jetzt sitze ich hier und lese einer Bande Kinder vor!*

»Siehst du die Flügel da?« Damaskus zeigte auf ein Bild von drei Engeln. »Die haben sie nicht wirklich.«

»Nein?«

»Nein!« Er machte ein verächtliches Gesicht. »Engel wiegen doch nichts! Engel sind nicht wie Bienen. Sie brauchen keine Flügel, um fliegen zu können.«

»Oh, ich verstehe. Weißt du …« Diese unermüdliche Glückseligkeit ging Diana allmählich auf die Nerven. Sie hatte das dringende Bedürfnis, eine Lanze für die Vernunft brechen zu müssen. »Es gibt überhaupt keine Engel. Nicht im wirklichen Leben. Nichts von alldem ist im wirklichen Leben passiert.«

Betroffenes Schweigen. Es war nur ein kleiner Sieg und keineswegs so befriedigend, wie sie erhofft hatte. Sie fing an, vorzulesen. Sie las schnell. *Märchen,* dachte sie. *Warum müssen Kinder mit Märchen aufwachsen?*

»Kein Platz«, sagte der Wirt. »Kein Platz in meiner Herberge.« »Aber meine Frau bekommt ein Kind«, sagte Josef. »Bitte hilf uns.«

Sie galoppierte durch die vor Gefühlsduselei triefenden Seiten bis zum unvermeidlichen Ende. Und auch hier keine Überraschungen: Hirten, Engel, ein Stern. Und leere Versprechungen.

»Friede auf Erden«, las sie. »Und den Menschen ein Wohlgefallen. Ende.«

»Vielen Dank«, sagte Damaskus artig und klappte das Buch behutsam zu. »Du hast wirklich schön gelesen.«

»Gern geschehen«, schwindelte Diana. »Aber ihr müsst

doch nicht hier bei mir bleiben. Es ist so ein schöner Tag – ihr würdet doch sicher lieber rausgehen und spielen.«

Nein, nein, das sei schon in Ordnung, meinten sie. Die Jüngsten fingen an, zwischen den Tischen Verstecken zu spielen. Diana kam sich vor wie in einem Horrorfilm. Vielleicht war Cassy bei einem satanischen Ritual getötet und ihre Leiche irgendwo im Wald verscharrt oder im See versenkt worden. Vielleicht versuchten sie deshalb, Zeit zu gewinnen.

Sie konnte den See durch das Fenster sehen, eingerahmt von den zarten Wedeln der Baumfarne mit ihren torfigen Unterseiten. Wiesen und Wald sahen unwahrscheinlich grün aus, das Wasser, in dem sich die Hügel und der Himmel spiegelten, unwahrscheinlich blau. Die Szenerie war zu vollkommen, um echt zu sein. *Eine Postkartenidylle,* dachte Diana. *Mit Postkartenkindern.*

Als sie die fotogene kleine Bande beobachtete, wurde ihr plötzlich etwas klar. Die Kinder waren nicht nur höflich. Sie waren bei ihrer Ankunft sofort zur Stelle gewesen. Sie hatten sie hierhereskortiert. Sie ließen sie nicht allein.

Sie waren nicht hier, um ihr Gesellschaft zu leisten. Sie bewachten sie.

Sie sprang auf und ging zur Tür.

»Müssen Sie auf die Toilette?« Malindi stellte sich ihr in den Weg.

Diana schaute den blauäugigen Teenager an und sah das Böse.

»Geh mir verdammt noch mal aus dem Weg! Wo ist sie?«, fuhr sie das Mädchen an.

Die Kinder starrten sie mit offenem Mund an und fassten sich an den Händen.

»Na schön. Wie ihr wollt. Ich werde jetzt nach Rotorua zurückfahren und die Polizei verständigen, damit sie alles hier auseinandernimmt. Ich werde nicht ruhen, bis ich weiß, was ihr zugestoßen ist!«

Die Tür hatte sich geöffnet. Der Mann, der hereinkam, war ein lächelnder Klops, so zuckersüß und kugelrund, dass er unmöglich gefährlich sein konnte. Seine Augen bewegten sich nicht ganz im Gleichschritt.

»Einen schönen guten Tag.« Er blinzelte wohlwollend, als er ihr die Hand gab. »Ich bin Liam. Ich bitte *vielmals* um Entschuldigung, dass Sie warten mussten. Kairos Mutter?« Er beantwortete sich seine Frage mit einem Nicken. »Ja, die Ähnlichkeit ist nicht zu übersehen. Willkommen in Gethsemane!«

»Wo ist Cassy?«

»Kairo ist eine ganz besondere Frau. Sie müssen stolz auf sie sein.«

»Wo ist sie?«

»Sie ist in unserem Einkehrhaus.«

»Spielen Sie keine Spielchen mit mir!«

Sein Lächeln blieb unverändert. Diana verspürte den unbändigen Drang, ihn ins Gesicht zu schlagen. »Noch ein paar Minuten Geduld, Mrs. …«

»Howells.«

»Mrs. Howells. Ich führe Sie gern ein wenig herum, während wir warten. Zeige Ihnen das, was Kairo jeden Tag sieht. Das würde Ihnen vielleicht helfen, sie besser zu verstehen.«

»Nein, danke.«

»Oh?« Er machte ein verwirrtes Gesicht. »Dann möchten Sie sie also nicht verstehen?«

Sie hatte keine Ahnung, wie er das geschafft hatte, aber Augenblicke später schlenderten sie draußen im Sonnenschein umher wie ein altes Paar in einem Park. Diana vermochte ihre Frustration kaum noch zu zügeln. Als Liam, der die Liebenswürdigkeit in Person war, ihr die Bienenstöcke im Wald zeigte, seinen dicken Bauch tätschelte und gestand, dass er eine Schwäche für Honigkuchen habe, platzte ihr der Kragen.

»Wo ist sie?«, rief sie voller Verzweiflung. »Warum sagen Sie mir nicht, wo sie ist? Ist sie tot?«

Liam blickte lächelnd über ihre Schulter. »Nun, dann würde ich jetzt aber einen Geist sehen.«

Diana wirbelte herum. Zwei Frauen kamen zwischen den Bäumen auf sie zu. Beide hatten kurze Haare, trugen Blau und hatten frische, gesunde Gesichter. Die Ältere war sehr klein und zierlich, die Jüngere, Größere, hielt sich sehr gerade. Sie hatte helle Haut, glänzende Augen. Sie lächelte, aber ihre wie in Stein gemeißelten Züge erinnerten an eine Wachsfigur.

Einen grauenvollen Moment lang war Diana sich nicht sicher. *Ist das Cassy? Nein! Doch! Nein, das ist sie nicht. Die wollen mich hereinlegen.*

Diese Frau war so viel älter als Cassy, ihr Gesicht, ihr Körper viel knochiger. Und dieser geschorene Schädel anstatt der wilden Cassy-Mähne. Sogar ihre Haltung war anders. Und warum sagte sie nichts? Warum dieses leere, aufgemalte Lächeln wie bei einer Matrjoschka-Puppe?

Aber diese dunkelblauen Augen, die ein klein wenig schiefe Nase, als ob sie einmal gebrochen gewesen wäre.

»Hi, Diana«, sagte die Frau. Mit Cassys Stimme.

Mit einem Aufschrei rannte Diana den Hang hinunter, warf ihrer Tochter die Arme um den Hals und stammelte ein ums andere Mal: »Oh Gott sei Dank, Gott sei Dank!« Die letzten Tage hatten sie an ihre Grenzen gebracht: erst der Schock über Mikes Erkrankung, dann die lange Reise und jetzt die Begegnung mit dieser so beherrschten Fremden. Es war einfach alles zu viel für sie.

Cassy umarmte ihre Mutter mechanisch. Ihr Lächeln war

erloschen. »Du hast schlechte Nachrichten, hat man mir gesagt. Doch hoffentlich nicht Tara?«

Diana zwang sich zum Luftholen. »Nein. Nein, nicht Tara. Es ist … äh …« Diese verfluchten Tränen! Sie wandte sich an Liam. »Ich würde gern unter vier Augen mit meiner Tochter sprechen.«

»Es ist besser, wenn wir dabeibleiben.«

»Und warum? Damit Sie sie einschüchtern können?«

»Wir schüchtern niemanden ein, aber *Sie* würden es möglicherweise versuchen. Ah, Aden! Gut, dass du kommst.«

Ein Mann näherte sich mit großen Schritten. Er musste irgendwo in den Dreißigern sein und hatte die Statur, die Gesichts- und die Haarfarbe eines Wikingers.

»Hallo!« Er streckte Diana die Hand hin. Sie ergriff sie, weil sie es nicht über sich brachte, unhöflich zu sein und die Geste zu ignorieren.

»Aden ist mein Mann«, erklärte Cassy und ergriff seinen Arm. »Der Vater meiner drei Kinder.«

»Der Vater deiner …« Diana starrte sie fassungslos an. »Wir haben drei Enkelkinder? Cassy! Wo sind sie? Kann ich sie sehen?«

Allgemeines Kopfschütteln.

»Bitte, Cassy! Lass mich zu ihnen«, flehte Diana. »Ich schwöre, ich bin nicht hergekommen, um Ärger zu machen! Ich bin gekommen, weil ich dir etwas sagen muss. Es geht um Dad.«

»Was ist mit ihm?«

»Können wir nicht irgendwo in Ruhe reden?«

Wieder Kopfschütteln.

»Also gut.« *Einatmen, ausatmen. Sag es!* »Er hat Krebs. Er hat schon Metastasen in den Knochen. Er hat vielleicht nur noch ein paar Wochen. Er …«

Ihr versagte die Stimme. Sie presste sich die Knöchel auf den Mund und hielt sich durch bloße Willenskraft aufrecht.

Cassy war blass geworden, aber an ihrem starren Gesichtsausdruck hatte sich nichts geändert. Der Wikinger murmelte etwas und zog sie an sich.

»Wir haben dir Mails geschickt«, fuhr Diana fort. »Hast du sie denn nicht bekommen? Er hat nur einen Wunsch, bevor er gehen muss, nur einen einzigen *verzweifelten* Wunsch – er möchte dich noch einmal sehen.«

»Woher wissen wir, dass Sie die Wahrheit sagen?« Die ältere Frau sprach mit Akzent. Deutsch vielleicht. Oder Holländisch.

»Hier.« Diana griff in ihre Handtasche und zog ein Bündel gefaltete Blätter heraus. »Seine Patientenakte. Glauben Sie wirklich, ich würde mir so eine Geschichte aus den Fingern saugen?«

Die Frau sah die Unterlagen sorgfältig durch.

»Es tut mir leid«, sagte sie schließlich. »Es tut mir aufrichtig leid.«

Diana hörte ehrliches Mitgefühl heraus. Vielleicht waren diese Leute ja doch keine Unmenschen. Vielleicht würden sie Cassy gehen lassen.

»Bitte komm mit und sprich mit ihm, Cassy«, bettelte sie. »Es vergeht kein Tag, an dem er nicht an dich denken würde. Nicht zu wissen, ob du glücklich bist, ob du überhaupt noch am Leben bist … das hat ihn völlig fertiggemacht. Der Kummer hat ihn regelrecht aufgefressen.«

»Hören Sie jetzt bitte auf, ihr ein schlechtes Gewissen zu machen«, warf Liam ein. »Genau aus diesem Grund wollten wir nicht zulassen, dass Sie allein mit ihr reden. Genau das ist der Grund. Ihre emotionale Manipulation.«

Diana achtete nicht auf ihn. Sie sah Cassy unverwandt an.

»Ich bezahle dir den Rückflug. Du könntest in vierzehn Tagen wieder hier sein. Ich flehe dich an, bei allem, was dir … Bitte lass nicht zu, dass Dad stirbt, ohne dass er die Chance hatte, sich mit dir zu versöhnen. *Bitte!*«

»Ich muss erst mit den *kaumatua* reden«, erwiderte Cassy.

»Mit wem?«

»Mit den Ältesten. Den Gefährten. Entscheidungen werden gemeinsam getroffen. Wir handeln nicht selbstsüchtig.«

»Kann ich auch mit ihnen reden? Ich kann nicht mit leeren Händen nach Hause zurückkehren. Ich darf deinen Vater nicht enttäuschen. Deine Grandma hat so oft nach dir gefragt, bis zuletzt, bis kurz vor ihrem Tod. Es hat ihr das Herz gebrochen!«

Cassy blinzelte. »Grandma ist tot?«

»Ja! Seit über einem Jahr.«

Die wächsernen Züge wurden weicher, und Diana konnte einen Blick auf die wahre Cassy erhaschen.

Sie nutzte die Gunst des Augenblicks. »Ich hab dir doch geschrieben! Hast du meine Briefe denn nicht bekommen? Ich hab dir so oft geschrieben! Ich hab dir Briefe, Mails, Geschenke geschickt. Und nicht nur ich, auch Dad und Tara und Grandma und deine Freundinnen!«

Cassy sah Liam an, doch der hob beide Hände. »Nicht schuldig! Vielleicht war es die falsche Adresse.«

»Wir haben die Adresse auf Ihrer Website genommen.«

»Ich glaube, Sie sollten jetzt besser gehen. Da kommt schon Ihr Boot.«

Ihr Dreckskerle, dachte Diana. Sie kochte vor Wut. *Ihr verlogenen, hinterhältigen, bösartigen Dreckskerle!*

All die sorgfältig ausgesuchten Geschenke. So viele Stunden, die sie mit Schreiben verbracht, sich bemüht hatte, die richtigen Worte zu finden. Nichts davon hatte Cassy erreicht.

Sie beherrschte sich, weil Allsop ihr dringend geraten hatte,

Ruhe zu bewahren. Mit Beleidigungen und Beschimpfungen würde sie nicht weiterkommen.

»Ich wohne im Four Seasons Motel in Rotorua«, sagte sie zu Cassy. »Zimmer vier, okay? Ich werde dort auf dich warten.«

Cassy nickte. Dann drehten sie und der Wikinger sich um und gingen schnell weg. Liam und die ältere Frau traten nebeneinander und versperrten Diana den Weg.

»Sie müssen jetzt gehen.« Liam fasste sie am Arm. »Wir werden uns beraten und Sie dann unsere Entscheidung wissen lassen.«

Sie brachten sie zum Steg zurück. Wie Rausschmeißer, die sie von einem Privatgrundstück entfernten.

»Warten Sie!« Sie hatten das Boot fast erreicht, als Diana sich aus Liams Griff wand. »Ich würde gern noch etwas sagen.«

Sie schaute verzweifelt von einem zum anderen, auf der Suche nach ein klein wenig Mitgefühl. Liams Lächeln war unverändert starr, aber die Frau blickte unglücklich drein.

»Bitte!« Diana pfiff auf ihre Würde. Wenn sie damit etwas erreichen könnte, würde sie sich auch vor den beiden in den Staub werfen. »Ich flehe Sie an als Mutter, als Ehefrau, als Mitmensch. Lassen Sie sie zu ihrem Vater. Lassen Sie sie nach Hause kommen, und sei es nur für eine Woche – oder auch nur für einen Tag. Wir lieben sie so sehr! Sie ist unser Mädchen, verstehen Sie? Bitte lassen Sie sie gehen!«

NEUNUNDDREISSIG

Kairo

»Kommt nicht infrage!«, sagte Gaza.

Nur Minuten, nachdem Diana sie verlassen hatte, war Gaza mit Justin zurückgekommen. Kairo wurde in den Meditationsraum gerufen, wo die Ältesten vollzählig versammelt waren. Aden hatte darauf bestanden, mit hineinzukommen.

»Ich bin ihr Partner«, hatte er leise gesagt. »Das betrifft auch mich. Und meine Kinder.«

Gaza hatte ein grimmiges Gesicht gemacht, war dann aber zur Seite getreten, um ihn hereinzulassen. »Halt dich da raus, Aden.«

Dianas Anblick hatte die Zeit irgendwie ineinandergeschoben. Kairo kam es so vor, als hätte sie gestern erst ihre Sachen gepackt, im Beisein ihrer Mutter und ihrer Schwester, die auf ihrem Bett saßen und zuschauten.

»Justin?«, wandte sie sich an ihn. »Sollte nicht jeder die Chance auf Erlösung bekommen? Jetzt, wo er den Tod vor Augen hat, wird Mike sich vielleicht dir zuwenden. Was meinst du, soll ich zu ihm gehen?«

Justin stand mit dem Rücken zu ihr am Fenster. Er antwortete nicht.

»Ich verspreche dir, dass ich in spätestens vierzehn Tagen zurück sein werde. Meine Kinder sind hier. Du weißt, dass ich zurückkommen werde.«

Ein langes Schweigen entstand. Schließlich drehte er sich

um. »Es tut mir leid, Kairo, aber das geht nicht. Ich werde dir sagen, warum … Hörst du mir zu? Das Ende der Welt steht unmittelbar bevor. Wenn du Gethsemane jetzt verlässt, wirst du nicht rechtzeitig zurück sein. Glaub mir. Sie werden dich daran hindern. Sie werden dein Ticket stornieren oder dir deinen Pass wegnehmen oder dich in die Psychiatrie einweisen lassen. Sie werden mit allen Tricks arbeiten, mit Lügen, Erpressung, Bestechung. Sie werden Fachleute holen, die irgendwelche Dinge mit deinem Verstand anstellen. Wir haben es schon erlebt, dass Leute durch die Psychospielchen ihrer Familien in den Wahnsinn getrieben wurden. Wenn du jetzt gehst, wirst du nicht zurückkommen!«

»Du meinst, du wirst nicht zulassen, dass ich zurückkomme.«

Plötzlich wurde er zornig. Er durchquerte den Raum mit zwei großen Schritten, fasste sie am Kinn und zwang sie, zu ihm aufzublicken. Sie stand ganz still. Zum allerersten Mal flößte er ihr Angst ein.

»Ich meine, du wirst nicht zurückkommen«, sagte er, jedes einzelne Wort betonend. »Hast du mich verstanden?«

Sie erkannte diesen Mann fast nicht wieder. Da war keine Spur von Liebe, Mitgefühl oder Heiterkeit in seinem Blick. Sein Mund war eine schmale, dünne Linie der Verachtung. Sein Griff war schmerzhaft.

»Ja. Ja, ich habe verstanden.«

»Dann ist das Thema damit abgeschlossen?«

Sie nickte.

Sein Griff wurde noch fester. »Zweifle nie wieder an mir, Kairo. Dafür ist keine Zeit.«

Einen Augenblick später hatte er den Raum verlassen.

Eine kurze, spannungsgeladene Pause trat ein. Dann atmete Liam hörbar aus. »Gut. Puh! Damit wäre das erledigt. Gaza, du hilfst Kairo, einen Brief an Mrs. Howells zu verfassen, nicht wahr?«

»Aber sicher«, antwortete Gaza.

»Ich werde jemanden schicken, der ihn ihr bringen wird. Das mag dir hart vorkommen, Kairo, aber das ist der klassische Weg für das Eindringen von Negativität. Wir können es uns nicht leisten, dich zu verlieren. Je schneller wir deine Mutter loswerden, desto besser für uns alle.«

Kairo wusste, was als Nächstes kam. Sie hatte das schon einmal durchgemacht. Sie würden ins Büro gehen, Gaza würde ihr einen Brief diktieren, und der Fall wäre erledigt. Das war der Weg Gethsemane.

Gaza schien vor Tatkraft und Gewissheit von innen heraus zu leuchten. »Schön!« Sie öffnete die Tür. »Dann wollen wir mal!«

Kairo zögerte. Sie stand da wie Justin kurz zuvor und betrachtete die Szenerie, die sie mehr liebte als jede andere auf der Welt. Dort, wo Justin zugepackt hatte, pochte ihr Kiefer schmerzhaft.

Der See hatte sich verändert, war düsterer geworden. Das Wetter schlug in dieser Region sehr schnell um. Die Menschen wurden oft vom Wetterwechsel überrascht, Bootsfahrer und Wanderer kamen in Schwierigkeiten und mussten gerettet werden. Der Wind peitschte den Regen in Schwaden über das Wasser. Über dem Berg spannte sich ein Regenbogen, gespenstisch hell über dem granitgrauen Himmel, als ob die Luft selbst mit Farben gesprenkelt wäre.

Mum muss in den Sturm gekommen sein, dachte Kairo. *Hoffentlich ist sie gut zurückgekommen. Sie sah älter aus, als ich sie in Erinnerung habe.*

»Er wird doch sterben«, flüsterte sie. »Mein Vater wird wirklich sterben.«

»Die ganze Welt wird sterben, Liebes.« Monika legte ihr die Hand auf den Arm. »Er wird bloß ein bisschen früher gehen.«

Alle sahen sie an.

Alle warteten auf ihre Entscheidung.

Diana

Stunden waren vergangen. Bei jedem Auto, das auf den Parkplatz des Motels fuhr, lief sie, auf ein Wunder hoffend, zu den Glastüren.

Eine Limousine, in die sich eine Familie gequetscht hatte.

Ein Mann in einem gelben Lastwagen, der ein Paket zustellte.

Ein Motorrad mit Teenagern.

Ein klappriger weißer Kleinbus.

Er fuhr im Kreis und hielt dann unweit des Eingangs zu ihrem Gebäude. Ein junger Mann stieg auf der Fahrerseite aus. Groß, lange Nase, ordentlich frisiert. Drillichhose und Pulli. Gut aussehend auf eine altmodische Art.

Und dann lief er schnurstracks auf ihre Tür zu. Diana ließ die Gardine fallen und lehnte sich dagegen. Cassy kam nicht. Sie hatten einen Boten geschickt.

Er klopfte ein paarmal schnell hintereinander. Die Glasscheibe klirrte leise.

»Mrs. Howells?« Er hatte ein offenes, freundliches Lächeln. »Hi, ich bin Rom Calvin. Ich habe einen Brief für Sie.«

Sie nahm den Umschlag. *Diana & Mike* stand darauf. In Cassys Handschrift.

»Würden Sie bitte warten? Für den Fall, dass ich Ihnen eine Nachricht mitgeben muss. Kommen Sie doch herein und setzen Sie sich.«

»Sicher.« Er setzte sich auf die Kante eines Sessels, während sie den Umschlag aufriss.

Es waren zwei Blätter darin. Diana stellte sich zum Lesen ans Fenster. Mit der einen Hand hielt sie die Briefe ans Licht, mit der anderen kniff sie sich in die schlaffe Haut an der Vorderseite ihres Halses.

Liebe Diana,
vielen Dank, dass du die weite Reise gemacht hast. Ich habe mich sehr gefreut, dich zu sehen.
Aber so leid es mir tut, ich kann nicht mit dir nach England kommen. Das geht nicht. Mein Zuhause ist jetzt hier. Bitte geh zu Mike zurück und kümmere dich um ihn. Ich werde auch ihm einen Brief schreiben.
Ich werde für euch beide und für Tara beten.

Alles Liebe
Kairo (Cassy)

Diana stieß einen langen, zitternden Atemzug aus und schloss eine Sekunde lang die Augen, bevor sie sich dem zweiten Brief zuwandte.

Lieber Mike,
es tut mir sehr leid, dass du krank bist. Das macht dir bestimmt Angst. Ich wünschte, ich könnte dich besuchen, aber das geht nicht.
Doch das muss nicht das Ende sein. Du kannst ewig leben! Wenn es dein Zustand erlaubt, komm doch bitte hierher. Vertrau dich Justin an und lass ihn dein König sein. Du kennst ihn zwar nicht, und du hast lange gewartet, aber er wird dich nicht abweisen, wenn du zu ihm kommst – das weiß ich.

Sorge dich nicht um mich. Du sollst wissen, dass ich sehr, sehr glücklich bin. Du hast drei Enkelkinder. Sie heißen Damaskus, Quito und Havanna. Sie sind vier Jahre, drei Jahre und zehn Monate alt.

Damaskus? Diana ließ den Brief sinken. Ihre Augen wurden schmal. *Damaskus, Damaskus …* Hatte nicht einer der kleinen Burschen, die sie am Steg begrüßt hatten, so geheißen? Der Jüngere?

Ich habe meinem Enkel eine Geschichte vorgelesen, schoss es ihr durch den Kopf. Sie versuchte verzweifelt, sich sein Gesicht ins Gedächtnis zurückzurufen. Hätte sie das doch vorher gewusst! Sie hätte ihm zehn Geschichten vorgelesen! Sie hätte ihn fotografiert, für Mike.

Damaskus sieht mir sehr ähnlich. Havanna und Quito sind blond und haben blaue Augen und ein ausgeglichenes Wesen, genau wie ihr Vater. Aden ist wirklich ein wundervoller Mann. Er ist Farmer und handwerklich sehr geschickt. Ich finde es schade, dass du ihn nie kennengelernt hast.
Mike, ich vergebe dir, was in meiner Kindheit passiert ist. Ich bete, dass du nicht in Unwissenheit sterben, sondern deinen Geist öffnen wirst, bevor es zu spät ist.

Alles Liebe
Kairo (Cassy)

»Hat Cassy das geschrieben?«

Rom blinzelte. »Wer? Ach so – Entschuldigung. Ja, Cassy. Kairo.«

Diana schüttelte den Kopf. »Das glaube ich nicht. Das glaube ich keine Sekunde lang! *Es tut mir sehr leid, dass du krank bist* … Das klingt nicht nach Cassy. Und Mike ist nicht bloß *krank*. Er wird sterben!«

»Oh nein!« Der junge Mann war zutiefst bestürzt. »Das wusste ich nicht. Das tut mir schrecklich leid!«

Diana steckte die Briefe mit raschen, fahrigen Bewegungen in ihre Handtasche.

»Ich werde nicht ohne Cassy von hier weggehen«, sagte sie. »Ich bin hergekommen, um sie zu ihrem Vater zu bringen, und genau das werde ich verdammt noch mal auch tun! Die sollen bloß nicht glauben, dass ich zwölftausend Meilen geflogen bin, um allein wieder nach Hause zu fahren! Da kennen sie mich aber schlecht!«

»Haben Sie mit Kairo gesprochen?«

»Fünf Minuten! Nach fünf Jahren! Wirklich großzügig! Und wir waren nicht eine Sekunde lang allein. Es waren immer irgendwelche Leibwächter dabei. Ein Bursche namens Liam. Eine Frau, eine kleine, alte …«

»Monika?«

»Keine Ahnung. Und ein Mann, der behauptet, Cassys Ehemann zu sein.«

Rom wanderte auf und ab und klopfte sich mit dem Autoschlüssel an die Zähne. Diana beobachtete ihn. Er wirkte so jung, deshalb hatte sie ihn für einen einfachen Boten gehalten.

»Wie lange können Sie in Rotorua bleiben?«, fragte er schließlich.

»Ein paar Tage. Mein Mann braucht mich.«

»Okay. Ich werde sehen, was ich tun kann.«

»Ich bin wirklich verzweifelt. Also wenn Sie mir irgendwie helfen können, egal, wie …«

»Ich werde es versuchen.« Er zog einen imaginären Reißverschluss an seinen Lippen zu. »Erwähnen Sie niemandem gegenüber meinen Namen. Ich melde mich, sobald ich kann.« Er öffnete die Tür.

»Ist das der Van?« Diana nickte zu dem Auto hin. »Der, in den sie eingestiegen ist?«

»Ja. Ich war dabei. Wir wussten alle sofort, dass sie etwas Besonderes ist.«

Diana ging hinüber, schlenderte einmal um das Auto herum und starrte schockiert und fasziniert zugleich hinein. Fünf Jahre lang hatte sie sich dieses Ding als etwas Dämonisches vorgestellt. Eine Falle des Bösen. Das Zaubergefährt des Kinderfängers.

Dabei war es nur ein rostiger, klappriger alter Kleinbus mit einer Kiste Äpfeln hintendrin.

VIERZIG

Kairo

Gaza war nervös.

»Deine Mutter ist hochgradig manipulativ. Ich traue ihr nicht. Du wirst das Tal nicht verlassen, bis wir sicher sein können, dass sie abgereist ist.«

»Das versteht sich von selbst.«

»Ich hätte nicht erlaubt, dass Rom ihr deine Briefe bringt. Das hat Liam veranlasst. Mich hat man nicht gefragt.«

Die Gefährten sorgten dafür, dass Kairo ständig beschäftigt war: Sie musste das Bettzeug der älteren Mitglieder der Gemeinschaft waschen, Holz hacken, Monika bei der Bestandsaufnahme in der Praxis helfen. Das waren alles Ablenkungsversuche, aber die Taktik ging nicht auf.

Kairos Gedanken drehten sich im Kreis: *Diana ist extra den ganzen weiten Weg hierhergekommen. Und Mike wird sterben. Und Granny ist tot.*

Vor dem abendlichen Ruf der Glocke zog sie sich unter dem Vorwand, Havannas Windel wechseln zu müssen, in ihr Haus zurück. Regen trommelte aufs Dach, das Kind brabbelte in einem fort, aber Kairo horchte auf ein ganz bestimmtes Geräusch.

Und dann hörte sie es. Das Stechmückensurren eines Motors. Sie nahm Havanna auf den Arm, lief auf die Veranda hinaus und sah Rom auf der *Ikaroa*. Mit erhobenem Kopf stand er am Steuer, obwohl ihm der Regen ins Gesicht peitschte. Sie brannte darauf zu erfahren, was ihre Mutter gesagt, wie sie die Absage aufgenommen hatte, ob sie ihm vielleicht eine Nachricht für sie mitgegeben hatte. Doch anstatt in die Bucht fuhr das rote Boot weiter und verschwand hinter Justins Insel.

Sekunden später kam Damaskus um die Ecke geflitzt.

»Mum!« Er wäre auf dem nassen Gras fast ausgerutscht, als er abrupt abbremste. »Otto fragt nach dir! Du sollst doch in der Küche helfen! Außerdem essen heute alle zusammen!«

Kairo ging schnell die Stufen hinunter und streckte die Hand aus. »Komm, wir laufen schnell zusammen hin! Alle miteinander – du, ich und Havanna. Eins, zwei, drei … los!«

Sie rannten durch den Regen. Damaskus hatte seine kleine Hand in ihre gelegt und versuchte, mit der Zunge Regentropfen aufzufangen. Ein Gedanke durchzuckte Kairo, drängte sich auf, bevor sie es verhindern konnte. Ein unerträglicher Gedanke.

Dad wird seine Enkelkinder nie kennenlernen.

Sie sah Rom erst bei der abendlichen Versammlung. Als sie sich zu ihm hinüberbeugte, um mit ihm zu reden, schüttelte er nur kurz den Kopf und wandte sich Jaipur zu, mit dem er sich angeregt unterhielt.

Mitten im Lied entstand eine Unruhe: Justin betrat das *wharenui* und stieg auf das Podest. Er bewegte sich schnell und ruckartig und hatte die Kiefer fest zusammengepresst. Auf sein Zeichen hin hörte die Musik auf zu spielen. Das hatte Kairo noch nie erlebt.

»Rom hat etwas zu beichten«, verkündete er in die plötzliche Stille hinein.

Betroffenes, ängstliches Schweigen.

Rom, die Arme über der Brust verschränkt, stand da wie versteinert. Die Zeit verstrich quälend langsam. Kairo schlug das Herz bis zum Hals. *Was, wenn er sich weigert?*, dachte sie. *Was passiert dann?*

Zu guter Letzt stieg er aber doch auf das Podest. Vater und Sohn standen Schulter an Schulter, den Wächtern zugewandt. Doch dieses Mal glichen sie Ringkämpfern, nicht Waffengefährten.

»Ich habe mich mit Justin gestritten«, gestand Rom mit klarer Stimme. »Ich habe ihm gesagt, dass er einen Fehler mache. Ich habe die Beherrschung verloren. Ich habe vergessen, mich in Demut zu üben.«

»Und was noch?«

»Ich habe geflucht. Ich habe herumgeschrien.«

»Und was noch?«

Roms Blick zuckte zum Gesicht seines Vaters. »Ich habe gesagt, dass ich mich für Gethsemane schäme. Dass ich mich für dich schäme.«

Ein kollektives entsetztes Nach-Luft-Schnappen, aber Justin lächelte.

Er legte Rom eine Hand auf die Schulter. »Du bist mein geliebter Sohn. Mein Fels. Meine Freude. Aber heute hast du mich enttäuscht.«

»Ich weiß.«

»Manchmal sind die Dinge komplizierter, als es den Anschein hat.«

»Es tut mir leid.«

Justin berührte die Stirn des jungen Mannes mit seinen Fingerspitzen. »Mit dieser Berührung sei dir vergeben. Liebe dich von Neuem. Und komm in meine Arme!«

Vater und Sohn umarmten sich lächelnd. Das Lied wurde noch einmal von Anfang an gespielt. Rom kehrte an seinen Platz zurück. Alles schien in bester Ordnung.

Aber Kairo beobachtete Roms Gesicht. Ein Muskel an seinem Kiefer zuckte. Ihre Blicke trafen sich für einen Sekundenbruchteil, dann schauten sie beide schnell weg.

Nach dem gemeinsamen Abendessen stand Kairo am Spülstein, schrubbte Töpfe und leierte im Stillen herunter: *keine Negativität, keine Negativität, nur Liebe, Liebe, Liebe.*

Die einen räumten die Tische ab und trugen das Geschirr zum Abwasch, andere schwangen Geschirrtücher. Es wurde geschwatzt und gelacht. Manche spielten Scharaden, andere hatten Brettspiele hervorgeholt. Helike und Quito – ein bisschen wie Zwillinge, da sie ja am selben Tag auf die Welt gekommen waren – hatten sich unter einem der Tische eine Höhle zum Spielen eingerichtet. Normalerweise war diese Zeit nach dem gemeinsamen Essen eine der schönsten am Tag. Aber nicht heute. Nicht für Kairo. Sie musste unentwegt an ihre Mutter denken, die allein in einem Motelzimmer saß.

Rom kam zu ihr, schnappte sich ein Geschirrtuch und begann, Messer abzutrocknen. »Ich hab nicht viel Zeit«, murmelte er.

»Wie war sie?«

»Völlig durcheinander. Ich hab nicht gewusst, dass dein Dad … wie auch immer, sie sagt, sie will noch ein paar Tage in Rotorua bleiben.«

»Aber wozu denn?«

»Schsch!«, machte er, zog den Kopf ein und nuschelte aus dem Mundwinkel: »Ich glaube, Justin macht einen furchtbaren Fehler. Er sollte dir vertrauen. Was sind wir für Menschen, wenn wir einer Tochter verbieten, ihren sterbenden Vater zu sehen? Wo bleibt da das Mitgefühl? Diana scheint mir eine anständige Frau zu sein. Sie hat versprochen, dass du spätestens in zwei Wochen zurück bist.«

Kairo blickte sich verstohlen um. Von den Ältesten war niemand zu sehen, aber möglicherweise wurden sie von anderen beobachtet.

»Hast du dich deshalb mit Justin gestritten?«

Rom nickte knapp. »Ich dachte, er bringt mich um! Er verändert sich, Kairo. Irgendetwas stimmt nicht. Er verliert seinen inneren Frieden.«

Aden schlenderte mit einem Stapel Teller heran.

»Ich werde dich ablösen«, sagte er zu Rom. »Geh nur.«

Rom bedankte sich und schloss sich den Scharadespielern an.

»Ist alles in Ordnung mit ihm?« Aden warf ihm einen flüchtigen Blick hinterher.

»Mit wem? Mit Rom?« Kairo ließ einen Teller ins Spülwasser gleiten. »Jaja. Es ging um Malindi. Er kann es kaum erwarten, dass sie seine Partnerin wird.«

Wieder eine Lüge. Betrug und Zweifel sickerten durch jeden Spalt herein.

Aden übernahm das Abtrocknen, während sie spülte. Er plauderte über Damaskus, der am nächsten Morgen zur Zahnärztin musste. Von Zeit zu Zeit legte er ihr seine Hand auf den Rücken oder gab ihr einen Kuss auf die Wange. Er tat sein Bestes, und sie liebte ihn dafür. Als sie den Stöpsel zog, schlang er seine Arme um ihre Taille und rieb seine Lippen an ihren Haaren.

Das Wasser strudelte in den Abfluss. »Und weg ist es.«

Sein Mund berührte ihr Ohr. »Bleib bei mir«, flüsterte er. »Bitte bleib bei mir.«

EINUNDVIERZIG

Kairo

Am Morgen schob sich Nebel vor den Berg, als würde er sich eine Augenbinde anlegen.

Bali fröstelte unwillkürlich. »An Tagen wie diesen kann man die Nähe der Geister spüren. Es fällt nicht schwer, sich dieses Geister-*waka* vorzustellen. Richtig unheimlich!«

Zu der Gruppe, die mit der *Matariki* aufbrechen würde, gehörten drei Weber, die eine Bestellung kunstvoller Körbe und Matten an eine Boutique liefern würden. Monika musste die Vorräte der Apotheke ergänzen und Seoul die Speisekammer auffüllen. Fünf Kinder, darunter Damaskus, hatten Termine bei der Zahnärztin. Der Junge klammerte sich an Kairos Hand.

»Es tut nicht weh beim Zahnarzt«, sagte er, als sie zusammen über den Steg gingen. »Nein, tut gar nicht weh. Oder, Mummy? Es tut doch nicht weh? Die gucken einem bloß in den Mund und sagen ›Oh, was für schöne Zähne‹, und dann geht man wieder heim.«

»Die Zahnärztin hat garantiert noch nie so wunderschöne Beißerchen wie deine gesehen«, versicherte Kairo ihm. »Du machst den Mund ganz weit auf und sagst ›Aaaahhhh‹.«

»Aaaahhhh!«

»Genau so, und den Mund ganz weit aufmachen.«

»Aaaahhhh.«

»Sehr gut. Und weil du so brav warst, wird sie dir anschließend ein Klebebildchen schenken.«

Kairo hörte Schritte hinter sich und drehte sich um. Rom trabte über den Steg. »Hi! Musst du auch zum Zahnarzt?«

»Tag!«, antwortete er und gab ihr einen Klaps auf den Rücken. »Nein, ich muss einen Auslandsscheck zur Bank bringen. Erinnerst du dich an das Paar aus Texas, das vor ein paar Jahren einen Kurs besucht hatte? Sie haben uns einen Scheck über tausend Dollar geschickt, als Gegenleistung für unsere Gebete. Willst du auf meinen Schultern sitzen, Damaskus?«

Der Junge streckte ihm seine Ärmchen entgegen, und einen Augenblick später thronte er hoch oben auf Roms Schultern.

»Frag, ob du mitkommen darfst«, flüsterte er Kairo zu. »Ich werde dich zu deiner Mutter bringen.« Er sprang auf das Boot und brachte Damaskus zum Lachen, weil er so tat, als wäre er ein Pirat mit einem Entermesser.

Kairo beschloss spontan, ihm zu folgen.

»Ich würde gern mit euch kommen«, sagte sie zu Monika. »Suva kann meine Klasse übernehmen. Damaskus hat ein bisschen Bammel vor dem Zahnarzt, er möchte, dass ich mitgehe.«

»Ich werde da sein und ihm die Hand halten«, sagte Monika.

»Kann ich nicht mitkommen?«

»Nein.«

Kairo gab einen unwilligen Laut von sich. »Warum denn nicht? Meine Mutter wird längst abgereist sein.«

»Wir wollen kein Risiko eingehen.«

»Es gibt kein Risiko!«

»Oooh!« Monika zuckte zusammen und hielt sich die Ohren zu. »Merkst du nicht, dass du mich anschreist? Das zeugt von großer Negativität!«

»Entschuldige.«

»Ich weiß, wie schlimm das alles für dich ist. Aber Justin hat nun einmal das letzte Wort. In der Schule wartet eine sinnvolle

Aufgabe auf dich. Stürz dich da hinein.« Monika schüttelte den Kopf, einen warnenden Ausdruck im Gesicht. »Deine Kleinen brauchen dich. Wir *alle* brauchen dich.«

Das war eine Drohung, auch wenn sie als fürsorgliche Zuneigung verkleidet, gepudert und herausgeputzt war. Und es tat umso mehr weh, als Kairo Monika für eine Freundin gehalten hatte.

Sie hob resigniert beide Hände. »Na schön. Wenn du meinst, das Risiko ist immer noch zu groß … Aber sei so gut und kümmere dich um Damaskus, ja?«

»Aber natürlich werde ich das! Mit dem größten Vergnügen! Und wenn er beim Zahnarzt brav gewesen ist, gibt es hinterher als Belohnung ein Eis!«

Die *Matariki* fuhr davon. Der See war glatt wie ein seidenes Leichentuch. Es dauerte nicht lange, und das weiße Boot glich einem Geisterschiff im Nebel.

Rom schien sich in Luft aufgelöst zu haben. Weder am Abend noch am nächsten Morgen noch zur Mittagszeit erschien er zur Versammlung.

Auf Kairos Frage antwortete Suva, er sei mit ein paar anderen auf die Jagd gegangen. »Sie übernachten in einer der Hütten im Wald.«

Wolken hingen schwer und düster über den Hügeln. Kairo hatte Mühe, sich auf den Unterricht zu konzentrieren, und auch die Kinder waren unruhig. Ab und zu fielen Schüsse in der Ferne.

Schließlich gab sie es auf, eine richtige Lehrerin sein zu wollen. »Wie wär's, wenn wir nach Kereru Cove gingen?«, schlug sie vor. »Zum Strand hinunter oder zu den Steinbecken? Prag, Xian, lauft schnell zum Waschhaus und schnappt euch fünf Badetücher. Wir werden sie uns teilen.«

Sie folgten dem Pfad durch den Wald. Die Bewegung tat gut. Außerdem war sie hier vor neugierigen Blicken sicher. Die Kinder entschieden sich für den Strand und tollten Augenblicke später im flachen Wasser herum. Kairo raffte ihr Kleid zusammen und watete bis zu den Schenkeln hinein. Die Wärme wirkte entspannend.

Ein Bild verfolgte sie, ließ sie nicht mehr los: ihr Vater in einem Krankenhausbett, wie er zur Tür schaute.

Er wartet auf mich, dachte sie. *Er wartet jetzt, in diesem Augenblick, auf mich.* Die Tränen ließen sich nicht aufhalten, so sehr sie sie auch zurückzudrängen versuchte.

Schnelle Schritte näherten sich auf dem Pfad. Dann sprang Rom, eine Flinte in der Hand, die Böschung hinunter auf den Sand.

»Kairo«, keuchte er ganz außer Atem. Die Hände auf die Knie gestützt, beugte er sich vor und schnaufte. »Ein Glück, dass ich dich gefunden habe.«

»Ich dachte, du seist auf der Jagd mit …«

»Liam, Kyoto und Berlin.« Er nickte und wischte sich mit dem Handrücken über den Mund. »Meine Bewacher. Ich hab sie abgehängt. Sie haben mich auf die Jagd mitgenommen, damit ich nicht mehr mit dir reden kann.«

»Dann verschwinde lieber wieder.«

Er zuckte die Achseln. »Ist doch egal. Sie werden erfahren, dass ich hier war. Die Kinder werden es ihnen erzählen.«

»Das sind Kinder, keine Spione!«

»Kairo.« Er schüttelte, immer noch nach Atem ringend, den Kopf. »Das hier ist Gethsemane. Hier ist jeder ein Spion.«

Sie watete zum Strand zurück. Rom war in den letzten vierundzwanzig Stunden um Jahre gealtert. Und er wirkte irgendwie schmuddelig.

»Ich konnte mich gestern nicht mit Diana treffen«, sagte er.

»Otto hat mich nicht eine Sekunde aus den Augen gelassen. Ich konnte nicht einmal in die Leihbücherei, um mein Telefon aufzuladen, deshalb kann ich sie auch nicht anrufen. Ich weiß nicht, wie lange sie noch warten wird, wenn sie nichts von mir hört.«

»Rom …«

»Pst!« Er fuhr herum wie von der Tarantel gestochen und suchte mit den Augen den Wald ab. Nichts. Keine Schritte. Kein Rascheln von Laub.

»Da ist niemand«, wisperte Kairo.

»Ich hasse das! Ich hasse dieses Herumschleichen. Hier, ich hab etwas für dich.« Er hatte ein kleines Büchlein aus seiner Tasche gezogen. »Er ist nicht abgelaufen. Ich hab nachgeschaut.«

Kairo zuckte zurück. Sie hatte ihren Reisepass das letzte Mal gesehen, als Monika ihn vor fünf Jahren in Verwahrung genommen hatte.

»Nimm ihn«, drängte Rom und drückte ihn ihr in die Hand. »Du musst heute noch fort. Jetzt gleich.«

»Aber wieso denn?«, stammelte sie.

»Weil Diana auf dich wartet. Und weil sie dich nach dem Unterricht zur Insel bringen werden.«

Sie starrte ihn an. »Du meinst … so wie Bali?«

Er stieß ein raues Lachen aus. »Nein, nicht wie Bali! Das wird keine Ehre sein, sondern eine Schande. Sie werden dich dortbehalten, bis sie sicher sein können, dass deine Mutter das Land verlassen hat.«

»Weiß Aden davon?«

»Noch nicht. Aber er wird sie nicht davon abhalten können.«

Justin ist vollkommen, leierte sie im Stillen herunter. *Justin ist göttlich. Justin ist das ewige Leben.*

»Es muss schnell gehen«, fuhr er eindringlich fort. »Deshalb bin ich jetzt überall herumgehetzt und habe nach dir gesucht. Mach dir keine Gedanken wegen Justin, ich werde mit ihm reden. Er wird es schon verstehen. Er liebt dich sehr. Er wird dir vergeben.«

»Oh Gott, oh Gott, oh Gott!« Beide Hände an den Kopf gepresst, verharrte sie unschlüssig. »Meine Kinder! Was ist mit meinen Kindern?«

»Sie haben Aden, der sich um sie kümmern wird, und hundert andere, die sie abgöttisch lieben. In ein paar Wochen bist du ja wieder da!«

Sie war vor Angst wie gelähmt und suchte nach Ausreden. »Justin wird mich nicht gehen lassen. Er kann Gedanken lesen.«

»Äh ... ja und nein.« Wieder blickte Rom sich nach allen Seiten um. »Die Gefährten benutzen Walkie-Talkies, um ihn zu informieren.«

»Nein!«

»Deshalb kommt er immer genau im richtigen Moment. Und er hat Satelliteninternet auf der Insel. Das benutzt er für alles Mögliche.«

»Das glaube ich nicht!«

»Und er hat überall seine Spione. Deshalb wusste er auch, dass du bei deiner Ankunft damals schwanger warst. Suva sollte die Augen offen halten, und sie hat beobachtet, wie du dich jeden Morgen übergeben musstest. Sie hat es Aden erzählt, der es Liam erzählte, und der griff zum Funksprechgerät und informierte Justin. Und der wiederum zog seine Schlüsse. Er versteht sich meisterhaft darauf, die Schwachstellen eines Menschen aufzuspüren.«

In Kairos Magen bildete sich ein Eisklumpen. Justin *musste* wahrhaftig sein! Er *musste* göttlich sein! Das Ende der Welt stand bevor! Ohne Justins göttliche Macht waren sie alle verloren!

»Das ist ein Schock, nicht wahr?« Rom sah mitgenommen aus. Er rieb sich mit dem Daumen über die Stirn. »Stellt alles auf den Kopf. Perth hat es mir schon vor Monaten erzählt. Ich wollte es nicht glauben, aber dann habe ich nachgeforscht und gemerkt, dass es stimmt, was er sagt. Das heißt nicht, dass wir Justin nicht lieben. Aber unsere Gedanken kann er definitiv nicht lesen.«

Ihr Gott war ein Lügner, seine Allwissenheit Betrug. Kairo fand sich im Sand sitzend wieder, ohne sich erinnern zu können, dass ihre Beine nachgegeben hatten. Kein Horizont in Sicht, nichts, woran sie sich hätte orientieren können.

Rom kniete sich neben sie. »Hör zu, Kairo. Wenn du deinen Vater sehen willst, musst du dich auf den Weg machen, und zwar jetzt! Deine Mutter wartet. Du hast deinen Pass. Wenn du jetzt nicht gehst, wird es zu spät sein!«

»Wie soll ich das anstellen?«, flüsterte sie. »Ich werde niemals unbemerkt auf ein Boot kommen.«

Er nickte. Er hatte an alles gedacht. »Du kennst doch die obere Weidc, dort, wo die Heuscheune steht? Von dort führt ein Waldweg bis zur öffentlichen Straße. Aden kennt ihn. Wir benutzen den Weg, um Vorräte, Heu oder anderes zu transportieren.«

»Bist du sicher?«

»Ich bin ihn selbst schon gefahren! Du weißt doch, ich bin der vertrauenswürdige Sohn.« Rom zeichnete eine Skizze in den Sand. »Die Scheune ist hier … geh an diesem Zaun entlang, bis du zu dem Waldweg kommst. Dem folgst du, okay?«

»Okay.«

»Er führt auf einen anderen Weg. Du biegst rechts ab, und nach vielleicht zehn Kilometern kommt ein Gatter. Es dürfte verschlossen sein. Ich werde die *Ikaroa* nehmen – mir wird schon ein Vorwand einfallen –, in den Van umsteigen und dich an dem Gatter dort treffen. Wenn ich nicht da bin, heißt das, sie haben mich abgefangen. Dann gehst du einfach weiter, bis du zu der öffentlichen Straße kommst.«

»Und dann?«

»Dann fährst du per Anhalter nach Rotorua. Du weißt ja, wie das geht! Das Four Seasons Motel ist nicht weit vom Redwoods Forest entfernt.«

Kairo wusste, wo die Scheune war, den Waldweg sollte sie eigentlich finden. Aber danach? Ihr Gethsemane-Ich reagierte panisch: *Bist du verrückt? Die Leute sterben dort draußen!*

»Ich muss es Aden sagen«, murmelte sie.

»Nein!«

»Ich kann doch nicht einfach so fortgehen, ohne ihm etwas zu sagen!«

»Du würdest ihn damit nur in eine unmögliche Lage bringen! Entweder er müsste dich verraten, oder er würde in Ungnade fallen. Je weniger er weiß, umso besser für alle. Ich werde ihn einweihen, wenn du weg bist.«

Damaskus hatte Rom entdeckt. Er platschte ans Ufer und hielt seine kleine, nasse Hand zum Abklatschen hoch. »Kommst du mit ins Wasser?«, fragte er hoffnungsvoll.

Rom schob seine Flinte hinter einen Felsen.

»Geh schon«, murmelte er, während er sich sein Hemd über den Kopf zog. »Ich werde die Kleinen eine Weile beschäftigen. Das verschafft dir einen Vorsprung.«

»Quito und Havanna sind in der Krippe.«

»Lass sie dort. Du wirst von Glück sagen können, wenn du allein hier rauskommst. Riskier nichts, indem du irgendetwas Ungewöhnliches machst.« Er watete ins Wasser. »Viel Glück.«

Kairo war aufgestanden, konnte sich aber immer noch nicht

zum Gehen entschließen. Sie rief sich Roms Worte ins Gedächtnis zurück, ging alles der Reihe nach durch: *zur oberen Weide gehen, dem Waldweg folgen, irgendwie nach Rotorua gelangen …*

Sie klappte ihren Pass auf, blätterte bis zu ihrem Foto. *Bin das wirklich ich?*, dachte sie. Die junge Frau war ungefähr achtzehn, hatte die langen Haare zu einem hohen Pferdeschwanz zusammengebunden und bemühte sich verzweifelt, nicht zu lächeln, weil auf dem Passfoto nicht gelächelt werden durfte. Dieses Dokument hatte nichts mit Kairo zu tun. Es gehörte jemandem, den sie schon lange für tot gehalten hatte. Jemandem, der laut Pass den Namen *Cassandra Alexandra Howells* trug.

Sie hatte ihren Rucksack seit ihrer Ankunft nicht mehr gesehen, aber es gab auch nichts zu packen. Sie konnte nichts mitnehmen. Nur einen zusätzlichen Pullover band sie sich um die Taille; mit Einbruch der Dunkelheit würde es bitterkalt werden.

Sie kritzelte hastig ein paar Zeilen für Aden und legte den Zettel aufs Bett.

Ich bin zu meinem Vater gefahren. Ich verspreche dir, dass ich höchstens zwei Wochen bleiben werde. Ich WERDE zurückkommen.
Bitte verzeih mir! Ich hielt es für das Beste und Einfachste, still und heimlich wegzugehen, aber ich komme bald wieder.
Ich liebe dich.
Bitte verzeih mir!
Kairo

Auf dem Bett lag die wunderbar weiche Decke, die sie von der Gemeinschaft zur Hochzeit bekommen hatten. Am liebsten hätte sie sich hingelegt und geschlafen. Sie wünschte sich nichts weiter, als dass alles seinen gewohnten Gang ging.

»Verzeih mir«, flüsterte sie, als sie die Decke glatt strich.

Draußen auf der Veranda bückte sie sich und schnürte ihre Stiefel. Vor fünf Jahren hatte sie diese Veranda das erste Mal betreten. Sie konnte sich noch genau an den Zauber jenes Tages erinnern. Gethsemane hatte sie vom ersten Moment an in seinen Bann gezogen, und dieser Zauber war bis heute ungebrochen. Sie schaute zur Insel hinüber, wo sich über den Bäumen Rauch in den schweren Himmel emporkräuselte. Es roch nach Glück, nach Fisch, der am Strand über dem Lagerfeuer gebraten wurde, nach einem Plätzchen zu Füßen ihres Erlösers. Sie stand da wie versteinert. Ihre Entschlossenheit schmolz dahin.

Was tust du denn da?, fragte ihr Gethsemane-Ich. *Es wäre doch herrlich auf der Insel! Du wärst den ganzen Tag mit Justin zusammen! Seine bloße Gegenwart macht dich doch glücklich, oder etwa nicht? Na also! Du hättest seine Liebe ganz für dich allein! Der Himmel auf Erden!*

»Ich komme wieder«, sagte sie laut. »Ich werde bald zurück sein.«

Ihre Stiefel polterten herzlos die Holztreppe hinunter. *Dong, dong, dong.*

Ihr Gethsemane-Ich arbeitete auf Hochtouren: *Wo willst du denn hin? Was tust du denn da? Die Leute sterben dort draußen!*

Sie musste notgedrungen die Wiese innerhalb der Siedlung durchqueren. Aus dem Augenwinkel sah sie Monika auf die Veranda ihrer Praxis heraustreten.

»Kairo? Hast du kurz Zeit?«

Kairo drehte sich um und ging einfältig grinsend rückwärts

weiter. »Jetzt nicht!« Sie machte eine vage Handbewegung Richtung Schule. »War nur auf einen Sprung daheim, weil ich aufs Klo musste – ich geh lieber wieder zurück, bevor es noch einen Aufstand gibt!«

Ohne auf Antwort zu warten, lief sie weiter, als sei alles in bester Ordnung. Sie rechnete damit, dass Monika rufen, ihr befehlen würde, umzukehren. Was dann? Sie würden Justin informieren, und sie würde vor ihn und die Ältesten zitiert werden. Jedes Mittel wäre ihnen recht, sie auf Linie zu bringen: Sie würden sie ihre Macht spüren lassen, es mit Liebe und Drohungen und Demütigungen versuchen, ihr Schuldgefühle einflößen. Sie würden ihren Kindern erzählen, dass ihre Mummy sie nicht mehr haben wolle. Kairo wusste, dass sie das nicht ertragen würde. Gethsemane arbeitete nicht nur mit Liebe, sondern auch mit Angst.

Sie hatte den Weg, der, von Felsbrocken zu beiden Seiten markiert, hinter dem Schulhaus den Hang hinaufführte, fast erreicht. Sie unterdrückte den Drang loszurennen, nachdem sie einen flüchtigen Blick über die Schulter geworfen und gesehen hatte, dass Monika sie immer noch beobachtete. Stattdessen ging sie zielstrebig zur Schule und in ihr Klassenzimmer und schloss die Tür hinter sich.

Vom Raum nebenan drang das gedämpfte Gemurmel der älteren Kinder herüber, die von Hana unterrichtet wurden. Kairo blieb im Halbdunkel stehen und schaute sich um. Sie kannte jeden Quadratzentimeter ihres Reichs: die kleinen, um rechteckige Tische angeordneten Stühle, die Tafel, jene eine Bodendiele, die knarrte. Sie wusste, wie jedes einzelne Buch roch und sich anfühlte, sie kannte jeden Farbklecks auf dem Schrank, in dem die Bastelarbeiten der Schüler ausgestellt wurden. Sie stellte sich vor, wie morgen jemand ihrer Klasse mitteilte, dass ihre Lehrerin Gethsemane verlassen habe. Die

Kinder würden entsetzt sein. Die Welt draußen war der Schauplatz ihrer schlimmsten Albträume. Die Menschheit war das Ungeheuer unter ihrem Bett.

»Verzeih mir«, flüsterte sie imaginären Kindern zu und berührte jeden einzelnen leeren Stuhl. »Verzeih mir, Xian. Verzeih mir, Prag, Bengasi, Kat, Sansibar, Moskau. Verzeih mir, Monty. Bitte verzeih mir, Damaskus. Ich komme wieder.«

Augenblicke später schlüpfte sie durch die Hintertür hinaus und eilte im Schutz des Schulhauses zu dem Pfad, der hügelaufwärts führte. Dann rannte sie los, während ihr Gethsemane-Ich heulte und schluchzte und sie anflehte umzukehren. Sie zwang sich, weiterzugehen, immer höher hinauf, sie sprang über Bäche und kletterte über dicke Wurzeln, bewegte sich dort, wo der Pfad weggebröckelt war, vorsichtig am Rand des Abgrunds entlang. Und die ganze Zeit sagte sie zwei Wörter vor sich hin, obwohl ihre Lungen fast zu platzen drohten. Aber sie musste es tun. Diese zwei Wörter waren an Aden gerichtet, an die Kinder, an ihre Freunde und an Justin, ihren Gott.

»Vergebt mir. Vergebt mir. Vergebt mir.«

Als sie schließlich zurückschaute, war von Gethsemane nichts mehr zu sehen.

ZWEIUNDVIERZIG

Diana

Sie hatte sich nicht getraut, das Motelzimmer für mehr als fünf Minuten am Stück zu verlassen. Ihren einzigen Ausflug hatte sie zu dem kleinen Laden an der Ecke unternommen, um Brot und Dosensuppe zu kaufen, aber sogar das hatte seine Tücken gehabt. Die Frau hinter der Ladentheke hielt sich für gesellig und aufgeschlossen.

»Sie sind Engländerin?«

»Mm.« Diana reichte ihr einen Zehndollarschein, ohne den Haupteingang des Motels aus den Augen zu lassen. »Bin nur auf eine Stippvisite hier.«

»Weiter Weg für eine Stippvisite.«

»Mm.«

»Bei Angehörigen?«

»Meiner Tochter.«

Die Ladeninhaberin drückte diverse Tasten an der Registrierkasse. »Hat sie einen Einheimischen geheiratet?«

»Mm. Ja, hat sie.«

»Und drei fünfzig zurück.« Die Schublade knallte zu. »Ja, unsere Männer können sich sehen lassen! Enkelkinder?«

»Drei.«

»Könnte mir denken, dass Sie sie ganz schön vermissen! Meine Tochter ist zurzeit in Australien, Brisbane, herrliches Klima. Sie hat einen festen Freund. Hoffentlich wird nichts Ernstes draus!«

»Hoffentlich«, murmelte Diana, obwohl sie schon eine ganze Weile nur mit halbem Ohr zugehört hatte. Glücklicherweise betrat ein weiterer Kunde den Laden, sodass sie flüchten konnte.

In ihrem Motelzimmer ließ sie sich aufs Bett fallen und schaute zu, wie die Ecken der Welt sich mit Halbschatten füllten. Der Kühlschrank summte. *Das ist die Vorhölle,* dachte sie. *Ein Motelzimmer in einer Vorstadt.* Auf der anderen Seite der Gardinen gingen die Menschen ihrem Alltag nach. Verkehrslärm war zu hören, Radiomusik und das Pfeifen von Barry – »Ihr Gastgeber! Willkommen im Four Seasons Motel« –, der sich an den Mülltonnen zu schaffen machte.

Rom Calvin hatte versprochen, entweder vorbeizukommen oder anzurufen. Er hatte keins von beidem getan. Dianas Hoffnung schwand.

Sie schloss ihre schmerzenden Augen und gestattete sich den Luxus, sich das Unerhörte vorzustellen: Jemand klopfte an die Tür. Es war eine Glasschiebetür, und sie gab bei jedem Öffnen oder Schließen ein Japsen von sich. Diana stellte sich vor, wie sie die Tür aufriss und Cassy vor sich sah.

Ein Schrei riss sie aus ihrem Tagtraum. Draußen war es dunkel, aber die Sicherheitsbeleuchtung vor dem Motel brannte. Anscheinend nur ein paar Jugendliche, die herumgrölten und lachten.

Schritte. Diana hielt die Luft an, als zwei Schatten vorbeiglitten. Dann waren sie fort, nur Zigarettenrauch blieb zurück. Ein klein wenig davon drang ins Zimmer. Er roch nach Enttäuschung.

So verging der Abend: mit Kommen und Gehen, mit Reden und Lachen und Streiten. Die Dinge des Lebens.

Dann vernahm sie ein tiefes, gleichmäßiges Brummen: der Motor eines Autos vor ihrer Tür. Er lief ein paar Sekunden im

Leerlauf, wurde abgestellt. Stille. Diana lag stocksteif da, alle Sinne angespannt, den Blick auf die Gardine geheftet. Sie hatte aufgehört zu atmen.

Eine Autotür öffnete sich knarzend und fiel wieder zu. Die Stimme einer Frau. Sie fragte etwas, ein Mann antwortete. Sie bewegten sich leise. Ein, zwei gedämpfte Worte. Schatten an der Tür.

Fünf Jahre hatte sie auf diesen Moment gewartet. Die Schatten wurden größer, veränderten ihre Form, bis sie die Gestalt zweier Personen annahmen. Es klopfte.

Diana war bereits vom Bett aufgesprungen. Sie durchquerte das Zimmer im Laufschritt und schob die Tür auf, die gequält japste.

Unter der Sicherheitsleuchte stand eine Frau. Sie war in formloses Blau gekleidet und hatte nichts außer einem Reisepass bei sich. Ihre Augen glichen öligen Tümpeln – starr und leer.

»Hallo, Mum«, sagte sie.

Kairo

Minuten später waren sie startklar. Diana hatte vorgeschlagen, im Motel zu übernachten, da es schon spät war, aber Rom und Kairo waren strikt dagegen gewesen. Sie mussten zusehen, dass sie möglichst schnell möglichst weit wegkamen.

»Ich weiß nicht, wie sie reagieren werden«, sagte Rom, dessen Blick immer wieder Richtung Straße huschte.

Diana verstand ihre Nervosität nicht. »Sie können Cassy doch nicht mit Gewalt zurückholen. Ich rufe die Polizei, wenn sie hier auftauchen.«

Rom und Kairo wechselten einen Blick. Nach so langer Zeit

war es merkwürdig, die Sichtweise eines Außenstehenden auf Gethsemane zu hören. Dianas Naivität war erschreckend. Wie sollten sie ihr erklären, dass es hier nicht um körperliche Gewalt, sondern um sehr viel subtilere und wirksamere Formen der Kontrolle ging?

»Sie dürfen keine Zeit verlieren«, beharrte Rom. »Glauben Sie mir!«

Er wartete mit Kairo im Zimmer, während Diana packte und auscheckte. Die Woge Mut, die Kairo durch den Wald getragen hatte, verebbte allmählich. Ihr Gethsemane-Ich hatte wieder die Kontrolle übernommen und war in totaler Panik. Nervös knetete sie die Hände, während sie auf und ab wanderte. Hätte sie sich mit einem Fingerschnippen in ihr Holzhaus zurückzaubern können, hätte sie es getan. Und wäre Aden im Motel aufgetaucht, wäre sie, ohne zu zögern, mit ihm nach Hause gegangen.

Plötzlich erstarrte sie, ihr Herz pochte gegen ihre Rippen. Da war noch jemand im Zimmer. Eine Frau, die sie stumm beobachtete. Erst nach ein paar Schrecksekunden wurde ihr klar, dass sie ihr Spiegelbild betrachtete.

»Das bin ich?«, murmelte sie. »So sehe ich aus?«

Sie trat näher an den Ganzkörperspiegel heran und starrte fasziniert auf die dünne, blau gekleidete Gestalt mit den kurzen Haaren. Verängstigte Augen blickten ihr entgegen. Nach einem Moment wandte sie sich abrupt ab und nahm sich fest vor, sich nie wieder im Spiegel betrachten zu wollen. Die Liste von beschämenden Dingen, die sie getan hatte, war schon lang genug, Eitelkeit sollte nicht auch noch dazugehören.

»Okay«, sagte Diana an der Tür. »Es kann losgehen.«

Es war komisch, in einem Auto zu sitzen. Alles war irgendwie merkwürdig. Kairo beobachtete durchs Fenster, wie Diana Rom an sich drückte. Auch das kam ihr merkwürdig vor.

»Ich weiß nicht, ob ich das darf«, sagte Diana, als sie ihm einen Kuss auf die Wange gab, »aber ich tu's trotzdem! Rom Calvin, Sie sind mein Held! Ich weiß gar nicht, wie ich Ihnen danken soll. Ich danke Ihnen, ich danke Ihnen von ganzem Herzen!« Sie küsste ihn noch einmal. »Wir stehen tief in Ihrer Schuld. Wenn wir irgendetwas für Sie tun können, ganz egal, was, lassen Sie es uns bitte, bitte wissen!«

Rom war rot geworden. »Ich hoffe, dass alles … dass Ihr Mann …«

»Ja, das hoffe ich auch.«

Als Diana den Motor anließ, beugte Rom sich zu Kairo herunter.

»Ich mach mir Sorgen um dich, kleiner Bruder«, sagte sie. »Sie werden sich denken können, dass du mir geholfen hast.«

Er zuckte die Achseln. »Ich bin angeln gegangen und erst nach Einbruch der Dunkelheit zurückgekommen. Das mach ich andauernd.«

»Aber du hättest mit den anderen auf der Jagd sein sollen! Und mein Pass? Der ist bestimmt nicht von allein aus dem Tresor spaziert!«

Rom lachte und versetzte dem Wagendach einen gut gelaunten Klaps.

»Entspann dich. Ich hab einflussreiche Freunde. Ich bin der Sohn des menschgewordenen Gottes, vergiss das nicht!«

DREIUNDVIERZIG

Von: Mike und Diana Howells
An: CallsopDCIT@universityofsussex.org
Betreff: Cassy

Hi Cameron,
zuerst die gute Nachricht: Ich habe es geschafft, sie rauszuholen, allerdings nur für zwei Wochen. So lautet die Abmachung. Aber der Albtraum geht weiter! Diese junge Frau hat nicht das Geringste mit Cassy gemein. Sie denkt nicht wie Cassy, sie redet nicht wie sie. Ich hoffe, dass sie bald wieder zu sich kommt. Es gibt Momente, da gleicht sie einem zitternden, hilflosen Bündel Angst. Dann zieht sie sich in ihre eigene Gedankenwelt zurück, kann nichts tun ohne genaue Anweisung. Wie ein Roboter, dessen Programmierung verkorkst worden ist.
Sie besitzt nur das, was sie am Leib trägt, deshalb bin ich mit ihr einkaufen gegangen. Sie hat reagiert, als hätte ich sie in eine Schlangengrube geschleppt! Ich wollte ihr farbenfrohe Sachen kaufen, um sie aufzuheitern, aber sie bestand auf Blau und unförmig weit, so wie ihre Gethsemane-Uniform.
Sie fragt mich andauernd, ob ich glaube, dass sie den Verstand verliert. Und ich sage jedes Mal, red keinen Unsinn, das wird schon wieder. Aber so langsam kommen mir Zweifel.
Wir fliegen morgen. Ich bin für jeden Tipp dankbar.

Diana

Von: CallsopDCIT@universityofsussex.org
An: Mike und Diana Howells
Re: Cassy

Diana,
das haben Sie sehr gut gemacht! Das ist ein ganz wichtiger Schritt.
Physisch mag sie draußen sein, psychisch aber nicht. Der schwierige Teil kommt erst noch: dafür zu sorgen, dass sie draußen bleibt. Diese Leute haben einen langen Arm. Rechnen Sie damit, dass sie massiv Druck ausüben werden, damit sie zurückkommt, zumal ihr Mann und ihre Kinder noch dort sind.
Sie beweisen Geduld. Weiter so! Ich fürchte, sie wird noch nicht so bald wieder »zu sich kommen«. Erinnern Sie sich an unser Gespräch über Ängste, über die Ungeheuer in der Tiefe? Für Cassy stellt die Welt eine tödliche Bedrohung dar. Achten Sie auf Denkmuster, die Sie möglicherweise als Aberglaube bezeichnen würden. Sie glaubt vielleicht allen Ernstes, dass jetzt ein Fluch auf ihr liegt. Oder dass diese Leute sehen können, wo sie ist.
Es ist nicht ungewöhnlich, dass Menschen in ihrer Situation sich um ihren Verstand sorgen. Beruhigen Sie sie. Tausende haben durchgemacht, was sie jetzt gerade durchmacht. Falls ihr Zustand sich bis zu Ihrer Rückkehr nicht gebessert haben sollte, würde ich vorschlagen, dass Sie sich umgehend professionelle Hilfe suchen.
VIEL GLÜCK!

Kairo

Menschen überall. Sie schoben und drängelten, um für ihre Sachen einen Platz in den Gepäckfächern über den Sitzreihen zu ergattern. Ihr Herz raste. Sie würde sterben, wenn sie an

Bord bliebe. Das Flugzeug würde abstürzen. Vor Gott kann man nicht weglaufen! Sie fummelte mit zitternden Fingern verzweifelt am Sicherheitsgurt herum.

Hände ergriffen ihre, Dianas Stimme sagte: »Hör auf, Cassy! Hör auf damit! Was machst du denn?«

»Ich muss raus hier! Bitte lass mich raus!«

»Das geht nicht. Die Türen sind schon zu. Wir rollen zum Start, schau doch!«

Sie versuchte aufzustehen, aber der Gurt hinderte sie daran. »Ich werde sterben!«

»Sieh mich an, Cassy! *Sieh mich an!*« Ihre Mutter beugte sich über sie und hielt sie an den Armen fest. »Nur zwei Wochen, okay? In zwei Wochen bist du wieder in Gethsemane. Okay? Aber erst wirst du Dad besuchen.«

»Ich fliege auch nicht gern«, sagte die ältere Frau auf Dianas anderer Seite. »Ich habe Bachblüten-Notfalltropfen. Möchten Sie welche?«

Die Liebenswürdigkeit der Fremden, der andere Menschen nicht gleichgültig zu sein schienen, half. Kairo nahm einen Tropfen der homöopathischen Medizin, während Diana ihr zuredete, tief durchzuatmen.

Ein Flugbegleiter blieb neben ihrer Sitzreihe stehen. »Gibt es ein Problem? Kann ich Ihnen helfen?«

»Alles in Ordnung«, versicherte Diana. »Wir kommen klar.«

Er nickte und ging weiter, um sich anspruchsvolleren Fluggästen zuzuwenden.

»Sie hat keine Flugangst«, hörte Kairo ihre Mutter zu der netten Sitznachbarin sagen. »Die Sache ist ein bisschen komplizierter.«

Die Welt draußen war genauso, wie Kairo befürchtet hatte. Alles machte ihr Angst: der Verkehr, die Menschenmassen, die hektische Leere. Es gab kein Glockengeläut, keinen Gesang, keine fürsorgliche, liebende Gemeinschaft. Keinen Sinn. Keine Hoffnung. Keine Freude. Die Menschen wirkten gereizt, die Mundwinkel nach unten gezogen, ständig das Telefon am Ohr. Sie redeten nie miteinander – sie redeten nicht einmal mit ihren Kindern. Und warum lächelte niemand?

Flughafengebäude sausten vorbei. Dann waren sie in der Luft, die Maschine neigte sich in die Kurve.

»Alles in Ordnung, mein Schatz«, flüsterte ihre Mutter. »Alles in Ordnung.«

Nichts war in Ordnung. Es war furchtbar. Sie gehörte auf Justins Insel – *dort* sollte sie sein. Sie konnte die Wärme des Feuers auf ihrem Gesicht spüren, den Gesang der Vögel hören, die Wellen, die liebkosend am Ufer ausliefen. Sie sah Justin vor sich, ihren Messias. Er lächelte, und die feinen Fältchen in den Winkeln seiner meergrünen Augen vertieften sich. Sie sandte ihre Gedanken zu ihm.

»Ich liebe dich«, sagte sie laut.

»Ich liebe dich auch«, sagte Diana.

Auf dem Monitor vor Kairo war eine digitale Landkarte zu sehen. Ein stilisiertes Flugzeug zeigte ihre Position an. Da war Rotorua mit seinen verstreuten Seen. Das da musste der Lake Tarawera sein, überlegte sie, dann lag Gethsemane ungefähr hier. Das tröstete sie eine Weile, aber das kleine weiße Flugzeug auf der Karte bewegte sich alle paar Sekunden weiter weg von zu Hause. Es dauerte nicht lange, bis es die Küste Neuseelands hinter sich gelassen hatte und auf einen schier endlosen, einsamen Ozean zusteuerte.

VIERUNDVIERZIG

Diana

Tara holte sie in Heathrow ab. Sie sah aus, als würde sie gleich explodieren. Das Wiedersehen war kein Augenblick, den man hätte auf Film bannen müssen.

»Willkommen zu Hause, Cass.«

»Danke.« Cassy zuckte nervös und warf verstohlene Blicke über die Schulter. »Aber ich bin hier nicht zu Hause.«

Wums!

»Du hast unsere Familie kaputt gemacht«, knurrte Tara. »Aber das scheint dich ja nicht im Geringsten zu interessieren! Wieso verpisst du dich nicht einfach wieder, wenn es dir hier nicht passt?«

»Okay, okay!« Diana legte ihrer jüngeren Tochter beschwichtigend die Hand auf den Arm. »Wir sind beide völlig erledigt. Wir fahren jetzt nach Hause, Cassy. Dort bist du in Sicherheit.«

»Ich bin nirgendwo in Sicherheit«, erwiderte Cassy.

»Doch, es wird dir nichts passieren. Du wirst dich erst einmal richtig ausschlafen.«

Als sie zum Parkplatz gingen, warf Diana Tara einen warnenden Blick zu, schüttelte den Kopf und formte mit den Lippen: kein Wort mehr. Tara machte ein finsteres Gesicht.

Die Autofahrt schien eine beruhigende Wirkung auf Cassy zu haben. Sie und Diana dösten vor sich hin. Sie waren schon fast am Ziel, als Cassy plötzlich hochfuhr und spitze Schreie ausstieß. Tara verriss das Steuer, der Wagen geriet halb auf die Gegenfahrbahn, und ein Busfahrer betätigte die Lichthupe.

»Verdammte Scheiße!«, schrie Tara. »Spinnst du, Cassy? Willst du uns alle umbringen?«

Cassy schnappte nach Luft, ihre Augen rollten wild in den Höhlen. »Wo bin ich?«

»Mir so ins Ohr zu kreischen, verflucht noch mal!«, schimpfte Tara.

»Meine Kinder sind ertrunken. Das war real. Ich habe gesehen, wie sie ertrunken sind! Ich habe sie gehört! Verliere ich den Verstand, Mum?«

»Nein«, antwortete Diana, die ebenfalls zu Tode erschrocken war. »Aber vielleicht solltest du mit Dr. Jacobs reden. Erinnerst du dich an ihn? Unser Hausarzt.«

»Dann glaubst du also doch, dass ich verrückt werde.«

»Nein! Aber er kann dir vielleicht etwas gegen deine Angstzustände verschreiben. In diesem Zustand kannst du Dad nicht im Krankenhaus besuchen.«

»Justin hat das vorhergesagt«, sagte Cassy tonlos. »Er hat genau das vorhergesagt. Er hat prophezeit, dass du versuchen würdest, mich zu manipulieren. Dass du dafür sorgen würdest, dass ich eingesperrt werde. Wenn du mich zwingst, zu einem Arzt zu gehen, werde ich sofort abreisen.«

Diana war sprachlos. Cameron Allsop hatte ihr empfohlen, Hilfe in Anspruch zu nehmen, aber was sollte sie tun, wenn Cassy sich weigerte?

»So, da wären wir.« Tara bog in die Auffahrt ein. »Wieder daheim.«

Diana gab sich energiegeladen und geschäftig – aufschließen, Cassy behutsam ins Haus schieben, die Lichter anknipsen –, aber in ihrem Inneren sah es anders aus. So hatte sie sich Cassys Heimkehr nicht vorgestellt. Absolut nicht.

»Die hat sie doch nicht mehr alle«, flüsterte Tara ihr zu.

»Das wird schon wieder.«

»Meinst du?« Tara blies die Backen auf. »Ich weiß nicht, Mum. Ich hab das Gefühl, sie ist gar nicht mehr da drin.« Sie tippte sich vielsagend an die Schläfe.

Cassy schien nicht zu registrieren, dass sie sich in ihrem Elternhaus befand. Sie wollte nichts essen, ließ sich aber einen Becher heiße Milch und eine von Dianas Schlaftabletten geben. Als sie an der Milch nippte, blickte sie verwirrt drein. »Das ist doch keine … oh. Ich hatte ganz vergessen, wie Kuhmilch schmeckt.«

»Und jetzt ab ins Bett«, sagte Diana mit Bestimmtheit. »Tara wird über Nacht hierbleiben.«

»Klar, den Spaß würde ich mir um keinen Preis entgehen lassen wollen«, grummelte Tara.

Cassy folgte Mutter und Schwester wie eine Schlafwandlerin in den oberen Stock. An der Tür zu ihrem Zimmer blieb sie abrupt stehen. »Es sieht ja genauso aus wie früher!« Leicht überrascht schaute sie sich um. »Hallo, Pesky!«

Die Katze, die auf dem Bett lag, erinnerte sich an ihre Retterin. Als Cassy sich zu ihr hinunterbeugte, schnurrte sie und schmiegte sich an sie und rieb ihre Stirn an Cassys Gesicht. Die Zuneigung des Tiers schien sie zu beruhigen. Diana schüttelte die Kissen auf und gab sich betont munter.

»Du hast gesagt, du würdest im September zurück sein«, zwitscherte sie. »Und jetzt haben wir September!«

»Ja. Ja.« Cassys Stimme war ein heiseres Krächzen. »Ich …« Sie setzte sich zu Pesky aufs Bett. »Tut mir leid. Ich … Tut mir leid. Ich weiß einfach nicht, wer ich bin.« Sie griff nach Babar, dem Elefanten, und drückte ihn an die Nase.

»Mach dir keinen Kopf«, sagte Diana. »Jetzt schläfst du erst einmal. Morgen sieht alles anders aus.«

»In Gethsemane kam es mir so vor, als würde diese Welt hier nicht wirklich existieren. Aber jetzt bin ich hier und sehe, dass sie eben doch existiert. Sie hat sich nicht verändert, seit ich zuletzt hier war. Ich war ein ganzes Menschenleben lang fort, aber die Zeit ist stehen geblieben. Es kommt mir so vor, als ob … Ich kann es nicht erklären, tut mir leid.«

»Als ob du in Narnia gewesen wärst und jetzt wieder da bist?«, sagte Tara, die im Türrahmen lehnte.

»Ja, so ungefähr.« Cassy brachte fast ein Lächeln zustande. »So ungefähr.«

»Tja, du bist wieder aus dem Kleiderschrank geklettert und zurück im guten alten Croydon. Wenn du willst, hole ich die Gästematratze und meine Bettdecke und campiere hier bei dir auf dem Fußboden.«

»Würdest du das tun?«

»Na klar doch, Schwesterchen. Haben wir früher andauernd gemacht, weißt du noch? Aber um Gottes willen kein Schauergeheul mehr, okay?«

»Um Gottes willen.«

»Genau.«

Die Schlaftablette begann zu wirken, die extreme Erschöpfung tat ein Übriges. Cassy legte sich in ihrem blauen Gethsemane-Kleid aufs Bett und streckte die Beine aus.

Du hast Cassy nach Hause geholt, sagte sich Diana, als sie ihre Tochter zudeckte. *Sie ist in ihrem eigenen Bett und in Sicherheit.* Es war trotz allem ein wunderbares Gefühl. Ein Wirklichkeit gewordener Traum.

»Justin ist der Sohn Gottes. Er ist Jesus Christus«, murmelte Cassy.

»Wie bitte?« Diana hoffte, sich verhört zu haben.

»Er kann sich an seine Kreuzigung erinnern. Ich wünschte, ihr würdet ihn kennen.«

Tara schüttelte mitleidig den Kopf, sah ihre Mutter an und formte mit den Lippen lautlos: *Wovon redet sie, verdammte Scheiße?*

Eine Sekunde später war Cassy weggetreten. Die Schlaftablette hatte sie regelrecht umgehauen.

»Hat sie wirklich gesagt, was ich glaube, dass sie gesagt hat?«, zischte Diana.

Tara verdrehte die Augen, sodass sie schielte. »Glaub schon. Scheiße, ich komm mir allmählich vor wie in *Der Exorzist*.«

Diana beugte sich hinunter und gab Cassy einen Kuss auf die Stirn. »Gute Nacht, mein Schatz. Willkommen daheim.«

Die junge Frau im Bett hatte keinerlei Ähnlichkeit mit Cassy. Sie hatte nichts gegessen, seit sie von Gethsemane fortgegangen war, hatte kaum geschlafen. Ihre Gesichtshaut spannte sich über den Knochen. Ihr geschorener Kopf erinnerte an einen Totenschädel. Bläuliche halbmondförmige Schatten lagen unter ihren Augen.

»Sie tickt nicht mehr richtig«, flüsterte Tara. »Diese Dreckskerle haben sie fertiggemacht.«

»Die Reise war ein einziger Albtraum.« Diana knipste die Nachttischlampe aus. »Seit sie zu meinem Motel gekommen ist, ist sie das reinste Nervenbündel. Ich dachte, ich kriege sie *nie* ins Flugzeug! Ich gebe es zwar nicht gern zu, aber in Gethsemane sah sie blendend aus. Richtig gut. Sie hat drei Kinder, das hab ich dir erzählt, oder?«

»Mm. Und ein Sahneschnittchen von einem Mann. Blond und muskulös.«

»Dem offenbar wirklich etwas an ihr liegt.« Diana legte ihre Hand auf Cassys geschorenen Schädel. »Sie war glücklich. Vielleicht hätte ich sie in Ruhe lassen sollen.«

»Bei dieser Bande von Irren? Bei einem Burschen, der sich für Jesus Christus hält? Das ist nicht dein Ernst!«

»Aber es ist eine *glückliche* Bande von Irren!«

»Geh ins Bett«, befahl Tara und schob ihre Mutter aus dem Zimmer. »Du siehst aus, als wärst du ungefähr fünftausend Jahre alt, und das wundert mich nicht im Geringsten. Du kannst dich jetzt ausruhen, Mum. Du hast es geschafft. Du hast sie nach Hause geholt.«

FÜNFUNDVIERZIG

Kairo

Nicht mehr lange bis zur Morgendämmerung. Bald würden der Gesang der Vögel und das gleichmäßige Läuten der Glocke durch das Tal schallen. Die Jungs würden aufstehen und für Havanna in ihrem Bettchen Grimassen schneiden, und sie würde kreischen vor Lachen, weil sie ihre Brüder zum Quietschen komisch fand. Und dann würde die Familie über das Gras zur morgendlichen Versammlung ins *wharenui* gehen.

Doch statt Glockengeläut hörte sie das Hupen eines Autos und ein gebrülltes Schimpfwort. Der Nebel von Gethsemane wurde dichter, er hüllte sie ein und brachte das klamme Gefühl von Angst und Scham und Einsamkeit. Sie befand sich in einem Furcht einflößenden, vertrauten Haus, und neben ihr auf dem Fußboden lag eine Fremde unter einer Decke.

Sie schlüpfte aus dem Bett und ging auf Zehenspitzen ins Bad. Vielleicht würde es ihr gelingen, die Scham abzuwaschen, wenn sie sich nur gründlich genug schrubbte. Sie streifte ihr Kleid ab, stieg in die Dusche, setzte sich mit angezogenen Beinen in die Wanne und presste das Gesicht gegen ihre Knie. Das Wasser prasselte ihr auf den Kopf.

Regen donnerte auf das Dach des *wharenui*. Sie konnte den süßlichen Duft des Kerzenwachses riechen. Justin war in der Nähe. Sie konnte ihn nicht sehen, aber sie spürte seine tröstliche Gegenwart.

Er flüsterte ihr ins Ohr. »Kairo?«

Sie hob das Gesicht. Das Wasser strömte über ihre Lider. »Justin! Ich bin hier!«

»Ich glaube, du hast etwas zu beichten.«

Er klang unendlich traurig. Sie hörte sich schluchzen, als sie auf das Podest hinaufstieg. Die Leute starrten sie an. All jene, die sie liebte, die Gesichter verzerrt vom flackernden Kerzenschein. Scham und Schuld lagen ihr schwer auf der Brust.

»Es tut mir leid«, schluchzte sie. »Es tut mir furchtbar leid!«

»Du hast unser Vertrauen missbraucht. Du hast uns verletzt. Du hast mich verletzt.«

Kairo streckte ihre Hände nach ihm aus. »Ich bin bald wieder zurück, ich verspreche es!«

»Du kannst nicht mehr zurückkommen. Du bist verloren.«

Sie hörte ein Klopfen und Hämmern. Eine Stimme in der finsteren Unendlichkeit des Universums.

»Cassy? Was machst du denn da drin? Lass mich rein, du blöde Nuss!«

Kairo spürte, wie sie fiel, immer weiter fiel, und wusste, dass dies die Hölle war.

Diana

»Wir haben sie in der Dusche gefunden«, berichtete sie Cameron Allsop. »Sie lag auf dem Abfluss, daher die Überschwemmung. Wir mussten die Tür aufbrechen.«

»Und wie geht es ihr jetzt?«

»Sie schläft Gott sei Dank.«

»Für die Angehörigen ist dieser Schwebezustand eine Katastrophe«, sagte er. »Orte wie dieses Gethsemane üben eine geradezu magische Anziehungskraft aus, deshalb spalten manche ihr Bewusstsein von der Wirklichkeit ab und lassen es dorthin zurückdriften.«

»Was um Himmels willen soll ich bloß machen? Sie wird doch den Weg zu uns zurückfinden, oder?«

»Es ist noch sehr früh. Warten Sie ab, wie sie sich entwickeln wird. Sie haben eine weite Reise hinter sich, und sie wird unter Schlafmangel leiden. Ich denke, vorerst sollte sie Mike noch nicht besuchen. Vielleicht ist ihr mit einem Medikament geholfen, vielleicht braucht sie aber auch eine Therapie. Was sie vor allem braucht, ist, dass Sie ruhig bleiben und ihr zuhören, ohne zu werten.«

»Sie tut mir schrecklich leid.«

»Aber?«

Diana lachte müde. »Sie haben ein gutes Gehör! Okay. Aber manchmal möchte ich sie ohrfeigen. Sie ist in Sicherheit. Wir tun alles Menschenmögliche. Was will sie denn noch?«

Ein kurzes Schweigen trat ein. Sie stellte sich vor, wie er seine Gedanken ordnete. Schließlich sagte er: »Cassy hat Dinge erlebt, die Sie sich nicht einmal vorzustellen vermögen. Gutes ebenso wie Schlechtes. Ihre Selbstwahrnehmung ist zerstört worden. Geben Sie ihr Zeit.«

»Wie viel Zeit?«

»Darauf gibt es keine Antwort, fürchte ich.«

Nach ihrer Unterhaltung mit Allsop saß Diana da und ärgerte sich. *Geben Sie ihr Zeit.* Er hatte gut reden.

Mike wusste, dass Cassy da war. Er hatte schon angerufen und gefragt, wann sie denn vorbeikommen würde. Zeit war so ziemlich das Einzige, was er nicht hatte.

Justin verfolgte sie in ihren Träumen. Er ging mit ihr angeln oder spazierte mit ihr auf der Landzunge zwischen den Kreuzen. Wie konntest du mich verraten?, fragte er, und sie wachte tränenüberströmt auf. Manchmal stand er am Strand seiner Insel und rief über das Wasser: »Komm zurück!«, und seine lebhafte Stimme hallte in ihrem Bewusstsein nach.

Tagsüber versteckte sie sich im Haus, starrte auf den grauen Beton und den endlosen Verkehr und versuchte, den Mut für einen Besuch bei ihrem Vater aufzubringen. Am zweiten Nachmittag ging eine Familie draußen vorbei. Die Mutter schob einen Buggy mit einem Kleinkind darin. Das älteste Kind flitzte auf seinem Tretroller über den Bürgersteig, und aus der Babytrage auf dem Rücken des Vaters guckte ein Köpfchen mit einer weißen Mütze heraus.

»Die sehen aus wie *meine* Familie«, murmelte Kairo wehmütig.

»Wer?« Tara legte ihr Tablet hin. Sie hatte sich die tiefschwarz gefärbten Haare zu einem Knoten zusammengesteckt, trug Jeans und ein Sweatshirt. Kairo bemerkte zum ersten Mal die gepiercte Augenbraue. »Die da? Wow. Du und drei so Hosenscheißer? Kann ich mir fast nicht vorstellen!«

»Und Suva. Vergiss Suva nicht.«

»Wie ist dein Mann denn so?«

»Aden? Er ist ein wunderbarer Vater. Nie ungeduldig. Und er hat ein sexy Lächeln.«

»Hast du ein Foto von ihm?«

»Leider nicht.« Kairo tat es wirklich leid. Sie hätte Tara gern Bilder von ihrer Familie gezeigt. »Wir benutzen keine Kameras.«

»Das ist ja ein Witz!«

Kairo ließ sich nicht auf eine Diskussion ein. »Und du? Gibt es jemanden in deinem Leben?«

»Im Moment hab ich die Nase voll von Männern. Die wollen alle nur hören, wie toll sie sind.«

Für ein paar wundervolle Minuten schien sich der Schleier von Gethsemane zu heben. Kairos innere Unruhe legte sich. Ihr Verstand wurde klarer.

»Erzähl mir von dir«, bat sie und drehte sich vom Fenster weg. »Ich hab so viel verpasst! Bei meiner Abreise warst du gerade im Prüfungsstress.«

Tara schien erfreut, dass sie sich daran erinnerte. »Ja, die Prüfung hab ich bestanden. Aber danach ging's abwärts.«

Sie begannen, miteinander zu reden, befangen zwar, aber immer noch besser, als wenn sie gar nicht miteinander gesprochen hätten. Es war so viel passiert, so viel war verloren gegangen, so viel blieb bewusst unausgesprochen. Tara erzählte von ihren Problemen in der Schule, von ihrer Ausbildung, von den jungen Männern, denen sie das Herz gebrochen hatte.

Dann schnitt sie das Thema an, das sie beide bislang tunlichst vermieden hatten.

»Ich hab die Schule geschmissen, weil unsere Familie auseinandergebrochen ist.«

»Das tut mir wirklich leid.«

»Verflucht noch mal, Cass! Hast du denn keine einzige von meinen Nachrichten bekommen? Warum hast du dein Facebook-Account gelöscht?«

»Wir benutzen kein Internet in Gethsemane.«

»Überhaupt nicht?«

»Gewisse Leute schon, für ganz bestimmte Zwecke. Ich gehöre nicht dazu. Das Internet ist eine Tür, durch die Negativität eindringen und den Verstand vergiften kann. Wir sind ohne Internet viel glücklicher.«

»Aber wie macht ihr das dann?«, fragte Tara aufrichtig verwirrt. »Wie informiert ihr euch? Wie *lebt* ihr?«

Kairo lächelte. »Wir leben einfach.«

Tara schnaubte. »Ja, im tiefsten Mittelalter!«

»Bei uns spielen die Kinder noch richtige Spiele. Und die Erwachsenen haben richtige Freundschaften.«

Tara verdrehte die Augen, grummelte etwas von Tee machen und ging aus dem Zimmer.

Der Schleier hatte sich wieder gesenkt. Kairo sah die Straße draußen vor dem Fenster nicht mehr. Sie umrundete die Landzunge. Der Rauch von Holzfeuer. Sonnenschein. Glitzernde Diamantreflexe auf dem Wasser. Da war der Bootssteg, und ihre Kinder sprangen ihr entgegen. *Zu Hause,* dachte sie. *Ich bin zu Hause.*

»Hey.« Tara tätschelte ihren Arm. »Hey! Jemand da?«

Kairo schüttelte sich. »Ja. Ja, ich bin da.«

»Tee, wie du ihn magst.« Tara reichte ihr einen Becher. »Lachhaft stark, Milch, keinen Zucker. Siehst du, ich weiß es noch, Schwesterherz!«

Kairo bedankte sich und nippte gehorsam an dem seltsam schmeckenden Getränk.

»Netflix gibt's dort vermutlich auch nicht, oder?« Tara setzte sich wieder.

»Was ist Netflix?«

»Nicht so wichtig. Fernsehen? Radio?«

»Nein.«

»Keine Olympiade, keine königliche Hochzeit, kein *Downton Abbey*. Klingt für mich nach einem schrägen sozialen Experiment. Woher wisst ihr, was in der Welt so vor sich geht?«

Kairo dachte darüber nach. »Die Ältesten überwachen die Nachrichten. Das ist ihre Aufgabe. Sie erzählen uns immer, wenn sich irgendwo eine Katastrophe ereignet hat.«

»Die Ältesten? Okay, lass gut sein, ich kann's mir schon denken … Sie erzählen euch nur von den Katastrophen? Und was ist mit den guten Nachrichten?«

»Was für gute Nachrichten?«

Tara lachte laut heraus. »Machst du Witze? Weißt du, was ich glaube? Die ziehen euch wie Pilze: Sie lassen euch im Dunkeln und düngen euch mit Scheiße.«

Kairo stellte ihren Becher ab, stand auf und verließ das Zimmer. Sie wusste, was die Ältesten über Tara sagen würden: *Deine Schwester ist Negativität im Reinformat. Du musst dich von ihr lossagen. Verlasse dieses Haus noch heute!*

Sie konnte sich nirgendwo verstecken. Ihr Zimmer war angefüllt mit Dingen aus ihrem Leben vor Gethsemane: Büchern, Fotos, Schmuck, Schminkutensilien, Spielsachen. Sogar die Uhr war fremdartig. Alle diese Sachen gehörten Cassy, nicht Kairo. Sie waren durchtränkt mit Cassys Emotionen und Erinnerungen. Sie störten sie.

Sie stürmte zu der Pinnwand, riss alles herunter und schleuderte es in den Schrank. Babar, ihre Bücher, der Traumfänger, die Holzpuppen und alles, was sich auf der Frisierkommode befand, flog hinterher. Dann legte sie sich aufs Bett und zog sich die Decke über den Kopf.

Justin rief sie. »Kairo! Kairo!«, schallte es verzweifelt über den See.

Aber seine Stimme wurde schwächer.

SECHSUNDVIERZIG

Kairo

In der dritten Nacht blieben die Träume aus.

Sie wachte vor Tagesanbruch auf, aber sie horchte nicht mehr auf das Läuten der Glocke. Das Licht der Straßenlaternen fiel durch einen Spalt in den Vorhängen und bildete drei sich überschneidende Ovale. Das Muster war das gleiche, seit ihre Familie hier eingezogen war. Es erinnerte sie immer an ein Venn-Diagramm.

In ihre Bettdecke gewickelt, ging sie leise die Treppe hinunter. Noch eine Erinnerung: Sonntagmorgens in den Schulferien, wenn ihre Eltern ausschliefen, hatte sie sich ins Wohnzimmer geschlichen, sich auf dem Sofa unter diese Decke gekuschelt und ferngesehen. Glückselige Momente.

Sie waren viele Male umgezogen, aber von diesem Sofa hatten sie sich nie getrennt. Jetzt war es alt und fadenscheinig. Sie setzte sich auf ihr Lieblingsplätzchen und zog die Decke enger um sich. Pesky tauchte aus dem Nichts auf und schmiegte sich glücklich an sie. Es war ruhig im Haus, nichts regte sich. Nichts störte ihre Gedankengänge. Keine Glocke. Keine Versammlung. Keine Arbeit. Keine Regeln. Keine Müdigkeit. Kein Hunger.

Als das erste Tageslicht seinen Schimmer auf die Dächer von South London warf, spürte sie eine Veränderung. Etwas in ihrem Verstand verlagerte sich. Der Schleier wurde durchsichtiger. Ideen nahmen Gestalt an.

Sie dachte über tragbare Funksprechgeräte nach und über die Traurigkeit, die wie eine dunkle Wolke über den Holzhäusern hing. Sie dachte an das Internet auf Justins Insel und was er alles damit anfangen konnte. Nachrichten verfolgen. Leute kontaktieren. Hotelzimmer, Taxis, Flüge buchen. Geld herumschieben.

Keine Negativität, schrie ihr Gethsemane-Ich. *Negativität ist Gift!*

Sie dachte darüber nach, wie sie darauf dressiert worden war, Leute zu rekrutieren: lächeln, überschäumende Freundlichkeit und Zuneigung zeigen, die Geheimnisse von Gethsemane bewahren. Sie dachte an Skye und Tripolis: zwei blutjunge Mädchen, die auf die schiefe Bahn geraten waren und nicht wussten, wohin. Tripolis war tot und begraben. Kein Mensch erinnerte sich an ihren richtigen Namen – als hätte es sie nie gegeben.

Sie dachte an Sydney, der grausam verstoßen worden war. An seine Worte, als sie ihn das letzte Mal gesehen hatte: »Frag sie doch mal nach Justins Fortbewegungsmittel, wenn er sich auf seine geheimnisvollen Spritztouren begibt! Den Kleinbus nimmt er jedenfalls nicht.«

Die Hintertür klapperte beim Öffnen wie eh und je. Das Tageslicht wirkte diffus, als wäre die Sonne mit Gaze verschleiert. Von einem Nachbargrundstück drang der schwache Geruch eines Holzfeuers herüber. Es war, als hätte man einen Schalter umgelegt. Sie sah Rauch, der sich über der Insel emporkräuselte. Justin würde schon auf sie warten.

»Nein!«, sagte sie laut und schnappte ihren Geist, bevor er sich auf den Weg nach Gethsemane machen konnte.

Ah, ihre Schaukel war auch noch da! Sie legte die Hand prüfend auf die Sitzfläche – sie war nur leicht feucht –, setzte sich und ließ den Blick durch den verwilderten Garten schweifen.

Das Unkraut hatte alles überwuchert, und am Zaun entlang türmten sich Schichten verrottenden Laubs. Ihr Dad liebte Gartenarbeit. Als sie sich damals nach einem Haus umgeschaut hatten, war seine einzige Bedingung gewesen, dass es einen anständigen Garten hatte. Er war immerfort am Werkeln gewesen, hatte umgegraben, gemäht, kompostiert, gepflanzt. »Kommt schon, Mädels«, hatte er gerufen, »ihr könnt mir helfen! Wir machen ein Lagerfeuer!« Jetzt war alles im Verfall begriffen. Wie ihr Dad. Sie betrachtete die Zerstörung ihrer Familie, die *sie* verursacht hatte.

Sie stieß sich mit den Füßen ab. Vor und zurück. Vor und zurück.

Die Schaukel hatte ihr Dad ihr geschenkt. Er hatte den riesigen Karton grinsend ins Haus geschleppt, und sie hatten sie dann gemeinsam zusammengebaut. Sie beide. Die Schaukel hatten sie bei jedem Umzug mitgenommen. Während sie vor- und zurückschwang und die rostigen Ketten ächzten, sang sie leise das alte Kinderlied: »Schaukel hin und schaukel her, großer Esel, kleiner Bär!«

Aber er ist doch ein gewalttätiger Mensch, stöhnte das Gethsemane-Ich. *Ein Ungeheuer! Er hat dich mit einem hölzernen Kochlöffel verhauen.*

»Jagen sich im Kreis umher, bis der Esel packt den Bär!«

Weißt du nicht mehr? WEISST DU NICHT MEHR?

Sie flog höher und höher hinauf, sang lauter und lauter. Amseln schimpften und flüchteten erschrocken über die Hecke.

»Schaukel hin und schaukel her, großer …«

Plötzlich grub sie die Hacken in den Boden. Die Schaukel kam abrupt zum Stillstand. Die Ellenbogen um die Ketten gehakt, saß sie da und spähte durch das spinnwebverhangene Fenster der Vergangenheit. Sie blinzelte, um die Wahrheit besser sehen zu können.

Ja. Sie erinnerte sich, dass er die Beherrschung verloren hatte, als sie einfach so auf die Straße gerannt war. Ja. Sie hatte nervös Nägel gekaut, wenn Zeugnisse fällig waren. Und ja, es hatte eine Phase gegeben – sie war damals noch klein gewesen und er war aus irgendeinem Kriegsgebiet zurückgekommen –, wo er herumgeschrien und ihre Mum zum Weinen gebracht hatte. Aber Punkt eins der Anklageschrift, die Schläge mit dem Kochlöffel? Ohne Justins Stimme im Ohr schien die Erinnerung sich ihr zu entziehen. Es fühlte sich nicht einmal wie eine Erinnerung an, eher wie ein Traum. Wirklichkeit oder nicht?

Das Modell ihrer Welt und ihres Platzes darin änderte einmal mehr seine Gestalt. Erinnerungen waren trügerisch. Sie konnten etwas vorspiegeln, was sich so nie ereignet hatte. Wenn sie jetzt an ihren Vater dachte, sah sie kein Ungeheuer, sondern einfach nur ihren Dad. Der manchmal ein zwanghaftes Verhalten an den Tag legte. Und ein Kontrollfreak sein konnte. Ein fürchterlicher Pedant, wenn es um ihre Ausbildung ging. Aber er hatte ihr eine Schaukel geschenkt und sie angeschubst und dazu gesungen. Er hatte sie nach Heathrow zum Flughafen gebracht. Er hatte die weite Reise nach Gethsemane gemacht. Und jetzt brauchte er sie.

Ihre Mutter telefonierte und schrak schuldbewusst zusammen, als die Hintertür klapperte.

»Cassy!«, rief sie. »Äh … setzt du schon mal Wasser auf?«

Als Kairo Wasser in den Kessel laufen ließ, schnappte sie gemurmelte Gesprächsfetzen auf.

»Ja, das ist richtig … ja, bitte … es ist wirklich dringend …«

»Du führst doch was im Schilde, Mum«, sagte sie, als Diana aufgelegt hatte.

Ihre Mutter machte ein Gesicht, als müsste sie über ein Minenfeld laufen. »Ich muss dir etwas beichten.«

Übe dich in Demut, dachte Kairo.

»Ich habe Dr. Jacobs gebeten herzukommen.«

»Und warum?«

»Nur so. Eine reine Routineuntersuchung.«

»Erzähl mir doch nichts! Du willst, dass er mich zu einem Seelenklempner schleppt.« Kairo spürte, wie ein Lachen in ihr aufstieg. Das war eine so sonderbare Empfindung, dass sie erschrak. Als ob ihre Gesichtsmuskeln seit ihrer Flucht aus Gethsemane gelähmt gewesen wären. »Dr. Jacobs ist nicht so wichtig«, sagte sie dann. »Im Gegensatz zu Dad. Höchste Zeit, dass ich ihn besuche!«

Die Fahrt durch die Straßen von South London war eine beängstigende Erfahrung, und das Wetter machte die Sache nicht besser: Es hatte sich am Vormittag rasch verschlechtert. Gegen Mittag war der Himmel eine düstere, kompakte Masse, die von zuckenden Blitzen erhellt wurde.

Kairo verfiel von Neuem in Weltuntergangsstimmung. Das Gefühl drohenden Unheils drückte sie zu Boden wie die Hand eines Riesen. Als sie über den Parkplatz krochen, betrachtete sie den weitläufigen Krankenhauskomplex mit seinen etlichen hundert künstlich beleuchteten Fenstern. Hinter einem davon lag ihr Dad. Sie würde ihm gegenübertreten müssen.

Endlich hatte Diana eine Parklücke gefunden. Sie stellte den Motor ab. Ein gewaltiger Donnerschlag. Ein dicker Regentropfen klatschte auf die Windschutzscheibe.

»Na toll«, sagte Diana. »Das hat gerade noch gefehlt.«

Weitere Tropfen folgten. Dann setzte sintflutartiger Regen ein. Leute liefen geduckt zu ihren Autos.

Kairo saß mitten auf einer Wippe hoch über einem Abgrund und versuchte schwankend und wimmernd, das Gleichgewicht zu halten. Eine Zirkusartistin ohne Sicherheitsnetz. Einige Sekunden lang stockte ihr der Atem, weil das eine Ende der Wippe plötzlich schwerer zu sein schien, sodass sie langsam, ganz, ganz langsam, in diese Richtung rutschte und mit erschreckender Klarheit erkannte, dass Gethsemane eine wunderschöne Lüge und Justin ein wunderschöner Lügner und das Universum leer war.

Das konnte doch nicht sein! Das war unerträglich. Ohne Beschützer war die Menschheit dem Untergang geweiht.

Und so brachte sie die Wippe dazu, sich nach der anderen Seite zu neigen, und rutschte dann in diese Richtung. Sie durchlebte aufs Neue die Ekstase der Meditation, die absolute, euphorische Gewissheit, dass sie sich in Gegenwart der Unendlichen Macht befand: *Justin ist Liebe. Justin ist göttlich. Justin ist das ewige Leben.*

Sie wackelte, rutschte und hing, vor Angst wie gelähmt, sekundenlang zwischen zwei gleichermaßen beängstigenden Wahrheiten.

Ein Mann, groß und schlank, eilte mit ausgreifenden Schritten vorbei. Er hatte einen Regenschirm in der Hand und warf einen flüchtigen Blick ins Auto. Justin. Sie war sich völlig sicher: *Du kannst nicht vor Gott weglaufen. Er sieht alles. Er kann deine Gedanken lesen.*

»Alles in Ordnung?«, fragte Diana. »Woran denkst du?«

»An Justin. Ich glaube, er beobachtet mich.«

»Nein, ganz sicher nicht.«

»Du kennst ihn nicht. Er ist überall.«

»Calvin hat keine Zauberkräfte.« Diana schnallte sich ab. »Hör zu, eigentlich dürfte ich das gar nicht sagen. Eigentlich sollte ich die Klappe halten, aber das kann ich nicht mehr. Justin Calvin ist nicht – ich wiederhole: *nicht* – Jesus Christus.«

»Woher willst du das so genau wissen?«

»Weil … weil ich es eben weiß!« Diana lachte ungläubig auf.

»Es kommt mir einfach unwahrscheinlich vor! Heißt es nicht, dass der Messias in Wolken herabsteigt, mit Engeln und Trompeten und Glanz und Gloria?«

»Das hat er nie gesagt.«

»Ach, komm schon, Cassy!«

»Es hat auch kein Mensch damit gerechnet, dass er in einem Stall auf die Welt kommt.«

Nun, da Justin angegriffen wurde – und die Wächter implizit als leichtgläubige Idioten dargestellt wurden, die auf ihn hereingefallen waren –, glaubte Kairo, ihn verteidigen zu müssen.

Diana schnaubte. »Na ja, ich kann mir nicht vorstellen, dass sich der Messias ausgerechnet das ländliche Neuseeland für seine Rückkehr ausgesucht hat.«

»Warum nicht?«

»Weil es so … wie soll ich es ausdrücken?« Diana verzog den Mund. »So furchtbar nett ist! So malerisch! Gethsemane ist eine Postkartenidylle. Ich glaube nicht, dass Jesus den weiten Weg auf sich nehmen würde, um an einem solchen Ort zu leben.«

Kairo dachte an den Mann, der vorbeigegangen war. *War das Justin gewesen?* Ein Krankenwagen fuhr im Schritttempo über den Asphalt, auf dem das Wasser zentimeterhoch stand.

»Ich war eine Woche in Neuseeland«, fuhr Diana fort, »und ich kann dir sagen, dass die größte Krise, über die im Radio berichtet wurde, die welterschütternde Nachricht war, dass Benutzer des Park-and-ride-Systems in Auckland künftig vielleicht Gebühren dafür zahlen müssen. Im Ernst. Das war die wichtigste Meldung des Tages. Unterdessen verbreitet der IS im Mittleren Osten Angst und Schrecken, mordet und vergewaltigt und droht mit Anschlägen in Europa. Wir haben

Syrien. Wir haben die schlimmste humanitäre Katastrophe in der Geschichte. Wenn Jesus Christus heute käme, hätte er alle Hände voll zu tun.«

»Eben! Armageddon. Wie in der Prophezeiung.«

»Das ist nicht Armageddon.« Diana klang erschöpft. »Das ist wie üblich die Dummheit der Menschen. Ich bin sicher, dass 1914 auch Weltuntergangsstimmung herrschte. Oder in den Dreißigerjahren beim Aufstieg des Faschismus. Die Generation meiner Mutter hat den Holocaust erlebt, Hiroshima, Nagasaki, den Kalten Krieg. Geh noch weiter zurück: Die Pest hat die Hälfte der Bevölkerung Europas ausgelöscht. Aber ist deswegen die Welt untergegangen? Nein!«

Der Regen zog offensichtlich weiter. Zwar blitzte es immer noch, aber der Donner hörte sich weiter weg an. Kairo starrte fasziniert auf einen Regentropfen auf der Windschutzscheibe. Er rutschte Zentimeter für Zentimeter über das Glas, links, rechts, links, rechts, und sammelte auf seinem Weg nach unten andere Tropfen auf.

»Du willst mir also erzählen«, sagte Diana, »dass Jesus Christus in Gestalt eines früheren Knastbruders, der sich den lieben langen Tag an einem See herumtreibt, wiederkehrt? Wiederkunft Christi, so ein Quatsch! Calvin ist nichts weiter als ein raffinierter Betrüger, der anständige Menschen ausbeutet.«

»Du weißt nichts über ihn.«

»Ich weiß genug.«

Panik erfasste Kairo. Die Wippe neigte sich unerbittlich einer grauenvollen Leere zu. Kairo kam ins Rutschen, sie strampelte und versuchte hinaufzuklettern, aber es gab nichts, woran sie sich hätte festhalten können. Sie stieß die Wagentür auf, beugte sich hinaus und erbrach die Tasse Tee, die sie am Morgen getrunken hatte.

»Was hast du denn, Schatz? Alles in Ordnung?«

Sie saßen eine ganze Weile so da – Kairo halb im Auto, halb draußen, während Diana sich zerknirscht entschuldigte.

»Das war dumm von mir.« Sie reichte ihrer Tochter eine Schachtel Feuchttücher. »Das ist ganz allein meine Schuld.«

»Nein, nein.« Kairo wischte sich den Mund ab. »Da sind ein paar Dinge, denen ich mich stellen muss, und das macht mir Angst.« Sie atmete tief durch. »Okay. Ich glaube, es kann losgehen.«

Über den überfluteten Parkplatz. Ins Foyer. Der Geruch von Desinfektionsmitteln und Ochsenschwanzsuppe. Verwirrende Korridore voller Menschen. Das Quietschen eines Rollstuhls, das Greinen eines Kindes. Die Betontreppe hinauf und auf eine Station.

Diana blieb am Schwesternzimmer stehen. »Die vierte Tür. Das Bett ganz links am Fenster.«

»Kommst du denn nicht mit?«

Diana warf ihr eine Kusshand zu. »Er wartet auf dich, nicht auf mich.«

Kairo ging langsam durch den Flur. *Jetzt ist es so weit,* dachte sie. *Deshalb bin ich hergekommen. Deshalb setze ich alles aufs Spiel.*

Wer einen sterbenden Angehörigen besucht, gleicht einem Schauspieler, der sich in den Kulissen auf seinen Auftritt vorbereitet und dann lächelnd und fröhliche Zuversicht ausstrahlend auf die Bühne stürmt. Was Kairo in Gethsemane gelernt hatte, kam ihr jetzt zugute: *Lächle! Sei glücklich!* Sie ging an geöffneten Türen vorbei, warf einen flüchtigen Blick in die Zimmer, wo Angehörige an den Betten der Patienten saßen und unbeholfen nach Worten suchten. Jedes Zimmer hatte seine eigene Geschichte. Ihre verbarg sich hinter der vierten Tür. Ihre Schritte wurden langsamer. Auch die Zeit verlangsamte sich. *Eins … zwei … drei …*

Vier.

Sie hatte gewusst, dass es schlimm sein würde. Sie hatte gewusst, dass er bis obenhin mit Medikamenten vollgepumpt war. Sie hatte gewusst, dass er im Sterben lag.

Sie hatte sich gewappnet. Doch bei Weitem nicht genug.

Der Mann im Bett war ein Wrack. Er hatte kaum noch Haare, aber schwere Tränensäcke, die seine Augen nach unten zu ziehen schienen. Das eine Bein war eingegipst, und er hatte einen Tropf am Arm. Sein Blick war starr auf die offene Tür geheftet. Er wartete auf jemanden.

Das ist nicht mein Dad, dachte Kairo. *Das kann nicht mein Dad sein.*

Er machte große Augen, als er sie sah. Der Unterkiefer klappte ihm herunter. Er fand seine Stimme erst nach ein paar Sekunden wieder.

»Haben wir denn schon September?«, sagte er.

Eine halbe Stunde kann alles verändern.

Zuerst redeten sie über ungefährliche Dinge – nicht über den Tod oder über Verrat oder über vergeudete Jahre. Es waren noch andere Patienten, andere Besucher im Zimmer, aber niemand achtete auf Kairo und Mike. Sie hatte sich auf sein Bett gesetzt, und sie benahmen sich, als wäre sie gerade von einem einwöchigen Urlaub auf Ibiza zurückgekehrt. Ein Vater und eine Tochter, die über das Wetter und das Krankenhausessen plauderten.

Aber ihr war die ganze Zeit furchtbar schwer ums Herz. *Habe ich dir das angetan?*, fragte sie sich. *Ist das alles meine Schuld?*

»Du hast also Kinder«, sagte er und griff nach ihrer Hand. »Erzähl mir von ihnen.«

Und das tat sie. Er lächelte, manchmal lachte er leise und

schüttelte den Kopf. Sie erzählte ihm von Damaskus, dem stillen Vierjährigen mit den dunkelblauen Augen, der Geschichten über alles liebte, schwimmen konnte wie ein Fisch und seinem besten Freund Monty auf Schritt und Tritt folgte. Sie erzählte ihm von Quito, dem Spaßvogel der Familie, der endlich gelernt hatte, Purzelbäume zu schlagen. Mikes Augen wurden feucht, als sie ihm Havannas Apfelbäckchen beschrieb und ihre Leidenschaft für das Ausräumen der Küchenschränke.

»Es sind sehr glückliche Kinder«, sagte sie. »Die Jungs lieben ihre Schwester abgöttisch. Sie bringen sie immer zum Lachen. Sie hat ein wunderbares Lachen, es hört sich an, als würde sie gurgeln!«

Mike blickte wehmütig drein. »Ich wünschte, ich könnte die drei sehen.«

»Das wünschte ich auch.«

Sie stellte sich vor, wie ihre Kinder mit ihrem englischen Großvater in dessen Garten Holz für ein Lagerfeuer aufschichteten. Ganz normale Kinder, die ein ganz normales Leben führten.

»Ich habe auch eine Stieftochter. Suva. Sie ist vor Kurzem sechzehn geworden.«

»Fotos?«

Als Kairo den Kopf schüttelte, machte er ein enttäuschtes Gesicht. »Überhaupt keine? Von keinem von ihnen?«

Sie zuckte bedauernd die Achseln. »Tut mir leid, Dad.«

»Was ist mit den Fotos auf der Website?«

»Die sind veraltet. Die Kinder dort sind mittlerweile erwachsen.«

»Nicht so schlimm!« Er fasste sich wieder. »Ich kann sie mir lebhaft vorstellen. Und jetzt erzähl mir von meinem Schwiegersohn!«

»Hat Mum erzählt, dass sie ihn kennengelernt hat?«

Mike lächelte, aber seine Stimme klang jetzt ein wenig verwaschen. »Sie nennt ihn ›den Wikinger‹.«

»Wirklich? Das ist ja komisch. Er ist Farmer, aber er kennt sich mit allem aus, egal, was es ist.«

Mike schloss die Augen. »War gar nicht bei deiner Hochzeit.«

»Tut mir leid, Dad.«

»Nein, nein. Reue ist nur Zeitverschwendung.«

Eine Schwester kam mit einem Blutdruckmessgerät herein. Sie war um die vierzig, klein und lebhaft.

Mike öffnete die Augen. »Hazel! Müssen Sie Ihres Amtes walten?«

Kairo trat diskret zurück und schaute aus dem Fenster. Das Wort Katheter fiel. Die Schwester zog den Vorhang rings um das Bett zu. Der Ausblick war nichts Besonderes. Wolken. Dächer. Eine Plastiktüte, die sich an einer Antenne verfangen hatte und wie eine weiße Fahne im Wind flatterte.

Aber das hier war die Wirklichkeit. Keine Postkartenidylle.

Die Schwester zog den Vorhang wieder auf.

»Ist er nicht wunderbar?«, sagte sie.

»Oh ja, das ist er.«

»Das ist meine Tochter Cassy«, sagte Mike. Es klang stolz. »Sie ist gerade gekommen. Den ganzen weiten Weg von Neuseeland!«

Hazel zeigte sich gebührend beeindruckt. »Wie lange können Sie bleiben?«

»Nur eine Woche, fürchte ich.«

Hazels Brauen schossen nach oben. »Das ist aber ein kurzer Besuch.«

»Sie hat drei kleine Kinder, die sie brauchen«, erklärte Mike.

»Und einen kranken Vater hier, der sie auch braucht.« Hazel

warf einen vielsagenden Blick auf Mike und sagte dann: »Vielleicht können Sie ja ein paar Tage dranhängen. Davon wird die Welt schon nicht untergehen.«

Hoffentlich nicht, dachte Kairo.

SIEBENUNDVIERZIG

Kairo

Diese Tage mit ihrem Vater waren eine ganz besondere Zeit. Es schien, als wären sie aus Goldfäden gewebt: ungemein zart und von unschätzbarem Wert. Sie und Mike lernten sich in diesen wenigen Stunden besser kennen als in den einundzwanzig Jahren vor ihrer Abreise.

Sie entdeckte einen Mann, von dessen Existenz sie nichts geahnt hatte. Fasziniert lauschte sie seinen Erinnerungen an seine Kindheit in Northampton und wie er sich geweigert hatte, die Schuhmacherwerkstatt seines Vaters zu übernehmen.

»Ich bin nicht wegen der Aufstiegschancen Soldat geworden. Und wegen der Pension schon gar nicht! Nein, ich wollte möglichst weit weg von Northampton. Ich wollte was von der Welt sehen, wollte frei sein.«

»Und was hat Grandpa dazu gesagt?«

Mike schüttelte den Kopf. »Für ihn war ich eine einzige Enttäuschung.«

Er erzählte ihr von seinem Bruder Robert, der das Richtige getan hatte und heute noch Schuhe fertigte. Die Brüder waren nie besonders gut miteinander ausgekommen. Manche Episoden seines Soldatenlebens, insbesondere die Jahre in Bosnien, färbte Mike immer noch schön. Kairo wurde bewusst, dass es Dinge gab – Dinge, die er getan, die er gesehen und gefürchtet und geliebt hatte, Dinge, an denen er beteiligt gewesen war –, die ihn für immer verändert hatten. Er hatte seine eigene Version von Gethsemane durchlebt.

Manchmal musste sie ihn mit anderen teilen, aber sie hatten ganze Stunden für sich allein. Sie brachte Bücher mit und saß an seinem Bett, während er döste. Sie spielten auch oft Karten und taten verzweifelt, als wäre er gar nicht todkrank und als müsste sie nicht wieder abreisen. In einer Woche. In sechs Tagen. In fünf. In vier.

Viel zu früh. Die aus Gold gewebten Tage vergingen viel zu schnell.

»Sieht so aus, als würde ich nach Hause können, solange du noch auf Heimaturlaub bist«, sagte Mike am Dienstag. »Du fliegst am Freitag, richtig? Ich hoffe, dass ich vorher hier rauskomme. Dann sorgen wir für neue Erinnerungen. Werden wieder eine Familie, für eine Nacht oder so.«

»Na, hoffentlich«, erwiderte Kairo. »Die armen Schwestern hier können es bestimmt kaum erwarten, dich loszuwerden.«

An jenem Abend modelte sie gemeinsam mit Tara den Wintergarten zu einem Schlafzimmer um. Sie trugen gerade eine Kommode nach unten, als Diana in die Diele kam.

»Cassy? Rom hat eine Mail geschickt. Ich glaube, du solltest sie lesen.«

Hi Mrs. Howells,
ich hoffe, es geht Ihnen gut. Barry vom Four Seasons Motel hat mir Ihre E-Mail-Adresse gegeben. Könnten Sie die Nachricht (weiter unten) bitte an Kairo (Cassy) weiterleiten? Danke.

Mit freundlichen Grüßen
Rom Calvin

»Der gute alte Rom!«, rief Kairo freudig aus. »Er hat einen Weg gefunden, Kontakt zu mir aufzunehmen.«

»Cleverer Bursche«, bemerkte Tara anerkennend.

Kairo beugte sich näher zum Bildschirm.

Hi Kairo,

ich hoffe, du bist rechtzeitig nach Hause gekommen, damit du deinen Vater noch sehen konntest.

Ich bin in Rotorua. Sie haben mich rausgeworfen. Aber keine Bange, ich habe schon ein Dach über dem Kopf. Als Justin erfuhr, dass du fort bist und ich dir geholfen habe, ist er vollkommen durchgedreht. Anders kann ich es nicht ausdrücken. Er nannte mich Judas. Er hat gesagt, er wisse, dass ich allen erzähle, er sei krank und paranoid, und dass ich die Wächter gegen ihn aufhetzen würde. Er hat mich mit der Faust ins Gesicht geschlagen. Im Gegensatz zu ihm bin ich kein Kämpfer. Er versetzte mir einen Stoß, der mich von den Füßen gerissen hat. Er wolle mich nie wiedersehen, hat er geschrien, ich sei nicht sein Sohn. Er gebrauchte Wörter, die ich aus seinem Mund noch nie gehört habe. Es war, als wäre er ein völlig anderer.

Fünf Minuten später war ich auf der Ikaroa. Ich konnte nicht viel mitnehmen, nur das, was ich in einen Kissenbezug stopfen konnte. Die Telefonnummer deiner Mutter habe ich nicht mehr gefunden; wahrscheinlich haben sie sie entdeckt und vernichtet. Otto und Kyoto haben mich nach Rotorua gebracht, mir hundert Dollar in die Hand gedrückt und mich im strömenden Regen am Straßenrand stehen lassen. Diese Männer waren wie Onkel für mich. Ich kenne sie, seit ich auf der Welt bin. Ich habe eine ganze Weile im Wartehäuschen an einer Bushaltestelle gesessen und mich nicht vom Fleck getraut. Ich habe noch nie solche Angst gehabt! Das will ich nie wieder erleben müssen.

Irgendwann war ich so durchgefroren, dass ich mich wohl oder übel in Bewegung setzen musste. Ich wusste, dass man in Hostels billig übernachten kann, und bin in die Stadt marschiert.

Kairo las diese Zeilen voller Entsetzen und voller Schuldgefühle. Ihretwegen hatte Rom alles verloren. Sie stellte sich vor, wie er einsam am Straßenrand stand, seine Habseligkeiten in einem Kissenbezug an sich gepresst. Rom war in Gethsemane geboren. Er hatte jahrelang sieben Tage die Woche gearbeitet und keinen Lohn dafür bekommen. Jetzt hatte er einmal einen Fehler gemacht und wurde so hart dafür bestraft.

»Wie konnten sie nur!«, sagte sie völlig fassungslos. »Wie konnten sie so etwas tun!«

Verglichen mit anderen, die verstoßen wurden, geht es mir gut. Ich kenne mich aus in der Stadt und mit Computern und solchen Dingen, und ich kann Auto fahren. Als ich dem Mädchen am Empfang in dem Hostel erzählte, was passiert war, hat sie den Geschäftsführer geholt, Phil. Die beiden haben mir geholfen, beim Sozialamt Notfallbargeld zu beantragen. Ich arbeite in der Herberge, und dafür lässt Phil mich hier wohnen.

Ich habe angefangen, einen Job zu suchen. Aber das Leben hier draußen ist ganz schön kompliziert! Ich habe keine Zeugnisse oder Empfehlungen und musste mich erst mal um Dinge wie meine Steuernummer kümmern. Phil hat einen Freund, der im Krankenhaus arbeitet, und der hat mir ein Bewerbungsgespräch für eine Stelle an der Pforte vermittelt. Morgen beginnt meine einwöchige Probezeit.

Ich muss mich der Tatsache stellen, dass Justin nur ein Mensch ist. Ein Mensch, den ich liebe, aber eben nur ein Mensch. Und nicht einmal ein besonders anständiger. Wenn das stimmt, gibt es dann überhaupt Hoffnung für die Welt? Was für einen Sinn hat mein Leben? Wer bin ich?

Als ich deine Kinder das letzte Mal gesehen habe, ging es ihnen ganz ordentlich. Aber ich fürchte, Suva ist FURCHTBAR wütend auf dich. Die Gefährten haben sie nachts bei verschiedenen Familien untergebracht, um sicherzugehen, dass Aden nicht auch einfach verschwindet.

Er kann dich verstehen. Er glaubt, dass Justin dir erlauben wird zurückzukommen, und sei es nur seinetwegen. Falls es mir gelingen sollte, mich mit dir in Verbindung zu setzen, soll ich dir ausrichten, dass er und die Kinder die Tage zählen, bis du zurückkommst.

Das ist alles für den Moment. Das Hostel, in dem ich wohne, heißt Kit and Meg's. Ich fühle mich ziemlich einsam. Bitte lass bald von dir hören!

Rom

Es war ein herrlicher Nachmittag zum Angeln. Aden zeigte Suva, wie man die Angelschnur richtig auswarf. Damaskus und Quito warteten, bis sie an der Reihe waren, und machten hin und wieder einen Witz, den nur Drei- und Vierjährige verstehen konnten. Havanna saß zufrieden in ihrem Weidenkorb. Sie trug nur eine Windel und mampfte eine Nektarine.

Ein Familienausflug. Die Sonne brannte heiß vom Himmel. Das Quecksilber des Sees reflektierte ihre Strahlen wie kleine Blitze.

Dann kippte das Boot plötzlich nach einer Seite. Kairo wurde herausgeschleudert. Das Quecksilber war kalt und schwer und zog sie nach unten. Die Kinder schrien vor Angst. Sie konnte ihre weit aufgerissenen Münder sehen.

Aden beugte sich über den Rand – »Nimm meine Hand, Kairo!« –, aber es gelang ihr nicht, sie zu ergreifen. Die Wellen waren glatt und silbrig und giftig. Sie würde untergehen.

Dann lächelten die Kinder auf einmal und zeigten aufgeregt in die Ferne – da kam Justin! Er ging über das Wasser und kam geradewegs auf sie zu. Ein gleißender Strahl beleuchtete ihn, weil die Sonne sein privates Spotlight war. Seine Füße hinterließen kleine Dellen im Quecksilber, als würde er auf einem silbernen Kissen gehen.

Sie streckte die Hände nach ihm aus und keuchte: »Rette mich, Justin!«

Aber er rührte keinen Finger, er schaute nur selig lächelnd zu, wie sie sich abmühte.

»Ich beobachte dich schon lange«, sagte er. »Herrje, du kannst doch nicht vor Gott weglaufen!«

»Ich sterbe! Bitte hilf mir, Justin!«

»Ich weiß, dass du stirbst. Aber hey – gute Nachrichten!« Er breitete seine Arme aus. »Jetzt bist *du* dran. Ich bin schon einmal für dich gestorben. Jetzt wirst *du* für *mich* sterben!«

Das Letzte, was sie hörte, war das Wimmern und Kreischen ihrer Kinder. Dann schloss sich das Quecksilber über ihrem Kopf.

Licht. Grelles Licht. Elektrisches Licht.

»Was ist denn los, verdammte Scheiße?«, schnauzte Tara. Ein Finger auf dem Lichtschalter, stand sie im Nachthemd in der Tür. »Wird hier jemand abgemurkst?«

Kairo saß senkrecht im Bett. Sie blickte wild um sich. Das Herz schlug ihr bis zum Hals. Der Traum war immer noch sehr lebendig. Sie konnte die Schreie ihrer Kinder deutlich hören.

»Er kann mich sehen«, japste sie. »Er kann mich hören. Er weiß alles!«

»Na, wenn er dich hören kann, tut mir der Arsch echt leid. So, wie du gebrüllt hast, müsste er jetzt taub sein.«

»Er hat gelächelt. Und zugeschaut, wie ich ertrinke.«

»Im Ernst, Schwesterherz.« Tara ließ sich aufs Bett fallen. »Du solltest eine Ausbildung als Opernsängerin machen.«

Sie lagen nebeneinander, die Köpfe auf demselben Kissen, und starrten an die Decke hinauf. Kairos Herzschlag normalisierte sich allmählich wieder.

»Ich kann nicht glauben, dass sie meine Familie auseinandergerissen und zum Schlafen auf verschiedene Häuser verteilt haben«, murmelte sie. »Nur damit Aden nicht wegkann.«

»Das ist ein klarer Verstoß gegen die Menschenrechte, oder?«

»Die Kinder gehören zusammen. Havanna wird jeden Morgen von den Jungs geweckt. Jetzt werden sie total verstört sein, weil sie gar nicht begreifen, was los ist.«

»Die armen Würmchen«, sagte Tara. »Was für miese Dreckskerle!«

Kairo widersprach nicht. Dieses Mal waren die Gefährten zu weit gegangen.

Ich werde bald wieder bei ihnen sein, dachte sie, während irgendwo eine Polizeisirene in der Dunkelheit heulte. *Ein paar Tage noch. Dann sind wir alle wieder zusammen.*

ACHTUNDVIERZIG

Kairo

»Willst *du* fahren?«, fragte Diana, als sie rückwärts aus der Einfahrt stieß.

Kairo schüttelte den Kopf. Sie hatte ihren Führerschein vor fünf Jahren das letzte Mal in der Hand gehabt. Vermutlich lag er in Gethsemane im Tresor.

Diana streifte sie mit einem flüchtigen Blick. »Musst du übermorgen wirklich schon wieder zurück?«

»Die Kinder zählen schon die Tage, Mum. Aber ich versuche, sobald wie möglich wieder herzukommen.«

»Ich bezweifle, dass das klappen wird.«

Im Radio lief ein Interview. Der Moderator unterhielt sich mit einem Wissenschaftler, der das Ende der Menschheit innerhalb der nächsten hundert Jahre vorhersagte. »Nehmen Sie die Osterinsel!«, rief er leidenschaftlich aus. »Ein ausgezeichnetes Beispiel. Die Bevölkerung hat die Umwelt ausgebeutet. Das Resultat? Die Menschen dort sind ausgestorben!«

»Wirklich reizend«, grummelte Diana und suchte einen Musiksender. »Den werd ich bestimmt nicht zum Essen einladen.«

»Hundert Jahre ist sehr viel länger als das, was Justin vorhersagt.«

»Glaubst du das etwa immer noch? Dass das Ende der Welt bevorsteht?«

Kairo schaute aus dem Fenster auf den Verkehr, auf die

Leute mit ihren Handys am Ohr, wie sie im Gehen telefonierten, auf die fröhlichen Werbeplakate. Sie sah eine Schulklasse mit ihren Lehrern und einen Mann in einem Anorak, der sich bückte, um einen Hund zu streicheln. Es schien alles ganz friedlich, alltäglich. Nicht im Entferntesten apokalyptisch. Aber der beängstigende Quecksilbertraum ließ sie nicht los.

»Etwas nicht glauben und etwas *wirklich* nicht glauben sind zwei verschiedene Dinge. Und das, woran du fest geglaubt hast, plötzlich nicht mehr glauben zu sollen, ist ganz schön schwer.«

»Das muss verdammt deprimierend sein. Ich meine, warum soll ich mir dann die Mühe machen, noch irgendetwas zu tun? Dann kann ich auch gleich die Hände in den Schoß legen und mich lieber mit Schokolade vollstopfen!«

Als Kairo auf die Station kam, quoll gerade eine Schar Weißkittel hinter dem Vorhang rings um Mikes Bett hervor. Sie drückte sich an die Wand, um sie vorbeizulassen. Sie konnte kaum glauben, dass so viele Personen sich um das Bett gedrängt hatten.

Mike war guter Dinge. »Morgen früh! Der Oberarzt und seine Adjutanten haben gerade Kriegsrat gehalten und beschlossen, mich rauszuwerfen. Anscheinend haben sie die Nase voll von mir!«

»Super, Dad!«

»Wenn ich erst mal draußen bin, werde ich mich wieder mehr wie ein Mensch fühlen.« Er zeigte auf den Nachttisch. »Gibst du mir mal das Telefon? Ich will deiner Mum Bescheid sagen.«

Während er Diana anrief, ordnete Kairo die vielen Karten mit Genesungswünschen. Er sah heute so viel besser aus. Vielleicht hatten die Ärzte sich mit ihrer Prognose geirrt. Vielleicht würden ihre Kinder doch noch ihren Großvater kennenlernen.

»Wollen wir nicht ein bisschen rausgehen? Mir fällt hier noch die Decke auf den Kopf!«

Kairo fragte Hazel, und die besorgte einen Rollstuhl. Nachdem sie dem Patienten eine zusätzliche Dosis Schmerzmittel verabreicht hatte, halfen sie und Kairo ihm in den Rollstuhl.

»Ich komme mir vor wie ein Mitglied des Königshauses«, witzelte Mike. »Könnte mich direkt daran gewöhnen!«

Er wirkte regelrecht ekstatisch, als sie an der frischen Luft waren.

»Ich war nicht mehr draußen, seit das alles angefangen hat«, sagte er. »Schon komisch, was für Folgen eine Kleinigkeit haben kann. Ich bin auf dem Weg zur Arbeit, telefoniere und schimpfe über den Mist, den jemand gebaut hat. Stolpere über einen Randstein, und es macht *Knacks!*, und ich habe mir das Bein gebrochen. Ich sitze auf dem Gehweg und komme nicht mehr hoch.«

»Einfach so gebrochen?«

»Einfach so. Krankenwagen. Die Gesichter um mich herum werden immer ernster. Irgendwann dämmert mir, dass wir nicht mehr über ein gebrochenes Bein reden, sondern über die Ursache für den Bruch. Jede Menge Untersuchungen. Dann die Nachricht, die kein Mensch hören will. Kein besonders schöner Moment.« Er hob den Arm, zupfte am Ohrläppchen. »Na ja. Immer nach vorn schauen! Vielleicht erlebe ich ja eine wundersame Heilung und gehöre zu den Fällen, die Ärzte in Erstaunen versetzen. Jedenfalls sitze ich jetzt hier in der Sonne.« Er legte den Kopf zurück und genoss die Wärme auf seinem Gesicht. »Und meine Cassy ist bei mir. Deshalb bin ich richtig froh, dass ich Krebs habe.«

»Nein, Dad, so was darfst du nicht sagen!«

»Doch, doch, doch! Ich will lieber mit fünfundfünfzig in dem Bewusstsein sterben, dass wir beide Freunde sind, als hundert zu werden und zu denken, du hasst mich.«

Sie waren am Seerosenteich angelangt. Der Teich war eigentlich nur ein erhöhtes, wassergefülltes Becken. Kleine Fische flitzten darin herum, wie glänzende Kupfermünzen zwischen den Algen. Kairo schob den Rollstuhl dicht an den Beckenrand und setzte sich dann auf die Backsteineinfassung. Sie hatten nicht mehr viel Zeit, sie und ihr Vater, und es gab Dinge, die richtiggestellt werden mussten.

»Ich möchte, dass du weißt, es tut mir leid«, sagte sie. »Das wollte ich dir nur sagen.«

»Was tut dir leid?«

»Alles. Meine Anschuldigungen.«

»Ah, das. Ja, das hat allerdings ein bisschen wehgetan.«

»Ich habe wirklich geglaubt, was ich gesagt habe. Ich dachte, ich würde mich an tatsächliche Ereignisse erinnern. Ich habe alles so lebhaft vor mir gesehen.«

Er wischte ihre Worte mit einem Fingerschnippen beiseite. »Schluss mit Entschuldigungen. Das Leben ist zu kurz, buchstäblich zu kurz. Ich war ein Idiot von einem Vater. Ich habe einen Mordsaufstand gemacht wegen völlig unwichtiger Dinge.« Er tat so, als schlüge er sich ins Gesicht. »Idiot!«

Ein Fisch schwamm nach oben, sein kupferfarbenes Maul durchbrach die Oberfläche.

»Justin sagt, der einzige Gradmesser des Erfolgs ist, ob wir einander lieben.«

»So, sagt er das?« Mike hob spöttisch eine Augenbraue. »Und welche Punktezahl erreicht JC?«

»Ich dachte immer, die höchste. Einhundert. Aber jetzt frage ich mich, ob er nicht nur einen einzigen Menschen liebt, nämlich sich selbst. Und nicht einmal da bin ich mir sicher.«

»Stimmt es, dass er sich für Jesus Christus hält?«

»Für den menschgewordenen göttlichen Geist Jesu, ja.«

»Ah!« Mike konnte sich ein Grinsen nicht ganz verkneifen. »Und wo ist der Unterschied?«

»Na ja, er lehrt uns, dass die Geheimnisse des Universums sich dem menschlichen Verständnis entziehen.«

»Wie praktisch.«

»Dad!« Sie spritzte ihm ein bisschen Wasser ins Gesicht, und er blickte zerknirscht drein.

»Entschuldige. Sprich weiter. Ich werde dich nicht mehr unterbrechen.«

Sie musste nachdenken. Fragen wie diese stellten die Wächter nicht. »Er lehrt uns, dass er, als er vor zweitausend Jahren nach seiner Auferstehung in den Himmel aufstieg, in eine Art Wolke aufgenommen wurde beziehungsweise sich in ihr auflöste. Diese Wolke ist die Unendliche Macht, die wir auch Gott nennen. Sein wahrer Daseinszustand ist ein Teil dieser Unendlichen Macht. Verstehst du? Dann nahm er zum zweiten Mal Menschengestalt an. Und das ist Justin.«

»Wirklich? Wow.«

»Wow?« Kairo spielte die Erstaunte. »Das ist alles, was du dazu zu sagen hast?«

»Mehr darf ich nicht sagen. Deine Mutter hat mir unter Androhung der Todesstrafe – obwohl sie mir damit kaum Angst machen kann – verboten, Ausdrücke wie Psychopath oder Hirnamputierter zu gebrauchen oder zu sagen: Knüpft den Dreckskerl am besten auf. Sie befürchtet, ich könnte dich dem Hirnamputierten damit wieder in die Arme treiben.«

Die Unterhaltung strengte ihn an, aber Kairo wusste, dass jeder Augenblick, den sie zusammen verbringen konnten, unbezahlbar war. Dies war möglicherweise die letzte Gelegenheit, miteinander in einem sonnigen Park zu sitzen und zu reden.

»Erzähl mir mehr über Gethsemane«, bat er. »Ich werde mich nicht mehr darüber lustig machen. Ich möchte verstehen, wie es ist, da, wo du warst. All die verlorenen Jahre! Ich möchte sie mit dir durchleben.«

Kairo verschwieg ihm mindestens die Hälfte der Geschichte. Es gab Dinge, die ihre Familie nicht zu wissen brauchte. Ihr Leben in Gethsemane war eine zutiefst persönliche Angelegenheit. Wie hätte sie die Euphorie der Meditation erklären sollen oder das starke Gefühl der Gegenwart Gottes oder die Angst vor dem Verstoßenwerden aus der Gemeinschaft oder den Eindruck, dass Justin die Luft um sich herum zu verbiegen schien? Sie schämte sich, zuzugeben, dass sie beim Rekrutieren geholfen, Menschen wie Fische geangelt hatte. Es war ihr peinlich, dass sie bereitwillig Hunger und Schlafentzug ertragen und vor allen Leuten eine Beichte abgelegt hatte, dass sie sich hatte sagen lassen, wann sie Kinder haben und wie viele sie bekommen durfte, was sie fühlen und denken und wie sie jede einzelne Sekunde jedes einzelnen Tags verbringen sollte.

Stattdessen erzählte sie vom Picknicken, vom Seilschwingen, vom Schwimmen im See an Sommerabenden. Sie beschrieb die heißen Quellen, die Gärten, die Ziegen. Sie sprach über Gemeinschaft und Freundschaft. Dass sie unterrichtete, interessierte Mike besonders.

»Ich wette, du bist eine gute Lehrerin.«

»Na ja, es macht mir jedenfalls total viel Spaß. Ich würde gern Lehrerin werden, eine richtige, meine ich.«

Mike hatte ihr lächelnd zugehört.

»Ich glaube, so langsam verstehe ich, warum du dortgeblieben bist.« Er nickte.

Sie tauchte die Hand ins Wasser, und eine Ruderwanze flitzte schnell davon. Das kleine Tier konnte tatsächlich auf dem Wasser laufen. Ganz einfach, wenn man wusste, wie.

»Ich habe nach Antworten gesucht«, sagte sie. »Und ich dachte, ich hätte sie gefunden.«

»Wir suchen alle nach Antworten.«

»Du auch, hm?«

Er schaute den Fischen zu, die sich pfeilschnell durch ihre Mikrowelt bewegten. »Wenn ich nachts in meinem Bett am Fenster liege, schaue ich hinaus auf dieses faszinierende, geheimnisvolle, unvorstellbar große Universum – oder dorthin, wo man es sehen könnte, wenn die Lichtverschmutzung nicht wäre –, und ich frage mich, ob irgendwo dort draußen ein allmächtiges Wesen existiert, das diesen ganzen Kladderadatsch geschaffen hat. Und ich frage mich, was das für ein Wesen sein muss, das tatenlos zusieht, was wir Menschen hier unten anrichten. Ich meine, das kann doch nur ein Dreckskerl sein! Mir kommt das alles ziemlich unwahrscheinlich vor.«

»Hast du Angst?«

»Vor dem Sterben? Ja. Nicht so sehr vor dem Tod an sich. Dafür ist er mir schon zu oft begegnet. Der Tod ist bloß die Endstation. Mein Gehirn wird sich abschalten, meine Atome werden aufhören zu funktionieren und sich zerstreuen und neue Strukturen bilden, und das war's dann. *Finito*.«

»Millionen Menschen sind anderer Meinung, Dad«, sagte Kairo, für die seine bedrückend trostlose Sichtweise unerträglich war.

»Ich hoffe, sie irren sich! Ins Vergessen sinken zu können ist bei Weitem die bessere Option als Unvergänglichkeit!«

»Das glaubst du doch selbst nicht!«

»Und ob ich das glaube! Mir wird schon schwindlig beim bloßen Gedanken an Unvergänglichkeit. Lieber löse ich mich in nichts auf, als dass ich auf einer Wolke sitze und bis in alle Ewigkeit Small Talk mit einem Haufen Christen führe. Oder Buddhisten. Oder Juden. Oder Moslems. Oder Hindus. Oder

Zeugen Jehovas. Oder Zoroastriern. Oder welche Bande auch immer auf das richtige Pferd gesetzt haben mag. Überleg doch mal, wie eingebildet die sein werden!«

Kairo musste unwillkürlich lachen. Sie nahm ihre Hand aus dem Wasser und schüttelte sie trocken. Ein älteres Paar kam in Richtung Teich. Der Mann stützte sich auf einen Rollator, die Frau führte ihn am Arm.

»Ich glaub, wir machen uns auf den Rückweg«, sagte Mike. »Wir wollen den hübschen Teich doch nicht mit unserer Anwesenheit verunstalten.«

Kairo hatte Mühe, den Rollstuhl zu wenden, und fuhr über die Ecke eines Blumenbeets.

»Typisch Frau am Steuer«, spottete Mike.

»Du hast dich nicht verändert, Dad. Du bist immer noch der gleiche Arsch wie früher«, konterte Kairo.

Sie schob den Rollstuhl langsam weiter. Sie wollte nicht, dass ihre gemeinsame Zeit schon zu Ende war. Noch nie hatte sie sich ihrem Vater so nahe gefühlt. Auch wenn es merkwürdig klang, aber er hatte ihr zum ersten Mal seine menschliche Seite offenbart.

»Dein Calvin denkt wahrscheinlich, dass ich geradewegs in die Hölle komme, nicht über Los gehe, nicht zweihundert Pfund einziehe, was?«

»Oh, da irrst du dich aber! Justin sagt, die Hölle sei eine Erfindung der Menschen.«

»Im Ernst?«

»Mm. Die meisten Glaubenssätze aller Religionen wären Fantasievorstellungen, sagt er. Die Wissenschaft sei dem Verständnis von Gott viel näher als die Religion. Er legt großen Wert darauf, dass die Kinder in Gethsemane die Evolutionsgeschichte und Geschichte überhaupt lernen und vor allem auch in Naturwissenschaften unterrichtet werden.«

»So langsam wird mir der Junge sympathisch!«

Sie hatten den asphaltierten Weg erreicht, und dann schob sie den Rollstuhl wieder die Rampe zum Eingang hinauf. Mike hatte die Augen zugemacht.

»Hast du Schmerzen, Dad?«

»Es geht. Bald gibt's Tee, den dürfen wir nicht verpassen.«

»Auf keinen Fall!«

»Ich glaube, ich habe mich inzwischen ans Krankenhaus gewöhnt. Ein Glück, dass ich morgen rauskomme. Wenn man sich schon auf Spülwasser mit Pappkeksen freut, stimmt definitiv was nicht.«

Den Rest der langsamen, umständlichen Reise – Korridor, Lift, Korridor – diskutierten sie ganz ernsthaft darüber, wie man Kekse am besten in Tee tunkte. Das war ein sehr viel fröhlicheres Thema, als ins Vergessen zu sinken. Oder ewig zu leben.

Das Internet war eine wunderbare Sache. Kairo hatte ganz vergessen, was man alles damit anfangen konnte. Tara hatte in weniger als einer Minute die Telefonnummer des Hostels in Rotorua gefunden, in dem Rom wohnte. Drei Minuten später hatte Kairo ihn am Apparat.

»Kairo!« Es verschlug ihm buchstäblich die Sprache. »Das … oh wow, ich freu mich so, deine Stimme zu hören!«

Sie sprachen über das Leben *draußen*, tauschten ihre Erfahrungen aus und waren sich einig, dass es einsam und beängstigend und verwirrend und vor allem laut war. Aber Rom ging es gut. Seinen ersten Tag an der Pforte des Krankenhauses hatte er erfolgreich absolviert.

»Es ist ganz schön anstrengend, hier draußen zu sein«, sagte er. »Ich muss so viele neue Menschen kennenlernen. Manchmal ertappe ich mich dabei, dass ich …«

»In alte Muster zurückfalle?«, ergänzte sie.

»In alte Muster zurückfalle, ja.« Er zögerte. »Was meinst du, kommt das Ende der Welt?«

»Nein«, erwiderte sie mit Bestimmtheit. »Nein, das glaube ich nicht.«

»Ich mache mir Sorgen wegen der Vorgänge in Gethsemane. Die Ersten sind von dort weggegangen.«

»Weggegangen? Wer?«

»Kiew und Tunis zum Beispiel.«

Das überraschte Kairo. Kiew und Tunis waren das Pärchen, das sie vor Jahren in Hamilton rekrutiert hatten. Die beiden schienen die perfekten Wächter gewesen zu sein.

»Sie sind auch hier in diesem Hostel gelandet«, fuhr Rom fort. »Kiew ist so verängstigt, dass sie sich weigert, ihr Zimmer zu verlassen. Ihr Bruder kommt von Christchurch her, um die beiden abzuholen.«

»Wieso sind sie denn weggegangen?«

»Das ist es eben … Die Atmosphäre muss sich nach meinem Rauswurf dramatisch verschlechtert haben. Alle fünf Leinenweber sind fort! Sie haben Gethsemane auf dem gleichen Weg verlassen wie du. Justin hat immer wieder diese Donnerschlagkopfschmerzen. Und er brüllt die ganze Nacht den Boten an. Das Ende der Welt stehe unmittelbar bevor, behauptet er. Wirklich *unmittelbar*. Er hat die Wachen verdoppelt. Keiner darf das Tal verlassen. Die *Matariki* und die *Ikaroa* legen nicht mehr ab. Tunis und Kiew konnten in letzter Minute mit einem Kajak entkommen.«

»Justin schließt die Tore.«

»Ganz recht. Alle müssen zum Schlafen die Schuhe anbehalten, damit sie jederzeit reisefertig sind. Tunis hat gesagt, das Tal fühlt sich finster an. *Freudlos*. Das gefällt mir nicht. Dir?«

Nein, das gefiel auch Kairo nicht. Ihr Verstand begann rasch zu arbeiten, Optionen abzuwägen, Entscheidungen zu treffen. Sie war endlich aufgewacht.

Ich werde wie geplant am Freitag fliegen, dachte sie. *Vorher kriege ich sowieso keine andere Maschine. Und dann mit einem Inlandsflug weiter nach Rotorua, das geht schneller. Ich werde mir das Geld von Mum borgen müssen. Dann zu Rom. Und dann zurück nach Gethsemane. Und zwar schnell.*

Sie durfte keine Zeit verlieren. Die Tore schlossen sich, und ihre Familie befand sich noch dort drin.

NEUNUNDVIERZIG

Kairo

Mike würde heute nach Hause kommen.

Sie hatten sich mächtig angestrengt, damit der Wintergarten gemütlich wurde und nicht wie ein Krankenzimmer aussah. Zwei Korbstühle hatten sie gegen den bequemsten Sessel, der im Haus zu finden war, ausgetauscht. Dekoriert hatten sie das Ganze mit einem Stapel Reisebücher, mit seinem Schachset und dem lederumhüllten Fernrohr, das seinem Vater gehört hatte. Diana hatte Kleidung und den Flachbildfernseher aus Mikes Wohnung geholt.

Tara war ganz kribbelig und entsprechend gereizt. Gegen Mittag wanderte sie unruhig durchs Haus, die Haare zu einem Pferdeschwanz gebunden, die Autoschlüssel in der Hand.

»Startklar?«, fragte sie Kairo. »Sieht aber nicht so aus! Und wo steckt eigentlich Mum? Wir dürfen den armen Dad nicht warten lassen.«

Kairo fand Diana im Wintergarten. Sie saß auf dem Bett, in der einen Hand ein Tuch, in der anderen eine Flasche Fensterreiniger. Kairo hatte den Eindruck, dass sie schon eine ganze Weile so dagesessen hatte.

»Tara meint, dass wir gehen sollten.«

Diana löste sich aus ihrer Erstarrung und stand auf. »Ja, ich hab gehört, wie sie dich angeranzt hat.« Sie sprühte viel zu viel Reiniger auf die Scheibe. Das Tuch quietschte.

»Wie geht es dir, Mum?«

»Ich bin ein bisschen nervös.« Sie drückte das Tuch fest aufs Glas und wischte und rieb, als würde ihr Leben davon abhängen. »Bis dass der Tod uns scheidet. Dazu hab ich mich verpflichtet, als ich ihn geheiratet habe, nicht wahr? Ich wusste, dass es so kommen könnte. Ich hab nur nicht damit gerechnet, dass es so bald kommt.«

»Das tut mir leid.«

Diana zuckte mit den Schultern. »Ich werde lernen müssen, ihn zu pflegen. Hoffentlich krieg ich das hin. Es gibt so viel, was man beachten muss. Medikamente, Termine, Therapien … Der Hausarzt wird regelmäßig kommen und jemand vom Hospiz und ein Ergotherapeut und die Gemeindeschwester. Hier wird es zugehen wie in Paddington Station. Ehrlich gesagt ist es mir gar nicht recht, dass jemand vom Hospiz kommt. Ich meine, *so* krank ist er nun auch wieder nicht.«

»Aber sie kennen sich in Schmerztherapie am besten aus, denke ich.«

»Sie sollten lieber daran arbeiten, ein Heilmittel zu entwickeln! Immer diese negative Einstellung!« Diana ließ die Hand mit dem Fensterputztuch sinken und lehnte die Stirn an die Scheibe. »Ich liebe ihn nämlich, weißt du. Wir sprechen normalerweise nicht von Liebe, er und ich, aber Tatsache ist, dass ich diesen Mann liebe.«

Sie sollten sich gefälligst beeilen, schrie Tara in der Diele. Wo zum Teufel sie denn so lange blieben?

Diana legte das Tuch aus der Hand und straffte sich. »Gehen wir.«

Mike wartete schon auf sie. Er saß da, das eingegipste Bein vor sich ausgestreckt. Das Krankenhaus hatte Krücken zur Verfügung gestellt, und der Physiotherapeut hatte dafür gesorgt, dass er damit umzugehen wusste. Er hatte sich gekämmt und ein Hemd mit Kragen angezogen und wirkte so jungenhaft erwartungsvoll, als würden sie alle miteinander in die Ferien fahren.

»Ah!«, rief er, als Diana und die Mädchen auf die Station kamen. »Die alte Gang, die mich aus dem Knast rausholt!«

Alle Schwestern kamen, um sich zu verabschieden. Sie schienen ihn wirklich gernzuhaben. Hazel hatte einen Rollstuhl für den Weg bis zum Auto bereitgestellt, aber Mike weigerte sich, ihn zu benutzen.

»In dem Ding komme ich mir wie ein Tattergreis vor«, brummte er. »Kann's kaum erwarten, dass der Gips runterkommt, damit ich endlich wieder beweglich bin.«

Hazel lächelte nachsichtig. »Dann geht's wieder zum Skateboarden und Drachenfliegen, nicht wahr, Mike?«

»Vielleicht versuch ich es auch mit einem Marathon«, erwiderte er augenzwinkernd.

Nachdem er sich bei allen bedankt hatte, humpelte er auf seinen Krücken aus der Station. Diana ging dicht neben ihm, als fürchtete sie, er könnte jeden Augenblick zerbrechen wie Porzellan. Kairo und Tara, beladen mit medizinischem Kram und Mikes Reisetasche, folgten den beiden.

»Macht richtig Spaß mit den Krücken«, sagte Mike.

Seine verzweifelte Tapferkeit trieb Kairo Tränen in die Augen. Seine Kleidung schlotterte ihm um den Körper, und er ging, vielleicht wegen der Schmerzen, leicht gebeugt. Im Auto setzte sich Diana zu ihm nach hinten und hielt seine Hand. Tara saß am Steuer und sagte die zwanzig Minuten bis nach Hause kein einziges Wort.

Diana führte Mike in den Wintergarten. »Hier haben wir dir dein Zimmer eingerichtet. Da kannst du in deinen geliebten Garten gucken. Tut mir leid wegen des ganzen Unkrauts.«

Er blickte sich staunend um. »Wow! Wie habt ihr denn die Möbel hierhergeschafft?«

»Cassy hat sich in Superwoman verwandelt, seit Jesus ihr bester Kumpel ist«, antwortete Tara. »Sie hat die Kommode mit einer Hand gepackt und ist – *wjiiiiuuu!* – mit ihr nach unten geflogen.«

»Sei nicht so fies«, sagte Diana tadelnd.

Kairo wusste nicht recht, wie sie auf Taras plötzlichen Stimmungsumschwung reagieren sollte. Tara litt unter der Situation, aber warum war sie auf einmal so bissig? Ein peinliches Schweigen entstand. Dann ließ Mike sich in den Sessel fallen, seufzte zufrieden und rief: »Ich bin wieder daheim! Hurra! Ich bin daheim! Warum bin ich überhaupt ausgezogen?«

»Weil du ein Idiot bist«, versetzte Diana.

»Ich hab dich nicht verdient.« Er wollte noch etwas hinzufügen, aber ihm versagte die Stimme. Seine Augen röteten sich, sein Mund faltete sich in sich zusammen.

Diana kniete sich neben ihn, nahm ihn in die Arme. Kairo sah, wie ihr Vater sich an den Ärmel ihrer Mutter klammerte. Seltsam, aber bis heute hatte sie die beiden nie als sich liebende Menschen betrachtet.

Tara wirbelte herum. »Zeit für Kaffee!«

Sie werde ihr helfen, sagte Kairo und folgte ihr in die Küche. »Tut gut, die beiden zusammen zu sehen.«

»Findest du? Ich finde es scheiße! Da haben sie so viel durchgemacht, und jetzt sitzt *er* im Todestrakt!« Taras Stimme zitterte. Sie riss eine Packung Kaffee mit den Zähnen auf. Die Verpackung platzte plötzlich auf, und das dunkelbraune Pulver verteilte sich auf der gesamten Arbeitsfläche. »*Fuck!*«

»Lass nur, ich mach das schon.« Kairo schnappte einen Spüllappen und schob das Kaffeepulver zusammen. »Sag mal, hab ich irgendwas falsch gemacht?«

»Ha! Wie kommst du denn darauf?« Tara hantierte mit dem Kaffeegeschirr und machte viel mehr Lärm, als nötig gewesen wäre. »Du warst nicht da, als sie sich getrennt haben. Diese ganze Scheiße ist nur deine Schuld, aber du warst nicht da, um zu sehen, was du angerichtet hast! *Du* musstest Dad nicht in dieser grässlichen Wohnung besuchen und mit ansehen, wie er sich verzweifelt an den letzten Rest Würde geklammert hat! Und – wie praktisch – jetzt machst du morgen wieder die Fliege und wirst nicht mit ansehen müssen, wie er schwächer und schwächer wird, bis er irgendwann Windeln tragen und sich vor Schmerzen winden wird!«

»Es tut mir leid«, sagte Kairo leise.

»Das solltest dir auch leidtun. Du tauchst plötzlich auf, ziehst deine Die-verlorene-Tochter-kehrt-heim-Show ab und verschwindest wieder. Wirklich klasse, Schwesterherz.« Sie nahm Kaffeebecher aus der Spülmaschine und knallte sie auf den Tisch. »Und wir müssen so tun, als ob das völlig in Ordnung wäre! Wir dürfen ja nicht sagen, was wir wirklich denken – dass du nämlich ein blödes Miststück bist und diese Familie zerstört hast!« Die Tür der Spülmaschine, die ihr im Weg war, flog zu, dass es klirrte. »Also sagen wir, ›Auf Wiedersehen, Cassy, es war schön‹, und du wirst dich ins Flugzeug setzen und an einen traumhaften Ort fliegen, wo sie Lieder singen und am Ufer eines Sees herumhüpfen. Nackt, vermutlich. Mit Blumenkränzen geschmückt. Und wo ein süßer Mann und deine Kinder auf dich warten.«

»Meine Kinder …«

»Ach, hör schon auf! Verschon mich mit dieser Scheiße, dass deine Kinder dich brauchen! Haben sie etwa Krebs? Müssen sie bald sterben? Das ist doch bloß ein Vorwand, damit du dich wieder aus dem Staub machen kannst. Du bist so ein gottverdammter Feigling! Mum und ich können nicht weglaufen.

Wir müssen zusehen, wie wir damit fertigwerden. Wir müssen dableiben bis zum Ende. Bis zum bitteren, grausamen Ende.«

Tara, erschöpft von ihrer Schimpftirade, verstummte. Mit ruckartigen Bewegungen fuhr sie fort, Kaffee aufzubrühen. Kairo trocknete alles ab, was sich auf dem Abtropfbrett befand. Sie wusste nicht, was sie tun oder sagen sollte. Sie war offene Auseinandersetzungen nicht mehr gewohnt, hatte vergessen, dass Menschen sich zuweilen voller Verbitterung und Zorn und verletzender Aufrichtigkeit äußerten. Das entsprach nicht den Grundsätzen von Gethsemane.

»Du hast recht«, sagte sie schließlich. »Ich *habe* diese Familie zerstört. Ich *war* ein blödes Miststück. Es tut mir wirklich leid.«

»Wer im Glashaus sitzt, sollte nicht mit Steinen werfen.« Taras Wut war so schnell verraucht, wie sie aufgeflammt war. Die Hände auf die Arbeitsfläche gestützt, stand sie mit hängendem Kopf da. »Ich hatte irgendwie gehofft, du würdest einen Zauberstab schwenken, wenn du nach Hause kommst, und ihn wieder gesund machen. Dann würde alles wieder so wie früher sein. Aber es hat nicht funktioniert. Er hat immer noch Krebs, er wird immer noch sterben.«

»Ich wünschte, ich könnte zaubern.«

»Kann er es denn? Dein Jesus-Typ? Kann er die Kranken heilen?«

»Nein«, antwortete Kairo. »Seine Magie ist nur Bluff. Ich habe endlich den Rauch und die Spiegel entdeckt, mit deren Hilfe er seine Taschenspielertricks vorführt. Jetzt sieht alles ganz anders aus. Er ist ein erstaunlicher Mann – das glaube ich immer noch, aber er macht sich etwas vor, genau wie alle anderen um ihn herum sich etwas vormachen.«

»Wie im Märchen vom Kaiser und seinen neuen Kleidern.«

»Ha! Ja, genau so.«

»Du bist das Kind, das sieht, dass er splitterfasernackt ist.«

Aus dem Wintergarten drang Musik. Die ersten Takte von *Telegraph Road* von den Dire Straits. Mike sagte etwas, Diana lachte.

»Was hat der Kaiser eigentlich gemacht, als das Kind auf ihn zeigte und lachte und rief: ›Du hast ja gar nichts an, du dummer Sack‹?«

Kairo schüttelte den Kopf. »Ich weiß es nicht. Aber ich denke, ich werde es herausfinden.«

Ein bittersüßer Abend. Ein scheinbar ganz normaler Abend. Essen am Küchentisch, danach eine Partie Scrabble.

Für die vier Menschen im Haus unvergessliche Stunden. So würden sie nie wieder zusammensitzen. Keiner wollte, dass der Abend zu Ende ging. Keiner wollte, dass der nächste Tag kam.

Es war beschlossene Sache, dass Tara ihre Schwester zum Flughafen fahren würde. Mike wollte unbedingt mitkommen, aber Diana sprach ein Machtwort.

»Am Flughafen herrscht Hochbetrieb, dann die vielen Rolltreppen und du auf Krücken! Nein, Mike, kommt nicht infrage. Wir beide werden uns hier von ihr verabschieden. Ich will sie nicht noch einmal von Heathrow abfliegen sehen. Nicht nach dem letzten Mal.«

Er schob die Unterlippe vor und spielte den Schmollenden. »Da siehst du mal, wer bei uns die Hosen anhat«, sagte er augenzwinkernd zu Kairo.

»Wenn du so schmollst, siehst du genau wie Quito aus«, entgegnete sie. »Und der ist drei Jahre alt!«

»Wirklich? Der kleine Knopf! Mein Enkel hat meinen Schmollmund geerbt. Schön zu wissen, dass ich ein Vermächtnis hinterlassen werde.«

Mike hielt sich wacker, aber zu guter Letzt siegten der Schmerz und die Erschöpfung. Nachdem er zum dritten Mal im Sessel eingenickt war, konnten sie ihn überreden, ins Bett zu gehen.

Seine Töchter kamen, um ihm Gute Nacht zu sagen. »Das war ein wunderschöner Abend. Ich danke euch. Wir waren wieder eine Familie. Das kann mir niemand nehmen.«

Als Kairo ihre wenigen Sachen zusammenpackte – alles nach wie vor in Blau –, klopfte es an der Tür, und Diana streckte den Kopf ins Zimmer. Ihr Lächeln war eine Spur zu fröhlich.

»Kann ich kurz reinkommen?«

»Sicher, Mum.«

»Ich weiß, du musst dich noch ein bisschen ausruhen. Aber in ein paar Stunden bist du weg, und ich werde dich ganz schön vermissen.«

»Ich werde dich auch ganz schön vermissen«, sagte Kairo und klopfte neben sich aufs Bett.

Diana setzte sich und warf einen Blick in die Reisetasche, die sie Kairo für den Flug gekauft hatte. »Du reist aber mit sehr leichtem Gepäck! Willst du nicht ein, zwei hübschere Sachen aus deinem Kleiderschrank mitnehmen?«

»Ich würde sie ja doch nicht anziehen, Mum. Ich habe immer noch ein schlechtes Gewissen, wenn ich etwas trage, etwas tue, ja sogar etwas *denke*, was gegen die Regeln von Gethsemane verstößt. Und außerdem dürfen wir nichts Persönliches behalten. In den Häusern ist gar kein Platz dafür vorgesehen. Sie würden mir die Sachen nur wegnehmen.«

Diana nickte und ließ es dabei bewenden.

»Ich habe gerade noch den Schluss der Nachrichten gesehen. In Japan ist ein Vulkan ausgebrochen. Dramatische Bilder! Riesige Wolken von Asche und Rauch.«

»Hat es Verletzte gegeben?«

»Ich glaube nicht.«

»Sie werden die Nachricht trotzdem auf die Tafel im *wharenui* schreiben und dafür sorgen, dass sie furchterregend klingt. Ein weiterer Beweis für das Ende der Welt.« Kairo zog den Reißverschluss an ihrer Tasche zu und seufzte. »So. Fertig.«

»Es war schön, dich wieder hier in diesem Zimmer zu haben. Deinem Zimmer.«

Kairo schluckte, erwiderte aber nichts, weil sie fürchtete, in Tränen auszubrechen. Pesky war hereingekommen und sprang auf ihren Schoß.

Sie streichelte ihn und flüsterte: »Der Tierarzt hat recht. Du bist wirklich ein kleines Dickerchen geworden, Bursche.«

»Cassy, sei bitte nicht sauer, aber ich muss das jetzt einfach sagen. Ich habe schreckliche Angst, dass wir dich wieder verlieren werden. Ich wünschte, du würdest nicht zurückgehen.«

»Ich muss aber.«

Diana hatte sich die Hände unter die Oberschenkel geschoben und schaukelte vor und zurück, als hätte sie Schmerzen.

»Ich möchte dich trotzdem noch einmal fragen: Bist du *sicher*, dass du zurückmusst? Wir könnten uns einen Anwalt nehmen und einen Antrag stellen, um die Kinder da rauszuholen. Das Geld kriegen wir schon zusammen. Das Gericht würde bestimmt zu unseren Gunsten entscheiden. Die Kinder könnten hier wohnen.«

»Danke, Mum, das ist lieb, aber selbst wenn das Gericht zu unseren Gunsten entscheiden würde, wäre es nicht fair den Kindern gegenüber. Sie haben noch nie auch nur eine Straße gesehen!«

»Kinder sind anpassungsfähig.«

Kairo musste trotz allem lächeln. »Und der arme Aden! In gewisser Weise ist meine Ehe arrangiert worden, aber ich liebe ihn wirklich, und ich will ihn nicht noch mehr verletzen.«

Diana nickte. Und schaukelte weiter. Vor und zurück, vor und zurück.

Sie ist verdammt tapfer, dachte Kairo. *Sie muss mit so viel Kummer und Schmerz fertigwerden.*

»Wie sieht dein Plan also aus?«, fragte Diana.

»Ich will versuchen, Aden zu überreden, mit mir fortzugehen.«

»Und, wird er das tun?«

»Ich weiß es nicht. Ich hoffe es. Aber es ist furchtbar viel, was ich da von ihm verlange. Er würde alles und jeden aufgeben und akzeptieren müssen, dass sein Glaube nichts als eine Täuschung ist. Wie auch immer, Mum, wir werden in Verbindung bleiben. Ich verspreche es.«

Diana nickte, flüsterte: »Okay.«

Sie spielte eine Weile an ihrem Ehering herum. »Ich weiß, das ist dumm von mir, aber … ist es sicher dort?«, sagte sie dann. »Waco, Jonestown, Heaven's Gate. Gethsemane wird hoffentlich nicht auch in den Nachrichten kommen, oder?«

In der Nacht träumte Kairo von Mike und Justin, wirre Träume, in denen sie sich nicht sicher war, wer von beiden ihr Vater war. Auch Aden und die Kinder kamen darin vor, und Diana und Tara, als ob ihre beiden Welten zu einer einzigen verschmolzen wären. Sie drängten sich in einem dunklen *whare* dicht aneinander, die Blicke angstvoll zum Dach gerichtet, das sich unter einer dicken Ascheschicht bog. Havanna sah mit ihren riesengroßen Augen wie ein Buschbaby in Adens Armen aus. Die beiden Jungs klammerten sich an Kairo. Nur Justin machte ein glückliches Gesicht.

»Das Ende der Welt!«, frohlockte er. »Ich hab's euch ja gesagt!«

Es tat einen gewaltigen, dumpfen Schlag, und das Dach

stürzte ein, begrub sie unter der Aschelawine. Sie bekamen keine Luft mehr. Finsternis und Chaos. Sie warf sich schützend über ihre Söhne, doch dann erkannte sie entsetzt, dass sie sie erdrückte. »Ich krieg keine Luft mehr, Mummy«, wimmerte Damaskus. Dann war er still.

Sie wachte um fünf Uhr auf, niedergeschlagen und mutlos.

Das Frühstück war furchtbar, auch wenn Mike sich redlich bemühte, eine Unterhaltung in Gang zu bringen. Als es Zeit wurde zu gehen, fürchtete Kairo, sich gleich übergeben zu müssen. Es war wie damals, als sie ins Internat zurückmusste, nur tausendmal schlimmer. Ihr war jeder Vorwand recht, noch einmal durchs Haus zu gehen. Sie berührte jeden Gegenstand. Sie knuddelte Pesky und vergrub ihr Gesicht in seinem Fell. Sie ging in den Garten und setzte sich auf die Schaukel.

»Komm endlich, Cass!« Tara tippte mit dem Fingernagel auf ihre Uhr. »Wer weiß, was uns verkehrsmäßig erwartet.«

»Pst!« Diana legte den Finger auf die Lippen. »Soll sie ihr Flugzeug ruhig verpassen. Du hast noch viel Zeit, Schatz. Trink doch noch eine Tasse Tee.«

»Nein«, sagte Mike. »Da sind drei kleine Kinder, die auf ihre Mama warten. Komm, Cassy, ich bring dich zum Auto.«

Er weigerte sich bis zuletzt, sich von ihr zu verabschieden.

»Ich werde dich wiedersehen«, beharrte er dickköpfig. »Und wenn nicht, dann ist es eben so. Kein Abschied, okay? Du weißt, dass ich dich liebe, hm?«

Sie hatte ihm die Arme um den Hals gelegt, spürte, wie zerbrechlich er war. Sie klammerte sich an ihn. Zu guter Letzt musste er sie sanft, aber bestimmt von sich wegschieben.

»Dein Flieger wartet nicht. Und wenn du nicht bald zurückkommst, werde ich wohl Neuseeland einen Besuch abstatten müssen, damit ich meine Enkelkinder kennenlerne.«

Nicht weinen. Nicht weinen! Sie umarmte ihn noch einmal.

Ein letztes Mal noch. Nachdem sie auch Diana in die Arme genommen hatte, stieg sie ins Auto und ließ das Fenster herunter, damit sie weiter mit ihnen reden konnte. Unendlich kostbare letzte Momente.

Tara ließ den Motor an.

Als das Auto langsam rückwärts die schmale Einfahrt hinunterrollte, streckte Kairo den Kopf aus dem Fenster. Mike hatte seine Krücken unter den einen Arm geklemmt und den anderen um Diana gelegt. Er lächelte.

»Kann leider nicht winken«, rief er bedauernd, »sonst fall ich um!«

»Wiedersehen, Dad!«

»Wiedersehen, Schatz.«

FÜNFZIG

Kairo

Als Kairo in Rotorua aus dem Flugzeug stieg, musste sie ihre Augen mit der Hand gegen das Licht abschirmen, das sie nirgendwo sonst als so grell empfand wie in Neuseeland. Es war ein milder Frühlingsmorgen. Den stechenden, schwefelartigen Geruch, der ihr in die Nase stieg, hatte sie ganz vergessen. Für kurze Zeit hatte sie das verwirrende Gefühl, sich in zwei Hemisphären gleichzeitig zu befinden.

Rom wartete in dem kleinen Terminal auf sie. Sie hätte die schlaksige Gestalt in Jeans, Kapuzensweatshirt und Turnschuhen fast nicht wiedererkannt. Der Bluterguss am einen Auge ging allmählich zurück, aber man konnte noch sehen, dass es stark umschattet gewesen war. Die schwarze Baseballkappe war, wie sich herausstellte, ein Geschenk des Leiters des Hostels.

»Ich freu mich so, dich wiederzusehen!«, sagte er überschwänglich, als er sie stürmisch umarmte. »Ich kann dir gar nicht sagen, wie sehr ich mich freue! Das ist so, so schön!«

Er hatte in den letzten vierzehn Tagen stark abgenommen. Er war viel zu dünn, und niemand in seinem Alter sollte solche Sorgenfalten auf der Stirn haben.

Kairo berührte die Haut unter seinem Auge. »Autsch! Ist das von Justin?«

»Nicht so schlimm. Ist ja schon fast wieder weg. Es ist etwas passiert. Etwas, was du wissen solltest.«

Er war mit dem Kleinbus des Hostels gekommen (auf der schwarzen Lackierung stand in fröhlicher Schrift *Kit and Meg's Backpackers*), um vier koreanische Touristen abzuholen. Sie fragten ihm unterwegs fast ein Loch in den Bauch: Ob er den Zorb (einen Abenteuerpark, wie sie später erfuhr) empfehlen könne? In welcher Gegend konnte man die meisten geothermischen Aktivitäten erleben? In welchen Bars war am meisten los? Rom spulte die Antworten wie ein gelernter Fremdenführer herunter, ob es sich nun um den Zorb handelte oder um die Vergnügungslokale in der Stadt.

»Du hast dich nicht geändert«, murmelte Kairo, als er den Koreanern ihre Zimmerschlüssel reichte. »Du lockst immer noch Leute in deinen Kleinbus und erzählst ihnen, was immer sie hören wollen.«

»*Die* Bemerkung nehm ich dir übel.«

»Ich bewundere dich, weißt du. Ich kann nicht glauben, wie gut du zurechtkommst. *Ich* war tagelang ein Nervenbündel. Ich habe immer noch Albträume und bringe es immer noch nicht über mich, etwas anderes als Blau zu tragen.«

»Das scheint nur so. In mir drin sieht es anders aus.«

Nachdem er eine Tasse Tee für sie gekocht hatte, gingen sie in den Gemeinschaftsraum, wo sie sich auf ein Sofa mit kaputter Federung setzten. Ein paar Engländer spielten Tischtennis und lachten wie die Verrückten über jeden Mist. Sie schienen high zu sein. Kairo kam sich vor lauter Erschöpfung auch ein bisschen high vor. Sie hatte zwar in einem Hotel am Flughafen in Auckland ein paar Stunden geschlafen, aber das war bei Weitem nicht genug.

»Erzähl«, forderte sie Rom auf. »Was ist passiert?«

»Ich hab dir doch gesagt, dass ich auf Probe an der Pforte der Klinik arbeite. Ich war auch gestern Abend da.« Er fuhr sich durch die Haare und verzog das Gesicht. »Äh, eigentlich sind wir zur Diskretion verpflichtet. Ich dürfte dir das gar nicht erzählen.«

»Klar, aber du tust es trotzdem, oder?«

»Ich brauche diesen Job. Ich will ihn nicht verlieren.«

»Rom, das hier ist nicht Gethsemane. Hier gibt es keine Gefährten, die Wände haben keine Ohren.« Sie tätschelte ihm beruhigend den Arm. »Erzähl's mir.«

»Justin ist im Krankenhaus.«

»*Justin*? Was ist denn passiert? Was fehlt ihm?«

»Keine Ahnung. Ich habe mich wohlweislich von ihm ferngehalten. Bei unserem letzten Zusammentreffen hab ich das da davongetragen.« Rom zeigte auf seine verfärbte Augenpartie. »Er wurde mit dem Krankenwagen in die Notaufnahme gebracht, und später habe ich gesehen, wie er auf eine Station verlegt wurde.«

»War jemand bei ihm?«

»Nee, er war allein.«

Kairo dachte über diese Neuigkeit nach. Vielleicht war Justin todkrank, genau wie ihr Vater. Vielleicht brauchte er Hilfe. »Hast du heute auch Dienst?«

»Nein, erst morgen wieder.«

Die bekifften Jungs hatten einen hysterischen Lachanfall. Einer von ihnen versuchte, einen Tischtennisball auf der Nase zu balancieren.

»Ich glaube, jemand sollte Justin besuchen«, sagte Kairo.

An sich hatte sie die Nase gestrichen voll von Krankenhäusern. Sie hatte gehofft, nicht so schnell wieder eins von innen zu sehen.

Rom fuhr sie im Kleinbus des Hostels hin und setzte sie vor dem Haupteingang ab.

»Warte«, sagte er und nahm ein Handy aus dem Handschuhfach. »Das hat ein Gast vergessen. Es ist bloß ein billiges, aber es hat noch ein Guthaben von ein paar Dollar. Ich speichere dir meine Nummer ab. Hier, unter *Rom*, siehst du? Schick mir eine Nachricht, sobald du bei Justin warst. Ich werde dich dann zu dem Waldweg fahren, und du kannst auf dem gleichen Weg nach Gethsemane rein, auf dem du rausgekommen bist.«

Sie dankte ihm und steckte das Handy in die Tasche ihres Gethsemane-Kleids.

»Nervös?«, fragte er.

»Nervös ist gar kein Ausdruck. Ich werde gleich meinem Gott gegenüberstehen. Ich werde von Glück sagen können, wenn ich mit einem blauen Auge davonkomme.«

Die Dame am Empfang war sehr hilfsbereit. »Calvin«, sagte sie, als sie den Namen in den Computer eingegeben hatte. »Diagnostische Untersuchungen. Ich werde nachfragen, ob er noch dort ist.«

Sie telefonierte und sagte dann zu Kairo: »Er ist bei der Kernspinuntersuchung. Gehen Sie zur Radiologie. Vielleicht erwischen Sie ihn noch.«

Kairo folgte der Beschilderung zum Wartebereich der Radiologie. Auf Kunststoffstühlen vor gallegelb gestrichenen Wänden saß eine Handvoll Patienten. Einer blätterte in zerfledderten Zeitschriften, ein anderer starrte auf das Display seines Handys. Ein paar Frauen hatten die Köpfe zusammengesteckt und lästerten über eine gemeinsame Freundin.

Hoch oben in einer Ecke plärrte ein Fernseher. Eine Dauerwerbesendung lief. Ein Model hatte sich über einen Heimtrainer drapiert. Sie trug ein bauchfreies Oberteil und Shorts und stemmte eine Stange über den Kopf. Sie hatte unglaublich schlanke Beine und einen verzückten Gesichtsausdruck. »Mit dem Multi-Former Ganzkörper-Fitnesstrainer für zu

Hause bekommen Sie in kürzester Zeit den straffen Po, den Sie sich immer gewünscht haben«, säuselte sie. »Und das mit nur zehn Minuten Training am Tag!« Am unteren Bildschirmrand lief in Dauerschleife: *»Dreißig Tage kostenloses Probetraining! Geld-zurück-Garantie, wenn Sie nicht hundertprozentig begeistert sind vom MULTI-FORMER™ GANZKÖRPER-FITNESS-TRAINER FÜR ZU HAUSE!«*

Justin war da. Er saß weit nach vorn gebeugt auf seinem Stuhl, die Hände über dem Kopf verschränkt. Er trug seine eigenen Sachen, kein Krankenhaushemd. Tiefe Zuneigung durchflutete Kairo. Und sie war empört: Der Messias sollte nicht in einem gallegelben Wartezimmer inmitten von klebrigen Zeitschriften sitzen müssen!

»Justin«, flüsterte sie.

Er ließ die Hände sinken. Sie schaute in die lebhaften Augen, die sie so gut kannte, mit ihren Lachfältchen und der unendlichen Traurigkeit. Tränen liefen ihm übers Gesicht. Er wischte sie mit der Armbeuge weg. Die Geste erinnerte sie an Damaskus, wenn er weinte und nicht wollte, dass jemand es sah.

»Du bist wieder da.«

»Zwei Wochen. Das hab ich dir versprochen.«

Er hustete verhalten. »Ich wusste, dass du zurückkommen würdest. Hast du gehört, dass ich dich gerufen habe?«

»Ja.« Sie dachte an ihre Träume. »Das hab ich gehört.«

Er musste wieder husten. Sie ging zu dem Wasserspender in der Ecke, füllte einen Plastikbecher und reichte ihn ihm.

»Was ist passiert? Wieso bist du hier?«

»Ich bin in Rotorua auf der Straße zusammengebrochen. Mein Kopf ist explodiert und dann … Mehr weiß ich nicht. Sie suchen nach einer Hirnblutung oder einem Blutgerinnsel oder einem Tumor.«

»Was sagen die Ärzte?«

»Sie haben keine blasse Ahnung.« Er wedelte anmutig mit beiden Händen, eine Geste, die das ganze Krankenhaus umfasste. »Diese ganze wundervolle Technik! Sie wollen noch eine Untersuchung machen, aber nein. Ich habe nur auf dich gewartet. Jetzt bist du da. Also kann ich gehen.«

»Warum willst du dir nicht helfen lassen? Es könnte etwas ganz Simples sein. Ein eingeklemmter Nerv oder ein Migräneanfall oder …«

Er schüttelte den Kopf. »Der Zusammenbruch dieses Körpers lässt sich nicht vermeiden. Eine innewohnende Überalterung. Vermische Göttliches und Menschliches in ein und demselben Körper, und am Ende hast du einen Flächenbrand. Letzte Nacht hatte ich einen Moment der Schwäche, als ich vor Schmerzen fast wahnsinnig geworden bin. Sie haben mir Medikamente gegeben, und ich habe sie genommen und geschlafen. Ich habe seit langer Zeit nicht mehr geschlafen.«

»Das ist doch gut.«

»Ich habe aber keine Zeit zum Schlafen.« Er betrachtete seine Handflächen, als hoffte er, dort die Lösung zu finden. »Ich bin die Verkörperung Gottes, der menschgewordene Gott. Manchmal bete ich, dass der göttliche Teil von mir genommen werde und ich nur ein Mensch bin. Manchmal wünsche ich, ich wäre einfach nur Justin Calvin. Vielleicht hätte er die meiste Zeit seines Lebens im Gefängnis verbracht, aber wenigstens …« Unvermittelt fing er an, vor Schmerzen zu wimmern, und schlang sich beide Arme fest um den Kopf.

Kairo blickte sich Hilfe suchend um. Die anderen Patienten wandten demonstrativ den Blick ab.

»Soll ich einen Arzt holen?«, fragte sie, aber er hob die Hand. Allmählich schienen die Schmerzen nachzulassen.

Das Model im Fernsehen befand sich auf allen vieren. »Sie müssen sich nicht mehr unter unförmiger Kleidung verstecken«, schnurrte sie in die Kamera. »Sie müssen nie wieder eine Einladung zu einer Poolparty ausschlagen! Mit nur zehn Minuten täglich wird der Multi-Former Ihr Leben für immer verändern!«

Justin stemmte sich von seinem Stuhl hoch. »Gehen wir.«

»Justin, hör mir zu.« Kairo sah ihn eindringlich an. »Justin, du brauchst nicht der Messias zu sein.«

»Nicht?«

»Nein. Du kannst ein ganz normaler Mann sein. Denk darüber nach! Ich wette, du hättest keine Schmerzen mehr. Ich wette, du würdest hundert Jahre alt werden. Du hast Freunde, die dich lieben, und sie werden dich auch in Zukunft lieben. Du kannst mit einer netten Frau wie Bali zusammenziehen, Helike ein richtiger Vater sein und samstagabends vor dem Fernseher Lammcurry essen. Du kannst deine Kinder und Enkelkinder aufwachsen sehen.«

Justin hatte sich wieder auf den Stuhl fallen lassen. Er saß regungslos da, den Blick auf den Stapel Zeitschriften auf dem Tisch geheftet, als würde er dort etwas ganz Wunderbares sehen. »Könnte ich das wirklich?«

»Aber ja!« Sie ging vor ihm in die Hocke und redete leise, eindringlich auf ihn ein. »Du kannst schlafen. Du kannst essen. Warte nicht länger auf das Ende der Welt, sondern tu etwas für eine bessere Welt! Der Jüngste Tag wird nicht kommen. Und falls er irgendwann doch kommt, dann kann ein anderer der Messias sein. Du musst diese Bürde nicht tragen, Justin! Warum ausgerechnet du?«

»Ich könnte frei sein.«

»Ja! Du kannst frei sein!«

Er betrachtete diese verlockende Vision. Er streckte ganz langsam die Hand Richtung Tisch aus, zog sie dann aber ruckartig zurück, als hätte er an einen elektrischen Zaun gefasst.

»Aber wenn ich nicht der Messias bin, was für einen Sinn hat mein Dasein?«

»Was für einen Sinn hat unser aller Dasein? Dass wir unser Bestes geben. Dass wir das Leben anderer ein kleines bisschen besser machen.«

Er sah sie verwirrt an. »Aber wenn ich nicht der Messias bin, bin ich verrückt!«

»Du bist ein Mann mit einer Vision.«

Sein Blick wurde wachsam, seine Miene misstrauisch. »Ich wäre nur ein Narr, der andere zum Narren gehalten hat. Ist es das, was du glaubst?«

Sie schüttelte den Kopf. »Nein.«

»Wenn ich denken würde, dass das stimmt, würde ich meinem Leben ein Ende setzen.«

»Justin ...«

»Ich kenne dich!« Plötzlich war es, als würde er überfließen. Er hatte die Augen so weit aufgerissen, dass man das Weiße rings um die Pupillen sehen konnte. Er sprang auf, stand drohend über Kairo. »Ich weiß, wer du bist!«, brüllte er. »Ich kenne deine hinterlistigen Eingebungen!«

Die tratschenden Frauen verstummten und starrten zu ihnen herüber.

»Du hast recht«, erwiderte Kairo mit ruhiger Stimme, obwohl sie zutiefst erschrocken war über seinen unerwarteten Wutausbruch. Er hielt sie für den Teufel. »Du hast vollkommen recht.«

Er packte sie am Arm, zerrte sie mit sich. »Los, nach Hause!«

Im Fernsehen liefen jetzt die Nachrichten. Statt des Heimtrainer-Mädchens waren Bilder von schreienden Menschen zu sehen, die panisch aus heftig wackelnden Gebäuden stürzten. Justin blieb abrupt stehen, drehte sich um und starrte zum Bildschirm hinauf. Chile war von einem starken Erdbeben erschüttert worden. Eine Million Menschen wurden evakuiert, weil Riesenwellen auf die Küste zurasten. Eine Tsunami-Warnung für den Pazifikraum einschließlich Neuseeland war herausgegeben worden.

»Wir dürfen keine Zeit verlieren«, sagte Justin.

Sie nahmen ein Taxi nach Tarawera. Justin, dessen Brieftasche prall gefüllt war, wie Kairo bemerkte, gab dem Fahrer ein paar zusätzliche Scheine, damit er durch das Gatter und über den unbefestigten Waldweg fuhr. Der arme Mann war nicht gerade begeistert. Er hatte Angst um seine Stoßdämpfer. Es hatte geregnet, und der Weg war in einem schlimmeren Zustand denn je. Nach einer Weile hielt der Taxifahrer an. »Ich werd stecken bleiben«, sagte er. »Ich dreh hier um. Tut mir leid, Kumpel.«

Also stiegen die beiden aus und gingen zu Fuß weiter. Kairo musste fast rennen, um mit Justin Schritt zu halten. Er wirkte jetzt regelrecht euphorisch.

»Ich habe die letzte Prüfung bestanden!«

»Was für eine Prüfung?«

»Sieh mich an!« Er stieß triumphierend die Faust in die Luft. »Ich habe die Wildnis überwunden!«

Der Van stand an seinem gewohnten Platz. Bei seinem Anblick musste Kairo an Sydneys Worte denken: »Frag doch mal nach Justins Fortbewegungsmittel, wenn er sich auf seine geheimnisvollen Spritztouren begibt.«

»Wie bist du eigentlich gestern in die Stadt gekommen?«

Statt einer Antwort ging Justin schnurstracks zum Landesteg hinunter, wo die *Ikaroa* lag.

»Beeilung, Kairo!«, rief er und sprang auf das Boot. »So viel Arbeit, so wenig Zeit!«

Augenblicke später glitt die *Ikaroa* über den See. Eine freudige Erregung erfasste Kairo. Nur noch wenige Minuten, dann würde sie zu Hause sein und Aden und die Kinder in die Arme schließen.

Sie waren noch weit draußen – viel zu weit, um ans Ufer schwimmen zu können –, als Justin sich dicht zu ihr beugte. »Meinen kleinen Abstecher ins Krankenhaus werden wir für uns behalten, Kairo, hörst du? Wir wollen die Wächter nicht unnötig beunruhigen.«

»Okay.«

»Kein Wort. Zu niemandem.«

»Ich verspreche es.«

»Ich weiß, dass ich dir vertrauen kann.« Er berührte ihre Wange mit dem Knöchel seines Zeigefingers. Dann glitt seine Hand tiefer. Seine Finger schlossen sich um ihren Hals. Sein Daumen drückte ihr schmerzhaft auf die Luftröhre. Das Atmen fiel ihr schwer, und sie verspürte einen heftigen Hustenreiz. Angst stieg in ihr auf. Erst als sie sich wehrte, sich loszumachen versuchte, nahm er seine Hand weg. Er warf lachend den Kopf zurück, während die *Ikaroa* über die Wellen tanzte.

EINUNDFÜNFZIG

Kairo

Ihre Rückkehr lief genauso ab wie in einem ihrer Träume. Als sie die Landzunge umrundet hatten, lag Gethsemane vor ihnen. Die Hälfte aller Kinder kam zum Steg gelaufen, Damaskus und Monty vorneweg.

»Siehst du, wie sehr sie dich lieben?«, sagte Justin.

Obwohl Damaskus der Kleinste war, erreichte er sie als Erster. Mit wilder Entschlossenheit stürzte er sich auf seine Mutter, als würde sein Leben davon abhängen, und rammte ihr seinen Kopf in den Bauch. Kairo drückte ihn an sich und küsste ihn, fünf, zehn, zwanzig Mal.

»Ich musste bei Monika schlafen«, flüsterte er, während er sich an sie klammerte wie ein Äffchen. »Havanna war bei Grandma Kasan und Quito bei Monty und Helike und Bali.«

»Es tut mir so leid, mein Schatz. Aber jetzt bin ich wieder da, jetzt werden wir alle wieder zusammen sein.«

»Wir machen bald eine Reise«, erzählte Monty sichtlich beeindruckt.

»Eine Reise! Wohin denn?«

»Ins Friedensreich.« Er zeigte ernst auf seine Füße. »Deshalb müssen wir zum Schlafen unsere Schuhe anbehalten und etwas zum Essen bereithaben, wie das Volk Israel in Ägypten. Weil es jederzeit losgehen kann.«

Sie gingen alle miteinander zu den Häusern hinauf. Sie waren etwa auf halbem Weg, als die Tür des Büros aufgerissen wurde. Liam kam heraus und stapfte mit finsterer Miene und geballten Fäusten auf Kairo zu.

»Du hast Nerven, dich hier noch mal blicken zu lassen!«

»Alles in Ordnung«, sagte Justin ruhig. »Ich habe Kairo gerufen, und sie ist vom anderen Ende der Welt zu mir zurückgekommen.«

»Oh. Verstehe. Das äh … verstehe«, stotterte Liam.

»Sie ist die verlorene Tochter.« Justin legte Kairo die Hand auf den Arm. »Ich habe ihr vergeben. Lasst uns feiern!«

»Feiern?«

»Wir haben doch bestimmt ein Kalb zum Schlachten?«

Liam blickte mürrisch drein. »Wird sich schon was finden.«

»Also dann – ein Fest!« Justins Stimme klang jubilierend. »Jetzt ist nicht die Zeit für Zorn, Liam. Es ist die Zeit für Liebe und Vergebung. Heute wollen wir Kairos Heimkehr feiern, und morgen müssen wir die Vorbereitungen für unsere letzte Wache treffen.«

»Aber sie hat so viel Schaden angerichtet! Ist dir überhaupt klar, was du getan hast, Kairo? Deinetwegen haben wir etwa zehn Leute verloren!«

»Das waren keine wahren Wächter«, entgegnete Justin. »Liam, komm bitte auf die Insel hinüber. Zum Mittagessen? Wir müssen einiges besprechen.« Er legte den Arm um Liams Schultern und zog ihn an sich. »Mein getreuer Freund«, flüsterte er. »Unsere gemeinsame Reise nähert sich dem Ende. Ich brauche deine Hilfe.«

Etwas völlig Unerwartetes geschah: Liam fing an zu weinen. Er ergriff Justins Hände und küsste sie.

Kairo, die die Szene verblüfft beobachtete, hörte schnelle Schritte hinter sich und drehte sich um. Aden sprintete über das Gras auf sie zu. Die angepflockten Ziegen sprangen erschrocken zur Seite. Kairo wurde bei seinem Anblick warm ums Herz.

»Geh jetzt zu deiner Familie«, sagte Justin. »Sie haben dich vermisst.«

Erst wenn man einmal fort war, weiß man, wie viel ein Ort einem bedeutet, dachte Kairo. Der Wind zerzauste den See, zwischen den Holzhäusern nickten die gelben Köpfe der Narzissen. Kasan und Berlin brachten ein Blech Muffins als Willkommensgeschenk vorbei. Monika kam eilig aus ihrer Praxis, um Kairo zu zeigen, wie groß der kleine Fez inzwischen geworden war. Sogar Gaza brachte ein eisiges Lächeln zustande.

Kairo durchlebte ihre Ankunft in Gethsemane ein zweites Mal. Sie verliebte sich aufs Neue in diesen magischen Ort. Vertraute, alltägliche Dinge nahm sie voller Begeisterung wahr: das klägliche Pfeifen der Fächerschwänze, den hohlen Ruf des Wasserhuhns; Kinder, die auf Bäume kletterten; das dumpfe *Klonk! Klonk! Klonk!* vom Holzhacken; die Gerüche von Wiesen, Holzfeuer, frischem Wasser.

Als sie ihre beiden Jüngsten in der Krippe abholte, wurde sie von den Frauen dort mit aufrichtiger Herzlichkeit begrüßt. Sie erkundigten sich sogar nach ihrem Vater. Auch das war Gethsemane. Keine Negativität. Quito tapste fröhlich in ihre Arme. Havanna fing an zu weinen, was ihr ein schlechtes Gewissen machte. Sie drückte und herzte das Mädchen.

»Und jetzt kommt der schwierige Teil«, sagte Aden seufzend.

»Suva?«

»Mm. Sechzehnjährige verzeihen nicht so schnell wie Kleinkinder.«

Suva war nicht herausgekommen, um Kairo zu begrüßen. Stattdessen fegte sie das Haus mit abgehackten, ärgerlichen Bewegungen.

»Du hast mir gefehlt«, sagte Kairo. »Wie geht es dir?«

Suva antwortete nicht. Ihr Gesicht war verschlossen, ihr Mund verkniffen. Der Fußboden war makellos sauber, aber sie fegte weiter.

»Das reicht.« Aden nahm ihr den Besen aus der Hand. »Liebe, nicht Negativität.«

»Das gilt nicht für Verräter!«

»Kairo hat ihr Versprechen gehalten. Sie hat gesagt, dass sie in vierzehn Tagen zurück sein werde, und jetzt ist sie wieder da. Justin hat ihr vergeben. Du kennst doch die Geschichte vom verlorenen Sohn und dem Vater, der ihn mit offenen Armen willkommen hieß? Justin ist dieser Vater.«

»Meine Mutter hat nicht halb so viel getan wie du«, giftete sie, ohne aufzublicken. »Wieso kommst du so glimpflich davon?«

Sie stürmte aus dem Haus und knallte die Fliegentür hinter sich zu. Quito und Damaskus schauten ihrer davonstapfenden Schwester verdutzt nach.

»Sie hat schreckliche Angst gehabt, weißt du«, sagte Aden. »Aber es ist so schön, dass du wieder da bist!« Er ließ sich auf die breite Fensterbank fallen und zog Kairo mit sich. Die Kinder kletterten auf ihren Eltern herum. Havanna schlief schließlich ein. Damaskus, den Kopf an Kairos Brust, nuckelte am Daumen. Quito lag quer über Eltern und Geschwistern.

Die Familie genoss es, wieder vereint zu sein. Sie sprachen über Mike und Tara und Diana. Kairo schilderte ihre Panik, als sie von Gethsemane fortgegangen war, und wie die Erinnerung an die Misshandlung durch ihren Vater sich aufgelöst hatte wie Nebel in der Sonne. Das schien Aden irgendwie zu beunruhigen, aber er sagte nichts.

Damaskus und Quito plapperten dazwischen und erzählten, dass Grandma Kasan ihnen einen Baumtomatenkuchen gebacken habe, der sehr lecker gewesen sei, und dass sie im Wald einen Kiwi gesehen hätten. Damaskus ahmte seinen gellenden Ruf täuschend echt nach.

»Und Justin hat bei der Versammlung herumgeschrien«, berichtete er dann.

»Ja, und wie!« Quito nickte bekräftigend und hob seine kleinen Hände in einer Geste der Empörung. »Richtig laut!«

»Warum hat er denn so laut geschrien?«, fragte Kairo.

»Wegen Rom. Er hat gesagt, dass Rom den Teufel in sein Herz gelassen hat.«

»Es hat sich einiges geändert«, murmelte Aden. »Es ist Unruhe eingekehrt. Justin – oh, es geht wieder los.«

Die Erde erzitterte und bebte. Die Tassen an ihren Haken schwangen leise klirrend hin und her.

»Das Ende der Welt kommt«, krähte Damaskus. »So viele Erdbeben!«

Kairo streckte sich und versuchte dann, ihre Arme um die ganze Familie zu legen.

»Wie wär's mit einem kleinen Spaziergang? Ich brauche frische Luft, ich war so lange in irgendwelchen Flugzeugen eingesperrt.« Das war nur die halbe Wahrheit. Sie wollte irgendwohin, wo sie nicht belauscht werden konnten.

Sie bogen auf einen Weg ein, der weg vom See durch den Wald führte. Sonnenlicht sickerte durch das Laubdach und bildete gleißend helle Pfützen auf dem torfigen Waldboden. Zwei zwitschernde Fächerschwänze flogen vor ihnen auf dem Weg auf und ab. Aden trug Havanna auf dem Rücken. Damaskus und Quito rannten voraus, versteckten sich alle paar

Minuten hinter einem morschen Baumstamm und sprangen dann hervor, wenn ihre Eltern vorbeigingen. »Buuuh!«, kreischten sie, um sie zu erschrecken.

»Ich mache mir Sorgen«, sagte Kairo, als sie sich in sicherer Entfernung von der Siedlung befanden. »Mir gefällt dieses ganze Gerede vom nahen Ende der Welt nicht.«

»Dafür sind wir schließlich da, oder? Wir sind die Wächter.«

»Schon, aber …«

»Buuuh!«, brüllten die Jungs, und Aden tat, als hätte er sich furchtbar erschrocken, und machte einen Satz.

Kairo wartete, bis die beiden wieder ein Stück vorausgelaufen waren. »Wie wird es wohl sein, das Ende der Welt, was meinst du? Ganz konkret?«

»Wir kennen keine Einzelheiten. Das ist eines der Mysterien. Wir vertrauen darauf, dass Justin uns führt.«

»Ja.« Sie warf ihm einen Seitenblick zu und wog ihre nächsten Worte sorgfältig ab. »Die Frage ist, ob wir ihm vertrauen *sollten.*«

Das war Ketzerei. Sie spielte auf Risiko. Aden ging weiter. So weit, so gut.

»Jetzt, wo ich weg war, sehe ich vieles klarer«, fuhr sie fort. »Ich habe einiges herausgefunden, mir anderes zusammengereimt. Es geht um unsere Zukunft. Wir müssen Entscheidungen treffen.«

»Unsere Zukunft ist hier«, sagte Aden verwirrt. »Wo sonst?«

Sie spielte ihre Trumpfkarte aus. »Justin ist angeblich allwissend. Er taucht immer auf, wenn irgendetwas passiert. Richtig? Weißt du auch, wieso? Weil er Internet auf der Insel hat! Internet! Und – du wirst es nicht glauben, aber es stimmt – er und die Ältesten verständigen sich per Walkie-Talkie! Sie geben ihm alles durch, was er wissen muss.«

Die erhoffte Wirkung verpuffte, weil Aden gelassen nickte. »Ich weiß. Ich habe die Funkgeräte selbst schon benutzt.«

»Aber das ist ein Trick!«

»Es ist einfach praktisch.« Er hatte immerhin den Anstand, ein verlegenes Gesicht zu machen. Er rieb sich mit dem Handrücken über die Nase und fuhr fort: »Als er ein Mensch wurde, hat Justin seine göttliche Macht fast vollständig eingebüßt, also braucht er ein bisschen Unterstützung. Aber er kann tatsächlich Dinge vorausahnen, ja sogar exakt vorhersagen. Das habe ich selbst erlebt. Das ist wirklich erstaunlich.«

»Jeder, der Tarotkarten legt, weiß, wie er die Leute davon überzeugen kann, dass er Gedanken lesen oder in die Zukunft blicken kann! Jeder Wahrsager weiß das! Jeder Teenager mit einem Hexenbrett, um Himmels willen!«

»Das kann ich nicht beurteilen.«

Sie schlang beide Arme um seinen. »Justin ist ein Zauberer. Ein brillanter Zauberer. Ein absolutes Genie. Und sein nächstes Zauberkunststück ist das Ende der Welt. Das muss er irgendwie bewerkstelligen. Und das macht mir Angst.«

Die beiden Jungs hatten sich unter den Wurzeln eines umgestürzten Baums versteckt und kicherten wie verrückt. »Buuuh!«, grölten sie. Havanna in ihrem Tragetuch lachte glucksend.

Kairo zermarterte sich das Hirn, wie sie Aden die Augen öffnen könnte. Für sie lag es jetzt auf der Hand, dass der Kaiser keine Kleider anhatte. Sie erinnerte Aden an Tripolis und an Skye und fragte ihn, ob Justins Angewohnheit, schutzlose, blutjunge Mädchen auf seine Insel zu bringen, eines Messias würdig sei. Sie wies ihn auch darauf hin, dass er sämtliche Einkünfte kontrollierte.

»Was macht er mit dem ganzen Geld? Ich bin mir ziemlich sicher, dass er irgendwo ein Auto geparkt hat. Vielleicht besitzt er sogar eine Penthousewohnung oder gönnt sich Luxusferien.«

»Ich werde dir sagen, was er auf jeden Fall damit macht«, erwiderte Aden. »Er bezahlt die Pflegeheimkosten für mehr als einen treuen Freund von Gethsemane.«

Kairo verzweifelte allmählich. Aber sie wusste aus eigener Erfahrung, wie schwer es war, sich von diesem Weltbild zu lösen. Mit Logik kam man nicht weiter. Es war, als hätte man ein anderes Weltmodell im Kopf. Sie verlangte von Aden, dass er alles aufgab, woran er jemals geglaubt hatte.

»Ich möchte dich bitten, dir etwas vorzustellen. Stell es dir nur mal vor. Mir zuliebe, okay?«

Sie schöpfte Hoffnung, als er nicht rundweg ablehnte. Er hätte sie auch der Negativität beschuldigen und die Ältesten darüber informieren können. Aber er hörte zu.

»Was, wenn …« Sie drückte seinen Arm. »Sei bitte nicht schockiert, versuch einfach, es dir vorzustellen. Was, wenn Justin nur ein ganz gewöhnlicher Mensch wäre? Wenn er sich das Göttliche in sich nur einbilden würde? Denk mal darüber nach, Aden.«

»Muss ich wirklich?«

»Ja. Stell es dir vor. Überlege, was das bedeuten würde.«

Er blieb stehen und starrte auf seine Füße. Er stand lange Zeit so da.

»Das würde bedeuten, dass wir alle Idioten sind«, sagte er leise. »Jeder Einzelne von uns. Und dass wir unser Leben vergeudet haben.«

»Nein, nicht vergeudet«, entgegnete sie hastig. »Gethsemane hat wundervolle Dinge geschaffen.« Sie nutzte die Gunst des Augenblicks und fügte hinzu: »Justin hat die letzte Nacht im Krankenhaus verbracht.«

»Woher weißt du das?«

»Weil ich ihn gesehen habe. Er hat möglicherweise einen Hirntumor oder ein Blutgerinnsel. Vielleicht ist es auch nichts Ernstes, aber man hat ihn mit Morphium vollgepumpt.«

»Das heißt, er ist krank?«

»Sieht ganz danach aus. Wir alle haben seine plötzlichen Stimmungswechsel doch erlebt. Hast du gewusst, dass er Rom ein blaues Auge verpasst hat?«

Aden blickte bestürzt drein. »Er hat Rom geschlagen?«

Sie erzählte ihm, dass Rom sie am Flughafen abgeholt und dass er eine Stelle gefunden hatte und gut klarzukommen schien in der Welt dort draußen. Sie beschrieb ihm auch sein verschwollenes Auge.

»Freut mich, dass es ihm gut geht«, sagte Aden. »Aber ich wünschte, diese ganze Geschichte wäre nie passiert. Seit seiner Verbannung fühlt es sich so an, als würde Gethsemane nie wieder sein wie vorher.«

»Was genau hat sich denn verändert?«

»Die Atmosphäre. Alle sind total gereizt. Noch nie sind so viele Leute von hier weggegangen. Ich kann Justin nachts schreien hören – ich kann nicht schlafen, so laut brüllt er! Er scheint zu denken, dass wir etwas gegen ihn im Schilde führen, aber das stimmt nicht.«

»Und was wird er als Nächstes tun? Was wird passieren, wenn der Jüngste Tag kommt und keine Engelscharen, keine Wolke der Herrlichkeit bringt?«

Den Jungs ging die Puste aus. Sie hatten keine Lust mehr, Blödsinn zu machen, und dann schlug Quito sich auch noch das Knie auf. Kairo gab ihm viele kleine Küsse darauf, damit es schnell wieder heilte. Sie machten kehrt und schlenderten langsam nach Hause zurück.

»Wir können von hier fortgehen«, flüsterte Kairo. »Wann immer wir wollen. Auf dem Weg entlang der oberen Weide –

hey, wir könnten sogar den Traktor nehmen! Wir und die Kinder und alle, die mitkommen wollen. Deine Eltern vielleicht. Es gibt doch bestimmt noch andere, die besorgt sind.«

Aden antwortete nicht. Sie konnte sich das Chaos in seinem Inneren lebhaft vorstellen. Sie verlangte Unmögliches von ihm.

»Denk drüber nach«, bat sie. »Bitte!«

Als sie zur Siedlung zurückkehrten, drehte sich ein aufgespießtes Wildschwein über dem offenen Feuer. Die Nachricht von Kairos Rückkehr hatte sich verbreitet, und alle kamen und begrüßten sie mehr oder weniger aufrichtig. Die gut geölte Maschinerie von Gethsemane hatte sich in Bewegung gesetzt. Justin hatte ein Fest aus Anlass der Heimkehr der verlorenen Tochter angeordnet, und die Wächter zogen alle Register.

Kairo und Aden beobachteten vom Strand aus, wie das letzte Licht aus dem Vulkan ausblutete. Die Jungs hatten ihren Spaß daran, Hände voller Sand ins Wasser zu werfen. Justin ruderte Liam zurück von der Insel. Während Justin einen forschen Eindruck machte, ließ Liam die Schultern hängen. Die beiden Männer blieben lange auf dem Steg stehen. Justin, Peter neben sich, redete, während Liam fast nur zuhörte. Schließlich stieg er in die *Ikaroa* und nahm Kurs auf die Stelle, wo der Van geparkt war.

»Wo will er denn hin?«, fragte Kairo verwundert.

Aden zuckte die Achseln. »Irgendwas besorgen.«

Justin winkte Kairo und Aden zu. Er ging über den Steg, als die Erde erneut bebte. Kleine Wellen liefen über den See, als würden sich in der Tiefe irgendwelche Monster regen. Peter stieß ein verstörtes Jaulen aus, aber Justin lächelte nur.

»Die Erde weiß es«, rief er.

Gethsemane feierte Kairos Rückkehr in den Schoß der Gemeinschaft mit Wein, Gesang und Liebe. Später, als sie nebeneinander im Bett lagen, versprach Kairo Aden, ihn nie wieder zu verlassen.

»Wenn ich noch einmal weggehen sollte, dann nicht ohne dich.«

Am nächsten Tag änderte sich alles.

ZWEIUNDFÜNFZIG

Kairo

Die Nacht war kalt und der Sonnenaufgang verloren in eisigem Nieselregen. Der Berg versteckte sich den ganzen Tag. London schien ein ferner Traum zu sein.

Kairos Schüler waren müde von dem Fest am Vorabend, sie selbst groggy von der langen Reise. Und so machten sie es sich in der Bücherei bequem, wo sie ihnen den ganzen Nachmittag Geschichten vorlas. Am Ende des Schultags hatte sie noch eine Besprechung mit Balis Eltern – Hana und Dean freuten sich geradezu rührend über ihre Rückkehr – und bereitete sich für den Unterricht am nächsten Tag vor. Als sie mit Damaskus zur Krippe eilte, um Havanna abzuholen, wurde das Licht schon schwächer. Der Junge erzählte ihr eine komplizierte Geschichte über etwas, was er und Monty in ihrer Höhle in den Sträuchern machen wollten. Kairo warf hin und wieder an den richtigen Stellen ein »Wow!« oder »Du meine Güte!« ein, aber sie war abgelenkt durch das Geschehen auf dem See.

Liam ruderte von der *Matariki* weg. Hinter einem Schleier aus Nebel und Sprühregen lag die vornehme alte Lady an ihrem gewohnten Platz in der Bucht vor Anker. Dort draußen auf dem Wasser musste es ungemütlich sein. Liam sah durchnässt aus. Doch Kairo hatte keine Zeit, sich seinetwegen Gedanken zu machen. Die Kinder würden Hunger haben, und sie musste sich beeilen, wenn sie ihnen vor dem abendlichen

Ruf der Glocke noch etwas zu trinken und ein paar von Kasans Muffins zu essen geben wollte.

Wie sich herausstellte, hätte sie sich nicht so beeilen müssen. Die Glocke rief die Wächter hektisch läutend mit mindestens einstündiger Verspätung zur Versammlung. Von überallher strömten sie ins *wharenui*, viele mit besorgter Miene, weil sie schlimme Nachrichten von *draußen* befürchteten.

Die Ältesten standen bereits auf dem Podest. Auch Liam war dabei, er sah blass aus und blinzelte zwanghaft. Gaza hingegen strahlte, als würde sie von innen heraus leuchten.

»Hört ihr das?«, rief sie, als alle versammelt waren. »Die Natur ist verstummt. Die Welt wartet.« Sie hielt die Hand hinters Ohr. »Fühlt ihr es nicht auch?«

Ein Raunen ging durch die Menge. Kairo lauschte. Doch, es lag eine angespannte Erwartung in der Luft.

Gazas Augen funkelten. »Eine Nachricht von Justin. Es ist vorbei. Heute Nacht werden wir zum letzten Mal Wache halten. Die letzte Morgendämmerung steht bevor.«

Jetzt brach die Hölle los. Irgendjemand – es hörte sich nach Paris an – kreischte: »Endlich! Endlich!« Die Leute jubelten und klatschten sich ab, aber Kairo bemerkte auch ein paar verängstigte Gesichter.

Gaza hielt beide Hände hoch, damit Ruhe einkehrte. »Der Countdown für die letzte Stunde, die letzte Minute, die letzte Sekunde hat begonnen! Der Bote hat Justin seine abschließenden Befehle erteilt.«

Sie machte Platz für Liam, der nach vorn trat, seine Lesebrille aufsetzte und von einem Blatt abzulesen begann. Im Gegensatz zu Gaza sprach er mit monotoner Stimme.

»Hier sind Justins Anweisungen. Die letzten Stunden dieser Welt sind angebrochen. Wenn wir an diesen Ort zurückkehren werden, wird Justin sich in den göttlichen König des Friedens verwandelt haben, und er wird von Gethsemane aus herrschen. Aber wir müssen uns von hier fernhalten, bis alles von der Strahlung und vom Tod gesäubert ist. Jede Werkstatt, jedes Haus, jedes Gebäude muss ordentlich zurückgelassen werden. Sämtliche Werkzeuge müssen weggeräumt werden. Nahrungsmittel müssen so aufbewahrt werden, dass sie nicht verderben. Das Vieh muss mit Futter, Wasser und anderen notwendigen Dingen für mindestens drei Tage versorgt werden. Wir bringen unsere Angelegenheiten in Ordnung. Wir lassen nichts unerledigt zurück.« Liam schluckte heftig, schaute auf und ließ seine Blicke über die Anwesenden gleiten. »Jeder Wächter, jedes Kind soll sich heute Abend beim Ruf der Glocke im *wharekai* einfinden. Es wird ein Mitternachtsessen geben, bevor wir unsere letzte Wache antreten. Danach darf niemand mehr nach Hause zurückkehren, sorgt also dafür, dass ihr alles Nötige mitbringt. Denkt an warme Sachen für die Reise. Zieht Schuhe an. Seid wachsam! Seid bereit!«

Er faltete das Blatt Papier zusammen und überließ Gaza, deren eisige Gelassenheit dahingeschmolzen war, wieder die Bühne.

»Es ist so weit!«, rief sie. »Bald wird Justin eintauchen in die Unendliche Macht!«

»Ja!«, schrie Kyoto und stieß mit beiden Fäusten in die Luft. Der ergraute Schreiner lachte wiehernd, als wäre er betrunken. Dann fingen auch andere an zu johlen und zu lachen, und im Saal kam es ein zweites Mal zu tumultartigen Szenen.

»Beeilt euch!«, schrie Gaza über den Lärm hinweg. »Beim Läuten der Glocke heute Abend sehen wir uns wieder! Seid wachsam! Seid bereit! Und bleibt wach!«

Während die anderen durch die große Doppeltür hinausströmten, klammerten Damaskus und Quito sich an ihre Mutter.

»Ich vergebe dir, Kairo«, sagte Suva lachend und ergriff Kairos Hände. »Ich hab dich lieb! Jetzt ist alles so unwichtig! Endlich passiert es! Endlich! Das ist ein Gefühl wie am Geburtstag, nur eine Million Mal schöner!«

Sie ging eilig mit Malindi weg. In Gazas Gewächshaus wartete Arbeit auf sie.

»Ein paar Schafe sind hochträchtig«, sagte Aden. Er schwang sich Quito auf den Rücken, und der kleine Junge klammerte sich wie ein Äffchen an seinen Vater. »Mal sehen, was ich für sie tun kann. Für drei Tage Futtervorräte zu organisieren wird eine Weile dauern. Sei so gut und binde die Ziegen los. Die können sich ihr Futter selbst suchen. Bis auf Marigold – sie steht unmittelbar vor dem Ablammen. Ich werde sie in die Scheune sperren.«

»Aden!« Kairo packte ihn am Arm. »Warte. Ich muss mit dir reden!«

»Zum Reden ist jetzt keine Zeit!«

Er trabte davon. Sie konnte sehen, wie Quitos blonder Schopf sich in der zunehmenden Dämmerung auf und ab bewegte und hörte ihn lachen, als sein Vater wie ein Pferd über einen Baumstamm sprang.

»Wo gehen wir denn hin?« Damaskus vergrub sein Gesicht in ihrem Rock. »Liam hat gesagt, wir sollen Schuhe anziehen. Machen wir eine Wanderung?«

»Ich weiß nicht genau. Alles in Ordnung, Schatz, hab keine Angst.«

»Kommst du auch mit?«

»Aber ja.« Sie beugte sich zu ihm hinunter und knuddelte ihn. »Ich verspreche es.«

Sie gingen zusammen zur Schule, wo sie aufräumten, die Böden wischten und sogar die Trockenklos säuberten, auch wenn Kairo sich fragte, warum sie sich überhaupt die Mühe machten. Als Havanna zu greinen anfing, legte Damaskus sich auf den Fußboden und lenkte seine kleine Schwester mit einem hölzernen Rechenbrett ab.

Otto, der eine seiner Listen in der Hand hielt, kam vorbei und schickte Kairo in die Küche, wo sie bei der Vorbereitung der gemeinsamen abendlichen Mahlzeit helfen sollte.

»Was spielt es eigentlich für eine Rolle, wie wir diesen Ort hier hinterlassen, wenn die Welt sowieso untergeht?«

Ottos Brauen zogen sich finster zusammen. »Eine neue Welt wird beginnen. Es ist nicht unsere Aufgabe, Geheimnisse zu ergründen – wir führen lediglich Anweisungen aus.«

Zu den sieben Küchenhelfern gehörten auch Adens Eltern. Breda, Ottos und Monikas Tochter, und Tschernobyl, ihr Mann, waren aufgeregt wie Kinder an Heiligabend. Havanna krabbelte auf dem Fußboden herum und zog sämtliche Pfannen und Töpfe aus den Schränken. Berlin, Adens Vater, hatte sich in einen Sessel gesetzt und blätterte mit Damaskus, der auf seinem Schoß saß, in Bilderbüchern.

Als ihre Schwiegermutter in die geräumige Vorratskammer ging, folgte Kairo ihr.

»Ich bin ja so froh, dass du rechtzeitig zurückgekommen bist, Kairo«, sagte Kasan.

»Und ich bin froh, dass ich wieder da bin.« Kairo tat, als suchte sie Süßkartoffeln aus einem Korb heraus. »Äh, sag mal … bist du nicht ein bisschen beunruhigt?«

»Beunruhigt?«

»Wegen des Endes der Welt. Was es bedeuten könnte.«

»Nein, überhaupt nicht!« Der Gedanke schien Kasan zu amüsieren. »Darauf haben wir doch so lange gewartet! Das ist der Sinn unseres Daseins.«

Als sie endlich, sehr spät, mit Havanna und Damaskus zu Hause ankam, waren weder Aden und Quito noch Suva da.

Der arme Damaskus war völlig erledigt. Er nuckelte am Daumen und bemühte sich krampfhaft, die Augen aufzuhalten. Kairo wünschte, er wäre in Sicherheit – in einem kuscheligen Bettchen in einem ganz normalen Haus, weit weg von den Geschehnissen in diesem Tal.

»Komm«, sagte sie leise. »Leg dich auf die Fensterbank und mach ein Nickerchen.«

»Gaza hat aber gesagt, dass wir wach bleiben müssen«, quengelte er.

»Und *ich* sage, du darfst dich hinlegen. Havanna schläft auch, siehst du? Komm, ich deck dich mit meinem Umhang zu.«

Zu putzen gab es nichts im Haus, dafür hatte Suva gesorgt. Kairo schüttelte die Betten noch einmal auf und räumte jedes Kleidungsstück an seinen Platz. Sie war so müde, dass sie nicht mehr klar denken konnte. Sie rieb sich mit der Faust die Stirn. Denk nach, denk nach!

Was hat Justin vor? Wo will er mit uns hin? In den Wald? Auf eine Pilgerreise?

Endlich hörte sie Adens Schritte draußen auf der Veranda und Quitos piepsige Stimme. Als sie hereinkamen, brachten sie den Geruch von Schafen mit. Quito schlief fast im Stehen ein, aber er weigerte sich hartnäckig, sich hinzulegen. Stattdessen zog er die Kiste mit Justins Holzklötzen hervor und baute einen Turm.

Aden fasste Kairo am Arm. »Komm mit nach draußen.«

Die Sterne versteckten sich hinter Wolken. Sie standen auf der dunklen Veranda und schauten zu Justins Insel hinüber, wo ein schwacher Feuerschein zu sehen war.

»Ich hab lange nachgedacht«, sagte Aden. »Ich weiß, diese ganze Geschichte macht dir Kopfzerbrechen. Mir auch.«

»Wirklich?«

»Ja, natürlich. Aber sieh es einmal so: Wenn Justin der ist, der zu sein er vorgibt, dann steht das Ende der Welt unmittelbar bevor. Und wenn das der Fall ist, sind wir nirgends so sicher wie hier.«

»Stimmt. Aber wenn er es nun nicht ist?«

»Na ja, dann wird morgen nicht der Jüngste Tag sein, sondern ein Tag wie jeder andere. Wir beide werden wieder hier auf dieser Veranda stehen und mit Sicherheit wissen, dass Justin kein Gott ist. Und dann werden wir eine Entscheidung treffen.«

Er hatte den Satz noch nicht zu Ende gesprochen, als die Glocke zu läuten begann und die Wächter zu ihrem letzten Abendessen rief.

DREIUNDFÜNFZIG

Kairo

Die Atmosphäre im *wharekai* schlug Kairo entgegen, noch bevor sie eingetreten war. Als ob sie in einen Strudel freudiger Begeisterung hineingezogen würde. Das einzige Ereignis mit vergleichbarer Stimmung war ein Konzert von U2 im Wembley-Stadion gewesen, als unter den neunzigtausend Zuschauern eine hysterische, gespannte Erwartung geherrscht hatte. Doch die Euphorie hier bewegte sich auf einer anderen Ebene: Alle lächelten, nicht nur mit den Lippen, sondern mit dem ganzen Körper, wie es schien.

Kairo musste zugeben, dass Aden nicht unrecht hatte. *Falls sich das alles als Schwindel herausstellen sollte, wird Gethsemane damit fertigwerden,* dachte sie. *Die Menschen hier sind unverbesserliche Optimisten. Sie werden sich irgendeinen Grund ausdenken, warum wir nicht in eine flammende Wolke aufgenommen worden sind, und weitermachen wie bisher auch.*

Aber vielleicht war es ja doch kein Schwindel. Vielleicht kam das Ende der Welt tatsächlich.

Liam kletterte auf seinen Stuhl und rief: »Justin bereitet sich auf seine Verwandlung vor. Er wird später im *wharenui* zu uns stoßen. Lasst uns der Unendlichen Macht ein letztes Mal danken, so wie wir ihr unzählige Male davor gedankt haben.« Er hob die ausgebreiteten Hände. »Für dieses Essen danken wir dir!«

»Wir danken dir«, erscholl es im Chor.

»Für deine Liebe danken wir dir!«
»Wir danken dir!«
»Für diese neue Reise danken wir dir!«
Die Antwort des Chors war ein tosendes Donnern. Liam sprang vom Stuhl herunter, wechselte ein paar Worte mit Monika und verließ den Saal.

Seoul und seine Mannschaft übertrafen sich wieder einmal selbst: Sie tischten Bratenaufschnitt, Sauerkraut und gebratenes Gemüse auf. Bali spielte Klavier, der Wein floss in Strömen. Kairo wurde von der Welle der Begeisterung mitgerissen. Sie ließ ihre Blicke durch den Raum schweifen, genoss die Rockkonzert-Atmosphäre, die fieberhafte Freude und das aufgeregte Geplapper.

Dann entdeckte sie einen Missklang. Monika. Sie saß mit Otto und ihrer großen Familie an einem Tisch. Breda, die direkt neben ihr saß, unterhielt sich angeregt mit Palmyra, doch die alte Ärztin nahm keine Notiz davon. Die Hände in den Kragen ihres Pullis gekrallt, schien sie in anderen Regionen zu schweben. Washington flüsterte ihr etwas ins Ohr, aber sie reagierte gar nicht.

Nach dem Essen eilte Aden hinaus, um nach Marigold zu sehen, die sich abmühte, ein großes Zicklein zur Welt zu bringen. Kairo half beim Aufräumen und Spülen und brachte den Hühnern Essensreste hinaus. Als sie die langen Tische abwischte, warf sie einen verstohlenen Blick zu Monika hinüber, die jetzt in einem Sessel saß und Fez in den Armen hielt. Sie hatte die Augen geschlossen und drückte das Baby so fest an sich, als wollte jemand versuchen, es ihr wegzunehmen.

Als die Glocke zum letzten Mal läutete, machten die Wächter sich auf den Weg zum *wharenui*. Die Küche lag im Dunkeln. Die Flammen in den Öfen waren erstickt, die Türen verschlossen worden. Die letzte Versammlung.

Der Schein der Kerzen in der nach Honig duftenden Luft verlieh dem *wharenui* einen festlichen Anstrich, aber die Nacht war schon weit fortgeschritten, und die Energiereserven sanken. Den Kindern fielen die Augen zu. Als Havanna ihre geliebte Großmutter Kasan entdeckte, krabbelte sie zu ihr hinüber, kletterte auf ihren Schoß und schlief ein. Kairo setzte sich mit den Jungs auf ein Kissen daneben. Sie hatte dicke Jacken für alle mitgebracht, weil es eine bitterkalte Nacht war. Die Morgendämmerung würde erst in ein paar Stunden anbrechen.

Die Gefährten führten die Wache an. Gaza und Kyoto marschierten auf und ab und forderten die Wächter auf zu skandieren: »Justin ist voll-kom-men! Justin ist gött-lich! Justin ist das ewige Le-ben!« Dublin unterstrich den Rhythmus mit Trommelschlägen.

Aden kam zurück und setzte sich zu Kairo und den beiden Jungen. Marigold habe ein Zicklein geworfen, murmelte er, aber ein zweites sei unterwegs.

Die Wächter hatten die Sätze mittlerweile etliche Hundert Mal wiederholt und waren völlig benommen. *Es muss drei oder vier Uhr sein,* dachte Kairo. *Eine ausgezeichnete Zeit, um jemanden zu manipulieren.*

Und dann endlich kam Justin. Es ging eine elektrisierende Intensität von ihm aus, er sprühte vor Energie, und seine Präsenz war so greifbar, dass einige mit Ausrufen des Erstaunens auf ihn zu stürzten und ihn berührten.

Er trat in den Kreis brennender Kerzen und begann: »Gott liebte die Welt so sehr …« Frenetischer Beifall brandete auf. Als hätte er die ersten Takte eines Kultsongs gespielt. Er wartete, bis es still geworden war, und fing dann noch einmal an: »Gott liebte die Welt so sehr, dass er seinen einzigen Sohn opferte, damit jedem, der an ihn glaubte, das ewige Leben zuteilwerde.« Mit erhobenen Händen, die Innenflächen nach oben, drehte er sich einmal langsam im Kreis. »Glaubt *ihr* denn an mich?«

Ein ohrenbetäubendes Kreischen war die Antwort. In Wembley hatten die Leute auch gekreischt.

Er zieht eine fantastische Show ab, dachte Kairo. *Was für ein begnadeter Schauspieler! Jetzt sehe ich es.*

»Ich weiß, dass ihr an mich glaubt«, fuhr er fort. »Und weil ihr an mich glaubt, soll euch das ewige Leben zuteilwerden. Ruhe jetzt, Ruhe! Monty wird singen.«

Als Montys silberhelle Stimme erklang, lief ein Schaudern durch den Saal, das sich noch verstärkte, als das Flötenspiel einsetzte. Wie betäubt schwankten die Menschen, leise vor sich hin murmelnd, hin und her.

»Die Zeit naht«, rief Justin den Wächtern zu, die die Musik ganz in ihren Bann gezogen hatte. »Schweigt und öffnet euch und leert euren Kopf!«

Die Wächter hatten kein Problem damit, weil sie diese Übung seit Jahren praktizierten. Nach den heftigen Gefühlswallungen der letzten Stunden befanden sie sich in einem Zustand der Erschöpfung, der es leicht machte, in Trance zu verfallen. Als die Musik schließlich schwieg, hatten sie auf dem Weg zur Unendlichen Macht schon ein gutes Stück zurückgelegt.

Sie meditierten eine, vielleicht auch zwei Stunden, aber niemand registrierte, wie die Zeit verging. Kairo musste ihren ganzen Willen aufbieten, um nicht mitgerissen zu werden. *Rauch und Spiegel,* sagte sie sich. *Nichts als Tricks. Hysterie.* Sie war eine Beobachterin. Sie sah Skye und Bali, die sich an Justins Füße klammerten, sie sah Kyoto, der auf die Knie gesunken war. Fast alle Wächter lachten und schluchzten, nicht nur die Erwachsenen, sondern auch Kinder wie Sansibar und Xian. Manche wälzten sich zuckend am Boden und stießen wimmernde Laute aus, als litten sie Schmerzen. Als befände man sich in einem Raum voller Leute auf einem Drogentrip. *War ich auch so?*, fragte sie sich entsetzt. *Habe ich mich vor meinen Kindern auch so aufgeführt?*

Einige wenige hatten sich von der Hysterie nicht anstecken lassen: Justin, der Zirkusdirektor; die jüngsten Kinder, von denen die meisten schliefen (Havanna hatte sich wie ein junger Hund zwischen ihre Großeltern gelegt und schlummerte selig); Monika und Aden, die zwischen den anderen umhergingen, um sich zu vergewissern, dass sich niemand verletzte.

Justin holte die Wächter gerade aus ihrer Trance zurück, als das Gebäude von einem weiteren Erdbeben erschüttert wurde. Kerzen fielen um.

»Nur die arme alte überlastete Erde«, sagte er, nachdem wieder Ruhe eingekehrt war. »Sie bricht auseinander. Wie ich. Dieser Planet und ich streben nach dem Gleichen: nach Erneuerung.« Er schaute aus dem Fenster. »Ah! Es wird Zeit für unsere Reise. Seid ihr bereit, die letzte Morgendämmerung zu begrüßen?«

Sie rappelten sich nacheinander hoch und riefen: »Ja! Ja!«

Justin lachte. »Nun, dann folgt mir! Bringt Kerzen und Laternen mit! Wir haben eine Verabredung mit göttlichen Heerscharen!«

Er durchquerte den Saal mit großen Schritten, stieß die Türen auf und führte seine Anhänger in die bitterkalte Nacht hinaus. Viele befanden sich immer noch halb in Trance. Kasan trug Havanna, die gerade erst aufwachte. Peter tauchte aus der Dunkelheit auf und trottete neben seinem Herrchen her. Am Horizont durchbrach ein leuchtendes orangerotes Band, das dem Kamm des Vulkans folgte, die Dunkelheit.

»Gott sei Dank«, sagte Kairo gedämpft zu Aden. »Es wird hell. Das ist gut.«

»Wohin gehen wir, Justin?« Monty ergriff seine Hand. »Schau, ich hab meine Schuhe dabei!«

»Wir machen eine Bootsfahrt.«

»Au ja! Mit der *Matariki?*«

»Ganz genau. Sie wird uns zum Treffpunkt mit den himmlischen Heerscharen bringen. Oh, hallo, Damaskus! Nimmst du meine andere Hand? Ja? Prima. Kommt, lasst uns die letzte Morgendämmerung singend begrüßen!«

Und so sangen alle: »Justin! Justin! Justin ist das ewige Leben!«, während sie über das Gras zum Bootssteg hinuntergingen. Washington improvisierte auf seiner Trompete, Dublin schlug die Becken zusammen, Beersheba, Malindi und Suva klatschten im Takt dazu. Die Wächter folgten Justin, wie sie es immer getan hatten: ohne Fragen zu stellen. Die Lichter von Kerzen und Laternen schwebten in der Dunkelheit.

»Ich seh besser noch mal nach Marigold«, murmelte Aden und bog ab.

»Geh nicht!«

»Ich bin gleich wieder da.«

Kairo folgte den anderen. Plötzlich zupfte sie jemand am Ärmel. Es war Monika. Sie schwankte und hielt sich an Kairo fest, als fürchtete sie, ohnmächtig zu werden.

»Die Kinder«, flüsterte sie mit zitternder Stimme. »Hilf ihnen, Kairo! Du musst ihnen helfen!«

Kairo blieb abrupt stehen. »Was ist mit den Kindern?«

»Großer Gott, vergib mir! Ich habe jedes einzelne auf die Welt geholt. Der kleine Fez ist erst neun Wochen alt! Ich kann doch nicht zulassen …« Sie brach ab, weil Kyoto an ihnen vorbeiging. Noch leiser als zuvor fuhr sie fort: »Die *Matariki* wird nicht zurückkommen.«

»Was? Monika! Was willst du damit sagen?«

Der Ärztin liefen Tränen übers Gesicht. »Liam konnte die

Last der Schuld nicht allein tragen. Er hat es uns erzählt. Keiner wird zurückkommen. Keiner! Ob die Engel nun auf uns warten oder nicht.«

»Du meinst, Justin wird das Schiff versenken?«, fragte Kairo fassungslos.

»Ich weiß es nicht.«

»Aber wie …«

»Ich muss gehen, Otto beobachtet mich.« Sie ließ Kairo los und wurde vom Strom der Menschen fortgetragen.

Kairo stand da wie versteinert. Das Herz hämmerte ihr schmerzhaft gegen die Rippen. *Sie werden alle sterben*, schoss es ihr panisch durch den Kopf.

Sie löste sich aus ihrer Erstarrung. Sie schwenkte die Arme, brüllte: »Stopp! Wartet!« Aber die Trompete, die Becken, die über hundert Stimmen, die, berauscht von Hysterie, Euphorie, Erschöpfung und Wein, Lieder grölten …

Sie lief los, an dem Zug Menschen entlang, kreischend und fuchtelnd. Paris wurde auf sie aufmerksam. Sie trat auf sie zu und versetzte ihr einen Stoß gegen die Brust.

»Nicht jetzt!«, knurrte sie. »Behalte deine Negativität für dich!«

»Hilf mir, Paris! Justin will die *Matariki* versenken!«

»Von mir aus.«

»Aber ihr werdet alle sterben!«

»Du bist eine Idiotin, Kairo! Wir vertrauen ihm. *Ich* vertraue ihm. Wir werden ihm überallhin folgen. Also halt entweder die Klappe, oder hau ab!«

Kairo lief durch die Menge und suchte verzweifelt nach Verbündeten. Als sie am Waschhaus vorbeikam, fiel ihr das Telefon ein. »Zwei Balken«, hatte Rom gesagt. »Hinter dem Waschhaus.« Sie nestelte das Handy aus der Tasche und fingerte hektisch daran herum.

Okay, ganz ruhig, sagte sie sich. *Tief durchatmen!* Endlich hatte sie die richtige Taste gefunden. Das Display leuchtete auf, während sie zur Rückseite des Gebäudes ging.

Plötzlich blieb sie mit dem Fuß an irgendetwas hängen und schlug der Länge nach hin. Das Telefon flog ihr aus der Hand. Sie keuchte, schluchzte, tastete blindlings im Dunkeln auf dem Boden herum, bis sie glattes Plastik fühlen konnte. Es war noch ganz, Gott sei Dank. Und das Display leuchtete wieder auf, als sie es berührte. Und tatsächlich, da waren sie, die zwei Balken, die die Signalstärke angaben.

Kontakte. Rom. Anrufen.

Stille. Dann läutete es.

Roms verschlafene Stimme war das schönste Geräusch der Welt. »Hallo?«

»Hilf mir«, japste sie.

»Kairo?«

»Er will sie alle an Bord der *Matariki* bringen! Auch die Kinder, alle! Das Boot wird völlig überladen sein. Ich glaube, er will es versenken!«

»Die *Matariki?* Versenken? Wieso sollte er das tun?«

»Heute ist der Jüngste Tag.«

»Versuch, ihn hinzuhalten …« Es knisterte und knackte, und Kairo fürchtete schon, die Leitung sei zusammengebrochen, doch dann konnte sie Rom wieder verstehen: »… zum Reden. Ich werde die Polizei verständigen. Ich kann mir nicht vorstellen, wie er die *Matariki* versenken will. Vielleicht durch Öffnen der Absperrschieber, aber das würde eine Ewigkeit dauern. Ich weiß nicht, ob die anderen alle dasitzen und tatenlos zuschauen würden, wenn …«

Dann war er weg.

Sie drehte sich hin und her, versuchte, ein stärkeres Signal zu bekommen. »Rom? Bist du noch da?«

Keine Antwort. Das Signal war weg, und sie war allein.

Der Himmel war heller geworden, die Sterne verblassten allmählich. Über der Wasseroberfläche lag ein dünner Nebelschleier. Justin hatte den Strand erreicht. Die Wächter scharten sich um ihn – sie sangen und musizierten immer noch, schwangen ihre Laternen oder klatschten rhythmisch in die Hände. Es war eine einzige große Party.

Die *Matariki* war in der Nacht von ihrem Ankerplatz in der Bucht ans Ende des Stegs gefahren worden. Die Landungsbrücke war unten. Liam und Otto befanden sich bereits an Bord, wo sie geschäftig im Führerstand zugange waren und dann in die Kajüte hinunterstiegen.

Als sie zum Boot sah, machte Kairos Magen einen Hüpfer. Drei kleine Gestalten rannten aufgeregt über den Steg und die Landungsbrücke. Sie kletterten auf das Dach der Kajüte und tobten darauf herum. Monty, Damaskus und Quito. Drei kleine Jungen, die Schiffsausflüge liebten.

Kairo hetzte den Abhang hinunter. Niemand achtete auf sie. Bis sie die *Matariki* erreicht hatte, war auch Sansibar an Bord, um mit den Jungs zu spielen.

Kairo ging auf der Landungsbrücke in die Hocke und zischte: »Hey, ihr Bande! *Hey!*«

Sie schauten auf, rutschten dann widerwillig vom Dach der Kajüte herunter und trotteten zu ihr. Sie führte die vier ein gutes Stück weg vom Boot, ging abermals in die Hocke und scharte sie dicht um sich.

»Ich möchte, dass ihr etwas für mich tut. Es ist sehr, *sehr* wichtig! Und streng geheim! Monty und Sansibar werden eure Anführer sein.«

Die Jüngeren nickten. Monty war immer ihr Anführer.

»Wir spielen ein Spiel, okay?«

»Okay.«

»Ich möchte, dass ihr zur Schule geht, und zwar, ohne gesehen zu werden. Sansi, du nimmst Quito an der Hand, damit er nicht verloren geht. Ihr bleibt zusammen, ihr müsst *alle miteinander* dort ankommen, und ihr müsst ganz, ganz leise sein, hört ihr? Schleicht am Strand entlang, in diese Richtung, weg von all den Leuten, dann zwischen den Bäumen hindurch bis zur Rückseite der Schule, und dann geht ihr durch die Hintertür rein.«

»Sollen wir rufen, wenn wir da sind?«, fragte Sansibar.

»Nein!«, entgegnete Kairo hastig. »Nein, ihr dürft keinen Lärm machen. Ihr müsst mucksmäuschenstill sein!« Sie legte den Finger an die Lippen, um ihre Worte zu unterstreichen.

Monty schaute sehnsüchtig zum Boot zurück. »Fahren wir denn nicht mit dem Schiff?«

»Die *Matariki* ist kaputt. Wir spielen Verstecken, bis sie repariert worden ist. Vielleicht findet ihr ein Plätzchen in der Bücherei. Jedenfalls bleibt ihr in der Schule, bis ich euch holen werde. Wenn ihr vorher rauskommt, habt ihr verloren. Alles klar?«

Sie versprachen, dortzubleiben. Quito, der immer für ein Spiel zu haben war, hüpfte aufgeregt von einem Fuß auf den anderen.

»Ihr bleibt in der Schule, egal, was passiert«, schärfte Kairo ihnen ein. »Gut. Viel Glück. Und denkt dran: leise sein! Auf die Plätze – fertig – los!«

Die vier Kinder sprangen vom Steg auf den Sandstrand hinunter und liefen los. Sekunden später hatte das Dämmerlicht ihre Umrisse aufgesaugt. Otto und Liam kamen aus der Bootskajüte. Liam sagte etwas von einem Signal, und Otto gab zur Antwort ein Grunzen von sich.

Es dauerte lange, bis sich alle am Strand eingefunden hatten. Manche bewegten sich so träge, als schliefen sie halb. Andere trugen Kinder und kamen deshalb nur langsam voran. Nicht wenige hatten noch das Sanitärhaus hinter dem *wharenui* aufgesucht und kamen deshalb später. Kairo entdeckte Suva Arm in Arm mit Malindi und Jaipur. Alle drei sprühten förmlich vor Abenteuerlust. Sie sah Havanna auf Kasans Schultern. Jetzt, wo sie ausgeruht war, strahlte die Kleine. Sie liebte ihre Grandma, und sie liebte es, wenn gefeiert wurde.

Justin wartete geduldig auf die letzten Nachzügler. Dann führte er, flankiert von Kyoto und Gaza, die immer noch singenden, glückselig strahlenden Wächter zum Bootssteg. Kairo sprang vom Steg herunter und ihm direkt vor die Füße. Justin hätte sie zur Seite stoßen müssen, um an ihr vorbeizukommen, also blieb er stehen. Der ganze Zug kam allmählich zum Stillstand. Jetzt erst bemerkten die Leute, dass etwas nicht stimmte. Der Gesang verstummte nach und nach.

Justin wirkte vollkommen ruhig. Die Morgenbrise spielte mit seinen Haaren. Er sah Kairo fest in die Augen, und sie musste ihren ganzen Mut zusammennehmen, um nicht zurückzuweichen. Er hatte immer noch Macht über sie. Es schien immer noch, als würde sich die Luft rings um ihn in Falten legen.

»Was soll das, Kairo?«, fragte er leise.

»Tu's nicht, Justin. Tu es nicht! Was ist mit den Kindern?«

»Sollen sie in einem atomaren Inferno sterben? Willst du das?«

»Hört mir zu!«, brüllte sie, so laut sie konnte. »Hört alle her! Er wird die *Matariki* versenken!«

Justin machte ein erstauntes Gesicht. »Wie in aller Welt soll ich ein so großes Schiff versenken? Das ist einfacher gesagt als getan! Und die Wächter sind ausgezeichnete Schwimmer. Es wäre also sicher nicht die effektivste Methode, einen Massenmord zu begehen.«

Gelächter erscholl. Die Menschen drängten vorwärts und fingen wieder an zu singen.

»Monika!«, schrie Kairo und suchte mit den Augen verzweifelt die Menge ab. »Wo bist du? Hilf mir! Monika weiß, dass das Boot nicht zurückkehren wird!«

Justin lächelte nicht mehr.

»Das reicht jetzt! Aus dem Weg, Kairo!«

»Nein.«

»Halt's Maul, du Schlange!« Kyoto stellte sich dicht, drohend vor sie hin, die Fäuste geballt.

»Ich habe die Polizei alarmiert.« Kairo hielt das Mobiltelefon hoch. »Ich will nicht, dass du ins Gefängnis kommst, Justin. Sorg dafür, dass sie alle friedlich schlafend in ihren Häusern vorfinden.«

Kyoto lachte ihr ins Gesicht. »Glaubst du, unser Herr fürchtet sich vor ein paar Bullen aus Rotorua? Hast du vergessen, wer er ist? Nicht einmal das römische Heer hat ihm Angst eingejagt!«

»Er ist nicht Jesus Christus! Er ist NICHT Jesus Christus! Ich weiß alles! Ich weiß von euren Walkie-Talkies und dem Satelliteninternet auf der Insel und …«

Mit einem Aufschrei versetzte der Schreiner ihr einen solchen Kopfstoß, dass sie vor Schmerz in die Knie ging. Weiße Pünktchen tanzten ihr vor den Augen, und sie konnte Blut auf der Zunge schmecken. Dann fing Havanna an zu weinen, Peter bellte. Aden war zurückgekommen, hatte sich durch die Leute gedrängt und schrie: »Was zum Teufel soll das?« Er stieß Kyoto zur Seite.

Justin blieb die Ruhe selbst. Er ging um das Handgemenge herum, kletterte auf den Steg und wandte sich den Wächtern zu. »Vertraut ihr mir?« Er ging auf den Holzplanken auf und ab. »Eine ganz einfache Frage: Vertraut … ihr … mir?«

Beifall und zustimmende Rufe antworteten ihm. Er nickte lächelnd, hob die Hände und wartete, bis Ruhe einkehrte.

»Gut. Dann folgt mir jetzt. Und ja – *ja* –, das bedeutet, dass ihr euren vergänglichen menschlichen Körper zurücklassen müsst!«

Als ihnen die ganze Tragweite dieser Worte bewusst wurde, ebbte der Jubel allmählich ab. Einige wichen zurück, warfen besorgte Blicke auf die *Matariki*. Aden half Kairo auf die Füße. Ihr war schwindlig, ihre Augen tränten vor Schmerz, aber sie konnte wieder klar sehen.

»Heißt das, wir werden sterben?«, fragte jemand.

»Nein. Das heißt, ihr werdet leben! Wozu braucht ihr euren Körper?« Er zeigte auf den Horizont, der sich zartrosa färbte. »Seht ihr das? Die letzte Morgendämmerung zieht herauf. In diesem Augenblick – *genau in diesem Augenblick* – werden Nuklearwaffen gezündet. Dort draußen gibt es Menschen, die davon träumen, den Planeten um ihres Glaubens willen zu zerstören, und genau das werden sie jetzt tun! Sie haben die Erde in eine gigantische Bombe verwandelt! Sie werden sich und uns in die Luft sprengen! Das Ende der Menschheit ist besiegelt! Folgt mir, oder ihr werdet heute *tatsächlich* sterben!«

Damit drehte er sich um und ging, dicht gefolgt von Peter, mit großen Schritten an Bord der *Matariki*, wo er behände auf das Dach der Kajüte sprang.

»Wer von euch will ewig leben? Wer will mir folgen?«

»Hier! Ich!« Kyoto lief mit einem freudigen Johler los.

Stille trat ein. Keiner rührte sich. Endlich hatten sie begriffen, was Justin von ihnen verlangte: freiwillig aus dem Leben zu scheiden. Familien klammerten sich verstört und ratlos aneinander. So hatten sie sich die goldene Morgendämmerung nicht vorgestellt. Kairo rannte zu Kasan und riss Havanna an sich.

»Wer will mir folgen?«, schrie Justin noch einmal. Seine hochgewachsene Gestalt zeichnete sich gegen den heller werdenden Himmel ab. Als würde er von hinten angestrahlt. »Wer wird die endgültige Prüfung bestehen?«

»Ich komme mit.« Monika trat nach vorn. »Wer braucht schon diesen alten Körper? Aber lass die Kinder da, bitte, Justin. Sie können doch später nachkommen! Wenn das Friedensreich angebrochen ist.«

Sie küsste den kleinen Fez in seinem Tragetuch auf Palmyras Rücken und nickte Kairo dankbar zu. Dann eilte sie über den Steg und in Ottos Arme.

Das gab den Ausschlag. Monika war eine Galionsfigur. Sie hatte die Kinder auf die Welt geholt, hatte Wunden versorgt und Krankheiten geheilt. Jetzt setzten sich auch andere in Bewegung. Ihre Tochter Breda, zusammen mit Tschernobyl. Hana und Dean. Skye, Gaza und Malindi tanzten über die Landungsbrücke wie fröhliche Cheerleader. Sie klatschten in die Hände und skandierten: »Jus-tin! Jus-tin! Justin ist das ewige Leben!« Malindi strahlte wie eine Braut an ihrem Hochzeitstag: »Jus-tin! Jus-tin!«

Kairo versuchte, die drei zurückzuhalten. »Ich kann Sansibar nirgends finden«, sagte Skye nur. »Sie soll sich keine Sorgen machen, sag ihr das. Justin wird sie nachkommen lassen.«

»Wer noch?«, schrie Justin. »Wer von euch ist es wert, ewig zu leben?«

Am Strand kam es zu tumultartigen Szenen. Die Menschen schluchzten, gerieten in Panik, wurden handgreiflich. Die einen wollten unbedingt aufs Schiff, die anderen versuchten alles, um sie aufzuhalten. Seoul flehte Paris auf Knien an, nicht zu gehen. Aden packte Suva und riss sie zurück, als sie Malindi folgen wollte. Jene, die bereits an Bord waren, lächelten und klatschten und skandierten: »Jus-tin! Jus-tin! Justin ist das ewige Leben!«

»Was sollen wir bloß tun?«, rief Washington verzweifelt. Seine Trompete lag im Sand. Er hatte seine Arme um Palmyra und das Baby gelegt. »Meine Eltern sind auf dem Schiff! Meine Großeltern auch! Was machen wir jetzt?«

Dublin und Beersheba beschlossen in letzter Minute, sich Justin anzuschließen.

»Nein!« Kairo packte Beersheba am Arm. »Nicht ihr beide!«

»Justin hat mich von einem Dämon namens Crystal Meth befreit«, erwiderte Dublin. »Ich stehe in seiner Schuld. Wir haben keine Kinder, und wir sind beide gute Schwimmer.« Er zwinkerte Beersheba zu. »Wir können nur gewinnen, oder, Sheba? Falls er das Boot versenkt, werden wir zurückschwimmen und sind rechtzeitig zum Frühstück wieder da. Und wenn er tatsächlich Jesus ist, werden wir unser Frühstück im Paradies einnehmen.«

Kairo versuchte, es ihnen auszureden. Plötzlich hörte sie etwas. Das hohe Surren eines Motors weit draußen auf dem See. Sekunden später bewegte sich ein dunkles Insekt über die Wasseroberfläche auf Gethsemane zu.

Die Polizei, dachte sie. Eine grenzenlose Erleichterung überkam sie. *Gott sei Dank! Sie werden diesem Wahnsinn ein Ende machen.*

Aber auch Liam hatte das Polizeiboot entdeckt. Er rief Justin etwas zu. Das war der Wendepunkt. Auf einmal kam Hektik auf. Der Motor der *Matariki* sprang an und wühlte das Wasser auf, während Otto schnell die Leinen losmachte. Paris riss sich von Seoul los und sprintete auf das Schiff.

»Noch jemand?«, brüllte Justin. »Ihr habt zwanzig Sekunden!«

Bali war die ganze Zeit am Ufer auf und ab gerannt und

hatte hysterisch nach Monty gerufen. Die dreijährige Helike stand verstört auf dem Sand und rieb sich die Augen.

»Warte, Justin!«, kreischte Bali. »Monty! Hat jemand Monty gesehen? Kairo, hast du Monty gesehen?«

»Ja, er ist an einem sicheren Ort. Du wirst ihn nicht kriegen.«

In diesem Augenblick röhrte der Motor der *Matariki* auf. Bali wirbelte herum und sah, dass Otto die Landungsbrücke hochzog. »Warte, Justin! Warte!«, schrie sie gellend, packte Helike und lief über den Bootssteg. Liam steuerte das Schiff mit voller Geschwindigkeit vom Ufer weg, aber Bali rannte weiter, immer weiter. Dann war der Steg zu Ende, und sie landete mit einem lauten Klatschen im Wasser. Sie versuchte nicht einmal zu schwimmen. Mit ihrem Kind in den Armen ging sie unter.

Schon war Seoul hinterhergesprungen. Er bekam sie an ihren Kleidern zu fassen und zog sie hoch. Hände wurden ihm vom Steg entgegengestreckt, und mit gemeinsamer Anstrengung gelang es, alle drei aus dem Wasser zu ziehen. Mäntel wurden über sie geworfen. Helike hatte Mund und Augen vor Schreck über die eisige Kälte weit aufgerissen.

»Warum hat er mich verlassen?«, wimmerte Bali. »Warum? *Warum?*«

Jetzt, wo das Boot weit genug vom Ufer entfernt war, ließ Aden Suva los. Sie stolperte ans Wasser, watete bis zu den Knien hinein und schrie nach Justin, damit er zurückkam und sie holte.

Kairo hatte sich Havanna auf die Hüfte gesetzt und ergriff Adens Hand. Sie blickten auf den See hinaus, wie alle, die am Ufer zurückgeblieben waren. Alle Gesichter waren der *Matariki* zugewandt. Es gab einige, die schluchzten und bereuten, nicht mitgegangen zu sein.

Justin stand auf dem Dach der Kajüte, seine Anhänger zu

seinen Füßen. »Jus-tin! Jus-tin! Justin ist das ewige Leben!« Kairo musste an ein Kriegskanu der Maori denken, auf dem die Seelen der Toten durch den Morgennebel zum heiligen Berg geleitet wurden.

»Hoffentlich versenkt er sie nicht«, murmelte Aden. »Mein Dad kann mit seinem kaputten Knie nicht mehr so gut schwimmen.«

Kairo sah ihn entsetzt an. »Berlin ist auf dem Boot? Ich hab ihn gar nicht gesehen!«

Aden, der leichenblass war, nickte. »Nicht nur er. Auch meine Mutter. Ich konnte sie nicht davon abbringen.«

»Die Polizei wird sie aus dem Wasser fischen, falls etwas passieren sollte«, sagte sie, um ihn und auch sich selbst zu beruhigen. Aber das dunkle Insekt war noch ein ganzes Stück entfernt, und es schien sich unendlich langsam über die Weiten des Sees zu bewegen.

Als die *Matariki* weit draußen war, wurde der Motor abgestellt. Sie trieb auf den Wellen. Kairo konnte Malindis weißblonden Schopf erkennen und Monikas grauen. Der rhythmische Sprechgesang verstummte. Die Menschen an Bord wandten sich alle gleichzeitig dem Berg zu. Eine flammende Aura waberte an seinem Kamm entlang und kündigte den Sonnenaufgang an. Es war ein mystischer Moment. Kairo rechnete fast damit, dass Heerscharen von flügellosen Engeln herabstoßen und mit Millionen Stimmen singen würden.

Am Ufer wurde es vollkommen still. Niemand sprach. Niemand atmete. Alle beobachteten gebannt den großen Auftritt der Sonne. Ihr goldenes Licht ergoss sich ins Tal. Sie hörten Justin etwas rufen, waren sich später aber nicht einig, was er gerufen hatte. Es hörte sich glücklich an, wie ein Triumphschrei oder eine freudige Begrüßung. Sie sahen, wie er die Arme hob und zum Berg hinstreckte.

Die Zeit schien sich zu verlangsamen. Eine Brise kräuselte das Wasser. Die Zuschauer am Ufer verharrten regungslos, während sie auf die flammende Wolke der Herrlichkeit warteten.

Nichts geschah.

Nichts.

»Du hast recht gehabt«, flüsterte Aden. »Keine Engel.«

Nichts.

Und dann explodierte der See.

Die *Matariki* verschwand in einer riesigen pilzförmigen Wolke aus Rauch und Feuer. Der Knall der Detonation erreichte das Ufer einen Sekundenbruchteil später. Die Druckwelle war so stark, dass Kairo und Aden rückwärtstaumelten. Trümmerteile flogen nach allen Seiten davon. Das Dach der Kajüte wurde in surrealer Zeitlupe hoch in die Luft geschleudert und fiel genauso zeitverzögert wieder herunter.

Kairos erster Gedanke war, dass sie eine nukleare Katastrophe oder vielleicht doch die Ankunft des Jüngsten Tags erlebt hatte. Sie sah Aden schreiend ins Wasser rennen. Hören konnte sie ihn nicht, die Explosion hatte sie halb taub gemacht. Alle am Ufer stürzten sich in den See, schrien nach ihren Freunden und Angehörigen, nach den Menschen, die sie liebten. Aber niemand konnte eine solche Explosion überlebt haben. Sie waren alle tot. Die Kinder, die Eltern, die Partner der Zurückgebliebenen. Alte Menschen, junge Menschen. Alle tot.

VIERUNDFÜNFZIG

Diana

Sie hatte Mike seinen Tee und seine Tabletten gebracht, so wie jeden Morgen. Die Ärzte hatten recht behalten. Er war höflich und geduldig und tapfer, aber er wurde zusehends weniger.

»Bin so froh, dass Cassy nach Hause gekommen ist«, sagte er, als sie sich zu ihm in den Sessel setzte. »Das hat viel ausgemacht.«

»Wie es ihr wohl geht? Ich wünschte, sie würde mal anrufen.«

»Ja, ich auch, aber es geht ihr bestimmt gut. Ich steh gleich auf – ich fühle mich richtig gut heute.« Aber er stand nicht auf, sondern nickte wieder ein.

Diana blieb am Bett sitzen, lauschte auf seinen Atem und wünschte sich inbrünstig, es würde ein Wunder geschehen.

Später machte er die Augen auf und sagte: »Du wirst sie besuchen, nicht wahr? Du wirst eine reiche Witwe sein. Und eine ganz ansehnliche noch dazu.«

»Mike!«

Er lächelte. »Besuch unsere Enkelkinder, ja?«

Er dämmerte wieder weg. Das Telefon klingelte. Sie sprang auf und nahm schnell ab, bevor er wach wurde.

»Mum.« Taras Stimme klang angespannt. »Hast du die Nachrichten gesehen?«

TRAGÖDIE IN NEUSEELAND, titelten die Zeitungen. MASSENSELBSTMORD IN WELTUNTERGANGSSEKTE. DIE HÖLLE IM PARADIES.

In den folgenden Wochen berichteten die Medien aus jedem nur denkbaren Blickwinkel über die Katastrophe von Gethsemane. Sie wühlten in Justins Leben und gruben alle möglichen pikanten Einzelheiten aus. Seine kriminelle Vergangenheit wurde ebenso ans Tageslicht gezerrt wie die Hinweise auf einen möglichen Hirntumor in den letzten Wochen seines Lebens. Eine Zeitung veröffentlichte ein Interview mit einem Psychologen, der Justin überhaupt nicht gekannt hatte, aber glücklich war, seinen Senf dazugeben zu können, und sich über Psychosen, religiösen Wahn und Narzissmus ausließ. Findige Journalisten entdeckten, dass Justin eine Luxuswohnung in Wellington besaß und ein Allradfahrzeug, das in einem der Waldwege versteckt gewesen war. Außerdem hatte er offenbar zahlreiche Reisen durch die ganze Welt unternommen, immer in Begleitung irgendeiner jungen Dame – von denen jetzt jede behauptete, seine langjährige Geliebte gewesen zu sein.

Cassy wurde als Heldin der Stunde gefeiert – ob es ihr gefiel oder nicht. Eine Sonntagszeitung plante eine ausführliche Reportage über Gethsemane und interviewte dafür Kiew und Tunis, die die Mitglieder der Gemeinde als barbarisch und manipulativ darstellten. Auch Cassy wurde um ein Interview gebeten. Sie sagte zu, weil sie einiges klarstellen wollte.

Der Artikel nahm volle sechs Hochglanzseiten ein, ergänzt um ein Foto vom See, in das ein Walfänger hineinkopiert war. Eine weitere Aufnahme zeigte das schwarze, halb aus dem postkartenblauen Wasser ragende Gerippe der *Matariki,* eine andere Polizeitaucher in einem Gummiboot. Auch ein schmeichelhaftes Foto von Cassy, eine braune Henne im Arm, war dabei. Tara teilte den Artikel auf Facebook und Twitter.

Mike schnitt ihn aus und gab ihn seinen Besuchern und Pflegekräften, damit sie den Abschnitt über Cassy lasen. Er war relativ kurz, weil sie sich geweigert hatte, schmutzige Wäsche zu waschen.

»Sie hätten gern gehört, dass Justin wilde Orgien gefeiert hat«, sagte sie zu Diana. »Und dass Gaza … ich weiß auch nicht, so eine Art weiblicher Zuhälter war und Kinder für grausame satanische Rituale heranzog. Aber so war es nicht. Und so haben sie nur das wenigste von dem, was ich erzählt habe, gedruckt.«

Der Gärtner von Gethsemane

Im Morgengrauen des 19. September 2015 flog der knapp elf Meter lange Walfänger *Matariki* in die Luft. Bei der Explosion kamen acht Männer und neun Frauen im Alter von sechzehn bis fünfundsiebzig Jahren ums Leben. Nur Kairo Howells ist es zu verdanken, dass die Zahl der Opfer nicht sehr viel höher ist. Aber Ms. Howells will keine Heldin sein.

Ich traf sie am Bootssteg von Gethsemane, dem abgeschiedenen Dorf am Lake Tarawera, wo sie die letzten fünf Jahre gelebt hat. Sie hatte sich bereit erklärt, mich herumzuführen.

Es war eine Bilderbuchidylle, die mich erwartete. Aber der Ort in seinem eigenen üppig grünen Tal am Ufer des Sees hat nicht nur ein hübsches Gesicht. In ihrer Glanzzeit muss die Gemeinde eine ausgeklügelte, sorgsam konstruierte Maschinerie mit raffinierten Verfahren zur Stromerzeugung und zur Nahrungsmittelproduktion gewesen sein. Die Gemüsegärten, die Bienenstöcke, die Fischerboote und die geräumige Küche haben mich an vorreformatorische Klöster erinnert.

Ms. Howells legt Wert auf die Feststellung, dass es in Gethsemane um weit mehr als religiösen Eifer gegangen sei. Der ursprüngliche Grundgedanke sei eine nachhaltige Lebensweise gewesen – die Mitglieder hätten sich als Verwalter, nicht als Besitzer der Erde gesehen. Ms. Howells spricht voller Stolz und, wenn ich so sagen darf, mit missionarischem Eifer über die Strukturen von Gethsemane.

»Die Medien stellen uns als Hohlköpfe nach einer Gehirnwäsche dar und Justin als einen diabolischen Irren. Aber er hatte eine Vision, und wir haben sie geteilt. Wir waren nicht bloß Hippies. Unsere Mitglieder kamen aus fast allen beruflichen Sparten: Wir hatten eine Ärztin, eine Lehrerin, einen Autoschlosser, einen Farmer, eine Buchhalterin, einen Geschäftsführer, einen Schreiner, der unsere Holzhäuser komplett errichtet hat. Wir hatten Handwerker und Köche, Fachleute für Permakultur. Diese Menschen lebten ein Vierteljahrhundert harmonisch zusammen und leisteten Unglaubliches. Wir waren Selbstversorger und legten Wert auf eine ökologische Landwirtschaft. Ich bestreite nicht, dass die Menschen manipuliert wurden, aber wir waren auch eine echte Gemeinschaft. Niemand war jemals allein. Kinder und alte Menschen lebten in Geborgenheit und wurden geliebt. Die Welt kann eine Menge von Gethsemane lernen.«

Mir fällt bei unserem Rundgang durch das Dorf auf, dass viele Häuser leer stehen. Etwa die Hälfte der Überlebenden sei weggezogen, erklärt Ms. Howells. Die, die dageblieben seien, würden psychologisch betreut und unterstützt, und dafür sei die Gemeinschaft sehr dankbar.

»Einige haben nie woanders gelebt. Eine Neuorientierung wird sehr schwierig werden.« Sie sieht die Zukunft »in einem Neuanfang an einem anderen Ort, irgendwo, wo es nicht ganz so einsam ist, wo die Kinder zur Schule und die Erwachsenen zur Arbeit gehen und Teil der realen Welt sein können«.

Nach Justin Calvin befragt, dem Mann, der sich selbst das Leben genommen und sechzehn Menschen mit in den Tod gerissen hat, gibt Ms. Howells zu, sich in einem Konflikt zu befinden.

»Menschen sind gestorben. Menschen, die ich geliebt habe. Aber das kann man nicht mit Jonestown vergleichen, wo sie mit vorgehaltener Waffe gezwungen wurden, Gift zu trinken. Justin hat ihnen gesagt, dass sie ihren Körper zurücklassen müssten, und sie sind dennoch mit ihm gegangen. Man hat ihn ein Monster, einen Mörder genannt, aber das gibt nicht das ganze Bild wieder. Zum Schluss war er auf fatale Weise fehlgeleitet, aber Tatsache ist, dass er begriffen hatte, welche Macht die Liebe, das Zuhören, das einfache Leben hat. Wie viele Menschen verstehen das schon?« Nach einer kleinen Pause fügt Kairo hinzu: »Ehrlich gesagt, kommt mir die Welt eintönig vor ohne ihn.«

Die Mutter dreier Kinder gibt sich bescheiden, wenn sie über den Tag spricht, an dem sie etwa hundert Menschen das Leben gerettet hat.

»Ich hatte viel Hilfe und viel Glück«, sagt sie. »Und außerdem, wer weiß, ob ich das Richtige getan habe? Könnte doch sein, dass Justin und die anderen jetzt irgendwo sind und mich auslachen.«

»Das ist meine Cassy«, sagte Mike und drückte seine Lippen auf das Foto von ihr. »Sie hat hundert Menschenleben gerettet! Dann war es das alles wert. Diese ganze verfluchte Geschichte.«

Rückblickend war Diana dankbar dafür, dass der Artikel zu diesem Zeitpunkt erschienen war. Er hatte Mike einen letzten Energieschub verliehen. Er konnte zu Hause bleiben, was durch die tatkräftige Unterstützung der Hospizpflegekräfte möglich war. Seine Beine waren geschwollen, aber er lächelte trotz der Schmerzen tapfer für seine zahlreichen Besucher. Auch sein Bruder Robert kam Anfang November und blieb ein paar Tage. Die beiden hatten viel nachzuholen.

Dann wurde das Licht schwächer. Zum Schluss ging es ganz schnell. Seine Hände wurden kraftlos, sein Blick vermochte sich nicht mehr zu fokussieren. Diana sah, dass er seine Sachen packte, um sich auf den Weg zu machen. Sie litt und ließ ihn gehen. Er schlief immer mehr, sprach immer weniger. Zu guter Letzt verlor er das Bewusstsein.

Und eines Morgens vor Sonnenaufgang starb er.

FÜNFUNDFÜNFZIG

Diana

»Ein Feuerball«, sagte Howard. »Ein richtiger Feuerball. Hab so was noch nie gesehen.«

Diana zog den Plastikumhang, den er ihr gegeben hatte, enger um sich. Der See trug heute ein mürrisches, von weißen Schaumkämmen gekröntes Grün.

»Sie haben ihn wirklich gesehen?«, fragte sie, als sie losfuhren.

»Gesehen – gehört – sogar gespürt hab ich den verdammten Bastard! Hab so was noch nie erlebt, hoffe, ich werde es auch nie wieder erleben. Bis zum Buried Village hat man es gehört! Dachte, der verdammte Berg fängt wieder an, Feuer zu spucken!«

»Es war noch früh am Morgen, oder?«

»Kurz nach sechs. Wollte gerade ein paar Rucksacktouristen zum Ausgangspunkt des Wanderwegs bringen. Plötzlich kommen Küstenwache und Polizei mit Sirenen und Discolichtern angerast, werfen ein Boot ins Wasser und zischen ab wie eine Rakete. Die haben gegen alle Tempolimits verstoßen, sag ich Ihnen. Anscheinend waren sie schon in Rufweite des Boots, als es in die Luft flog. Können von Glück sagen, dass die Druckwelle sie nicht erwischt hat, sonst wären sie gekentert.«

»Das hab ich nicht gewusst.«

»Waren viele Angehörige da«, fuhr er fort. »Letzte Woche hab ich einen Schweizer hingefahren, er hat Blumen an der

Unglücksstelle ins Wasser geworfen. Er hat seinen Bruder verloren. Die Woche davor einen Burschen aus Schottland – seine Tochter kam ums Leben. Traurig, was? Ich sag Ihnen, das Geschäft blüht mit all den Ermittlungsbeamten, den Familien, Sozialarbeitern, Journalisten und Hunderten von schaulustigen Touristen. Gibt nichts Besseres als einen Massenselbstmord, um die einheimische Wirtschaft anzukurbeln!«

Sie nahm ihm seinen schwarzen Humor nicht übel. Sie konnte sich die Reaktion der Einheimischen lebhaft vorstellen, das prickelnde Entsetzen in Kneipen und Büros und Schulen. Es wurde sicherlich wild darüber spekuliert, wie die Katastrophe sich ereignet hatte und weshalb.

»Die Polizeitaucher hatten alle Hände voll zu tun«, fuhr Howard fort. »Die Wassertiefe, die Kälte, überall Leichenteile. Keine Arbeit für mich, das kann ich Ihnen sagen! Aber sie haben die Ursache herausgefunden. Im Grunde ganz simpel, wie diese Idioten es angestellt haben. Man muss nur wissen, wie.«

»Es war ein Gas, oder?«

»Mm. Erst mal fuhr das Boot mit Ethanol. Und mit Ethanol ist nicht zu spaßen. Es ist leicht flüchtig und leicht entflammbar.«

»Mehr noch als Diesel?«

»Oh ja.« Howard erwärmte sich allmählich für das Thema. »Also haben sie Propangasflaschen in die Kajüte geschafft. Ganz gewöhnliche Propangasflaschen, wie wir alle sie auf unseren Booten und in unseren Gasgrills haben. Ungefähr zehn müssen in der Kajüte gewesen sein. Die haben sie einfach geöffnet. Und während sie auf den See hinausfuhren und ihre Lieder sangen und, was weiß ich noch alles, ist das Propangas ausgeströmt und hat das verdammte Boot in eine schwimmende Bombe verwandelt.«

»Verstehe«, murmelte Diana.

»Dann braucht man bloß noch eine Stange Plastiksprengstoff und eine Zündkapsel. Kein Problem, viele Farmer haben so was in der Scheune, um Baumstümpfe wegzusprengen.«

»Im Ernst?«

»Aber sicher. Hab das selber schon gemacht. Oder, noch einfacher, man tränkt einen Lappen mit Ethanol, zündet ihn an, schmeißt ihn in die Kajüte. So oder so fliegt das Ding in die Luft. *Ka-wumm!* Bis die gemerkt haben, was los ist, war es schon vorbei. Wenigstens *ein* Trost.«

Nicht für Diana. Der Bug schoss in eine Welle hinein, das Boot machte einen Satz. Ihr Umhang flatterte.

»Das älteste Paar war fünfundsiebzig«, schrie Howard. »Die Jüngste gerade mal sechzehn! Sechzehn, heiliger Strohsack. Jünger als meine Enkelin. Das ist Mord, wenn Sie mich fragen, und kein Selbstmord. Niemals. Aufgepasst, könnte ein bisschen unruhig werden …« Er drosselte den Motor und drehte das Boot so, dass es die nächste Welle seitwärts nahm. »Sie besuchen also Ihre Tochter?«

»Ja! Und meine Enkelkinder und meinen Schwiegersohn!«

»Ein Glück, dass ihr nichts passiert ist.«

Cassy war nicht zu Mikes Beerdigung gekommen. Sie und Aden hatten es sich zur Aufgabe gemacht, die Überlebenden, die in Gethsemane geblieben waren, zu unterstützen. Die Polizei und andere Behörden hatten Antworten verlangt, und Cassy hatte die Rolle der Wortführerin übernommen.

»Die Leute vom Sozialamt und vom Jugendamt sind bei uns einmarschiert und haben sich mordsmäßig aufgespielt«, hatte sie bei einem ihrer häufigen Anrufe erzählt. »Sie haben gedroht, uns alle Kinder wegzunehmen – *alle* Kinder in Gethsemane! Angeblich sind wir eine gewaltbereite Sekte.«

»Nein! Kannst du das verhindern?«

»Alles in Ordnung, Mum, kein Grund zur Panik. Solange

wir durch ihre Reifen springen, können wir sie uns vom Hals halten. Wir haben die Kinder an einem Institut für Fernunterricht angemeldet. Das größte Theater haben sie wegen Bali veranstaltet.«

»Das ist die Frau, die mit ihrem kleinen Kind fast ertrunken wäre, nicht wahr?«

»Ja. Ihr Bruder hat sie gerettet. Seoul. Er kümmert sich jetzt um die Kleinen. Er wohnt mit Monty und Helike in einem Loch in Rotorua. Sie haben Heimweh, aber er darf sie nicht zu ihrer Mutter zurückbringen. Die Behörden glauben, dass sie bei ihr nicht sicher sind.«

»Und, stimmt das?«

»Na ja, schon möglich.«

»Tja, dann …«

»Schon, aber Mum, das ist die reinste Invasion hier! Einige von diesen Sozialarbeitern sind so herrisch wie Gaza zu ihren besten Zeiten. Es kommt mir so vor, als ob unsere demokratische Gesellschaft auch bloß eine kontrollsüchtige Sekte wäre.«

Eine kleine Pause, dann fragte Diana: »Das war hoffentlich ein Witz, oder?«

»Ja. Und nein.« Ein Seufzer. »Vielleicht. Wir hatten unsere eigene Form von Freiheit, weißt du.«

Das Boot hatte seine Fahrt verlangsamt. Sie näherten sich der Landzunge.

»Siebzehn Kreuze mehr«, brummte Howard mit einem Blick auf die weißen Holzkreuze. »Die haben geglaubt, sie sind auf dem Weg ins Reich Gottes.« Er lächelte grimmig. »Na ja, das dürften sie jetzt geschafft haben! Bei *der* Explosion.«

»Wo genau ist es eigentlich passiert?«, fragte Diana.

»Da drüben. Die Boje dort – mit der haben sie die Stelle markiert.« Howard lachte in sich hinein. »*Einen* Überlebenden gab es übrigens.«

»Nein! Wie kann man eine solche Explosion überleben?«

»Indem man ein paar Sekunden vorher ins Wasser springt«, grinste Howard. »So wie der Hund. Der hatte mehr Verstand als alle anderen zusammen. Die Polizei hat ihn aus dem Wasser gefischt.«

Diana zog sich den Poncho über den Kopf und ließ den Blick über die idyllische Szenerie schweifen. Enten, den Schnabel ins Gefieder gesteckt, dösten am Strand. Kinder spielten lachend und johlend Fußball im Gras. Ihre Sachen stammten offenbar aus einer Altkleiderkammer: Bunte Schals waren über Röcke drapiert, T-Shirts über Sweatshirts gezogen, die Köpfe mit Stirnbändern oder, wie in einem Fall, sogar mit rotem Lametta umwickelt worden.

Eine Frau stand auf dem Bootssteg. Kastanienbraune Locken fielen ihr auf den Kragen, und sie trug große goldene Creolen. Das Kleinkind auf ihrer Hüfte strahlte. Zwei kleine Jungs hüpften aufgeregt neben ihr auf und ab.

»Da ist sie!« Diana stand auf und winkte ungestüm. »Da ist Cassy!«

Howard grinste. »Ganz schön weiter Weg, den Sie da zurückgelegt haben. Aber wenigstens werden Sie erwartet!«

Eigenartige, verstörende, wunderbare Tage. In den vergangenen Monaten hatte Diana einige Rollen gespielt, die neu für sie gewesen waren: Retterin, Krankenpflegerin, Witwe. Jetzt war sie Großmutter von drei Kindern, in die sie sich auf Anhieb verliebte. Sehr viel schwieriger war es, die Schwiegermutter eines schweigsamen, stattlichen Wikingers zu sein, der beide Eltern verloren hatte.

Sie unternahm mit Cassy und den Kindern zahlreiche Ausflüge. Sie fuhren nach Rotorua, wo sie unter anderem eine Fahrt auf der Sommerrodelbahn machten (»schneller, Granny, schneller!«, kreischte Damaskus). Sie besuchten Buried Village, das beim Ausbruch des Vulkans 1886 unter einer Ascheschicht verschüttete Dorf. Sie entspannten sich in von heißen Quellen gespeisten Becken und wanderten durch die Wälder. Diana war zu ihrer eigenen Überraschung eine sehr beliebte Großmutter. Sie konnte – zur Not – Fußball spielen und Geschichten erzählen, über die sich kleine Jungs – und zwölf Monate alte Mädchen – vor Lachen schier ausschütteten. Das im Schockzustand verharrende, halb leere Dorf im Schatten des Vulkans zog sie bald schon in seinen Bann.

Der Kummer und die Trauer verbanden die Überlebenden von Gethsemane und ließen sie enger zusammenrücken. Die Mahlzeiten wurden oft gemeinsam eingenommen. Diana freundete sich mit Athen an, vielleicht weil beide Frauen vor Kurzem erst ihre Männer verloren hatten. Die Glocke läutete immer noch fünf Mal am Tag, aber die meisten achteten nicht darauf. Die Tage des euphorischen Singens waren vorbei. Zu viele Gesichter fehlten, zu gedrückt war die Stimmung. Nur der harte Kern von Justins Anhängern hielt die Versammlungen noch ein.

»Wer gehört denn dazu?«, fragte Diana, als die Glocke wieder einmal ertönte.

Cassy blies die Backen auf. »Suva, fürchte ich. Ich bin der Erzfeind, weißt du. Ich habe ihnen den Jüngsten Tag versaut.«

»Und ihnen das Leben gerettet.«

»Aber sie sehen es anders. Es müssten so an die sieben Leute sein, und Bali ist ihre Anführerin.«

Diana kannte die Frau noch nicht. Sie schien eine Art Sagengestalt zu sein. Sie war auf die Insel gezogen, wo sie in Justins Haus wohnte. Seinen Hund hatte sie mitgenommen. Ihre Kinder waren noch immer in Rotorua.

»Die Justiniten nennen sie sich«, fuhr Cassy fort. »Sie halten

Wache und folgen dem Ruf der Glocke. Sie warten auf Justins zweite Wiederkehr.« Sie überlegte kurz. »Das heißt, eigentlich ist es dann die dritte Wiederkehr.«

»Oje«, seufzte Diana. »Das kenn ich doch von irgendwoher! Ich fürchte, da werden sie lange warten müssen.«

Fast jeder Abend endete auf der Veranda von Cassys Holzhaus, wo die beiden Frauen auf der Treppe saßen und Gethsemane-Wein aus Tonbechern tranken. Manchmal gesellte Aden sich zu ihnen, aber meistens hatte er irgendetwas zu tun.

»Wie wird er denn damit fertig?«, flüsterte Diana.

Cassy hielt zwei gekreuzte Finger hoch. »Eigentlich ganz gut. Er hat Kontakt zu seinen Söhnen und zu seiner Schwester aufgenommen, so hat die ganze Sache wenigstens etwas Gutes. Unsere größte Sorge im Moment ist Suva.«

Diana dachte an den dünnen, schweigsamen Teenager. »Sie macht einen zornigen Eindruck.«

»Sie ist auch zornig. Aden hat sie festgehalten, als sie Justin auf das Boot folgen wollte. Sie hat versucht, sich loszureißen, hat ihn angeschrien, er soll sie loslassen.«

»Und jetzt ist sie ihm nicht dankbar, dass er sie zurückgehalten hat?«, wunderte sich Diana.

»Nein! Das wird sie ihm nie verzeihen, sagt sie. Sie hat Malindi verloren. Sie hat ihre Großeltern verloren. Und das Schlimmste ist, dass sie ihren Gott verloren hat. Ein Plan, ein Ziel, ein Versprechen – nämlich ewiges Leben. So wurde sie erzogen. Und jetzt muss sie der schrecklichen Tatsache ihrer eigenen Sterblichkeit ins Auge blicken.« Cassy schenkte ihnen nach. »Deshalb glaubt sie fest daran, dass Justin noch lebt.«

Diana lehnte den Kopf an einen Pfosten. Der Ruf einer Eule erscholl in den Hügeln. Es war ein einsamer Ruf.

»Ich kann verstehen, warum du diesen Ort so liebst.«

»Ja, aber es ist Zeit weiterzuziehen. Rom will alles verkaufen und die Leute irgendwo anders ansiedeln, näher an der Zivilisation. An einem Ort, der frei ist von den Gespenstern der Vergangenheit. Er hofft, dass sie nach und nach ihre eigenen Wege gehen, ihr eigenes Leben leben werden.«

»Wieso trifft gerade Rom diese Entscheidungen?«

»Weißt du das nicht? Haben die Medien etwa nicht Wind davon bekommen? Justin hat ein Testament hinterlassen.« Cassy lachte kurz und zynisch auf. »Kannst du mir sagen, warum jemand ein Testament macht, wenn die Welt untergeht? Egal. Er hat jedenfalls eins gemacht. Und war sehr korrekt. Hat Listen mit seinen Vermögenswerten und die Telefonnummer seines Anwalts hinzugefügt. Und wie sich herausstellt, schwamm er förmlich im Geld. Unter anderem auch deshalb, weil Hohlköpfe wie ich ihm ihre ganzen Ersparnisse anvertraut haben. Rom kriegt alles. Eigentlich müsste er nicht mehr arbeiten, aber er sagt, die Arbeit an der Klinikpforte hilft ihm, nicht den Verstand zu verlieren.«

Der langgliedrige junge Mann hatte sie zur Sommerrodelbahn begleitet und war mit einem freudig quietschenden Quito auf dem Schoß über die Bahn gesaust. Die Tatsache, dass er Multimillionär war, hatte er mit keinem Wort erwähnt.

»Er will mir alles zurückzahlen, sobald das Testament vollstreckt und alles geregelt ist«, fuhr Cassy fort. »Aber der Großteil des Vermögens stammt von Leuten, die schon lange tot sind.«

Diana legte den Kopf zurück und suchte das Sternbild des Orion. Sie hatte sich immer noch nicht an die schwindelerregenden Dimensionen des Nachthimmels in der südlichen Hemisphäre gewöhnt. Sie stellte sich vor, dass Mike neben ihr auf der Treppe saß und ihr die Sternbilder zeigte.

»Wer waren sie?«, fragte sie.

»Wen meinst du?«

»Die Leute, die ums Leben gekommen sind. Deine Freunde.«

»Ach, Mum.« Cassy nahm einen Schluck Wein. »Wo soll ich anfangen?«

»Bei Malindi. Ich habe sie kennengelernt. Sie schien so ein sanftes Wesen zu haben. Blond und kobaltblaue Augen?«

»Ja, das war Malindi. Sie hat ihr ganzes Leben lang auf den Jüngsten Tag gewartet. Sie und ihre Mutter sind gemeinsam an Bord gegangen, tanzend und singend und klatschend. Sie waren ganz ekstatisch.«

»Ihre Mutter war …?«

»Gaza. Die Gärtnerin. Total Furcht einflößend, aber loyal bis zum Schluss. Ich glaube, sie hat gewusst, was Justin plante.«

»Wow. Und obwohl sie wusste, dass sie sterben würde, hat sie getanzt?«

»Oh ja. Wie Millionen Märtyrer im Lauf der Jahrhunderte. Das nennt man Glaube, Mum. *Glaube*. Gaza war bereit zu sterben und ließ auch ihre Tochter in den Tod gehen, weil ihr Glaube an Justin unerschütterlich war. Das Gleiche gilt für Skye. Sie hätte die arme kleine Sansibar mitgenommen, wenn sie sich nicht in der Schule versteckt hätte.«

Diana hatte sich vergeblich um das Mädchen bemüht. Sansibar klammerte sich entweder an Athen, die von jetzt an ihre Pflegemutter sein würde, oder stand abseits, wenn die anderen Kinder spielten.

»In den Medien stand etwas von einem jungen Paar«, sagte Diana.

»Dublin und Beersheba. Er war unser Trommler – und ein verdammt guter! Er war drogensüchtig, Justin hat ihn gerettet. Beersheba wurde hier geboren. Sie war zweiundzwanzig, wirkte aber sehr kindlich. Sie hat mir mein Brautkleid genäht. Und sie hatte ein Lachen wie Betty Geröllheimer, du weißt schon, die Nachbarin der Familie Feuerstein.«

»Ja, ich weiß.«

»Ihre Eltern standen am Ufer und sahen, wie die *Matariki* in die Luft flog. Du kannst dir gar nicht vorstellen …« Cassy brach ab und setzte wieder an. »Sie haben schreckliche Schuldgefühle, weil sie noch am Leben sind. Ich glaube nicht, dass sie jemals darüber hinwegkommen werden. Sie gehören auch zu den Justiniten. Sie warten darauf, dass Justin zurückkommt und Beersheba mitbringt.«

Diana war erschüttert. »Die armen Menschen. Ich kann sie verstehen.«

»Paris.« Cassy seufzte. »Sie war ein bisschen wie eine Schwester für mich. Sie und Seoul haben erst vor ein paar Wochen geheiratet. Sie hat ihn geliebt, aber Justin liebte sie noch mehr. Ihr Vater ist aus Edinburgh herübergekommen. Er hat zwei Nächte in dem leeren Haus verbracht. Paris hat immer behauptet, sie sei ihm völlig gleichgültig, aber das stimmt nicht. Der Mann war am Boden zerstört.«

Das hätte ich sein können, dachte Diana. *In einem leeren Haus trauern, Blumen ins Wasser werfen.*

»Dann der liebe alte Otto«, fuhr Cassy fort. »Mit seinen Hängebacken und seinen buschigen Brauen und seinen Listen. Von ihm kam der Vorschlag, dass ich als Lehrerin arbeiten sollte. Seine Frau war Monika.«

»Die habe ich kennengelernt.«

»Ja, aber du hättest sie von ihrer besten Seite erleben müssen. Dr. Monika. Mit ihrer Warnung wegen der *Matariki* ist sie ausgeschert. Dass sie fünfundsiebzig war, hat man ihr nicht angesehen. Sie konnte ganz schön streng sein, aber wir sind gut miteinander ausgekommen. Man kann sagen, wir waren Freundinnen. Sie war wie eine griesgrämige Großmutter für mich.« Cassy lachte leise. »Wir haben etliche Becher Tee zusammen getrunken – und was für grässliches Zeug sie manchmal aufgebrüht hat! Ihre Tochter Breda ist auch umgekommen, genau wie deren Mann Tschernobyl. Washington und Riad haben ihre ganze Familie verloren.«

Diana hörte das Zittern in Cassys Stimme und begriff, dass sie diese Menschen liebte. Sie kannte ihre Schwächen, ihre Fehler, alles, was in ihrem Leben nicht so rundlief. Es waren *ihre* Leute. Ihre Familie.

»Dann Kyoto und Liam. Die beiden konnten richtige Mistkerle sein, aber sie waren der aufrichtigen Überzeugung, das Richtige zu tun. Sie waren Justin blind und bedingungslos ergeben. Doch dann hat Liam Monika von Justins Plan erzählt, und er hat Bali und Helike und wahrscheinlich ein paar andere gerettet, als er mit voller Geschwindigkeit vom Steg weg und auf den See hinausgefahren ist. Ich bin sicher, dass er das absichtlich gemacht hat. Mehr konnte er nicht tun.«

Cassy schwieg einen Augenblick, vielleicht aus Respekt vor Liam, der sein Bestes getan hatte.

Wieder ertönte der schaurige Ruf der Eule.

»Adens Eltern?«, fragte Diana.

»Adens Eltern. Kasan und Berlin. Ich hatte nicht mal mitgekriegt, dass sie an Bord gegangen waren. So reizende Menschen, so wunderbare Großeltern. So liebevoll. Wir alle vermissen sie ganz schrecklich.« Cassy ließ das Kinn auf ihre verschränkten Arme sinken. Diese düstere Aufzählung nahm sie sichtlich mit. »Hana. Auch eine Freundin. Sie hat mir die Liebe zum Unterrichten vermittelt, mir Tipps gegeben und mich unterstützt, wo sie nur konnte. Wir haben fünf Jahre Seite an Seite gearbeitet. Dean, ihr Mann. Er trug eine Brille mit dicken Gläsern und hatte immer ein gelassenes Lächeln auf den Lippen. Die beiden waren die Eltern von Bali.« Sie murmelte alle Namen vor sich hin und zählte sie an den Fingern ab. »Und Justin. Das sind alle.«

»Zu viele.«

»Viel zu viele. Ich wünschte, ich hätte sie retten können.«

»Du hast getan, was du konntest.«

»Hab ich das? Ich weiß es nicht.«

Die Glocke begann zu läuten. Ein friedvoller Klang.

»Ich muss die ganze Zeit an sie denken«, sagte Cassy. »Ich frage mich, warum ich lebe und sie gestorben sind. Ich frage mich, ob sie Angst hatten in diesen letzten Sekunden. Ich frage mich, ob ich mehr hätte tun können. Aber ich habe keine Tränen mehr, Mum. Man kann nicht unbegrenzt um so viele Menschen weinen.«

Jemand spielt Klavier. Rieselnde Triolen, in die eine wehmütige Melodie eingeflochten ist. Vor dem Hintergrund der furchtbaren Tragödie haftet der Musik an diesem wunderschönen, seltsamen Ort eine schwere, bedrückende Traurigkeit an, die Diana zu Tränen rührt.

Sie hat sich an diesem Morgen eine kleine Auszeit von ihren großmütterlichen Pflichten genehmigt und einen Spaziergang durch den Wald gemacht, wo sie einen verwunschenen Bach entdeckt und einen Blick auf eine Maori-Fruchttaube erhascht hat. Als sie ins Dorf zurückkehrt, hört sie die Klavierklänge.

Eine Zeit lang lauscht sie verzückt. Dann dreht sie sich langsam um die eigene Achse, um herauszufinden, woher die Musik kommt. Jaipur hockt auf der Stufe hinter dem Waschhaus. Da sitzt er oft. Er nutzt das schwache Netzsignal, um mit Rom zu telefonieren. Netter Junge, denkt Diana. Er reckt grinsend den Daumen hoch, als sie vorbeigeht.

Die Musik kommt anscheinend aus dem *wharenui*. Diana erinnert sich, dort einen Flügel gesehen zu haben. Die großen Doppeltüren stehen offen. Sie geht über die Veranda und tritt aus dem hellen Morgenlicht ins Halbdunkel.

Die Frau am Klavier spielt mit fast geschlossenen Augen. Sie hat ein blaues Kleid an, so eines, wie Cassy es früher getragen hat. Sie ist noch jung. Ihre dunklen Haare sind sehr kurz geschnitten. Als sie Diana bemerkt, hört sie auf zu spielen.

»Lassen Sie sich bitte nicht stören«, sagt Diana.

Aber die Frau ist schon aufgesprungen. »Hallo!« Sie hat ein bezauberndes Lächeln. »Willkommen! Ich bin Bali.«

Diana blinzelt verwirrt. Bali. Die Frau, die sich und ihr kleines Mädchen ertränken wollte und die jetzt auf der Insel wohnt. Diese lächelnde Frau hat mit angesehen, wie ihre Eltern umkamen. Ihre Kinder hat man ihr weggenommen, und dennoch macht sie einen heiteren, zuversichtlichen Eindruck.

»Möchten Sie sich uns anschließen?«, fragt sie.

»Nein. Nein, ich bin nur zu Besuch hier.«

»Sie sollten bleiben! Viele Häuser stehen leer.«

Sie sind inzwischen auf die Veranda hinausgetreten. Ein Hund trottet auf sie zu, ein prachtvolles Tier mit struppigem Fell. Diana streichelt seinen Kopf.

»Das ist Peter«, sagt Bali. »Er hat sein Herrchen verloren.«

»Das tut mir leid.«

»Das braucht Ihnen nicht leidzutun. Hat man es Ihnen denn nicht gesagt? Justin lebt!«

»Tatsächlich?«

»Ich habe ihn gesehen!« Balis Augen glänzen. »Nicht nur einmal. Das erste Mal auf der Insel. Er saß am Feuer. Ich hab ihn vom Bootssteg aus gesehen.«

»Sind Sie sicher, dass er es war?«

Bali lacht laut heraus. »Justin kann man nicht verwechseln! Deshalb bin ich auf die Insel gezogen – weil ich ihm nahe sein will. Er erscheint mir im Traum. Er hat mit der Unendlichen Macht ausgehandelt, dass die Menschen noch eine Chance bekommen sollen. Das Ende der Welt ist verschoben worden. Er wird zurückkommen und ein neues Gethsemane erbauen.«

»Hier, meinen Sie?«

»Genau hier. Und bis dahin werden wir Wache halten und dem Ruf der Glocke folgen und den Weg Gethsemane befolgen. Wir werden bereit sein, wenn er zurückkommt.«

Was soll ich machen? Das Spiel mitspielen?

»Sie denken, ich bilde mir das nur ein«, sagt Bali. »Aber andere haben ihn auch gesehen. Suva sieht seinen Schatten jedes Mal, wenn sie Wache hält. Sie kann seine Gegenwart spüren. So war es doch auch das erste Mal, nicht wahr? In Palästina. Zuallererst zeigte er sich einer Frau, die ihn liebte. Dann ist er am Ufer des Sees Genezareth erschienen und auf der Straße nach Emmaus und später sogar in einem abgeschlossenen Zimmer.«

»Richtig!« Diana weicht langsam zurück. »Tja, es war nett, Sie …«

»Wir haben gestern die *Matariki* gesehen.«

»Könnte es nicht ein anderes Boot gewesen sein? Es fahren so viele auf dem See herum. Und gestern war es neblig, die Sicht war …«

Bali lacht wieder. »Stimmt, es war neblig, aber wir haben Justin auf dem Dach der Kajüte stehen sehen, als sie an uns vorbeifuhr. Sie haben ihn nicht gekannt, oder?«

»Nein.«

»Man kann den menschgewordenen Sohn Gottes nicht töten. Das mussten sie das letzte Mal auf die harte Tour lernen.«

Eine Tür wird zugeschlagen. Kinderstimmen.

»Oh, die Schule ist aus!« Diana atmet erleichtert auf. »Ich geh dann mal und nehme meinen Enkel in Empfang.«

»Mir hat man meine Kinder weggenommen.«

»Das muss furchtbar für Sie sein.«

Balis Lächeln verließ sie nicht. »Ach, na ja. Mit Verfolgung muss ich rechnen. Das wird eher noch schlimmer werden. Aber es wird mich nicht davon abhalten, die gute Nachricht zu verbreiten!«

Diana murmelt noch einmal, dass sie ihren Enkel abholen muss, und verabschiedet sich eilig.

»Er wird zurückkommen!«, ruft Bali ihr nach, als sie schon die Treppe hinuntergeht. »Bereiten Sie sich lieber darauf vor! Justin Calvin lebt!«

SECHSUNDFÜNFZIG

Kairo

Drei Wochen sind zu wenig. Sie will nicht, dass ihre Mutter schon wieder abreist.

Alle miteinander bringen sie Diana zum Flughafen in Auckland: Kairo, Aden, die drei kleinen Kinder. Sogar Suva ist mitgekommen.

»Ich kann nicht glauben, dass ich in diesem verdammten Ding rumfahre«, sagt Diana, als sie aufbrechen. »Der weiße Van meiner Albträume! Das Zaubergefährt des Kinderfängers!«

»Das Zaubergefährt wird demnächst den Geist aufgeben«, grummelt Aden, während er den Schlaglöchern ausweicht. »Jetzt, wo Dad nicht mehr da ist, um es in Schuss zu halten. Die Karre hat ungefähr eine Million Kilometer auf dem Buckel. Ich verstehe nicht, warum Justin nicht ein neues Auto gekauft hat, wenn er selbst in diesem schicken Jeep herumfuhr.«

»Dad!«, sagt Suva warnend. »Lass es.«

Aden wirft ihr im Rückspiegel einen zerknirschten Blick zu. »Sorry.«

Kairo wechselt schnell das Thema. Dass Suva mitgekommen ist, ist ein Erfolg, den sie nicht leichtfertig aufs Spiel setzen möchte.

»Du kommst uns nächstes Jahr wieder besuchen, nicht wahr, Mum?«

»Darauf kannst du dich verlassen«, antwortet Diana.

»Und Tara?«

»Die schmiedet schon Pläne! Sagt, sie wird Rom heiraten, weil er – ich zitiere – so stinkreich ist. Sie stalkt ihn auf Facebook.«

»Das ist echt unheimlich.«

»Das ist das 21. Jahrhundert.«

Kairo denkt an den Tag zurück, als sie das erste Mal in diesen Kleinbus geklettert war. Sie hatte gefroren und war einsam und verängstigt gewesen, und Gethsemane hatte sie freundlich aufgenommen. Vielleicht mit Hintergedanken, aber nichtsdestoweniger freundlich. Wäre sie nicht eingestiegen, hätte sie vermutlich nie von Gethsemane gehört. Dann wäre sie heute vielleicht Firmenanwältin, ein Erfolgsmensch wie Hamish, oder aber geschieden und kämpfend wie Imogen. *Nein,* denkt sie, *ich bereue nicht, dass ich eingestiegen bin.*

Sie beugt sich zu Aden vor und gibt ihm einen Kuss aufs Ohr.

»Wofür war das denn?«, fragt er lachend.

»Dafür, dass du mein Fluchtwagenfahrer warst.«

Es ist ein langer Tag. Damaskus weint beim Abschied von seiner Großmutter, und Quito schreit aus Solidarität mit. Nur Havanna strahlt, weil sie das am besten kann.

»Wir werden skypen!«, verspricht Diana, als sie alle ein letztes Mal umarmt und küsst. »Oh, ich liebe euch, meine prächtigen Enkelkinder! Wir werden uns bald wiedersehen.«

Auf der Rückfahrt schauen sie bei Rom im Hostel vorbei. Sie kann nicht verstehen, warum er an einem so grässlichen Ort wohnt, sagt Suva, aber Kairo glaubt eine gewisse Wehmut aus ihrer Stimme herauszuhören.

Die Kleinen schlafen, als die *Ikaroa* am Steg anlegt. Die Sonne ist hinter den Hügeln im Westen untergegangen, und der See deckt sich mit Nebel zu. Aden trägt die Jungs, einen im rechten Arm, einen im linken, zum Haus hinauf. Sie wachen nicht einmal auf. Suva folgt ihm mit Havanna.

Kairo setzt sich auf die Holzplanken, lässt die Beine baumeln. Die Wellen kommen und gehen und flüstern und plätschern verhalten gegen die Pfähle. Ein Trauerschwan gleitet vorüber, senkt anmutig den Kopf, um zu trinken.

Der Frieden von Gethsemane. Dieser Frieden.

Sie schließt halb die Augen, beschwört das Bild eines weißen Schiffs herauf, das durch die Nebelschwaden schwebt. Auf dem Dach der Kajüte steht eine vertraute Gestalt. Fast kann sie seine Stimme hören. Sie kann seine göttliche Präsenz spüren. Wenn sie sich anstrengt, kann sie ihn wiederauferstehen lassen.

»Justin«, flüstert sie. »Justin? Bist du da?«

Dann hört sie Aden rufen. Sie steht auf und kehrt dem Auferstandenen den Rücken zu. Alles hat seine Zeit, und jetzt ist eine neue Zeit angebrochen.

SIEBENUNDFÜNFZIG

Justin
19. SEPTEMBER 2015

Bald. Sehr bald. Er sah die lodernde Aura des Vulkans und wusste, dass seine Macht wuchs. Bald würde er heller strahlen als tausend Sonnen.

Die wenigen Getreuen sangen. Ihre Gesichter leuchteten, weil sie seinen göttlichen Glanz spiegelten. Sie befanden sich in einem Zustand jenseits von Glückseligkeit. Sie sangen und klatschten in die Hände und lachten, während Liam das Boot zur tiefsten Stelle des Sees steuerte und dann den Motor abstellte.

In den letzten Augenblicken dieser Welt tanzte die *Matariki* auf einer sanften Dünung. Der Gesang hatte geendet. Der arme alte Liam wischte sich die Tränen aus dem Gesicht, als er einen Blick aus dem Führerstand warf. Sein schielendes Auge hatte sich nach innen gedreht, als wollte es sich verstecken. Obwohl er schreckliche Angst hatte, würde er seine letzte Pflicht erfüllen und die flammende Wolke der Herrlichkeit entzünden. Er wartete nur auf das vereinbarte Signal: den Moment, wenn Justin die Augen schließen und seine Arme zur Sonne erheben würde.

»Ihr habt die Prüfung bestanden«, sagte Justin zu seinen wenigen Getreuen. »Über die Erde wird heute die Hölle von Armageddon hereinbrechen, aber auf uns wartet ein rauschendes Fest im Paradies!«

Ein surrendes kleines Boot. Eine surrende kleine Stimme, die auf sich aufmerksam machen wollte. Einige seiner Anhänger schauten unwillkürlich in die Richtung, aus der das Geräusch kam. Polizei am Anfang der Geschichte, auf dem Kai in Wellington, und jetzt hier, wenn sie ihr Ende nahm. Unwichtig. Damals wie jetzt.

»Achtet nicht auf sie«, schrie Justin. »Wendet euch dem Berg zu! Blickt in die aufgehende Sonne – da kommen sie, die himmlischen Heerscharen!«

Mit Donnergetöse wälzte der Himmel sich über den Rand der Welt. Ein gleißender Feuerstrahl schoss wie ein Pfeil über das Wasser und direkt in seine Augen. Ein Lichtzeiger, der auf ihn gerichtet war.

Und da kam der Bote, mit einem freudigen Gruß führte er seine Armee zur Erde hinab. Sie flogen in Formation, glänzende Staffeln, die das Tal mit der Macht und der Herrlichkeit ihres Gesangs füllten, Heerscharen aus weißem Licht, blendend weiß, Splitter der Sonne. Justin fühlte ihre Liebe wie einen mächtigen Strom, der ihn in Fluten schimmernden Goldes mit sich forttrug. Der Kreis hatte sich geschlossen.

Der Wind riss seinen Triumphschrei mit sich. Er kennzeichnete das Ende dieser Welt und den Beginn ewigen Lebens.

»Dies ist der Anfang!«, schrie er.

Er schloss die Augen und streckte seine ausgebreiteten Arme der Sonne entgegen.

DANKSAGUNG

Dieses Buch würde es ohne die Hilfe vieler, vieler Menschen nicht geben. Ich bin ihnen allen sehr dankbar.

Ich danke insbesondere Jane Gregory, meiner Agentin, deren Klugheit und Unterstützung ich so viel zu verdanken habe. Danke auch an ihr Team – vor allem an Stephanie Glencross: Ihre redaktionellen Instinkte haben viel dazu beigetragen, die holprige erste Fassung zu retten.

Bei Allen & Unwin: Ein ganz herzliches Dankeschön geht an meine Verlegerin Annette Barlow, die so viel für mich tut; an Ali Lavau für ihren brillanten redaktionellen Input; an Kate Goldsworthy, deren Auge fürs Detail ein paar gewaltige Schnitzer verhindert hat; an Sarah Baker für ihre Ruhe und Tüchtigkeit. Danke auch an Sam Brown und Clare Drysdale in London für ihre unerschütterliche Freundschaft und ihren Rat.

Meinen Freunden Mary Clare und David Reynolds danke ich, weil sie mir ihr abgeschiedenes Haus oben an der Steilküste zur Verfügung gestellt haben. Das hat dieses Buch und die geistige Gesundheit seiner Verfasserin gerettet. Ich kann noch immer die Wellen tief unten rauschen hören. Der Leihbücherei in Napier, meinem Büro und meiner Zuflucht, bin ich ebenfalls zu Dank verpflichtet.

Vor allem aber danke ich meinem Mann, Tim Meredith, sowie meinen Kindern George, Sam und Cora. Es tut mir wirklich leid, dass ich einen tollen Beruf an den Nagel gehängt habe und das Leben sich verändert hat und ihr in einer Dachkammer hausen und hungern musstet. Danke, dass ihr das so locker nehmt. Danke für die vielen Tassen Tee und die Mitternachtsplaudereien. Danke für alles.

Zu guter Letzt möchte ich jeden Geheimdienst, der eventuell meine Internetnutzung überwacht, beruhigen: Ja, ich habe Dinge wie Gehirnwäsche und Möglichkeiten zur Sprengung eines Schiffs gegoogelt, aber das war alles völlig harmlos. Ich habe ein Buch geschrieben und musste dafür recherchieren, verstehen Sie? Bitte streichen Sie mich von Ihrer Beobachtungsliste. Danke.

Lesejury

BASTEI
LÜBBE
TASCHENBUCH

Weitere Titel der Autorin:

Die Wahrheit über jene Nacht
Die andere Seite der Wahrheit
Das Geständnis meines Mannes

Über die Autorin

Charity Norman wurde in Uganda geboren und ist in England aufgewachsen. Nach mehrjährigen Reisen wurde sie Anwältin mit den Spezialgebieten Straf- und Familienrecht. 2002 zog sie sich aus dem Berufsleben zurück, um mehr Zeit für ihre drei Kinder zu haben. Seitdem lebt sie mit ihrer Familie in Neuseeland und schreibt mit großem Erfolg Romane.

CHARITY NORMAN

Das Ende meiner Welt

Roman

Aus dem Englischen von
Sylvia Strasser

BASTEI
LÜBBE
TASCHENBUCH

BASTEI LÜBBE TASCHENBUCH
Band 17633

Dieser Titel ist auch als E-Book erschienen

MIX
Papier aus verantwortungsvollen Quellen
FSC® C083411

Vollständige Taschenbuchausgabe

Deutsche Erstausgabe

Titel der britischen und australischen Originalausgabe: »See You in September«
Originalverlag: Allen & Unwin

Textredaktion: Dr. Ulrike Brandt-Schwarze, Bonn
Titelillustration: © Trevillion Images/Jake Olson; © FinePic/shutterstock
Umschlaggestaltung: ZERO Werbeagentur, München
Satz: two-up, Düsseldorf
Gesetzt aus der Minion
Druck und Verarbeitung: CPI books GmbH, Leck – Germany
Printed in Germany
ISBN 978-3-404-17633-5

1 3 5 4 2

Sie finden uns im Internet unter www.luebbe.de
Bitte beachten Sie auch: www.lesejury.de

Für George, Sam und Cora Meredith –
in Liebe